国家社科基金
后期资助项目

重构生命
身体残疾与当代文学创作

邓 利 著

四川大学出版社
SICHUAN UNIVERSITY PRESS

图书在版编目（CIP）数据

重构生命：身体残疾与当代文学创作 / 邓利著 .
成都：四川大学出版社，2024. 7. -- ISBN 978-7-5690-7046-0

Ⅰ . I206.7

中国国家版本馆 CIP 数据核字第 2024PN8992 号

书　　　名：	重构生命：身体残疾与当代文学创作
	Chonggou Shengming: Shenti Canji yu Dangdai Wenxue Chuangzuo
著　　　者：	邓　利
出 版 人：	侯宏虹
总 策 划：	张宏辉
选题策划：	陈　蓉
责任编辑：	陈　蓉
责任校对：	毛张琳
装帧设计：	李　野
责任印制：	李金兰
出版发行：	四川大学出版社有限责任公司
	地址：成都市一环路南一段 24 号（610065）
	电话：（028）85408311（发行部）、85400276（总编室）
	电子邮箱：scupress@vip.163.com
	网址：https://press.scu.edu.cn
印前制作：	四川胜翔数码印务设计有限公司
印刷装订：	成都市火炬印务有限公司
成品尺寸：	165mm×238mm
印　　张：	26.75
字　　数：	478 千字
版　　次：	2024 年 8 月 第 1 版
印　　次：	2024 年 8 月 第 1 次印刷
定　　价：	89.00 元

本社图书如有印装质量问题，请联系发行部调换

版权所有　◆　侵权必究

扫码获取数字资源

四川大学出版社
微信公众号

国家社科基金后期资助项目
出版说明

后期资助项目是国家社科基金设立的一类重要项目，旨在鼓励广大社科研究者潜心治学，支持基础研究多出优秀成果。它是经过严格评审，从接近完成的科研成果中遴选立项的。为扩大后期资助项目的影响，更好地推动学术发展，促进成果转化，全国哲学社会科学工作办公室按照"统一设计、统一标识、统一版式、形成系列"的总体要求，组织出版国家社科基金后期资助项目成果。

全国哲学社会科学工作办公室

目 录

绪 论 ………………………………………………………… 1
 一、问题的缘起 ……………………………………………… 1
 二、研究现状 ………………………………………………… 7
 三、研究的必要性和可行性 ………………………………… 17
 四、身体哲学：阐释残疾人作家创作的理论基础 ………… 20
 五、研究思路 ………………………………………………… 22
 六、学术思想、学术观点、研究方法等方面的特色和创新 …… 24

第一章　创作主题：生存伦理 ……………………………… 27
 第一节　命运：悖论 …………………………………………… 28
  一、难逃命运 ………………………………………………… 28
  二、与命运抗争 ……………………………………………… 50
 第二节　残疾之痛：改造性接受 ……………………………… 75
  一、残疾之痛 ………………………………………………… 77
  二、"听天命"与"尽人事" ………………………………… 96
 第三节　婚恋："我们的婚恋"和"他们的婚恋" …………… 115
  一、"我们"眼中"我们的婚恋" …………………………… 116
  二、"我们"眼中"他们的婚恋" …………………………… 138
 第四节　对他人的体认：向善性追求 ………………………… 149
  一、以父亲为代表的男性：仁义之士 ……………………… 150
  二、以母亲为代表的女性：受难者和拯救者 ……………… 152
  三、朋友：有情有义 ………………………………………… 158
  四、特点 ……………………………………………………… 162
 小 结 …………………………………………………………… 170

第二章　创作视角：内倾化 ································ 172
第一节　自传文学：预设读者 ································ 173
一、自传和自传文学 ································ 175
二、在场的缺席 ································ 176
三、预设读者：身陷逆境中的人 ································ 178
四、教化意图 ································ 180
五、螺旋式的上升结构 ································ 184
六、叙述者的评论干预 ································ 203
七、病体式的言说方式 ································ 211
第二节　散文和诗歌：残疾人主体形象的展现 ································ 216
一、悄然崛起 ································ 217
二、心理基础：宣泄情感 ································ 218
三、抒情方式：独语体 ································ 219
四、审美取向：坦诚和质朴 ································ 223
五、意义：开拓领域 ································ 238
小　结 ································ 243

第三章　叙事方式：补偿性创作 ································ 249
第一节　生理性补偿：身体不同器官的互补 ································ 250
一、共同性：弥补性想象 ································ 250
二、差异性：生理器官的互补 ································ 272
第二节　体验性补偿：民俗描写 ································ 290
一、物质民俗 ································ 291
二、社会民俗 ································ 294
三、精神民俗 ································ 299
四、语言民俗 ································ 303
五、特点、价值和意义 ································ 316
小　结 ································ 323

第四章　文学创作：生命的自救 ································ 325
第一节　心理伤害：焦虑 ································ 326
一、焦虑心理的产生 ································ 327
二、焦虑的表现形式 ································ 329
三、对焦虑的反应 ································ 331

四、焦虑心理与文学创作 ……………………………………… 333
　第二节　救赎（一）：重拾自我价值 ………………………………… 337
　　一、通过文学创作重拾自我价值的体现 ……………………… 337
　　二、通过文学创作实现自我价值的效果 ……………………… 343
　第三节　救赎（二）：释放情绪 ……………………………………… 345
　　一、通过文学创作释放情绪的体现 …………………………… 345
　　二、通过文学创作释放情绪的效果 …………………………… 350
　第四节　救赎（三）：提升精神 ……………………………………… 352
　　一、通过文学创作提升精神的体现 …………………………… 353
　　二、通过文学创作提升精神的效果 …………………………… 360
　小　结 ………………………………………………………………… 362

第五章　社会场域：机构团体和媒介 ………………………………… 370
　第一节　机构团体：帮扶 …………………………………………… 371
　　一、搭建平台 …………………………………………………… 372
　　二、培训与提高 ………………………………………………… 376
　　三、鼓励、激励 ………………………………………………… 383
　第二节　媒介场域：助推 …………………………………………… 388
　　一、纸质媒介场域 ……………………………………………… 388
　　二、网络新媒体 ………………………………………………… 391
　小　结 ………………………………………………………………… 403

结语　浪漫主义精神特质 ……………………………………………… 404

参考文献 ………………………………………………………………… 414

后　记 …………………………………………………………………… 418

绪　论

本书在身体哲学理论基础上，借助身心一体论，敞开残疾身体与文学创作的关系。身体健全的作家书写残疾身体，残疾身体只是被言说、被阐释、被书写、被触及，研究身体健全的作家笔下的残疾身体，只是研究残疾身体怎样被言说、被阐释、被书写、被触及。研究残疾身体与文学的关系，能看到残疾身体如何从被言说、被阐释、被书写、被触及转换为主动言说、主动阐释、主动书写、主动触及，能看到残疾身体是如何建构自己的世界，这种建构体现出什么样的意义和特质。

一、问题的缘起

（一）残疾研究—残疾文化研究—残疾文学研究

在国外，随着残疾人权利运动的开展，该领域的研究经历了这样的发展路径：残疾研究—残疾文化研究—残疾文学研究。

1. 残疾研究

面对全世界超10亿残疾人的事实[①]，残疾研究欣然而起。残疾研究建立在对残疾认知的改变基础之上。20世纪70年代，英国开始规范残疾的定义和制定测量残疾的分类体系，1980年出版了ICIDH（《国际损伤、残疾和残障分类》），第一次明确将环境和残疾相联系。之后，美国国家科学院医学研究所（IOM）专业委员会也力主将环境因素看作造成残疾的首要因素。至此，残疾研究已经从单纯的医学、康复的研究发展为融合经济学、政治学、人类学、历史学、心理学、文化学等交叉学科的综合研究。对残疾的研究从传统的医学模式发展为现代社会模式，对残疾的看法由残疾是身体的缺陷发展为残疾来自社会而不是身体。随着

[①] 参见世界卫生组织：《世界残疾报告（概要）》，《中国康复理论与实践》2011年第6期，第501页。

对残疾认知的改变，残疾研究在全世界范围内广泛开展，并在20世纪80年代中期正式进入西方人文社会科学的批评话语体系，"'残障研究'正是在这种认知转变背景下于20世纪80年代中期登上西方批评话语的舞台，并在世纪末掀起一轮波澜壮阔的理论高潮"①。据研究者的最新统计，20世纪90年代以来，国外出版了大量残疾研究的理论性成果，其中代表性的专著有：戴维斯的《强化正态》（Enforcing Normalcy，1995）和《残障研究读本》（The Disability Studies Reader，1997），温黛尔（Susan Wendell）的《被拒绝的身体》（The Rejected Body，1996），汤姆森的《不寻常的身体》（Extraordinary Bodies，1997），林顿（Simi Linton）的《追索残障》（Claiming Disability，1998）等。21世纪初，美国密歇根大学出版社邀请米切尔和斯奈德担任总编，组织出版大型残疾研究系列丛书"肉体性：残障话语"（Corporealities：Discourses of Disability），该丛书至2021年初已出版学术著作三十余部。②

2. 残疾文化研究

残疾文化研究是残疾研究的一个组成部分。20世纪末，残疾研究逐渐向残疾文化领域倾斜，残疾文化成为西方残疾研究的一个热点话题。约翰逊（Johnson）、布兰农（Brannon）、布朗（Brown）、福布－普拉特（Forber-Pratt）、巴恩斯（Barnes）等研究者就残疾文化的内涵、特征、功能、结构等问题进行了研究。尽管在一些问题上，学者们还未达成一致，比如对残疾文化本质的认识，约翰逊认为，残疾人群体的认同需求和追求这种需求的过程中遭遇的阻碍等，就是残疾文化的本质；朗莫（Longmore）等学者则认为，残疾文化包含艺术、行为、表达和社区生活等多方面内容，所以应该对残疾文化的概念定义慎之又慎③，但大家对残疾文化存在和发展的客观必然性都保持一致的看法。研究者们对过去大家习以为常的观念提出质疑和否定，安·米利特－贾兰特（Ann Millett-Gallant）发表在《残障研究季刊》上的论文《构建身体理想》，肯定了艺术家马克·奎因（Marc Quinn）于2005年创作的公共雕塑《怀孕的艾莉森·莱普》（Alison Lapper Pregnant）的纪念碑式的意义。艾莉森·莱普是一位残疾艺术家，也是一位单亲妈妈，她在怀孕7个月时

---

① 杨国静：《西方文论关键词：残障研究》，《外国文学》2021年第2期，第112页。
② 参见杨国静：《西方文论关键词：残障研究》，《外国文学》2021年第2期，第112页。
③ 参见陈昫：《国外学术界对残疾文化的多元化解读及启示》，《残疾人研究》2019年第2期，第4—5页。

开始裸体铸模。马克·奎因将雕塑放在伦敦特拉法尔加广场,而且放置于一群海军上将的雕像中。安·米利特－贾兰特认为,马克·奎因将雕塑放在这样的位置,事实上是肯定了残疾妇女是具有创造力的社会主体,她们拥有生殖的权利。在以前的公共艺术中,很少见到残疾的身体,更很少见到裸体的、残疾的、怀孕的而且是骄傲的残疾身体,对那些长时间被社会贬低、羞辱,并被公共生活排除在外的身体和身份认同者而言,这个雕塑不仅让残疾的身体浮出历史地表,而且让公众体会到,残疾可以和其他存在的形式一样美丽且有效,残疾艺术应该在公共空间占居应有的位置。与此相呼应的是,美国密歇根大学从事残疾研究的教授托宾·希伯斯(Tobin Siebers)提出了"障碍美学"(Disability Aesthetics)这一概念,概念的核心就是拒绝承认健康身体的重现(包括其和谐、正直和美的定义)是美学的唯一准则,提出残疾也可以作为美的特别视角。

3. 残疾文学研究

残疾文化研究衍生出残疾文学研究(Literary Disability Studies)。残疾文学研究于20世纪末在美国崛起,并迅速在欧美各大学和研究机构引起广泛兴趣,2009年版的《贝德福德文学批评术语》非常明确地把"Literary Disability Studies"作为一个专门的文学研究词条列在其中,并用相当的篇幅加以介绍。美国的"现代语言协会年会"在21世纪初开辟了残疾文学这一话题,供感兴趣的学者讨论。国外已出版多种残疾文学研究的相关文学期刊,如《文学与文化残障研究学刊》《残障文学学刊》。[①] 在英国,《残障文学学刊》的编辑委员以各种方式监督"Clare Barker and Suzanne Ibbotson"残疾文学研究项目的完成,利物浦约翰摩尔斯大学(LJMU)于2007年开始进行残疾文化研究,并主持召开首届残疾文化研究科研网络会议,会议的中心议题就是关于残疾人作家创作的研究。兰开斯特大学残疾研究中心的大卫·博尔特做了大会开幕式的演讲,演讲的内容是关于"残疾文学研究作为文学表现损伤和残疾反应的重要性"。国外对残疾作家的研究早已存在,但有意识地从"残疾"与创作的关系进行研究是在提出"残疾文学研究"这个概念之后。目前,此研究主要集中于欧美国家,且主要是研究欧美国家的残疾人作家及其创作。[②] 残疾

[①] 参见陈彦旭:《隐喻、性别与种族——残疾文学研究的最新动向》,《外国文学动态》,2010年第12期。

[②] 对中国当代残疾人作家的介绍集中于个别作家,如张海迪身残志坚的事迹报道,学术性成果甚少。

文学研究正逐步开拓文学批评与研究的新领域，并使欧美残疾人作家及其创作的研究取得了突破性进展。比如对美国残疾人作家弗兰纳里·奥康纳的研究。在20世纪90年代之前，主要是研究奥康纳作品所体现出的南方地域色彩和哥特式风格，之后，从身体残疾角度洞悉奥康纳作品的特殊风格，发现奥康纳身体的残疾对她文学的想象力产生了巨大影响，这一发现使奥康纳研究取得新进展。代表性的成果如苏·沃克（Sue Walker）发表于《弗兰纳里·奥康纳集刊》（Flannery O'Connor Bulletin）第25期上的《疾病的存在：论疾病的语言》("The Being of Illness：The Language of Being Ill")。

残疾文学研究分为两个大的板块，一个板块是一切文学作品中的残疾人形象研究，另一个板块是残疾作家及其创作研究。多学科融合是这个新型领域的发展趋势。在残疾人形象研究方面，比较多的学者从残疾的隐喻、作品中残疾与性别的关系、残疾与种族的关系等方面进行探讨，在研究中引入哲学、伦理学、人类学等学科的理论，以此更好地剖析残疾人形象人格的复杂性。

对残疾人作家的研究主要是外围研究和本体研究相结合。目前翻译到我国来的相关文献极少，收集、阅读相关的外文资料有一定的困难。就目前笔者所掌握的相关资料来看，外围研究主要是关注残疾人作家与特定时代语境的关系，考察复杂的历史、文化和美学背景与残疾人作家创作的关系，考察残疾人作家在文学创作中对待自身残疾的不同态度以及他们书写残疾的根源。本体研究则关注残疾人作家创作的内部问题：（1）研究残疾人作家创作中语言的独特性，比如在英国利物浦约翰摩尔斯大学2007年主持召开的首届残疾文化研究科研网络会议上，玛格丽特·普莱斯（Margaret Price）教授的大会发言考虑了残疾的多种社会心理表征和残疾人作家在自传性文学创作中的代词使用的特殊现象。（2）研究作家身体残疾与创作中人物形象的关系，比如在英国利物浦约翰摩尔斯大学2007年主持召开的首届残疾文化研究科研网络会议上，萨拉·霍西（Sara Hosey）教授探讨残疾人作家短篇小说中的特殊的肉体与接收古怪观念的关系。（3）研究作家身体残疾与文体之间的关系，比如塔米·贝尔贝里（Tammy Berberi）教授通过对法国诗人科比耶尔作品的细致研究，揭示了残疾和诗歌艺术之间的关系。（4）研究残疾人作家认识世界的特殊方式。德国哲学家卡西尔研究海伦·凯勒在缺失正常的视觉听觉的情况下如何认知世界。卡西尔借助符号语言学对海伦·凯勒进行分析，认为海伦·凯勒因为成功地领会了人类语言的意义，所以能以最贫乏最稀少的材料建造她的符号世界。至关重要的事情不在于个别的砖瓦而在于作为建筑形式的一般功能。① 此外，还研究具体作家的美学取向、残疾主题的多样性、作家的残疾与想象力等问题。

（二）新时期以来我国残疾人作家的崛起

新时期以来，我国残疾人作家以群体的形式出现在文坛，一些残疾人作家在文坛产生较大影响。我国文学史一直都是有残疾人作家参与的历史，韩非子、司马迁、高士其等残疾人都是中国文学史的建构者。1953年工人出版社出版的吴运铎的《把一切献给党》引起广泛的社会反响，一年之内重印4次，印数达200万册。后来此书陆续印刷数十次，总印数达500多万册。这本书被翻译成英语、德语、俄语、日语等6种语言在海外发行。这本书产生的读者反响与当时的时代精神有密切关系。1979年史铁生发表《爱情的命运》和《法学教授及其夫人》《墙》《没有太阳的角落》，1980年发表《午餐半小时》，1981年发表《秋天的怀念》等，1982年发表《绵绵的秋雨》等，1983年发表《我的遥远的清平湾》并获得当年"全国优秀短篇小说奖"。1985年张海迪发表自传体文学《轮椅上的梦》。随着史铁生和张海迪的出现，一批残疾人作家以顽强的生命力、独特的生命体验在文坛"横空出世"，上演着一场残疾人士创作的"狂欢盛宴"，成为当代文坛一道亮丽的风景线，并犹如星星之火有燎原之势。贺绪林、史光柱、陈村、王占君、车前子、夏天敏、刘水、倪景翔、阮海彪、余秀华、陈力娇、显晔等一大批残疾人作家活跃于文坛，人数众多，男女皆有，新人辈出，比如吴可彦、王忆等后起之秀也显示出文学创作的实力。既有在传统的纸质刊物发表、出版作品的传统型作家，也有在新媒体上发表作品的网络作家（比如李子燕、谢雅娜），体现出多媒介融合的趋势。

残疾人作家在小说、诗歌、散文、剧本等多种体裁上都有所涉及，对各种题材都加以关注，取得较大的成绩，产生较大的影响。王占君在多年创作生涯中发表文学作品80余部，共1200余万字。他于1979年出版的《七星镇》，以长篇小说的形式填补了我国手工业题材创作的空白。刘长满创作的历史纪实文学《历史的回声》，以文学的形式补写了日寇在沦陷区制造的令人发指的惨案。周爱红出版的《森林里的舞会——爱红童话选集》成为孩子们喜欢的童话书籍。

---

① ［德］恩斯特·卡西尔：《人论》，甘阳译，上海译文出版社2004年版，第50页。

残疾人作家以自己的独特风格赢得了读者的广泛认可，如夏天敏的《好大一对羊》获第三届鲁迅文学奖，这是云南作家首次荣获该奖项（根据同名小说改编的电影《好大一对羊》在法国、美国、加拿大获三项国际大奖）。刘水的《碰拜大》被译成俄文，选入俄国出版的《中国民俗小说选》；《野马河苍生》被列入"中国当代实力派青年作家丛书"，由中国国际交流出版社以中、英、日、俄4种文字向世界出版发行。李伶伶的《梅兰芳全传》获"第三届中国优秀传记文学作品奖"。贺绪林的《兔儿岭》被改编成电视连续剧《关中往事》（又名《关中匪事》），在全国各地热播而名声大噪，吸引了众多观众。此外，还有部分残疾人作家获得不同类型的奖项，早在1984年，柯愈勋的第一部诗集《太阳从地心升起》就先后获"全国煤矿优秀文学作品奖""第二届四川省文学奖"和"建国四十周年重庆文学奖"。史光柱获第三届鲁迅文学奖。张海迪的《轮椅上的梦》获全国"希望杯"优秀图书奖，《生命的追问》获全国"五个一工程"图书奖，在《生命的追问》之前，这个奖项还从未颁发给散文作品。卫宣利的《落棋无悔》入选2005年年度中国最佳小小说。2011年春曼、心曼的《如果我能站起来吻你》荣获周大观文教基金会2011年第14届全球热爱生命奖。施朝君的诗歌《我们都有梦——致残疾人朋友》获"2013国际残疾人诗歌写作竞赛"二等奖。王占君的《白衣侠女》荣获"全国首届通俗文艺优秀作品奖"和辽宁省政府颁发的"优秀文艺作品年奖"。杨嘉利获《青年世界》杂志社举办的"全国青年文学大奖赛"二等奖。夏天敏的中篇小说集《乡村雕塑》荣获云南省第四届省政府文学一等奖。王庭德获陕西省2014年年度文学奖。

新时期以来，一些残疾人作家成为家乡所在地的文化名片。史铁生成为北京地区的一张文化名片，夏天敏成为云南地区的一张文化名片，车前子成为苏州地区的一张文化名片①，刘水成为陇南地区的一张文化名片，贺绪林成为陕西地区的一张文化名片，王占君成为辽宁地区的一张文化名片，纯懿成为新疆地区的一张文化名片。评论界提出"史光柱

---

① 徐国强和范培松主编《苏州作家研究》时选取了五位苏州作家，其中一位就是车前子。范培松在《苏州文学三十年》（该文发表于《扬子江评论》2008年第6期）中说，"在选择点时我们非常审慎，在广泛听取各方面意见的基础上，又几上几下地召开座谈会，从而确定了范小青、苏童、叶弥、荆歌、杨守松、金曾豪、王一梅、车前子和朱文颖等九位作家为编写对象。实践证明，选择这九位作家是能代表苏州三十年文学风貌的。我们在编撰的理念上，把学术研究放在首位，以学术第一保证它的恒久的价值和权威性"（第24页）。

诗歌现象"①"王占君现象"②。1995年，王占君作为唯一一位当代中国作家，荣获中国文联授予的"世纪之星"称号。

新时期以来，我国残疾人作家逐渐形成"构成型"（客观性）创作群体，他们没有统一的文学纲领，也没有共同发表过任何宣言，但客观上他们具有创作的趋同性。他们是一个由身体特征引发出相同的内在精神及审美关联的群体，是各级组织有意识推动的文学创作群体。"他们为当代文学的发展注入了无限的生机，已经成为当代文坛一个不可或缺的创作群体。"③"他们的创作活动已经逐渐形成了特色鲜明、个性突出的整体性艺术特征，形成一道中国当代文学的独特景观。"④

世界性的残疾文学研究的兴起为本书的研究提供了可资借鉴的资源，我国残疾人作家的崛起为本书的研究提供了丰富的材料，对这个创作群体的研究成为一种必然。

二、研究现状

新时期以来的残疾人作家研究分为两类：忽略残疾，就创作本身进行分析；分析残疾对创作的影响。与本书相关的是后面一类的研究，下面就这一类的研究状况做一个总结。这一类研究又分为两种情况：一种是对个体作家的分析，另一种是整体研究。

（一）个体作家创作的研究

我国新时期残疾人作家创作研究是从20世纪80年代中期对史铁生的关注开始的。对新时期残疾人作家的研究集中于史铁生、余秀华、车前子、陈村、张海迪五位作家，而对其他作家的研究较少。关于个体的残疾人作家研究主要在以下几个方面取得了成绩：

第一，探讨作为身体残疾的作家的价值意义和文学创作对残疾人作家的意义。李锐在《自由的行魂，或者史铁生的行为艺术》中认为，"史铁生的意义不在于说明了什么，丰富了什么，而在于强烈地对比和衬托

---

① 1994年，中国作协召开史光柱作品研讨会，首次提出"史光柱诗歌现象"。2009年8月，史光柱的诗集《寸爱》出版发行。2010年史光柱作品研讨会召开，会上再次提出"史光柱诗歌现象"。
② 1996年7月18日至19日，在辽宁阜新召开的王占君暨辽宁当代文学创作研讨会上提出"王占君现象"。
③ 田滋茂：《在中国残联残疾人作家联谊会成立大会上的讲话》，网址：https://www.doc88.com/p-6048728096233.html。
④ 《编辑的话》，《中国作家》2020年"仁美文学专刊"，第1页。

出了什么"。李锐得出这个结论是基于史铁生残疾的身体，正如李锐所说，史铁生的创作是"拿命熬出来的""一种难以命名的文学"，或者说是一种"生命的行为艺术"。程光炜在《关于疾病的时代隐喻：重拾史铁生》一文中认为，史铁生作品中的身体病残不仅仅是对疾病的分析、看待疾病和生命的方法，更是一个连接过去、现在与未来的时代隐喻，在个人的身体病残与时代纪念碑的坍塌和重建的参照中彰显出史铁生创作的精神价值。吴义勤在《通向"终极"的精神图像——评张海迪长篇新作〈绝顶〉》中认为，张海迪因为残疾，成为道德训诫的象征，符号化的生活遮蔽了她真实的自我和真实的生存状态，使其拥有常人难以企及的光环，文学创作则是张海迪努力敞开自己的生存和心灵的最有效的武器，文学是张海迪对残疾和命运的超越。

第二，作品的思想内涵与身体残疾的关系。研究者们探究了史铁生作品中的宗教情怀、命运、生死等问题与史铁生身体残疾的关系。荣松的《残疾意识与人类情感》比较早也比较明确地提出史铁生创作中存在"残疾意识"。文章认为，"史铁生在更多时候有意放大残疾人与社会的矛盾，其目的显然并不只在于批评社会的不公，更重要的是为了强化一种残疾意识"。"史铁生如果不是一个真正以残疾人的生活方式生活的作家，他不可能创作出具有这种意蕴与力度的残疾小说。史铁生如果仅仅以残疾人的身份和眼光去描写这一独特的生命世界，他同样不可能获得成功。"吴俊在《当代西绪福斯神话——史铁生小说的心理透视》中运用心理学理论对史铁生的创作进行分析，认为在史铁生的作品中，有一种固执而突出的倾向，就是对残疾人命运的极度关注，这是史铁生自身的残疾意识的外在表现。吴俊指出，史铁生作品中的人物有一种自卑心理，比自卑心理更可怕的是知道自己无法摆脱自卑心理。樊星在《当代文学新视野讲演录》中认为，史铁生虽然身体残疾，但作品体现出"绝望中达观"。王尧在《错落的时空》中提出，史铁生创作的核心内容是"从而去看一个亘古不变的题目：我们心灵的前途和我们命运的终极价值终归是什么？"而引发这个核心内容的关键就是史铁生的身体残疾。一些研究者注意到史铁生作品中的苦难主题，认为，残疾给史铁生带来苦难，但史铁生"最了不起的意义就在于他在写作中把苦难转化为一种信念，还原了人生的悲剧性从而具备了崇高的悲剧意识"[①]。

---

① 齐宏伟：《文学·苦难·精神资源：百年中国文学与基督教生存观》，江西人民出版社2008年版，第279页。

较多的研究者注意到，史铁生独特的人生体验使他的创作中表现出浓厚的宗教思想。丛新强在《基督教文化与中国当代文学》中认为，史铁生在中国当代文学中的独特存在体现在其作品中具有浓厚的宗教色彩，史铁生作品中的宗教色彩并不是单纯明晰的，而是具有多样性和混合性，既有佛禅思想，又有基督教文化精神。赵毅衡在《神性的证明：面对史铁生》中认为，史铁生从未全心全意认同过一个宗教体系，他从不提及佛理，而且经常提到上帝，而实际上他最接近佛教，而不是基督教。

与思想内涵紧密相关的是作家身份书写与身体残疾的关系。在身份书写方面，有研究者研究了余秀华的女性身份、农民身份、残疾人身份与其创作的关系，认为余秀华的诗歌特点与其身体状况是有紧密关系的，余秀华特殊的身体状况形成了其诗歌不可替代的特异表达——疼痛书写。[①] 段连青在《论余秀华诗歌的多重叙事》中，将残疾人叙事、底层叙事和女性叙事综合在一起对余秀华的创作进行分析，认为余秀华诗歌中残疾身份的书写明显优于女性身份和底层身份的书写。与段连青的观点相左，陈亚亚认为，余秀华诗歌创作中最核心的是女性身份的书写，其次是农民身份的书写，最后才是残疾身份的书写，而且越往后其表达力度越弱。[②] 一些研究者看到，余秀华的诗歌创作中有比较突出的身体意识，"残疾身体的隐喻"是余秀华身体意识的一个组成部分，她的诗歌表现了残缺的身体造成的灵肉的撕裂感以及最终的和解。[③]

第三，叙事方式、叙事风格、作家气质与身体残疾的关系。李锐的《自由的行魂，或者史铁生的行为艺术》一文，从史铁生创作特点的发展演变看身体对叙事方式的影响，认为在《丁一之旅》的创作上，史铁生终于摆脱了以往那种从肉身出发的困顿的苦行，终于冲出了那个平面的自我论证，甚至终于打破了自己以往的书写所建立的文学边界，完成了一次出神入化的自由的飞翔。因此，让读者看到了一个迄今还没有看到过的最为奇特的文本。李锐以身体为界，将史铁生的作品分为两类：一类是从肉身的体验和经历出发去写，一类是从肉身的立场出发去问。洪子诚在《中国当代文学史》中认为，史铁生身体残疾的切身体验，使他的部分小说写到伤残者的生活困境和精神困境。史铁生的叙述由于有着

[①] 刘川鄂、汪亚琴：《以疼痛抵达心灵的"直觉"书写——余秀华诗歌的艺术特质与价值辨析》，《南方文坛》2019年第5期。
[②] 陈亚亚：《余秀华：性别、阶层和残障的三重叙事》，《中国图书评论》2015年第7期。
[③] 王泽龙、高健：《折射生存世界的棱镜——论余秀华诗歌的身体意识》，《湖南师范大学社会科学学报》2016年第5期。

亲历的体验而贯穿一种温情然而宿命般的感伤，但又有对荒诞和宿命的抗争。洪志纲在《史铁生意象词典》中将史铁生身体的残疾与其作品中的意象使用相结合，将史铁生作品中的意象做了正意象和负意象分类。

对余秀华诗歌做纯艺术分析的文章不多，而将艺术与身体残疾相联系的更不多。这方面比较有代表性的是黄怀凤发表的三篇文章：《余秀华诗歌核心物象探析》《余秀华诗歌中的秋冬春夏》《余秀华诗歌核心意象研究》。黄怀凤在分析余秀华诗歌中的意象时，始终将意象与余秀华的身份（女性身份、残疾人身份，有时还包括农民身份）相联系，比如指出，余秀华诗歌中有压抑的意象和反压抑的意象，而这两种意象的出现都与诗人的女性身份、残疾人身份有关系。

在对陈村的研究中，黄桂元将史铁生和陈村放在残疾人作家的层面进行比较，指出两人面对挫折的反应不同，因而两人创作的风格也不同，史铁生是一位浪漫主义的梦者，陈村是一位现实主义的审者。[①] 王谦在《肢体写作者陈村》一文中，对陈村创作做了整体性否定，但认为《弯人自述》是陈村唯一一篇好作品。陈村年轻时脊椎病变而致残，身心的创痛在《弯人自述》中转化成了语言层面的机趣，《弯人自述》是陈村作为残疾人内心悲凉与无奈的真实表现。还有研究者指出，车前子敏感的艺术气质和苏州的水土有关，也和他的身体残疾有关。[②]

第四，文学现象与身体残疾的关系。对这个问题的研究集中在余秀华创作的研讨中。余秀华突然爆红网络，因而梳理其爆红的前后经过、甄别让余秀华成为网红的复杂因素成为余秀华研究的一个重要课题。其中一种观点认为，余秀华和她的诗歌之所以被《诗刊》发现、推介并被媒体热炒，"身体的特殊"是一个重要因素。[③] 沈睿和沈浩波对待余秀华的态度截然相反，但在反对以"脑瘫诗人"命名余秀华这一点上两人是一致的，然而反对的原因又有差异。沈睿反对的原因是认为这种命名缺乏对余秀华的尊重与理解；沈浩波反对的原因是认为媒体以疾病招徕读者，满足读者猎奇的心态。而吴海洋的《苦难、疼痛、创伤——余秀华的诗歌伦理建构》一文认为，余秀华在诗歌中表达的残疾和注入的苦难、欲望、疼痛等主题正是这个社会、这个时代缺失的，大众在余秀华的诗

---

① 黄桂元：《放飞独语的灵魂——读史铁生和陈村》，《全国新书目》1996年第3期，第15页。

② 小海：《诗人车前子》，《青春》2015年第11期。

③ 叶长文：《众诗人评说余秀华诗歌蹿红事件：请抛开"脑瘫"来谈论她的诗》，《晶报》2015年1月20日。

歌中看到了这种缺失，因此，余秀华走红并非只是媒体的宣传作用。

（二）残疾人作家创作的整体研究

新时期以来，截至笔者搁笔，有18篇文章对残疾人作家的创作活动进行整体关注，这些文章分别是：许世杰的《呈现生机的沃土——编后絮语》（1987年），朔方的《艰难的超越——残疾人文学透析》（1991年），夏普的《国际残疾人文学研究的起步》（1991年），南平的《娃娃阿比：残疾人与中外戏剧影视文学》（1991年），高仕的《娃娃阿比：残疾人与中外非虚构文学》（1992年），杨守森的《生理病残与文学创作》（1996年），苏喜庆的《自卑与超越——中国当代残疾作家创作心理初探》（2010年），陈彦旭的《隐喻、性别与种族：残疾文学研究的最新动向》（2010年），陈庆艳的《论中国当代残疾人文学的发展与特点》（2012年），管恩森、仵从巨的《简析中国残疾人文学的价值与意义》（2013年），邓利的《女性残疾作家：一个不该被遗忘的群体》（2014年），张扬等的《我国当代残疾人文学的特点与价值》（2017年），李刚的《浅谈残疾人文学创作》（2017年），邓利的《残疾人作家论——以四川残疾人作家为例》（2017年），管恩森的《残疾人文学写作的经验性特质及反思——以涅玛特〈永不言弃〉为例》（2018年），曾繁裕的《西方残疾理论与中国残疾文学研究》（2018年），孙会的《残疾人自传的特点和价值》（2018年），邓利的《论新时期残疾人作家散文创作的特点及意义：以西部残疾人作家为例》（2019年）。杨守森的《生理病残与文学创作》和陈彦旭的《隐喻、性别与种族：残疾文学研究的最新动向》没有直接涉及中国当代残疾人作家的创作，但与残疾人作家的创作密切相关，对研究残疾人作家的创作有重要的参考价值，因而将这两篇文章亦列入其中。

以上成果主要从五个方面进行了研究：

第一，研究残疾人作家的创作对残疾人作家自身的意义。许世杰的《呈现生机的沃土——编后絮语》是1987年12月为《三月风》"文学作品专辑"所写的编后记，这篇文章是笔者目前看到的新时期最早的整体介绍中国当代残疾人创作的文章，文章提到了残疾人创作对残疾人作家自身的意义。朔方的《艰难的超越——残疾人文学透析》比较详细地论述了文学创作对残疾人作者自身的意义，提出创作对于残疾人作者而言就是"超渡苦海的方舟"，具体体现为"一种自救：解脱与挣扎""一种康复：缺憾与弥补""一种升华：超越自我"。高仕在《娃娃阿比：残疾人与中外非虚构文学》中提出,残疾人创作主要是为了提高"生活质量"(quality of life)。

第二,研究残疾人作家的心理与创作的关系。这方面的研究集中在杨守森、苏喜庆对"自卑"心理的分析。杨守森的《生理病残与文学创作》一文,虽然是将残疾和疾病总括在一起进行论述的,但他指出,残疾和疾病都能引发"自卑情结","病残导致的自卑情结唤起的补偿欲求,不仅会激起作家、艺术家的创造活力,同时还会直接影响作品的思想内容和艺术风格"。与此相关,杨守森还提出"超常的感知与体验"问题,"人的生理机制的病残,必然会导致其对人生世事的超常感知与体验"。苏喜庆在《自卑与超越——中国当代残疾作家创作心理初探》一文中,分析了残疾人作家因身体的残疾产生的自卑情绪在创作中的体现,并将这种体现分为内倾型和外倾型。

第三,研究残疾人作家创作的文体特征。南平的《娃娃阿比:残疾人与中外戏剧影视文学》分析了残疾人作家擅长的文体,提出残疾人作家都擅长诗歌、小说、散文的创作,这是中外文学的共生现象,"张海迪、刘琦、史光柱、沈东子等,都是见长于诗歌、小说、散文等方面。史铁生与林洪桐(编剧)的电影《死神与少女》,博得社会普遍好评,但他也终究仍是以其小说知名",并进一步指出,这种现象应从残疾人进行文学创作的动机与条件溯源。高仕的《娃娃阿比:残疾人与中外非虚构文学》则论述残疾人与非虚构文学的关系。高仕看到,在自传文学、自传体小说、科普文学、纪实性散文、纪实性的影视剧几种文学类型中,都有残疾人作家的存在,其中涉及张海迪的自传体文学《轮椅上的梦》、刘琦的自传体文学《倾斜的世界》、阮海彪的长篇小说《死是容易的》和史铁生等中国残疾人作家作品。孙会的《残疾人自传的特点和价值》是目前唯一一篇研究残疾人自传的文章,文章依据致残的原因:先天畸形、突然受伤致残和因病而缓慢丧失身体功能,将残疾人的自传分为三类。孙会指出,第一类更多是围绕着传主整个成长过程中如何面对他人异样的眼光,以及自我认同的痛苦经历来书写。第二类主要写传主对自我身体障碍的认同也充满了各种艰辛。第三类与前面两类有相似之处,传主在身心皆陷入困境后,依靠一种超越极限、验证梦想的力量而获得新生。文章指出,他们传记的精神内核是励志,其价值在于替残疾人发声和让人更好地了解残疾人。

第四,总结我国残疾人作家创作的发展历程和意义。早在1991年,夏普在《国际残疾人文学研究的起步》中就总结了当时我国残疾人作家创作的情况,总结了1991年中国残疾人文学研究的状况和残疾人研究的未来前景。陈庆艳在《论中国当代残疾人文学的发展与特点》中以1988年为界,将中国当代残疾人文学分为发轫期和发展期,分析了发轫期作家队伍的构成和发展期残疾人创作壮大的体现:创作队伍逐渐扩大,作品数量逐渐增加,文学样式丰富。管恩森、仵从巨在《简析中国残疾人文学的价值与意义》中将当代残疾人作家分为三类:第一类是超越残疾人身份标识,其作品主题不以残障为特点,而是具有独立思考并关注整体人性的作家、作品;第二类是保持在"残疾人写残疾人"层次的写作者;第三类是尚处于起步阶段的残疾人文学写作者或爱好者。张扬等人在《我国当代残疾人文学的特点与价值》一文中,梳理了我国当代残疾人文学的发展历程,总结了每一阶段残疾人作家的创作情况,指出残疾人文学既有社会价值,又有文学价值。

第五,从方法论探讨残疾人文学的研究。管恩森、仵从巨在《简析中国残疾人文学的价值与意义》中就残疾人文学研究提出了一些有价值的思路,比如"残疾人文学的写作与工具性问题""残疾人创作的经验与想象性问题"等。管恩森一直在从事残疾人文学研究,从他的文章来看,他对残疾人文学的研究正逐步走向深入。他的《残疾人文学写作的经验性特质及反思——以涅玛特〈永不言弃〉为例》一文,虽然是以外国的作品为例,但文章中也涉及中国当代残疾人作家的创作。他提出"经验性写作"这一概念,认为"经验性写作,是残疾人文学的重要特质之一"。"'经验性'一方面使得残疾人文学表现出独特的审美情趣,但另一方面亦制约了残疾人文学内涵的深度拓展,表现出单一化、类型化、概念化的倾向。"曾繁裕在《西方残疾理论与中国残疾文学研究》中,基于作家"主体性"理论,分析了西方后结构主义理论消解"残疾"标签强加于"残疾人"的偏见的利与弊。他认为,西方后结构主义理论屏蔽了"残疾人"与"健全人"的局部身体区别,注重残疾人非残疾的身体部分及其非残疾的写作状态,在观念上拉近"残疾人"与"健全人"的距离,无疑可以脱离残疾分析的范式,不受限于生理特质所决定的一元解读方式,但是也忽视了"残疾人"的主体特殊性;提出要重视独特的残疾状况和相关经验对残疾人文学的影响,而不能将残疾人创作预设出某些相同的特点。

从上述研究成果来看,新时期以来的残疾人作家研究呈现出"尖而不兼""散而不深"的特点。

"尖而不兼"是从关注作家的角度来看,"尖"意指研究者关注少数,且个别作家的研究已经较为成熟。学界对残疾人作家的关注度从强到弱依次是史铁生、夏天敏、车前子、陈村、余秀华、张海迪、王占君。在所有的残疾人作家研究中，史铁生的相关研究起点最高，也最为成熟。关于史铁生研究，早期代表性的成果如艾平的《史铁生其人及其它》（《当代作家评论》）、北帆的《论史铁生小说的艺术变奏》（《小说评论》）、吴俊的《当代西绪福斯神话——史铁生小说的心理透视》（《文学评论》）和《大彻大悟：绝望者的美丽遁词——关于史铁生的小说》（《文学自由谈》）。研究者们就史铁生身体残疾对其创作的影响做了较为详细的分析。"不兼"意指研究未能兼顾多数残疾人作家。除上述7位作家外，其他残疾人作家比如刘水、阮海彪等都未能充分进入研究者的视野。新时期残疾人创作已经成为一种群体性现象，不是单一的、零散的个人化行为。关注少数忽略多数必然导致群体性创作特征被遮蔽，不能全面认识这个创作群体的特质。

"散而不深"是从研究的视角来看，"散"意指残疾人作家研究中涉及的问题较多，视角较为丰富，比如残疾人作家的意义、残疾人作家研究的方法、残疾人作家的自卑心理等。"不深"意指研究未能就这些话题深入拓展。比如管恩森提出残疾人作家的"经验性写作"这一概念，认为"经验性"使残疾人文学表现出独特的审美情趣，同时也制约了残疾人作家创作的深度拓展。这个观点很有见地，遗憾的是仅仅提出一种看法，没有结合残疾人作家的创作做系统分析，"独特的审美情趣"等问题没有得到展开论述。研究中大多数的吉光片羽式的精言妙语，鞭辟入里、洞幽悉隐，但终因没有系统考察而显得散漫游离，没能总结出新时期以来我国残疾人作家创作的本质。在新时期残疾人作家研究中，有一个现象我们必须看到，即在外国文学研究领域，一直潜藏着对国外的残疾人文学研究介绍的暗流。20世纪90年代初，《外国文学研究》专门开辟"国际残疾人文学研究"栏目，并于1991年年底、1992年年初集中发表了3篇文章：《国际残疾人文学研究的起步》《娃娃阿比：残疾人与中外戏剧影视文学》《娃娃阿比：残疾人与中外非虚构文学》。据吴明的编后记介绍，这些论文，"海内外反响良好，对该项研究的学术价值和社会效益予以肯定。该项研究由南平同志筹划并承担，其赞助机构世界卫生组织康复科研与培训合作中心（武汉）并已向海内外部分有关单位与人士赠刊、推荐"①。2010年，陈彦旭专文介绍国外残疾文学研究的最新动向，指出国外的残疾文学研究分别在三个领域展开：残疾与隐喻，残疾与性

---

① 吴明：《我刊国际残疾人文学研究引起海内外反响》，《外国文学研究》1991年第12期，第140页。

别，残疾与种族。2018年，曾繁裕以反思性视角介绍西方残疾理论，重点在于指导中国残疾人文学研究如何借鉴、克服西方残疾文学研究理论的长处和短板："着重定义反思、开放多元可能性、跨理论分析等方法套路，对于中国由文本归纳和个人推论主导的残疾文学研究，尤具参考价值。然而，西方残疾理论对社会话语作用的过度重视，不利于阐发文学的人文意义和残疾作家的主体创造性，故中国残疾文学研究在移用西方经验时，需警惕当中理念内涵的局限。"① 研究者们所做出的努力扩大了国内同仁的研究视野，但遗憾的是，这些介绍断断续续，零零星星，没有展示出国外残疾人文学研究的整体风貌，不能让读者尽兴。当然，由于国外此类研究介绍不多，国内此领域的研究就具备了较强的本土化特色。但是，这也在一定程度上限制了国内此领域研究的深入。

"不深"的另一个体现是，这个领域的研究发展缓慢。早在20世纪80年代中期，随着史铁生走上文坛，残疾人作家的研究历程就拉开序幕。但是，近40年的发展中，一些基本的理论问题没有解决，也没有要解决的趋向。比如"残疾文学"这一概念。新时期较早使用这个概念的是1987年许世杰的《呈现生机的沃土——编后絮语》。后来，朔方的《艰难的超越——残疾人文学透析》、夏普的《国际残疾人文学研究的起步》和吴明的《我刊国际残疾人文学研究引起海内外反响》都使用了这一概念。但是，当时对这个概念的认知却比较混乱，有时候是专门指向残疾人作家创作的文学，有时候又指向"残疾人写"和"写残疾人"的文学。夏普的《国际残疾人文学研究的起步》中，残疾人文学是专门针对残疾人创作的文学。1991年第4期《外国文学研究》的编辑吴明发表"编读往来"时说"国际残疾人文学研究"就如高仕的《娃娃阿比：残疾人与中外非虚构文学》和南平的《娃娃阿比：残疾人与中外戏剧影视文学》。而这两篇文章在"残疾人写"和"写残疾人"之间摇摆不定。高仕的《娃娃阿比：残疾人与中外非虚构文学》中重点论述的是残疾人作家创作的非虚构文学，但有时又加入写残疾人的报告文学。南平的《娃娃阿比：残疾人与中外戏剧影视文学》中，既有残疾人作家创作的戏剧影视，也有戏剧影视中塑造的残疾人形象。2010年之后，这个概念才基本得到统一，除了陈旭彦在文章中使用的残疾文学包含"残疾人写"和"写残疾人"，其他几篇文章都趋于一致，即残疾文学是残疾人作家创作

---

① 曾繁裕：《西方残疾理论与中国残疾文学研究》，《厦门大学学报》（哲学社会科学版）2018年第4期，第30页。

的文学。尽管如此,依然让人有点遗憾,因为直到现在,都没有研究者对这个概念有任何的质疑和专门的探讨,研究者们仍然各自按照自己的理解画地为牢。再比如对张海迪文学创作的研究起步于20世纪90年代,其间,张海迪的文学作品不断出版,文学风格不断翻新,但张海迪文学创作的研究成果数量不多,质量也不高,有的研究文章停留在读后感的层面。只有孟繁华和吴义勤对张海迪文学创作的分析带有比较强的学理性。再比如对残疾人作家的研究运用的理论一直停留在心理学方面,没有借鉴其他学科的理论,理论基础较为薄弱。

在残疾人作家研究中,另一个现象是回避身体残疾这个事实。很多时候,我们对作家身体的残疾都有意或无意地进行遮蔽,有些残疾人作家身体的残疾或被视而不见,或被闪烁其词,比如对车前子和陈村的研究。在大量研究车前子的诗歌和散文的文章中,只有极少的成果(比如小新、兆军的《踏"纸梯"通过"圆顶教堂"——谈车前子的诗歌创作》和小海的《诗人车前子》)涉及车前子的身体残疾与文学创作的关系。研究者们将陈村放在先锋文学、上海文学、回族作家群等坐标上加以研究,但似乎都在避讳残疾这个事实,有的研究者只是简单提及此事。陈村研究与车前子研究大体相同,只有极少成果如黄桂元的《放飞独语的灵魂——读史铁生和陈村》和王谦的《肢体写作者陈村》、嫣莉的《走不出的残园》等文章涉及此话题。研究界回避残疾这一事实可能出于三种顾虑:其一,担心被贴上"恶俗"的标签,担心他人指责以作者的残疾(身体之痛)来博取读者眼球,消费残疾人,获一己之利。其二,担心用语的合法性和刺激性,有研究者担心在作家前面标注"残疾"二字是否合乎规范,是否会触痛残疾人作家内心的疼痛。某些残疾人作家也不太愿意在研究的过程中提及身体的残疾,他们不想因残疾获取他人同情,想依靠自己的实力获得读者认可。也有残疾人作家认为,身体残疾与创作没有关系,比如余秀华就说,她希望写出的诗是余秀华的,而不是脑瘫者余秀华的,或者农民余秀华的。其三,担心身体的残疾对文学创作的影响是一个伪命题,是一个凌空蹈虚的预设。这些顾虑与担心不无道理,但是,身体残疾与文学的关系是一个客观的事实,它不会因为我们的顾虑与担心而消失。其实,残疾人作家也很清醒地意识到身体的缺陷对创作的影响,并努力扬长避短,比如周云蓬说:"看不见就是看不见,是障碍,也是方向,不用刻意去泯灭。"[①] 周云蓬知道,就是要从残疾人

---

① 周云蓬:《视觉很美,听觉就不美吗?》,《三月风》2013年第11期,第27页。

的角度介入生活,只有这样才证明你消除了残疾自卑,将自己变成了一个普通人。他说,不要过分追求和普通人一样,非要写得跟莫言、张爱玲似的,这样反而失去自己的创作个性,也暴露出自卑。只要我们心存敬畏,尊重学术,尊重残疾人,这样的研究终会消除各种顾虑与担心。

三、研究的必要性和可行性

对残疾人作家创作的研究是必要的。对残疾人文学创作的关注和支持程度,也是衡量社会文明程度高低的标志之一。

阿德勒认为,人类中天才人物的成就,"经常是以重大缺陷的器官作为起点的","几乎在所有杰出者的身上,我们都能看到某种器官上的缺陷,因此,我们能得到一种印象,认为他们在生命开始时便命运多艰,可是他们却挣扎着克服了种种困难"。[①] 尽管这是阿德勒从天才人物的角度谈自卑与超越,但这一规律对残疾人作家并无二致。残疾人作家凭着坚强的意志,以对生活的热爱,对文学的执着,以及对作家梦的诠释,情倾笔端,流淌出心灵的文字,铺写成生活的篇章。某种意义上,残疾是上苍赐给意志坚强的残疾人的另一笔财富。残疾人作家虽然身体残疾,但他们通过创作自救。创作是精神强大的表现,如果没有内在强大的意志力和强大的精神,他们就不会创作。他们中很多人曾经自卑、沉沦,甚至堕落、毁灭过,但他们最终对自己进行了"策反","策反"的手段就是不停地进行创作,呈现更多的文本样态,在创作中获取新生。创作赋予残疾人作家第二次生命。

残疾人作家为失语的残疾人代言,改变了身体健全的作家对残疾人的书写方式,改变了残疾人的失语症。残疾人作家以残疾人的视角表现生命和死亡,以残疾人的视角写残疾人,以残疾人的视角写健全人的残疾。残疾人作家挖掘出人所潜藏的无穷可能性,向我们展露了残疾人生活中那些无法言说又不可漠视的东西。他们的创作揭开了残疾与非残疾群体之间通透对话的序幕。他们通过一点一滴的感悟和一篇又一篇、一本又一本的文学作品,完成了与整个世界的平等对话,维护了残疾人的价值与尊严,呼唤了社会的文明。

既然残疾人作家的文学创作不论对残疾人作家本人还是对社会都有着重要意义,对其做系统、深入的研究也就成为一种必然。

第一,此研究对残疾人作家的创作有一定的指导意义。残疾人创作

---

① [奥] A. 阿德勒:《自卑与超越》,黄光国译,作家出版社1986年版,第209页。

群体的兴起是我们司空见惯却并没有深入系统加以研究的命题。史铁生研究一度较为热闹，但此研究也伴随史铁生的离去而逐渐式微。总体而言，残疾人作家是一群行走在文坛边缘的小众作家，他们中除去史铁生这样极个别的作家，绝大多数都未能进入文坛中心，没有成为主流创作者，算不上精英作家，其创作水平处于中间状态，山巅之作较为稀少。然而，这不能作为评论界不重视他们的理由。我们在文学研究中，一直习惯于精英意识操纵下的经典文学观，大家习惯于研究处于山巅的代表性作家及其作品，将大量的小众文学视为不登大雅之堂的通俗读物。我们的文学肯定需要精英作家、精英作品的引领，然而，如果只看到精英文学、精英作品的存在，那么，我们眼中的文艺生态圈就不再是满园春色，而是山巅一隅、冰山一角。我们需要激活文学多向度发展的巨大而开广的可能性，不能由某一种观念、模式、路子、方法来主宰、替代、取消其他的文学样态。冰山一角或巍峨山巅是不能孤立地高耸于海面或群峰之上的，离开其他的冰山或山峦它们将黯然失色。应该将精英文学的理论追求与非本质主义的小众创作相结合，对小众创作加以深、精、细的"深度开发"，使之产生高附加值的高、精、尖作品。

第二，对残疾人作家的创作进行研究，能更深入、细致地认识残疾人作家创作的独特性，将我国当代残疾人作家研究向前推进一步。残疾人作家队伍是我国新时期作家队伍的重要组成部分，对这个创作群体进行研究，能促使我国当代文学的研究更加全面，进一步丰富、完善人们对文学的认识。此外，在文艺理论界，研究者们一直注重创伤性体验对作家创作的影响。身体的残疾对残疾个体来说，是一种挥之不去的创伤性体验，研究身体残疾对其创作的影响，能为文艺学研究创伤性体验与文学创作之间的关系提供事实材料。

第三，对残疾人作家创作的研究有助于当代中国精神文化的建构与提升，残疾人作家创作中体现出的生命意识有助于提升中华民族对人的关怀、生存意义、价值的追求与确认。在作品中，残疾人作家以自身的经验为基础反思人生和生命。在实际的生活中，他们困兽犹斗的精神，在艰难的路上纵舞欢歌的人生态度，对当今人们的生活信念、道德伦理和心灵情感都应该有潜移默化的影响。

残疾人的写作是贴近灵魂的书写，是疼痛之上的超拔，身体的残疾带来的对生命的感悟较之于身体健全的作家更富有独特性。他们往往采用讲述个人经历的生命故事来认证生命的内涵，注重叙事中个体的生命感觉，从个体人生出发，关心生命的存在方式和价值，正如王小泗所说，他们是以残缺的肢体来诠释至高无上的生命。残疾人作家的作品就是一部残疾人心灵的成长史。从他们的作品可以弄清楚一个残疾的生命曾经怎样、正在怎样和可能怎样。他们一方面探索残疾个体命运的痛苦、孤独和荒谬以及荒谬命运导致的疼痛和悲哀,另一面却不断赋予这种荒谬以轻松、坚毅、乐观的品质。残疾人作家以自己的创作行为和实绩热情地赞美生命,执着地探索生命的内涵和表现生命的艺术。残疾人作家写的是残疾人个体的生命感知,但同样为身处现代生存困境的人类群体提供了解读生存的密码,成为人们通向现代人心灵的一条幽径。

第四,探索残疾人作家群崛起的原因,可以以此为范本总结激发全民族文化创造活力的经验,为建设社会主义文化强国助力。如果将文学创作看成一个文学生产场域,这个生产场域由创作者、各种机构、各式报刊媒体、各类出版社、各种层次的评价等环节构成,那么,我国残疾人作家群的日益崛起,从事文学创作的残疾人数量的不断增加,创作质量的不断提高,除了残疾人自我奋争的内在因素,还与当下的各方社会关系(包括政治、经济和各种民间力量等)密切相关,显示出文学生产场域对激发全民族文化创造活力的引领作用。它是我国各级政府推动弱势群体参与文化创造的一个成功案例,是建设社会主义文化强国,激发全民族文化创造活力的成功范本。

对残疾人作家创作的研究是可能的。

当代残疾人作家的客观存在和他们具有的群体性创作特征是本书研究的基础和前提。身体的残疾使残疾人获得了独特的心理体验,这为残疾人的文学创作提供了独特的个性色彩和独有的思想以及情感深度。残疾经验可以成为残疾人作家独有的材料,它与身体健全的作家的感受和体会相比,带有更强烈的情感性,更为浓烈、深刻、活跃。残疾经验作为人生的"经历物",已经成为一种先在意向结构存在于残疾人心里,永远处于被发展和被吸收的过程中。残疾人作家从走上创作道路到其文本的精神底色,都与他们的残疾体验有着直接而密切的关系。"童年时期落下的身体残疾,这当然是一种缺失。因此,残疾儿童的缺失性体验往往是最充分的,但由此而产生的缺失性创作动机也最为激烈。生理上的缺陷往往会导致人一生的痛苦,但可以刺激天才的发展。假若把有身体残疾的人除掉,那么文学世界将不会这样灿烂。"[①] 而且,这种独特的生命体验还可能促成残疾人思想的深刻性。残疾人作家群的共同性特质,为

---

① 童庆炳:《童庆炳文集》第五卷,北京师范大学出版社2016年版,第271—272页。

将这个群体作为研究对象提供了可能。

世界卫生组织在1980年对"残疾"专门做的界定，为本书研究提供了法律保障。"残疾"和"残疾人"是世界性的法定术语，将残疾人作家作为一个特殊对象进行研究符合国际惯例，不存在对残疾人人格的不尊重。实际上，对于残疾人作家创作来说，真正有价值的正是那种源自切身生命体验与精神冲动的原生态、自然、粗犷、野性的文学性，相对于长期以来被各种文学观念、文学教条，甚至被各种政治与道德说教拘牵、约束过的文学性而言，残疾人作家的作品更为清新、原始而有力量。如何呵护这种文学性，如何让这种文学性健康地孕育、发展、壮大，并最终成为中国文学乃至世界文学的宝贵财富，是今天的文学界迫切需要重视和研究的工作。残疾人作家研究处于正在进行时，这种正在进行时的品格意味着无限的可能性——身体创作研究体系建构的可能性。以此为出发点进行研究，残疾人作家也不会因"残疾"的命名而自卑。

四、身体哲学：阐释残疾人作家创作的理论基础

西方哲学谱系中，在尼采之前，灵魂和身体都处于分离的二元状态，以柏拉图为代表的古典哲学家们重灵魂而轻身体。从尼采开始重视身体的存在，身体成为哲学领域的研究中心，身体哲学名正言顺地进入哲学研究领域，经过弗洛伊德、福柯、梅洛－庞蒂等人的努力，身体哲学扩展到几乎所有的人文社科领域，身体研究在西方后现代语境中逐渐成为热点，"身体"被广大哲学家、社会学家、美学家、文学家重新审视。尼采指出，人与人之间的差异是身体的差异，而不是思想、精神和意识的差异，一切从身体出发，一切以身体为准绳，"要牢牢地保护我们的感官，保持对它们的信仰——而且接受它们的逻辑判断！迄今为止，哲学对感官的敌意乃是人最大的荒唐！"[1] 尼采彻底颠覆了柏拉图、笛卡尔的灵魂（意识）/身体对立论。在尼采看来，身体不再是听从于意识的被动者，而可以主动对世界做出解释、评估和透视。之后，福柯将身体引入社会历史，认为在某种程度上，历史是身体的历史，历史的各种悲喜剧都是因身体角逐而产生的，身体成为权力的追逐对象，身体和权力的复杂关系成为福柯理论的核心。梅洛－庞蒂将"人"具化为"身体"。梅洛－庞蒂对尼采的超越在于，他找到了人与世界建立直接的身体性关系

---

[1] ［德］弗里德里希·威廉·尼采：《权力意志》，张念东、凌素心译，商务印书馆1991年版，第117页。

的中介——知觉，并提出身体是一个身心统一的整体，而且，依据人类秩序中不同的辩证关系，人的心身关系也表现为不同层次。

西方的身体哲学不是铁板一块，而是存在差异、不断发展的一种开放性理论。比如尼采的身体是主动的，福柯的身体是被动的；尼采的身体具有生产性，福柯的身体被生产，权力对身体进行支配。但他们对身体的强烈关注，用身体主体取代意识主体，将身体看作一切问题的核心，尤其是梅洛-庞蒂的身心一体论，给文学研究带来新视界。随着身体哲学的兴起，20世纪末，西方理论界开始关注身体与文学创作的关系。约翰逊（Mark Johnson）在《身体的意义：人类理解力的美学》（*The Meaning of the Body: Aesthetics of Human Understanding*）中提出，我们阅读词语，所领会的意义是"身体性的（存在）"，因此，文学不可能独立于"身体性过程"；相反，活的身体（the lived body）就是文学的起源。① 约翰逊指出"所有写下的诗歌都是具身性意义（embodied meaning）的证言"，"所谓的具身性意义归根结底是身体的意义（the meaning of the body），是植根于身体的意义（the meaning grounded in the body）"②。肉体与精神、身体经验与审美经验、艺术与生活之间具有连续性与交互性。通过此类言说，文学与身体学的关系被敞开，他们在证明、阐释、弘扬这样一个命题：身体是文学活动的主体。身体不仅是被描写的对象，而且是言说的主体。应该重视身体在文学创作中的积极性、创造性和复杂性。

身体哲学为研究残疾人作家及其文学创作奠定了理论基石。迈克尔·波兰尼（Michael Polanyi）说："胡塞尔的另一追随者F. S. 罗斯柴尔德（F. S. Rothschild）博士更早得出了这样的结论：心灵是身体的意义。"③ 如果我们将身体看作情感活动的主体和文学活动的主体，那么，残疾作为一种特殊的身体存在，一种特殊的情感主体、活动主体，在文学创作中必将对文学创作产生特别的意义。

首先，残疾的身体必将给文学创作带来特殊的质素。文学创作不能独立于身体，而是身体的内在构成——既被身体的行动塑造，又依赖正在发生的身体经验。文学创作归根结底都是身体的创作，是植根于身体

---

① 转引自王晓华：《身体诗学》，人民出版社2018年版，第53页。
② 转引自王晓华：《身体诗学》，人民出版社2018年版，第53—54页。
③ [英]迈克尔·波兰尼：《认知与存在：迈克尔·波兰尼文集》，[美]马乔里·格勒内编，李白鹤译，南京大学出版社2017年版，第203页。

的意义、以身体为根据的文学创作。对于残疾人作家而言，身体的因素更为突出。他们的创作不仅仅是对身体的思考，更重要的是由作家自身身体的特殊性引发的思考。残疾人作家从一开始创作，就加入了身体的因素。身体的不完美成为残疾人作家发愤采为辞章的重要源泉。既然身体参与、支配文学创作，那么，特殊的身体参与、支配文学创作，必将给文学创作带来特殊的元素。

其次，文学表达的理性、情感不是去肉身化的超验体验，而是身体的经验，身体的经验影响、制约着文学的表达。特殊的身体经验也必将影响、制约着文学的表达。"生活以身体为目标，身体的力量和意志创造了生活，甚或与身体的关系就此发生了置换：生活成为身体的结果，甚或被身体的权力意志锻造和锤炼，在身体的激发下，生活成为一件艺术品。这样，生活、身体、自我处于无限的可能性之中，它们永远处于即刻性状态，永远在创造、永远在无休止地进行艺术生产。"① 残疾的身体给作家带来由外而内的改变，包括生活方式、个人经验、写作心态、文化态度等多方面，这必然给他们的创作题材、题旨、表达趣味等带来文学话语的独特性，异样的生活体验使残疾人作家永远处于独特的创作之中。

最后，残疾身体包含的丰富话语使残疾人作家的创作研究具有巨大的言说空间。身体不是生物学意义上的躯体、肉体，而是人认识世界、把握世界、理解自我的中介，是一部活的历史，包含着丰富的社会历史内容。权力（隐藏在政治、经济、文化等因素中）改造身体，身体也参与权力的改造。身体话语具有丰富的隐喻性。在这样的语境中，残疾身体蕴含的意蕴更为丰富。反映在残疾人作家的创作中，残疾人作家的创作体现出言说不尽的丰富内容。

身体哲学为我们揭示残疾身体与文学创作的关系，澄明其秘密提供了理论基础。

五、研究思路

本书的研究对象是我国新时期以来的残疾人作家，研究目标是探讨身体残疾与文学创作的关系。课题以身体哲学为理论基础，以文本研究和跨学科（文学、心理学、生命哲学、伦理学、美学）研究相结合的方式全面探讨残疾人作家的创作。在研究过程中，点面结合，多方兼顾：

---

① 汪民安：《身体、空间与后现代性》，江苏人民出版社2015年版，第66页。

对重点作家的关注与整个作家群的考察结合在一起；对不同残疾类型的作家和不同社会身份、不同家庭背景、不同文化背景以及不同性别的残疾人作家的关注和分析相结合。在研究过程中，避免纵容、夸张和放大残疾人作品中某些非文学性的因素，以免给残疾人作家和社会其他阅读群体以思想和精神上的误导，从而忽视了对高雅文学品位的要求，最终只能造成对残疾人作家和残疾人文学的双重牺牲。

（一）关于残疾人作家的界定

中国残疾人联合会2015年下发《中国残联办公厅关于做好残疾人文学艺术人才有关工作的通知》。通知要求各省、自治区、直辖市残联，新疆生产建设兵团残联，黑龙江垦区残联摸底统计残疾人文学艺术家并提出具体要求，所有摸底统计的各类残疾人艺术家必须是现已加入中国文联所属地市级（含）以上各类文学艺术专业协会的会员，摸底统计对象必须持有中华人民共和国残疾人证。依据中国残联统计残疾人文学艺术家的要求，本课题所说的残疾人作家必须具有以下条件：身体上的残疾；已加入中国文联所属地市级（含）以上各类作家协会的会员；出版有较多数量的文学作品；形成了一定的创作风格；有一种创作的自觉，明确意识到自己的创作使命感。只有具备上述条件的作家才属于本课题的研究对象。

（二）与"身体写作"的区别

本书研究的重点不是文学作品中怎样塑造身体，而是身体怎样规训文学创作，身体怎样通过文学创作来表现自己。

1997年葛红兵首次提出"身体写作"[①]，"身体写作"遂成为一个备受争议的词语在文学批评中频繁出现。粗略地讲，身体写作是指创作中对身体的书写。身体写作研究是研究文学创作中如何处理与呈现身体，研究作品中身体是以何种方式在场，审视文学作品中的身体表征，揭示文学作品中身体丰富的文化与历史内涵。本书研究的是作家身体与创作的关系，具体而言是作家的残疾身体与文学创作的关系，关注作者的残疾身体如何影响其创作，其创作如何回应着其身体，意在挖掘作家的"灵肉关系"，包含更为宽广的精神、艺术内涵。

[①] 参见葛红兵：《个体性文学与身体型作家——90年代的小说转向》，《山花》1997年第3期。

（三）研究的逻辑思路

既然是关系研究，必然是关系双方的双向沟通，因而本书从两个大的方面展开：

作家的身体残疾对文学创作的影响和文学创作对残疾人作家的影响。作家的身体残疾对文学创作的影响主要围绕身体残疾对创作主题、创作视角和叙事方式的影响展开讨论，并以文学史的视野，辩证地审视其创作得失。身体残疾对创作主题的影响主要从伦理学的角度研究身体残疾与作家认知世界的关系。文学伦理学批评的对象是文学作品中表现出来的"关系"及其存在的"法则"，将文学伦理学运用于残疾人作家创作研究，探讨残疾人作品中表现出来的残疾人与社会之间的"关系"及其存在的"法则"，探讨残疾人与身体健全的人、残疾人与残疾人、残疾人自身的灵魂与肉体等之间的关系。身体残疾对创作视角和叙事方式的影响主要是从艺术的角度探讨身体残疾与文学创作的关系。本书立足于身体残疾对创作主体的审美观照及其表达方式的影响。

文学创作对作家的影响主要从残疾人作家的创作心理和文学生产场域如何促动残疾人作家的创作两个方面进行论证。

本书以残疾人作家"是否在场""以何在场""何以在场"这一纵向递进式发展为内在逻辑，揭示残疾人作家创作的丰富样态。

六、学术思想、学术观点、研究方法等方面的特色和创新

本书第一次对新时期以来我国残疾人作家及其创作做集体的系统检阅。残疾人创作既是一个不能忽略的文学现象，又不能简单地采用传统的评价主流文学的批评方式对之。残疾人作家身体的特殊性决定了他们的创作与其他作家的创作存在一定的差异，如果采用惯常的方式加以研究，可能会存在误读、改写、遮蔽，不能彰显残疾人作家创作的独特性。新时期以来，我国残疾人作家大量出现，残疾人创作现象是多种文化的产物，因此，本书首次以跨学科的文化视野，从多文化的角度探讨身体残疾与残疾人作家创作的关系，把"内部研究"与"外部研究"贯通起来，既重视残疾人作家生存的现实环境，也关注作家作品。方法论上采取广泛介入的途径，即涵盖纯文学和非文学的因素，向伦理学、心理学、美学、民俗学、社会场域理论等学科渗透。通过开放性的研究视角，更加辩证、更加逼近残疾人作家创作，使残疾人作家创作研究更加丰富，以此更有效地揭示这群孤独的写作者的另类写作方式，彰显他们应有的意义。

通过研究，本书第一次提出，浪漫主义的精神特质是我国残疾人作家创作的灵魂。本书首次将新时期以来我国残疾人作家创作的总体特色总结为：对生命伦理问题的思考是残疾人作家创作的生命，内倾化的创作视角是残疾人作家创作的躯体，补偿性的叙事手段是残疾人作家创作的衣衫，多重社会场域是残疾人作家赖以生存的土壤，而统摄残疾人作家创作的核心则是浪漫主义精神。

本书首次从社会场域入手，探讨新时期以来我国残疾人作家得以发展的原因，提出机构团体场域和媒介场域对残疾人作家创作的影响不是简单的背景因素，而是渗透到残疾人作家的创作中，成为残疾人作家创作的构成成分。机构、团体场域的运行机制和现实诉求都表现出明显的官方化特点和主流引导性。媒介场域中，多数传统媒介体现出正面引导性，而部分新媒介对残疾人作家的传播则有以身体的特殊性博取读者眼球的成分。

本书系统梳理了身体残疾对作家创作主题、创作视角、叙事手段和创作心理的影响。对此，本书提出的新观点有：1. 生命伦理是残疾人作家创作的核心主题。他们对生命伦理问题的思考呈现出二元对立倾向，体现出困惑中坚守、焦虑中淡定的诉求特点。2. 残疾人作家创作视角的内倾化特色。内倾化特色在体裁上体现为残疾人作家都选择过向内倾的文体即自传体文学和散文、诗歌的创作。本研究探讨了残疾人作家自传文学的特点。3. 残疾人作家叙事方式的补偿性。残疾人作家在叙事方式上采用补偿性创作手段，补偿性创作包含生理性补偿和体验性补偿。4. 自救型的文学创作心理。残疾人作家的创作心理不止于超越自卑，更不是为了经世致用，他们的创作目的是救赎自我生命，通过文学创作重构自我生命。

本书还存在可以扩展的空间，比如同一种残疾类型，先天的和后天形成的残疾人作家之间，后天形成的时间段不同的残疾人作家之间，其身体残疾对创作的影响是有差异的。"残疾人的情感也是有差异的，先天残疾者和后天残疾者的情感；不同残疾类型的残疾者的情感，各有特点。后天致残的比先天残疾者更为痛苦。先天残疾者，虽然他们也会感到孤独和苦恼，但由于一生下来就在这种生理缺陷造成的困难的环境中生活，因此他们从来就没有体会到过健全人所享有的'光明'、'有声'和行动自如而带来的幸福，对于自己的生理缺陷及由此所造成的困难，早已习以为常。如先天盲人，已习惯在无光亮的环境中生活；先天的聋哑人，习惯于在无声的世界里，用手势语和别人交谈。而半途失明、失听或半途肢体致残者，他们在精神上比先天的残疾人感到更为痛苦，也就是说他们的情感都要经历一个非常痛苦的过程。"① 正如吴厚德对先天和后天残疾的残疾人心理的分析一样，先天和后天残疾的残疾人作家在创作中也存在差异，本书对这种情况的研究不够细化，不够深入，有待后续完成。类似的情况可视为本书的遗憾，但这些遗憾将会成为下一次研究的起点。

---

① 吴厚德：《残疾人心理分析》，华夏出版社1987年版，第13页。

第一章　创作主题：生存伦理

新时期以来，我国残疾人作家由自身的特殊处境出发，在创作中多关注人物的生存境遇、生命体验，以及生命原则基础上人与人相处应遵循的原则和规范，即生存伦理的问题。生存伦理是以人的生存为核心的伦理关系。生存伦理是人对一切生命存在的总体性感知，包括人对自身生命存在的环境、状态和方式、生命不可逆转的过程的客观性认知，即个体生命对自身存在方式、存在意义和存在价值的体认和感悟，也可以包括人对自身以外的一切关系（比如对自然生命现象的同情、怜悯、热爱、崇拜）的体认和感悟。因而从宏观的角度看，一个人的生存伦理感受源于两个方面：一个方面是个体自身的审视、对抗与冲突；另一个方面是个体与社会的和谐、紧张与对峙，即个体与外在的交融和碰撞。就残疾人作家的创作而言，对自身的审视包括对自身命运的审视和对残疾带来的痛苦的审视，对自身和他人关系的审视包括对婚恋关系的审视和对与家人、朋友关系的审视。在这些审视中，始终蕴含着灵魂与肉体、情欲与理性、本能与道德的冲突。

新时期残疾人作家对生存伦理的认知存在着矛盾心态，他们不惧怕死亡，礼赞死亡，向生而死，坦然面对死亡，但他们又留恋生命的美好。他们坚信：充分体现自己的人生价值、勇于奉献、敢于在沉重中坚守是生命最好的存在方式，他们也坚信，平和宁静、自由豪气、直面惨淡的人生是最佳的生命状态，但他们又感慨命运不可捉摸，只能听从命运的安排，表现出宿命的悲观。他们感受到了人性中的善良，沐浴着亲情的温暖，但他们并未消除孤独感、被遗弃感，依然在漂泊中行走，似乎永无停留。他们抒发爱情的欢欣，冥想爱情的甜蜜，但也描写失去爱情时的痛苦和渴望爱情时的焦灼。他们从多个角度表现出生命的复杂和理智与情感的冲突，呈现出二元对立的矛盾。

抗争与妥协，自我拯救与自我放逐，自觉与自惑，自爱与自弃，自审与自诩，在这些二元对立的纠结中，残疾人作家始终想拆解并重构生命中的不可能，始终在努力地寻找不可能中的可能，他们最终依靠精神的理性维持着生命的和谐，最终正面因素都能超越负面因素，向正态方向发展。他们的生存伦理体现出困惑中坚守、焦虑中淡定的诉求特点。

第一节　命运：悖论

"命运"是残疾人作家写作中最基本的问题意识或问题构成，命运主题成为残疾人作家创作的核心主题。而残疾人作家对命运问题的思考是从思考自我开始的，比如为什么残疾就会落在自己身上，为什么芸芸众生就自己遭受厄运。命运包含人的一生的经历和遭遇，是人的生命的整个运动过程："命运是指人生的生存状态和生命历程，就包括人生的各种状态和整个历程，无论幸运、厄运和常态，都属于命运的内容和表现。"① 在残疾人作家的生命活动中，他们根据自身的经历感受到，作为偶然的一段存在，人始终面对着更强大的、个体无法解决的必然或者宿命。然而，他们又感受到，虽然命运造成了生活的普遍的不可把握和偶然，自然的力量把一切的存在化为虚无，死亡规定了时空中一切生命的有限性，但他们依然本能地具有追求稳定性的意愿，依然内在地具有意志的独立性，依然要求超越有限的深层欲求。他们首先是理性主义者，承认个体的有限性，但他们又不是叔本华式的悲观主义者，也不是尼采式的怨恨者，他们是命运的反抗者。于是，对于命运，在残疾人作家的创作中体现出一种悖论：一方面认为人不可抵御命运的安排，表现出认命的思想，另一方面又不甘愿认命，表现出抗命的意愿。他们的作品在认命与抗命之间保持着复杂的张力。对于命运，他们感到绝望，但又充满希望；感到无奈，但又努力抗争，感伤中有一股力量，淡泊中有一分骨气。作品中人物内心的这种撕裂感、分裂感和矛盾性，是残疾人作家灵魂深处的真实写照，并且使他们的创作呈现出沉郁凝练而又不失豁达的美学风格。

一、难逃命运

因自身的经历所致，残疾人作家的创作中基本都带有宿命观。宿命

---

① 蔡永宁：《解读命运：关于人生命运的哲学思考》，人民出版社 2001 年版，第 284—285 页。

观包含两个层面：第一个层面是命运的不可掌控，他们认为，不可把握的命运总是追逐着每一个人，强迫个体听命于它，这是所有的人都必须共同面对、无法摆脱的；第二个层面是死亡是生命不可回避、无法逃离的必然结局。宿命观使他们的作品充满悲凉。

（一）活着：命运不可把握

残疾人作家在创作中表现出这样一种思想：人活着，但命运不可把控。杨姣娥认为，人生旅途中，总有一种神奇的力量让你折服，"总觉得冥冥中有一种不可逾越的轮回，它让你在人生旅程中感觉到一种神奇的力量，也让你在暗地里有一种宿命的认同"[1]。沙爽知道个体不可能操纵自己的命运，"必须承认，一个人其实不太可能对自己的命运实施全面操纵"[2]，"人类没办法不相信上帝或者神灵曾经并且正在存在着"[3]。生命有时是无法掌控的，"就这样，一些让人心疼的事物最终变成了悬念，正如一些事物从盛开的一瞬就走失了未来"[4]。生命无法掌控，于是沙爽提出，只有顺应生命才能获得幸福，"我必须相信：每一条河流——无论是地上的，还是地下的，也无论是温暖的，还是寒凉的——都自有它的命运。只有这样想，我才能活下去，活在我的幸福里"[5]。

论及陕西文坛，贺绪林应该是一个无法绕开的存在，其创作尤以土匪、刀客题材著称，《兔儿岭》《马家寨》《卧牛岗》《最后的女匪》和《野滩镇》等5部共约130万字的"关中枭雄系列"在读者中产生较大影响，《兔儿岭》改编成电视连续剧《关中往事》（又名《关中匪事》）在全国各地热播而名声大噪，吸引了众多观众，片头曲"他大舅他二舅都是他舅，高桌子低板凳都是木头……"唱红了大江南北。同时还衍生出《关中秘事》《关中女人》《关东情事》以及全国性的影视文坛"刀客热"。

"关中枭雄系列"将官、兵、绅、匪、民各种人物交织在一起，以关中地区为背景，在极具地域性和民俗色彩的生活中展示了那个时代复杂的社会人文环境。贺绪林在博客中说，他无意为土匪树碑立传，只是想再现一下历史，让后来者知道我们的历史中曾有过这么一页。以此推理，贺绪林的创作初衷是通过官事、民事、匪事等多重事象的交错纠结，揭

---

[1] 杨姣娥：《时光碎片》，中国财富出版社2014年版，第3页。
[2] 沙爽：《春天的自行车》，知识出版社2011年版，第42页。
[3] 沙爽：《春天的自行车》，知识出版社2011年版，第48页。
[4] 沙爽：《春天的自行车》，知识出版社2011年版，第116页。
[5] 沙爽：《春天的自行车》，知识出版社2011年版，第151页。

示一个时代的风云变幻。但在这种显在目的的背后，还包含生命伦理的潜在诉求。比如在《马家寨》中，作者努力地诉说着："唉——说一千道一万，都是一个'欲念'把人害了啊！"①"欲"是万恶之首。在《最后的女匪》中，作者表达的是"没有天生的恶人和坏人。都是后来的生存环境改变了人"②。探究人的生命伦理构成了"关中枭雄系列"的隐性主题，而命运无常构成了他生命伦理的主旋律。

"关中枭雄系列"作品中，要么人物总是在不期然中做出一些匪夷所思的举动，造成灾难的发生，要么一个偶然的事件造成人物命运的改变。总之，人的命运都不会按照人的主体性实践方向发展。《马家寨》中，后续的所有人事纠葛都起源于马天寿强奸冯仁乾的小妾香玲，而马天寿的这一举动并非蓄谋已久，周密安排，"后来回想这件事，天寿说那天他实在是着了魔"③。马天寿看见一个女人走进玉米地，他并不知道这个女人就是香玲，只是出于好奇，想知道这个女人进玉米地做什么就跟着进了。从玉米地出来，他着了魔似的沿着女人走过的那条路到了河边，于是发生了本不该发生的事情。这件本不该发生的事情彻底改变了马天寿的人生轨迹，甚至彻底改变了这个寨子所有人的生活。《最后的女匪》中，"我"爷爷本来是国民革命军新编第五师168团的上尉连长，作战勇敢，悍不畏死，奋斗目标是三十出头当上团长，四十出头当上将军。但因为剿匪误入沙漠，最后看破红尘，回乡当农民，过平平常常、安安稳稳的日子。《野滩镇》中的彭大锤自幼性野尚武，喜欢耍刀弄枪，本来决定一辈子就开镖局，他自知，除了开镖局其他事他干不好也干不了，而且他开的信义镖局生意很好，但偏偏由于偶然事件卷进政府官员的争斗之中，最后险些丧命。《卧牛岗》中的秦双喜作为富家子弟走上为匪之路，更是有悖秦双喜初衷。《兔儿岭》中的墩子最初的愿望也就是替父报仇，但命运让他与官府、官兵、土匪搅和在一起，并为此丧命。陈楞子和春妮的突死，给了墩子极大的刺激，他感叹人生无常，命运难测。贺绪林的小说中，不仅主要人物的命运变幻无常，次要人物的命运同样充满戏剧性。《马家寨》中云英被迫嫁给了土匪，土匪被打死，云英的父亲将女儿托付给马天福。云英原以为自己可以过正常人的生活了，结果小叔子又是土匪，知道这个情况后，云英脸色发青，默然无语，半晌才喃喃地说"我

---

① 贺绪林：《马家寨》，太白文艺出版社2007年版，第305页。
② 贺绪林：《最后的女匪》，文化艺术出版社2007年版，第280页。
③ 贺绪林：《马家寨》，太白文艺出版社2007年版，第4页。

咋这么命苦，净和土匪打交道……"①马天福在云英家打死一个土匪，自己家里却又冒出一个土匪，还是自己的亲兄弟，命运总是如此捉弄人。

就个体生命而言，生命实践中可能会出现选择的局限性、追求的不可全知性和结果的不确定性。比这种不确定性更为惨痛的事实是：生活中的许多偶然事件让许多无辜的而且是毫无关系的人牵连其中，甚至不明不白地丢失性命。《马家寨》集中体现出这一思想。马天寿的偶然失足，导致两个家庭和家族的纷争，最后导致整个寨子的毁灭。

在贺绪林看来，不论是普通百姓还是官员土匪兵痞，不论是事件的亲历者还是旁观者，都活在强大的不可知中，生活的每一天都有可能出现新的动向，偶然的甚至是不符合逻辑的一些行为、事件会颠覆以前的生命情态创造未来的状态，因此，人在生存中无法掌控自我的前途与命运，未来不可知，一切都不可知。表面上看，"关中枭雄系列"是一个历史时代的缩影，内核却更像是人类生存境遇的寓言。"枪炮声停了，马家寨沉浸在一片静默之中。没有哭声，没有鸡鸣犬吠羊咩牛叫之声。一切都像回到了远古的岁月"，"天空出现了大片大片紫色的云霞，它们横亘出各种奇异凶猛的姿态。硝烟在火光中弥漫升腾，与西天奇异的霞光连成一片，变成了一片浓浓的紫雾，笼罩着高原，久久不散。夕阳在紫雾中摇摇欲坠，最终被紫雾吞没。天地间一片混沌"。②这一段描写突破时间的边界，淡化时代的色彩，仿佛回到远古时代。"紫雾"这个意象奇异凶猛，"夕阳"被紫雾吞没。到此，读者感受到的是宿命的悲凉，无论何时何地，人都是柔弱的，正如夕阳，终将被一股强大的力量击败。这些叙事混合着现实情怀与古老的历史情愫，在故事化的紧张情节中无不透露出苍凉、伤感的气息。贺绪林借历史感慨的是人生的随意、偶然和不可探知。在这些叙事中，土匪、刀客只是一道布景，作者借助土匪、刀客的形象演绎的是人、命运、世界的关系。作家的叙说让清晰的历史呈现或明或隐的背影，想象与虚构的力量却让读者从故事的隐喻中看清了人的命运不可把握的本真。

为了强化命运的神秘莫测，贺绪林还常常在叙述中穿插奇闻逸事、野史传说和算命占卜，创造出陌生化的间离效果，让命运再次披上神秘面纱。《野滩镇》中，白门窑地名的由来就是一个传奇的故事，白刀客脚心的长毛和白刀客的死都带着神秘的色彩。彭大锤从豹子口里脱险生还，

---

① 贺绪林：《马家寨》，太白文艺出版社2007年版，第87页。
② 贺绪林：《马家寨》，太白文艺出版社2007年版，第304页。

因而被传得到山神爷爷的庇护。这个传说让小说的主角彭大锤更显得神秘莫测。《兔儿岭》中，兔儿岭得名的传说包含人的自主性毁灭的悲剧感。伯邑考为父赎罪不成反而被小人杀害，只有在成为兔子之后才能自由支配自己，在那里形成一个土岭。贺绪林常常在小说叙事中加入一个预测人，而且这个俗称算命先生的人对未来的预测十分精准。《马家寨》中的金大先生的预言，《兔儿岭》中算命先生对墩子的预言都一一实现。人在对未来不可把握的情况下，往往借助宗教获取解答。在小说中穿插算卦，暗含这样的思想：有一种神秘力量掌控着现实中的人，人自己无法控制自己的命运。

从叙事技巧来看，"关中枭雄系列"喜欢采用巧合、偶然、夸张、变形、超常规等手法，让主人公在巧合、偶然事件中发生奇异故事，情节出乎意料，但又合乎情理，巧合与偶然相辅相成，从而创造出奇制胜的戏剧效果，以巧取胜。《马家寨》中除马天寿强奸香玲是偶然发生的外，还有一系列的偶然性事件，冯仁乾娶香玲也属偶然。他当时施舍香玲是一时心血来潮的善举，本没有想到要纳她为妾，事后他也没有往心里去，万万没料到，香玲竟然找上门来。原本在香玲的劝说下，马天寿决定不再与冯仁乾争斗下去，意外的事情再次发生，其他土匪打着马天寿的旗号抢劫冯仁乾，双方的矛盾进一步升级。正是在一个又一个偶然因素的干扰中，马家寨遭受了灭顶之灾，整个寨子只剩下残垣断壁，只有几个人活着跑出去了。死去的这些人中，很多是在不明不白中丢失性命，这些人替别人的无常命运买单，这本身也是命运无常的体现。巧设伏笔、巧设矛盾、巧设结构的叙事技巧是与命运的神秘莫测紧密相关的。

对于史铁生，命运问题既是一个无法逃避的问题，更是一个永恒的话题。从自身的经历出发，史铁生认为命运被他人掌控，人的命运早已被安排，所以自己无法支配自己的命运，因而对个体来讲，人的命运具有偶然性、荒诞性和神秘性。"人不知道被命运安排在哪儿，又不知道为什么被安排在那儿"[①]，"人的命运真不知在什么时候，因为什么事情，就被决定了"[②]。他在《宿命》《山顶上的传说》《小说三篇》《一个谜语的几种简单的猜法》《别人》《草帽》等作品中对命运发出了追问与思考，

---

① 史铁生：《插队的故事》，《史铁生作品全编》第 4 卷，人民文学出版社 2017 年版，第 58 页。

② 史铁生：《插队的故事》，《史铁生作品全编》第 4 卷，人民文学出版社 2017 年版，第 118 页。

表达了对命运的困惑。

  《山顶上的传说》创作于 1984 年，是史铁生比较早的作品。小说描写了一个小伙子因为瘸腿，爱情和事业都遭受挫折。小说彰显了两个命题：一是命运不可把控，二是忽略命运的不可把控性，享受生命的过程。这两个命题成为后来史铁生文学创作的两个母题。关于第二个命题将在后面进行分析，这里只涉及第一个命题。小说第一章借白纸冒出的烟雾很快入题，瘸腿小伙子在看到烟雾时，想到的是，一缕飘摇着的轻烟太轻、太小、太弱，可以改变它命运的东西太多。由烟雾又想到，云比烟雾强大得多，但云同样弄不清下一步将要碰上什么样的气流，将要怎样被撕扯，一切都是无常。在此基础上又联想到人比云强大，人同样有可能无法实现自己想要的东西。比如他本人，谁都不能担保他一定能得到他想要的爱情和找到他的鸽子。在后面的情节中，瘸腿小伙子常说，人不过是偶然，有很多事，本来就没"为什么"可言，许多事纯属偶然，偶然本身就是原因。"这就是偶然，命运，一种超人的力量，有时候把你弄得毫无办法。"[①] 这位青年人就是因为一次意外，失去了双腿，原本一个正常的人，由于偶然事件，一瞬间什么也没有了，从此命运就被改写，事业、爱情、生活方式、与别人的关系……健全人的一切都不再属于他，他也没有资格去想了，甚至他自杀未遂也是因为偶然。小说中，史铁生对命运的偶然性进行了设想：

    如果一颗流星，正好落在了一个走夜路的人身上呢？正好把脊椎骨砸断了呢？行了，这个人今后的生活肯定要来个天翻地覆了，一连串倒霉的事在等着他。而这个人之所以恰恰在这个时候走到了那个地方，是因为他刚才在路上耽搁了几秒钟，为了躲开一只飞过来的足球。而那个孩子之所以这么晚还在街上踢足球，是因为父母还没有回来，没人管得了他。父母没有回来，是在医院里抢救一个急病号。急病号是煤气中毒。怎么煤气中毒了呢？因为……好了，这样追问下去，大约可以追问到原始人那儿去，不过就是追问到原始人那儿去也仍然是没有追到头。你还得追问那颗流星，为什么偏

---

  ① 史铁生：《山顶上的传说》，《史铁生作品全编》第 3 卷，人民文学出版社 2017 年版，第 282 页。

偏在这时候落在了那个地方。①

　　——无论是致残的偶然性因素，还是从事的写作活动，一切的事件都是出人意料，没法解释的。小说中的主人公带有史铁生自身的影子，这篇小说带有强烈的自传性质，文本中的瘸腿小伙子的心境代表着史铁生自己的切身感受。1988 年，史铁生创作了《小说三篇》。从形式上看，第一篇小说《对话练习》全部是人物对话，而最后一篇小说《脚本构想》没有任何一句人物对话，完全是第三人称叙事。不同的叙事方式共同完成一个主题：人的命运被他人左右，人的命运因而呈现出偶然性特征。在《对话练习》中，史铁生列举了高考这个事例。高考牵动着亿万考生及背后无数的家庭，而如此重要、关于考生命运的事情，也会在偶然间被改变。比如，有 9 个考生，他们之中只能录取 7 人，其中 5 个肯定录取了，要在剩下的 4 个当中刷掉 2 个。总共 7 个考官，已经有 6 个人下了决定了，这个决定是三比三，剩下最后一个考官下决定。这 4 个考生的命运的改变，就在这个考官的瞬间意念之间，而这个考官对自己缺乏信心，发现自己的感觉都不对，都是错觉：" 我现在选中一个，但这可能是我的错觉，过一会儿我发现这是错觉，我就选择了另一个，但是谁来担保这一次不是错觉呢？"② 这 4 个考生的命运由此变得不可捉摸，无法确定。这篇小说的一个关键词是 "决定"，考生的命运由考官决定（或许还是一次错觉的结果），小说中的那对夫妻的命运是由别人决定的，而决定他们命运的人当初也是被别人决定的，而被考官决定的这个人将来又去决定别人。人对自己的命运没有主动权，"人就像一个瞎子"③，都是被他人决定。这个决定人的命运的人归根结底是 "上帝"，"上帝借你们，在给那几个人分配命运"④，"可上帝决定借一个人分给我另一种命运"⑤。这种思想在《草帽》中也表现得很突出，因为草帽这个偶然事件，"我

---

① 史铁生：《山顶上的传说》，《史铁生作品全编》第 3 卷，人民文学出版社 2017 年版，第 280 页。
② 史铁生：《小说三篇》，《史铁生作品全编》第 5 卷，人民文学出版社 2017 年版，第 11 页。
③ 史铁生：《小说三篇》，《史铁生作品全编》第 5 卷，人民文学出版社 2017 年版，第 12 页。
④ 史铁生：《小说三篇》，《史铁生作品全编》第 5 卷，人民文学出版社 2017 年版，第 10—11 页。
⑤ 史铁生：《小说三篇》，《史铁生作品全编》第 5 卷，人民文学出版社 2017 年版，第 12 页。

们"结婚了，但也很可能因为"我们"的结婚给某个后代带来不幸，对于这个后代来说，他的不幸也是偶然事件的产物。第三篇小说《脚本构想》写"上帝"为剧本安排角色，"上帝"知道，没有悬念的戏剧是不好看的，看了开头可以推算结尾的戏剧是不好看的，预先泄露了细节的戏剧是不好看的，不好看的戏剧是不会有梦的效果的。于是，"上帝"把所有角色的位置都打乱，让每一个角色占据的位置都是偶然的，让他们之间的排列是随意性的。这里，剧本隐喻人世，角色隐喻现实世界的人，"上帝"不让每一个人知道自己未来的事情，知道了未来的事情就没有了梦想，于是"上帝"有意搅乱每一个人的生活秩序，让他们的生活充满偶然性。这篇小说可以看作对第一篇小说的补充，进一步回答了掌握人的命运的人是谁的问题。"上帝"是一个符号，象征着人生不证自明的最高原则，人类的命运不是自己能够把控的，而是早已由上帝安排好了。于是，对于凡夫俗子来讲，命运是神秘而偶然的。直到去世，史铁生都没有皈依任何的宗教教派，但"神"和"上帝"在史铁生的写作中却频繁地出现。对史铁生来说，"神"和"上帝"好似一双无形的手掌控人间："上帝说世上要有这一声闷响，就有了这一声闷响，上帝看这是好的，事情就这样成了。"[①] 在史铁生看来，"上帝"有意让人的命运说不清道不明，因此，对于现实中的人而言，命运是未知的，没有人知道自己未来是怎样的，命运对我们来说是捉摸不透的。

在《原罪·宿命》中，史铁生反复说的是"我们必须相信这是命"，"这就是说，在我骑车出发去看歌剧的时候，上帝已经把莫非的前途安排好了。在劫难逃"[②]。"我说我们必须承认这是命"[③]，莫非因为晚了一秒钟或没能再晚一秒钟，也可以说是早了一秒钟却偏又没能再早一秒钟，以致截瘫，终身被"种"在了病床上。而让莫非刚刚碰上那一秒的系列事情都是偶然发生的：狗屁、一个学生的发笑、吃了一个包子、一个熟人、汽车、茄子，如果没有狗屁，就不会有学生的发笑；没有学生的发笑，莫非就不会在那个时间离开学校；如果莫非不吃那个包子或者多吃几个包子，也不会在那个时候遇到那个熟人；如果不是在那个时候遇到

[①] 史铁生：《原罪·宿命》，《史铁生作品全编》第 4 卷，人民文学出版社 2017 年版，第 232 页。

[②] 史铁生：《原罪·宿命》，《史铁生作品全编》第 4 卷，人民文学出版社 2017 年版，第 228 页。

[③] 史铁生：《原罪·宿命》，《史铁生作品全编》第 4 卷，人民文学出版社 2017 年版，第 230 页。

那个熟人,莫非也不会碰上那辆汽车或者那个茄子,莫非就不会在轮椅上度日,而是在地球的另一端攻读教育学博士。于是史铁生得出结论:在莫非骑车去看歌剧之前,上帝已经把他的前途安排好了。本来这个走夜路的人是一个身体健全的人,偶然间就变成残疾人,成为世间最不幸的人,人的命运就是这样神秘莫测,具有不确定性,而造成不确定性的就是偶然性。《一种谜语的几种简单的猜法》是史铁生对命运的解读,第一种猜法指向的事实是:人的命运就在你面前,但你自己一无所知,正如眼睫毛在眼睛面前,眼睛却无法看见睫毛一样。第二种猜法指向的事实是:上帝安排了的事情是不可能得到更正的。第三种猜法指向的事实是:人的命运只有一个结局让人清楚,这就是死亡。第四种猜法指向的事实是:人一诞生,未来的路就已经安排停当,但在这样的命定之路上究竟能得到什么,谁都无法告诉谁,谁也无法告诉你,你的命定之路是什么,得靠自己几十年的经历去识破这件事。小说所说的谜语就是人的命运,"已猜不破,无人可为其破","一俟猜破,必恍然知其未破"。①

史铁生指出,命运的偶然性让命运显得荒诞不经。《原罪·宿命》中,史铁生首先揭示偶然性对一个人命运的改变。莫非是一位青年才俊,一切手续全部办妥,第二天就要飞到大洋彼岸去留学深造。似乎光明的前程已经迎面而来。但出于偶然,他在不迟不早的一秒钟,脊椎骨被汽车无情地撞断了,偶然带来了不可逆转的必然——从此变成了下肢瘫痪的残疾人,被"种"在轮椅和病床上。其次,也是很重要的一点,史铁生揭示了这种偶然性荒诞的一面。史铁生从莫非与熟人打招呼、在小饭店吃包子、看歌剧……一步一步往前追溯,一环一环追上去,最后发现引起这场偶然性的元凶竟然是一个"狗屁",一个"狗屁"改变了一个前程远大的人的命运,本来庄严神圣的命运却"栽在"一个最不庄严神圣的东西上,让人啼笑皆非,但又教人唏嘘不已。史铁生采用的是黑色幽默的手法,揭示的是宿命的荒诞这样一个严肃的话题。最后,史铁生揭示出命运荒诞的不可抗性。《宿命》的结尾这样说道:如果说每个人都是"上帝"的子民,他们自然期望得到"上帝"同等的关爱,然而,"上帝"对每个人并非一视同仁,而是给予每一个人不同的命运。面对不同的命运,尽管是偶然的和不公正的,但是我们没有办法改变,只能无奈地接受。莫非是一个被命运宠爱的青年,拥有一切让人羡慕的美好东西:有

---

① 史铁生:《一种谜语的几种简单的猜法》,《史铁生作品全编》第5卷,人民文学出版社2017年版,第56页。

前途、有美好的爱情、有钱、有才，可就因为一个偶然的事情，瞬间一切都被颠覆了，这个偶然的事情不是什么重要的一定会发生的事情：地上有一只茄子，自行车前轮轧到一只茄子，莫非被甩出两三米远，甩出去的那一刻刚好一辆汽车开过来。司机没错，他没超速行驶，没喝酒，刹车很灵也很及时。莫非也没错，在慢行道上骑车而且是在马路右边。影响莫非偏偏在那时扎到一只茄子的"元凶"是那个学生上课发出的笑声，而让学生发笑的原因是一声很响但很闷的"狗屁"。人的命运本来是一件很严肃的事情，却被一声"狗屁"解构了。命运的神圣、庄严在一声"狗屁"中显得如此苍白无力，人的命运在一声"狗屁"中变得什么也不是。更为荒诞不经的是：

> 你倒了霉，又不知道该恨谁；你受着损害，又不知道去向谁报复；有时候你真恨一些人，但你又明白他们都不是坏人；你常常想狠狠地向谁报复一下，但你又懂得，谁也不该受到这样的报复。世间有这样的事。有。你似乎是被一种莫名其妙的力量抛进了深渊。你怒吼，却找不到敌人。也许敌人就是这伤残，但你杀不了它，打不了它，扎不了它一刀，也咬不了它一口！它落到了你头上，你还别叫唤，你要不怕费事也可以叫唤，可它照旧是落到了你头上。落到谁头上谁就懂得什么叫命运了。①

经历了命运的不公正，但遭遇者却无法找到施害者，个体泄愤的对象都杳无踪影，在荒诞的命运面前，人别无选择。

关于命运的不可控，史铁生也很矛盾。他一方面指出，生命因为早已被"上帝"安排，对个体而言具有神秘性，但另一方面，他又感觉到神秘荒诞中包含必然。小说《别人》是通过窗子写别人，作品中的主人公常常通过窗子猜测窗内的"别人"正在做什么事情。有一天，他在跳水比赛的电视直播画面中看到跳台背景中有一座大屋顶，屋顶最上一层正中间有一扇窗口，"我"决定去寻找这扇窗口，想确定一下那背景不是布景不是幻景而是真实的存在。费了很大的周折，他终于找到了这扇窗口，进去一看，原来是"我"自己的家。自己不认识自己的家，这确实荒诞，但荒诞中隐藏的是一种必然，是喜新厌旧的人性弱点产生的必然

---

① 史铁生：《山顶上的传说》，《史铁生作品全编》第 3 卷，人民文学出版社 2017 年版，第 280 页。

结果。喜新厌旧的人性弱点使每个人很少关注身边的人和事，只关注陌生的"别人"，导致自己对自己所拥有的东西感到陌生。这就是生活的怪圈：熟悉的往往是陌生的。由此也引申出一个哲理：每个人不停地去追寻理想，但实际上理想就在你的身边，无论你找还是不找，它都在那里，只是你没能发现理想而已。《一种谜语的几种简单的猜法》写了两件荒诞的事情。第一件荒诞的事情是我的体重和起床时间。"我"是一个很固定的人，体重很固定，不管怎么吃，不管怎么运动，体重都保持在59.5公斤，就算一整天都不吃不喝不拉不撒沿着一条环形公路从清晨走到半夜，还是59.5公斤。起床的时间固定，从来不上闹钟，每天早上6：30准时起床，从不例外。似乎"我"的命运已在冥冥之中确定了。第二件荒诞的事情是，"我"慎重拨了595630的电话号码，这个号码是一个公用电话，铃声响起时，刚好一个女性路过这里，这位女性接听了电话，"我"和这位女性聊了起来。在多次聊天后，"我"和这位女性彼此产生了感情，约定见面，但见面时发现，这位女性是"我"离婚多年的妻子。这个故事首先告诉读者，命运是偶然的，如果那天这位女性不路过这里，也不会产生后面的情节。其次，这个故事告诉读者命运是荒诞的，那天路过电话亭的人恰恰就是"我"的前妻。最后，这个故事也告诉读者，虽然命运偶然、荒诞，但荒诞之中也包含必然，"我"和前妻能重归于好是距离产生美的必然结果。生命的个体双方必须保持一定的神秘，才会具有相互的吸引力。否则最熟悉最亲近的人，也是最陌生的人。史铁生思想的深刻之处，正是彰显在这种矛盾之中。

  残疾人作家在创作中体现出的这种宿命的命运观与他们自身的经历有很大关系。现实生活中，命运的偶然性给他们带来了生命的厄运，而且很荒诞不经。史铁生说："没人知道什么时候会碰上什么。生活中随时可能出现倒运的事。"[①] 没有切肤之痛的人很难说出或理解这句话的真正含义。

  贺绪林高中毕业后最初当生产队会计，后又毛遂自荐当电工，本想凭借自己健康的身躯、有力的双臂、使不完的力气奉养老母，但一个偶然的事件（为家里拉电灯线，意外从树上坠落下来，摔伤了脊椎骨）使他下肢瘫痪，终身残疾。他躺在病床上，几乎成了一个木头人，久病身虚，夜夜噩梦不断，原本很单纯、朴实的梦想就此终结，而且他的瘫痪

---

① 史铁生：《来到人间》，《史铁生作品全编》第4卷，人民文学出版社2017年版，第6页。

让他母亲的生活也发生了彻底的改变。直到 2014 年，时隔 40 年，贺绪林都不愿意回首这一天，可每年的这一天他又忍不住去回首，这一天的情景永远刻在了他的脑海里，"夜静更深，不能成寐，我常常舔舐着伤痕"①。厄运就是这样，"爱"你没商量。

史铁生清华大学附中毕业之后去陕西插队，21 岁那年在清平湾的山里放牛，遭遇暴雨和冰雹，高烧之后出现腰腿疼痛的症状。当地治不好，转回北京治疗，被诊断为脊髓瘤，于是他在最富有朝气、最具活力的年龄忽地残疾了双腿。这样一个偶然的事件，让 21 岁的史铁生的人生从此被改写。

刘水因为 3 岁那年的小儿麻痹症改变了人生。张海迪因脊髓血管瘤而改写人生。王小泗在前往工地的途中突然遭遇车祸，高位截瘫，从此使自己和家人进入一个不见天日的漫漫长夜。庄大军正值事业的高峰期，病魔的突然降临导致他双目失明。史光柱因战争而长期生活在黑暗里。网络作家楼星吟（原名谢雅娜）因为车祸，一条腿高位截肢，美满的生活离她远去，她失去行走的自由，失去婚姻。

一些突发的事件导致残疾人作家整个人生的转变，看似偶然，又是必然。这似乎就是他们在作品中所说的命运，无法逃离的命运。现实生活中的宿命成为一个情结凝固在这些作家的内心。所谓情结是指一种无意识的心理纠葛，是被意识压抑在心灵深处日积月累形成的具有本能冲动与情绪倾向的某种意念群。情结由被压抑的早期创伤性经验组成，是心理疾病的一种原发性病因，存在于个体潜意识之中②，"在作家没有明显地觉察到的情况下，暗中对意念的整合、形象的构思、情节的发展、主题的开掘、意境的渲染、情调的烘托等，一句话，在各种心理材料的排列、组合中发生作用。无意识作为艺术构思的一个辽阔而又深沉、活跃而又内隐的心理领域，对整体的文学创作有相当重要的作用"③。不能过分强调无意识的心理活动，认为无意识是人的整个心理活动的核心和基石，是与生俱来的本能的冲动，但也不能忽略它的存在。随着时间的流逝，面对身体的残疾，残疾人作家表面上波澜不惊，实际上内心依然暗潮涌动。残疾人作家所经历的命运的波澜，成为挥之不去的阴影潜伏在他们内心，继而体现在他们的创作中，形成创作中的宿命思想。

---

① 贺绪林：《贺绪林作品精选》，华夏出版社 2016 年版，第 66 页。
② 钱谷融、鲁枢元主编：《文艺心理学》，华东师范大学出版社 2003 年版，第 326 页。
③ 童庆炳主编：《文学理论教程》，高等教育出版社 2004 年版，第 140 页。

（二）死亡：人的宿命

死亡是一个古老而神秘的话题，也是一个哲学、宗教和文化的问题，它困扰着每一个人。海德格尔认为，人的存在最本真的是"向死的存在"，人自从出生就开始向着死亡走去，死亡就是人的生命存在的一部分，而且是不可分割的一部分。对死亡的认识成为人的生命伦理的一个重要内容。死亡恐惧无疑是最普遍最根深蒂固的人类本能之一。现实生活中大多数人有意无意地忽视、逃避或者掩盖这个事实，虽然作家们借助文学作品探讨死亡问题并不鲜见，但残疾人作家忍受着残疾带来的各式痛苦，因此能够更深刻地体会有限与无限的纠缠与冲突。对死亡问题的探讨成为残疾人作家创作的一个重要内容，生命之死在残疾人作家的文本中格外凸显。残疾人作家刻画了形形色色的死亡者形象：男性，女性；老年，中年，青年；因疾病而死，因意外而亡；自杀者，他杀者；等等。

在文学创作中表现死亡，残疾人作家呈现出自身的特点。首先，残疾人作家有一种宿命式的死亡观。残疾人作家对死亡的认识是与他们对命运的认识相互关联的。他们认为，作为个体的人很难逃离命运的魔咒，而死亡就是这魔咒之一。他们将死亡看作不可改变的宿命，因而他们欣然接受死亡。中国传统文化中对死亡的认识偏重于死亡价值论，看重死亡带来的社会意义。残疾人作家剥离中国传统文化中附着在死亡上面的社会意义和价值，把死亡作为人类生命的客观存在来书写，只是描写死亡本身。也不同于先锋派作家对死亡的零度情感叙事，先锋派作家面对死亡情感淡漠，其笔下的死亡很神秘，也很巧合。残疾人作家以体验的方式沉入生命世界中，用宿命的思想看待死亡的本真，于是他们看到死亡是人类永远不可避免的归宿，既然不可避免，就坦然接受，因而他们笔下的死亡是健康自然又不乏诗意的生命组成部分。冰冷的死亡在他们笔下变得很有温度。

其次，残疾人作家对死亡的认知是从感性体验到理性思考。残疾人作家经历的生死超乎常人，甚至可以说，绝大多数残疾人作家在生死线上如履薄冰，他们中的许多人都有过自杀的经历，是医生从死神手中将他们抢夺回来的，因而他们是在经历了生死体验之后静思默想死亡问题的。也正因为此，他们有一种既然已经死过一次，再死一次又何妨的潇洒的悲壮。

上述两点决定了残疾人作家看待死亡的逻辑起点，他们将死亡看作一种宿命，不可超越。这个逻辑起点再加上自己从死亡中重生的人生体验，使得残疾人作家对待死亡的态度是：直面死亡，礼赞死亡，安然离去。

1. 直面死亡

出于身体的原因，许多残疾人作家与死亡都有过亲密接触，而且他们认定死亡是人的宿命，因而残疾人作家大都感觉到死亡就在身边，时刻尾随着自己，他们在创作中从来不回避死亡。他们认为，死亡对于每个人来说都是最后的终点，有的人可能会在什么时候悄然地或突然地发现它，有的人也有可能一辈子对它毫无感觉。然而无论知与不知，它必定会如期而至。既然死亡是生命个体不可回避的必然结果，是生命个体的宿命，就只能直视。"我们看似好好地活着，但是死别就在脚边，仿佛一不小心摔倒，就会碰到它。"[1] 史铁生不厌其烦地诉说自己与死神的擦肩而过及其带来的生理上和精神上的微妙感觉和变化：双腿本来的功能是用来站立，现在却无法站立。因为双腿无法站立，也就无法找到工作，更看不到出路，自己无法找到自己的存在。情绪因此变得喜怒无常，对家人为自己所做的努力和给予的安慰嗤之以鼻。因残疾，史铁生失魂落魄，烦躁不堪，失望、希望、绝望叠加而至。这些情绪使史铁生与死亡常常撞面，生命里的空白便全都由一个死字去填满，死亡就像是一只阴森恐怖的鬼魅，永远地幽居于他那截瘫的双腿里，一旦史铁生什么时候忘了，死亡便要从他们共生的身体里探出头来提醒他。史铁生还因与死亡擦肩而过几乎丧失了对生的兴趣。他在《记忆与印象》中说，他常有的感觉是，死神就坐在门外的过道里，坐在幽暗处，凡人看不到的地方，一夜一夜耐心地等着我们。不知什么时候，它就会站起来对我们说，嘿，走吧。如果真的这个时间来到，他会觉得有些仓促，但他不会犹豫，不会拖延。他认为"轻轻地我走了，正如我轻轻地来"是对生死最恰当的态度，是最好的墓志铭。当身体正常的人在日常生活中为世俗之事忙碌充盈时，残疾人作家却有闲暇思考生死问题。史铁生回忆，陈村有一次对他说，人是一点一点死去的，先是这儿，再是那儿，一步一步终于完成。陈村说得很平静，史铁生漫不经心地附和，"我们都已经活得不那么在意死了"[2]。死从来不是一次性完成的，这种感受残疾人作家最为深

---

[1] 余秀华：《无端欢喜》，新星出版社 2018 年版，第78页。
[2] 史铁生：《轻轻地走与轻轻地来》，《史铁生作品全编》第 8 卷，人民文学出版社 2017 年版，第167页。

切，无论是史铁生还是陈村或是其他残疾人作家，都有着很长的病痛体验和经历，他们真切地感受到，死亡是渐序前行的。

因为死亡是人无法逃离的宿命，只能正视，因而残疾人作家对死亡持冷静达观的态度。他们无畏于常人所恐惧的死亡。相反，他们把死亡看作很平常的事情，死亡就是另外的一种生命存在，是生命的延续，是一件轻松神圣的事，一件忧伤而美丽的事。死亡不会令人痛苦，更不会令人畏惧，"她们在爱上生命的同时爱上死亡。有一句话，被她们从不同的方向热爱着：生命是一袭华美的袍，死亡是它的衬里"①。"人类，无论你曾经拥有过怎样的灵魂，你正在被时光和疾病一点点啃啮的肉体，最终必将，并且只能是，献给大地的祭品。"② 既然死亡是自然的事情，那么，人类也愿意回归自然：

> 我甚至想象过我死去的样子，如一截枯木躺在一簇簇虚假的菊花中间。——如果允许我省略掉这一节就好了，连同紧随其后的墓地、刻碑、三七、五七、三周年祭、五周年祭……我更乐于把自己最后的灰烬交给一条大河，像某部影片中一个幻想自己是鱼的人终于回到了水里。大河将带着它浩浩荡荡地穿城而过，这条与中国的大多数河流背道而驰的大河，它一路奔赴的方向，与传说中灵魂的露宿地不谋而合。③

在直面死亡的问题上，残疾人作家的思考也很辩证：

第一，直面死亡不等同于不怀念逝者。不论死亡是怎么自然的一件事情，但毕竟是自己身边失去了一位亲人，失去了一个朋友，残疾人作家在直面死亡的同时也表现了对逝者的思念和祈祷。逝者已逝，活着的人却难以将他们忘怀，"我们通常以为生命仅仅是生命，而死亡仅仅是死亡；我们忘了，一个人的死亡可以在他的亲人心上敲打出多么沉重的回声和闷响"④。希望逝者在另一个世界安好成为活着的人的心愿，沙爽梦见自己的祖父"面容有点改变，面颊丰满起来。我愿意相信有阴阳两世，祖父在另一个世界生活得安适而愉快。……我年轻时是一个不敬鬼神的

---

① 沙爽：《春天的自行车》，知识出版社2011年版，第104页。
② 沙爽：《逆时光》，辽宁人民出版社2012年版，第28页。
③ 沙爽：《逆时光》，辽宁人民出版社2012年版，第91页。
④ 沙爽：《春天的自行车》，知识出版社2011年版，第58页。

人，祖父走后，我开始乐于相信人有前世和来生，对人世间的种种多了敬畏之心"①。一些残疾人作家以犀利的眼光审视现实，他们看到，逝者的后事受多重因素影响，包括政治因素的影响，因而美好的祈祷只能是一种心愿而已。阮海彪在《遗产》中讲述了一个胆小、怯懦而谦和的老人逝去的故事。这个老人曾经是金笔厂老板，代表着东方大都市人的显赫和富有。受当时特殊的政治原因的影响，这个老人在一个冬天的寒潮中溘然离世，凄惶、孤独、没有归宿，被相依为命的老弱病残者葬于野狗成天咬作一团的乱坟岗。阮海彪看到了对逝者的祭奠涉及社会、经济、政治等多种因素，包含个体不可控制的外在原因。这类现实性的死亡思考在残疾人作家的创作中不多，他们的创作中更多是理想性的死亡想象。

第二，直面死亡也不意味着对死亡没有畏惧。残疾人作家在创作中也表现出对死亡的恐惧。他们病痛缠身，常常出入医院，看到他人的离世，想到自己的疼痛，对死亡就产生莫名的恐惧。

> 这天子夜时分，我被一阵锐痛刺醒。在大脑彻底清醒过来之前，从未有过的恐惧让我四肢僵硬。这疼痛和恐惧让我四肢僵硬。这疼痛和恐惧来自同一个地方，再闪电般弥漫到整个胸腔。……子夜的房间如此深黑，像我今生涉不过去的一湖深水。他到底来了，我想，这个叫死亡的家伙，我还没有预料到他如此突兀的造访。②

与沙爽的感觉相同的是余秀华，余秀华在《也说死亡》中描述自己曾经对死亡的恐惧。深夜醒来，想到死亡之后一切都将不复存在，一切都将消失殆尽，之后不会有任何人记得自己，就算有一点微薄的怀念，也是怀念者的精神自慰。想到这些，余秀华突然被死亡恐惧深深地攥在手里。多年之后余秀华想起这天晚上的恐惧和绝望仍然心紧。由死亡恐惧还引申出人生短暂、时光飘忽的命运感慨，以及由此而生的种种人生态度。赖雨的《花之梦》描写花对诗人展开美丽的笑脸，但这朵美丽的鲜花短暂即逝，诗人为这朵花烧了一叠纸钱，哀其深长的遗憾。这朵花不包含任何的隐喻，它就是一朵实实在在的有生命感知的花，美好而易逝，生命与大自然相比是何等的短暂。赖雨借花之梦感慨生命的短暂和死亡让人产生的遗憾。《月》则是直接表达赖雨自己心中难以平息的狂热

---

① 沙爽：《春天的自行车》，知识出版社2011年版，第217页。
② 沙爽：《春天的自行车》，知识出版社2011年版，第97页。

和人生苦短的苦痛思绪。对死亡的认知本身是一个盲点，未定而不可测，"死亡让某些人好奇，因为它并不透明"①，面对黑洞产生恐惧是正常的情绪表现。残疾人作家对死亡产生的恐惧只是短暂的，更多时候是不畏惧死亡，认同死亡，接纳死亡，直面死亡。

2. 礼赞死亡

残疾人作家对死亡的礼赞带着强烈的主观想象：其一，将死亡想象得十分美丽；其二，将死亡看作一种解脱，一种重生。既然是美丽的，是痛苦人生的解脱，是重获新生，就应该礼赞。

（1）死亡是美丽的。

在残疾人作家看来，死亡犹如命运的恩赐，神圣而美好。张海迪认为，没有人真的愿意去死，但死亡是必定要到来的，死亡也是美丽的。在《死是美丽的》一文中，张海迪说死就是去一个很遥远的地方，那里不用浑身插满各种管子和针头，那里很美丽，有田野，有小河。在《轮椅间的心灵对话》里，张海迪进一步描绘了人类终极家园的美丽，那里是一片绿色地带，也是生命新生的地带，那里下雨，纯净的雨滴滋润着青青芳草。这篇文章是张海迪写给史铁生的信，当两个不能自由行走的灵魂产生碰撞时，倾诉是如此的坦诚，张海迪认为，对于他们来说，活着需要有比面对死亡更大的勇气。她早已不惧怕死亡，或许她从来就没有惧怕过死亡。"死亡只是一种生命终结的状态。……当我再也无法抵抗病魔，我会从容地踏上曾给我美好生命的小路。……生命消亡是万古的规律，有生就有死，有死才有生 。"②《绝顶》中，梅里雪山登山队员死于雪崩，张海迪没有写雪崩给登山队员带来的灾难，而是借助想象，将肖顿河死的过程写得很唯美：他因寒冷而痉挛在一起的身体一点点松弛了，松弛的感觉很好。他的身体落下山崖，轻灵飘逸，自由落体，毫无恐惧，什么也不想，一切任其自然，就像天上的飞鸟，就像一只鹰，往下俯冲的鹰，身形轻捷，他仿佛落在了蓬松的棉花上。想象化的描写代表了张海迪对死亡的一种看法，她将死亡看作回家，因而逝者神态美丽而安详。

从死亡是美丽的想象出发，张海迪和史铁生都主张安乐死。他们认为，既然死亡是不可避免的，死亡也是美丽的，而细胞活着，生活已经失去意义的时候，就应该以维护生命的尊严为目的，对人进行安乐死。

---

① 沙爽：《春天的自行车》，知识出版社2011年版，第63页。
② 张海迪：《轮椅间的心灵对话》，《作家文摘》2002年第68期，第93页。

史铁生就安乐死专门写过一篇文章，文章的名字叫《"安乐死"断想》。他认为安乐死可以帮助人类摆脱毫无生命尊严的植物状态。"与其让他们无辜地，在无法表达自己的意愿无从行使自己的权利的状态下屈辱地呼吸，不如帮他们凛然并庄严地结束。我认为这才是对他们以往人格的尊重，因而这才是人道。"① 张海迪也赞同安乐死，她写道："经历了几十年病房的炼狱，我常常设想逃离它，我设想过很多种我走后又不让亲人和朋友伤心难过的办法，我甚至将某些细节都想好了。我觉得最好是得一种病，比如肺感染，高烧不止，所有的抗菌素都无效了。要不就患心脏病，突然离去……"② 没有痛苦的死亡和突然离去在两位作家眼里是一种很理想的死亡方式。两个人都表示，在他们病危时，不要实行抢救。死时，不挣扎，轻灵而去。

（2）死亡是解除痛苦，死亡是重生。

因为遭受的痛苦太多，又无法在现实社会摆脱痛苦，于是，残疾人作家将死亡看作一种解脱。在阮海彪的《死是容易的》中，那个拎马桶的女人不说老人去世了，而是轻轻松松随随便便指指天空说"放松去了"，此时天空湛蓝，有几朵悠闲的白云在飘逸。作者接着说，做人苦，苦似乎还有尽头，于是，虽然"我"的胳膊还在隐隐作痛，但一想到会有尽头，忽然感到一种朦朦胧胧的轻松，并且莫名其妙地轻松了好长一段时间。将死亡当作一种希望，成为人活下去的理由，这是何等的痛苦才会产生如此的想法，由此也可以看出残疾人作家内心痛苦的深重程度。李子燕的《左手爱》中的佟雪燕感觉实在无法扭转她和婆婆的关系，"这个家庭不属于她，婚姻的围城容不下她，死——也许比活着轻松些"③，于是将一整瓶消炎药倒进口里，准备自杀。佟雪燕的自杀动因就是死了比活着愉快。

不同于阮海彪和李子燕，桑丹将死亡看作人的重生。桑丹在作品中不断演绎着生死轮回观。"今生宛如眼前/来生并不遥远/转瞬之间/我历经了从此岸到彼岸的远行。"④ "我们的存在是多么短暂，我们的生命是多么脆弱。但死亡并非终点，它们留下对来世的憧憬，并赋予我们生活

---

① 史铁生：《"安乐死"断想》，《史铁生作品全编》第10卷，人民文学出版社2017年版，第29页。
② 张海迪：《轮椅间的心灵对话》，《作家文摘》2002年第8期，第29页。
③ 李子燕：《左手爱》，延边大学出版社2013年版，第192页。
④ 桑丹：《边缘积雪》，四川文艺出版社2012年版，第21—22页。

神圣的意义。"① 由于生死不断轮回，因而在桑丹看来，死亡就是重生的开始："呵，如此接近死亡的重生。"② 桑丹笔下的人物，如《老张的故事》中的老张，刚想到死时，越想越烦，死亡的阴影笼罩着她，继而一想，"管他妈的，早死早投生"③，于是，心情十分舒畅，顿时容光焕发。《黑夜的安魂曲》集中表达了桑丹的生死轮回思想，她感觉正是在生死轮回的一瞬间重新获得了完美的生命。将死亡看作新生的起点，因而死亡不再令人恐惧，死亡充满"一种亲切"④，死亡是"绝境中异常的美"⑤，死亡充满诗情画意，"这般轻盈的死亡风雨迢遥"⑥，令多数人恐惧的死亡，经过桑丹的点染，变得如此自然，甚至美妙。

看透生死，桑丹内心便豁达开朗："寺庙檐头迎风招展的五颜六色的经幡，它们噼噼剥剥的声音正穿越尘世的落寂，雪芭的轻烟燃烧起来了，让那些郁积在尘世间的磨难和烦忧都随风而去吧！"⑦ 因为有因果轮回，因而要仁慈感恩，"有福的人/渴望救赎的人/你将感恩命运赐予你的一切"⑧。读着桑丹的作品，你会得到一切复归如初的宁静与澄澈，以至让我们满怀厚意地倾情前往。

桑丹自小体弱多病，多次在死亡线上挣扎，不再惧怕死亡，这是桑丹和其他残疾人作家相通的经历。另一方面，桑丹将死亡看作个体的重生与她受藏传佛教的生死轮回观影响有关。桑丹出生在情歌的故乡康定，是地地道道的藏族。她的外婆扎西旺姆是一个健康、美丽的木雅女子，她的外公是一个有着英雄家族史的嘉绒汉子。桑丹的父亲是驮脚娃，母亲是护士。桑丹毕业于康定县民族中学，退休之前一直生活在康定。桑丹从小就接受了藏传佛教。藏传佛教认为，所有生命都在降生—死亡—再生（转世），过去—现在—未来的圆圈中永恒流动，生就是死，死意味着生。受此影响，桑丹面对死亡超然平静，淡定自如。残疾的生命面对的苦难比常人多得多且不能逃离，投身信仰的怀抱并获得某种永恒的意志也不失为一剂良方。

不论将死亡看作"解除"，还是将死亡看作"重生"，残疾人作家都

---

① 桑丹：《幻美之旅》，大众文艺出版社 2006 年版，第 21 页。
② 桑丹：《边缘积雪》，四川文艺出版社 2012 年版，第 25 页。
③ 桑丹：《幻美之旅》，大众文艺出版社 2006 年版，第 141 页。
④ 桑丹：《边缘积雪》，四川文艺出版社 2012 年版，第 100 页。
⑤ 桑丹：《边缘积雪》，四川文艺出版社 2012 年版，第 85 页。
⑥ 桑丹：《边缘积雪》，四川文艺出版社 2012 年版，第 76 页。
⑦ 桑丹：《幻美之旅》，大众文艺出版社 2006 年版，第 4 页。
⑧ 桑丹：《边缘积雪》，四川文艺出版社 2012 年版，第 58 页。

没有因此而消极地对待人生。桑丹在死亡的边缘探究生命的存在，在不断的死亡叙述中揭示死亡的必然性和恒常性。对死亡的价值认同使她能坦然面对死亡，在透彻认识死亡的同时，抗拒死亡的恐惧，对死亡给予悲壮的礼赞，在死亡来临时保持精神上的自由与超越。这种思想使桑丹对死亡有着固执的情感，超越生与死的界碑，能打通生死两界，从而唱出一曲穿越死亡的生命之歌。但是，桑丹从来不放弃"生"，而是在"死"的存在中诘问"生"，在生死的轮回中审视个体生命存在的价值和意义。面对短暂的人生，她要求坚守自我，学会隐忍，因为只有坚守内心的空寂，方能"啜饮未能倾尽的甘露"①。桑丹认为，爱情、死亡和流浪与生俱来，人具有死亡猝然降临的征兆和姿势，但"无论怎样的重逢或者分离/都让我心存敬畏与感动"②。

3. 安然离去

认识到死亡不可避免的事实，让残疾人作家表现出安详离世的愿望，希望自己能优雅地死去。沙爽相信"死亡本身并没有带给我太多的恐惧，我害怕的，是临死前的挣扎和不甘，以及令人难以维持尊严的巨痛"③。活着的时候已经忍受了病痛的折磨，期望死的时候能平静，

> 如果一个人在生命的巨变面前如此静穆安详，该有多么令人心驰神往。"人生"的主导动词虽然是"生"，为它提供验收的却永远是病痛和死亡。一个人面对死亡的态度，展示了"生"的高度和力量。④

> 这样的死亡其实是幸运的。事前毫无预兆，它突然到来，而后迅速撤离现场。在可以忍受的范围内，亡者的痛苦持续得并不太长。对于任何人，包括对灵魂和肉体，这样的死亡不惊起生活的烟尘。……如果一个人死得安静——所谓如秋叶之静美——是美德和福分。既然死亡是一次孤独的远行，索性孤独得彻底一点，好过尴尬地忍受嘘声和观众。⑤

---

① 桑丹：《边缘积雪》，四川文艺出版社2012年版，第85—86页。
② 桑丹：《边缘积雪》，四川文艺出版社2012年版，第108页。
③ 沙爽：《逆时光》，辽宁人民出版社2012年版，第63页。
④ 沙爽：《春天的自行车》，知识出版社2011年版，第30页。
⑤ 沙爽：《春天的自行车》，知识出版社2011年版，第97页。

他们认为，人的生存过程由生命和死亡两部分构成，每个个体的生命从一开始就伴随着持续不断的死亡，生命体征也即死亡象征。生命的时刻绽放，也意味着死亡步步逼近。

史铁生在作品中描写死亡时，总是将死亡与自然状态相联系。《我之舞》中，两个老人悄然死在一片茂密的乱草丛中：

> 两棵老柏树从一人多高的地方连在了一起，长成了一棵；两个老人并肩坐在地上，背靠老柏树，又互相依靠着，眯着眼睛，死了也没有倒下去。几条野豆蔓儿已经在他们垂吊着的胳膊上攀了几圈。没有人知道他们是谁，怎么死的，以及为什么死。两个人都是满头白发，一身布衣，没带任何东西；虽然时值盛夏却没有什么特殊的气味出来，因而也没有苍蝇蚂蚁之类爬到他们身上。四周是没腰的野草，稀疏的野花开得不香也不雕琢。两蓬静静的白发与周围的气氛极端和谐。①

这一段描写中有四点值得注意：环境古朴自然；老人满头白发，一身布衣；逝者安详，身体完整无缺；老人与环境气氛极度和谐。这段描写显然不符合现实，但史铁生就是要通过理想化的描写表达人的死是回归自然、是常态的思想。《原罪》中有一位白发老太太，接近100岁，身体硬朗，自己种养了几十种月季几十种菊花，有一天老太太坐在花丛里闻着花香就过世了。《一种谜语的几种简单的猜法》中的女医生，死前洗了澡，洗得非常仔细，听了一会儿音乐，独自跳了一会儿舞，然后认真地梳妆打扮，端庄、华贵而且步态雍容地捧了一盆花放在窗台，接着坐在藤椅中，穿戴高雅、神态端庄安详地死去。她坐在藤椅中的姿势慵懒，什么遗言也没留下，房间里的一切都与往日一样。女医生离世时没有凄凉，没有痛苦，死亡就是一件很自然的事情。《关于詹牧师的报告文学》中，詹牧师喜欢黑色幽默的小说，詹牧师是在和朋友讨论作品的"黑色幽默"并知道他的作品得到了出版社人员的一致好评的时候离世的，就是在普通的工作状态中带着愉快的心情、成功的喜悦停止心脏跳动的。《务虚笔记》中的女教师，尽管是自杀，但死得轻松愉快自然。死亡对他们来说是那么的自然、轻松与坦然，没有恐惧与痛苦，死亡就好像去旅

---

① 史铁生：《我之舞》，《史铁生作品全编》第4卷，人民文学出版社2017年版，第168—169页。

行。在常人看来很伤感的事件，在残疾人作家笔下却是那么平常。在他们看来，死亡是生命个体必然到来的节日，不必悲悲戚戚、遮遮掩掩，而应该从容走向死亡。死去的人都以一颗平常心来接受死亡，善待死亡。死亡是生命的最后过程，在残疾人作家笔下，这个过程是体面而有尊严的。

与对死亡的达观态度一致的是，残疾人作家在进行死亡叙事的时候，对死亡情节进行淡漠化处理。如《插队的故事》中的聋老头，他听不见外面的世界，好像整个世界都是如此的安静，安静得只剩下他了。他最喜欢做的事情就是替自己的棺材刷漆，他知道这才是自己最后的归宿，村里的一切事情似乎都与他无关。史铁生是这样写聋老头的死的：

> 有一天早晨，老汉起来倒了尿盆，担了水，扫了院子，回到窑里就躺在炕上，叫老婆儿把他的寿衣拿来，无非一身黑条绒袄，老婆以为他又要看看，就去拿来，拿来老汉就穿上，说"再没有旁的事了"，就闭了眼。
>
> 那老婆儿平平静静地坐在棺材旁，摸摸棺材上的漆。
>
> 又过两个月，老婆儿也死了。[①]

首先，两位老人的死都这样安详、自然，就是平常生活的一部分。其次，作家在描写死亡的时候，全是对日常生活的描绘，温情而细碎，而且语言也是日常用语，寓意着死亡就是一种日常生活。笔调淡泊，情绪冷静。

史铁生的《中篇1或短篇4》在不紧不慢、有条不紊的叙事中，描写了一个老头走向死亡的过程。在一个大雪纷纷的冬天，老头独自一人背着背包，去一个叫太平桥的地方。这个地方一般的人并不知道，但在老头的脑海里却很清楚，仿佛他对这个地方很熟悉，他自己都不知道为什么他知道这个地方，他只知道这里就像他家一样。他找到了他心目中的太平桥，来到一片空地上，不停地转圈，一圈又一圈，走出了"一张床"，于是他把鞋脱了，衣服脱了，躺在"床上"，把自己盖好，闭上眼睛。就这样永远地闭上了眼睛。老头走向死亡就像走回家一样自然、亲切，最终的死亡地就是自己的家。死在这里得到了完美的展示，死亡就

[①] 史铁生：《插队的故事》，《史铁生作品全编》第4卷，人民文学出版社2017年版，第93页。

是回家,因而这个老头死得那么自然,那么从容。

《我和老奶奶和大黑狗》是张海迪写的一篇散文,里面的老奶奶夜里拿出给丈夫做的大袄子,抱着大袄子在睡意中离开人世,样子很安详,没有任何的痛苦和不适。

余秀华是这样描绘奶奶的死的:

> 过了一会儿,她还是那个样子靠在那里。我想着她昨天夜里嘀咕了一阵,想必是累了,没有喊她,就让她多睡一会儿吧。那个时候,她可能已经死了。把中午的饭烧了,我又去看她,她还是那个样子,我去摸她的手,已经凉了。中午的太阳明晃晃的,我的眼睛也晃。①

奶奶对张海迪、余秀华来说是最亲近的人,描写自己最喜欢的人的离去,没有激荡的情绪,作者将大哀大恸之事用平平淡淡的言辞、朴实无华的笔调讲述出来。

二、与命运抗争

对于命运,残疾人作家内心很挣扎。依据自身的经历,他们确实感受到了命运的虚无,但又不愿屈服虚妄。他们不回避宿命,亦不放弃希望。"人不可以逃避苦难,亦不可以放弃希望——恰是在这样的意义上,上帝存在。命运并不受贿,但希望与你同在,这才是信仰的真意,是信者的路。"② 他们一方面承认"何必不承认命运呢?不承认有什么用呢?""命运,一种超人的力量,有时候把你弄得毫无办法……"另一方面他们又承认"你自己要是不混蛋,你就只好自己去想点办法"③。总之,命运不可把握,但在可能的范畴内还是要与命运抗争,一较高下。

残疾人作家反抗命运的总体指导思想是:无法掌控"死",但必须掌控"生",死亡是宿命,生存是现实。在这种思想的指导下,残疾人作家提出两个层次的生存之道:第一个层次是人作为宇宙中的渺小个体,首先要努力活着,活着便是王道;第二个层次是在活着的基础上努力活得

---

① 余秀华:《无端欢喜》,新星出版社2018年版,第149页。
② 史铁生:《病隙碎笔》,《史铁生作品全编》第8卷,人民文学出版社2017年版,第8页。
③ 史铁生:《山顶上的传说》,《史铁生作品全编》第3卷,人民文学出版社2017年版,第282页。

精彩。

纯懿在《零度寻找》《玻璃囚室》等小说和诗歌中都在追求一种致命的高贵的爱情,而这种爱情就如五彩缤纷的肥皂泡,美好,易碎。造成高贵爱情毁灭的是命的定数。纯懿常常用宿命论来解释这一现象,"命""冥冥""定数"等字眼常常出现在她的作品里。在《零度寻找》中,她一方面说,追根溯源,谁也无法说清一个人的命运,就像谁也无法说清一片落叶和一只蝉的命运一样。同时,纯懿又认为,命没有智商,人是有智商的,因此人可以控制命。她说,每个人都有自己的命,每个人和命是相互支持和信任的,一个人没了,命就没了。命能够摆布人,人也可以摆布命,如果一个人的头脑健全,这个人恐怕要比命的智商高一百倍,人可以让命跟随着自己,陪伴自己天涯路,命在人的牵引下。其实命根本就没有智商,全权由人左右。纯懿还认为,人没法与命讨价还价,但可以从另一个角度享受命运的特殊关照。她说,她的命是给轮椅束缚住了,直到老死,她也脱离不了那辆轮椅,她会死在轮椅上,所有的人都这么认为,包括她自己。这是她命中的成分,她无法跟她的命讨价还价,但是她可以从另外一个角度去享受命运对她的关照。①

(一) 无法掌控"死",但必须掌控"生"

从前面可以看到,残疾人作家认为死亡是一种宿命,人以什么方式死亡,在什么时间死亡早已由命运做好安排,人无法抗拒这样的安排。但是,他们同时也看到,每个人虽然无法决定自己的死亡结果和方式,却可以选择死之前的生存方式。

史铁生说,他盼望"站到死中,去看生"②。他在《我的梦想》《我二十一岁那年》《墙下短记》《重病之时》等作品中都表达了这样一种思想:死亡是定局,剩下唯一可供选择的便是如何活,如何在生死的壁垒之间平衡自己的位置。《山顶上的传说》中,命运的改变使瘸腿的小伙子想离开人世,他找鸽子找累了,望着天空想:"那儿是天堂。在这寂静的夜里死去,多好!""在这静悄悄的深夜,死去,是一件多么轻松、多么惬意的事!"③ 偶然事件所致的残疾,给瘸腿的小伙子带来的伤痛是巨大

---

① 纯懿:《零度寻找》,云南人民出版社2002年版,第17—18页。
② 史铁生:《轻轻地走与轻轻地来》,《史铁生作品全编》第8卷,人民文学出版社2017年版,第170页。
③ 史铁生:《山顶上的传说》,《史铁生作品全编》第3卷,人民文学出版社2017年版,第324页。

的，这样的伤痛使他感觉到，只有死才能解脱，乃至于在看到照相馆里的结婚照时，想到的都是参加葬礼。"死"就是他内心的渴望。但就是如此渴望死去的人，说的却是"死了，当然就什么事都没了，可活着就得想活着的事"①。扫街的老头告诉他，什么事都不要太认真，瘸腿的小伙子不赞成老头这句话，原因很简单，因为他认为，活着就必须做活着的事，所以瘸腿的小伙子一直坚持寻找他的鸽子。

余秀华的《也说死亡》一文，从原来如何惧怕死亡（以至于很多年后还记得那个想起死亡的深夜，想起那个深夜的恐惧和绝望）讲到如何对付死亡。对付死亡的方式就是活得从容一些，既然死亡一直在等着你，你就把你的忠贞、热情、好奇心、爱全部浪费在这个世界上，把一副空壳留给死亡。"奶奶的，我就要和这庸俗的没有意义的生活死磕到底。"②

贺绪林认为，既然无法掌控死亡，活着的时候无法了解死后的事情，就只能掌控活着的每一天。"你我他皆凡人，不必过分地去追求'活个人样子'，也不要哲人似的去思考'为什么活着'，或者钻牛角尖般地问自己'为什么不去死'。"③ "人来到这个世界上是很不容易的，生不能由己，死亦不能自己做主，唯有活着的这段时间里我们才有一些自主性，干自己想干的事，说自己想说的话，吃自己想吃的东西。虽然我们有时活得很累很不痛快，甚至很痛苦，但我们毕竟活着，实实在在真真切切地表现着我们生命的自主性。"④ "活着就是活着，别问为什么。这是寻常人的回答，亦是最明智的回答。"⑤ 死之前，真真切切地活着就好；更为强大的是利用好生命，让生命充满活力。这是最朴素的生存观，亦是残疾人作家自己生命的感悟。

这方面的代表作，有阮海彪的《死是容易的》。这部作品是在上海作家沈善增的帮助下完成的。⑥ 阮海彪自小患血友病，多次从死亡边缘回到人间。这部作品不是通过惊心动魄的肉体死亡来表述死亡主题，而是通过日常生活中随时发生的死亡事件，去思考死亡本质。作品表面讲的是死亡，实际是借死亡的容易反证活着的不易，用死亡的强大反衬出生

---

① 史铁生：《山顶上的传说》，《史铁生作品全编》第 3 卷，人民文学出版社 2017 年版，第 273 页。
② 余秀华：《无端欢喜》，新星出版社 2018 年版，第 50 页。
③ 贺绪林：《贺绪林作品精选》，华夏出版社 2016 年版，第 144 页。
④ 贺绪林：《贺绪林作品精选》，华夏出版社 2016 年版，第 143—144 页。
⑤ 贺绪林：《贺绪林作品精选》，华夏出版社 2016 年版，第 144 页。
⑥ 毛时安：《1985：语言、形式的骚动喧哗和上海文学》，《文艺理论研究》2001 年第 2 期，第 14 页。

命的力量。面对生与死、健康与疾病等问题，阮海彪思考的价值天平终究倾向于生命，是一曲生命的赞歌，其结论是对生命的强烈肯定。阮海彪对疾病和死亡的兴趣，不过是对生命的兴趣的一种表现方式而已，生死属于一个整体，认识了死亡，也就认识了肉体，认识了生命。

　　小说一共讲述了十三个人的死亡。第一个逝者是住在"九间楼"第五幢底层的最尽头的老婆婆，年轻时是耶稣会的护士，年老了喜欢坐在弄堂里，手里总是有一些好吃的东西散发给小孩。对于信教婆婆的死，作者只淡淡地说了一句，"文革"之后不久就死了。第二个逝者是一个患有精神病的老头。这两个人的死，作者剥离了死亡与社会的关联，规避了死亡场景的铺染，是去场景化的写作。将死亡作为人类生命的客观属性来叙述，死亡既不悲壮，也不卑琐，一切都无价值可言，他们的死仅仅是一种生命符号的结束。第三个逝者是于家伯伯的死，此人在当地解放前是南货店的老板，解放后是这家店的职工。因给了儿子大票面的钞票，有人向上反映，造反的青年人叫他去查问，他便上吊了。第四个逝者是"两角三"，一个十分帅气的小伙子，挺括的高鼻子，双眼皮下是一对明亮的大眼睛，乌黑的卷发，白里透红的皮肤，喜欢惹是生非，比如把一双油腻腻的手往人家晒着的新棉花胎上擦等。后来下放到内蒙古，不知什么原因就死在了那里。第五个逝者是当警察的"外国人"，生活得很有趣，知识渊博，很会讲故事，不知什么原因，锒铛入狱，在被押送去青海的途中，从未发现的高血压病犯了，一下火车就死了，死在一个人迹稀少的高原火车站上，两个未成年的儿子赶去时，连骨灰都没有拿到。大儿子去前，唇上汗毛都没有，而在回家的时候，却长出了像他父亲一样的络腮胡。第六个逝者是一名大学生，在北京外语学院读书，大一第一学期回上海过春节，查出胰腺癌，不久离别人世。第七个逝者是从浦东乡下到上海女儿家玩的老太太，在上海不幸病故，女儿叫了一辆卡车送老太太回乡下，到了乡下，亲人掀开被角，老太太眼角有泪水。第八个逝者是"我"的一个病友，患再生障碍性贫血，家境很好，父亲在远洋轮船上当船长，该输的血输了，该吃的药吃了，最后还是死了。第九个逝者是杨家大儿子，在那个特殊年代，依靠与父亲划清界限和背诵《毛选》、毛主席语录做了官，后来被关进监狱，死在监狱。第十个逝者是在医院急诊室见着的一个老伯伯，退休金100多元，洗脚时高血压病复发，歪着身子就死了。第十一个逝者是"我"的病友肖虎的父亲，为了让儿子顶替自己，在车间以工伤的方式自杀。父亲以自己的死亡来维持儿子的生命。第十二个逝者是病友肖虎，表面上肖虎死于颅内出血，实际是像他父亲一样自暴自弃，明知自己有病不能喝酒，却放肆喝酒而去世。他父亲把生的机会留给他时，也把自暴自弃的心态传给了他。在父子之间，有一种超乎心理感应的东西。父子之间的超验感应是一种精神深层的共振，是有力量的，力量是能超时空传递的。第十三个逝者是街角边矮窗里的孤老头，去世后民政局或里弄的三五个干部佩戴黑纱为老人送终，对此，作者感慨"那个孤老头也有人来为他送终，我一下子觉得，世上到底还有那么多好人"①。

对于这些人的死亡，阮海彪有时就轻描淡写一笔带过，比如对老婆婆的死，作者只说了一句话："不多久，她也死了。"② 但更多的时候是发出各种各样的感悟，有时感叹逝者死亡前的痛苦，比如对大学生的死，作者描写了病人的痛苦，在床上翻来滚去，痛苦地呻吟着，由此作者感慨：多数人的死"是异常痛苦的，是使人无法忍受的。有时，仅因这一刻的痛苦，人就不应该光临人世，在一阵呼号、挣扎、呻吟、转辗之后，一具被改变了称呼的人体就从你的头上抬过"③。有时作者感叹死亡是对痛苦的解脱，比如对精神病老头的死，作者似乎悟出了一点思想："做人苦，苦似乎还有尽头，那就是'放松'。当即，我下意识地抚一抚还在隐隐作痛的胳膊，忽然感到了一种朦朦胧胧的轻松感，并且莫名其妙地轻松了好长一段时间。"④ 这里，阮海彪把死亡看作对痛苦人生的一种解脱。有时阮海彪借死亡讲解一些医学常识，比如"三毛"的死给"我"的是一个错误的信息，以为血输多了人会死；对于浦东老太太的死，阮海彪完全是在做一个科普常识的讲解。但在这些各式各样的感叹中，作者的感慨集中在"死亡太容易"和"趁活着努力做点事"这两点上。其他感慨是这两个问题的点缀。于家伯伯是小说中的第三个逝者，在对之前两个逝者的叙述中，作者未发任何议论，但于家伯伯去世后，"我没有流泪，只是全身心沉浸在一种若即若离的、空旷而又深邃的境界里。这个境界一直深藏在我的心里，并时常出现"⑤，作者对死亡的理解进了一步，但也没有明确的思想。待到"两角三"去世后，作者说："哦，梁国良死了。这么强壮的美男子也会死。……你看看他那身肌肉，看看他的

---

① 阮海彪：《死是容易的》，东方出版中心 2008 年版，第206页。
② 阮海彪：《死是容易的》，东方出版中心 2008 年版，第4页。
③ 阮海彪：《死是容易的》，东方出版中心 2008 年版，第51页。
④ 阮海彪：《死是容易的》，东方出版中心 2008 年版，第5页。
⑤ 阮海彪：《死是容易的》，东方出版中心 2008 年版，第20页。

体魄，怎么会死呢？我似乎不能明白。"① 这时，"我"对死亡有了进一步的认识，死亡与身体是否健康无关，即使身体健康的人也会死亡，生命很脆弱。与此命题相互关联的就是，既然生命容易消失，那么，活着就要好好利用生命。阮海彪没有对杨家大儿子的死亡过程做丝毫的铺垫，只是说他被关进监狱后就再也没有出来了，"我"想起这个人，一是因为他是"马列主义者"，改变处境，不靠祖宗，靠自己，二是"我"担心母亲敬奉祖宗的事被他知道，罪一定不轻。对杨家大儿子的死"我"就悟出了人活着是可以依靠自己改变一切的。接下来"外国人"的死使"我"想到，"可以活，就尽量活下去吧。这样生动的人都死了，而且死得这样悲凉，我有什么理由轻生，有什么理由放弃自己的追求呢?!"② 至此，阮海彪点明了这本小说的主旨：死是容易的，活是艰难的，尽管如此，但要努力地活。小说最后将病人的痛苦升华为每个人都会有痛苦，每一个人的痛苦是不一样的，是无法进行比较的，但是都是痛苦的：

> 人活着，不仅是为着自己那个有限的充满痛苦的生命，他能从有限的生命创造出无限的价值来。这是人与一切动物的区别。人死了，总给后代留下些什么。动物死了，什么也不能留下。我们今天的文明，就是无数代人、无数个人创造的大于自己生存需要的价值的积累，包括思维、情感成果的积累。人生的完美与缺憾，也许都要从这个角度去度量。③

这一段话是全书的中心，是阮海彪描写13个人死亡的用意所在。通过13个人的死亡故事，阮海彪悟出：人生的缺憾不在于身体的残疾，而在于活着的时候没有创造出大于自己生存需要的价值。因而，人一定要有价值地活着。死亡是生命的陨落，但人活着的时候创造的价值诞生了不朽。

残疾人作家把死亡提升到生存价值的高度来认识，死亡为生存提供了价值参照。正如海德格尔指出的，人是向死的存在，"死不是一个事件，而是一种须从生存论上加以领会的现象，这种现象的意义与众不

---

① 阮海彪：《死是容易的》，东方出版中心2008年版，第20页。
② 阮海彪：《死是容易的》，东方出版中心2008年版，第33页。
③ 阮海彪：《死是容易的》，东方出版中心2008年版，第214页。

同"①。残疾人作家言说死亡,并反复诉说着:小心努力地活下去,并尽可能活得长久。由于生命的尽头有了死亡的存在,所以人更应该珍惜生命,把握生命,以清醒的人生态度,过好短暂生命中的每一天。人生因为有了死亡才显得可贵,人也因为有了对死亡的抗争才显得可敬。个人反抗死亡的行为,往往会成为强大的精神力量,鼓舞他人自觉地活着,顽强地生存。在人必将死亡的宿命中,反抗死亡始终作为一股强大的悲剧力量而存在,这就是死亡对人的最大启示。

(二) 努力地活着

由于身陷残疾,残疾人作家面对生命的第一要义就是在沉重中坚守,努力地活着。正如陈村所说:"我们觉得么,不是将要做什么,活着,是我们做人的底气。我们应该尽力地去做好自己的一种生命的本份,努力地去活着,活到生命自然终止的时候。至于你说的残疾的问题,其实人都是残疾的,其实我们内心都有些残疾,只不过人对此无意识而已。"②残疾不是问题,问题是在残疾中求生存。残疾是不可改变的事实,但生活还得继续。

1. 阮海彪:好死不如赖活

阮海彪的《遗产》是带自传性质的小说。作品中的"我"感觉生活不论多么艰难,但生命依存。当除了屈辱、痛苦,除了眼泪、鲜血,除了疼痛,什么都没有,一切都没有了的时候,还有生命,一定要努力去争取生命。"……还有生命。严格地说,我还有生命。尽管这样苟活着,不松不爽、拖泥带水地苟活着,时时感受到这么多的苦难,刻刻感知着这么多的痛苦,但一刻也没失去知觉。"③阮海彪认为,对于生命,你不能、不该,也没有理由随便放弃属于你的这一点点,一小半,一小部分。哪怕一点点中的一点点,一小半中的一小半,一小部分中的一小部分,也不能随便放弃!因为你输得太多了,它们来得太不容易了。来之不易的,就格外地珍惜。④

阮海彪也有困惑,生命是进取还是苟活,难以做出抉择:

---

① [德] 马丁·海德格尔:《存在与时间》,陈嘉映、王庆节译,生活·读书·新知三联书店1987年版,第289页。
② 陈村:《生还是死》,网址:http://szwzhm.blog.sohu.com/104130911.html。
③ 阮海彪:《遗产》,华夏出版社2010年版,第47页。
④ 阮海彪:《遗产》,华夏出版社2010年版,第47页。

我始终处于两难之中，是人为财死、鸟为食亡的进取？还是日图三餐、夜图一宿的苟活？始终在这两难之中选择。艰难地抉择，难啊，真难。其实呢，人的觅食还不如鸟，人不如鸟。我的意思是，同样为了果腹、为了生存，人类的觅食远不如鸟类。艰难多多，费劲多多，甚至要付出高昂的代价，比如健康、自由乃至生命。①

这段话透露出一种伤感。但"我"的父亲以自己的实际行动向"我"宣讲了生命的要义：好死不如赖活，不论生活有多艰难，活着就好。"我"的父亲在那些特殊岁月，挨过饿，遭过毒打，发过疯，被批斗，被关押，曾经度过几个又困又饿的不眠之夜，但因惦记着家，惦记着他挚爱的子女，就偏不死——"我为何要死呢？好死不如赖活，我怎么会想去死呢？"②"我"的父亲历经磨难，坚持活着，显示出顽强的意志。父亲对"我"说："你不能死，你不要想到死啊，好死不如赖活；我就不死，他们斗争我七天七夜，斗得我神经都错乱了，我就没想到死。"③ 不论生活怎样，自己努力完成自己的生命形态，"我"很赞赏父亲拼尽自己最后的一点体力和心力，独自完成自己的生命形态的精神。不管在何种生命状态下，"我"的父亲都努力独自完成自己的生命历程。哪怕在最艰难困苦的环境，哪怕是最孤立无援的境地，最凄苦无奈的晚年，都从来把自己当作独立的个体来承担。一股力，一股强悍的力，一股强悍的生命力。④ 父亲给"我"讲述了一个男人为了生存，为了活命，只能依靠骗吃死人的口粮才得以生存下来的故事。"我"只记住了故事的氛围和场景，没有记住故事本身，只知道了一个大概，一个为了求得生存去向"死人"要口粮的故事，一个骗吃死人饭的故事。⑤ 一个人已经活得如此艰难了，依然要生存下去，这是对生命的坚守。

2. 贺绪林：活着是唯一的目的

命运是注定的，人生是无望的，生命充满着荒诞，但贺绪林似乎又不甘于命运，他没有让他的人物陷于命运悲剧的消极等待中，而是抵抗着命运的虚无荒诞。而且，他还想证明，抗争宿命，求得生存是人的本

---

① 阮海彪：《遗产》，华夏出版社 2010 年版，第 98 页。
② 阮海彪：《遗产》，华夏出版社 2010 年版，第 99 页。
③ 阮海彪：《遗产》，华夏出版社 2010 年版，第 99 页。
④ 阮海彪：《遗产》，华夏出版社 2010 年版，第 136 页。
⑤ 阮海彪：《遗产》，华夏出版社 2010 年版，第 141—142 页。

能，因为是人的本能，所以在特定情境下，甚至可以采取一些非常规的手段，以恶抗恶。从这个角度考察"关中枭雄系列"中多次出现的饥饿场景和人吃人的描写，或许是另一种感受。

《最后的女匪》讲述的是一群正常人如何在残酷的环境中绝地求生的故事。国民党某特务连奉命剿匪，剿匪不成反被土匪暗算，在抓了三个女匪做俘虏后匆忙撤退，结果迷路于茫茫沙漠之中。暑日寒夜，水断粮绝，生死攸关。小说展现了人在极端艰难的环境中求生的欲望。一个女匪想逃跑，被国民党士兵用匕首刺进软肋，一股蚯蚓似的血液从女匪发皱的肚皮流淌下来，一伙人看着那"蚯蚓"往沙地上蠕动：

> 突然，黄大炮疯了似的扑在玉珍的尸体上，嘴对着刀口拼命地吮吸。等他抬起头时，一张络腮胡脸似刺猬一般，嘴角和胡须上沾着斑斑血迹，一对大眼珠子也被血浸红了，充满着饿狼食人时才有的凶残之光。一旁的人最初都是一怔，瓷着眼看着这骇人的一幕。稍顷，都明白过来，瞬间眼里都放出凶光，七八把枪刺从不同的方向捅向玉珍的尸体，随后似一群饿狼扑了上去，嘴对着刀口，贪婪拼命地吸吮。①

在干渴饥饿的折磨下一群人变成了一群野兽。有意思的是，贺绪林给吃人的人安排的结局：这些吃人的人采取非正常手段活下来之后，都成为民族的英雄。黄大炮在一次战斗中牺牲了，死得很英勇，一个人打死了八个日本鬼子。刘怀仁后来投诚了解放军，南下渡过长江，打到了南京，新中国成立后还参加了抗美援朝，当上了团长。吃人行径肯定是野蛮、残忍、非人道的，但作者突出表现的是，在特定的境况下，那群人的行为是求生存的本能驱使的结果。为了生存，人性泯灭如同兽类，金钱美女都失去了意义，活着才是唯一的目的。作者在暗示着这样一种生存法则：求生是人的本能，在艰难的环境中努力地生存，活着就是希望。

如果说《最后的女匪》中最初的杀人动机并非为了吃人，那么《兔儿岭》中冯四杀人就是为了吃人，是更彻底地吃人。1929年关中遭遇前所未有的大饥馑，冯四的老母和过门不到一年的新媳妇饿得奄奄一息。老母躺在土炕上闭着眼睛等死，冯四的媳妇也躺在自己屋里，全身浮肿，

---

① 贺绪林：《最后的女匪》，文化艺术出版社2007年版，第237页。

下不了炕。冯四外出寻食，迟迟不归。黄昏时分，冯四拖着疲惫的身躯空手归来。他叫了一声："妈！"不见老母应声。再叫一声，老母睁开眼睛看着儿子，半晌，又闭上了眼睛。冯四捶了自个儿一拳，回到自己屋中。媳妇睁开眼睛，眼巴巴地望着皮包骨头的男人，见男人提着两个空拳头，轻轻叹息一声，眼睛也闭上了：

> 冯四突然双膝跪地，叫着媳妇的名字："采娃，我对不住你……"叩一个头。媳妇睁开眼睛，茫然地看着冯四。冯四起身，抓刀在手，说道："今生今世，我对不住你，来世变牛变马给你还。"媳妇灵醒过来，惊叫一声："你！"冯四两眼放出凶光："你活着受罪，还不如死了的好……"一刀捅过去。媳妇没叫出声，大睁着眼睛断了气。卸块取肉冯四是行家里手，加之饥饿这个魔鬼迫不及待地催促，他异常利索地取肉入锅。他给锅底塞进几块劈柴，引着火种，拼力拉动几下风箱。当火焰熊熊燃烧之时，他疲惫不堪，气力不支，歪头靠着风箱昏睡过去。不知过了多久，他迷迷糊糊地睁开了眼睛。一阵肉香直钻鼻孔，刺激着他的神经。他浑身一激灵，忽地起身，揭开锅盖，顾不得汤烧，伸手抓出一块肉往嘴里就塞……一块肉下肚后，他猛地想起老母。急忙取过碗，舀了一碗肉汤，给老母端过去。①

这段叙述有几个细节值得注意：其一，冯四的媳妇过门不到一年，还属于新婚宴尔，冯四对他媳妇应该很有感情；其二，他觉得媳妇活着还不如死了好，潜在的意思是他在拯救媳妇；其三，冯四猛地想起老母，立即给老母舀了一碗肉汤端过去，这说明冯四很孝顺。综合这几个细节，我们可以看到，在求生本能的驱使下，一个本性并不坏的男人是怎样丧失人性走向残暴的。从社会伦理道德角度来看，吃人属于反人道行为，肯定应该予以否定。从生命伦理的角度看，抛开"吃人"的具体内容，就行为动机而论，它是现实环境中的人抗拒命运，努力求生存的本能体现。

墩子、马天寿、十三爷、彭大锤等，开始都是想过安稳的生活，但突如其来的变故将他们一步一步逼上极端畸形的反抗之路。秦双喜在不可把控的人世命运骤变下，激发出一种男人原初的生命血性，执意复仇，

---

① 贺绪林：《兔儿岭》，太白文艺出版社2015年版，第78页。

不复不休。命运很神秘，人往往不能按照自己计划的方向行走，但一旦落入命运的既定之网，也只能积极地抗争，激活生命中最神圣的价值，努力地活着。这种意识既对读者有一种震撼力，也对贺绪林本人的精神有一种提升。

贺绪林在其他作品中同样表现了宿命中求生存的思想。比如他有一篇散文叫《窗外有棵小歪树》，记叙的是贺绪林刚瘫痪时，睡在床上，通过窗户观察着窗外的一棵歪脖子小树，小树躯干疙疙瘩瘩、千疮百孔，只留下半边粗糙龟裂的皮支撑着歪歪扭扭的树枝，但它经历萧瑟的秋风和凛冽的朔风，春天时变得郁郁葱葱。贺绪林由此明白了"不要把生命轻易地交给命运之神，即使已遭不幸，也要有一副硬铮铮的脊梁，也要保持复活的希望"①。

在抗命求生的生存哲学统摄下，"关中枭雄系列"中的每个人都具有一种坚毅的性格，包括女性。《最后的女匪》中，北原县最大的土匪头子麻老五抢了四个女子来做压寨夫人，这些女子性格刚烈，宁死不屈。两个上吊，一个跳崖，还有一个吞了大烟。黄大炮刺死一个女匪后，其余三个女匪目睹同伙的死亡，惊恐化作了仇恨，以牙还牙地怒目瞪着他，似乎早已将生死置之度外。"我"奶奶侠肝义胆，为了救整个戏班子的人，牺牲自己，跟着土匪头子进了土匪窝。刚进土匪队伍时，一个男土匪欲行不轨，奶奶性格刚烈，武艺超强，飞起一脚踢了过去，那人的面目就开了酱油铺，连爬带滚地跑了。"我"爷爷是一个不怕死的硬汉子，扛枪当兵就是把脑袋拴在裤腰带上讨生活。如果拼死在战场上，他连眼睛都不会眨一下。马天寿被吊在梁子上，血肉模糊，依然不屈服："二爸，这祸是我自找的，你就别求他了。"② 小说中的人都特别崇尚血性十足的汉子。常守田去投靠马天寿，马天寿看到他虎背熊腰，言谈之中颇有江湖义士的豪气，就收留了他，并给他委任一个小头目。马天寿想到钱老二是一条汉子，就"赏"了他一个全尸。为了凸显人物的刚烈、彪悍，有时贺绪林甚至用了不合情理的夸张手法。比如匪首因敬重常种田的父亲是条好汉，临走时将一个女娃留给常种田，说是让常家传宗接代，这不太符合为了消除复仇隐患、株连九族、斩草除根的传统认知和行为。再如，为了救二锤，大锤"收起枪捋起袖子，伸出左手食指放在桌上，忽地拔出匕首，猛地剁下去。那食指在桌上弹了弹，掉在了王山虎的脚

---

① 贺绪林：《贺绪林作品精选》，华夏出版社 2016 年版，第 148 页。
② 贺绪林：《马家寨》，太白文艺出版社 2007 年版，第 12 页。

地。大厅的人都惊呆了,发出一片惊呼之声。大锤的左手血流如注。可他却不理会,盯着王山虎道'行不?不行我再剁一个指头给你'"。① 大锤仿佛不是血肉之躯,完全感受不到疼痛,大义凛然的样子显然带着一种夸张的成分。此时,真实性已经不是作者关心的问题,作者只是想借此表现人的剽悍精神。想象的剽悍精神替代了历史语境中土匪的残忍性、掠夺性。这也形成了贺绪林和他的土匪、刀客所具有的亲和性、同构性和独特性。

与贺绪林塑造人物方式相似的是王占君。王占君本人不屈从于命运的安排,努力地活下去,而且立足于辽西大地,坚持历史题材的通俗文学创作,其笔下的历史英雄人物都是硬汉形象,通过硬汉形象表达人的生存欲望。

3. 史铁生:不管你信不信,你还得活下去

史铁生承认宿命,在《来到人间》中,史铁生借残疾女孩的父亲之口说,"糟糕的不是你有一个那样的女儿,是有一个灵魂要平白无故地来世上受折磨","生来就注定了,痛苦要跟她一辈子"。② 但史铁生又说:"就像算命,不管算得准不准,反正你不会相信。或者不管你信不信,你还得活下去,该干什么还得干什么。"③ 史铁生礼赞死亡,倡导安乐死,但他同时认为再苦再难都要活着,活着是最重要的。《原罪》中的十叔是一个悲剧性人物,全身瘫痪,一直躺在病床上,不死不活地过着,身体一点都不能动弹,除了能张嘴闭嘴,能睁眼闭眼,什么都不能动,但他却坚持活着,而且尽量好好地活着,哪怕是在虚幻中。十叔原本家境还可以,现在只能靠父亲没日没夜地卖豆腐来维持。他每天躺在床上就编神话故事,故事就是他对生命的渴望与理解,他将编好的故事讲给小孩听,每个故事都像真实的,有趣而感人,所以小孩都喜欢去他那里玩,听他讲故事。他故事里的人物全是健全的人物,见识广,有才华,他讲着讲着,主人公就换成了自己。他幻想着有一天他的病能治好,但所有的人都知道他的病是永远也不会好的。十叔却这样回答:"一个人总得信

---

① 贺绪林:《野滩镇》,太白文艺出版社 2012 年版,第 154 页。
② 史铁生:《来到人间》,《史铁生作品全编》第 4 卷,人民文学出版社 2017 年版,第 7 页。
③ 史铁生:《来到人间》,《史铁生作品全编》第 4 卷,人民文学出版社 2017 年版,第 13 页。

着一个神话，要不他就活不成，他就完了。"① 十叔在无尽的痛苦面前，唯一能做的就是抛开身体，编造一个神话作为自己的精神支撑，去寻找精神的主体，追寻自我的存在，让自我在虚幻中生存。

史铁生的《午餐半小时》描写了一群生活陷于困境的残疾人。这群残疾人在缝纫厂工作，每天有半小时的午餐时间，在这个时间里，他们就喜欢谈论"福气"。一天，正在谈论"福气"的时候，窗外响起了刹车声。大家随着刹车声响看过去，原来是一辆红旗轿车，这对他们来说是新奇的，于是大家开始谈论红旗轿车。有的人说，如果被这样的车撞到是一件非常幸福的事，就不愁工作了，儿子的婚事也能解决了。另外一个人说，还是要看是什么车撞的，如果被拖拉机撞了，那就倒霉了。正在大家谈论得十分激烈的时候，有一个声音传出来："唉，我可不想让车撞死。"② 刚才争论很激烈的气氛顿时平静下来，大家都从刚才的想象中幡然醒悟。他们明白，人生在世，不管命运如何，死都是一件简单的事情，生命不易，要珍惜生命。

残疾人作家在创作中，总是让他们笔下遭受命运不公的人存着活路和希望。他们作品中的主人公生活再难，也要在艰难中坚持，比起那些喜欢写凄惨的死的作家，残疾人作家似乎更喜欢写一种坚韧的生。坚韧的生彰显的是残疾人作家心中的希望之光。活着不仅仅是承受病痛的折磨，也是承受着因病痛而改变的人生，即人的生存状态和心理状态的改变。死是一种常态，而不容易的活则是非常态的，是一种奇迹。他们明白超越对自身存在的意义，他们从痛苦中看到了生命经历着的生与死的厮杀，看到了生命的创造力应该和怎样得到淋漓尽致的发挥。王达敏在论述余华时说："活着是生命的全部意义，好活自然要活，赖活也得活，活着，活下去，'不怨天，不尤人'，是生命的第一义。"③ 对于残疾人作家又何尝不是呢？死乞白赖地活着所表达的不是对反抗的拒绝和对苦难的妥协，相反是一种面对生存苦难的豁达和真挚的人生态度。坚强地认命，顽强地活着，这是残疾人作家在痛苦中自我救赎的精神力量——人自身内在的忍耐力和一种达观的人生态度。

---

① 史铁生：《原罪·宿命》，《史铁生作品全编》第4卷，人民文学出版社2017年版，第209页。

② 史铁生：《午餐半小时》，《史铁生作品全编》第3卷，人民文学出版社2017年版，第32页。

③ 王达敏：《余华论》，安徽文艺出版社2016年版，第8页。

（三）积极求发展

努力地活下来之后，还应该尽可能地求发展，与命运抗争。马斯洛将人的需要分为生存的基本需要和发展的高级需要。所谓生存的基本需要是指由缺失性动机引起的需要，发展的高级需要是由成长性动机引起的需要。残疾人作家生存的基本需要表现为努力地活下去，发展的高级需要表现为不断地发展自己的生命本质，提升自身的生命内涵。当他们满足了基本的生存需要，能够活下去之后才发现，光满足生命的"存活"是不够的，那样的生命只会暗淡无光和毫无意义，他们需要提升自己和发展自己。他们认为，求发展的核心是勇于逆流而上，与命运抗争，而方式则可以灵活变通。

1. 核心：逆流而上

残疾人作家看到，人生就是一场不可捉摸的生命之旅，在这场旅途中，生命会遭遇各种创伤，这是不能选择的必然。并且生命中的残酷与伤痛是不可预知的，这也是不可更改的事实，人显然没有任何改变这个事实的可能。没法改变就只能坚强面对，执着自己的追求，追求的过程中总会收获一些成果。"只要你满怀激情地投入到生命的全过程中，不管结果如何，你都会得到生活赐予的东西。"[1] 他们知道，"走在人生的原野，绝不会全是阳光明媚"[2]，只能面对现实，坚强走下去。

（1）歌颂坚毅的生命。

残疾人作家通过描写或激动或沉默的抗争以及刻画那些对抗命运的抗争者群像，渲染在命运面前不屈不挠的生命韧性，追寻生命的本源意义，表达他们对荒诞命运的反抗精神。

刘水在《胡杨树》中歌颂胡杨树具有铁一般坚强、诗一般美丽的品质，因为胡杨树活着三百年不死，死了三百年不倒，倒了三百年不腐。对胡杨树的礼赞表现了刘水不屈服命运，激昂奋进、无私奉献与自强不息的精神，凸显了刘水本人对命运的抗争和对生命的热爱。《野马河苍生》写出了两代人的恩怨情仇，一个世纪的历史沧桑，但最让读者记忆深刻的是刘水在作品中对生命的礼赞。野马河沿岸的人都活得艰难困顿，但他们总是那么百折不挠；他们对命运总是那么无可奈何，但依然匍匐前行。刘水将自己经历过的九死一生的人生磨难灌注到作品中，让读者

---

[1] 贺绪林：《贺绪林作品精选》，华夏出版社 2016 年版，第 162 页。
[2] 谢长江：《红麦穗》，作家出版社 2008 年版，第 174 页。

从作品中感受到生命的坚毅和顽强。

残疾人对自身生活体验最深的就是日常生活。车前子在《日常生活——一个拐腿的人也想踢一场足球》中通过记写日常生活，既写出了一个残疾人面对命运的苦衷，也写出了对命运的挑战。

赖雨知道理想和现实之间存在一定的距离，"在我们拥有的力量里/梦想和希望的距离"，但她同时说"……让我们相互祝福吧/因为我们都不会放弃/对春天的梦想/对生命的渴望"①，"美好的一切/一切的美好/都要我们共同去创造"。②"不会放弃""创造"，都体现出诗人在困顿中的执着精神。

史铁生认为，在与命运的抗争中人可以获取很多欢乐。在这个过程中，谁总是唉声叹气，谁的痛苦就更多些；谁最卖力气，谁就最自由、最骄傲、最多欢乐。③史铁生的一系列知青题材的小说如《我的遥远的清平湾》《插队的故事》《黄土地情歌》《相逢何必曾相识》《归去来》等，涉及的情节和人物都体现出抗命的思想。这些小说都以贫乏单调的乡村生活为底色，当地的农民和知青都生活在贫瘠的黄土地上。然而，生存环境的恶劣并不能阻碍人的坚强，这片土地上的善良百姓充满温情，知青们精神昂扬，他们的生命和情感都毫无保留地投入艰难的生活中，他们驾驭人生困境，表现出达观和蓬勃的生存境界。因为黄土地上生存着这群逆势而进的人们，史铁生将他当年的知青生存空间想象成了他心目中"神奇的土地"。

谢长江在《红麦穗》中，用诗意般的意境说明人的生命在于奋斗、进取。在《朴质的精灵》中，谢长江赞扬土豆的精神，进而点明人应有的精神：应在困难的环境中顽强地生长。在《绿韵》中，面对曾经的荒坡，现在的绿韵，谢长江感慨"唯有积极的思想和辛勤的汗水才会浇灌出无比的欣喜"④。在《生命树》中，谢长江告诉大家，不要总是囿于过往的不幸，一切应向前看，"即使昨天的梦已枯萎，但绿色的季节，总是向着明天萌发。/我们何必在回想的风里，重摇昨天的不幸呢?"⑤在《岩藤》中，谢长江赞颂岩藤，因为岩藤能把握自己的命运。在《雄鹰》

---

① 赖雨：《群山之上》，四川大学出版社1998年版，第39—40页。
② 赖雨：《群山之上》，四川大学出版社1998年版，第46页。
③ 史铁生：《山顶上的传说》，《史铁生作品全编》第3卷，人民文学出版社2017年版，第326页。
④ 谢长江：《红麦穗》，作家出版社2008年版，第140页。
⑤ 谢长江：《红麦穗》，作家出版社2008年版，第157页。

中,谢长江对雄鹰的赞扬就是对勇于把握自己命运的人格精神的赞扬。在《追赶失落的太阳》中,谢长江表现生命的执着,"一串弯弯的脚印,诉说一个毫不动摇的信念……";"为了追赶失落的太阳,我愿做一只负重长行的骆驼。"① 《我们残疾人》可谓残疾人的生命宣言,唱出了残疾人直面人生、执着追求的心灵世界。《这样无过错》《一种感觉》《痛苦的时候》同样表现追求理想的执着精神。

李仁芹没有被"瘫痪"一事彻底埋葬,尽管她知道自己面对的"对手"是如此强大,她个体的能力实在是过于弱势、孤单,但她依然每天都在清理自己的"垃圾""毒液""霉菌"这些可怕的、危及"内心""血管"和"思想"的敌人。她"希望把手中的笔,当成利刃",在她凌乱的诗行中任意厮杀。② 她在黑暗又寂寥的荒原上"攀住自己的手臂/不断上升、上升"③,她想把"沉重麻木的双足/在落日的斜晖中/吹出竹的新骨"④。她在病痛中"医治世界",她甚至"每天必须学会清理/内心的垃圾/和那些流过血管的毒液/思想的霉菌"。⑤ 她"在孤岛上遗世独立/直到悲伤抵达另一种光明"⑥。李仁芹是坚强的、自觉的,她属于"强者",她在直面惨淡的人生过程中,拯救他人,也救赎自己的灵魂。

阮海彪在《遗产》中写了"我"的敏感、胆怯,但也写了"我"不顾一切的反抗,"是的,小小年纪就知道赌命","对某种人某种事,就会平添这种情绪:把生死置之度外,冲出去,把自己全部抛出去,点滴都不留"。⑦ "点染你的生命,把自己扔出去,全部抛出去,什么都不留!""这种心理或者说精神,就是我的财富。"⑧ 把自己全部扔出去,什么都不留,这便是阮海彪对命运的抗争。残疾意味着承受残疾的个体与环境、与自身、与命运、与荒诞之间的较量更为艰巨,但正是在这种极端化的生存环境和生存状态中,对磨难与痛苦等困境的惨烈反抗,更能彰显出生命力的强大,反抗愈艰难,也就愈能体现出生命的坚韧与强大。

尽管残疾人作家的文本中也有一些清远境界、沉郁格调、世俗风味之作,但这些风格难以遮掩他们雄迈豪壮的气概,难以掩盖他们的进取

---

① 谢长江:《红麦穗》,作家出版社 2008 年版,第162页。
② 李仁芹:《吹出竹的新骨》,中国文联出版社 2011 年版,第104页。
③ 李仁芹:《吹出竹的新骨》,中国文联出版社 2011 年版,第192页。
④ 李仁芹:《吹出竹的新骨》,中国文联出版社 2011 年版,第3页。
⑤ 李仁芹:《吹出竹的新骨》,中国文联出版社 2011 年版,第108页。
⑥ 李仁芹:《吹出竹的新骨》,中国文联出版社 2011 年版,第98页。
⑦ 阮海彪:《遗产》,华夏出版社 2010 年版,第51页。
⑧ 阮海彪:《遗产》,华夏出版社 2010 年版,第51页。

之心。王小泗的诗集名字就叫《意志的胜利》,封面赫然印着两句话:"苍天欺我以身残,我谢天公以诗篇",整部诗集看不出诗人一丝的悲观、绝望。王小泗阅读包毅国的《随州之梦》,知道随州是华夏文明的先祖炎帝真正的故乡之后,喷发了一种豪气壮志:"地球就在我的脚下,世界的目光正转向东方。天降大任于吾辈,我等责无旁贷,苦其心志,劳其筋骨。一万年太久,只争朝夕!"[1] 尽管"往事东流无限恨",但不止于惆怅,而要"他年求索走天涯"[2],"即便焦虑的浪里没有颜色的踪迹/也要将一个个空洞紧握手中/直到含泪的光晕中传来来者的足音"[3]。

贺绪林说,他将用残疾之躯抖动着生命的旗帜,腿不能走路就用手和脑去追。[4] 谢长江说,读者可能"无法感觉一个曾生活在海拔1500多米的高山上的残疾农民,在追求的过程中所踏碎的坎坷、困惑与悲伤。我的灵魂就因努力地迈出坚强的步伐而获得了涅槃"[5]。残疾人作家自己的生存方式,本身就足以昭示直面坎坷人生和与坎坷人生对抗的生命信念。他们本人所做的种种努力已经足以证明他们与命运抗争的坚毅精神。文学作品中的坚毅精神是残疾人作家自己行为方式的体现,因而,他们作品对坚毅精神的表现更具震撼力和感染力。

(2) 彰显自己的生命和价值。

残疾人作家很重视彰显自己的生命和价值的行为。他们作品中展现的这种精神是自身人格追求的体现。

不可否认,新时期很多残疾人作家都因命运的不公而深深痛苦过、绝望过,但也正是命运的不公警醒了他们麻木的灵魂,思考人为什么活着,活着的指向是什么。一旦顿悟,他们便以一种"一万年太久,只争朝夕"的精神去创造有价值的人生,以一种时不我待的意识去开拓精彩的、有意义的生命,以生命的价值显现出自我的存在。四川作家贾承汉高二时因家庭经济困难而辍学,残疾、经济收入很低,两种因素使贾承汉终身独居。贾承汉一生扎根在故乡隆兴镇青桥村,坚守着自己心灵的那一小块自留地,长年累月地苦打着创作这口深井。几十年来,他有过困惑,有过疑虑,却从未向谁倾诉过苦和难,更未丧失过固守文学家园的信心。他依靠瘦弱单薄残疾的身躯,思考着极其强大的心灵"小宇

---

[1] 王小泗:《零度生活》,现代出版社2013年版,第141页。
[2] 王小泗:《零度生活》,现代出版社2013年版,第118页。
[3] 王小泗:《零度生活》,现代出版社2013年版,第108页。
[4] 贺绪林:《贺绪林作品精选》,华夏出版社2016年版,第314页。
[5] 谢长江:《红麦穗》,作家出版社2008年版,第180页。

宙"，他的执着固守和刻苦磨砺，终于创作出丰富多彩、温情感人的小说、剧本，收获了文学创作的快乐，活出了生命的价值。贺绪林刚刚残疾时，心情苦闷，不吃不喝，整日傻呆呆地望着土楼板，想着与其窝囊地活着，不如慷慨地死去，他想着各种自杀的方式，经过朋友的劝解，最终放弃了自杀的想法："我曾经是个健康的人，当我健康时对生命的意义和价值并不理解。命运之神使我沦为残疾人的今天，我才明白了生命的意义在于有所贡献，生命的价值在于有所创造。"①"为了从精神上拯救自己，我选择了文学。与其坐以待毙，不如拼尽全力与命运一搏。"②残疾人作家躲在自己的世界，与文学两情相悦夜夜缠绵，春种秋收瓜熟蒂落，终于通过文学创作获得了人生的价值。

  与残疾人作家追求生命价值的实践活动相对应的是，残疾人作家的作品表现出一种强烈的渴望，渴望在与命运的搏击中凸显自身的生命。他们看到生命是如此短暂，人短暂的一生在历史长河中"掠过苍茫的回响"，在某一天戛然而止。在人短暂的一生中，珍藏着各种轻盈的梦想，这些梦想"如此虚幻，如此真实"③。因此他们希望生命既然存在，就要尽情展示，"我愿意尽情盛开一次/再走人生命的终极/而不愿在混沌中/无望的等待"④，"尽情舒展自己吧/就像花和蝴蝶/在瞬间里永恒"⑤。他们认为，只要生命存在就应该做点什么，每一个人都是时间的过客，都在寻找自己的故乡，"当了解到长路的终极目标/就知道了墓碑的真正含义/这里，不是终点而是起点"⑥。他们明白，自己很渺小，可能收获的果实很小，但微小的果实也是果实，也能证明自己的价值。赖雨只希望开出的花能结一枚酸涩的果，只要别毫无收获就行。她认为自己虽然很平庸，但还是希望向大地证明，自己曾经耕耘过。⑦贺绪林认为，自己的生命虽有残缺，但内心依然美丽；自己的生活虽多坎坷，但精神依然前行；自己的身体虽然有障，但梦想依然飞扬。"文豪契诃夫说过：大狗要叫，小狗也要叫。我们是小狗，是身体残缺的小狗，但我们也要叫。我们希望自己的声音能被人们听见，能不被忽视；希望自己的劳动有所

---

① 贺绪林：《贺绪林作品精选》，华夏出版社 2016 年版，第182页。
② 贺绪林：《贺绪林作品精选》，华夏出版社 2016 年版，第313页。
③ 桑丹：《幻美之旅》，大众文艺出版社 2006 年版，第 41—42 页。
④ 赖雨：《群山之上》，四川大学出版社 1998 年版，第108页。
⑤ 赖雨：《群山之上》，四川大学出版社 1998 年版，第135页。
⑥ 王小泗：《零度生活》，现代出版社 2013 年版，第109页。
⑦ 赖雨：《群山之上》，四川大学出版社 1998 年版，第112页。

收获，能被社会承认。"①

　　与彰显生命相关联的一个话题是，残疾人作家的创作中隐藏着一个朦胧的期待，期待他人的惦记。由于身体的残疾，残疾人作家更多地体验着生命的孤独和遗弃，因而他们比常人更关注他人的惦记和关怀。在《死是容易的》中，"我"无药可救，被父母推出医院，父亲向医生护士道别，没人搭理父亲，更没有人走出办公室为父亲送行，这一幕，像烙铁一样把自强自尊深深烙进了父亲的骨髓，因为在作者看来，"人生存在的意义大小，不在其他，而在于谁也没有理由轻蔑他！父亲是可怜的，这些高贵的人，竟然蔑视我可怜的父亲，他们不但不能赢得我的敬意，反而使我对他们产生莫大的蔑视。我感到，他们比我父亲更可怜，因为，他们蔑视了一个可怜的人"②。阮海彪在这里穿插的议论情感酣畅，指向明确，谴责对他人尤其是对弱小者的漠视。赖雨在《消失的……》中说，吉他或者已经衰老，或者已经死去，但她相信在吉他不朽的灵魂里，一定还珍藏着"我"无数难言的心事，一定还牵挂着"我"最后痛苦的抉择以及"我"的眼泪和欢笑。赖雨对吉他的希望，隐含着对他人的希望，希望世人牵挂着自己，能有牵挂和被人牵挂都是幸福。王小泗在《死亡谷的声音》中遗憾早晨出发时忘了带上自己，此时的风挤占了"我"的位置；在《夜色群居的叶片上》中便不忘自己"那时叶片上记着一个名字/便是自己"③。从心理学的角度来讲，希望被人惦记是弱小者的心理反应，是缺乏自信的反应。或许这是残疾人作家脆弱心理的无意识表现，正是这种无意识体现出他们隐秘的内心世界。

　　残疾人作家希望别人惦记自己，但他们也知道，不能采用乞讨的方式，而应该以自己的价值永存于世。史铁生在《病隙碎笔》等作品中谈及生命价值的命题，他认为，如果人生的意义只是对一己肉身的关怀，它当然就会随着肉身之死而烟消云散；但如果人生的意义与生命的价值相联系，就不会随着肉身的毁坏而停止，并且将会成为无限的存在和绝对的价值。④史铁生将人类在抗击命运的过程中实现的自我价值，看作人类终极层面上自我的永恒价值，这最能显示出生命的意义。史铁生的这种观点与维科在《新科学》中提出的诗性的生存方式意思相近。维科认

---

① 贺绪林：《贺绪林作品精选》，华夏出版社2016年版，第189页。
② 阮海彪：《死是容易的》，东方出版中心2008年版，第80页。
③ 王小泗：《零度生活》，现代出版社2013年版，第106页。
④ 史铁生：《病隙碎笔》，《史铁生作品全编》第8卷，人民文学出版社2017年版，第110页。

为，如果人的行动与价值达到统一，这就是人的一种诗性的生存方式。史铁生在其创作中也表达了这样的思想。他认为，如果在实际的创造性的行动过程中，满足了个体的现实的、自我存在的、各种层次的需求，就能使人的现实存在具有超越现实的历史价值，这就是一种理想的生存方式。

周洪明看到，"人生就像一场戏剧，有高潮，也有低落；有欣慰，也有迷惘。对于世界上大部分人来说，生活就在庸庸碌碌、平平凡凡的境况间虚度。但对于所有少数优秀分子，特别是能改写历史的人来说，个体生命的惊涛骇浪更具连动性与影响力"①。周洪明期望自己能成为于社会、于人类有贡献的少数优秀分子。周洪明在一个阳光似瀑布，让人灼热的春日的中午，看到了"桃红李白映照新符/兴奋的笑脸,/翠绿的田野"，脚步随心展开，姑娘美艳。他在酣醉中作文写诗，笑声高邈。周洪明视这样的中午为人的最佳生命状态，于是感慨应珍惜这样的中午，"蓦然同情那些浅薄"②。周洪明自我解嘲："只剩下我的诗文惶恐/跌跌绊绊地如鼠过街。"③ 周洪明之所以惶恐是担心自己的诗文没有存在的价值，自嘲中透露出残疾人作家的共同心境：希望自己的诗文有更多的价值，自身的价值也会随着诗文的价值而显现出来。他们在创造价值的过程中体会生命的喜悦、甜美、温馨和庄严。

残疾人作家的文本中存在一个内隐的主题，即苦苦追求理想的人生境界，努力找到一个实现个体价值与守护人格尊严的平衡点。杨姣娥坚守着自己的人生选择，"固执地认为，如果我没有学会一手公文为领导和单位服务，一手文学梳理自己的心灵，没有长年如一日地坚持用两条腿走路，或许，我早已埋没在了生活的尘埃里"④。他们向往着既彰显个人价值，又不失尊严的生存方式。残疾人作家认为，尽力奉献便是这种生存方式的一种体现。王小泗认为，生命的意义在于奉献自己，在奉献中体现自己的价值。予己之乐，予人之乐，既不失个人尊严，又能体现个人价值。《嗨，王老汉》中的王老汉尽管由于自身能力，做出了许多让人啼笑皆非的事情，但这一形象的价值意义就在于尽己所能，为村民做事，为集体奉献，位卑未敢忘忧国，这是中国传统士大夫阶层的一种追求，

---

① 周洪明：《坠落与升腾》，内蒙古人民出版社2010年版，第204页。
② 周洪明：《情感高原》，中国文联出版社2007年版，第19页。
③ 周洪明：《情感高原》，中国文联出版社2007年版，第33页。
④ 杨姣娥：《时光碎片》，中国财富出版社2014年版，第14页。

道/就算十匹火车从我身上辗过/我也不会流血/我像铁一样活着！"(《活着——写给海子和我的小姨》)。"害虫的生存之道"就是在妥协之中不断变异出新的抗药体，不断适应艰难的环境，是一种达到了极致的生存韧性。在世俗社会中，这不失为一种较好的生存哲学，平凡人的大哲学，虽然不够积极，但也不乏睿智。

(1) 余秀华的对抗。

余秀华以纯真坚韧之心去应对现实生活中刻骨的悲凉："这张床不是婚床，一张木板平整得更像墓床/冬天的时候手脚整夜冰凉/如同一个人交出一切之后的死亡/但是早晨来临，我还是会一跃而起/为我的那些兔子/为那些将在路上报我以微笑的人们！"(《床》)。看似平淡的语言中，蕴藏着巨大的情感张力，"一跃而起"的既是诗人孤独、疼痛、疲惫的身体，也是诗人不屈服的抗争精神，跃起的是与残酷命运搏击的生命的尊严和价值。

她以希望对抗绝望，在绝望之中看到希望："连呼吸都陡峭起来，风里有火/你看到的，雪山皑皑是假象，牛羊是假象/这泪水不再是暗涌，是呼啸，是尖锐的铁锥/把她，把一切被遮盖的击穿/让沉睡的血液为又一个春天竖起旗帜/竖起金黄而厚实的欲望。"(《就要按捺不住了》)虽然看到的都是假象，但诗人在泪水中为又一个春天竖起旗帜，感觉自己的欲望是金黄而厚实的。她欣然接受生命的困顿，以乐观的态度面对残酷的现实，"夜色里总有让我恐惧的声音。而我心有明月/——即便病入膏肓，我依然高挂明月"(《今夜，我特别想你》)，无法控制命运，便努力寻找黑暗中的光明。无论自身处于多么艰难的生活境遇里，她也不放弃对美好生活的希望。只要生命之火不曾熄灭，她就依然保留着摆脱黑暗迎接光明的强烈愿望。

余秀华专注于生命中每一个精彩瞬间的创造，以生命的过程对抗生命的死亡："我要活着，沾满烟火和污垢，我不能像她们一样，穿上高跟鞋，在明媚的阳光里读书！我只能在泥土里爬行，只有我的影子一直站立！"(《我始终不能像她们一样去爱》)，她不在乎生命的形式，即使是沾满烟火和污垢在泥土里爬行，也要全力以赴地生活。这是对生命的尊重，无论怎样的命运都无法剥夺生命的尊严和价值。正是在这个意义上，命运的荒诞无常给了余秀华不断进步的空间，个体的抗争性使得她在一次次的自我超越中获得了生命的意义。

余秀华积极对抗着身体的残疾。余秀华知道，"我有虚幻的美却有实体的斑"(《阳光肆意的窗口》)，但她以豁达的心境自慰，"不知道能不能活出负负得正，我计算着哪一个正常人活得不如我，他背影里的整数能不能抵过我手一抖的余数，农闲的时候适合死亡，有的人一生经不起一次检点，我左手压住右手，不让它抖"（《残疾人余秀华》）。残疾的现实是无法改变的，但是无论怎样的现实也淹没不了灵魂追求自我价值的愿望。无论生命的光辉如何黯淡，只要没有熄灭，残疾的灵魂就不会放弃挣扎。

余秀华对残疾身体的对抗，还体现在对身体的书写上。在一般人看来，残疾人没有勇气面对自己的肉体，残破的肉体似乎没有资格诉说自己的欲望。但是余秀华却对自己的身体充满着自信，充满着热爱，"我在河边清洗身体/她结实，饱满，蓄积了月光/——掏出"（《五月·小麦》），"也没有需要被你怜悯的部分：我爱我身体里块块锈斑/胜过爱你"（《我想要的爱情》），具有强烈的自主意识，充满独立精神。虽然身体残疾，余秀华依然勇于直面自己正常的情欲，她以《穿过大半个中国去睡你》这样大胆的标题昭示着她同常人一样的肉体欲望。"其实，睡你和被你睡是差不多的，无非是/两具肉体碰撞的力，无非是这力催开的花朵/无非是这花朵虚拟出的春天让我们误以为生命被重新打开"，诗中用赤裸的语言昭示出残疾肉体的炽热欲望。敢于正视自己内心的需求，这本身就是对残疾身体的一种对抗。

余秀华以理想的爱情对抗无望的婚姻。余秀华总是将理想爱情与蝴蝶、鲜花联系在一起。"木质楼梯！空气里晃动着小粒蝴蝶，为了捕捉那些细语般的颤栗，我一次次地探头，走神。"（《你说抱着我，如抱着一朵白云》）"突然，玫瑰的迷香铺天盖地，对就要这个时刻，就要这明晃晃的下午，她浮出了水面，她摇晃的乳房，在风里飘荡的体毛让它怀疑，她踩着青草的脚趾让她眼花，一切都在密集，打开亲近而遥远！"（《一个丑陋的女人和一个老虎的关系》）余秀华幻想逃逸现实无望的婚姻，去一个蝴蝶飞舞、鲜花四溢的迷人之地。现实生活中，余秀华没有享受到甜蜜的爱情，时时刻刻都处于一种被正常生活抛离到一个没有太阳的角落。但是尽管现实如此残忍，只要有一线阳光，对理想爱情的期待还是悄悄地在她的内心升起。她期待平等的爱情，希望有尊严地活着。

（2）余秀华的妥协。

如果仅仅是一味地对抗，余秀华的诗歌可能会失去一半的真。余秀华在展示她对命运的抗争的同时，也展示了一个小人物的大哲学——妥协。

一是对辉煌人生的妥协。她将生命的苦难埋藏于心，专注于踏踏实实的生活，没法走向辉煌的人生，就安心于平淡的生活："巴巴地活着，每天打水、做饭、按时吃药/阳光好的时候就把自己放进去，像放一块陈皮/茶叶轮换着喝，菊花、茉莉、玫瑰、柠檬/这些美好的事物仿佛把我往春天的路上带/所以我一次次按住内心的雪/它们过于清白过于接近春天/在干净的院子里读你的诗歌。"(《我爱你》)这些句子，没有灼人的炙烤，但有温度，散发着体温；没有撕心裂肺的喊叫，悲伤和痛苦全都隐藏在句子里。其实，生活中更多的都是凡人，凡人不必强行追求辉煌。

二是对婚姻的妥协。婚姻不尽如人意，甚至还遭受羞辱，于是她以软制硬，将家暴的可能性降到最低的程度："他喝醉了酒，他说在北京有一个女人/比我好看。没有活路的时候，他们就去跳舞/他喜欢跳舞的女人/喜欢看她们的屁股摇来摇去/他说，她们会叫床，声音好听。不像我一声不吭/还总是蒙着脸//我一声不吭地吃饭/喊'小巫，小巫'，把一些肉块丢给它/它摇着尾巴，快乐地叫着　他揪着我的头发，把我往墙上磕的时候/小巫不停地摇着尾巴/对于一个不怕疼的人，他无能为力。"(《我养的狗，叫小巫》)对于男人的羞辱，她没有以牙还牙，而是忍辱负重，淡然处理。"所以我允许你爱上不同的人/在你的房间做爱，在你的城市牵手/在空荡荡的街头含泪亲吻。"(《致》)对婚内情妥协，对婚外情依然是妥协，她只能把那抹猛烈的砰然和迷醉的甜香狠狠地按回胸腔："我也不会再说到爱，说到那玫瑰色的黎明/我爱这秋风吹过的湖面/和那刚刚响起/就已消匿的钟声"(《如果倾述》)①纵然"他的腹部有雪！有她想吃的雪！和一个隐隐约约的春天"，她也只能拿出那幅地图，看那个梦境中小小的圆圈慢慢消失，因为她知道，身体上曾经的鳍掉落的地方，要想重新长出来，已经来不及了。为了获得爱情，她愿意改变自己："为了爱你，我学着温柔，把一些情话慢慢熬/尽管我还是想抱着你，或者跳起来吻你。"(《美好之事》)改变自己也是一种妥协。

三是向暴力妥协："每次都这样，她被她的男人打得遍体鳞伤/她躲进树洞，画一幅画。"(《平原上》)余秀华没有以暴制暴，而是通过躲避、画画求得内心的宁静，"疼一疼就会过去"(《风从草原来》)，非常平淡的一句话包含巨大的忍耐力。

余秀华的生存策略是对抗与妥协，或许这种生存策略并不完美，甚至可以说非常卑微，然而，这是作为弱势群体的残疾人一种无奈的选择，

---

① 余秀华：《摇摇晃晃的人间》，湖南文艺出版社 2018 年版，第 76 页。

反映了这一类人群独有的生理/心理经验。抵抗在余秀华诗歌中是一种无处不在的姿态。正是这种抵抗平庸的力量，使她的诗歌与精英主义的宏大论调达成了一致，而妥协的退让又使她的诗歌倾向于小人物的平民化情调，使她的诗歌更接地气。妥协不是消极。不向命运屈服，用不屈的精神抵达一个自我超越的生命之巅固然可贵，但健全的现实感以及审慎、妥协甚至迂回的精神同样也是可贵的。妥协之中，同样能体现出对生命的关爱。现实并非都能改变，在无法改变现实时，通过妥协善待自我，珍惜自己的生命，尽可能地维护自己生命的尊严，亦是一种可取的生存方式，与自贱自弃不能混为一谈。

残疾人作家是在与残疾长久的斗争之中审视命运、思考生存法则的。较之于一般作家，他们更真切地体验到了生命的不可捉摸和对不可捉摸的对抗。他们所经历的困境，从灵魂深处影响着他们对这个世界、对命运诡秘的思考。他们在认识命运时打上了自身经历的烙印。既认命又抗命的矛盾带着他们的亲历性。因为是一种体验，因而凝聚了作者丰沛的情感；因为上升到理性，因而具有现代意义的深度。通过感情抒发与理性判断，他们完成了对命运的审视，探讨了生命个体的生存法则，表达了对生死的态度，具有一种生命的厚重感以及撞击人心灵的现实力量。他们对命运的认知，超越了残疾者的哀怨和苦楚，具有人类存在的普遍性。

第二节 残疾之痛：改造性接受

个体的生命总是不可避免地处于自然的和社会的各种力量的相互冲突之中，并由此给有限的生命存在带来或肉体或精神或肉体兼精神的痛苦。痛苦既是人的一种身体上的感受，也是人的一种精神状态，如人的生命一样复杂。面对残疾带来的痛苦，残疾人作家既不回避，也不夸饰，他们以自身的体验为基础，一方面写出了残疾之痛，另一方面写出了对残疾之痛的态度：改造性地接受。所谓改造性接受是指，对命运所赋予的残疾之痛既要接受（这是无法改变的事实），又要改造（将既成的事实的危害减小到最低）。他们不是简单地去展示苦难、欣赏苦难，而是超越苦难，理解苦难，将苦难变成一种动力。接受并非完全听命于命运的安排而无所作为，在接受残疾之痛的基础上对残疾之痛加以改造，残疾人的生命就决定于两者所形成的关系场域之中。

对残疾人作家的痛苦叙事有两种误读：其一，残疾人作家在创作中渲染自己的疼痛，悲悲戚戚，以"痛"博取读者同情。这种误读让残疾人作家不愿别人提及他们残疾的身份，他们不愿向身体完美者乞讨怜悯。其二，残疾人作家面对痛苦就是敢打敢拼、一往直前，他们就是苦斗成才、奋进不息、励志向上的典型。这种看法导致我们将残疾人作家的作品与励志画上等号。其实，对于痛苦，残疾人作家在创作中体现出的情绪是复杂的，个中滋味冷暖自知：扔不掉，无奈接受，自我安慰，隐忍搏击……

从中国新文学发展史的纵向比较来看，残疾人作家的痛苦叙事很好地展示了残疾人面对残疾带来的痛苦的复杂心理。在中国新文学发展史上，不乏描写灵与肉双重痛苦的作品，比如现代文学史上的乡土小说，新时期文学中的伤痕文学、反思小说，特别是底层文学，都反映了特定时期不同个体的各式痛苦。书写痛苦不是目的，只是一种手段。自新文学以来，痛苦叙事大致有两种模式：第一种模式是将痛苦与社会、国家相联系，痛苦承载着或启蒙或批判的社会功能。比如 20 世纪 80 年代张贤亮的创作，将自己亲身的体验融入作品中，借文学描述了在特定的历史年代里知识分子灵与肉的尖锐对立和这种对立形成的精神痛苦，通过特殊时代知识分子的多舛命运，表达对时代、社会的反思。这些作品既深刻映照出了 20 世纪 50 年代到 70 年代作家们心灵的伤痕和矛盾，又犀利地通过知识分子灵与肉的激烈冲突，将批判的矛头指向那个动荡的时代。第二种模式是将痛苦与人性相结合，通过疼痛叙事审度人性本质，揭示人的疼痛在很多时候是由于人们自身的某些欲望所催发出来的，并非一种不可超越的现实不幸，揭示人性内在的幽暗面，凸显人性的弱点。残疾人作家在其作品中表现个体的灵与肉的双重痛苦，既不是指向社会政治意识形态，也不是指向人性本身，而是想通过痛苦叙事展示残疾人如何超越痛苦的复杂心路历程，用残疾人的眼光追问人的精神价值。

从当今文坛的横向比较来看，残疾人作家的痛苦叙事富有节制，内涵深厚。当今文坛有较多的作家反映普通民众的痛苦，揭示普通民众的生存苦难，传达他们内心深处的无望和无助，以引起社会疗救的注意，这是一个作家应有的历史担当。但有的作品陷入一种对痛苦的迷恋性怪圈之中，尤其是放纵痛苦，给读者以绝望感。而残疾人作家本身就是痛苦的承受者，他们的作品多数是叙述残疾者个体的疼痛，很多都是凭借自己的经验如实叙述，他们在宣泄痛苦时，不是无节制地渲染残疾带来的痛苦，而是在渲染与节制之间保持着良好的平衡。他们平静地面对痛苦，表现出痛苦很不爽但并不可怕的思想。他们没有颠覆日常生活价值观念来演绎、放大残疾人的痛苦，他们写出了残疾人内心的挣扎过程，写出了残疾人受尽磨难、无助无奈而又只能接受的处境，从而使痛苦具有一种深入骨髓的力量。也正是因为写出了这种挣扎、撕裂和剧痛，作品在展示痛苦的层面上才具备一种精神上的说服力，才凸显了残疾人心灵的高贵质地。

残疾人作家的痛苦叙事多数属于个人化叙事，这并不意味着残疾人作家缺乏责任感、使命感和批判性，优秀的文学作品绝不仅仅是批判现实的武器，它还有更深远的精神诉求，个体性痛苦亦有自身的认识价值。而且，唯其是个体真切痛苦的文学化表现，因而更能深入人的内心，更具震撼力。当然，如果残疾人作家过分囿于自身体验，感性大于理性，过分强调个体化叙事，也会使他们的创作浮于表面，不能对苦难做出独特有效的理性思考。

一、残疾之痛

痛苦是人生在世不可避免的必然要经历的一种感触。因而对痛苦的描写一直是文学艺术表现生活的内容之一。痛苦可以概括为两种：一种是民族的、集体的痛苦，一种是个体的、具象的痛苦。民族的痛苦是伴随社会历史的发展而产生的群体性心理感触，个体的痛苦是伴随个人的生存而产生的个体性心理感触。导致个体痛苦的原因既可能是不可避免的天灾人祸，也可能是个体在社会中所遭遇的重大挫折。残疾人作家在创作中表现的痛苦基本属于个体的痛苦，而且是残疾导致的双重痛苦，肉体上的生理性痛苦和精神上的心理性痛苦。残疾人作家创作的意义不仅仅在于能够克服痛苦成为作家，还在于他们能够在创作中直面痛苦，并反思如何面对痛苦。

一个创作群体自觉地描写个体的身体和灵魂的痛苦感，并将此作为自己创作的一个重要内容，这在中国文学史上只有残疾人作家群如此。他们的痛苦之源是身体的残疾。从来没有任何一个创作群体对残疾引发的痛苦做过如此详细全面的反映。这种描写不是创作者有意去感受、想象他人的痛苦，而是作品中写的正是自己所经历的，残疾人作家的痛苦叙事具有亲历性。

一方面，身体的某个功能部分或全部丧失，因而残疾人个体需要独自承受巨大的肉体折磨；另一方面，又由于身体的残疾和由此带来的行动和能力受到的限制，他们失去了部分健全人所拥有的自由，在心理上、精神上背负难以负载的沉重包袱。往往每一个残疾人都需要承受肉体和精神的双重痛苦，对此残疾人作家在他们的创作中毫不避讳地予以表现。他们对残疾之痛的表现基本遵照生理的自我、心理的自我到社会的自我这样一条路径。

（一）生理——肉体性痛苦

史铁生在《病隙碎笔》中说，残疾"它不疼，也不痒，并没有很重的生理痛苦，它只是给行动带来些不便"，"但是'不能'写满了四周！这便是残疾最根本的困苦"。[①] 残疾带来的不便首先是一种生理痛苦。在残疾人作家的笔下，总会出现一幕幕令人心惊、心紧，甚至是惨烈、刺激的生存景象。

肌无力患者：由于残疾，肌无力患者生活自理能力受到限制，行为动作很艰难，吃饭时左胳膊支在腿上，右胳膊支在桌子上，这样才能伸胳膊夹菜，"用勺连吃几口饭，就得停下来歇一会儿，因为如果不马上停下来而直接去夹菜，很有可能会因为没劲儿而将手掉进滚烫的菜盆里"[②]。逐渐地，右手大拇指不知不觉中变得无力了，直愣愣的，一点劲都使不上，再也不能用大拇指按遥控器了。一年之后，左小拇指也变得无力了，右手腕也开始无力，一杯水也拿不动了。肌无力的痛苦不止这些。由于身上没肉，睡在床上硌得痛，自己又不能翻身，硌得更痛，最后严重时，全身骨骼变形，腰伸不直，腿伸不直，胳膊、手指、脚趾也都伸不直，饭菜也没法咀嚼。《让爱解冻生命》开篇直接写雅歌从丈夫两点四十分上班到夜越来越深，没有吃上一口东西，没有喝上一口水，全身越来越无力，连呼吸都很局促，"她不停地咽着口水，希望可以让自己不会感觉饿，可饥饿正张开大口，仿佛要吞噬掉雅歌仅有的一点点力气"[③]。

失明者：失明者无法辨别色彩，"当然我对衣服的式样和色彩就不能太讲究，那些流行时髦款会让我这个已经'与众不同'的人变得像马戏团里的小丑，会让我心里如同跷跷板似的找不着平衡。所以我的外衣大多是灰色调，这种颜色最普通、最中性，看见和看不见差不多，谁都不会对你多看一眼"[④]。由于看不见，一不小心，竹筷子上夹着的菜会弄

---

① 史铁生：《病隙碎笔》，《史铁生作品全编》第8卷，人民文学出版社2017年版，第47—48页。
② 张云成：《假如我能行走三天》，漓江出版社2012年版，第120页。
③ 吕营：《让爱解冻生命》，译林出版社2014年版，第6页。
④ 庄大军：《看不见的尽头还有爱》，中国盲文出版社2015年版，第118页。

个满面开花,因此"绝不能像从前那样将面条高高挑起,轻松一甩就送进口中。要将嘴凑近碗盘,来个近距离传送,才不至于中途失手"。这样一来,"必须弯腰低头,尽量靠近碗盘,看起来就像一个大虾米似的"。① 到饭店吃饭,更为尴尬,大家兴致勃勃地将筷子伸向菜盘,自己"看不见盘子里的菜肴,总不能将筷子乱戳一气吧"②。刚失明时,"在家里也会昏头转向,辨不清东西南北。辨不清东西南北就无法给周围的桌椅板凳、橱柜、门窗定位,就会冷不防碰得头破血流","这还算轻的,许多时候我甚至忘记了下楼的方向,走着走着突然一脚踏空,摔个狗吃屎也是常事,一颗大门牙就是在一次摔跤时跌落的"。③

下肢残疾者:下肢残疾者不能动弹,时常尿在裤子上,"我坐在大门口,而妈妈蹲在离我不远的地方洗衣服。我满心焦虑地看着妈妈,记不清自己在心里悄悄喊了多少句:'妈妈,我要上厕所了,你能不能等会儿再洗衣服?'我感到小腹越来越胀,可我自己解决不了"。双腿残疾,也不能外出:"我的右边是一扇窗,也是唯一可以让我看见天空的一扇窗。窗外的天空中,朵朵白云正缓缓地朝着西边移去,屋外不时传来人们打麻将的喧嚣声。十平米的空间里,始终弥漫着一股令人压抑的近乎要抓狂的气息。除了自己均匀的呼吸声,还有外面偶尔传来一阵接一阵的喧闹声,但是屋子以外的一切,全都不属于我。"④

进行性肌萎缩症者:进行性肌萎缩症者病情发展到中后期,手连端水的力气都没有。他们胸中的怒火在燃烧,"她抓起小灵通用力向地上摔去,她希望小灵通可以摔碎、摔烂,这样她才感觉解恨。可是她无力的手根本就举不起来,小灵通只是从她的手中滑下去,轻轻地落在地上,既没有碎,更没有烂"⑤,一个人连摔东西发泄的力气都没有了,本来就很委屈、愤怒的心快要爆炸了,于是只能依靠歇斯底里的哭来发泄。

一些女性残疾人作家的作品中还反映了另一种生理性疼痛,这就是超过一般女性的怀孕和生育的痛苦。《妈妈的心有多高》中,赵定军从懂事的那天起,就只能扶着小板凳在地上爬行,当她终于靠着一支小拐杖的支撑站立起来之后,她才知道她面临的是更加艰难的抗争。怀孕时,体重由四十一公斤变成六十多公斤,腰板直直的,身体正常的女性是双

---

① 庄大军:《看不见的尽头还有爱》,中国盲文出版社 2015 年版,第 120 页。
② 庄大军:《看不见的尽头还有爱》,中国盲文出版社 2015 年版,第 120 页。
③ 庄大军:《看不见的尽头还有爱》,中国盲文出版社 2015 年版,第 122 页。
④ 龚莹:《深深爱,浅浅痛》,中国盲文出版社 2016 年版,第 74 页。
⑤ 吕营:《让爱解冻生命》,译林出版社 2014 年版,第 135 页。

脚分担上身的负担，而肢体残疾的孕妇就只能依靠一只腿承担上身的全部重量，由于超过承重量，这只腿肿得像大象腿。丈夫不在家的时候，还得一只胳膊架着拐杖，另一只手提着一个水桶。《左手爱》中的佟雪燕脊柱神经受损，导致骨盆不太正常，胎儿入不了骨盆，就压迫佟雪燕的心脏和脊柱，因而她常常感觉心脏难受，喘不过气来，腹部压迫严重，上厕所的次数增加，而且经常失控。由于脊柱用钢板固定，在剖宫产时，如果采用全麻，可能对整个神经系统造成二次伤害，只能采用局部麻醉，佟雪燕必须接受难以忍受的疼痛。

身体的残疾会引发其他器官的病变，残疾人作家也描绘了与此相关的生理感受——肉体性痛苦。比如进行性肌萎缩症者缺乏活动，身体长期压迫胃，引发胃疼，"冷从胃里呼呼地刮出来，好像我的身体变成了一个空旷的皮袋。这种表述不够准确，因为皮袋里装满了疼痛和大风"[1]。肌肉的萎缩引发骨关节的疼痛："那痛，像关节腔里插了把利刃——不，不像利刃。刀子的味道，我尝过——像被人狠命塞进一团回丝，胀痛，一跳一跳的，不能平躺，不躺又困得要死，因此只能穿件薄薄的衬衫忽而躺下，忽而坐起，一分钟更换一个姿势。腊月里的天气，难忍啊。拉线开关的胶木'的子'被我咬碎了，长长的拉线，被我一节一节咬断了。"[2]

身体的残疾和由残疾引发的疾病必然使残疾人与医生的接触多于健全人。一个有趣的现象是，残疾人作家在社会伦理叙事方面，常常表现他人对自己的友善，即使偶尔遭遇不友善的行为，他们也能持理解的态度。唯独对医生的描述是例外。阮海彪在《遗产》第6章讲述大年三十到医院换药的经历，对于医生的粗心，没有表示任何的原谅，而是这样写道：

> 若干年后，也即我成年以后，有一天，我听到有个小病友口口声声要杀死多年前为他治病的一个医生时，我非但没规劝他，还表示了我的理解和同情。想想那时候他给我造成的痛苦，我真想杀死他！那位朋友如此说。几年过去了，想起那段不堪回首的往事，他依然咬牙切齿。杀死他！他说，我真想杀死他。那天我没有劝说他。

---

[1] 沙爽：《春天的自行车》，知识出版社2011年版，第93页。
[2] 阮海彪：《死是容易的》，东方出版中心2008年版，第6页。

因为我也有相同的经历。①

阮海彪看到医生由于粗心弄坏了自己已经快要愈合的创口,"顿时吓得手脚冰冷。情绪一落千丈",有一种"灭顶之灾的感觉"。② 陈村的《鲜花和》是一部20多万字的小说,并不算长,小说三次写到医生,每次写医生时都是表现医生的疏忽和冷酷。一次是毛阿刚生下来,医生给毛阿开的药剂量大了八倍,杨色去找医生,"那个医生很忙,我等他一空立即插上去并告诉他剂量大了八倍。他像没听见一样笔在纸上划了划还给我还和一个男人继续说话"③。第二次提到医生是级级在医院做手术,"我把级级准备好的红包很自然地递给他。吴医生刚要客气大家支吾了几句不再谈论。医生总有些矜持难得他如此亲切"④。第三次写医生是杨色去拔牙,医生拔错牙了,"在她看我嘴的时候我看着她轻声埋怨我没讲清楚"⑤。陈村写出了部分医生视治病为儿戏,推卸责任,漠视生命的草率态度。

(二)心理——灵魂性痛苦

尼采曾在《权力意志》一书中说:"要以肉体为准绳。……因为,肉体乃是比陈旧的'灵魂'更令人惊异的思想。"⑥ 尼采这句话启示我们:身体的特殊性影响着人的思想、情感。残疾不仅给个体带来生理性疼痛,还给残疾的个体带来心理精神性的痛苦。这是一种深层次的痛苦,这种痛苦将改变一个人的心理。美国学者凯西·卡鲁斯在她的著作《沉默的经验:创伤、叙事与历史》中认为,突发事件可能给受害者的心理留下阴影,可能会影响到受害者未来的生活,对受害者的人生观、价值观都会产生巨大的影响。一个人一旦经历严重的创伤,特别是在童年时期,他将无法完全摆脱由创伤引起的内心世界的痛苦和扭曲,并最终导致一些性格的变化和内心的焦虑。"作为梦的根源的那思想即潜在内容,是很复杂而多方面的,从未识人情世故的幼年时代以来的经验,成为许多精

---

① 阮海彪:《遗产》,华夏出版社2010年版,第42页。
② 阮海彪:《遗产》,华夏出版社2010年版,第41页。
③ 陈村:《鲜花和》,上海文艺出版社1997年版,第149页。
④ 陈村:《鲜花和》,上海文艺出版社1997年版,第242页。
⑤ 陈村:《鲜花和》,上海文艺出版社1997年版,第244页。
⑥ [德]弗里德里希·威廉·尼采:《权力意志》,张念东、凌素心译,商务印书馆1991年版,第152页。

神底伤害，积蓄埋藏在'无意识'的圈里。"① 心理学研究表明，身体残疾的打击会导致残疾人内心的痛苦高于身体健全的人，尽管残疾人在外界的多重帮助下尽力排解自身的痛苦，但痛苦的阴影仍然或多或少存在，残疾带来的心理创伤会成为无意识积淀在残疾人的内心深处。对于这种痛苦有三点值得注意：

第一，不同于其他作家的痛苦，残疾人作家内心的痛苦比身体健全的作家的痛苦多一种残疾因素。不论他们的痛苦是模糊的还是清晰的，是莫名的忧伤还是指向明确的苦恼，基本上都属于与残疾俱来，无法逃避的困惑。

第二，残疾人作家的这类痛苦可以称为人格缺陷的焦虑痛苦。人格缺陷本身就让残疾人痛苦，而更大的痛苦还在于残疾人作家知道自己有人格缺陷，也极力想摆脱这种人格局限，但又无力改变，这是痛苦的 N 次方。

第三，让残疾人痛苦的这些人格缺陷在健全人身上都有或多或少的症候，但要么不是那么突出，要么不会集中出现在一个人身上。而残疾人作家身上这种人格缺陷体现得较为集中，而且一个人身上具有人格缺陷的诸多症候。阮海彪说他经常在疼痛、恐惧、忙乱、沮丧、诚惶诚恐的复杂情绪中度过："我还是沮丧、害怕、自卑得要命。多数岁月我都是在这种心情下度过的：疾病、疼痛、恐惧、忙乱、沮丧。还有诚惶诚恐。"②

1. 敏感

残疾不仅改变了残疾人的生活状态，还改变了残疾人对外界的感知，表现出精神上的极度敏感。残疾人轻易就能察觉到别人在不经意间流露出的同情或歧视，也更易产生焦虑、痛苦甚至绝望的情绪。比如残疾人很怕别人打量自己，沙爽说："为什么我对一双属于别人的眼睛这样介意？为什么我至今不能忘记多年以前的一场噩梦？"③ 这场噩梦就是她在公交车上，发现身旁的女人盯着她看："我突然感到一阵心虚——她看向我的眼神分明是在看一个怪物。啊，也不仅仅是她，她身后的所有乘客都齐刷刷对我转过脸来"，"我终于知道他们为什么要这样瞪视我

---

① ［日］厨川白村：《苦闷的象征》，鲁迅译，人民文学出版社2007年版，第31页。
② 阮海彪：《遗产》，华夏出版社2010年版，第39页。
③ 沙爽：《逆时光》，辽宁人民出版社2012年版，第31页。

了,——身为异类,我已经被他们发现"。① 这个异类就是身体的异类——残疾。

《遗产》中的主人公"一个眼神、一个微笑、一个感叹词、一种轻微的举止,都能迅即感受到,点点滴滴在心头"②。"都说我敏感。都说我的敏感近似于病态"③,"我时常为敏感苦恼。而我的家人,我的父亲,我的母亲,我的姐妹,我的哥哥,他们都不敏感","我独多的是敏感","我的全身,全身心,从里到外处处充溢着敏感,每个细胞都充溢着敏感。敏感的苦恼。令人苦恼的敏感。紧紧粘住你甩不掉的敏感,惹是生非,令人生厌的敏感"。④ "是孤寂养成了我的敏感。"⑤《死是容易的》中,"我对残疾人这个称号很长时间不能适应。并且有一段时间,我格外地难以容忍其他类型的残疾人,如断手、残腿、驼背、聋哑、瞎子……好像唯其这样,才显得自己其实并不残,是被社会弄残的"⑥。敏感令阮海彪苦恼,更让他苦恼的是,他知道敏感不是健康人格,他努力想甩掉敏感,但又无法甩掉,这给阮海彪带来深深的痛苦。

2. 自卑、胆怯、封闭的心理

残疾人时常感叹:"在一个庞大的时代布景下面,这小残疾和这小悲喜像一块又小又深的沼泽,日复一日吞吐出大团大团忧伤的雾气,而被这雾气裹挟了的人,无奈,羞耻,悲哀,尴尬,自暴自弃。"⑦ "当一个人被他自身的残疾击倒,正如我们看到的,他的世界随之缩水。他的公寓,一只蜗牛的巨大的壳,变成了最安全的堡垒和岛屿。"⑧

残疾让残疾人充满自卑,自卑又使他们胆怯,他们不愿也无法融入社会与他人交往,于是将自己封闭在狭窄的空间。有一段时间杨姣娥特别畏惧出门,害怕出去"丢人现眼"。只有在家里窝困得烦闷极了的时候,才偶尔孩子学步似的拖着一双疼痛难忍的残腿,颠颠歪歪地挪到隔壁小五金厂里站一站,傻傻地看厂里工人们的忙忙碌碌。就是这样看看

---

① 沙爽:《逆时光》,辽宁人民出版社2012年版,第31—32页。
② 阮海彪:《遗产》,华夏出版社2010年版,第48—49页。
③ 阮海彪:《遗产》,华夏出版社2010年版,第48页。
④ 阮海彪:《遗产》,华夏出版社2010年版,第51页。
⑤ 阮海彪:《遗产》,华夏出版社2010年版,第49页。
⑥ 阮海彪:《死是容易的》,东方出版中心2008年版,第117页。
⑦ 沙爽:《春天的自行车》,知识出版社2011年版,第109页。
⑧ 沙爽:《春天的自行车》,知识出版社2011年版,第109页。

工厂的场景，她的心里也充满了幸福。① "我五岁患小儿麻痹症，留下残疾，从那时起，我就总有着浓浓的自卑感，时时为残疾痛苦着，整天自悲自怜自哀自叹，怕与外界接触，就这样，把自己的心越来越封闭起来，渐渐地就形成一种孤僻的性格。"② "遗憾的是上帝太不照顾我，将残缺的肢体和健全的精神扭在一起强加在我的身上。自尊和自卑交织着统领着我的心灵，我想爱而不敢爱。"③

《遗产》中的"我"即使是别人打架，都离得远远的，也"两腿软得不行，支撑不住。每次都这样，遇到别人打架都这样。远远站着，胆战心惊，惊慌失措，腿弯酸软，站也站不住，几乎要趴下。心跳得要从嘴里掉出来"④。《鲜花和》中的杨色，一个吊儿郎当的男子，也摆脱不了自卑，即使是在大街上行走，没有人特别关注他，他也总喜欢走在朋友的后面，"我要她走在前面。我的腿关节有问题走路的姿势不美，所以不爱走在头里"⑤。

史铁生的《在一个冬天的晚上》描写了一对残疾人夫妇。这对夫妇发现一群原本说说笑笑的女孩看到自己残疾的身体后便远远躲开、默不作声，一直等到夫妇俩走远了才继续谈笑。这一对残疾人夫妇经过长途跋涉几经周折本来可以收养一个孩子，但最终孩子的生母拒绝将孩子交给残疾人抱养，他们没有再次敲开那户人家的大门……这对残疾人夫妇看到他人对自己的态度以后既没有行为上的反抗，也没有表示不满，而是默默走开，继续自己的生活。我们不能要求残疾人一定要反抗，一定要不满，但从中可以看出，残疾人也在一定程度上受到世俗观念的影响，对自己缺乏信心，怀疑自我。世俗观念认为，残疾象征着不祥，残疾隐喻着可怖的行为、丑陋的外表、严重的疾病、无法自理甚至肮脏或者邪恶，残疾是命运之神对残疾人的惩罚。这些观念本来是对残疾人的不合理的道德评判，而这一对残疾夫妇接受了这种世俗观念，他们在潜意识里认同这种观点，因此，既不反对，也没有不满，接受了这群女孩和孩子生母的态度。他们有能力独立生活，而且对生活充满希望，他们拥有

---

① 严炎：《你是我生命与精神的再生之拐》，王新宪主编：《为了生命的美丽》，华夏出版社 2009 年版，第 171 页。

② 沈平：《残缺，生命依然美丽》，王新宪主编：《为了生命的美丽》，华夏出版社 2009 年版，第 195 页。

③ 贺绪林：《挽歌如诉》，王新宪主编：《为了生命的美丽》，华夏出版社 2009 年版，第 281 页。

④ 阮海彪：《遗产》，华夏出版社 2010 年版，第 49 页。

⑤ 陈村：《鲜花和》，上海文艺出版社 1997 年版，第 201 页。

善良的心和积极生活的勇气,但是面对怀疑或者鄙视,他们没有努力改变的行为,也看不见他们努力的意愿。他们认为自己不必反抗或者即使反抗也是徒劳。实际上,这对残疾人夫妇的不抵抗行为是他们意识深处藏着的自卑情绪的一种表现形式。

3. 愧疚和担忧

残疾人作家常常感觉自己牵连了家人,有愧疚心理:"如果一个家庭里有一个残疾人,这个家庭就蒙上一层阴影,作为父母必然会为这个孩子以后的生存费尽心机,希望他能学到一门手艺,将来长大成人后能有一技之长。"① 一个人的残疾给全家蒙上阴影,残疾人对家人的愧疚之情溢于言表。阮海彪的《遗产》第9章详细记录了"我"的疾病带给家人的困苦。父亲之所以要在工作之余做生意,"主要原因还是因为我的病。按照他们的说法,他的灾难是我的疾病促成的","但父亲的这一举动虽然使我没有了饥饿记忆,却给我带来了另一种记忆,一种不安的记忆。"② "不安"二字暴露出一个残疾人对家人的愧疚。"我出生第七天开始发病,十个月后,被确诊患有这种耗资巨大的疾病,他就开始了遥遥无期的受罪。他的受苦受难始于我的呱呱坠地。"③ 第10章写母亲为了减轻家庭的负担,甚至想将妹妹送人:"因为我的病,因为我这个此起彼伏连绵不断花费昂贵的疾病,因而我的母亲那些微薄的薪水无以开支一个人员众多的大家庭,他们差点把我的妹妹送与他人。"④ "我"因此对妹妹产生很大的愧疚。愧疚往往会生发出强烈的自责:"要是没有我——一个漏斗,一个无底洞,屡屡袭击人的'吸血鬼',他要那么多钱干嘛呢?他原先就这么富有,没有那个漏斗,没有那个讨债鬼,他根本不必如此慌张的。"⑤ 阮海彪在《遗产》第6章详细记叙了自己对家人的愧疚感如何转化为深深的自责、自恨。还在很小的年纪,"我"就知道自己是一个"讨债鬼""害人精""败家精""害爹害娘"⑥,"我"只感到自己罪孽深重,是一个大坏蛋。⑦ "是的,小小年纪我就知道我是个坏人。或者说,小小

---

① 李建林:《峨眉山灵猴图记》,王新宪主编:《为了生命的美丽》,华夏出版社2009年版,第151页。
② 阮海彪:《遗产》,华夏出版社2010年版,第60页。
③ 阮海彪:《遗产》,华夏出版社2010年版,第29页。
④ 阮海彪:《遗产》,华夏出版社2010年版,第68页。
⑤ 阮海彪:《遗产》,华夏出版社2010年版,第29页。
⑥ 阮海彪:《遗产》,华夏出版社2010年版,第37页。
⑦ 阮海彪:《遗产》,华夏出版社2010年版,第37页。

年纪我就觉得自己像坏人,越想越像,越看越像。"①"我"对自己的评价全部是负面的,而所有的这些负面评价都源于"我"对家人的愧疚。

刘海英在《妈妈没有金耳环》中回忆到,正当憧憬着给妈妈买一副金耳环时,自己生病了,之后不但没有好的迹象,反而残疾了,"望着妈妈光秃秃的耳垂,想想自己那未了的心愿,难过、愧疚的心情真的是难以用语言表达"②。

愧疚是对已经发生的事情内疚不安,而残疾人还会对没有发生的事情存在深深的担忧。他们担心身体的残疾给家庭带来各种意想不到的麻烦,比如担心自己的残疾遗传给下一代:"爸爸害怕,怕爸爸的残疾遗传到你的身上来,那爸爸可要终身后悔的。"③他们也担心孩子不能接受一个残疾的父母:

> 可是,爸爸有一点担心,孩子。爸爸不知道,你有没有准备做一个残疾人的孩子。做残疾人的孩子,你得早早学会自己走路,因为爸爸不能抱着你行走,不能背着你爬山,也不能跟你躲猫猫。你会不会觉得爸爸太不像一个爸爸了?你会不会觉得爸爸太没有本事了?你会不会被其他小朋友嘲笑?笑话你爸爸的丑陋,笑话你爸爸的卑微,笑话你爸爸的贫寒,笑话你爸爸不能在你受欺负的时候,挺身而出。④

女性残疾人担心婚后不能生育,即使在得知自己怀孕后也不像其他母亲那样兴奋激动,"却有着无尽的忧虑和不安","一个连自己都照顾不好的小女人,拿什么去照顾她的孩子呢?"⑤他们也担心自己病情加重,生活越来越无法自理,"我深感病魔在一天一天将我推向深渊。我真的很怕失去所有肌肉,怕不能自己吃饭,怕让妈妈喂,最害怕的是握不住笔"⑥。

---

① 阮海彪:《遗产》,华夏出版社2010年版,第37页。
② 刘海英:《妈妈没有金耳环》,王新宪主编:《为了生命的美丽》,华夏出版社2009年版,第111页。
③ 孙卫:《写给我的孩子》,王新宪主编:《放飞希望》,华夏出版社2009年版,第35—36页。
④ 孙卫:《写给我的孩子》,王新宪主编:《放飞希望》,华夏出版社2009年版,第37页。
⑤ 屏儿:《初为人母》,王新宪主编:《为了生命的美丽》,华夏出版社2009年版,第271页。
⑥ 张云成:《假如我能行走三天》,漓江出版社2012年版,第120页。

第一章 创作主题：生存伦理

无论愧疚还是担忧，都造成残疾人道德困境的两难选择。两难选择结构模态的成因不是主体难于选择某种道德标准和行为方式，而是主体知道应该选择什么样的道德标准和行为方式，但又无法进行这样的选择。比如残疾人知道自己的身体给家人带来了诸多的麻烦，但他们不能消除这种麻烦，于是处于痛苦之中。《假如我能行走三天》中，大年三十春节联欢晚会播到近 11 点的时候，屋外响起爆竹声，张云成急于出去看烟花爆竹，"大哥二哥给我们穿大衣、戴帽子、戴手套、穿鞋，还要往外边搬椅子，抱三哥，抱我，抱到外面看一会还要抱回来，很是折腾人，麻烦人，我也挺不忍心的，但一年 365 天就这一次，不看又实在可惜"。"看着健康活泼的小侄女跑着吵着到外边去了，我却要大哥抱，心里真不是滋味。"[1] "拿着一根魔术弹，爸爸怎么也找不到捻儿，我真是急死了，真想一把把魔术弹夺过来，可我连坐板凳都坐不稳。于是那本该属于我的东西，只好让对它不感兴趣的爸爸放了。"[2] 张云成关于大年三十这天的叙述，很能代表两难选择下残疾人的痛苦。他知道自己想看烟花爆竹会麻烦家人，因此心生内疚，但又抑制不住内心的需求，只能麻烦家人，事后对家人的愧疚之情再次加重。

愧疚和担忧的悖论情境特别明显，它属于临境自知的两难选择，往往造成残疾人"不知所措"，进而造成一种人格的分裂。《遗产》中的"我"每次发病，母亲提议带"我"去医院看病，"我"总要推辞，"小小年纪，我就学会了言不由衷。我学会了假客套。我还学会着忍受疼痛，等等"[3]。《假如我是海伦》中，"我觉得自己的性格很特别，甚至让人觉得有些'分裂'——有的时候，我像极了我这个年龄的孩子，比如爱吃、爱玩、爱妈妈；有的时候我又好像就是一个大人，像成年人那样久久地思考、读书、幻想，俨然一个老态而又严肃的哲学家"[4]。《让爱解冻生命》中的雅歌，看着丈夫成天为生活、为自己忙碌，自己帮不上忙，于是在诗中幻想着，"如果我能站起来／我会去菜场／买回你最爱吃的菜／为你做可口的饭菜""如果我能站起来／我会在一个阳光明媚的／日子里／把攒了一大堆的脏衣服／全部洗光／""如果我能站起来／我会与你手拉手／去散步／让所有的人羡慕我们的亲密""如果我能站起来／我要轻轻地吻你／

---

[1] 张云成：《假如我能行走三天》，漓江出版社 2012 年版，第 113 页。
[2] 张云成：《假如我能行走三天》，漓江出版社 2012 年版，第 113 页。
[3] 阮海彪：《遗产》，华夏出版社 2010 年版，第 159 页。
[4] 张悉妮：《假如我是海伦》，人民文学出版社 2005 年版，第 18 页。

还要在你的耳边悄悄地/告诉你/我爱你"①，事实上做不到却极想做到，只能通过幻想的形式满足心理的需求。

4. 被遗弃感

残疾人因为身体的局限，会在心理上产生一种被分离的遗弃感，"他们所感受到的最深刻的痛苦，其实是一种被遗弃感，一种被群体和文化无情抛弃的精神体验"②。被遗弃感的核心是孤独，结果是借精神的漂泊寻找归依。

（1）孤独。

在作品中，残疾人作家对自我的感觉是孤独地立于人世："我的孤来独往，我的沉默寡言，以及很少停顿的脚步构成了我的生活态度。"③ 沙爽想到她的一个朋友平常写诗，作为农民，农闲时节到建筑工地当小工，"我不能想象他在陌生城市的工地上捱过的一个个孤寂子夜。和我时常感受到的苦恼和孤单不同，他的悲哀因精神和物质的巨大落差而更加无尽展现"④。沙爽的感觉是移情的结果，她将自己的孤独感受转移到建筑工地的工人身上，并由此推断出孤独具有群体性特征，"所有的人都与我们自己一样，内心里孤独无依。这是一个秘密"⑤。

残疾人作家对孤独的理解很深刻。他们认为，孤独是一种心理距离，心与心之间的距离："有一种离别不是不再相聚，而是在相聚时心与心之间已经有了遥远的距离，这种距离才是真正意义上的离别。"⑥ 他们认为孤独即孤独的心理体验：

> 孤独，什么是孤独？孤独就是孤苦无依的独自一个；就是漫长而寂寞的等待。稠密而深厚的沉寂包裹着你，而你却无法伸展，甚至无法喘息。这就是孤独，这就是让你窒息让你为之死去的孤独。孤独，被扼杀的无依无靠。唯独面对犹豫不决、疑窦丛生力不从心的自我。死吧，孤独。⑦

---

① 吕营：《让爱解冻生命》，译林出版社2014年版，第69—70页。
② 吴俊：《当代西绪福斯神话——史铁生小说的心理透视》，《文学评论》1989年第1期，第42页。
③ 杨姣娥：《时光碎片》，中国财富出版社2014年版，第119页。
④ 沙爽：《春天的自行车》，知识出版社2011年版，第143页。
⑤ 沙爽：《逆时光》，辽宁人民出版社2012年版，第111页。
⑥ 杨姣娥：《时光碎片》，中国财富出版社2014年版，第130页。
⑦ 阮海彪：《遗产》，华夏出版社2010年版，第32页。

孤独感是独立人格觉醒的前提，感觉到孤独就是感觉到自我的存在了。对孤独的表现体现出残疾人作家独立的精神世界。

残疾人作家在创作中表现的孤独有身体的孤独，有精神的孤独，也有身体和精神兼有的孤独。

阮海彪在《遗产》第5章详细描写了残疾带给他的身体的孤独。家长们都担心自己的小孩玩耍过程中碰着"我"，纷纷叮嘱自己的小孩离"我"远一些："按照常人所做的那样，进行了交代。于是他们就疏远他，躲避瘟疫那样远离他。除却少数几个胆大妄为的，敢于跟他接近的，稀有。"①"他很会玩游戏的，只是不易被人邀请。"②"甚至不在边上观看人家玩儿。因为我挨着谁谁准会倒楣，输；不管他的玩技如何高明，准会输得一败涂地。"③"因为罪孽、因为病痛而产生的孤独感。小小年纪就感觉到了这层意思"，"并从中获得新生"。④ 同伴远远地躲着他，他感受到身体的孤独。

在史铁生的小说《在一个冬天的晚上》中，丈夫腿脚不灵便，脸上被烧伤，妻子是侏儒。他们感情笃厚，彼此深爱着对方，把对方视为生命的港湾。他们最大的愿望就是领养一个孩子，因为怕自己离开了，剩下爱人没有人照顾和陪伴。这一对残疾夫妇已经为领养孩子准备好了一切，然而有人说："换了我，我也不愿意把孩子给两个残疾人。"⑤ 这让他们倍感失落，在自惭形秽中灰溜溜地回到了家，夫妻两人虽然可以相互陪伴，但依然继续过着孤独的生活。

残疾人作家的创作中呈现得最多的是精神的孤独。"走在喧嚣繁华的街上，感觉自己是一枚飘零的树叶，想融入群体，却找不到立足的地方，只好静静地游离在玫瑰与白菜之间。"⑥ 这属于精神的孤独。与身体的孤独相比，精神的孤独更让人痛苦。王小泗想脱离身体，思考身体之外的抽象命题，而他在思考这些问题的时候，感觉其他人没法理解他，他只能与石头、传说对话，"许多次我从远离我躯体的位置出发/与石头为伴与传说对话"⑦。这种孤独是精神的孤独。在《月亮，今夜只有一半》

---

① 阮海彪：《遗产》，华夏出版社2010年版，第30页。
② 阮海彪：《遗产》，华夏出版社2010年版，第30页。
③ 阮海彪：《遗产》，华夏出版社2010年版，第30页。
④ 阮海彪：《遗产》，华夏出版社2010年版，第32页。
⑤ 史铁生：《在一个冬天的晚上》，《史铁生作品全编》第3卷，人民文学出版社2017年版，第159页。
⑥ 杨姣娥：《时光碎片》，中国财富出版社2014年版，第111页。
⑦ 王小泗：《意志的胜利》，中国传记出版社2015年版，第85页。

中，王小泗看到人间充满悲悯、忧伤，幸福只是瞬间的事情，苦难像夏天上涨的河水，漫过历史的台阶。而自己是一个孤苦的旅者，被月光掠去了一半的影子。

赖雨不相信没有无言的孤独，不相信无言的孤独不是深重的悲哀，"在你淡淡的幽香里／没有无言的孤独／在你静静的绽放中／没有深重的悲哀"①。在《思归》中，诗人感受到异乡的天空是"孤寒"的，发出"惨淡的青色"，孤寒、惨淡映射出诗人远离故乡的内心孤独，她将回故乡的愿望比作冰凌花，寒冷而美好。赖雨也有被人漠视而产生的内心孤独，"你不该用冷漠的箭／射伤我／任我的泪如雨　似血／而你却站在雨帘外／看我　无动于衷"②，诗中的"你"是谁，与诗人有何关系，他们之间发生了什么，我们不得而知，展现在读者面前的是诗人的泪如雨似血，"你"无动于衷地看着。眼泪如雨，似帘子一样将诗人和"你"隔开，诗人内心极度孤苦。赖雨也有不被人理解的焦虑。《心事》中，让她痛苦、让她焦虑的是对方不能理解什么是缺陷，什么是生命的缺陷，赖雨期冀着心灵与心灵的交流，灵魂与灵魂的沟通，只要有了这种默契，个体的人将孤独而不寂寞。缺少这种默契，个体的人不仅孤独，而且寂寞。《心事》中表现的正是这种孤独又寂寞的精神痛苦。

残疾人作家也会表现身体和精神的双重孤独。周洪明在《新年里，自己对自己说话》中写到，想给朋友打个电话，又怕打搅朋友的幸福，只有孤身一人去流浪，"蜷缩于远离尘世的村寨，／洗涤于清寂的河流。／或者到遥无边际的荒漠，／砌一排古旧的庭院"③。这里展示的是身体孤独，精神也孤独。

孤独主题是20世纪以来现代主义文本中经常出现的一个主题，但这些作品中的孤独主要是个体特立独行的思维、行为与大众、集体的格格不入造成的孤独。残疾人作家表现的孤独与这样的孤独不同，残疾人作家更多是从身体的残疾与心灵的孤独的关系来反映这一主题。比如史铁生的《山顶上的传说》反映的正是残疾给人带来的孤独。作品中的男主人公喜欢一位身体健康的姑娘。姑娘的父母不同意他们的婚姻，周围的人也认为他没有资格爱这个姑娘，因为他无法给予这个姑娘幸福。这位男主人公很认真地从事文学创作，因为残疾，大家都不看好他。他经常

---

① 赖雨：《群山之上》，四川大学出版社1998年版，第37页。
② 赖雨：《群山之上》，四川大学出版社1998年版，第33页。
③ 周洪明：《情感高原》，中国文联出版社2007年版，第60页。

做噩梦,梦见一道有机玻璃高墙将他和姑娘隔开,互相看得见,却摸不着;梦见欢乐的人群像是一道圆形高墙,像是一座古罗马的竞技场,把他围在了中间,他没处逃,也没处藏。这些梦都指向一个事实,他与其他人相隔离,他是一个孤独的存在,而造成这种存在的是身体的残疾。

残疾人作家意识到,身体造成的孤独比其他因素造成的孤独更难以弥合。"因了种种限制,只能很自觉地把自己与他人隔绝开来。只能如此了。不合群,不能合群,没法合群,就是这个意思。"① 纯懿的长篇小说《玻璃囚室》就是想表现每一个人都有一个被捆绑的心结,人与人面对面坐着,外表看是透明的,但内心是有隔膜的,正如玻璃内的物体与玻璃外的物体表面虽然相互看得见,实则隔着一层玻璃。"玻璃是透明的,但只是针对视觉而言,只有眼睛能看穿它,但它同时又是荒凉和神秘的,隔着玻璃我们每个人都是独立的,无法触摸无法交流无法亲近",她说,"玻璃囚室"隐喻了一种貌似透明、无形的"内心情结的捆绑"。② 纯懿认为生活中每一个人都被捆绑了,这种捆绑是无形的,有的是因身体被捆绑的,如小说中的米诺。有的是内心被某种情绪和习惯捆绑的,所有的人都在试图挣脱,可是最终无法挣脱,一旦挣脱了,就如同被砸碎的玻璃,成为碎片。

史铁生由残疾人的孤独延伸到所有人的孤独,即孤独的广泛性。史铁生发现,人与人的孤独不是残疾人所遭遇的偶然现象,而是一种普遍现象,无时无刻不在发生。他认为,孤独不是在空落而寒冷的大海上只身漂流,而是在人群密集的地方,这种孤独的体验与金克木在《肖像》中说的"我在热闹中更感受到孤独/在无人处却并不寂寞"有异曲同工之妙。史铁生说,一个人与别人与所有的别人的距离,应当以光年计算,这句话揭示了人类之间可怕的隔膜和冷漠。《礼拜日》写出了人的孤独的广泛性:"两本书互相是不可能完全读懂的,正如两个人。"③ 这种孤独是不被人理解的孤独。每个人都戴着假面具,对不同的人戴不同的面具,包括爱情中人们都戴着假面具。什么都可以说,什么都可以做,事实上是不可能的。这种不可能造成了人的孤独。因而孤独是永恒的,理解是相对的,"自由是写在不自由之中的一颗心,彻底的理解是写在不可能彻

---

① 阮海彪:《遗产》,华夏出版社2010年版,第49页。
② 纯懿:《感谢写作,它证明我在活着》,网址:http://blog.sohu.com/people/!Y2h1bnlpMzM0NDUyMUBzb2h1LmNvbQ==/249159669.html。
③ 史铁生:《礼拜日》,《史铁生作品全编》第4卷,人民文学出版社2017年版,第294页。

底理解之上的一种智慧"①。

史铁生经常使用一些隔离物的意象，如肉体、衣服、墙壁等，这些意象在于表现人类的灵魂隔膜和孤独无爱。"衣和墙啊，都是躲藏，逃避，隔离，防范"②，"肉体是一条边界！你我是两座囚笼。"③"一个个窗口，一盏盏灯光，紧闭的窗帘后面毫无疑问各有各的故事，一家一家正在上演着不同的剧目。一排排一摞摞的窗口紧挨着，你觉得他们离得是多么近哪！可实际呢，你知道，却是离得非常非常远，远得甚至永远都不能互相找到。"④肉体、衣服、墙壁、窗户让人类互相独立，同时也相互隔膜，以至于身体近在咫尺，心灵却相隔如天涯。更可怕的是，衣服、墙壁、窗户，看似很薄，实则难于逾越：

> 你要想绕过那道墙真是谈何容易，你就算翻山越岭绕着地球走上一圈儿你也未必就能走到隔壁。你可以十几个小时就到非洲，就到南极，可你敢说你用多长时间就能走到隔壁吗？你到南极跟企鹅亲密亲密也许倒要容易得多，到太空，到别的星球上去走一走也并非是不可能，可你要想走到隔壁，走到成天跟你面对面坐着的那个人跟前，你以为你肯定能吗？也许你一辈子都走不到！⑤

史铁生认为，人类的可悲就在于有人的地方一定有"墙"的存在。在小说《别人》中，史铁生以居民住宅楼为想象对象，住宅楼有一排排窗口，房子中灯光明亮，住着人，但你不知道每一个人曾经和现在发生着什么。史铁生又以大街为假设对象，你行走在大街上，能看到一张张表情各异的脸，但你对他们依然一无所知。

比看到孤独的普遍性更深刻的是，史铁生看到人的孤独不可能消除，因为"人生来注定只能是自己，人生来注定是活在无数他人中间并且无

---

① 史铁生：《礼拜日》，《史铁生作品全编》第 4 卷，人民文学出版社 2017 年版，第 294 页。
② 史铁生：《我的丁一之旅》，《史铁生作品全编》第 2 卷，人民文学出版社 2017 年版，第 87 页。
③ 史铁生：《我的丁一之旅》，《史铁生作品全编》第 2 卷，人民文学出版社 2017 年版，第 128 页。
④ 史铁生：《我的丁一之旅》，《史铁生作品全编》第 2 卷，人民文学出版社 2017 年版，第 288 页。
⑤ 史铁生：《我的丁一之旅》，《史铁生作品全编》第 2 卷，人民文学出版社 2017 年版，第 289 页。

法与他人彻底沟通"。这就是说，无论从生存状态还是从心灵状态来看，每个人都是独一无二的个体，相互沟通是相对的，隔膜则是绝对的。孤独本身就带有悲剧的色彩，孤独的不可改变加深了孤独的悲剧性。

（2）漂泊。

对于孤独，残疾人作家也很纠结，一方面享受孤独，另一方面又想逃离孤独。重庆作家阿霞说："这样一个周末的夜晚里，我只想静静地享有一份孤独，一份在朦胧中依稀可以触摸的孤独。"① 受身体残疾的限制，残疾人作家往往不能独自完成一件事情，不可能独自欣赏一片美景，于是很向往独自完成的孤独。张海迪小时候去武汉看望爷爷奶奶，每次都是爸爸或妈妈背着去，那双又细又苍白的腿无可奈何地荡悠着。于是她很羡慕身体健全的小朋友独自去看望爷爷奶奶，可以独自坐在车窗前观望窗外的风景，可以独自在晃动的车厢里跑来跑去，可以独自背着书包拎着网兜飞奔到爷爷奶奶的怀里，"也许双腿健康的人并不在意独自出门的快乐"②，但张海迪却是无限神往。因为她认为，一个人出门虽然很孤独，但人有时是需要孤独的。孤独能使人心静，使人纯粹。人生有许多东西需要孤独地思考，孤独是一种境界。③ 同时他们又想逃离孤独。张海迪认为，科学技术已经进入生活的每一个角落，残疾人为什么还要囿于狭小的圈子里，忍受孤独的悲哀呢？"天性中的孤僻与理智要求的随和永远在内心隐蔽交战。"④ 阿霞在享受孤独的同时也在逃离孤独："可我还是害怕这份孤独，这份玻璃皮肤一样冰冷冷的孤独。"⑤ 由于身体的残疾，残疾人作家比正常人更渴望与他人的情感交流：

> 很多时候，我就像一枚独自飘零的树叶，晃晃悠悠，懵懵懂懂，在欲坠将坠之时，一阵风吹来，又会随着风的方向起劲翻飞。总想拥有一片净土，这片净土能给我提供生命的养分，给我生息的环境；也总想有一个属于自己的驿站，这个驿站里有我牵手的伙伴，有我握住了就不再远离的朋友。⑥

---

① 阿霞：《玻璃皮肤》，王新宪主编：《为了生命的美丽》，华夏出版社 2009 年版，第 190 页。
② 张海迪：《独自飞行》，《张海迪作品选》，华夏出版社 2008 年版，第 170 页。
③ 张海迪：《独自飞行》，《张海迪作品选》，华夏出版社 2008 年版，第 173 页。
④ 沙爽：《春天的自行车》，知识出版社 2011 年版，第 149 页。
⑤ 阿霞：《玻璃皮肤》，王新宪主编：《为了生命的美丽》，华夏出版社 2009 年版，第 191 页。
⑥ 杨姣娥：《时光碎片》，中国财富出版社 2014 年版，第 111 页。

享受孤独和排除孤独是现代人精神的两大需求,对于如何排解孤独,残疾人作家似乎并没有找到一条有效的途径,于是他们让精神流浪,"在病痛面前,就让心自由地去漂泊,或许这是最好的方法"①。

桑丹表现了个体永远在路上行走,寻找着精神家园。"离开、归来、漂泊、找寻、战乱、失散、生死、情爱是我乐此不倦的冥想主题。这些古老的命题源自梦境中一次次喧哗与骚动,它永远存在,又好像绝不存在。"②离开、归来、漂泊、找寻,构成桑丹作品中主体形象的人生轨迹。《幻境》一诗表现主人公背负人类的苦难独自前行。《秋天的颂歌》中说,"我把一段最后的旅程/丢进熟悉的水里"③,又开始一段新的旅程。《流在阳光中的河》中,诗人将流在阳光中的河看成是无家可归、无处可去的"一个拒绝来路和归宿的英雄"④。《夜歌》中,"一盏删节了光芒的灯火/注定在我斑驳的阴影里/投下重新明亮的感动/我听见充满心灵的回声/像沿途轮廓分明的风景/我已经准备好日夜兼程/然后,抵达无限的遥远"⑤,一盏灯火,一种感动,让"我"永无停止地追求。《旋律》中前方是"曲折的黄昏""风雨编织的藩篱""村寨险峻的空白",但主人公随着飘扬的马鬃依然徐徐走进林荫深处,不断延伸的旋律正悄悄向他靠近,人生就是在不断行走之中。《寂静》一诗中,表面的寂静难以遮掩人世的躁动,"昨天的晴朗将我覆盖/今日的阴霾把我惊醒"⑥,表面的寂静也无法掩饰我内心的不安,"光明普照的大地/我将在何方伫立/又将在何方启程"⑦,漂泊、找寻,去意不定,躁动彷徨。⑧诗人知道,漂泊意味着不断的别离,别离是痛苦的,"令人心碎的别离/是我苦难的天涯"⑨,但依然要不断漂泊。《荒原的旅人》中,诗人表示"即使我步履蹒跚,一无所有/我依然会像一缕幸福的尘埃/等待那宽广的羽翅为我打开,把我盘旋"⑩,充满乐观,但也有迷失的困惑,"深夜,我蹚过心灵的迷茫/那迅即蔓延的旅程将迎向何方"⑪。

---

① 张海迪:《咖啡 沼泽 太阳》,《张海迪作品精选》,华夏出版社 2008 年版,第184页。
② 桑丹:《幻美之旅》,大众文艺出版社 2006 年版,第226页。
③ 桑丹:《边缘积雪》,四川文艺出版社 2012 年版,第71页。
④ 桑丹:《边缘积雪》,四川文艺出版社 2012 年版,第9页。
⑤ 桑丹:《边缘积雪》,四川文艺出版社 2012 年版,第88页。
⑥ 桑丹:《边缘积雪》,四川文艺出版社 2012 年版,第96页。
⑦ 桑丹:《边缘积雪》,四川文艺出版社 2012 年版,第97页。
⑧ 桑丹:《边缘积雪》,四川文艺出版社 2012 年版,第50页。
⑨ 桑丹:《边缘积雪》,四川文艺出版社 2012 年版,第51页。
⑩ 桑丹:《边缘积雪》,四川文艺出版社 2012 年版,第123页。
⑪ 桑丹:《边缘积雪》,四川文艺出版社 2012 年版,第123页。

一方面，不断行走是个体的独立行为，这种行为本身折射出行走者内心的焦虑，内心焦躁不安的一个外在显象就是永不停息地行走。霍妮提出的现代性"焦虑论"指出，当个人在现实世界产生渺小感、孤独感、软弱感、恐惧感和不安定感等焦虑情绪时，就期望通过行走寻找一个诗意的世界，从而摆脱焦虑情绪。渺小感、孤独感、软弱感、恐惧感和不安定感等焦虑情绪是结果，引发这种情绪的原因有多种，而残疾人作家在作品中所透露出的这种情绪则是残疾的身体所引发的。

另一方面，漂泊也是生命个体确定自我价值、叩问生命意义的一种方式，"生命的本质即是无限性，所谓无限性，即生命的价值和意义在于无穷无尽的追寻和创造，流浪成为他们确定自我价值、叩问生命意义的生存属性"[1]。残疾人作家对自我漂泊经历的书写，彰显着他们大胆追寻精神家园的努力，并在这种努力中呈现出他们追寻自我价值、质询生命意义的忧虑。邹廷清说，每个人从出生到死亡，无论时间长短，不管你的人生如何得意或失落，就身体而言，回家将会是你走得最多的路；就心灵而言，回归则是你怎样去"认路"。但要真正认出和寻找到回家的路，过程却是漫长而艰辛的，有很多人到死也没有找到，因为他们弄丢了故土上有过的记忆，迷失了心灵的家园。在迷失中寻找，便演绎成漂泊。他们"既在努力寻找生活的归宿，也在苦苦寻觅心灵的故乡，于是便痛苦地游走在两者之间，左冲右突"[2]。

5. 无奈和伤感

现实社会给每个人提供了展示自我才能的空间，同时，也给予每个人以压力，这种压力成为束缚个体生命存在和发展的桎梏，也会剥夺人的个性。个体生命与社会现实之间的本质冲突是客观存在的。身体的残疾使残疾人与社会现实之间的紧张关系更为突出，这种紧张关系使残疾人自我生命的现实存在表现为一种矛盾的存在、孤独的存在，他们与社会、与他人之间紧张、对立、互不相容，进而在作品中呈现出失望、惆怅、无助、茫然和艰难的情绪。

赖雨的《疑问》一诗表达了生命痛苦的持久性。诗人感觉自己有一颗无所依托的心，陪伴自己的只有轮椅辗转的呻吟。诗人焦急地询问：

---

[1] 徐日君、韩雪：《1917—1927：中国抒情作家群体创作中的流浪情结》，《社会科学辑刊》2010年第1期，第205页。

[2] 欧阳胜：《闯荡三年间》，王新宪主编：《为了生命的美丽》，华夏出版社2009年版，第288页。

"谁可以告诉我/风雨有没有尽头/黑暗有没有尽头/思念有没有尽头/我的痛苦有没有尽头。"① 痛苦，然而没有尽头，让赖雨很茫然。他们感叹"我们都有自己无奈的路"②，且时光已逝，"青春已逝　容颜已衰/我生命的绿叶已渐渐衰落"③，"你青春依旧/我却破碎了"④，于是嘱托友人"切莫回首　只怕/陆游故园/人面桃花已凋谢"⑤，这些作品表现出时光流逝的无奈和岁月的沧桑。残月在《我的残缺，我的痛》中主要讲述自己的两段情感经历，写了母亲对残疾儿子的厌恶和残疾人遭受爱情的遗弃。自己所爱的人因母亲的反对，很快断绝了与自己的关系，"我开始封闭自己，离人群远远的，害怕别人的再次伤害，我深切地意识到和健全人之间有一条难以逾越的鸿沟"⑥。杨姣娥感慨："我知道有些东西失去了，就算你找回来，重新拥有，也没有了最初的感觉。"⑦ 人在自然规律面前很无力，生命之路是向前的，没有回头路，"生命再也没有了返程票，自然规则谁也无法抗拒"⑧。面对无法挽回的过去，杨姣娥感到十分惆怅。

残疾人内心有许多无法解决而又必须面对的痛苦，尽管有那么多真情的抚爱，残疾人作家那种"孤岛""遗世""悲伤"的心绪还是无法彻底遣散、消除。

二、"听天命"与"尽人事"

痛苦是生命受挫之后产生的一种心理，是灵魂的呻吟和叹息，但痛苦仍会升华一个人对生命意义的认识。尽管残疾人作家在作品中表现了身为残疾人的痛苦，但对痛苦的表现不是为了撕裂痛苦引来路人的同情和围观，而是为了更好地正视痛苦，面对痛苦。他们没有止于痛苦地哀号，而是舒展昂扬的歌喉。他们的作品虽然带有黯淡的色彩，忧郁的情调，然而表层结构下潜含的深层意蕴却光明舒畅、意志昂扬。中国古语中常说"尽人事以听天命"，这句话先强调"尽人事"，然后才"听天

---

① 赖雨：《群山之上》，四川大学出版社1998年版，第105页。
② 赖雨：《群山之上》，四川大学出版社1998年版，第25页。
③ 赖雨：《群山之上》，四川大学出版社1998年版，第113页。
④ 赖雨：《群山之上》，四川大学出版社1998年版，第26页。
⑤ 赖雨：《群山之上》，四川大学出版社1998年版，第36页。
⑥ 残月：《我的残缺我的痛》，王新宪主编：《为了生命的美丽》，华夏出版社2009年版，第295页。
⑦ 杨姣娥：《时光碎片》，中国财富出版社2014年版，第145页。
⑧ 杨姣娥：《时光碎片》，中国财富出版社2014年版，第143页。

命";在残疾人作家的作品中透露出的却是尽管已经"听天命",然而也要"尽人事"。

当然,虽然"尽人事",但又显示出一种无奈,《山顶上的传说》中瘸腿小伙子说:"痛苦还是那么多,欢乐还是那么少,你何苦还费那么大劲往前走呢?欢乐不过总是在前面引诱你,而痛苦却在左右扎扎实实地陪伴着你,你为什么还非要走不可呢?"① 尽管如此,他还是坚持往前走,这是一种悖论似的诘问。

(一)"听天命":内心淡然

不管怎样挣扎都不能逃脱命运的安排,面对这种情况,残疾人作家有时也会抱怨,但更多的是选择接受,接受生命赋予他们的责任,现实给予他们的幸福和痛苦、无聊与平庸。

1. 接纳残疾

如果将遭遇残疾看作人生的一次痛苦经历,那么,如何面对痛苦是残疾人作家无法绕开的话题。他们知道超越残疾之痛是艰难的,感受到残疾对人的限制比自我的心灵封闭还难逾越:

> 一个人的心灵可以翱翔天外,但是身体,他如何冲破自己身体的封锁?从他残疾的那一刻起,身体强行向他划出了生活的疆域。偷渡本无可能,除非医学史出现突然的奇迹。残疾使一个人成为真正的唯物论者——当他向世界伸出手去,最先触到了自己的身体,像被反弹回来的一个句子。他不得不相信,比之灵魂的画地为牢,身体的疆界更难以逾越。②

知道身体的疆界难以逾越,于是他们采用变通的思维认识痛苦,理解、顺应和承担痛苦,接纳残疾。

残疾人作家笔下的主人公是被历史潮流裹胁着、被各种现实因素碾压着的卑微的生命个体,他们意识到,痛苦的现状是无法扭转的,只能把痛苦看作自己人生命运的必然。唯有把痛苦理解为人生在世所必然遭遇的东西,才能顺应,才能坚强地忍耐,才能不怨天、不尤人地自觉承

---

① 史铁生:《山顶上的传说》,《史铁生作品全编》第3卷,人民文学出版社2017年版,第324页。

② 沙爽:《春天的自行车》,知识出版社2011年版,第91—92页。

担起生命的苦难。他们比较一致的做法是把苦难书写推进到人生命运的层面，把它看作生命本身必然伴随的东西。

（1）就命运而言，休论公道，唯有接受。

残疾人作家之所以能坦然接受残疾之痛，其心理基础是对命运的接受，是承认宿命。他们将痛苦看作一种宿命，既然是宿命，自己就无法支配、不能掌握、不可预见。既然没有任何改变的余地，就只能接受，就命运而言，休论公道，唯有接受。

史铁生之所以逐渐接受了残疾之痛，是因为他知道，命运不可把握，就只能认命。史铁生还知道，命运是有差异的，有美好，也有丑恶；有健全，也有残疾。如果人世间消灭了疾病、卑下、丑恶、愚钝等苦难的事物，健全、高尚、美好、机智都将不存在，"人间的剧目就全要收场了，一个失去差别的世界将是一潭死水，是一块没有感觉也没有肥力的沙漠"[①]。但是史铁生也感到困惑，该由谁来承担疾病、卑下、丑恶、愚钝呢？史铁生认为，这个问题让人难以解答，所谓命运，就是说，这一出"人间戏剧"需要各种各样的角色，你只能是其中之一，不可以随意调换。"于是就有一个最令人绝望的结论等在这里：由谁去充任那些苦难的角色？又由谁去体现世间的幸福、骄傲和欢乐？"最后，史铁生的回答是："只好听凭偶然，是没有道理好讲的"，"就命运而言，休论公道"[②]。没有人喜欢自己的生命残缺，但是残缺既已成事实，那就必须学会与之共存。《命若琴弦》中的小瞎子对命运的不公愤愤不平，质问老瞎子"干吗咱们是瞎子！"他的师父老瞎子回答说"就因为咱们是瞎子"。老瞎子这个无奈的回答，表现出的是认命。上苍有时就是这么偏心，又没有任何道理可言。《来到人间》里的小女孩，患先天性侏儒症，她永远也不可能长得像正常人一样高，这就是事实，这个事实是命运交给她的，不管她接受还是不接受，都无法改变。人可能在一个规定的条件下去发挥自身的力量，然而命运不是人为可以改变的，命运的力量异常强大。在《足球》中，小刚和山子是两个残疾人，看一场球赛是他们梦寐以求的愿望。后来几经周折弄到了两张票，两人各自坐着手摇车，顶着太阳，来到了球场，可高高的台阶让他们"明白"：残疾人是不该有愿望的，愿望

[①] 史铁生：《我与地坛》，《史铁生作品全编》第6卷，人民文学出版社2017年版，第48页。

[②] 史铁生：《我与地坛》，《史铁生作品全编》第6卷，人民文学出版社2017年版，第48页。

都是属于正常人的。因为你是残疾人,你将格外不幸,认命吧。在文章的最后,小刚提出了一个阿Q似的自我安慰法,"你躺在床上,别净想那些心烦的事,你就想你在踢球,你带着球跑,过人,过了一个又一个……"① 心理的想象代替不了现存的事实,但碰上了这样的命运就只能接受。在《我与地坛》中,史铁生反思自己生活到最狂妄的年龄上忽地残废了双腿,这种并非普遍性的事件落到了个体的头上,这也就是"残疾爱你没商量"。经过前后两个阶段的沉思,史铁生逐渐看清了个体生命中必然的事象:"这样想了好几年,最后事情终于弄明白了:一个人,出生了,这就不再是一个可以辩论的问题,而只是上帝交给他的一个事实。"② 这样的结论便引出了无法反抗的命运的观念:人生就是一种不可捉摸的命运造就的,包括生命中最不堪的残酷与伤痛也都是不能选择的,由超越个体生命的外在力量所设定的事实显然没有任何改变的余地。在《我二十一岁那年》中,史铁生写道:"我祈求上帝不过是在和我开着一个临时的玩笑——在我的脊椎里装进了一个良性的瘤子。"史铁生期盼着不影响行走。但医生告知他,他将永远无法站立。听到医生的这句话,史铁生发出了"确实,你干不过上帝"③ 的悲号,这个悲号是面对痛苦的绝望之声,也是接受痛苦的绝望之声。《山顶上的传说》中那个瘸腿青年,当初母亲劝他别在八面漏风的潮湿小屋里睡觉,他不听母亲的劝告,结果遭受了风寒的侵袭而落下病根,一个偶然的念头就这样让一个生龙活虎的年轻人突然成了双腿残疾之人。人是没法和命运对抗的。

张海迪看到,所谓痛苦无非一种生活的现实状态,痛苦与欢乐本来就无法分割。在她看来,品尝痛苦,咀嚼痛苦,比品尝快乐更加意味深长。到达痛苦的极端,才能体味真正的快乐。没有品尝过痛苦,不能不说是生命体验的一种遗憾,真正的激情诞生在痛苦之上,真正的浪漫诞生在痛苦之上。只有面对痛苦,才能领略生命之泉的甘醇。所以虽然痛苦,她依然坚持活着,相信自己最终将埋葬痛苦。④

《浅浅痛,深深爱》中,龚莹的母亲最初无法接受女儿残疾的事实,尽管对女儿也有千般柔情,但怨恨之情又使她常常抱怨女儿,最后,当

---

① 史铁生:《足球》,《史铁生作品全编》第3卷,人民文学出版社2017年版,第259页。
② 史铁生:《我与地坛》,《史铁生作品全编》第6卷,人民文学出版社2017年版,第36页。
③ 史铁生:《我二十一岁那年》,《史铁生作品全编》第6卷,人民文学出版社2017年版,第77—78页。
④ 张海迪:《当星光闪烁时》,《张海迪作品精选》,华夏出版社2008年版,第192页。

她想清楚"这是没有办法的事情，一切都是命中注定，她自己也不想这样"①的时候，她终于接纳了女儿残疾的事实，龚莹也在千千万万的理由中接受了这个接纳残疾的理由。

（2）残疾和生命中的其他痛苦是一样的，不具有特殊性。

残疾与健全本身并不构成矛盾，它们只是生命的不同状态。张悉妮认为，残疾就是生命中的一种麻烦，和其他麻烦是一样的性质，只是表现形式不一样，而麻烦是每一个人都要遭遇的，因此不必惊慌，"这本书，没有半点炫耀或者夸张自己的地方。我只是在述说一个平常人的生活，生活中她遇见了一些麻烦，而这些麻烦，不过是每个人都会遇见的。只是他们遇见的和她不一样罢了"②。将残疾带来的痛苦看作普通人生中麻烦的一种，没有什么特别之处，"如果说残疾是一种羞耻，那么我就必须面对这种羞耻"③。沙爽认为，"即使残疾，也并不使他们因此变得更为繁复和有趣。因为残疾本身并不提供悲喜剧目，残疾只是世间万千种不幸之一"④。

张云成将残疾看作命运安排的另外一条人生路线。张云成认为，虽然自己身体残疾，有很多的痛苦，但他不认为自己的一生是不幸的，因为"这是命运为我提供的与众不同的人生路线——一条与笔直路线不同的崎岖路线"⑤。曾令超33岁时，在一次维护社会治安的斗争中，不幸受伤双目失明，成为一名残疾人。面对这样的人生变故，他是这样看的："一条路不通，再去开辟一条新路。任何时刻不倒下心中的坐标，不熄灭心头的火焰。路无尽头，跋涉无止境，征服一座山峰，又去攀登另一座山峰，在每一步中都留下一个脚印，每一个脚印都闪闪发光。"⑥《死是容易的》中的"我"劝病友，"实际上，人都是一样的，每个人都有缺点。我们的病就是我们的缺点。这缺点，并没有什么了不起，它只是被我们自己或别人夸大了而已"⑦。将自己身上的残疾看作一个缺点，每一个人都具有缺点，所以不必大惊小怪，特别在意。

在这一点上，史铁生看得更深，论述更为全面。残疾带来的痛苦和

---

① 龚莹：《浅浅痛，深深爱》，中国盲文出版社2016年版，第107页。
② 张悉妮：《假如我是海伦》，人民文学出版社2005年版，第2页。
③ 张悉妮：《假如我是海伦》，人民文学出版社2005年版，第140页。
④ 沙爽：《春天的自行车》，知识出版社2011年版，第109页。
⑤ 张云成：《假如我能行走三天》，漓江出版社2012年版，第100页。
⑥ 曾令超：《梅柳春光》，中国盲文出版社2014年版，第251页。
⑦ 阮海彪：《死是容易的》，东方出版中心2008年版，第156页。

其他人的痛苦是一致的，由此，史铁生将残疾人的痛苦扩大为广义的痛苦。在这个问题上，史铁生的思路是：第一，残疾并非残疾人所独有。残疾即残缺、限制、阻障。名为人者，已经是一种限制。肉身生来就是心灵的阻障，否则理想何由产生？残疾，并不仅仅限于肢体或器官，更由于心灵的压迫和损伤，譬如歧视[①]，残疾人指向个体，而残疾是一个社会性的问题，人生来就具有的困境[②]，人人都具有残疾，必然人人都会遭遇残疾带来的痛苦。第二，个体的人是找不到制造痛苦的元凶的。他认为，人的本性倾向福音。但人的根本处境是苦难，是残疾，而且这些苦难、残疾甚至无冤可鸣。"人的苦难，很多或者根本，是与生俱来的，并没有现实的敌人。比如残，病，甚至无冤可鸣，这类不幸无法导致恨，无法找到报复或声讨的对象。"[③] 第三，挥之不去的痛苦是人的原罪，因此人生的过程就是赎罪的过程，"这正是上帝的启示：无缘无故的受苦，才是人的根本处境。……人是被抛到世界上来的。人的由来，注定了人生是一场'赎罪游戏'"[④]。第四，最后的结论是：既然人终其一生被痛苦纠缠，这是人不可挣脱的宿命，那么就应该在承受痛苦中享受快乐，在生命的过程中产生和建构生命的意义，在苦难和欢乐的过程中创造生命的价值。

　　史铁生的创作很好地体现了他的这种思想。《山顶上的传说》《命若琴弦》等作品都是这一思想的演绎。在《山顶上的传说》中，男主人公因为残疾不能与自己喜欢的姑娘结婚，千辛万苦创作出的文章也不能发表。爱情和事业都因残疾遭受阻碍，残疾小伙子跌入痛苦的深渊，以至于不能摆脱死亡的诱惑。但是，在寻找鸽子"点子"的过程中，残疾小伙子的精神得到了升华。"点子"是他喜欢的那个姑娘送他的，是爱情的信物，但有一天"点子"突然不见了，他历尽千辛万苦去寻找鸽子，连续九天都没有找到。第十天的夜里，他拖着伤残的双腿走了许久，爬上山顶时看见了日思夜想的鸽子，但是鸽子却向更高、更远的山峰飞去。在漫漫长夜的寻觅过程中，瘸腿小伙子深刻思索了他的人生历程，真切

[①] 史铁生：《病隙碎笔》，《史铁生作品全编》第 8 卷，人民文学出版社 2017 年版，第 49 页。
[②] 苏娅：《史铁生：爱是人类惟一的救赎》，《华夏时报》2005 年 3 月 12 日，第 B12 版。
[③] 史铁生：《给李健鸣（1）》，《史铁生作品全编》第 7 卷，人民文学出版社 2017 年版，第 226 页。
[④] 史铁生：《给李健鸣（1）》，《史铁生作品全编》第 7 卷，人民文学出版社 2017 年版，第 226 页。

领悟到了生命的真谛:

> 你因为痛苦而想死,何必因为想死而闲着,又因为闲着而更痛苦呢?你因为倒霉而想死,可闲着能让你走运吗?死了的都是因为力气用完了。活着的宁肯把力气白白废掉,也不肯去试试让人间变得走运一点吗?人间所以有背运,也许就是因为人们不肯出力气。徒劳?但你至少可以在沉重的桨端上感到抗争的欢乐,比随意受人摆布舒服,比闲着、忍着多一些骄傲。骄傲就够好的了!还有自由。自由,不是说你想得到什么就能得到什么。你想找到"点子",可你没找到。但是你可以去找,可以再去找,这就是自由!①

从表面上看,瘸腿小伙子所做的一切是徒劳无益的,其实,意义正包含在其中。瘸腿小伙子人生的目标和理想未能实现,但在寻找鸽子的过程中感受到充实和快乐,而且,即使实现了,还会出现更高、更远的目标和理想,"追寻的过程其实就是目的",明白个中道理,人方能获得真正的自由和满足。

《命若琴弦》创作于 1985 年,史铁生通过老瞎子和小瞎子的一段经历,形象地解释了生命的意义就在于接受痛苦和欢乐过程中的道理。老瞎子和小瞎子相依为命,以弹琴说书为生。激励老瞎子弹琴的动力是师傅给他留下了一张能让他获得光明的药方,这张药方必须在弹断一千根琴弦后才能打开。弹断一千根琴弦之后,老瞎子发现他师父留下的药方原来是一张无字白纸。最初老瞎子很绝望,后来老瞎子领悟到了师父的用意:"人的命就像这根弦,拉紧了才能弹好,弹好了就够了。"② 虽然目标是虚设的,但这虚设的目标却能引导实在的过程,在这实在的过程中生命的意义得以全部体现,老瞎子生命的全部意义就在拨弄琴弦的过程之中。明白了师傅的苦衷,老瞎子并没有抱怨,而且继续像他的师父一样,给徒弟小瞎子在琴槽里也装上一个希望,并且告诉徒弟,必须弹断一千二百根琴弦才能打开药方。老瞎子虚设的这张药方让小瞎子带着希望完成生命的整个过程。"过程,对,过程,只剩了过程。对付绝境的

---

① 史铁生:《山顶上的传说》,《史铁生作品全编》第 3 卷,人民文学出版社 2017 年版,第 326 页。

② 史铁生:《命若琴弦》,《史铁生作品全编》第 4 卷,人民文学出版社 2017 年版,第 39 页。

办法只剩它了","只要你最关心的是目的而不是过程,你无论怎样都得落入绝境。""过程——只剩了它了。"① 生命旅程的目的本来就是虚设的,即使面临身体残疾这样的痛苦,生活也总要继续,小说的结尾,莽莽苍苍的群山之中走着两个瞎子,一老一少,一前一后,匆匆忙忙,像是随着一条不安静的河水在漂流。无所谓从哪儿来、到哪儿去,也无所谓谁是谁,人生不在乎目的(从哪儿来、到哪儿去),也不在乎人的身份(谁是谁),而在于不懈追求的过程(匆匆忙忙的漂流)。死神无法将一个精彩的过程变成不精彩的过程,坏运也无法阻挡你去创造一个精彩的过程,相反坏运更利于你去创造精彩的过程。生命的价值就在于你能够镇静而又激动地欣赏这过程的美丽与悲壮。当史铁生把过程看成了目的,把过程中的一切困境都看成实现自身价值的机会时,残疾的枷锁就被彻底打碎了。

(3)残疾带来的痛苦是人生的一笔财富,应该敬重痛苦。

李子燕将残疾之痛看作能让人坚强的一种历练。李子燕在《左手爱》中说,痛苦是良药,能让人顽强支撑。小说的主人公佟雪燕因为身体的残疾不被公婆认可,经常遭到婆婆的刁难,但佟雪燕"在痛并快乐着的日积月累中,学会宽容、忍让和坚强"②。佟雪燕在最艰难的时候有丈夫的爱,有姐姐、姐夫和朋友的爱,所以李子燕说"只要拥有梦想拥有爱,即使踩着荆棘,也不会觉得痛;有泪可落,也不再是悲凉"③。庄大军说,设若没有失明这样天大的不幸,他不可能切身感受到那么多真挚深厚的关爱,不会感受到社会的博爱,从这个意义上来讲,他感谢失明。

张云成认为,残疾只是人生的另外一条道,在这条道路上行走,他不会因此悲哀,"因为我得到许多笔直路线上没有的东西"④。在这条道路上,他更深刻体会到什么是真正的人间真情。在这条道路上,他严肃思索人生应该怎样度过,因此更能看清人生目标。在这条道路上,人生的苦难让他磨砺出了不屈的品格,让他懂得人生中有些东西必须承受,更让他懂得人活一世必须去追求、去超越。⑤"说到底苦难是一杯浓浓的茶,苦得让我们难以下咽,但只要咽下第一口,就会发现更多的味道在

---

① 史铁生:《好运设计》,《史铁生作品全编》第6卷,人民文学出版社2017年版,第70页。
② 李子燕:《左手爱》,延边大学出版社2013年版,第197页。
③ 李子燕:《左手爱》,延边大学出版社2013年版,第292页。
④ 张云成:《假如我能行走三天》,漓江出版社2012年版,第100页。
⑤ 张云成:《假如我能行走三天》,漓江出版社2012年版,第101页。

等待着你。"①

史铁生写过一篇随笔《给盲童朋友》。在这篇文章中,史铁生说,残疾是什么呢?残疾无非一种局限。视力障碍者想看而不能看;而他呢,想走却不能走。健全人呢,他们想飞但不能飞——这是一个比喻,就是说健全人也有局限,这些局限也送给他们困苦和磨难。②不论健全人,还是残疾人,他们在超越这些困苦和磨难的过程中,感受到了幸福,所以困苦和磨难也是人生的一笔财富。史铁生说,他越来越相信,人生是苦海,是惩罚,是原罪。那么,对惩罚之地最恰当的态度,是把它看作锤炼之地,既是锤炼之地,便有了一种猜想——灵魂曾经不在这里,灵魂也不止于这里,我们是途经这里!③

史铁生将痛苦和死亡悲伤相联系。他认为,因为在人生的过程中已经感受到了痛苦,所以在死亡这个最后的大痛苦来临之际,残疾人就不会再感觉痛苦了,这是上苍给残疾人的专利。史铁生说,那些具有"好运设计"的人在死神来临之际,必定是一个最痛苦的人:

> 你会比一生不幸的人更痛苦(他已经见到了的东西你却一直因为走运而没机会见到),命运在最后跟你算总账了(它的账目一向是收支平衡的),它以一个无可逃避的困境勾销你的一切胜利,它以一个不容置疑的判决报复你的一切好运,最终不仅没使你幸福反而给你一个你一直有幸不曾碰到的——绝望。④

2. 享受宁静

接纳残疾之痛的认知态度决定了残疾人作家的心理状态处于平和、宁静之中。由于将残疾带来的痛苦看作必须接受的事实,所以史铁生笔下的黑夜、苦难、心魔、死亡都显得不再孤寂和狰狞,而是充满宁静、诗意与优美。史铁生说:"当人把一切坦途和困境、乐观和悲观,变作艺术,来观照、来感受、来沉思,人便在审美意义中获得了精神的超越,

---

① 张云成:《假如我能行走三天》,漓江出版社2012年版,第101页。
② 史铁生:《给盲童朋友》,《史铁生作品全编》第7卷,人民文学出版社2017年版,第177页。
③ 史铁生:《给李健鸣(3)》,《史铁生作品全编》第7卷,人民文学出版社2017年版,第237页。
④ 史铁生:《好运设计》,《史铁生作品全编》第6卷,人民文学出版社2017年版,第69页。

他不再计较坦途还是困境、乐观还是悲观，他谛听着人的脚步与心声，他只关心这一切美还是不美。"①"高峰体验"是马斯洛提出的一个理论。马斯洛认为，"高峰体验"是人最快乐、最着迷、最销魂的时刻，也是一个人最成熟、最个体化、最完美、最富有人性的时刻。一个人处于"高峰体验"时，并不总是处于"激昂""进取""坚强"等激进状态，相反，很多时候体现为"平和""宁静""淡泊"等心理意象。和马斯洛的这一心理分析一致的是，残疾人作家在历经生命波涛的翻涌，历经生命的磨炼之后，寻找到创伤心理的突破口时，也进入静谧、宁和的状态，体现出内心的沉静。他们在创作中表现了生命的坦然、淡定与平和。

第一，面对残疾之痛，抛弃尘世的纷争和对物质的欲望，平静而真实地生活，体现出心境的辽阔和宁静。桑丹认为，要坚守内心的空寂，方能"啜饮未能倾尽的甘露"，有罪过的人"终结于流水的灰烬。"② 贺绪林说：

> 我自知今生今世与大富大贵无缘，清贫度日虽有遗憾却也情愿。我不喝咖啡只喝清茶，不吃生猛海鲜只吃家常便饭……在清贫的日子里我最大的乐趣是把自己关在屋里，坐在书桌前泡一杯清茶，去读自己喜爱的书，去写自己想写的文章。虽然有几多孤独和寂寞，却拥有一份恬淡的悠闲和清静，其乐也融融。③
>
> 当然，清贫的日子不都是好日子。我不愿自己永远生活在清贫的日子里，却希望永远拥有一片与世无争的恬淡、悠闲和清净。④

贺绪林不以物喜，不以己忧，用平和的心境撷取平凡生活中的普通日子，并以此为乐。

沈平面对疾病的折磨，面对命运的不幸，"已敢于直面对残疾的现实，我也已学会对苦难的承受与抗争，能够沉默、平静而真实的生活了"⑤。他们能在安静的氛围中独自行走，"这是我喜欢的氛围，安静，

---

① 史铁生：《自言自语》，《史铁生作品全编》第7卷，人民文学出版社2017年版，第62页。
② 桑丹：《边缘积雪》，四川文艺出版社2012年版，第85—86页。
③ 贺绪林：《清贫度生涯》，《贺绪林作品精选》，华夏出版社2016年版，第146页。
④ 贺绪林：《清贫度生涯》，《贺绪林作品精选》，华夏出版社2016年版，第146页。
⑤ 沈平：《残缺依然美丽》，王新宪主编：《为了生命的美丽》，华夏出版社2009年版，第198页。

从容，一个人，行走在他自己的梦想深处，不被打扰和惊动。这样的一个人，没有什么力量能够把他从他自己的世界中强行拉回，纵使这种力量被叫做：死亡"①。沙爽喜欢一片孤单的烟叶和一棵挺拔的杨树，因为孤单的烟叶平安地长大，以诚实的完整迎接它粉碎和燃烧的命运②，烟叶看起来始终这样安稳、优雅、丰沛、健康，它符合沙爽对完美的苛刻定义，烟叶的一枝一叶都仿佛沿着沙爽内心的画卷生长。③ 自己能安静地生活，也欣赏别人的安详生活，"远在大连的娟表姐则拥有她充实劳碌的家庭生活——稳定、安详，几年前我与她短暂相聚，她现出了一个女人进入中年之前应该具备的雍容底蕴。所谓福气，大约就是如此"④。

张毅的《一代谋臣张良》是一部历史题材小说。历史上关于张良的传说、记载较多，而张毅在这部作品中突出的是张良完成了古代士人的人生超越。张良助刘邦打下了半壁江山，论功行赏之际，张良拒绝三万户的封赏，只选择留县作为封地，并从此闭门谢客，不问政事，专习道家导引之术，云游山水之间。小说表现张良功成身退、淡泊名利，并肯定这正是张良的可贵之处。张毅对张良的这一描写，是在现代意义上重新书写历史，张毅在历史的"进"与"出"之间，与历史人物互为主体的"摹仿"与肯定，以历史来观照、理解世界本体和自我存在，揭示了生命的本真与意义。通过对张良的肯定，张毅表达了自己对人生的解读：生命的状态在于放弃世俗的纷争，努力过平和冲淡、悠游闲适的生活。

第二，面对残疾之痛，对现实进行诗意创造。平和宁静的心境在谢长江的创作中则体现为童话世界的诗意创作。在《红麦穗》中，谢长江以农村为表现对象，但他笔下的中国农村与现实有相当大的距离，一本《红麦穗》将故乡演绎成一个童话世界，谢长江成为生活在其间的快乐王子。谢长江曾经生活的乡村世界果真如此？显然不是。谢长江祖祖辈辈生活在四川沐川海拔 1500 多米的高山地带，童年、少年、青年时代的生活极其艰辛，为什么谢长江能成为一个麦地神话的守望者？为什么他能将艰难幻化成美好？一方面，我们可以使用补偿理论对此做出解释，另一方面，这也是谢长江以平和的心态看待远失的故乡的结果。因为心态平和，所以看到的故乡是美的，温润的，纯朴的，仁慈的。

---

① 沙爽：《春天的自行车》，知识出版社 2011 年版，第154 页。
② 沙爽：《春天的自行车》，知识出版社 2011 年版，第30 页。
③ 沙爽：《逆时光》，辽宁人民出版社 2012 年版，第34 页。
④ 沙爽：《春天的自行车》，知识出版社 2011 年版，第204 页。

第三，面对残疾之痛，依然对生活抱有满足感，依然心存感恩。读完杨姣娥的《时光碎片》，一个对生活特别容易满足的形象浮现在读者眼前。正是因为容易满足，内心总是充满对他人、对生活的感激之情，内心也由此变得宁静，"因为爱，她选择了珍惜；因为珍惜，她选择了妥协；因为妥协，她懂得了善待；因为善待，她的心境一片明净"①。在《假如我是海伦》中，张悉妮没有抱怨自己的失聪，而是感谢上帝还为她保留了明亮的视力："在我还是一个很小的孩子的时候就因病失聪了。庆幸的是，我并没有像海伦那样失明，我的宝贵的视力还在！上帝至少为我保留了几乎一半以上的与这个世界沟通的渠道。"② 因为很满足上帝为自己保留了视力，张悉妮在作品中体现出一种平和的心境。

阮海彪也强调人要知足，不要贪心。阮海彪在《遗产》中讲述了一个故事，有一个人在路上发现两大桶银圆，因为贪财，便费尽周折请来乡亲帮忙搬运，结果他自己乘坐的那辆小车和自己的妻小以及那两桶银圆都不见了踪影，人也精神失常了，"是贪心害了他啊！"③ 卫宣利认为幸福由自己的沸点高低所决定，要想快乐，就将幸福的沸点降低一些，再降低一些。即便幸福只有芝麻粒那么大，只要细心拾取、用心咀嚼，也能品尝出香喷喷的滋味。残疾人作家明白，虽然生活对自己不公，但不要成为生活的怨妇，不要抱怨生活，影响他人情绪，要像苦瓜一样将苦涩全部包藏在自己体内，而不影响其他菜的味道，"苦瓜是君子菜，味道虽苦，却不将自己的苦传向一同烹制的其它菜，也不会让其它菜影响到自身的味道"，"苦瓜不是因其苦而与众不同，而是因其苦更彰显出它的君子风度"。④

第四，面对残疾之痛，依然对生活抱有憧憬和希望。残疾人作家的作品中鲜有悲悲戚戚的感慨埋怨，鲜有怨天尤人的愤愤不平。命运无常，遭遇残疾，任何人都无法改变，面对生命的残缺，经过痛苦的挣扎，他们亮开歌喉，"亲爱的，把我们的诗歌再一次唱响，用我们全部爱心去赞美生活的快乐……"⑤ 他们总是看到明天的希望，"嫩绿的葵苗儿，明天不就是一朵金色的微笑吗？"⑥ "生活是不能失意的。我仍是那希望的主

---

① 杨姣娥：《时光碎片》，中国财富出版社 2014 年版，第151页。
② 张悉妮：《假如我是海伦》，人民文学出版社 2005 年版，第4页。
③ 阮海彪：《遗产》，华夏出版社 2010 年版，第151页。
④ 杨姣娥：《时光碎片》，中国财富出版社 2014 年版，第81页。
⑤ 谢长江：《红麦穗》，作家出版社 2008 年版，第82页。
⑥ 谢长江：《红麦穗》，作家出版社 2008 年版，第85页。

人，选一个好天气，再一次去收获生活。"①

残疾人作家经历了从肢体的缺失到存在性的缺失的痛苦，但他们从愤怒、无奈走向平静、安然，在他们的叙述中，"残疾"越来越获得了一种"积极功能"，一种"创造性的功能"。②

（二）尽人事：英雄主义情怀

尽管听天命，但残疾人作家在创作中依然体现出英雄主义情怀。他们不是一味地描写苦难，更不是消极地自怨自艾、独自感伤，而是表现出面对痛苦愈挫愈勇、不可征服的英雄主义精神。在无法回避的残疾面前，残疾人作家高扬起英雄主义的文学旗帜，旷达而豪放。他们的英雄主义情怀与听天命并不矛盾，听天命不等于不作为，平和宁静也并不等于思想的停滞、行动的停止。残疾人作家的听天命并非对道家思想的延续，它只是超越痛苦之后的淡然。听天命的坦然不影响他们的英雄主义精神，相反，还丰富了他们的英雄主义精神，因为英雄性并不能脱离人性。这类作品一方面写出他们面对逆境的凛然豪气，另一方面又写出他们内心深处的九曲回肠，这使英雄主义情怀更真实、更丰满，更有感人的力量。

所谓英雄主义是指"在主动承担和完成具有重大社会意义活动中，表现出自我牺牲的气概和行为。表现为勇敢、奋不顾身和自我牺牲精神"③。不同的时代、不同的国家和不同的民族，英雄主义行为的体现亦有所不同，但不屈不挠、坚毅执着、具有超常的意志力和生存能力是其基本的、稳定的内涵。残疾人作家笔下的英雄形象（抒情类作品亦体现在抒情形象上）不是夸父、后羿这类神话传说中的英雄，不是行侠仗义的剑客、侠士这类古典英雄，也不是为了新中国成立而献出生命的革命英雄。他们笔下的英雄是个人救赎型英雄，这些人面对的挑战是自我的缺陷和不足，即挑战自我，维护的主体利益是个人利益。其本质特征是英雄的平民化和英雄面对人生苦难时的不懈挣扎。残疾人作家塑造出来的个人救赎型英雄是对每一个敢于独自为梦想拼搏的人的肯定，是对每一个为理想、为生活不屈奋进的人的肯定，这种英雄主义精神广泛存在于每个人的心中。它更符合当前时代的需求，对当下的普通人更具有强

---

① 谢长江：《红麦穗》，作家出版社2008年版，第125页。
② 参见王鸿生：《叙事与中国经验》，同济大学出版社2008年版，第38页。
③ 《辞海》（上卷），上海辞书出版社1999年，第1639页。

烈的精神激励作用，因而更具现实意义。

1. 作家自身的体现

残疾人作家在创作中体现出的奔放郁勃的精神气度也是残疾人作家的自我写照，是他们现实生活的镜像。从意识到自己残疾的那天开始，残疾人作家几乎每天都在承受着疼痛和死亡的折磨，在这种炼狱般的生活中，他们逐渐习惯，并且开始笑对苦难，抵抗苦难。

残疾人从事文学创作，其身体难度远远超过其他作家。王占君的创作之路就异常艰辛，王占君伏案写作时间稍长，从腰部直至后脑便异常酸疼，其痛苦难以名状。由于神经压迫反射到身体上部，握笔的右手有时发颤，写得十分吃力，常常写上七八百字，就要躺在床上休息。下肢肌肉萎缩，血液循环不好，日间坐得太久，双腿神经痉挛，夜里辗转反侧难以入睡。因为常年坐着写作，王占君臀部磨出了硬茧，硬茧又变成疮，流脓流血，坐下去如针刺般疼痛，如此周而复始，始终不能愈合。王小泗不能移动的双腿只能支持一只手的活动半径，为了便于创作，他让母亲将书籍搬到床头，把电源接过来，安上电灯，把枕头当成工作平台。有一次为了赶一篇稿子，他不顾寒冷，一直在床上敲打键盘，他的母亲担心他的双手露在外面太冷，放了一个热水袋在他的后背，后来热水袋滑落，掉到神经损伤以下的部位。由于没有知觉，热水袋将他的皮肤烫了手掌大的一片水泡。"对一个靠镇静剂、长期依赖止痛药剂苦度余生的残疾人来说，写每一个字都困难重重。"[1] 由于残疾，更想获得成功，因而更拼命，但对身体的损伤也更大：

> 我没日没夜地泡在那张书桌上。全部工余时间都趴在它的上面。寒来暑往，感受到的点滴阳光和领略到的丝毫凉风，都被视为奢侈。我以连初小都没读完的执著要求自己。累了乏了以冷水解困醒脑。因为我太渴望赢了，为他也为我自己，赢回我们失去的太多的东西。因为本钱不够，我只能一次次地透支生命。病痛时还在诵读，剧痛时还在思考。超支的结果只能是频繁地出入医院。大剂量用药的结果，只能败坏我的机体。[2]
>
> 我自以为是在攒本钱，实际上却是在摧残，毫不留情地大肆摧毁自己。我无法赢却偏要赢，结果只能语出惊人，毫无顾忌，什么

---

[1] 阮海彪：《遗产》，华夏出版社2010年版，第93页。
[2] 阮海彪：《遗产》，华夏出版社2010年版，第97页。

都敢涉笔,让一个个鲜活的生命在我的笔下无端地消失。①

阮海彪说,他创作《遗产》时"写得很缓慢,很辛苦。苦难重重的我不仅要跟遗忘做斗争,还要忍受身心的痛苦。因为我实在无法正视伤痛,我的心灵和身躯上的永远无法弥合的创痛"②。

阿德勒认为,器官缺陷导致的自卑反而会成为向上和创造的重要动力。他指出,人类历史上很多有杰出成就的人才大都有器官缺陷。这正是自卑导致的正面作用力。在遭遇到病痛的折磨和不幸,经历了对自我无用的深刻怀疑和生命将止乎此的巨大恐惧之后,一种坚忍不拔的超越精神油然而生。尽管残疾人作家的创作确实异常艰难,但残疾人作家将创作视为自我疗救之路,将写作作为生存的一种方式,以此求得生命的存在感、幸福感,因而,残疾人作家对创作带着信仰般的虔诚。对他们而言,写作是一种朝圣。所以,残疾人作家无论在这条路上行走得多么艰难,都毅然前行,犹如鲁迅笔下的过客,充满坚毅、执着的精神。残疾人作家显现出坚定、忍耐、永不言弃的精神特征。比如王占君躺在病床上,想起保尔躺在病床上写出了传世之作,想到适合自己与命运抗争的路就是文学创作,想到要让自己的生命彰显意义,于是,尽管疾病给他的创作带来的困难确实是一言难尽的,但他从未放弃写作的梦想。残疾人作家显现出的精神特征是:坚定、忍耐、永不言弃。

残疾人作家敢于直面惨淡人生与他们的乐观态度紧密相连。邹廷清在博客《会飞的灵魂》中说:"在经历了很多事之后,我已不再为什么事哭泣了,因为在我的浅悟中,生命并非永恒,永恒的只有在活着时的快乐与欢笑。"③ "我尽量使自己乐观些、豁达些、不因为腿残疾而背思想包袱,要不,我便会是真正的残疾人了,那才是真正的悲哀。"④ 赖雨在《初识》中说,他们把所有的相思都种在梦境,让所有的叹息都飘入风中,让所有的愁苦都埋进雪地,让每一次对视都充满欢欣,每一次微笑都带着羞怯,每一滴眼泪都含着理解,每一句低语都饱含祝福,所有的希望都刻在天空。从残疾中走来,残疾人作家更加懂得生命的可贵和可

---

① 阮海彪:《遗产》,华夏出版社 2010 年版,第 97 页。
② 阮海彪:《遗产》,华夏出版社 2010 年版,第 98 页。
③ 网址:http://blog.sina.com.cn/s/blog_5b1465bc0100q4u2.html。
④ 《身影榜样人物在线访谈:他用残疾的双脚走出桃李大道》,网址:http://www.bokee.net/bloggermodule/blog_viewblog.do?id=11102872。

爱，他们感觉到"时间在分分秒秒中收藏/页页灿烂得姹紫嫣红"[①]。虽然生命有残缺，但他们感受到的生活依然美好。古人云，一切景语皆情语，也可以说一切对生活的感受皆情语。残疾人作家能感受到生活的美好，其实是他们平淡心境的折射。当一个人把生死看透，把生命置之度外，以一种向死而生的心境去生活时，便能成为自己命运的主宰。在《在青山绿水间》中，赖雨将自己想象成一只轻盈的鸟，"唱着明天的歌/把昨夜黑色的音符/都丢在山的后面"[②]。残疾人作家对残缺的态度是积极、轻松和乐观的，如此，他们才能坚韧地直面痛苦，坦然面对生死、坎坷。爱情给赖雨留下太多的遗憾，但赖雨是这样认识失去的爱情的：红豆鲜红依然，热烈依然，纯情依然，"爱是无法忘记的/能忘记的　只有/爱的创伤"[③]，"能忘记的只有爱的创伤"，简单的一句话体现出赖雨的大气、睿智和乐观。周洪明临近周岁，患小儿麻痹症，很多年来在父母的背上走进一家又一家医院，童年和少年时代没有笑声，没有欢乐，但周洪明依然看到生活的希望，他在秋日断想着"我要读无言的小溪/读满悠长的祈祷/我要数憨厚的山峦/数尽墨色的希望"[④]。即使是在假日的雨天，只要拭去书桌上的灰尘，"看看书　写写诗/久违的意境/明亮了思想"，也会"飞出一个飞吻"，心也会开始兴奋，也会真切感受到：雨天，不错。[⑤] 尽管周洪明想起夏风，想起夏雨，想起吹折的桥梁，想起难渡的浅溪，消沉得不愿想起，但他依然"毅然不顾一切走着/望望前面的日子/雨霖自然在散失"[⑥]。当生活遭遇坎坷，想想蓝天白云，想想希望，于是一切释然，"有过收获亦有过失意/唯有的线路是希冀"[⑦]，"但我们早已学会不哭，/侧身躲避在地阔天蓝"[⑧]。赖雨不在意别人的流言蜚语，"旋转你的身影吧/走出一路潇洒/只要沿途的风景/为你富饶　为你成熟/为你风情万种　为你/远离荒凉　永别忧伤"[⑨]。赖雨说，自己留下的伤痕和斑斑血迹，"至少可以召唤后来的脚步/和坚定犹疑的心"[⑩]。残疾人

[①] 周洪明：《情感高原》，中国文联出版社2007年版，第26页。
[②] 赖雨：《群山之上》，四川大学出版社1998年版，第114页。
[③] 赖雨：《群山之上》，四川大学出版社1998年版，第122页。
[④] 周洪明：《情感高原》，中国文联出版社2007年版，第133页。
[⑤] 周洪明：《情感高原》，中国文联出版社2007年版，第137页。
[⑥] 周洪明：《情感高原》，中国文联出版社2007年版，第147—148页。
[⑦] 周洪明：《情感高原》，中国文联出版社2007年版，第158页。
[⑧] 周洪明：《情感高原》，中国文联出版社2007年版，第170页。
[⑨] 赖雨：《群山之上》，四川大学出版社1998年版，第89页。
[⑩] 赖雨：《群山之上》，四川大学出版社1998年版，第90页。

作家希望自己的这份乐观能给生活的消沉者以慰藉,"我的诗呀,只是水/放在个个旅途中的驿站/供疲惫蓬垢的游子洗洗"①。

2. 在创作中的体现

文学创作建构了残疾人作家的主体人格意识,而这种被建构起来的主体人格意识又控制着作品中人物的思想意识。残疾人作家在创作中不再纠结于痛苦,他们在作品中并没有表现出太多的悲戚哀怨,反而豪气粗犷。作品中没有沉重的悲抑、愤愤不平之意,没有忧郁、黯淡、感伤和消沉,反而高昂、豪壮。他们的创作格局大、气场足。

杭州残疾人作家桑民强 6 岁时因一场高烧导致面部瘫痪,小时候经常受到嘲弄,自卑痛苦。后来参与残联的各种社会活动,同时开始文学创作,创作了大量有关残疾人题材的诗、散文、报告文学、中短篇小说,相继在《人民日报》《中国青年报》等报纸杂志上发表,总计约 50 万字。桑民强年近 70 岁,依然保持每天写作两三千字的习惯。他在诗歌《既然生活对你显示了残酷》中说:"既然命运对你显示了残酷/既然生活对你凶神一般/那么,挺起胸膛来吧/就像上了战场……/到了你教训命运的时候了/你给了他狠狠一巴掌/痛快,痛快啊/残疾人也有残疾人的荣光。"②这首诗道出了他的心声,也抒发了他的豪气。将生活比喻为战场,残疾人面对敌人(残疾的命运)正义凛然,狠狠地给它一巴掌。

"约束自己 何苦/包裹自己 何苦/揭开面纱 脱下俗服/自由的狂欢一回吧/只要你能找回自我/只要你能真实的归来/我情愿一生等待"③,诗句自由洒脱,胸怀开阔,姿态昂扬。周洪明的诗歌结尾,往往都很高亢,"你脚踏风轮/手舞绿旗/跨过一座座山脉/丢下一句惊世骇俗:/我来了 请让开/这是我的世界"④,"一串欢呼/翻江倒海/占据了秋日的天空"⑤。从这些诗句中看不出残疾者的萎缩、封闭、黯淡,反而比某些身体健全者更奔放、更豪气、更阳光。周洪明在《走在春天的大路上》中一方面感叹春意随风而逝,高高的脚手架孤寂,城市灯火朦胧,但另一方面也乐观地看到"街面人流如织/村寨回荡着笑声/而高空那凌云大雁/正扇翅飞翔"⑥,那展翅飞翔的凌云大雁正是诗人自身的写照。

---

① 周洪明:《情感高原》,中国文联出版社 2007 年版,第161 页。
② 网址:http://zjhz.wenming.cn/jdxw/201711/t20171123_4888801.shtml。
③ 赖雨:《群山之上》,四川大学出版社 1998 年版,第143 页。
④ 周洪明:《情感高原》,中国文联出版社 2007 年版,第21 页。
⑤ 周洪明:《情感高原》,中国文联出版社 2007 年版,第35 页。
⑥ 周洪明:《情感高原》,中国文联出版社 2007 年版,第52 页。

桑丹在《映象》中表明，隐匿的神祇引领"我"穿越浓雾笼罩的旅途，尽管"我"将黑暗分离，"我"也"饮尽春天苦涩的蜜汁"，但"我"依然追求着光明，"滑翔着月光的残骸"，"我的灵魂/是嘹亮到最后一刻的尘埃/能否被久远的暗香所覆盖"[①]。桑丹的这些作品，境界宏阔，奔放郁勃，风格豪迈。

陈村在《死》中，将暮春一掌挥去的动作干净利落，有力度，刻画出一个果敢、刚毅的形象。王小泗在《斑驳的脚印》中塑造的那个赤足的少年，"用口水点燃烽火/烧焦的胡杨/横断了大漠的垂线/阴影站在蚂蚁的穴内/于合围的泥土中/完成生与死的对话"[②]。这个以微弱之躯点燃烽火、烧焦胡杨、横断大漠的赤足少年正是作者本人的写照。王小泗坚信"即使是空洞的骨也要让它长成森林/无限的绿意正接近我们的心灵"[③]。王小泗将自己的作品集取名为《零度生活》，意味着唯有奋力向上，唯有独立创造，唯有用生命的热情去融化环境的坚冰，生命方能充满活力。"零度"以下寒凝成冰，"零度"以上则为活力之水。"零度"是一种界标，不进则退。

贺绪林的《最后的土匪》本意是借剿匪的故事证明人之初性本善，本没有天生的恶人和坏人，都是后来的生存环境改变了人，但作品中真正给读者留下深刻印象的是人求生存的执着和坚毅。人都"只剩下一个骨架撑着一张人皮，胡子头发都老长老长的，胡乱参着，找不着脸了。如果此刻走出荒漠回到人群，一定没人能辨别出他到底是人还是兽"[④]。但是这些人丝毫不放弃求生的希望，与人斗争，与自然斗争，最终在绝望中获得重生。

张海迪说，她喜欢《老人与海》，喜欢那些海上搏斗的描写，尤其被老桑地亚哥不屈不挠的精神感动。人生可能很少有胜利的归航，在平庸的人看来，老桑地亚哥一无所获，但在张海迪看来，他是一个真正的勇士，因为他经历过生死劫难，虽然他已经破烂不堪，千补百衲，但他努力搏击过。张海迪的《轮椅上的梦》和《绝顶》等作品都体现出人类抵抗荒谬的抗争精神，表现出不屈不挠、自强不息、超拔向上的精神气质。《绝顶》由五条平行的线索构成：第一条线索是肖顿河和小川原兵卫攀登

---

① 桑丹：《边缘积雪》，四川文艺出版社2012年版，第91页。
② 王小泗：《意志的胜利》，中国传记出版社2015年版，第92页。
③ 王小泗：《零度生活》，现代出版社2013年版，第90页。
④ 贺绪林：《最后的女匪》，文化艺术出版社2007年版，第254页。

梅里雪山；第二条线索是丁首都和宋梅樱在加拿大进行科学研究；第三条线索是肖五洲、葛薇蓝和安群在音乐王国里求索；第四条线索是以安娜为代表的当代大学生的校园生活；第五条线索是以谢卫国为代表的当代商界生活。五条线索叠加在一起，很好地呈现了历史与现实、家庭与社会、自然与文明、东方与西方的各种矛盾。更重要的是五条线索从五个方面表现不同的人接近或通向"终极之地"的精神图像。肖顿河和小川原兵卫攀登的是自然的"绝顶"，肖五洲和安群攀登的是音乐的"绝顶"，丁首都攀登的是科学的"绝顶"，安娜攀登的是自由和爱的"绝顶"，而谢卫国攀登的则是金钱和欲望的"绝顶"，宋梅樱攀登的是学术的"绝顶"。"绝顶"取自杜甫的"会当凌绝顶，一览众山小"的诗句，"绝顶"是人类不可及的某种精神高度的象征，为了到达"绝顶"，深陷困境中的人自强不息，百折不挠。小说中的人物形象都是不屈不挠勇攀"绝顶"的形象。因车祸而残疾的安群从痛失丈夫和女儿的致命困厄中走出，继续音乐创作。攀登梅里雪山的队员在极端恶劣的自然条件下，以坚强的毅力屡屡冲击雪山顶峰，虽然小说最后的结局是肖顿河命丧雪山，但是攀登者永不屈服勇于挑战的形象和姿态却成就了崇高美，"主体形式上的渺小和客体外观上的强大，主体的顽强斗争与客体的被动保守形成反差，这种反差越大，斗争越强烈，主体的崇高美也就越鲜明"[①]。《轮椅上的梦》是张海迪的自传体小说。小说讲述了一个名叫方丹的残疾女孩自强不息，自行学医，为乡亲免费看病的传奇经历。

陈智敏的《天亮之前》是以1948年四川广安地区华蓥山区革命斗争为题材的历史小说。小说结尾时，严剑辉身负重伤，猛然抱住敌人一起滚下山涧，敌人的惨叫声回荡在空山幽谷，令人毛骨悚然。严剑辉的悲壮举动为小说的结尾平添了许多豪气。

部分残疾人作家喜欢基于帝王将相或杰出人物进行历史题材的小说创作，如张毅的《一代谋臣张良》，王占君的《汉武帝》《皇太极》《武则天》，兰泊宁的《大明三百年》等。在这些历史题材的小说创作中，作者不是为了再现哪一段历史，而是关注这些帝王将相身上呈现出的英雄气概，作品突显的是主人公身上纵横捭阖的气度与霸主风范。《汉武帝》叙写汉武帝励精图治，苦铸大汉版图的波澜壮阔的一生。《皇太极》突出的是清太宗皇太极实现精神自由、独立人格的奔放郁勃。《武则天》展现的是武则天的政治功业和在风谲云诡的宫廷斗争中的文韬武略。每个作家

---

① 刘法民：《怪诞——美的现代扩张》，中国社会出版社2000年版，第115页。

都只能从一个特定的角度去体验人生，不管感受多么丰富，其中必定有一种主导的情绪。所谓审美感受的深化，就是指作家在审美过程中将自己的主导情绪有力地融汇到其他各种印象中，以此更加突出自己的主导情绪。残疾人作家最深切的感受就是坚毅、执着、刚强的强者形象，因为这些形象能弥补作家本人的现实生活缺憾。在历史小说的创作中，他们塑造出的历史人物都是有铁腕手段的坚毅人物，体现出他们本人的价值取向。借历史人物表达自己的人生观，此种创作目的决定了残疾人作家将创作历史人物与揭示生命的真实意义和存在本质相联系。残疾人作家作为历史小说的创作者，通过对历史的反思，重新关注历史人物的命运，以自身的文学想象再现历史人物的生命本质。残疾人作家在创作历史小说时，受限于自己的人生经验和价值取向，往往以自己的某一标准来选择史料，不断取舍、创造、想象历史。鉴于此，残疾人作家创作历史小说的时候始终处于"效果历史"中，文本的意义处于语义不断生成转化的过程中。残疾人作家在这种辩证的统一的精神对话中，发现历史价值的真实和历史理解的真实。在上述这些历史题材的小说中，历史人物全然成为残疾人作家表达生命存在方式的材料。在《天亮之前》中，陈智敏对英雄人物严剑辉的书写，突显了其豪迈、悲壮的一面，这正是作者对生命的态度。张毅的历史小说《一代谋臣张良》借秦始皇之口道出了自己的人生态度：人生真正的乐趣在于和强大的对手生死较量，最后战而胜之。

残疾人作家创作的人物形象都具有不屈不挠、坚毅执着的品格。这些形象面对多舛的命运，坚忍不拔，正气浩然，大义凛然。残疾人作家表现的生活是平凡世俗的，但在平凡世俗中生活的人却具有不屈和进取的英雄品格。

第三节　婚恋："我们的婚恋"和"他们的婚恋"

残疾在给残疾人作家的日常生活带来不便的同时，也给他们的婚恋带来多重影响。相比于身体上的疼痛，婚恋上的困苦更是残疾人作家难以言说的心声。婚恋题材是残疾人作家创作的一个重头戏。爱情是文学创作的一个永恒主题，但由于身体的特殊性，两性关系在残疾人作家的创作中显得更为特殊和敏感。他们对这一题材的选择看似"从众"，却有其独特的视角和价值。他们从残疾人的角度重新审视残疾人的婚恋和健全人的婚恋。对残疾人婚恋的叙述基本采用现实主义的创作方法，暴露残疾人婚恋中不同身份的人的不同心理。身体的残疾投射到婚恋题材的作品中，呈现出真切的痛感。对身体健全者的婚恋的叙述则带着较强的理想化色彩，在残疾人作家眼中，身体健全者的婚姻都是较为完美的。从心理学的角度看，这是心理创伤者自恋情绪的流露。不论残疾人作家多么慷慨，作品的基调多么昂扬，在潜意识中他们依然存在自怜的心理，内心深处依然有"可怜"的呻吟，依然倾慕健全人。由于存在"可怜"的心理，所以写残疾人婚恋时不自觉地突出残疾人婚恋的不易和自身的困惑；由于倾慕健全人，所以写健全人的婚姻时总是不自觉地突出他们婚恋的美好、完美，在健全人的幸福婚姻中咀嚼自己的痛苦，顾影自怜。这是身体残疾对残疾人作家认知的影响。

残疾人作家在创作中反映出残疾人在婚恋问题上的各种矛盾心态：渴望得到情爱，但又担心身体的残疾给对方带来生活、经济、肉体的伤害，同时也担心因为身体的残疾遭受他人的拒绝。他们既写得到爱情时的欢欣也写失去爱情时的痛苦，既写婚姻生活的甜蜜也写失去婚姻时的焦灼，从多个角度表现出残疾人情感的冲突和复杂。残疾人作家的作品对婚恋的表现具有独特的认识价值。

一、"我们"眼中"我们的婚恋"

残疾人作家在创作中一方面大胆暴露了残疾人的性心理，另一方面展现出残疾人对婚恋的看法：婚恋受制于身体、社会、文化、经济等多种因素，残疾人尤其难以逃脱上述因素的制约。残疾人作家以自己的情感历程为依托，写出了世俗生活中残疾人对待婚恋的矛盾心理：作为一个自然属性的人，他们同样渴望恋爱，渴望结婚，渴望和健全人一样拥有亲密关系，相互支持，彼此照料，但由于身体的缺陷，他们难以被社会普遍接纳，承受着常人无法承受的心理创伤。

（一）为残疾人的性爱正名

张海迪给史铁生的通信中说，性爱，这一人类最基本的权利，对于很多残疾人却如同荒漠戈壁。他们爱的情感和性的欲望，从来都被传统和偏见排斥在社会的意识之外。在这个意义上，张海迪肯定史铁生以卓绝的勇气向这不能言说的困惑发起冲击，在《务虚笔记》中使 C 成为揭示人类内心深层奥秘的探索者。[①]

性爱作为生命原欲的自然流露，可以激发起残疾人对生命意识的崇拜之情。史铁生曾被某些学者指责不敢描写性，后来他为了证明自己也可以写性，在长篇小说中加入了性描写，尤其突出了对残疾人性生活的描写。《务虚笔记》中残疾人C的身体状况被婚姻登记处的老太太质疑。"他居然傻里傻气地对那老太太说：很多医学专家都认为，现代医学认为……残疾人是可以结婚的，也是可以……"[②] C希望用这些话来证明自己能够拥有正常的性生活，他想证明自己这方面的身体机能是正常的，至少作为男人的性生活是正常的。C想证明的正是史铁生想要证明的。

史铁生首先从人的自然属性肯定残疾人的性爱需求，为残疾人的性欲望正名，以残疾人身份大胆喊出"我行"。《病隙碎笔》可谓残疾人性爱的大胆宣言，展露了残疾人性欲望的存在现实。"残疾人的爱情所以遭受世俗的冷面，最沉重的一个原因，是性功能障碍。这是一个最公开的怀疑——所有人都在心里问：他们行吗？同时又是最隐秘的判决——无需任何听证与审辩，结论已经有了：他们不行。"[③] 史铁生在创作中极力想说明，性的欲望是人的生命原欲，不因人的身体残缺而缺失。残疾人除了因残缺而生活不便，他们与正常人一样具有性的欲望和获取性爱的权利，具有正常的生理需求。在《康复本义断想》中，史铁生说，在爱情的引导下，残疾人无论有多么丰富多彩的性行为都是正当的、美妙的、高尚的。有性功能缺憾的残疾人，仍然有性要求和享受性欢乐的能力，这为医学专家所证明。应该多开展性咨询和制造性器具弥补他们的缺憾。因为将性爱看作人性的自然流露，是一种本能的释放，于是，史铁生在《爱情问题》中让母亲与父亲在山间的小水塘边毫无顾忌地交合，在《务虚笔记》中，让葵林中的女人也终于等到了失联多年的伴侣。

其次，史铁生指出，性不仅仅是一种自然属性，也是人的情感需求，是人对情感的一种依赖。史铁生在《爱情问题》一文中曾说："上帝把性和爱联系起来，那是为了，给爱一种语言或一个仪式，给性一个引导或

[①] 张海迪：《白色的鸟，蓝色的湖》，《张海迪作品精选》，华夏出版社2008年版，第247页。

[②] 史铁生：《务虚笔记》，《史铁生作品全编》第1卷，人民文学出版社2017年版，第17—18页。

[③] 史铁生：《病隙碎笔》，《史铁生作品全编》第8卷，人民文学出版社2017年版，第49—50页。

一种理想。"① 性是真挚爱情的终极语言，这大体反映了史铁生对性爱的看法。由于性是爱情的一种语言，联结着男女之间的彼此寻找，所以性爱双方彼此之间没有阻隔没有距离，所拥有的，是如醉如痴的袒露，如癫如狂的交合，它不是"羞耻"，而是"自由"和"美丽"。

再者，史铁生将性欲看作人性的一个方面，性欲是人性的自然流露，残疾人的性欲与正常人一样，是一种本能的释放，也是一种情感的依赖，而且他们的性行为一样可以很精彩。"难言之隐一经说破，性爱从繁殖的束缚中解放出来，残疾人有什么性障碍可言？完全可能，在四面威逼之下，一颗孤苦的心更能听出性爱的箴音，于是奇思如涌、妙想纷呈把事情做得更精彩。"②

最后，史铁生认为，残疾人在性爱方面的困境，是社会大众对残疾人爱情权利的歧视或者误解，是社会强加在他们身上的创伤。史铁生指出，在现实生活中，人们有意或无意地忽略残疾人的性欲望。似乎残疾人没有性的欲望或不可奢望性欲的满足与性爱的完整。自己"行"而他者的眼光中却是"不行"，相互背离的看法可能给残疾人带来情绪上的负面效应，让残疾人处于最绝望的囚禁中，"这公开和隐秘，不约而同都表现为无言，或苦笑与哀怜，而这正是最坚固的壁垒、最绝望的囚禁！"③史铁生认为，残疾人的性需求遭到健全人的冷眼与歧视，对残疾人的这种误解体现出健全人的心理残疾；上帝让身体残疾的人来强调健全人的心理残疾，强调人的迷途和危境，强调爱的必须与神圣。

如果说史铁生以一种思辨色彩指出了残疾人性欲的存在，那么阮海彪则以细腻的笔触描写了健全人对残疾人性欲的忽略以及由此给残疾人带来的尴尬。健全人尤其是医生将残疾人看成一具具没有七情六欲的躯干，而实际上躺在病床上的残疾人也有性的渴望。《死是容易的》一书中，"我"在一个春意醉人的暮春躺在医院，护士体态丰腴，脸颊红润，每天早上都要来为"我"输液，然后一屁股坐在"我"的身边，紧贴在"我"腰际的那个弯里。也许护士过于随便，也许过于丰腴，也许她根本没把"我"当作一个有血有肉的男人，只看成一个用"床号"来代表的

---

① 史铁生：《爱情问题》，《史铁生作品全编》第6卷，人民文学出版社2017年版，第265页。

② 史铁生：《病隙碎笔》，《史铁生作品全编》第8卷，人民文学出版社2017年版，第50页。

③ 史铁生：《病隙碎笔》，《史铁生作品全编》第8卷，人民文学出版社2017年版，第50页。

躯干。护士臀部的微温被"我"的感触放大几十倍几百倍，使"我"微微震颤，"我"忍耐不住，只能悄悄移开身子，但护士根本不理会"我"的这一举动，"得寸进尺"，一味地逼过来，于是"我"就更清晰地领略到了护士那饱满、美妙的肌体，"我的意识听到了在那丰厚的肌肤底下的脉搏的律动……每当这个时候，我的思绪就会像一支正在兵变谋反的轻骑兵，沸沸扬扬，骚乱不安，直到她走后的很久很久"[①]。这一段对残疾病人朦胧性欲的描写很真实。没有这种经历的人断然不会写出如此真实的性感受。护士对残疾病人性欲的轻视，让"我"受到性欲的折磨，难以忍受。这里的叙述具有隐秘世界的现场感。在这部小说中，阮海彪还表现了残疾人对健康异性的性反应。当"我"看到"她"的照片时，瞬间被一种健康的异性美吸引，"这种美，在一个自幼备受病魔折磨的病人眼里，简直有一种难以用语言表达的魅力……我尽情地享受着"，最后"张开双臂，抱住了一个健康、饱满、充满青春气息、有血有肉的青年女子的身体"[②]。因为"我"的身体不健全，所以"我"更加倾慕健康之美，更容易被具有健康之美的异性吸引。

残疾人作家写出了残疾人各式各样的性反应。《零度寻找》中简是坐在轮椅上的残疾女孩，作者写出了简的性梦想，"我的梦在神经末梢凌乱地游走，我梦到了性。尽管，我还从未体验过真正的性爱。我梦到了高潮。我的下身有种隐隐地本能的膨胀。我想用手去摸，去安抚去平息"[③]。再比如写视力障碍者的性爱特点，盲人的性满足是依靠加倍的拥抱、加倍的触摸、加倍的吸吮来满足。王心钢的《水滴》写出了残疾人不仅有性欲的冲动，还有对性欲的利用。乔花和鱼羊都是残疾人。曹一木帮助乔花找到了谋生的方式，乔花想报答曹一木，考虑到曹一木三十多岁还没结婚，自己又一无所有，于是以身相许，但仅仅是满足曹一木的性欲，让他真正做一次男人，并没有想到嫁给曹一木，认为自己不配。鱼羊也抱有同样的想法，并付诸行动。该小说揭示了残疾人爱欲的激情之态与饱受内心折磨的痛苦状态，凸显残疾女性在性问题上的开放，大有"我的身体我做主"的趋势。王心钢的《水滴》还反映了残疾人鲜为人知的另一种性爱现象：残疾人与慕残者的性爱。慕残者是一个隐秘群体，他们往往会被残疾异性吸引，并产生性冲动，但他们自身是健全人。

---

① 阮海彪：《死是容易的》，东方出版中心2008年版，第177页。
② 阮海彪：《死是容易的》，东方出版中心2008年版，第181—182页。
③ 纯懿：《零度寻找》，云南人民出版社2002年版，第103页。

慕残者往往在少年时代便出现对残疾人感兴趣的倾向,大多数人在15岁左右便能意识到自己的这种倾向。小说中的刘坚7岁时发生意外,邻居9岁的小姐姐救了他,但因此摔断了腿,成为残疾人。后来小姐姐结婚了,刘坚暗暗发誓,将来一定要娶一个残疾女孩来好好照顾。当他发现鱼羊裙子下的假腿时,呼吸变得急促起来,语无伦次地说想看看鱼羊的假肢,两人闪电般相爱。后来因为鱼羊偶然看了刘坚给那个小姐姐的信,刘坚对鱼羊的态度大变,最后两人的爱情也破裂。慕残者由于某种事件的影响对残疾人产生一种特殊的情感,但有的属于叶公好龙,一旦真正说到结婚,对现实的考虑会超过心理的情结,敢于担当者不多。

当今中国文坛不乏残疾人性爱叙事的文本,但这类小说与残疾人作家的性爱叙事有两点差异:其一,其他作家的创作或是站在健全人的角度以居高临下的姿态来审视并加以解读,或从人道主义的角度,采取平等博爱的态度表示出对残疾人性欲的理解,有的作品甚至带着悲悯的情怀。而残疾人作家以自身的体验为基础,以残疾人的身份叙述残疾人隐秘的性行为,叙述的角度是平行审视,而不是俯视,其叙述的情感态度超越同情、理解,走向本真、还原。其二,其他作家的性爱叙事往往是将残疾人的性爱放在与身体健全者的社会冲突中来写,目的不是表现残疾人的性爱渴望,而是在冲突中提倡对残疾人的关爱。东西的《没有语言的生活》中,有一段描写王家宽和蔡玉珍的性爱。在交配的狗的示范下,蔡玉珍被王家宽抱进了树林。结合前后情节,王家宽与蔡玉珍的野合是作者批判丑陋人性的一种形式,王家宽虽然耳聋,但是诚实善良,吃苦耐劳。他的内心明白健全人因他的残疾而戏耍他,他时时提防健全人,却无法反抗。王家宽对蔡玉珍产生性冲动是源于蔡玉珍被不怀好意的男人摸了脸蛋,他发誓一定要在那上面捏一把,别人捏得为什么"我"不能捏?王家宽的性欲冲动是在遭受屈辱之后肆意释放的。作家的重点在于揭示健全人对残疾人的伤害,揭露人性的丑陋。而残疾人作家的性爱叙事是就性谈性,通过性的描写向健全人喊出残疾人的性宣言:虽然我们肢体有缺陷,但也有正常的性需求。

(二)婚恋的忧郁和亲情关系的紧张

在残疾人作家的笔下,残疾人的婚恋是世俗婚恋,没有为爱轰轰烈烈的远走天涯,也没有冲冠一怒为红颜的故事,而是带着人性互动的沉潜的生命律动。这里的爱有欢愉,有忧郁,也有委屈,婚姻双方有理解,也有情绪上的紧张。

吕营的《让爱解冻生命》在反映残疾人的婚恋心理方面是一篇较为成功的小说。它的成功在于写出了残疾人对待爱情、婚姻的复杂情绪。

第一，爱情出发点的世俗化。雅歌对爱情有憧憬，希望两个人远离外界的搅扰，远离世俗的关注，单纯用自己喜欢的方式生活。但生活是现实，不是远方和诗。雅歌作为残疾人，她在选择爱情时，不仅仅是出于爱的需求，还有生存的考虑。雅歌想到父母逐渐变老，总有无法照顾自己的时候，自己需要依靠婚姻维持生存，"我爱他的健康、年轻，我不要求他别的，只要他愿意照顾我，这对我来说就已经足够了"①。雅歌对爱情的思考不同于不谙世事的少年对爱的渴慕，更像沧桑之后对爱的豁达。这种很现实的出发点使残疾人对爱情的渴望高于身体健全的人，他们的这种渴望，不是小女孩对朦胧初恋的渴望，也不是青年人对浪漫爱情的渴望，而是希望找一个人陪自己过日子，给予自己生活支撑，这种渴望会随着他们身体越来越虚弱变得越来越强烈，这种渴望在他们孤独的时候更加明显。

第二，残疾人的自我弱化。残疾人的自我弱化是指残疾的个体主观上对自我的否定性评价，体现了残疾人否定自我、轻视自我能力的态度。残疾人的自我弱化反映到婚姻中，体现为残疾人对婚姻的自我怀疑。雅歌结婚后一直在想，徐建像照顾婴儿一样照顾自己，穿衣脱衣、帮助大小便、烧饭洗衣服全部是徐建在做，在以后漫长枯燥的生活中自己用什么来吸引对方，让对方对自己不厌烦？想到这里，雅歌自己都说不清楚内心是什么样的感觉，有激动、有忐忑，更多的是怀疑。残疾人在主观上对自我的否定，在很大程度上影响着残疾人的生活态度和生活方式，长久的自我弱化会使他们对婚姻产生怀疑、猜忌，最终影响婚姻生活。自我肯定是一个人自信的基础，对自己正向或是反向的评价会影响到自己的处世心态，亦即对个人的生活态度和生活方式产生重要影响。雅歌一直在追问自己，徐建这样每天重复着单调的生活来照顾我，究竟是为什么？是因为"爱"？那又是哪一种爱有这么大的力量？由于对婚姻产生了诸多怀疑，雅歌经常感觉到不踏实，只有在徐建用粗糙的手抚摸雅歌，用充满关切的眼神和雅歌对视时，雅歌才会感到自己确实是被在乎的，也才稍感放心。这种心理有一点矫情，但反映出残疾人内心的脆弱。

第三，受普适标准的约束。在残疾人的婚姻中，被内化了的外在普适标准深深地影响着人们对婚姻中正常人一方的评价。在世俗的价值观念中，残疾人的配偶只能是残疾人，一个身体健全的人与残疾人结婚，

---

① 吕营：《让爱解冻生命》，译林出版社2014年版，第5页。

势必是这个身体健全的人"有问题"。这种普遍看法会让身体健全的一方产生微妙的心理波动。徐建推着雅歌参加朋友的婚礼,面对陌生人好奇的目光,徐建很不自然,在饭桌上,徐建微低着头,嘴唇紧抿,用右手不断摆弄着桌上的筷子,仿佛置身在另外一个世界。徐建去见老乡,不愿雅歌同行,怕老乡知道自己的妻子是残疾人,但又担心不叫雅歌同去雅歌不高兴,被迫问了雅歌是否同去,而这种问的态度又很随意,表现出希望雅歌自己说出不想同去的想法。

第四,生存的焦虑。残疾人在维持婚姻家庭关系时,所付出的努力比健全人大得多。现实与情感因素的相互作用共同影响着残疾人婚姻家庭的组建。在残疾人组建的婚姻家庭中,双方彼此感受着爱,也体味着生存的艰难。残疾人婚后面临着一系列的困难,如经济的困难,雅歌没有经济来源,徐建一方面要照顾雅歌,一方面要挣钱,最困难的时候连房租都交不上。徐建去上班之后,雅歌独自在家只能忍饥挨饿,喝水都成为一种奢望。更为困难的是,如果身体健全的一方生病,两人都只能躺在床上饥肠辘辘地相视苦笑。徐建阑尾炎住院,不仅没人照顾,就连雅歌都只能受饿受冻。徐建照顾雅歌心甘情愿,但他的父亲不同意他们两人的婚姻,更让人纠结的是他的父亲也需要他的照顾,他只能放弃雅歌,照顾父亲。

从吕营的这篇小说我们可以明显感受到残疾人作家对爱情、对婚姻家庭的爱与恨、渴望又害怕的矛盾心理。爱情、婚姻对他们来说同样是美好的、令人向往的,但是身体的缺陷、婚姻中另一方的需求、局外人的评判,又迫使他们心存疑虑、去意不决、矛盾重重。对他们来说,拥有一份普通的爱情婚姻仿佛是一件奢侈而不切实际的事情,对他们而言,婚恋一半是海水一半是火焰。

> 人的爱情不仅是一种本能、性的欲望和两个人交往中纯生理的享受。它按照和谐的规律把自然的冲动和意识的金线、把机体的生理规律和精神准则交织在一起。意识把过去、现在和将来连结起来,不断地深化和扩大两性关系中情感体验的范围。爱情永远不会是在它实现时的既有体验。爱情从来就既是令人激动的回忆,又是明快清澈的期待。①

---

① [保]基·瓦西列夫:《情爱论》,赵永穆、范国恩、陈行慧译,生活·读书·新知三联书店1998年版,第41页。

瓦西列夫的这段话，意在说明爱情的持续发展受多种因素的影响，初始阶段可能是两情相悦的本能冲动，而是否能继续发展的因素是多方面的，对残疾人而言尤其如此。残疾人作家的创作就集中暴露了影响残疾人婚恋的多重因子。

1. 爱情与残疾的冲突

残疾人作为人类社会中的特殊群体，在爱情面前，与正常人的生理欲求是一样的，但是爱情的平等对残疾人而言却极难实现，爱情与残疾会因多种因素发生冲突，冲突之后要么没结果，要么头破血流，精神的创伤比身体残疾带来的创伤更加沉重。

爱情与残疾的冲突首先发生在残疾人作家自己身上，他们因为残疾而不敢爱。贺绪林在《挽歌如诉》中写道，自己刚刚受伤致残之时，终日躺在病床上痛苦得要死。正如他自己所说，虽然身体残疾，但思想健全，他渴望异性的爱，但又不敢去爱，也得不到爱。"遗憾的是上帝太不照顾我，将残缺的肢体和健全的精神扭在一起强加在我的身上。自尊和自卑交织着统领着我的心灵，我想爱而不敢爱。"[1] 村里的一个姑娘爱上了他，他因自己身体的残疾而不敢接受，同时姑娘家里的人也反对他俩恋爱，姑娘在家人施压之下，另嫁他人。

阮海彪的《死是容易的》记叙"我"和"她"的爱情。小说写出了"我"用心获取爱情的细微举动。"我"怕"她"一时难以接受残疾，就像使用激素一样，小心谨慎地加减用量，不要把自己的情况一股脑儿捅出，让"她"一点点地习惯。似乎"她"正在逐渐接受"我"的情况，但"她"还是从同学那里知道了"我"的病残。小说写出了"她"知道"我"的情况之后的矛盾、纠结。刚刚从医生值班处知道"我"的病情之后，"她"回到病房，依然远远地朝"我"微笑，不知咋的，"我"觉得那微笑似乎很勉强，"她"道声再见，笑着走了。当晚，"她"怕了，矛盾、痛苦。第二天来时，微笑中的甜意消失了，掺进了几丝苦味，眼睛染上了眼晕，黑黑的一圈。再后来就是分手，虽然是"我"提出的，但"她"也同意，就是因为"我"的残疾，"她说，她也恨我，恨我身上这该死的病，恨世界上所有白吃饭的庸医"[2]。从开始的小心翼翼，到后来"我"主动提出分手，都表现出残疾人对自己的残疾身份始终是清醒认知

---

[1] 贺绪林：《挽歌如诉》，王新宪主编：《为了生命的美丽》，华夏出版社2009年版，第281页。

[2] 阮海彪：《死是容易的》，东方出版中心2008年版，第182页。

123

的，也是自尊和无可奈何的。

史铁生在《我二十一岁那年》讲述了一个瘫痪病人的恋爱故事。一对年轻的恋人，男子在即将出国之前，因一次医疗事故而瘫痪在床，一往情深的女子坚持要等着男子恢复健康，并等着与他结婚。因为残疾横亘在双方的中间，这对恋人历经了情与理的纠葛，最后还是以悲剧终结。小说写出了双方因残疾而产生的内心震动，男子既盼着女子来，当女子真的到来时，又劝说女子离开，拒绝她的爱。女子喜欢男子，没法割舍这份感情，也不愿独自一人抛下困境中的恋人。女子痛下决心调离北京，离开北京之后，还是千里迢迢回来看男子，但女子知道男子可能永远不能站起来，她与他相守注定会痛苦终生，也很难下定决心与男子结婚。因为残疾，就这样一年一年过去了，"男的既盼着她来又说服着她走。但一年一年，病也难逃爱也难逃，女的就这么一直等着"①。终因残疾，有情人难成眷属。

史铁生在《命若琴弦》中也揭示了残疾对爱情的限制。小瞎子与兰秀儿懵懂相爱，但因眼盲，终不能成眷属，小瞎子只能任凭命运的摆布，兰秀儿最后也只能嫁到山外。残疾人没有爱情，只有残酷的现实。怀着必死之心的小瞎子在老瞎子的照看中"复活"了，他也理解和接受了这种残疾的命运，拿起琴弦与老瞎子继续行走在莽莽苍苍的群山之中，他们的命运只在路上。这种爱情悲剧带有不可改变的悲凉，这也是故事打动人心的原因所在。

残疾对恋爱、婚姻双方造成的心理影响不仅仅来自当事人自己，还来源于其他人对他们的议论。恋爱、婚姻中，因为其中一方的身体不健全，他们将面临多种声音的道德评判，他人的道德评判又影响着恋爱或者婚姻双方的抉择。在《务虚笔记》中，C与X相互爱恋，在情爱的追寻之路上长跑。同时，C与X仿佛听到人们的议论，"C，你太自私了。C，你不要把一个好姑娘的青春也毁掉。X，你太自私了。X，别为了满足你的同情和怜悯，让一个痛苦的人更痛苦吧。X，你不如只把C当作朋友吧，一般的朋友，哪怕是最亲密的朋友。C，你让X离开吧，你仍然可以做她的朋友，一般的但是最亲密的朋友"②。史铁生借着第三人称的自我倾诉，将残疾人痛苦的挣扎放在灵魂的"祭坛"进行审判，因为

---

① 史铁生：《我二十一岁那年》，《史铁生作品全编》第6卷，人民文学出版社2017年版，第83页。

② 史铁生：《务虚笔记》，《史铁生作品全编》第1卷，人民文学出版社2017年版，第359—360页。

C是残疾的，X纠结着，史铁生写出了X的各种各样的害怕：她害怕在那样的躲躲闪闪的表情后面，自己好像是一个不正常的人；她害怕自己总要解释；她害怕自己没有解释的机会；她害怕无边无际的目光的猜测和探询；她害怕他们的爱情好像是不正常的，在那无尽无休的猜测和探询的目光之下，他们的爱情慌慌张张，就像是偷来的；她害怕，也许他们永远就是这样；她害怕自己的父母，他们会气疯的，他们会气死的；她害怕别人的谴责，害怕他的兄弟姐妹；她害怕对方的追问，害怕对方不肯放弃；她害怕自己不能嫁给对方；她害怕别人说她只是怜悯，说她只是为了满足自己的怜悯却让对方痛苦；这些都让她害怕。人们曾经说她是一个好人，这样的称赞也让她害怕，因为她害怕因此她得永远当这样的好人，她害怕她并不是人们所认为的那样的好人，她并不是为了做一个好人才走近残疾人C的；她害怕有一天她想离开C时，她就不再是一个好人。在这么多的害怕之中，最终X决定："让我们分开吧，我是个软弱的人，不管别人说什么我都害怕，每时每刻我都感到恐惧……就让我们永远只做朋友吧，好吗……天涯海角永生永世的朋友……"[①] X的所有的担心，囊括了一个与残疾人恋爱的健全人的所有担心。人毕竟不是生活在真空中，完全不受他人意志影响的人只是少数。残疾人在恋爱、婚姻中出现的多种顾虑属于情理之中的情绪。对残疾人而言，现实生存是婚恋的基础，情爱维系退居次要位置。残疾人首先看重的是可能。残疾人在追求爱情的过程中，首先要考虑的就是他们将来的婚姻应该是什么样子的。这其中虽缺少了一些浪漫和绚丽，却无比真实。

2. 理智与情感的冲突

对残疾人而言，残疾的身体始终是其自我压抑的现实存在。一方面渴求爱情是他们作为人正常的精神需求，另一方面残疾人如果得到心仪的爱情很有可能会给对方带来一定的现实困难，甚至会成为对方的累赘。所以残疾人在追求情爱的过程中，始终处于情理的矛盾，难以平衡，有迷茫，有悲哀，也有决绝的选择——自我放弃婚恋。

（1）情感：认可婚恋。

残疾人作家对婚恋的渴望是热烈的，表现也是大胆的，残疾人作家在其创作中写出了残疾人面对爱情婚姻的多种情感态度：对爱情的渴望、焦急、欢喜，最后失望而无限忧伤，多情却被无情恼。这反映出残疾人

[①] 史铁生：《务虚笔记》，《史铁生作品全编》第1卷，人民文学出版社2017年版，第367页。

较为强烈的自我意识。赖雨憧憬着拥有美好爱情，她幻想在一个柔情如水的夜晚，"与你重逢/与你相爱/与你无悔厮守到/生命的地老天荒"①。在《我的流浪诗人》中，赖雨不祈求对方把她牵过红地毯，在慈爱的上帝面前，在优美的音乐声中，对她许下千年不变的诺言，但她依然希望你用柔情的眼波，甜蜜的亲吻，向我证明一生永远的爱。②赖雨的《幻灭》表现了失去爱情而柔肠寸断的痛苦。诗歌的第一段描绘曾经拥有的爱情的美好，美好的爱情让她仿佛飘进满地的星光，融入满天的玫瑰雨，让她感到温馨、柔软。然而，如今，过往的一切仅仅是黑色的思念，憔悴的往事，回首往事让人感受到的是不忍目睹耳闻的痛惜。赖雨在《黄昏里抽烟的女人》中写道，黄昏里抽烟的女人为的是不再苦恼，为的是不再梦想，苦恼皆因残缺的情感而生，梦想就是"诉求情感如残废的腿/一样枯萎不再渴望"③。《别离》因你的帆影即将飘出"我"的视线，苦涩的潮水漫上了"我"的眼眶，"我"心的海滩上，只剩下一串孤寂的叹息，空无着落。"我"和"他"分别站在岸的两侧，不能交叉，尽管有风声抚慰，有流水滋润，"可我仍旧不能逆流而上/给自己瞬间的灿烂/找到归宿"，"时间之河/生命之河/你我依然在河的两岸/追忆似水流年"。④赖雨感受到爱情是如此令人喜悦、高兴、快乐，但爱情又是如此短暂。在《流星》一诗中，"你"送来一颗夜明珠，"我"捧在手上，顿时，漆黑的星空充满了光明，然而，夜明珠是一颗流星，黎明时分便消失在空中。夜明珠隐喻爱情，夜明珠很快消失，寓意爱情很快结束。对于失去的爱情，既淡定，但又始终不能释怀，总是感慨为什么你要出现在我的生活中打断我的宁静，"我有我孤独的路　孤独的天宇/为什么要同你在偶然中/快乐地制造悲剧/悲剧永恒　生命无限/而我的玫瑰不能常开不败/我的玫瑰不能常开不败"⑤。面对不能得到的爱情，诗人既有疑问——"是我没有种植灿烂的阳光/是我飞扬的长发/不能变成翱翔的翅膀/是我并非你寻找了/一千零一夜的新娘"⑥，也有伤感——"等了你一千零一夜/我的青春已经憔悴/我的梦想已经忧伤"⑦，更有自尊——"你可以不

---

① 赖雨：《群山之上》，四川大学出版社1998年版，第80页。
② 赖雨：《群山之上》，四川大学出版社1998年版，第92页。
③ 赖雨：《群山之上》，四川大学出版社1998年版，第77页。
④ 赖雨：《群山之上》，四川大学出版社1998年版，第66页。
⑤ 赖雨：《群山之上》，四川大学出版社1998年版，第103页。
⑥ 赖雨：《群山之上》，四川大学出版社1998年版，第137页。
⑦ 赖雨：《群山之上》，四川大学出版社1998年版，第137页。

理解我的柔情/你可以不接受我的歉意/但你不可以走得这么匆忙/把我留在这空空的屋子里/幸福的婚纱还暖在身上/却无法写出热烈的诗行"①。

张毅的《孤独的远行》是全方位展示残疾人内心思想的一首长诗，其中第十二章"断裂的爱情线"毫无保留地表现了一个残疾人对爱情的思考。与赖雨的感性表达不一样，张毅是从人性的完整性诉说自己对爱情婚姻的期盼。张毅知道，没有爱情的人生是不健全的，对残疾人而言，没有爱情的人生让残疾更加残疾。诗人知道，男人的一半是女人，女人的一半是男人，人失去任何一半，都是残缺。若问残缺者，什么是使他（她）最揪心的字眼，他们一定会久久沉默之后，从牙缝里蹦出两个冰凉而又滚烫的字：爱情。没有爱的生命让残缺的生命更残缺。张毅也渴望一双充满柔情的手臂，把他紧紧抱在怀里，一只滚烫的嘴唇，狂热地深情地吻他。

（2）理智：拒绝婚恋。

中国当代小说的婚姻家庭叙事，很多都是以浪漫的爱情为基础而升华为灵肉一致的精神追求，而在残疾人作家的叙事中，即使有浪漫的叙写，其基调也是以现实生存作为叙事的基础。在婚恋问题上，残疾人作家很清醒，他们知道婚恋从来不是一个单纯的人性问题，而是现实生活中的人在其生存的具体文化环境中的情感展开，它受限于婚恋之外的诸多因素，所以他们在理智上又排斥爱情和婚姻。

赖雨的理智体现为"对内"的思考，即对自我付出能力的怀疑和由此产生的对对方的怀疑。在《天堂的情人》中，诗人因为自己的残疾不愿接受他人的爱情，"我没有翅膀飞到阳光下/接受你永开不败的玫瑰花/和你同在蓝天上展翅/和你同在白云间欢唱"，她希望对方不要靠近自己的病床，因为她不能照顾所爱的人，"我的纤手不能为你梳理羽毛/不能为你弹响琴弦/不能为你编织爱的衣裳"，而当你猝然倒下，我却是满怀欢喜，"欢喜我的心灵能够和你的魂魄一起/升入天堂/我天堂的情人啊/让我们共享永生的时光"。②除了对自身付出能力产生怀疑，也有对他人能否接受自己残疾的怀疑。在《月夜》中，赖雨看到月光，渴望自己能飞入爱的怀抱，独享温柔的抚慰，但这种希冀很快被疑惑打破，"可那孤傲的月会收容/收容一颗脆弱又孤傲的心吗"③，一个"吗"字，将诗人

---

① 赖雨：《群山之上》，四川大学出版社1998年版，第137页。
② 赖雨：《群山之上》，四川大学出版社1998年版，第138—139页。
③ 赖雨：《群山之上》，四川大学出版社1998年版，第42页。

对爱情的怀疑展示在读者面前。

　　张毅的理智体现为"对外"的思考,即局外人对当事人的看法和对当事人的伤害。人是社会的人,一个健全人与残疾人结婚会招致他人的不解甚至嘲讽,自己不愿意妻子遭受别人异样的目光,也不愿意妻子回到娘家,在姊妹们炫耀夫婿的得意的笑声里,独自低垂着头,默默无语。他怕看见妻子带有难言之隐的痛苦的眸子,不愿看见妻子在大庭广众之下,找一个借口,远离他身边。张毅说,试想一个绝色天姿的女性和一个双足瘫痪的丈夫,或者一个健壮的男子和一个双目失明的妻子结合在一起,究竟"是残酷的错位/还是真诚的理解/是不公平的命运/还是难得的相知/是畸形的人生/还是富有的爱情/是不幸的悲剧/还是特有的温馨/是隐忍的痛楚/还是相知的契合/是愚昧的牺牲/还是理智的结合/是美遭践踏/还是真诚的胜利"①。他认为没有一个法庭能够做出公正无私的裁决,没有一位哲人能够做出精辟透彻的阐释。理智让张毅抛弃自己的爱情和婚姻。

　　史铁生对此的思考同样体现为"对外"的思考。在《宿命》中,史铁生借作品中的人物说,话说回来,姑娘们也是无辜的。一个姑娘想过一种自由的浪漫的丰富多彩的总而言之是健全的生活,这不是一个姑娘的过错。一对父母希望自己的女婿站在别人的女婿面前,更体现出自己晚年的幸福与骄傲,这不是一对父母的过错。②

　　不论是"对内"还是"对外"的思考都指向一个事实,在残疾人的生命过程中,身体的不完美将会导致爱情婚姻的不完美。

　　(3)结果：平静与无奈。

　　残疾人作家婚恋叙事没有与自我发展、追求自由相联系,更多的是对自我的克制。他们的内心充满矛盾：渴望得到情爱和拥有婚姻,但又担心身体的残疾给对方带来生活、经济、肉体的伤害,同时也担心因为身体的残疾遭受他人的拒绝,担心身体的残疾使对方遭受他人的讥笑。面对理智与情感的冲突,大多数时候是理智战胜情感。赖雨在《为了爱》中,一方面表现自己要坚守爱情,明明知道为了爱,往前一步或许会坠毁在地狱的苦难之渊,回头才是岸,但高傲的心,宁愿烈焰焚烧,宁愿历尽艰辛,也要无怨无悔地追寻爱的港湾。但另一方面,理性告诉她,

---

　　① 张毅：《孤独的远行》,四川文艺出版社1999年版,第125页。
　　② 史铁生：《原罪·宿命》,《史铁生作品全编》第4卷,人民文学出版社2017年版,第227页。

坚守自己的追求目标固然重要，但更要坚守自己的人格尊严。她的诗歌中对爱情有祈求，但绝不乞求。身体残疾，但绝不卑微乞讨他人的同情；现实沉重，但也要固守生命的尊严。赖雨知道尽管爱情很美好，尽管曾经情意水乳交融、美妙永恒，一旦发现对方的"手臂很苍白/像月一样冷"，"我"也会"慢慢地滑出/滑出雾的环绕"。①

由于理智战胜情感，所以内心平静如镜。赖雨的《月夜》《只希望》《遗言》《为了爱》《月光》《幻灭》《叙述一个梦》《怀旧的情绪》《绝》《聚散两依依》《诱惑》等诗作都表露出这样的思想。通过这些诗歌我们可以看到，一个偶然的机会，赖雨碰上了一个喜欢的人，这个人扰乱了赖雨的内心，两人似乎心有灵犀，尽管都默默无语，两双眼睛相遇在神秘的国度，两颗心却立即碰撞出火花，燃烧起来，将黑夜照得通明，"请不要说/你的眼神已经告诉我/你想说的是什么/我想你也不要我回答/因为我的答案已经——/写在两颊的红云中"。②赖雨也像身体健全的人一样渴望飞入爱的怀抱，独享温柔的抚慰，她也曾经有过刻骨铭心的爱情，有个短暂的花之梦，但前尘往事只能搅扰她夜晚的清梦，尽管如此，她也只是淡淡地怀想，没有额外的期盼。对方也曾努力想给赖雨一个圆满的永恒的梦幻，但赖雨不愿意再次留下遗憾，拒绝了爱情，"即使我们心心相连/也只能在各自的位置上/拨响思念的琴弦"③。有月亮的晚上，月光勾起了赖雨回忆的波涛、情感的火焰，但赖雨并没有热烈期盼，只是淡淡怀想"你曾经给我的/如月的怜惜/如火的温暖"④。赖雨之所以能做到淡泊从容，是因为她相信人世姻缘命中注定，"你来/有来的原因/你去/有去的理由"，"我不会强求/假如有错/错的是月神之手/不该在阴暗时/让我们相逢/更不该在朗照时/让我们分离"，"一切都是偶然/一切又都是必然/这就是缘分/"，"落红是情/流水也是情/愿我们聚也依依/散也依依"。⑤《缘分》讲述的是一个有头而没有身和尾的凄美爱情故事，造成这种结局的原因就是让人惧服的缘分。

但人毕竟具有复杂情感，即便是理智战胜情感，即便赖雨也乐观地相信自己不在乎"他"的潇洒离去，不再为他魂牵梦绕，不再流泪，不再丧气消沉，诗歌充满高亢昂扬的情绪，但赖雨的内心依然有些许的不

---

① 赖雨：《群山之上》，四川大学出版社1998年版，第60页。
② 赖雨：《群山之上》，四川大学出版社1998年版，第83页。
③ 赖雨：《群山之上》，四川大学出版社1998年版，第87页。
④ 赖雨：《群山之上》，四川大学出版社1998年版，第56页。
⑤ 赖雨：《群山之上》，四川大学出版社1998年版，第69页。

甘，面对爱情的离去，她依然有一丝的忧伤，"虽然每到热闹处　我/情不自禁寂寞深深"①，诗人尽管在努力忘掉一切，强颜欢笑，仍然掩饰不住内心的落寞和孤独。反映出爱情在人性中的不可取代，不可抑制，人由此在情欲的痛苦和矛盾中挣扎。

张毅说，自己渴望爱情，但不乞求爱情；自己丑陋，但不削价；自己需要爱，但不需要他人的施舍；自己需要有个家，但绝不凑合。如果虚假，爱潮如海卷来，他也绝不湿鞋。他愿意独自承担身体残疾的苦果，不愿拖累他人。但张毅也知道自己的自我选择愧对母亲，不能延续后代，让母亲受尽他人奚落，流下许多泪水，死不瞑目。自己对爱情婚姻心有不甘，但又充满无奈。

3. 婚姻的双重冲突：修补式的复原

婚姻的双重冲突是指婚姻与家人的冲突和婚姻双方的冲突。残疾人作家笔下的婚姻冲突，都得到了修补式的复原，即婚姻经过修补最终回到婚姻应有的圆满状态。

（1）婚姻与家人的冲突。

影响残疾人婚姻的因素之一来自家人，尤其是身体健全一方的家人。爱情婚姻一般都有某种程式化的指定与期待，两个身份悬殊的人一旦走到一起，便会遭到人们的诟病。

《滴水》中鱼羊认识了健全人阿军，阿军妈妈反对儿子找一个残疾女性做妻子，她知道采用强行手段会适得其反，于是采用迂回战术，请半仙算命，以"八字不合"为由拆散二人的婚姻。《让爱解冻生命》中的徐建的父亲带着全部的亲戚要挟徐建，如果不与雅歌离婚，他就不活了。正如徐建所说，雅歌还有自己的父母照顾，而他的父亲只有他一个儿子，他不能不照顾自己的父亲，他不能背上不孝顺的"恶名"。

集中展示残疾人婚姻与家人之间矛盾的是李子燕的《左手爱》。《左手爱》表现的是来自父母亲人对残疾人婚姻的反对。佟雪燕下肢瘫痪，她与林枫都有对爱情的渴望，夫妻双方本身相爱，但爱情不仅仅是双方的事，还牵涉父母兄弟姐妹，林枫的家长始终不愿意接受残疾媳妇。与残疾人的自我弱化相对应，这是残疾人被他人弱化，所谓被他人弱化是指某些特殊群体被社会主流群体否定，强调的是外界对残疾人的消极评价。林枫的父母得知儿子找的媳妇是残疾人，不依不饶，得寸进尺，孩

---

① 赖雨：《群山之上》，四川大学出版社1998年版，第70页。

子出生后，一切更乱了，婆婆公公变本加厉，压得夫妻二人喘不过气来，每日提心吊胆，生怕一不小心就风波大起，鸡犬不宁，最后佟雪燕意欲自杀，了却残生。韦伯的社会行动理论告诉我们，个体层面上的社会行动背后暗含着诸多社会群体层面上的附加意义，社会对残疾人的排斥这一事实背后折射出社会群体附加在残疾人身上的强烈的符号意义：对残疾人生命价值的否定，对残疾人生命尊严的否定。

爱情婚姻不是单向的情感关系，而是一种双向的情感勾联。它存在较大的变数，比如在某一个时间点上，你爱上了一个人，这个人并不爱你，随着时间的流逝，这种情感也可能发生逆向变化，你不爱他，他却爱上了你。同样，你爱上一个人，但无法保证另一个人的家人会爱你，但也不能保证这个人的家人以后都将不会爱你。个体生命对于婚恋的不同回应，显示了人性的复杂。也正是基于人性的复杂，残疾人婚恋中与家人的矛盾才有可能出现修补式的复原。李子燕的《左手爱》演绎了婚姻修补复原的完整过程。

《左手爱》涉及七种爱情模式，健全人的婚姻有的一开始很幸福，后来出于各种原因逐渐衰败，而佟雪燕一开始不被公婆接受，经过自己的努力，收获了美满的婚姻。小说表明，只要用心经营，残疾人的婚姻也有被他者接受的可能，也会很幸福。佟雪燕经营婚姻有三种方式：第一，宽容、大度。婆婆诅咒媳妇去死，媳妇自杀未遂，婆婆又将孙子带回乡下，不让母子相见，孙子因见不到父母性格孤僻、内向，最后还摔破头皮，留下一道深深的疤痕，但媳妇不计前嫌，春节依然提着东西回家看望公婆。每次回乡下，都会为公婆带上可心的礼物，春节时给公婆各织了件毛衣，秋收时又给婆婆织了一条毛裤，"邢巧云和林振远的心即便真是铁打的，也渐渐被融化了"[1]。第二，以己之心理解他人之心。佟雪燕相信公婆阻止他们的婚姻，也是为了自己儿子的幸福，没有哪个父母不为儿女考虑。虽然自己的儿子摔伤，儿子给她说了许多在爷爷奶奶家受的委屈，但她冷静下来之后，还是相信公婆是爱孩子的，孩子受伤并不是他们的本意。第三，让自我强大。佟雪燕总是做自己力所能及的事情，终于找到适合自己身体状况的职业，给小学的孩子们辅导功课，效果很好，家长们都放心将孩子送到她这里。佟雪燕感觉自己和丈夫创造了奇迹，"也许婚姻包含的内容太多，婚姻承受的压力也太多，金钱、地位、容貌、感情、公婆、子女，那么维系他们婚姻的，是什么呢？其实不管

---

[1] 李子燕：《左手爱》，延边大学出版社2013年版，第247页。

是什么，只要有幸福感，一切就值得追逐和珍惜"①。佟雪燕悟出一个道理："再长的路都有尽头，千万不要回头；再沮丧的心都有希望，千万不能绝望。"②

残疾人作家的这类婚姻书写模式是：作品主人公的婚姻备受世俗异样眼光的注目与猜测，经过双方尤其是残疾一方的修补，最终修成正果。残疾人作家在面对婚姻与家人的冲突时，表现出乐观的心理特征。面对冲突，他们没有绝望，多以修补式的复原让婚姻重归完整。在许多女性残疾人作家的婚姻书写中，往往都是女性残疾人靠着强大的自我让婚姻走向稳定。《让爱解冻生命》中的徐建后来也重新回到雅歌的身边，而他回来的时候正值雅歌创作的《创造生命的奇迹》一书出版，各种媒体争相采访，这时徐建感到自己依然还爱着雅歌，因而重新回到雅歌身边。让自身的强大作为一块吸铁石，吸引对方及家人，这充分体现出残疾人女性作家有着较为强烈的独立意识，有较强的现代精神。

残疾人的婚姻经受的磨难与考验高于健康人，更需要婚姻双方悉心呵护与修补，在修补中取得双方以及家人情感的复原。在反反复复的修补与加工中，真正完成爱的坚守与延续，让婚姻真正实现灵肉合一。这一修补的过程很艰苦，它需要参与的双方倾其所有，心无旁骛，完全投入，这其中的纯真圣洁最能触动人们内心的那份感动。

（2）婚姻双方的冲突。

对于婚姻中的冲突，杨姣娥则更看重婚姻双方的态度。杨姣娥认为婚姻是双方的事情，与他人无关，因而婚姻的相处之道也在于夫妻双方。杨姣娥认为，婚姻是可能出现裂痕的，修补裂痕有两条途径。其一，宽容的态度。她认为，婚姻似一棵菩提树，它自然、宽容、就长在爱人的心里。你无须问它，因为它就在滚滚红尘中给予你一生的疼痛与热爱。③她说，婚姻的过程，很大程度上，其实就是双方隐忍、宽恕和互为依恋的过程。④而且，杨姣娥确实感受到了隐忍给她的婚姻带来的益处，"我的隐忍、周旋和妥协，让我赢得了他以及他的家人的尊重和钦佩"⑤。杨姣娥就一方出轨另一方应该怎样办这一问题做了一个比喻：如果说婚姻是一条漫漫长路，那么在婚姻中行走的人免不了要受长路两边的风景所

---

① 李子燕：《左手爱》，延边大学出版社2013年版，第248页。
② 李子燕：《左手爱》，延边大学出版社2013年版，第282页。
③ 杨姣娥：《时光碎片》，中国财富出版社2014年版，第142页。
④ 杨姣娥：《时光碎片》，中国财富出版社2014年版，第153页。
⑤ 杨姣娥：《时光碎片》，中国财富出版社2014年版，第18页。

诱惑。那些风景千姿百态，娇媚风情，让人在欣赏时不知不觉陷入。只是有的人在风景里稍作停顿懂得及时抽身，大步朝前走，有的人因为在风景里停留得太久，没被人及时召唤回来，或者根本唤不醒，以致最终迷失了方向，走进了另一条不同以往的婚姻之路。那么，作为当事人的自己，首先要看清路的本质，磕磕碰碰也好，轻轻松松也行，只要认准了前路，就应该抓紧对方的手，风里雨里，一路同行。① 其二，婚姻双方无道理可言，要用情感去感化对方。杨姣娥认为，婚姻不是轰轰烈烈的表演，而是平淡的生活，平平淡淡才是婚姻的真，一对夫妻"在电话中的一问一答一颦一笑一声怒吼一句叹息，是他们婚姻生活中的油盐酱醋茶"②。婚姻的平淡决定了双方对此的维护要用爱去经营，"婚姻的实质，在于生活的琐碎，它不像大海奔腾，也不似高山流水，它就是一条沿渠流淌的小溪，只要你给予它爱的源头，用情梳理，婚姻的清泉才能细水长流"③；"多年来达成的默契，我俩已经没有了更多的修饰语言，一个眼神，一个动作，或者是一声咳嗽，彼此的需求已经明了"。④

（三）寻找式的执着与坚强

面对已经无法改变的身体残疾这个客观事实，有的残疾人不得不逃避现实，隐藏起作为一个社会人渴望爱与被爱的愿望，有的残疾人封闭在狭小的自我空间里寻求自我安慰和自我保护。但残疾人作家在他们的创作中表现了另一种姿态，这就是在找寻、失败、再找寻的轮回中一步一步地完成自己的婚姻。残疾人的婚恋艰难，但他们砥砺前行。

1. 执着寻找的基础：爱对残疾的救赎

史铁生的婚恋叙事有一套自己的模式，即以残疾的男主人公（残疾的一方基本是男性）苦苦等待与寻找自己所爱的对象为主要线索，重点写他们的相爱、遭反对、离开、再寻找，其间穿插对残疾人婚恋是否可能的深沉思索，进而对人类自身残缺的原爱意识进行深入的挖掘。在史铁生的作品中，有的残疾人的婚恋几经磨难，终成正果，比如《务虚笔记》中的C与X虽然渡尽劫波，但终归在十几年之后结合，时间的代价消化了世俗人间的异样目光。有的残疾人的婚恋没有结果，比如《山顶

---

① 杨姣娥：《时光碎片》，中国财富出版社2014年版，第153页。
② 杨姣娥：《时光碎片》，中国财富出版社2014年版，第140页。
③ 杨姣娥：《时光碎片》，中国财富出版社2014年版，第157页。
④ 杨姣娥：《时光碎片》，中国财富出版社2014年版，第142页。

上的传说》中瘸腿青年就没找到自己的爱情，小说结尾他依然在继续寻找。瘸腿青年尽管只是一个扫大街的人，但他喜欢创作，白天扫街，晚上在自己的小屋里写作。对创作的执着打动了一个年轻美丽的姑娘，这个姑娘每天给予他精神的鼓励与安慰，认为他的写作一定能够成功。但两人的爱情遭到女孩家人的反对，"在他们相爱的那些年里，当他们在一起的时候，恐惧总压在他们心头——她不能回家晚了，不能在应该回家的时候不回家，否则她的父母就又要怀疑她是和他在一起了，就又要提心吊胆或者大发雷霆。他就像是瘟疫，像魔鬼；他们在一起的时候像是在探监；他们的爱情像是偷来的……这些感觉就像是一把'达摩克利斯剑'，悬在他们心上，使幸福的时光也充满了苦难"①。后来，年轻女孩必须要到南方去，而且要去很多年，尽管女孩子坚持说她一定会回来继续陪他，但毕竟漫长的等待会有很多的变数，他们的恋情也就有了许多的未知。小说中表现残疾青年对爱情的执着追求精神的是，永不放弃寻找鸽子。鸽子叫"点子"，黑尾巴，黑脑瓜顶，是女孩送给这位青年的。鸽子实际就是他们爱情的信物，瘸腿青年每天以放飞"点子"为乐事，"点子"成了他生活的寄托。他放飞"点子"实际是在寻找自己曾经拥有的爱情。"每回'点子'从天空中飞下来，飞到他身旁的时候，他都觉得是一个启示，心中于是升起一种莫名的柔情和希望。"②只要"点子"在他身边，那个女孩就在他身边，他寻找的爱情就依然存在。"点子"成了女孩的替身。后来"点子"不见了，"据说是在早春的风中，'点子'飞走了。不知那依然强暴的寒风把它刮到哪儿去了。瘸腿的小伙子简直快疯了，白天也不去扫街，呆呆地坐在门前，望着天，盼着他的鸽子飞回来；天一擦黑，他就离开家，到处去喊，去找"③。寻找"点子"的情节隐喻着瘸腿青年继续在找寻他曾经拥有的爱情。瘸腿青年每天不停在大街小巷寻找着，最后他决定到山顶去寻找，因为山顶上有鸽群，也许"点子"加入了那个鸽群，而且山顶也曾经是自己与女孩想一起去的地方。小说的结尾是这样写的：

---

① 史铁生：《山顶上的传说》，《史铁生作品全编》第 3 卷，人民文学出版社 2017 年版，第 268 页。

② 史铁生：《山顶上的传说》，《史铁生作品全编》第 3 卷，人民文学出版社 2017 年版，第 291 页。

③ 史铁生：《山顶上的传说》，《史铁生作品全编》第 3 卷，人民文学出版社 2017 年版，第 262 页。

关于山顶上这群鸽子的来历，至少有两种说法。一种说法是，山顶上住着一个瘸腿的老人，养了一大群鸽子。他时常下山来，寄出的稿件和他养的鸽子一般多。他总是把稿件寄到遥远的南方去，希望那些稿子发表了，他青年时代的朋友能够看到。另一种说法是，山顶上住着的并不是一个瘸腿的老人，而是一个姑娘。她从南方回来。她还是那么年轻。为了让和平布满人间，她养了很多鸽子，一到天快亮的时候，就让鸽子都飞起来。鸽群中有一只"点子"——一只黑尾巴、黑脑瓜顶的鸽子……①

这是一个无言的结局，隐喻一个人不论对爱情的追求多么执着，都有可能毫无结果，但这种结果并不影响他的寻找。史铁生借这个瘸腿青年展现了残疾人对爱情理想的追求与执着。残疾人对爱情的渴望与寻找体现了人类精神意识层面的自我价值的实现，这其中的艰辛与执着正说明人类追求情感的需求与满足，但结果可能是未知的。

在史铁生笔下，残疾人对婚恋的执着追求带着固执和执拗的气质。驱使他们这样行动的内在动力是坚信爱是救赎残疾的唯一途径。《务虚笔记》的主题就是残疾与爱情。这里，"残疾"是作者对普遍意义的人的命运局限的一个比喻。残疾即残缺、限制和阻障，残疾禁锢了人类个体，包括男人和女人，而爱情成为男人与女人彼此救赎的方式。史铁生赞美爱情，认为爱情是人类陷入存在困境时最大的安慰和救赎方式，爱情不仅仅是性的冲动和满足，还是人类自由与梦想的所在，人类在爱情中可以沐浴自由和重归爱意的伊甸园，情爱双方可以在自由自在的灵肉裸体之中坦诚相见。爱情是孤独无助的温暖所在，它可以消除人与人之间的孤寂与隔膜。"寻找爱情，所以不仅仅是寻找性对象，而根本是寻找乐园，寻找心灵的自由之地。"②

由于将爱情看作对残疾的救赎，史铁生作品中的男女两性各自分立，彼此映照，而又互相弥补，相互尊重。史铁生总是以平和超然的目光看待两性关系，在他的作品中没有男女的对抗，没有对女性的轻蔑、调侃和贬抑，也没有女性对男性愤愤不平的谴责，表现了男性对女性深挚的

---

① 史铁生：《山顶上的传说》，《史铁生作品全编》第3卷，人民文学出版社2017年版，第334页。

② 史铁生：《爱情问题》，《史铁生作品全编》第6卷，人民文学出版社2017年版，第260页。

理解，男性对女性精神需求的尊重。《务虚笔记》中有一个很特殊的现象，在性爱上女性多处于抉择状态，在那个被 N 称为"最美丽"的时刻，"写作之夜"的每一个女人面对心爱的男人都不约而同选择了主动。无论是南方芭蕉叶下 T 的母亲，还是在自己家里与 F 医生分别的 N，抑或童年那座美丽的房子里爱上了少年 WR 的少女 O，"一代又一代可敬又可爱的女人"，在初次与自己的心爱者肌肤相亲时，都表达了同样的意愿"让我自己给你！"性爱抉择的主动性在某种意义上昭示着女性的解放，而作品中的男性也欣赏女性如此的主动，并把它看得弥足珍贵。史铁生作品中的女性生活的环境和对生活的选择有很大差异，她们虽置身纷繁多变的生活，也常常陷于迷茫，但她们在命运面前没有丧失作为独立的人的存在，无论是爱情、婚姻，还是与爱人第一次灵与肉的结合，她们都总是处于相对自主的状态，无论是 N 的黯然离开，L 的恋人出走，T 为出国而嫁给 F，还是母亲在近乎无望的情况下坚持等待下落不明的父亲归来，都不同程度地遵循了个人意志。史铁生作品中的女性从不是被动地承受命运的安排，而是自身生命的主宰，自主把握人生。史铁生赋予女性形而上的追求品质。在史铁生的作品里，没有任何一个女性属于传统意义上的弃妇、怨妇之类，她们与那些走进自己生命的男人一道跋涉，在精神世界里寻求彼此的拯救，女性与男性一起探寻自身的局限，共同寻求灵魂的放飞与自由。

史铁生从爱情对残疾的救赎上升到人类的互亲互爱。不仅是残疾人孤独，需要爱情抱团取暖，健全的男人和女人同样孤独，每个人都在孤独中成长，所以注定需要彼此拯救。那么，如何才能消除孤独呢？史铁生的回答是依靠爱情、寻找爱情。史铁生说，他常常感受到这样的矛盾：睁开白天的眼睛，看很多人很多事都可憎可恶；睁开夜晚的眼睛，才发现其实人人都在苦弱地挣扎，唯当互爱。《务虚笔记》中的人物形象都未曾拥有具体的姓名，而是分别以不同的大写拼音字母来表示，这种设计蕴含了史铁生的某种暗示：作者讲述的不是具体的某一个人或某一类人的命运，而是更具有普遍性的人类存在。

2. 维护婚恋的品质

寻找式的执着还体现在对理想婚恋的追求上。残疾人作家的作品透露出，残疾人身体不完美，但对爱情婚姻追求完美，甚至超出常人对爱情的要求。《让爱解冻生命》中的雅歌，在《辽宁青年》上刊登征婚启事之后，也收到一些应征的信，她看到有一封信的字写得歪歪扭扭，对这个人就失去了兴趣，她不在乎一个人是否贫穷，但她无法说服自己和大字不识几个的人在一起生活。她不愿意在未来的日子里，那个人每天除了看电视就是睡觉，却不肯整理那些布满灰尘的书籍。即使身体残疾，也要维护爱的高贵，不愿放低婚恋的品质。

纯懿的《零度寻找》和《玻璃囚室》是执着追求理想婚姻的代表。爱情是这两部小说的发力点，两部小说都用明暗两条线展开爱情故事的叙述。纯懿以残疾女性最敏感、最细腻的情感演绎了各式浪漫、凄美的爱情：《零度寻找》中简伦与桑的爱恋，简伦与袁郎的爱情，水合与维吾尔族姑娘的恋爱；《玻璃囚室》中米诺与振一的爱情，罗尼与格娘的乱伦之恋，言子与罗尼的爱情，格娘与"英雄"的爱情，格娘与罗尼父亲的爱情，罗尼的母亲与巴特的爱情等。更引人注目的还是女主人公自己的爱情。两部小说的女主人公都是坐在轮椅上的残疾人，正如简伦所说："我的轮椅没有妨碍我的任性和固执。它的存在更加强了我的自尊和勇敢，还有一点稀里糊涂的放肆。"① 这种自尊和稀里糊涂的放肆在小说中的体现就是，两位女主人公都追求纯洁意义上的爱情。这种爱情是身与心的契合，不带任何杂质，不入流、不落俗，绝尘之处，不同凡响。

纯懿首先极力描绘爱情的高贵，这种高贵在《零度寻找》中体现于三点：第一，简伦与桑的爱情是一场纯洁神圣的爱恋。简伦与桑相遇于沙漠徒步冒险活动中，后来与同伴失去联系。环境迫使二人同处，面对美丽的简伦，桑能控制住自己的生理欲求，舍不得对她进行身体伤害。除了那浅浅的吻和手与手的纠缠，什么都没发生。桑只是轻轻拥着简伦。第二，恋爱的双方都为对方着想，愿意为对方付出。桑不在乎简伦的残疾，而简伦又担心自己的残疾连累桑，相互都有一颗无私的心。桑一脸茫然地认为，爱情和健康没有关系，而简伦认为当然有关系，关系很大，因为自己会累死桑的，而桑认为爱情就是为了生死与共。在得知自己身患绝症时，桑不愿给简伦增加负担，精心编制谎言，欺骗简伦自己已有家室，虽然痛苦，但坚持分手，然后消失；当桑知道自己是被误诊时，他又重新做出选择，愿意娶身体残疾的简伦做妻子。第三，爱情的双方愿意患难与共。在与同伴失联后，桑没有抛弃残疾的简伦独自逃离，而是在艰难的生存环境下背着简伦走出沙漠。在沙漠中，为了从精神上唤醒简伦对生存的渴望，桑每天都给简伦讲关于狼的故事，桑成了简伦移动的双腿与精神支柱。《玻璃囚室》中振一与米诺的爱情也如《零度寻

---

① 纯懿：《零度寻找》，云南人民出版社2002年版，第94页。

找》中的桑与简伦。振一不嫌弃残疾而美丽的米诺，他想娶她为妻，想一辈子和米诺生活在一起，还想让米诺健康起来，和自己一起奔跑。振一尊重米诺的爱好，为了激发米诺的创作欲望，他无微不至地照料米诺，将米诺带入根雕艺术殿堂。振一对米诺的爱也是无私的，为了治愈米诺的病，他私下咨询了很多医生。听说按摩也许可以改善米诺的病，振一就学习推拿。老中医随口一说玉珠峰上有一种神奇的雪仙也许可以治好米诺的病，振一就跟随探险队一起去登雪山，寻找雪仙。桑和振一都是纯懿精心虚构的理想化的男性，他们是两位残疾女性的拯救者，两位残疾女性身处厄境时，他们能为之挺身而出，为她们遮风挡雨。在两位女性的眼中，桑和振一就是力量的化身，集恋人与父亲于一身。他们之间的爱情没有肉欲，没有欺骗，相互体恤，因而高贵。为了爱，两位男性付出太多的宝贵东西，甚至付出生命。

在简伦与桑决定终身相伴时，桑却葬身于火海。振一为了采摘雪仙，死于山难。简伦、米诺还有言子都没有等到爱人的归来。桑和振一的死宣布了他们寻找高贵的爱的行动流产，暗示高贵的爱情终将破灭。小说的标题"零度寻找""玻璃囚室"本身就隐含着寓意，预示着爱情之花必将凋谢。但简伦和米诺没有因为追求这种纯洁的爱后悔，相反，她们认为自己的这种追求物有所值。这就透露出纯懿对残疾人爱情的看法：残疾人也会追求灵魂与肉体相统一的爱情和婚姻，尽管这种高贵的爱情实际上是不可能实现的，美好的爱情只是一场梦幻，小说中的两个男主人公都是因维护爱情而死亡，但它神圣而崇高，因而必须坚守。

纯懿说自己一生都在追求那种高贵而致命的爱，从某种意义上讲，高贵而致命的爱是她创作的动力，也是她活下去的一个理由。

二、"我们"眼中"他们的婚恋"

残疾人作家也写了残疾人眼中健全人的婚恋。不同于写残疾人的婚恋，残疾人作家写健全人的婚恋时更多突出身体健全者婚姻的完美。

陈力娇看到了健全人婚恋背后较为复杂的关系。她的小说集《我们爱狼》中，多半都在集中讨论健全人的婚恋问题，这些小说同时表达了一种思想：仅仅有爱是不够的，爱的背后还有道义等因素。如《爱人，你不能对她哭》指出的一个事实是，爱情是双方的，单方面爱一个人就是发高烧，就是有病，解决办法就是有病就医，无需连累他人。《第九十九首爱情诗》揭示出爱上已婚男人很危险，批判了已婚男人的虚伪。《情同手足》是写同性恋，表面上同性恋者情同手足，但终归逃不出人性中的自私。《术前告别》揭示出人可能一辈子都不会与自己喜欢的人度过，与你度过一生的人是你并不喜欢的人。《为什么不救我》揭示出爱情的虚伪，夫妻双方各自在外都有情人，但双方都不愿揭开这一层面纱。《错杀》揭示婚外恋导致人失去理智。《殒落》揭示只有情爱是不够的，情爱还受制于父子等亲情之爱。

在残疾人作家的创作中，像陈力娇如此集中揭露健全人婚恋复杂性的作品较少，更多体现出一种理想化的婚恋模式，作者的态度通常较为平和。

（一）男女相互体恤

用陈村的话来说，《鲜花和》这部小说就是纪念日常生活。具体而言，作品表达了陈村对日常生活婚姻的看法：生活中，男女都不易，婚恋双方应该彼此体恤。陈村的这种思想是通过小说中男女角色的转换来实现的。

第一，对女性的认知是通过男性感知来呈现的。杨色是一位男性，但扮演着家庭"主妇"的角色。其爱人级级在外做广告业务员，从城市到乡村，从大公司到小工厂，忙得马不停蹄。家里的保姆频繁走人，杨色就成了"保姆培训中心"的"常务主任"，经常不断地告诉一个又一个的保姆，米在哪里，油在哪里，菜场在哪里，寄信在哪里，自己爱吃什么，女儿爱吃什么，爱人爱吃什么。

杨色感受到了家庭主妇生活的琐碎。家庭主妇也盼望有浪漫的生活，杨色本来也愿意过没有约束的生活，希望冷不防出现在一个什么好玩的地方，冷不防出现在朋友的宿舍门口，朋友不在家，他就在台阶上发愣，希望奇遇、冷艳、艳遇以及不艳之遇，希望我行我素。但家庭主妇有孩子，他必须为孩子做出牺牲。作为毛阿的父亲，杨色必须定时起床，定时吃饭拉屎，两荤两素一汤一个老婆，雷打不动井井有条地生活着。杨色必须思考一些琐碎的事情，诸如女儿的小床放在哪里，给她买新拖鞋和新毛巾，每天吃点什么，怎么带她玩。

杨色也感受到家庭主妇普通外表下的崇高。杨色对生活很知足，他知道自己做不成英雄之后就安心做一个小市民。小市民有小市民的生活理想，"老婆孩子热炕头，每天喝上二两酒。睡到半夜起来尿床，推推老婆的大屁股，你挤着我啦，老婆你搬过去点。老婆哼哼着把大腿搁到你的腰上转眼又睡着了。你摸摸她那温热肥厚的大腿，虽然不再感到非常的性感但有一种贴心贴肺的安详"①。这就是家庭主妇的人生理想，低微但实在、琐碎但鲜活地活着。家庭主妇很爱他们的孩子，具有满满的母爱。没有女儿，杨色的生活失魂落魄，"我是天生的小男人。一个男人带一个孩子是我的骄傲。我这辈子只要做成这一件事情我就够本了"②。家庭主妇也很善良。杨色理解、宽容他人，保姆要炒他的鱿鱼他都很理解，走时他还会多给一点钱。能以一己之心度他人之心："你爸爸要是不回城市，现在也在种田而不是什么狗屁著名作家。你也可能当保姆的，住到人家的家里，偷吃别人的巧克力。你要大方一点。"③

因为在家当家庭"主妇"，感受到了女性的不易，所以杨色很心疼级级。杨色不愿意自己的爱人为了钱去陪别人喝酒，希望她能在乡下与鸡鸭猪狗牛羊为伍，因为乡下有自然的风。作为级级的丈夫，他也理解女人在外的辛苦，知道女人在外拼打真不容易。他很尊重、感恩女性，"女人对我恩重如山"，"即便你我不再双双化蝶，我在心中温爱你们，有你们我就不会走失。我感激每个陪伴我走过一程的好女子，感激她们的恩惠"。④

杨色也因此理解了女性的各种担忧。他感觉到，在家当家庭主妇尽管付出很多，但还是经常担心在外打拼的人动辄就说自己在家没出息。家庭主妇经常遭到在外打拼的人的指责，经常被在外打拼的人嘲笑，经常成为在外打拼的人的呵斥对象。级级骂了杨色半天，杨色刚说了句你不要骂我了，你就可怜可怜我吧，我也是有一点点自尊心的，我也需要爱惜，级级拎着包就离家出走了。家庭"主妇"的性生活也不容易得到满足，级级工作累了，倒床就睡，"我的身体伴我多年忠心耿耿一触即发现在成了待业青年下岗职工"，"我知道方法是有的，全靠自己来救自己同志们干起来呀。但早年不思进取等到已四十近了黄昏，又不考什么职称还要重新学习刻苦手淫不是太晚点了吗？"⑤在家当家庭"主妇"，每当向在外打拼的一方要钱时，就气短心虚，杨色为家用发愁的时候，级级可以继续买自己的奢侈品。因为没有挣钱，每当只有一个人的饭的时候，杨色总是自己不吃让妻子吃，剩菜剩饭则总是杨色吃。

小说有两个重要的意象——鲜花和牛粪。鲜花代表级级，牛粪代表

---

① 陈村：《鲜花和》，上海文艺出版社 1997 年版，第 55 页。
② 陈村：《鲜花和》，上海文艺出版社 1997 年版，第 44 页。
③ 陈村：《鲜花和》，上海文艺出版社 1997 年版，第 51 页。
④ 陈村：《鲜花和》，上海文艺出版社 1997 年版，第 235 页。
⑤ 陈村：《鲜花和》，上海文艺出版社 1997 年版，第 67 页。

杨色。小说一开始就描绘了大街上一个独特景观：鲜花插在了牛粪上面。一个小孩欲接近牛粪，母亲立即死死地拽着小孩的手将他拉走，逃一样地走，因为做娘的知道，沾上牛粪就会沾上晦气，谁要是和牛粪有了瓜葛这辈子必然完了。表面上杨色对这堆牛粪充满了自省和自虐，还有焦灼，但内在的却是对自己当牛粪感到自豪，对自己充满信心。杨色自豪地喊出："牛粪想必有牛粪的自尊、清高和矜持，牛粪有它的粪格。"① 杨色幻想着，如果自己是一朵袅袅婷婷亭亭玉立的鲜花，"我要学着自动插到牛粪上，再演一出牛粪之歌。我找一堆干净些的模样俊俏些的头头是道的牛粪。我要将牛粪映照得花一样美丽。世界上从此多了一种开不败的牛粪之花"②。杨色对自己的肯定、欣赏在此展露无遗，杨色对自己的肯定也就是作者对传统的家庭妇女的肯定；杨色对自己社会角色的自豪，代表着作者对传统家庭妇女的看法：妇女应该为自己的社会角色自豪。在家当小男人，可以忍让、谦让，却是有底线的。"假如爱起来太累太烦，那就算了。""假如爱得恨死自己，那就算了。"③ "这是我，一个在家的男人，献给世界的致命的格言。"④ 级级经常嘲笑自己的父亲总是吃剩菜，穿旧衣服，一用钱就怕，作者立即写道："你们要攻击小男人先把吃下去的吐出来。你们的父亲这样做了为什么不能这样写？他们做的是见不得人的事情吗？他们凭什么不能立一个牌坊，他们非要歌颂宇宙地球海洋他们才是他妈的好汉吗？"⑤ 在生理性别上，杨色是男人，但社会分工上，他是传统意义上的"女人"，他的话语代表着女性的话语。这里的"父亲""小男人"实际就是女性的代称，对他们的歌颂就是对女性的歌颂。

第二，对男性的认知是通过女性在外打拼来感知的。女性也感受到了男性在外工作的不易。小说中小雷子对杨色是这样指责的："她工作那么辛苦，堂堂正正，你非但不体贴，还到处放风欺骗舆论，做出又可怜又悲壮的样子，你想败坏她的声誉吗？"⑥ "她比你要辛苦多了，无论春夏秋冬严寒酷暑，为了生计也为了社会到处奔波。"⑦ 小雷子对杨色的指

---

① 陈村：《鲜花和》，上海文艺出版社 1997 年版，第11页。
② 陈村：《鲜花和》，上海文艺出版社 1997 年版，第235页。
③ 陈村：《鲜花和》，上海文艺出版社 1997 年版，第175页。
④ 陈村：《鲜花和》，上海文艺出版社 1997 年版，第176页。
⑤ 陈村：《鲜花和》，上海文艺出版社 1997 年版，第34页。
⑥ 陈村：《鲜花和》，上海文艺出版社 1997 年版，第282页。
⑦ 陈村：《鲜花和》，上海文艺出版社 1997 年版，第282页。

责就是对传统意义上女性不理解男性的指责，女性应该尊重男性，男性在外打拼不容易，也需要关怀。

小说的第六章第二节标题就是"女权"，这一节体现了陈村对女权主义的看法。杨色的一个朋友张三，因没有恭维一个女性朋友长得好看，让这个女性大为生气。为了弥补自己对这位女性的愧疚，他默不作声地骑车去为这位女性买她喜欢吃的白斩鸡，结果在回来的路上被汽车撞死。那位女性听说后，说了一句，我没叫他去买，又补充一句，也许是报应。此处和男性相比，女性的无情有过之而无不及。女权主义不是让女性放荡不羁，失去女性的善良和温柔。女权主义应该让女性既尊重女性，也尊重男性，女性应该具备才、学、识。女性是一本书，一本百读不厌的经典名著。"有教养的漂亮的，甚至是个乳房高耸臀部浑圆小手冰凉头颅会说话"，不要"那种恨不得将我掐死的，或掐得我半死不活的，或掐得我痒死的，或根本不想掐我的"①。"我真心认为女人原本都是好琴，出厂时都好，多半运输和保存时出了问题，不是她们的错。""女人和钢琴是一样的，需要不断地调音才对。"②陈村反对一些女性到处宣讲半拉子的女权主义，似乎满口的阴性名称就能证明自己是女权主义者，小雷子成为女权主义者，"小雷子彻底成熟了。她再也不避讳用词，经常使用的词汇有处女膜乳房奶头子宫阴蒂反正是男人没有的那些东西。从此这些生理学医学名词就变成了她的哲学社会学词汇发扬光大攻无不克"。小雷子认为，"在女人的健康和美丽面前，当代男人是自卑而且委琐的，无力而且无颜自举"。杨色说，自己对小雷子的半吊子女权理论半窍不通，但怀念幼儿园里的那个小姑娘，"要是我真的觉得自卑那是因为她的美丽的蝴蝶结和干净的鼻孔，而不是她频繁提到的阴性名词"③。杨色也反对女性以不生孩子来要挟丈夫。半拉子女权主义导致女性一些认识上的错误，也会加剧男性和女性的冲突。比如，"我"在大会上赞美女性特有的人性之美，"在男人们去武斗格杀的时候，在他们梦想发财的时候，他们鬼迷心窍的时候，看足球读武侠喝醉酒的时候"，是妇女"养育了中国人的下一代。在价值观混乱香臭不分人魔颠倒的年代，是她们教给孩子世世相承的民族文化"。"我们人类是哺乳动物，妇女喂给孩子，既是物质的，

---

① 陈村：《鲜花和》，上海文艺出版社1997年版，第128页。
② 陈村：《鲜花和》，上海文艺出版社1997年版，第164页。
③ 陈村：《鲜花和》，上海文艺出版社1997年版，第200页。

又是精神的乳汁"①,但"我"的发言遭到会场中女性的嘲笑。女性本来应该以自己特有的价值自豪,但现在在一些所谓的女权主义者的眼中,女性的特性反而成为自己嘲笑的对象。

全篇小说通过男女角色的错位,让男女相互体验对方的不易,从而提倡男女间的相互理解和尊重,提倡女性和男性相依相存,相濡以沫,交相辉映,构建理想的男女关系。"如果没有牛粪,鲜花怎么会那么鲜艳,妩媚,骄傲,夺目地招摇。"鲜花也拯救了牛粪,"如果没有鲜花,牛粪就是大路上的一个陷阱,很快就要落上脚印。那标致的螺旋线将被无情破坏",踩了牛粪的人还会骂"操你妈的牛粪"。② 女性不应该心存不切实际的幻想,鲜花有过梦想,"天真地期待一个带水的花瓶或盛它的花篮"③,花瓶还最好是水晶的呢,实在不行,一个缺角的陶罐或旧咖啡瓶也行。但这只是梦,周围是空空荡荡的,自己孤孤单单的,鲜花降低自己的要求,是一块牛粪也行,"我"这块牛粪就这样择机来到鲜花的旁边,将花从尘土中轻轻托起,"我"衬托着鲜花的美丽与新鲜。

当然,陈村也知道这种男女间的关系是很理性化的,现实生活中难于实现。小说的结尾,杨色一人走在城市的街道,级级走了,女儿走了,保姆也走了,家就像花要凋谢了。小说结尾,杨色的失落也代表着作者的失落,掺杂着作者的惶惑和辛酸。

(二) 男女各有风采

藏族作家桑丹在作品中展现了男女各自高贵的品格,男女各自的风姿成为强大的吸引力,使他们的婚姻和谐美满,表现出作者对爱情婚姻的自信和果敢。

桑丹在作品中提出,女性应该勇敢追求自己的爱情幸福,敢于选择自己的爱情,掌握自己的命运,捍卫自己的人格尊严。

作为一名女性作家,桑丹刻画了系列康巴女子形象。诗歌《木雅女子》《锅庄阿佳》《掂香姊妹》《卓玛》《扎西旺姆》,散文《背影》《生命中的美丽》《欢乐》,小说《平常日子》《老张的故事》等是其代表作。文学作品中对于女性形象的塑造和两性关系的建构,往往隐藏了深刻的性别文化背景与文化认同。在通常的文学作品中,两性关系处于统治/被统

---

① 陈村:《鲜花和》,上海文艺出版社1997年版,第226页。
② 陈村:《鲜花和》,上海文艺出版社1997年版,第7页。
③ 陈村:《鲜花和》,上海文艺出版社1997年版,第7页。

治、征服/被征服的性别压迫、紧张之中,男性和女性始终处于二元对立状态,不是东风压倒西风,就是西风压垮东风,要么是红颜祸水、妖妇恶婆、妒妇怨妻、美人淑女、贞妇烈女的女性想象,要么是被污名化、被阉割了的病汉构思。桑丹突破了男性和女性对立的惯有文化逻辑,展现出美丽、聪慧、勤劳的女性形象和温馨、和谐的男女性爱关系。

桑丹从外貌形态突出康巴女性的自然美丽,迷人大方,"红绒头绳盘结在你浓黑的发辫/珊瑚耳环摇曳着你动人的美貌"①。桑丹认为,康巴文坛上活跃着一批出类拔萃的女性,她们灵魂深处的共同点是,能坚持"精神领域自我人格力量完善"②。桑丹说,她喜欢的一位外国女作家说过一段话:"女人首先必须独立,她必须具备的不是高雅风度或迷人魅力,而是精力、勇气和将愿意付诸实行的能力。"③《无梦之门》是桑丹在《贡嘎山》杂志发表的一篇作品,那期杂志封面的底色是黑色,一个女人的头像。桑丹这样解读这幅画:"我意识到我就是那个女人,在逝去的黑夜中,她敲开了一扇无梦之门,她看见了自己遥不可及的命运之旅,它焕发着孤独、迷失和神圣的光芒。这绚丽的火焰,足以涤净灵魂深处的尘埃,然后决绝地朝前走下去。"④ 桑丹说,她很喜欢这幅画。将上述三段话概括起来,其实包含着桑丹对女性的认识:女性应该具有高贵、独立、执着的人格精神。高贵是内心修炼的外在体现,它是柔情和坚强的结合,是高雅和珍贵的结合。桑丹按照这样的观点塑造康巴女性形象。康巴女性过着简单、自然的生活,"一杯美酒就是醉生梦死/一首情歌就是隔世天堂"⑤,同时康巴女子又多情妩媚,愿意与自己心爱的人同生死,"要以怎样的爱/和你展现忧伤和甜美的梦境","要以怎样的风情/和你身陷流水与火焰的轮回","渴望一次最放纵最狂暴的破碎"⑥。木雅女子充满深情,仿佛"一朵冰雪的花蕊"⑦。木雅女子有世间的悲伤,也有世间的欢乐,有内心的孤独,也有超越孤独的坚强。锅庄阿佳善良而美丽,有明净的美目,"萦绕到眉间是万千的风情"⑧。掂香女子背负风雪的行囊,流落他乡,有无限的惆怅,"一枝金色的檀香/为何飘不散你的

---

① 桑丹:《边缘积雪》,四川文艺出版社 2012 年版,第131页。
② 桑丹:《幻美之旅》,大众文艺出版社 2006 年版,第72页。
③ 桑丹:《幻美之旅》,大众文艺出版社 2006 年版,第71页。
④ 桑丹:《幻美之旅》,大众文艺出版社 2006 年版,第78页。
⑤ 桑丹:《边缘积雪》,四川文艺出版社 2012 年版,第26页。
⑥ 桑丹:《边缘积雪》,四川文艺出版社 2012 年版,第25页。
⑦ 桑丹:《边缘积雪》,四川文艺出版社 2012 年版,第27页。
⑧ 桑丹:《边缘积雪》,四川文艺出版社 2012 年版,第30页。

惆怅"①，同时掂香姊妹超凡脱俗，"口含净水之莲/伫立在微风吹拂的隔世/像满树清凉的雪花/消融这无比美妙的时刻"②。康巴女子淡定，从容，"清净的檀香/吹动你眉间的从容/光明的灯，逐渐/解脱多舛的命运/瞬间的心境/转化为念动的圆满/逍遁于时光的遗忘"③。

康巴女子不依附于男性，不再是男性的附属物，而是具有女性的独立价值。首先，女性不再是红颜祸水，女性能给人带来吉祥安康，卓玛能把今夜的冰雪解冻，能让小草长出幸福的绿色，荒芜的牛羊从此安静下来，能把明天的阳光打开，能把收割的青稞酿成美酒。卓玛轻轻擦拭过的酒碗，能"掬满碎银一样的醉意"④。卓玛能用自己盛开的美丽，召唤沉睡的灵魂。卓玛"回眸的芳香"是康巴汉子"不变的牵引""一生的爱情"。⑤ 康巴女性的纯净能引领众生走向光明，"我的姊妹，请引领我/我一生的向往来自你们/我一生的歌唱来自你们"。⑥ 其次，女性是男性艺术的源泉，《河岸上的鼓手》中说："女人与酒是鼓手唯一能保持这门绝艺经久不衰的秘密"，当鼓手厌倦日常的生活，就像大病初愈的人失去活力的时候，他来到心爱的女人身旁，"那些风韵犹存的女人为鼓手捧出香醇的美酒，鼓手紧张的神经慢慢地放松了，他感到周身的肌肉洋溢着活力"⑦，找回了久违的鼓声。

一些女性主义的文本往往以女性的强悍压倒男性，借此颠覆父权制传统，但又形成一种新的性别压迫。桑丹不同于此，其作品中，康巴女子优秀并不意味着康巴男性就猥琐无能，康巴男性和女性一样非凡，康巴汉子不做作，不虚伪，率性而为，光明磊落，真实得可爱，豪爽得可见，他们"在烈酒中为女人抽刀"⑧。

康巴女性具有高贵的独立人格，收获着美好的爱情。阿佳白玛得到康巴汉子的爱情，"他们用一生的短暂和你相遇/他们用一生的漫长和你相爱"⑨，"血性的康巴汉子/把你供奉在欢乐与苦难的神殿/你是他们美

---

① 桑丹：《边缘积雪》，四川文艺出版社 2012 年版，第34页。
② 桑丹：《边缘积雪》，四川文艺出版社 2012 年版，第36页。
③ 桑丹：《边缘积雪》，四川文艺出版社 2012 年版，第54页。
④ 桑丹：《边缘积雪》，四川文艺出版社 2012 年版，第59页。
⑤ 桑丹：《边缘积雪》，四川文艺出版社 2012 年版，第60页。
⑥ 桑丹：《边缘积雪》，四川文艺出版社 2012 年版，第36页。
⑦ 桑丹：《幻美之旅》，大众文艺出版社 2006 年版，第214页。
⑧ 桑丹：《边缘积雪》，四川文艺出版社 2012 年版，第24页。
⑨ 桑丹：《边缘积雪》，四川文艺出版社 2012 年版，第32页。

到极致的爱情/你是他们无与伦比的今生来世"①。在桑丹的作品中,藏族是神秘的古老民族,情感是原始的、粗犷的,有大爱亦有大恨,男女情感原始而真纯、热烈而执着、豪爽而仗义。桑丹为我们描述了一种平等合作的夫妻关系,扎西旺姆、锅庄阿佳、掂香姊妹的爱情,男女双方彼此凝望、彼此倾心,爱由心生,幸福一生。他们都健康、真实,彼此情感真诚、直率、无机心,维系夫妻关系的力量既不是男性权威,也不是女性威严,而是源自两性之间的情感与责任。

《老张的故事》和《平常日子》这两篇小说的故事与上述内容相悖。这两篇小说中的丈夫都冷漠无情,夫妻关系名存实亡。《老张的故事》中,丈夫和妻子已经生活二十多年,但丈夫在看到妻子的检查报告单时,一句安慰的话都没有,依然两眼紧紧盯着电视屏幕。丈夫的懒散、漠然已根深蒂固,电视各看各的,睡觉各睡各的,夫妻在无爱的婚姻中生活。《平常日子》中的丈夫自私而贪婪,妻子就是丈夫的性奴隶,丈夫不顾妻子生理特殊期,强行做爱。妻子"仿佛早已看到了自己的未来,那是一处北风呼啸的荒漠,吞噬着她麻木的生命,直到耗尽最后一口气"②。两篇小说中的女主人公都多次不约而同地喊出"男人不是好东西"。"男人不是好东西!老张恨不得杀了他"③,"你欺负我,都欺负我!男人全他妈不是好东西"④,"每次看到男人在她身上发泄完毕,猪一般呼呼大睡时,晓芳恨不得一刀杀了他,男人那张自私而贪婪的脸要多丑陋就有多丑陋"⑤。两位女性都进行了微弱的自救,老张怀揣 5000 多元钱,精心打扮,到美容院进行美容,将自己变成了一个楚楚动人、高雅得体的少妇,还到一家影楼穿上晚礼服、旗袍、古装照了近二十张艺术照,在人生旅途中潇洒走了一回,仿佛找到了自己的人生意义,"回家?不!让那死气沉沉的家和冷漠无情的老公滚一边去吧"⑥。晓芳以彻骨的冷漠和鄙夷的神态深深地刺痛了丈夫。这些反抗虽然无足轻重,但也可算是传统、守旧女性的自我救赎。

---

① 桑丹:《边缘积雪》,四川文艺出版社 2012 年版,第33页。
② 桑丹:《幻美之旅》,大众文艺出版社 2006 年版,第200页。
③ 桑丹:《幻美之旅》,大众文艺出版社 2006 年版,第145页。
④ 桑丹:《幻美之旅》,大众文艺出版社 2006 年版,第146页。
⑤ 桑丹:《幻美之旅》,大众文艺出版社 2006 年版,第200—201页。
⑥ 桑丹:《幻美之旅》,大众文艺出版社 2006 年版,第142页。

（三）爱情如童话

童话歌手谢长江也写爱情离别的伤怀，但他即使写爱情的离别都那么富有诗意，将爱情离别的伤感与童话般的意境联系起来。《月亮歌》写自己与邻家小妹的爱情悲欢故事。散文诗以自己和邻家小妹驾驶晶莹的小船为线索，没有明确说两人的分别，而是说船没有寻到温馨的港湾，美丽的小妹在山风里，被别的船载走。"一树深红的期许纷纷陨落。唯那些没来得及打捞的彩贝，铺满记忆的天空。"① 对爱情的失望是一种令人痛彻的感受，在其他作家的叙述中，这种感受令人痛苦不堪，但谢长江用深红色的树和彩贝两种温暖色调的意象，对失落的爱情进行诗意的点缀，使痛苦的情感变得如此美妙。谢长江说，当月亮再一次从那边驶出，用眷恋的色彩将世界描绘得分外妖娆时，"我"不再将小船拉回从前的麦垛。"我"将用勇气来收割麦子和灿烂不息的灵感，使所有失望的人，在咀嚼面包的同时，也能读到一首坚强而纯洁的诗歌。本来整篇文章抒发的是一种痛苦的情绪，但由于使用了"月亮船""水声""麦垛""温馨的港湾""彩贝""天空"和"面包"等意象，整篇文章便充满童话气息，痛苦的情绪成为美丽的忧伤，离别的伤感被诗意取代。《面对喇叭花》一文，表现失去爱情的一丝哀愁，但文章将失去的爱情与"喇叭花""唢呐""粉红的日子""小公主""绿荫"等意象相连接，哀怨又不失优美。《固守那片温柔》主要想表达：失去爱情之后不要埋怨，只有没错过时光的人，才有机会找到生命的春天。但谢长江将这种情感与花朵、小屋相联系，"即使很久很久，我也不会迷失回家的路。即使日子有些无情，我也会沿着花朵的芳香，找到你爱的小屋……"② 情调高扬，意境优美。

周洪明认为，"其他文学作品如小说、戏剧、音乐、舞蹈、绘画等是需要创作的，它们应该高于生活去概括、提炼、创造，但诗歌只是个体对生命、对生活、对自然的独特体验"③。周洪明在作品中对爱情的独特感受是：个体的爱情代表人类的美好情感。因而周洪明吟诵爱情，即是吟诵人类的美好情感。周洪明有一颗多情的心，"我怀揣诗歌，/走过表面那繁花。/无法挥掉冬雨，/更无法不让多情的夜晚流

---

① 谢长江：《红麦穗》，作家出版社 2008 年版，第72页。
② 谢长江：《红麦穗》，作家出版社 2008 年版，第85页。
③ 周洪明：《情感高原》，中国文联出版社 2007 年版，第179页。

浪"①。多情的周洪明表现爱欲，写男欢女爱极致的美，且描写细致，有时甚至表现为赤裸裸的描写状态。诗集《情感高原》和小说《坠落与升腾》中都不乏此类描写。有时周洪明构建了一个爱情伊甸园，"我为你早已种了一棵树/浑身挂满爱恋的点心/枝枝嫁接成蒹葭的叶子/更有四下的玫瑰花/绽放成九百九十九朵红海"②。这样美好的景象，每一个情窦初开的姑娘都会为之动容。有时写出某种淡淡的爱的感触，"走进五颜六色这商店，/为儿子挑串久仰的积木。/而你坐的车早已启动，/淡黄色的影子顷刻消逝。/我忽然唱不得音乐，/在看不懂表情的路人间，/眼眶湿润地脚步匆匆"③，显然，某位女性的离去触动了周洪明多愁善感的心弦。有时写爱情的不可得，"不必陪我哭泣，/我痴情的句句便是泪珠，/字字串起的项链"④。将一个爱情悲剧写得如此艳美，简直是化腐朽为神奇。

如果吹点牛进去的话，那每一首情诗都好像装着一个爱情故事，作为读者，只要能感受其中的美好感觉就行，至于究竟有啥故事，就只有亲自来问我了。从这个角度看，诗歌里的情诗无疑是习诗中的精华。作为诗歌作者，只有情动其中，才能言之于外，我基本上做到了这一点，这是一个诗人成熟与否的标志。我有一个美满幸福的家，可见，这些情诗基本上脱离小写的爱情，上升到对人类美好情感的吟诵。我有意识地走出小我，叙写着大写的情字。年轻的时候，总以为自己有好多好妹妹，我那些多愁善感的情诗配得上她们的美丽，但随着年龄的增大，我慢慢在这方面有些"麻木"。像上帝那样感觉爱情，像市民一样对待家庭，这是我现在的立场。当然，这也不排除我有些红颜知己，要不真的写不出诗来了，呵呵。⑤

正如周洪明所说，他的诗集《情感高原》有很大一部分是情诗，写爱情的美妙，也写爱情的离别、分手、惆怅。如果不了解周洪明其人，可能会对周洪明写情诗产生各种想象。其实，了解周洪明的人都知道，

---

① 周洪明：《情感高原》，中国文联出版社2007年版，第168页。
② 周洪明：《情感高原》，中国文联出版社2007年版，第72页。
③ 周洪明：《情感高原》，中国文联出版社2007年版，第172页。
④ 周洪明：《情感高原》，中国文联出版社2007年版，第81页。
⑤ 《身影榜样人物在线访谈：他用残疾的双腿走出桃李大道》，网址：http://www.bokee.net/bloggermodule/blog_viewblog.do?id=11102872。

周洪明本人拥有一个幸福家庭，但他对爱情的描写并不是自己爱情的真实写照，周洪明的爱情诗已脱离小我的爱情，上升到对人类美好情感的吟诵，他有意识地走出了小我，给读者叙写着大写的"情"字。

第四节　对他人的体认：向善性追求

生命伦理源自现实世界的种种关系以及为维系这些关系而产生的法则。在生命的生态系统层面，生命伦理表现为一种关系叙事，"生命就是一个在关系中不断运动的过程"[①]，是具有社会历史时代印记的复杂的个体与朋友、同事等之间的关系，归根结底就是人与人之间的复杂关系。残疾人作家对这些关系的感受和体认体现出对人性善的品质的守护。或许他们的作品没有很好体现强与弱、善与恶、亲与疏、尊与卑等方面的对比，没有聚焦于人与人之间生命展开过程中的矛盾，因而伦理反思缺乏一种张力，然而，正是这种所谓的不深入造就了他们的特点，他们表现的善良具有单纯的美，美得很清澈，很纯粹。

新时期以来的中国文学中，丑恶（阴冷、恐惧、无力、黑暗、绝望、死亡等表现）如同一场精神性疾病，感染了一些作家，其文学作品中弥漫着恶的主题，充斥着绝望、晦暗的精神图景。似乎生命缺少善良，生命当然也就没有了希望。仿佛善良的存在面临着过时、尴尬和被嘲笑的命运。有些作品也写善良，但这些作品中的善良以艰难的、稀少的、难堪的姿态呈现。但值得回味的是，残疾人作家在经历了惨痛的人生经历之后，并没有像我们所想象的那样加入这场对"恶"的表达之中。残疾人经历了常人无法想象的困难，感受到了命运的诡秘、无助和白眼，但他们更感受到了生命在受难过程中得到的善良，并且比常人更能铭记这种善良。情绪一旦诉诸笔端，他们首先表现的就是人间的善良。他们虽然也遭遇过人性恶的伤害，但他们依然不是以单一的目光去打量社会，而是在丑陋中揣摩着美好，在绝望中把握着希望。面对残疾的生理困境，在经历了生命的挣扎与顿悟之后，他们都选择了善良作为抵御残疾的武器，成为至情至爱的传达者。虽然王小泗也感受到命运的无常和欲望的焦灼，但同时他更坚信唯有意志——善良意志和自由意志，才能预示着永恒。

---

① ［印］克里希那穆提：《论关系》，李瑞芳译，中信出版社 2013 年版，第 14 页。

对于善良人性的表现，既可以是直接表现善的行为，也可以是鞭挞恶，以恶叙善。残疾人作家在创作中选择了第一种方式，努力地发现生命中的善良，书写了比其他作家更多的善良，基本上每一个残疾人作家都在讲述着一个生命中的善良之人。"疾病，让人变得敏感，也容易使人感动。"①杨姣娥出院之后很久，仍然喜欢掰着指头细数那些自己生病以来给过自己关心和祝福的人。作为一种群体性的行为，这在新时期文学中实属罕见。

一、以父亲为代表的男性：仁义之士

在传统的伦理关系中，爷爷、父亲是一个家庭乃至一个家族的权威，具有至高无上的权力。在一些文学作品中，父子关系，处于统治/被统治、征服/被征服的等级的压迫感、紧张感之中，父与子处于二元对立状态。当代文学发展至今，父与子的伦理关系在部分小说中展现出"审父""弑父""丑父""互诋"等不同的姿态，这也是作家们对时代发展与伦理变迁的一种记录、回应与反思。而在残疾人作家笔下，以父亲、爷爷为代表的男性形象突破了父与子对立的文化逻辑，展现出勤劳、民主、平等、无私的伟大"父爱"，这些父亲、爷爷形象感动、温暖、滋润、净化着作者本人的心田，在他们身上体现出舍己利求他义的仁义伦理思想。

谢长江作品中的父亲、爷爷形象总是与劳动、田野、丰厚、农作物相联系。"我听见父亲丰收的秋之歌，从故乡的苇叶儿上，轻轻滑过。""我思念的泪水，滴响父亲清亮的晨光。"② 父亲站在波动着绿浪的田野里，心思早已随那一叶叶洁白的柔光在秧苗间抒发，"细细地听，真能听出他在庄稼上惬意的心情，美好的年景就开始从父亲的心弦上轻盈地飞入悠远的天空里"③。"爷爷戴着草帽，从包谷和洋芋的地头走来，将我轻轻抱起。我的全身，沾满了阳光的芬芳，而爷爷的手上，沾满了五月的泥土。我就在这样的季节里生长。"④ 父亲、爷爷与农耕相连，突出的是他们的勤劳。

父亲、爷爷用自己的辛勤劳作放飞着孩子的心灵。《父亲手掌上的种子》中，种子在父亲粗大的手掌上闪着光芒，父亲播下神话般的种子，

---

① 杨姣娥：《时光碎片》，中国财富出版社2014年版，第114页。
② 谢长江：《红麦穗》，作家出版社2008年版，第26页。
③ 谢长江：《红麦穗》，作家出版社2008年版，第19页。
④ 谢长江：《红麦穗》，作家出版社2008年版，第137页。

于是，生活一日一日绿起来。《栖息在故园的秋天里》中的爷爷辛勤劳作，脸上沾满泥土，擦汗的姿势也很沉重，但爷爷用辛勤的劳动哺育着"我"，把"我"看作他手掌心里一只小小的白鸽，将"我"放飞到远方，"我"收获了诗歌。《面对村小》中，父亲用粗大的手掌养育着我们，让我们感受到了童年的乐趣，让我们如一只只欢乐的蝴蝶，飞舞着山中轻快的彩梦。父亲、爷爷也是"我"童话的翅膀，他们用手中的蒲扇，托着"我"飞过那道高高的山梁，成就了"我"的远游之旅。《在和平的日子里》写父爱，哪怕"我"离开故乡很久了，父亲也能从电话中呼吸到"我"话语里那一缕缕玉米的芬芳；哪怕"我"离开父亲很久了，"我"仍是父亲的农谚，在父亲的声音里依然响亮。"我"感到有父亲的日子是这样的和谐、亮堂，"我"的诗歌在父亲音乐一样流畅的汗水声中，抽穗、扬花。

卫宣利在《爱，互相交换》《上帝送来的最好礼物》《用你爱我的方式去爱你》《我永远是你最操心的孩子》《和你在一起》《没有人比你更宠我》《老爸老妈那些事》等系列散文和小说中，讲述着老父亲对残疾女儿的付出。为了让未来的亲家接受自己的女儿，父亲西装革履，头发梳得一丝不苟，但又低下高昂的头颅，去给亲家讲道理。女儿出嫁之后，担心女儿、女婿不会做饭，又忍受着孤独，去女儿家给女儿女婿做饭，也教他们如何做饭。

史铁生的《插队的故事》中的瞎子老人，自己过得十分艰难，但知道随随的父亲死了，随随孤苦无依，不顾一切收养随随，倾其所有养育随随。瞎子老人老了，有病了，不愿意给随随增加负担，也不愿到大城市里去治疗，担心浪费钱。为了节约钱给随随娶媳妇，老人从土崖上跳了下去。瞎子老人的自杀是一种牺牲自己成全他人的道德化选择，是一种舍生为义的伦理选择。王庭德的《这个世界无需仰视》中的爷爷，70多岁了，为了挣钱，给别人抬石头、抬树、抬棺材、背行李，为了让孙子开心，甘心用血汗钱买来一只八哥。中国传统文化中重义轻利的道德价值取向，向来处于主流位置，义的含义是广泛的，既可以理解为一种道义，又可以理解为一种道德。强调义的道德遵从，是整个人类社会的向往。这两部作品中的老人都体现了中国传统文化的主流价值观。

张云成在《假如我能行走三天》中讲述着二哥的仁慈。二哥上高中时，学业很紧张，但二哥只要听到有能治这种病的信息，就马上不顾一切地去刨根问底。听说有一个地方能用气功治这种病，无论刮风下雨，每天下午都趁体育课时用自行车驮着张云成去气功师那里，经过20多分钟气功治疗后,再把张云成送回家,然后匆匆忙忙赶回学校上课。高二时,二哥都还要每天抽出近两个小时送张云成去治病,回家之后继续用自己学的气功疗法为张云成治病。临近高考时,二哥又决定放弃高考,去广东挣钱,为家里分担困难,为张云成治病。挣到钱之后,二哥自己不多用一分钱,却给两个瘫痪的弟弟订报纸、书刊、买录音机、磁带,后来又买电脑。

上述爷爷、父亲、兄长的义都是为别人提供帮助的利他行为,从他们身上体现出人性的光辉。

二、以母亲为代表的女性:受难者和拯救者

母爱往往是无私的,向来母亲对子女付出得多,子女对母亲回报得少。为此,人类有史以来就一直把母爱看作最高形式的感情和最神圣的爱。"母爱"也是文学作品中永恒的主题,残疾人作家对母亲的刻画主要有两种形式,第一种形式是普泛视角下的母爱,第二种形式是残疾视角下的母爱。

(一)普泛视角下的母爱

有的残疾人作家对母爱的歌颂没有强调残疾的问题,就是单纯地写母爱。这一类作家的笔下,母亲形象有如圣母般高洁。

谢长江作品中的母亲总是充满温柔,充满爱意,还是智慧的象征。谢长江刻画母亲形象有两种方式,一种是直接塑造母亲形象,另一种是将各种比喻与母亲形象相联系。第一种方式如在《生长我们的季节》中,他感觉沐浴金黄的阳光,像是充分享受到了母亲的抚慰。在《采茶时节》中,母亲炒制她的竹叶青茶,像在谱一曲音乐,说话也轻轻的,母亲把对日子的爱意用这种特殊的方式全揉在茶叶里,其形象犹如茶叶中的精灵。《小船》中的母亲将希望从她温柔的爱心里飘起。《村庄的篱笆》中的母亲能给痛苦的人带来幸福,为他们系上幸福的红绳,"母性的阳光抚摸着男人开放的思想,把村姑的笑语温暖成新鲜的花朵"[①]。在《我很幸运》中,诗人将母亲比喻为山中雨后的彩虹,将自己写诗的灵性和母亲相联系,写诗的灵性在母亲每一碗茶汤里获得洗礼。在《神圣的责任》中,母亲和期盼联系在一起,"也没有任何理由不在这片土地上收藏母亲

---

① 谢长江:《红麦穗》,作家出版社 2008 年版,第 34 页。

那些热切的盼望和祝福"①。在《步入春天》中，母亲与智慧相联系，母亲是得道的神仙，炒制了奇妙的竹叶青茶，"让我的思想孕育在这茶香里，/就着芳香的力量，/步入明媚的梦境，/步入真正的春天"②。集中体现母亲特点的是《麦地——献给已故的母亲》，在这篇散文诗中，作者将母亲与麦地相联系，借麦地写母亲，包含这样几层意思：第一，母亲是生存的希望。母亲用汗水浇灌着麦地，使我们的温饱得以解决，麦子在季节的轮回中承载着农耕民族生存的希望，质朴、本分且具有底层气质。母亲的辛劳换来生命的延续。第二，母亲是乐观、包容的象征。母亲一生沉重劳动，在麦地却展开了无边的笑容。第三，母亲是温柔、善良的中国女性的象征，母亲绽放出幸福的清香，歌唱出最温暖的声音，在沉重之中展示了中国传统女性的母爱之美。显然，这篇作品中的母亲是中国女性美好品德的集大成者，超越了现实情境，在很大程度上是作者理想化的产物。

卫宣利也用散文和短篇小说集中描写了母亲，如《母亲的时间》《那些卑微的母亲》《摘心》《因为爱你，所以认输》《每个母亲都是战士》《你爱我的心永不停歇》《缴械的母亲》《这些年母亲教会的人生》《母亲的心要掰成几瓣》《一颗心走在向另一颗心的路上》，这些文章揭示出母亲就是上天送来的天使，为我们的生命播撒恩泽和雨露，母亲对子女的爱，宽阔辽远一如无际的大海，纯粹透明没有丝毫杂质。而子女，只能用杯水去回报大海，"在母亲的时间里，我是她钟表的中心，她的时针分针秒针全是我。而此后，我的那只钟表里，母亲也是中心。我们的心在爱里重叠，相伴，一直到老"③。这里表现出母女情深似海。卫宣利还写自己的婆婆，歌颂婆婆的深明大义。《一颗心走在向另一颗心的路上》是对婆婆的赞颂。婆婆因自己婚姻的创伤记忆而反对自己儿子和"我"结婚，但一旦观察到"我"对她儿子的真心，便与"我"坦诚沟通，两颗心终于冲破种种隔阂，融在了一起，有了同一节奏的跳动，为了一个共同的人——"他"，两颗女性的心融汇在一起了。有的作品写了孩子小时候不理解母亲，长大明白母亲的苦心之后，与母亲其乐融融，比如《缴械的母亲》。《缴械的母亲》中写父亲去世，家里所有的重担全部落在母亲身上，母亲变得很彪悍。面对没有女人气的母亲，"我"很羞愧，很羡

---

① 谢长江：《红麦穗》，作家出版社2008年版，第7页。
② 谢长江：《红麦穗》，作家出版社2008年版，第126页。
③ 卫宣利：《时光去了，你还在》，清华大学出版社2014年版，第36页。

慕别人的母亲柔声细语，但也正是母亲的泼辣彪悍，才让我们孤儿寡母在村子站稳脚跟。"我"结婚后，逐渐理解了当年母亲的苦处，将母亲接到城里居住，并且给母亲请了钟点工，将前邻后舍介绍给母亲，母亲感到很舒展。

　　第二种方式是将比喻与母亲相联系，借本体的特征强化母亲的特点，或借喻体的特点突出母亲这个本体的特征。"一片片豆叶如母亲劳动的手掌"①，将豆叶比作母亲劳动的手掌，实则突出母亲的勤劳。"一朵朵舒展的希望，在母性的土地上辉煌。"②将土地比作母性，实则突出母亲对生命的孕育、对子女本能的爱以及牺牲自我、甘为人梯的无私精神。《夜饮》将妻子比作太阳，散发着母性的光芒，将男人的夜饮化妆成温馨的菊园，写出了母性对男性所产生的积极影响。在《梦》中，妈妈有明亮的眸子，甘甜的乳汁，"妈妈是书，她有很多故事很多童话告诉我。我陶醉在妈妈温暖的怀里"③。将母亲比喻为书籍，突出母亲的智慧，有了这种智慧，母亲的怀里仿佛是一方湛蓝的天，"我天真地去捧太阳，我好奇地去摘星星，我多情地去搂月亮"④。

（二）残疾视角下的母爱

　　有的残疾人作家在写母爱的时候，将残疾作为思考问题的出发点和终点，他们笔下的母亲面对的是一个甚至两个身体不健全的残疾孩子，她们比其他母亲承受着更大的身体、经济、心理的压力。这一类母亲既是受难者也是拯救者。

　　作为残疾儿女的母亲，她们承受着太多的苦难，是一个受难者。姚平在《忆母亲》中讲述，母亲为了让残疾的儿子上学，在校长办公室里跪着恳求。因放心不下两个残疾儿子，母亲坚决不住院治疗，乃至延误病情，过早结束了生命。杨姣娥在《时光碎片》中讲述子女意外残疾，母亲一夜愁白头的故事。一个母亲知道自己的儿子外出打工从六楼摔下将终身残疾时，独自一人手抓头发，在墙角蹲了一天一夜，一夜之后，满头白发。残疾人的母亲们到残联时，基本上都带着"殷切而略显卑微的眼光"。在《死是容易的》中，为了医治"我"的病，母亲养的花也死

---

① 谢长江：《红麦穗》，作家出版社 2008 年版，第47页。
② 谢长江：《红麦穗》，作家出版社 2008 年版，第79页。
③ 谢长江：《红麦穗》，作家出版社 2008 年版，第104页。
④ 谢长江：《红麦穗》，作家出版社 2008 年版，第104页。

了，她常常肝疼得整宿整宿翻来覆去地睡不着觉。卫宣利在《你爱我的心永不停歇》中反映了残疾孩子的母亲复杂的心路历程。母亲看到孩子残疾，内心十分烦躁，失去耐心。当心情平复之后，自己意识到愧对孩子，随即真诚以待，感动孩子，母女俩最后握手言欢。

这群有着残疾子女的母亲也是残疾人的拯救者。《时光碎片》中那个一夜白头的母亲，一夜之后想开了，"孩子在事故中捡了半条命，已是上苍的恩赐，她唯一要做的就是尽己之力带孩子走出伤残的阴影，好好活着"①。"尽己之力"语言朴素，但包含着一个母亲的坚毅。那些带着"殷切而略显卑微的眼光"到残联的母亲们，经过残联工作人员的抚慰、指点之后，"擦干眼泪，转身离去，面对自己的残疾亲人时，脸上会平添许多温和。这种温和，带给家庭和社会的是坚忍和接受"②。这或许就是余华所说的"宽广的眼泪"。此时，母亲的心胸真的如大海一样宽广。为了拯救残疾的孩子，母亲们将痛苦藏在心中，微笑挂在脸上，甚至以自己的生命换取孩子的生命，这就是伟大的母爱。母亲在面对残疾孩子时迸发出来的沉重而伟大的爱意成为残疾人作家伦理叙事的重要主题。

作为残疾儿女的拯救者，母亲拯救孩子的方式是多样的。有的以"耍泼"的方式出现。阮海彪的《死是容易的》中，辛苦、瘦小、经济困窘的母亲一次次无奈地带我去医院看病，辛苦备至。为了拯救"我"的腿，母亲在宁静的病房很不体面地跟医生争吵，从走廊尽头的医生办公室，一直吵到病房中，坚持不准医生锯"我"的腿，她对医生说，你们做做好事，无论如何不能锯。没有腿，叫他以后怎样生活，怎样做人。医生怪她不讲道理，不懂规矩。母亲说道理规矩她都懂，不愿意自己的儿子九岁时就把小腿留在手术台上，这就是她做人的规矩。在与疾病赛跑、与绝症争夺孩子的过程中，母爱迸发出了璀璨的人性光芒。作为拯救者，母亲放弃大家闺秀的优雅，屏蔽理性的判断，以不管不顾的精神维护孩子身体的"完整"。

有的母亲以春雨润无声的沉默拯救自己残疾的孩子。《我与地坛》中的母亲以默默的关注拯救"我"怅惘的心魂。史铁生写道，他那时脾气坏到极点，经常是发了疯一样地离开家，从那园子里回来又中了魔似的什么话都不说。母亲担心史铁生，就来地坛找史铁生，又怕史铁生发觉，只要见史铁生还好好地在这园子里，她就悄悄转身回去。史铁生看见过

---

① 杨姣娥：《时光碎片》，中国财富出版社2014年版，第90页。
② 杨姣娥：《时光碎片》，中国财富出版社2014年版，第89页。

几次母亲转身离去的背影,也看见过几回母亲四处张望的情景。母亲视力不好,端着眼镜像在寻找海上的一条船,母亲没看见史铁生时史铁生已经看见她了,等到史铁生看到母亲也看见了自己时,他就不去看母亲,过一会儿史铁生再抬头看他母亲时,就看见他母亲缓缓离去的背影。母亲死后,史铁生才深刻地了悟到母亲的辛苦。"这园中不单是处处都有过我的车辙,有过我的车辙的地方也都有过母亲的脚印。"① 为了拯救孩子,母亲轻柔温婉,仿佛岩隙中的甘泉,悄无声息地浸润着残疾孩子的心扉。

有的母亲以细致入微的照顾拯救残疾的孩子。史铁生的《合欢树》《秋天的怀念》中的母亲是这方面的代表。在"我"瘫痪之后母亲到处给"我"借书,顶着雨或冒着雪推"我"去看电影。母亲到处给"我"找大夫,打听偏方,总是怀抱一丝希望。为了"我"的腿,母亲的头上开始有了白发。《秋天的瘫痪》中的母亲,心里只有瘫痪的儿子,一心让儿子高兴,活出希望。母亲总是要推"我"去北海看花,当她意外地得到"我"的同意时,竟高兴得絮絮叨叨,手足无措,而她的肝病已经到了晚期。母亲昏迷前的最后一句话是:"我那个有病的儿子和我那个还未成年的女儿……"② 残疾孩子的母亲形象感人而伟大,如史铁生所说,孩子的痛苦在母亲这里会加倍很多。母亲对残疾儿子的呵护,是来自灵魂深处的宽厚、广袤和无边的坚韧。

上述母亲形象已经超越个体的母亲,成为女性的代表,歌唱母亲就是歌唱女性。除了感受母亲的善良和温情,在残疾人作家的创作中,在奶奶与孙子、残疾人与姊妹的关系中,同样体现出善良的人伦关系。刘水的创作是这方面的代表。《奶奶》中的奶奶,虽不信佛,却是野马河两岸远近闻名的大善人,连一只飞蛾都不忍心捏死。虎子因残疾脾气很暴躁,将一只壁虎捏死,奶奶既痛惜壁虎,又心疼虎子。奶奶还担心虎子遭到老天爷的惩罚,就喃喃自语:"老天爷呀,这与我的虎子无关,我的虎子不懂事,都是我没把娃管好,你要惩罚,就惩罚我吧。"③ 奶奶愿意替孙子受罚,是一种牺牲者形象。《表姐》中的表姐不嫌弃"我"残疾带来的丑陋,桃花开了,撷来一枝,艳艳地插在"我"的窗口;石榴熟了,

---

① 史铁生:《我与地坛》,《史铁生作品全编》第 6 卷,人民文学出版社 2017 年版,第 41 页。

② 史铁生:《秋天的怀念》,《史铁生作品全编》第 6 卷,人民文学出版社 2017 年版,第 2 页。

③ 刘水:《奶奶》,《刘水作品精选》,华夏出版社 2009 年版,第 20 页。

挑最鲜最甜的颗粒放进"我"手心；雪花飘了，背着"我"踩着厚厚的积雪，去寻找鲜艳夺目的红梅；锣鼓响了，背着"我"挤进熙熙攘攘的人群看革命样板戏。在表姐的带动下，表姐身边的小伙伴也变着法子的逗"我"开心。《二妹》中的二妹侠风浩然，以孱弱的身躯外出打工挣钱，想以自己单薄的力量拯救贫穷的家庭。《永远的冰树》中的外婆和家中的其他长辈，对"我"千般疼爱、万般体贴、嘘寒问暖。

一个人的成长经历中，母爱存在与否对其性格的形成有很大的影响。比如郁达夫的缺失性体验就源于母爱的缺失。郁达夫3岁丧父，母亲理所当然地成了其唯一的感情依托。但是，郁达夫的母亲为了家庭的生计不得不经常在外，这使得童年的郁达夫难以充分感受到母亲之爱。家里的祖母年事已高且整天吃斋念佛，只有丫鬟翠花还不时地照看他。母爱的缺失伴随其他一些因素，形成了郁达夫苦闷、伤感、不幸、痛苦、悲哀、绝望的个性心理气质，体现在作品中就是感伤的美学特征。残疾人作家经历了身体的缺失性体验，但因为有母爱的陪伴，他们的内心增添了一丝平和宁静。母爱让他们感受了人间大爱，也让他们顽强生存。残疾不同于其他疾病，很多残疾人不能自理。残疾无论对谁都意味着一种局限，"刷牙、洗脸、吃饭、翻身、洗换、排便……一切的一切都要由别人协助才能完成"[①]，帮助他们完成这一切，并且毫无怨言、默默地承受生活苦难的是他们的母亲。在残疾人作家的许多散文中都表现了这一内容。王小泗在《母亲的晚年》中回忆，母亲在"我"情绪狂乱时，默默地待在一旁，或静静地走出屋外暗自在那里抹眼泪，一会儿又悄悄进来，躲在门后偷偷注意"我"的动静；"我"不断地用手拍打着残缺的肢体，母亲急忙过来抱住"我"的头，"要好好地活着，有娘在，什么也不怕"；为了便于看护，母亲陪"我"同住一室；随时阵发的疼痛和无法控制的大小便搅得母亲整夜不得安宁；母亲不放弃任何希望，到处寻医问药，有时为一个偏方和一剂只是传说中的中草药，竟跑上十几里山路；冬天，母亲用冷水洗衣服和尿布，地上滴水成冰，天上雪花飞溅，刺骨的冰水把母亲的双手冻得通红；母亲十分爱美，总是将不同季节的鲜花摘回家插在瓶子里。王小泗自残疾后一直由母亲陪伴、照顾，直到母亲去世。这是一种最彻底、最干净、最无私的爱，是最没有功利目的的一种爱，"母亲对塑造一个人丰富的内心世界、美好的情感和普遍的人类同情心起

[①] 王志勇：《苦难中盛开的美丽》，王新宪主编：《收获感动》，华夏出版社2009年版，第47页。

着重要而积极的作用。可以说，一个作家的情感倾向和对美的热爱与渴望是母亲赋予的"①。有母爱的存在，残疾人作家的作品中，色彩变得明丽、美好和温暖。

三、朋友：有情有义

残疾人由于身体的残疾，在与家人之外的他人相处时，比常人更能感受到伦理（关系）和法则（道德）。尽管在感受过程中他们也遭遇过冷眼嘲讽和恶语中伤，但他们总是忘掉邪恶，铭记善良，他们记住的是朋友带给他们的"生命中每一个开花的日子"②。无论现实有多丑恶，或者如何无意义、如何虚无，在他们的创作中都洋溢着人性的善良。

残疾人作家创作中的朋友形象总是有情有义，在情义之中体现出人性的善良。王小泗歌唱友谊，珍视友情，儿时的伙伴，打工的工友，甚至是许多未曾谋面的诗友网友，都在他的笔下呼之欲出，充满温情。他们或者有着古道热肠，左邻右舍的大小事情都热心相助（《华明》中的华明）；或者参加各类慈善活动（《张平》中的张平）；或者珍惜粮食，将饭桶中的残羹饭渍收集在饭盒中下一顿再吃（《黄地茂》中的黄德茂）；或者在寒冷的冬季，脱下许多补丁的棉衣给我套在身上（《凡哥》中的凡哥）。丁海波的《昨夜有雨》、贺绪林的《挽歌如诉》、秦巴山娃的《感动的思绪》、张兰萍的《心灵深处的感动》等都叙写了朋友的情深义重。

史铁生的《命若琴弦》中的老瞎子参悟透生命的意义在于未知的过程，便将这个参悟封进琴盒，交给了小瞎子，因为小瞎子也需要经历生活的磨炼。老瞎子对小瞎子的这种举动可谓有情有义。《车神》围绕手摇车的回忆，写出了朋友、陌生人的善良。"我"少年时代的二十个同学的母亲筹钱为"我"买手摇车，一个素不相识的孩子让"我"看到希望；小巷深处一家小作坊的三十几个妇女收留"我"；朋友为了满足"我"的心愿背着"我"上火车；一个老人为了满足"我"围着海湾跑一圈的愿望，纵身上马，一手抓缰，弯下身来一手推着"我"的车，在海边飞奔；十多年来，一个年轻的女性总是来看"我"；"我"正在伤感人与人的疏离，"地上的人群为什么像天上的星星一样的疏远"③时，雨中的陌生人

---

① 童庆炳：《童庆炳文集》第五卷，北京师范大学出版社2016年版，第266页。
② 刘懿：《传情每从馨香始》，王新宪主编：《为了生命的美丽》，华夏出版社2009年版，第92页。
③ 史铁生：《车神》，《史铁生作品全编》第4卷，人民文学出版社2017年版，第302页。

给了"我"亲近感。

周洪明的长篇小说《坠落与升腾》全面展示了国有企业改制十多年来社会的整体面貌，包括引发普遍关注的，如农村产业结构调整、农民工打工生活等热点问题。小说以李俊杰、冷白羚离婚事件为线索，展示了冷白羚最后的善良之举——在第一任男友朱树依下肢全部瘫痪且因抢救被切除三分之二的阴茎的情况下，与之结婚。而朱树依为了不拖累冷白羚，一开始不同意与冷白羚结婚，后来在冷白羚的坚持下才同意。分割酒业公司的财产时，所有的人都按照自己应得的股份取得合法收益，没有任何的纠纷。当冷白源急需大笔资金购买酒厂股份时，其他的人都慷慨相助。这些人都不是完人，但都重情重义，都属于平凡的善良人。

如果说《坠落与升腾》还沿袭着中国民间"善有善报，恶有恶报"的思维，那么，陈智敏、陈德福的《嗨，王老汉》和邹廷清的《宽广的地平线》则是在消除善恶的对立，展现人生之苦的同时，极大地讴歌了生存困境中人性的光辉。作品对"善良"与"真诚"伦理的召唤，肯定了善良与真诚对一个人的重要性。《宽广的地平线》反映了成都市温江区金马河畔一群农民的故事，在人与人、人与土地、人与水、人与时代的纠缠、抗争与融合中，这群成都平原的农民有私心、有冲突，甚至有点愚蠢、倔强、固执，村长、书记的工作方式也有些粗暴，但这一切都无法掩饰人性中的善良：闹事的村民被村长骂了之后，自知理亏，心甘情愿地接受了复耕的土地；沙场老板出钱为每户缺水的村民打了一口井；理解移民生活的不易，"人家那么远移民到这里来，连田都不会种，要是我们再拿些烂田给他们，那就不是人干的事情了"[①]。他们的善良体现在做事讲良心。邹廷清没有停留在发泄、控诉和揭露的层面，在他的创作意识中，写作的真理是一种排斥道德判断的真理，并能够对善与恶一视同仁，在"恶"中发现普通人的善，能够用包容的目光看待世界，这是一种超然的人生态度，是一种不同凡响的写作觉悟。也许这种超然的态度不如揭露、发泄和控诉有冲击力，凶猛度也不够，但就残疾人作家的特殊情况而言，这无疑是一条更切合残疾人生存状态的写作路径。

残疾人作家不仅在创作中努力发现朋友的情义，还努力展现朋友的情义给自己带来的改变。由于身体的残疾，残疾人遭受了世人的白眼，于是他们常常回到内心。周洪明坦言，自己跛着脚走在人生的旅途，深感世界的沧桑与世态的炎凉。他也因此常常关上门，拉紧窗帘，打开书，

---

① 邹廷清：《宽广的地平线》，四川文艺出版社2012年版，第164页。

阅读几段为世俗不屑一顾的文字来寻找世外桃源。但他也承认，"学生情、爱情、青青、友情与自爱情，是我一如既往写作的五大原因"①，"我的有些诗歌写给亲人、朋友。这些诗句是世界上最微弱的声音，但它充满亲情、友情，这是我最赤诚的表达"②。诗人感受到"拥有亲情友情/再加点爱情的佐料/这个季节高远而深邃"③，诗人感受到的友情像太阳一样灼热，"这瀑布似的阳光，/就像友情灼热"④。

杨姣娥在一系列散文中表达了自己对朋友之情的感恩态度。《朋友似水》和《冬日暖阳》中说，自己每次看到一些刊物和书信时，心里总是被一种叫作友情的东西润湿着，因为她知道每一封信件的背后都有一个真诚的灵魂，有一双关注她的目光，尽管这目光虚无缥缈，遥远得无法对视，但只要有心，就总会有一丝的感动。她感觉到正是因为有朋友的情义，她才有了幸福，"好朋友是山，一脉温情；好朋友是水，一派智慧"。"其实，在这个凡尘纷扰的世界里，幸福就是有人在惦记着你，你也在惦记着他（她）"⑤，"牵挂与被牵挂，如同一根扁担上的两只水桶，只有重量均等，才能保持平衡，也才能让人感受到幸福"⑥。她坦言，因为有朋友的情义，她的心灵才会如此的宁静，"身边，我的朋友，一个让我心生信赖，又沉默如山的人，始终如一尊雕像，陪着我静静守候。我不知道自己守候的是什么，但我知道心灵的澄清与安宁一下子淹没了我"，"夜，就这样走进了我的心中"。⑦ 杨姣娥多次将朋友之情比喻为氧气：

> 能给我生命氧气的是孩子的懂事和学习成绩的不断进步；是平时不爱多话的丈夫每天一个安慰的电话；是陪读村里邻里们的体贴与帮助；是那些因文字而相识的远方的朋友，在不经意中发来的短信，打来的电话；是周围的文友送来的一本书，几个粽子，或者是一瓶酱菜，我将这些给予我温暖的真情一一收藏在心里，为的是在烦闷的时候仔细品尝。我知道，因了这些亲情和友情，我的生命才

---

① 周洪明：《情感高原》，中国文联出版社 2007 年版，第 179 页。
② 周洪明：《情感高原》，中国文联出版社 2007 年版，第 178 页。
③ 周洪明：《情感高原》，中国文联出版社 2007 年版，第 16 页。
④ 周洪明：《情感高原》，中国文联出版社 2007 年版，第 18 页。
⑤ 杨姣娥：《时光碎片》，中国财富出版社 2014 年版，第 103 页。
⑥ 杨姣娥：《时光碎片》，中国财富出版社 2014 年版，第 116 页。
⑦ 杨姣娥：《时光碎片》，中国财富出版社 2014 年版，第 109 页。

有了舒畅的呼吸，我的寂寞才显得不再难熬。是的，他们是我生命的氧气。①

杨姣娥忽然明白：任何时候，人都需要交流和沟通，群体的互助和关爱永远是绵延不绝的生命氧气。②

沙爽也看到朋友的情义成为自己生命中不可或缺的力量，"如果有一种度量衡可以用来称量友谊，它一定可以证明，苏在我的生命中起到的作用，远远超过了我对她的全部给予"③。沙爽说，有些人从一出生就具备某种向上的力量，而她不是这种一出生就具备某种向上力量的人，但她是幸运的，因为在与这种力量的遭逢中，她的灵魂一点点止住了下滑的趋势。而在此之前，她已经确信自己是一只经过粘合的碎罐子，从未想过它也可以盛满水，盈满春天的香味和明亮。让她的灵魂止住下滑的正是苏的友谊。

残疾人作家依靠什么而活着？他们经历了常人无法想象的困难，他们凭什么在苦难中活下去？虽然他们在受难的过程中感受到了人物自身独有的力量，感受到了命运的诡秘和无助，但他们更感受到了生命在受难过程中的特殊温暖，从而确立了个人在苦难中救赎的精神力量——人自身内在的忍耐力和亲情的支持。正如王小泗所说，在刚残疾的那几年，人前的坚强代替不了独自的空虚，强颜的欢笑怎么也掩饰不住背后的眼泪。多少次想彻底了绝自己，但想到母亲、哥哥姐姐、朋友相邻的美好，最终放弃了这种想法，是亲情让他获得了重生的信心。谢长江在《音湖》中说"我游进湖泊中央，天下所有的爱一起向我涌来"④，"我再也离不开这纯真的圣境，亲情的家园"⑤。他们甚至感受到大自然的温情，"穿过湿漉漉雨的柔情/开始在无际的夜色里寻觅/捧一丝雨，盈盈入怀/轻吻/落在我的掌心眉宇"⑥。残疾人作家也知道，残疾有时也会造成亲情、友情的断裂，但他们更知道友情、亲情是在相互的不理解中重新建立和谐的秩序。沙爽将最初的不理解比喻为地震，矛盾中的两个人感受到"天摇地动，万物变形"，但地震"意味着破坏和摧毁，也意味着新生和

---

① 杨姣娥：《时光碎片》，中国财富出版社2014年版，第118页。
② 杨姣娥：《时光碎片》，中国财富出版社2014年版，第119页。
③ 沙爽：《春天的自行车》，知识出版社2011年版，第71页。
④ 谢长江：《红麦穗》，作家出版社2008年版，第52页。
⑤ 谢长江：《红麦穗》，作家出版社2008年版，第35页。
⑥ 李仁芹：《吹出竹的新骨》，中国文联出版社2011年版，第17页。

建立"。当然，有时为了取得这种新的秩序，需要消耗许多年的精力，但最终会建立友善的新秩序："多么幸运，只用了一天时间，一对母女就真正进入了彼此，并迅速重建只属于她们两个人的爱和秩序。而这世间有多少至亲的人，夫妻，母女，父子，在魔法之外，为了找到这一天，还要相互消耗上许多年。"①

四、特点

新时期残疾人作家写善良有三个特点值得特别提及：

（一）善良的亲近感

残疾人作家往往都是通过自身亲历的人和事来表现善良，文中之人都是现实中的人，他们的善良与复杂的人性相结合。无疑，文中所述之人都具有善良的人性，但他们都不是完美的圣人，如刘水的母亲不仅没有文学作品中母亲通常具有的温柔、亲切、细腻，反而有一点粗鲁，但当她搂住儿子，很怕儿子真的离她而去的时候，母爱跃然纸上。这些作品没有因为引进善的维度而变得简单，反而充分写出了人的复杂性，写出了与不完美的人性相互纠结地存在于平凡的底层中的善良。这些作家以生命的宽广和宽容来打量一切人与事。他们作品中的善良不是简单的道德评判，而是指向了一种更为广阔的人性，一种复杂的人性，唯其如此，这些作品中所出示的善才更为可信、真实，更具亲和力。也唯有如此，这种善才不会被更为庞大的恶所吞灭。

刘水的《约定今生》中的母亲性格粗暴，给他喂药缺乏耐心，喂药变成了灌药，但粗鲁的行为背后是母亲的爱子心切。陈智敏、陈德福的小说集《嗨，王老汉》塑造了一群不太完美的善良的好人：王老汉、王婆婆、照山老汉、张寡妇。他们也会使点小计谋，也会吵架，也会闹腾，他们头脑中还残留着一些落后、陈腐、保守的旧意识，作者也对这些元素进行了辛辣的嘲讽，但作者更多看到的是这些人物身上的仁义、友善、吃亏忍让的品行，而这些善良的品行构成了人物的底色。笨拙的王老汉不在市场卖菜，而在大街上卖菜，这不符合市场规定，扰乱了城市秩序，但王老汉之所以急着在大街上卖菜，是急于为地震灾区捐钱，不合规矩之中包含善良之举。王婆婆担心丈夫与其初恋张寡妇死灰复燃，与张寡妇发生了许多啼笑皆非的事情，但最后两人握手言和，推心置腹地交流，

---

① 沙爽：《春天的自行车》，知识出版社2011年版，第39页。

王婆婆死时还将王老汉托付给张寡妇。读完这本小说，你会感觉到人性中的善，那个被恶和绝望彻底放逐了的善，那个唯一能缓解内心寒冷的善；而人所残存的根本的善，正是人类的希望之所在。这种希望在残疾人作家的笔下，被坚定地呈现出来。这种对善良的描写，大大地拓宽了当代文学的精神边界。正如喜剧容易流于肤浅一样，要写出善的力量肯定要比写出恶和绝望的力量困难得多。但《嗨，王老汉》取得了成功。陈智敏说，他们不想用垃圾作品嘲讽地展示某些农民的生理缺陷，以哗众取宠去迎合一些读者格调低下的兴趣，去换取一种廉价的笑声。他们要努力写出翻天覆地变化中的农民之情感变化、内心世界的喜怒哀乐及他们的心路历程。残疾人作家已经将善作为写作中一种潜在的叙事伦理，作为作品的一个重要组成部分。

残疾人作家将善良与人性的复杂性结合在一起，它使作品中所出示的善更为可信、真实、坚韧，唯有如此，这种善才不会被更为庞大的恶所吞没。卫宣利的《时光去了，你还在》中，姑嫂曾为钱财吵过架，"我"和哥哥也很生疏。"我"遭遇过几次婚变，但在"我"生命攸关的时刻，保护"我"的依然是哥嫂父母丈夫，骨肉血亲，一辈子都难以割舍，虽然会有误解，也曾相互伤害，但在彼此的内心深处，仍有深爱将大家紧密联系在一起。在危难关头，人性终究是善良的。

（二）善良的碎片化、底层化

残疾人作家对善良的感受基本来自个体生命的直觉体验。他们并不是都接受过叔本华、尼采、柏格森等人的生命哲学学说，更没有系统研究过伦理道德范畴中的善良，因而没有一个残疾人作家在散文中完整地阐析人类的善良应该怎样和可能怎样，他们或是在人物的回忆中，或是在事件的记叙中，或是在个人的呢喃絮语中闪现着支离破碎的善良。当然，尽管只是一些小心翼翼收集起来的碎片，但足以让人感动，可以部分消解我国当代文学中的恶和绝望。

同时，残疾人作家对善良的描写具有底层化特征。这种底层化特征体现在两个方面。

第一，基本上表现的对象都是社会底层人士。前文提到的那些爷爷、奶奶、父亲、母亲以及兄弟姊妹基本都生活在社会底层。杨姣娥《冬日暖阳》通过冬日广场上的三幅画面，展示了夫妻之情、母子之情、姑嫂之情、路人之情，有妻子瘫痪、母亲瘫痪、儿子瘫痪和孩子的姑姑瘫痪，他们总能得到丈夫、儿子、母亲或者是嫂子的悉心照顾，结尾自然、简洁，同时体现出陌生人对残疾人的关爱。偏瘫的两位老人和中年汉子以及帮助他们的陌生人都是普通民众。

陈力娇在《我们爱狼》中讲述着一群善良的底层人的故事。《洗澡》给我们展示的是以善治恶的良性循环之路。"我"和小打糕因为讨厌邻班的同学周吹皮，于是揍了他。对此老师惩罚"我"和小打糕，"我"和小打糕私下叫周吹皮给老师说，双方已经结成献爱心对子了。周吹皮明明知道这只是骗老师的把戏，但还是给老师汇报了，老师真的没有惩罚"我"和小打糕，还表扬"我们"。周吹皮的行为感动了"我们"，后来"我们"真的与周吹皮结成爱心对子，共同学习。以恶治恶只能招致恶性循环，带来更多的利益争夺；以善治恶反而能收到出人意料的效果。《天上的星星你最亮》中，一个卖樱桃的妇女对于伤害过她的陌生人的女儿依然表现出母性的温柔。《精神》中的麻将铺的老板娘知道"我"的衬衣里有五百块钱，她将衣服和钱还给了"我"妈。"我"妈用自己的行为证明了一个真理：什么事都不要轻易绝望，什么事都没有那么糟糕。《讨伐》中的"他"将55万捐给了希望小学。《烛光》更是善良的体现。蟒蛇壮壮总想着替母亲还债，而老伯不计前嫌，为受伤的壮壮疗伤，演绎了一曲人蛇情未了的感人故事。《牵挂》中"我"和大哥同父异母，平常"我"很瞧不起他的软弱，但"我"还是极力帮助大哥，一会儿想让他做"我"这个楼盘网店的代销人，一会儿又想替大哥将话吧买下来。《思念》中的小闹与俄侨娜塔莎素昧平生，但为了安慰娜塔莎孤独的心，小闹夫妇给娜塔莎安装电话，每晚通过电话听娜塔莎唱歌，直至娜塔莎离世。《七喜》讲述的是一个后妈七喜的故事。七喜是一个卖豆腐的，父亲娶她就是为了让她照顾"我"和这个家。七喜饭都顾不上吃，给"我"补牛仔裤上的洞。为了给"我"娶媳妇，七喜拼命卖豆腐攒钱。七喜没有任何的豪言壮语，她的脸上总是洋溢着灿烂而满意的微笑。《两根电线杆》中的知青金训华为了保护电杆牺牲了，而同去下乡的知青荆渺留在了黑山白水，为金训华默默守墓一辈子。《支撑》中小女孩王边玲为了既不折腾父亲，又能为父亲验血，跑了五六家医院，苦口婆心，低声哀求，终于有一位医生同意由她自己带着父亲的血来化验。王边玲对父亲的孝心构成了善。而采血室里得病的老人为了安慰丢血的王边玲，两眼通红地和医生吵，他要医生多采一管血，因为他看到那个孩子哭得多可怜呀。对于王边玲而言，老人的行为也是一种善的体现。这些人没有一个是位高权重的人，既无权，又无钱，他们就是普通人，作者要表现的就是普通人身上的善良。

第二，语言的生活化。与所表现对象的底层化一致的是，残疾人作家借助生活化的语言，表现生活中的善，具有很浓厚的生活气息。鲁谷俊形容母亲："平凡得就像故乡的泥土。"① 潘柏君写核桃树："我和父亲首次发现它时，还只是根拇指般大小的小秧秧，如今躯干都长成水桶粗了。"② 王小泗表现母亲对自己艰难的照顾：

由于老吃激素的原因，我的身体异常发福，胡须一个劲儿地拼命猛长，整个脸完全变形，肚子鼓一般的隆起，可双腿却在一天天萎缩变形，以至于母亲完全无力把我搬到轮椅上。③——将隆起的肚子比喻为人人熟知的鼓。

乌云，象一只硕大的铁锅，死死地扣在巍峨的华蓥山巅上。大地，一片漆黑。④——将乌云比喻为铁锅，形象生动，"铁锅"几乎是每家都离不开的生活用具。

冷白羚与丈夫分居20多天回到家后，看到家里凌乱不堪，作者说："看来，没有女主人的家简直像没有润滑剂的机器，会停止转动的。"⑤将没有女主人的家比喻为没有润滑剂的机器，写出了女性对一个家庭的重要性。润滑剂和机器是大家熟知的生产工具。

外面下雾了，像发酵的面团铺满一院子。⑥——将雾比喻为面团，写出了雾的蓬松，而面团是极具生活化的食物。

如今天下无敌人，他顿时产生了一种英雄的孤独感、寂寞感和失落感，有如长空从此失去了雷电，大海从此失去了波涛。⑦——将秦始皇内心的失落感比喻为失去了雷电的天空和失去了波涛的大海。

这一刻，我突然感到周围豁然开朗了很多，就像一个人被一直捂住鼻和口，在窒息之极时，这只手终于放开了，那个人又终于可以无比顺畅地呼吸了。⑧——将心胸的豁然开朗比喻为被人捂住口鼻又被人松开后的舒畅的感觉，这种感觉几乎人人都可以体会。

---

① 鲁谷俊：《白发如旗》，王新宪主编：《为了生命的美丽》，华夏出版社2009年版，第351页。
② 潘柏君：《窗外的那株核桃树》，王新宪主编：《为了生命的美丽》，华夏出版社2009年版，第373页。
③ 王小泗：《零度生活》，现代出版社2013年版，第12页。
④ 陈智敏：《天亮之前》，中国文联出版社2004年版，第7页。
⑤ 周洪明：《坠落与升腾》，内蒙古人民出版社2010年版，第44页。
⑥ 陈智敏、陈德福：《嗨，王老汉》，作家出版社2013年版，第57页。
⑦ 张毅：《一代谋臣张良》，红旗出版社1996年版，第6页。
⑧ 陈媛：《云上的奶奶》，北京时代华文书局2014年版，第112页。

当奶奶的两手握住我的胳膊时，处在黑暗和恐惧中的我终于感到了一点儿温暖，它仿佛春天里的一缕阳光，瞬间驱散了我心里的恐惧。① ——将奶奶的温暖比喻为一缕阳光。

雨丝，象一条条钢鞭残酷地抽打着大地，发出炒豆般的声响。② ——钢鞭、炒豆般的声响都是生活中的实写。

（三）善良的伦理旨归化

旨归是指具有某种指向，伦理旨归就是伦理的某种指向，善良的伦理旨归就是指善良能带来的某种伦理指向。具体到残疾人作家的作品中，善良带来的伦理指向就是善有善报。

首先体现在有善良之举的人受到善的回报。阮海彪的《遗产》中写父亲的为人准则是一笔一画，不耍花招，因为父亲遵循这个准则，老天有眼祖护了他。他不允许将二姐换成男孩子，认为生男生女都一样，再差的女儿都是自己亲生的，后来果然收到福报，那个男孩是一个傻子，而"给予我晚年的父亲以最大安慰的就是我的这个姐姐。在我父亲病重时以及去世后，流泪最多的也是我的这位姐姐"③。父亲还阻挡了母亲将妹妹送给别人的念头，后来事实证明这一举动既救了妹妹，也救了他。在父亲晚年没有分毫收入的时候，是这个妹妹给予了他许多实在的帮助，不时接济"我那个潦倒愁苦、疾病缠身的老父亲。她总是给他买这买那的。还亲自为他做衣服，为他买鞋袜，为他买他喜欢吃的零食。还为他买回他爱喝的酒，一坛坛好酒。那台陪伴他度过寂寞晚年的大彩电，就是她送的"④。

卫宣利的《拼命活着》讲述的是有残疾子女的两户人家的故事。第一户家庭，女儿有智力障碍，女婿残疾，一间破旧的小瓦房，一个贫苦窘迫的家，全靠86岁的老人苦苦支撑。第二户家庭，儿子生下来就双目失明，盲人儿子在学校外面摆个小摊，卖些文具和零食。盲人儿子没有结婚，一直由母亲照顾他的生活。两家人生活的艰难，他们承受的苦难，自不待言，但作者没有毫无节制地写他们的苦难，而是将苦难留给读者自己想象。作者以平静的口吻写两位老人为了陪伴残疾的子女，拼命地

---

① 陈媛：《云上的奶奶》，北京时代华文书局2014年版，第113页。
② 陈智敏：《天亮之前》，中国文联出版社2004年版，第46页。
③ 阮海彪：《遗产》，华夏出版社2010年版，第67页。
④ 阮海彪：《遗产》，华夏出版社2010年版，第70页。

活着。上天赐予他们高龄和健康。第一户家庭的老人86岁,白发,清瘦而矍铄。站在华丽炫目的舞台上,一段京剧《武家坡》,被他唱得铿锵有力,底蕴十足,台下掌声雷动。第二个家庭的母亲,每天搀扶着盲人儿子背着盛放商品的小箱子,从街的一端走向学校。晚上,又扶着盲人儿子回家。几十年如一日,90多岁才去世。正如作者所说,他们长寿的秘密就是,为了孩子,只能选择拼命地活着。读者在感到亲情的温暖、生命的坚韧之余,也感受到善的回报。

残疾人作家带着善良观察世间万物,感觉到世间万物都涌动着自然美好的生命风景,这种生命风景又给了他们活下去的理由。这也可以看成善的回报。以爱观物,物皆有着爱的色彩。譬如史铁生带着爱意看待世界万物,于是晨昏交替,小径两边摇荡的杨花,清晨的淡雾,草间的蜂蝶,树干上的蝉蜕,古殿檐头响起的风铃,初秋的薄霜,乃至果皮、报纸、火炉、雕塑、铜锈、霉斑、音乐、诗歌,一切的一切都是那么的美好。史铁生在万物身上感受到了爱与灵性的自然流露。再比如在史铁生笔下,地坛是"老柏树愈见苍幽,到处的野草荒藤也都茂盛得自在坦荡","露水在草叶上滚动,聚集,压弯了草叶轰然坠地摔开万道金光","满院子都是草木竞相生长弄出的响动,窸窸窣窣窸窸窣窣片刻不息","祭坛石门中的落日,寂静的光辉平铺的一刻,地上的每一个坎坷都被映照得灿烂";"在园中最为落寞的时间,一群雨燕便出来高歌,把天地都叫喊得苍凉",教堂是"一行行旧桌椅,陈暗的墙壁,开阔的屋顶"。[①]史铁生带着善良之心观察外在物体,感觉一切景物都是生命的律动,这些生活细微处的影像又反过来触动史铁生内心深处的弦,使他悟出了生生死死的轮回,让他有了活下去的理由。执着于善良,又被善良反哺,这是善良的回报。

第二,不仅写他人给予自己的温情,也写出了自己对他人的温情。残疾人作家始终铭记着别人给予自己的善良,"太多的感激已成我心口永远的疼痛,无法用语言表达。那么,还是把它小心地藏到心海里吧,让人性的美丽化为一缕清香,时时陪伴着我"[②]。"我用我手写我心,用我心去体验和感悟生命过程中的每一份真情,每一点感动。用我笔去感谢

[①] 史铁生:《我与地坛》,《史铁生作品全编》第6卷,人民文学出版社2017年版,第35、36、37页。

[②] 杨姣娥:《时光碎片》,中国财富出版社2014年版,第123页。

和感念生命旅程中的每一次伸手，每一句鼓励。"① 为了感恩他人的善良，他们也给予他人善良。李仁芹在"5·12"汶川大地震之后发表的系列诗歌是这方面的代表之作。"5·12 汶川大地震/进化我病床上的灵魂/残障的躯体，如果/能换回一个孩子/真的，我愿意。"② 虽然这只是一个愿望，但是是真情，原生态的"真"，没任何雕饰的真情，体现出人间的真情。"今夜/别劝我早点休息/就让我抚摸，给你多些温暖/跪下为你祈祷，默哀/让那些疼痛的面容再度绽放/就让我陪伴着你一起重新挺立。"③ 诗人已经忘记自己的残疾，愿意"跪下"和"挺立"。明知瘫痪的病体根本无法完成这两个动作，明知不可为而为之，诗人在情感的超拔中让双足复活起来，在诗歌里下意识地"跪"了一回，"挺立"了一回。在诗意的沙场，"词语"这些"士兵"如此悲壮地演绎了诗人崇高的情怀和悲壮的力量以及忘我的品格，让灾区、也让世界为此温暖。赠人玫瑰，手留余香，李仁芹在给予他人温暖的同时，也"挺立"起来了，诗人破"茧"而出，打通了诗人个体与群体、内在与外在的距离，个体与群体融和了。

　　一个人的心灵无论怎样"个体""独有"，但它必然回应着群体，响应着周遭一切物象的粘连与碰撞，对于伤痛、落寞的心灵更是敏感和多疑。残疾人作家比一般人更在意他人对自己的情感态度，但他们更喜欢以一颗感恩的心捕捉各种美好的亲情。"命运送我卑微的身躯/再赋予我敏锐的感觉/就是让痛苦地苦笑后/拾取海边五彩的贝壳。"④ 面对父母、亲人、朋友的温暖，残疾人作家怀揣一颗感恩的心。病苦的李仁芹，总是以诗性的心灵感应着阳光、雨露与和煦的春风。她对每一个关爱她的人都心存一份感激，或短信致谢，或以诗赠之。因此，她有很大一部分诗歌属于"酬谢"范畴。"不管你在城市的哪端/我们的笑声还遗落在乡村/如果可以，多想赤足走在屋后林间/走在松针上采摘映山红/看看你可爱的羞涩的笑颜。"⑤ "如果我死了/我会在死前/为那些帮助过我的人/给过我无限大爱的人祈祷/默念你们的名字/祝福你们永远平安！"⑥ 这些明白晓畅的诗句，如汩汩流淌的溪泉，坦露了李仁芹美丽的忧伤，诚挚、

---

① 杨姣娥：《时光碎片》，中国财富出版社 2014 年版，第 98 页。
② 李仁芹：《吹出竹的新骨》，中国文联出版社 2011 年版，第 7 页。
③ 李仁芹：《吹出竹的新骨》，中国文联出版社 2011 年版，第 50 页。
④ 桑丹：《情感高原》，中国文联出版社 2007 年版，第 73 页。
⑤ 李仁芹：《吹出竹的新骨》，中国文联出版社 2011 年版，第 197 页。
⑥ 李仁芹：《吹出竹的新骨》，中国文联出版社 2011 年版，第 100 页。

纯净的感恩之心。

赖雨像其他残疾人作家一样表达了同样的思想,《晨盼》中写道,晨起,看到鸟在天空盘旋、鸣叫,好像找不到回家的路,她多想亲手做个巢,收留这些流浪的小鸟。由对人的温暖联想到对动物的温暖,让温暖无处不在。这些温暖无不体现出人性的善良。卫宣利在《那个和我最像的人》里记录姐姐为了供"我"读书,牺牲了自己上学的机会,后来因为太想读书而精神分裂。姐姐的善良感染着"我","我"工作之后将姐姐送到最好的医院治疗,不管姐姐清醒还是糊涂,"我"都想让姐姐知道"我"爱她,很爱很爱她。

从陀思妥耶夫斯基、卡夫卡、加缪,到鲁迅、余华、残雪、阎连科等,写作中的伦理指向是以暴露或批判为主,他们表现了现实生活中的恶。当然,这种恶不是法律意义上所理解的恶,而是哲学意义上所理解的阴冷、无力、黑暗的绝望状态,和与之相伴的罪孽、阴冷、恐惧、变异、绝望、死亡。他们的作品比较多的倾向于展示存在的荒凉景象,或者表达人性的缺憾。在这个意义上,恶成为20世纪文学重要的精神母题。卡夫卡是恶和绝望最重要的书写者,他曾经哀叹自己虽然可以活下去,但无法生存。这是一句经典的叹息。"活着"指向的是庸常的过日子哲学,它的背后可能蕴含着苟且;但"生存"所要思考的却是价值的确认,存在的永恒,以及对幸福的向往。"生存"是自觉的、产生意义的"活着"。卡夫卡的这句话代表着很大一部分现代人的低落情绪。现实生活中确实有恶的存在,有善良存在就必然有丑恶出现。但若过多渲染人类的恶,而无视善的存在,读者只会感受到文字所传达出来的透骨冰凉,只会让读者对人性产生绝望,必将会销蚀人类存在的价值和希望。所幸的是,依然有部分作家,比如迟子建等,能够在暴露和批判人性弱点之余,通过叙事呵护一些脆弱而温暖的事物,作为其作品的亮色所在。当代残疾人作家是这类作家中的一个部分。他们在创作中成功地塑造和呵护了一大批坚韧而善良的心灵,这在当代作家中是不多见的。而且,他们不仅在文学创作中描绘了人类残存的根本的善,更重要的是,他们在现实中将这种善证实为是可能的,它不是一种幻想,也不是对人类的有意美化。残疾人作家在作品中对善的描写为20世纪以来的人类提供了新的人性参照,为文学在现代主义的阴影和噩梦下赢得了一个喘息的机会。

刘小枫曾经说,20世纪的作家所共同面对的精神困境就是无法找到一种力量来对抗恶,比如卡夫卡,他的一生都在试图寻找一种力量来对抗恶,但他最后也不得不承认,找不到这种力量正是人的不幸的本质。

卡夫卡还把这样的不幸称为普遍的不幸。似乎面对恶这种巨大的势力，人显得苍白无力，似乎人根本没有力量把恶赶出这个世界，因为人本身就是世界的恶的根源。卡夫卡的绝望正源于此。残疾人作家付出受难和绝望的代价，在自己的人生阅历中找到了强有力的善的依据，他们在普通人身上感受到了善的存在，从普通人身上获得了克服绝望的力量，并付诸作品。或许他们的创作还存在这样或那样的不足，但作品中那种善良的平民化、朴素化足以让读者从 20 世纪文坛对恶的描写中看到一些亮光，产生一丝希望，当然不是廉价的快乐，更不是让读者厌恶的充满虚假的某些"积极"之作。他们表现的善良是有效的、真实的。他们在创作中重塑人的信心和希望，把已经溃败的人的善良形象重新建立了起来。

　　残疾人作家在创作中表现人间的温情，这种温情是经历种种苦难之后积攒下来的欢乐生活的痕迹，庄严而坚韧，它构成了残疾人作家叙事中的信心——稀薄，却真实地存在，就像生活本身，希望总是残存在它的隙缝之中。

　　残疾人作家从身体缺陷者的角度进行伦理书写，传达自身的伦理思考。对人与人之间的伦理关系没有更为丰富、深刻的刻画，没有尖锐、复杂的伦理关系描绘和反映，缺乏伦理层面的反思和文化层面的隐喻，但以其独特的伦理书写方式，拓宽了以文学形式呈现伦理现象与问题、表达伦理意识、分享道德经验的途径，同时也为解决现实的伦理矛盾、建立和谐的伦理秩序、弘扬至善至美的伦理追求提供了重要的参考。

小　结

　　对于残疾人作家而言，身体的残疾带来的对生命伦理的感悟较之于身体健全的作家更富有独特性。残疾这种并非普遍性的事件落到了自己的身上，使自己的命运顿时与他人判然有别，巨大的情绪波澜难以避免。但冷静思考之后，他们知道，对命运的承受也只能由他们独自来完成。从这个意义上说，残疾人作家对苦难生命的沉思首先是属于他们个人的心境内容。残疾人作家往往以残缺的肢体来诠释至高无上的生命。我国绝大多数残疾人作家并没有接受过叔本华、尼采、柏格森、弗洛伊德等人的"生存意志""生命意志""生的本能"诸多生命哲学学说，但他们从生命的原始冲动、个体生命的直觉体验和感受出发,有的在生命破碎时自言自语地呻吟,有的在向世人、朋友倾诉,有的甚至在抱着自己的双臂伤叹哭泣,但正是在这样的叙述中残疾人作家呈现了对生命存在的理解,表达了他们认为生命的伦理应该怎样和可能怎样。他们讲述个人经历的生命故事,注重叙事中个体的生命感觉,从个体人生出发,关心生命的存在方式和价值,书写他们理解的生命哲学。

他们一方面探索残疾个体命运的痛苦、孤独和荒谬以及荒谬命运导致的疼痛和悲哀,另一面却不断赋予这种荒谬感以轻松、坚毅、乐观的品质。他们对生命伦理的探讨是一曲残疾人生命的交响曲,寂寥的底色下涌动着的是汩汩热流。他们写出了残疾人"那些欢笑的日子/那些流泪的日子/那些爱得寂寞的日子/那些忧伤等待的日子"[①]。残疾人作家热情地赞美生命的形式,执着地探索生命的内涵和表现生命的艺术。在只见风花雪月不见灵魂悸动的某些作品中,难得一见这种独树一帜的残疾人心灵史诗。他们以寂寞、苍冷、刚劲的文字,形成了一曲形而上意味的生命伦理思考。就总体而言,这种思考还不够成熟,还略显肤浅,但真实而朴素。在阅读这些灵魂的剖析时,人间的一切喧嚣都沉寂了。

---

① 赖雨:《群山之上》,四川大学出版社1998年版,第44页。

第二章　创作视角：内倾化

依据观察视点的不同，文学创作视角可以分为内倾化的创作视角和外射式的创作视角。内倾化的创作视角是指作家在创作中，将看待世界的视角转向自我，外射式的创作视角是指作家在创作中，将看待世界的视角转向外部世界。

创作视角既体现了作家的主体性又体现了思维的必然性，是作家"主观寻求"文学的独创与"客观顺从"生活的必然的统一性产物。创作视角可能受时代环境等外围因素的影响，也可能受创作主体的影响，但是，最终起决定作用的还是作家个人。而作家个人独特的政治意识、文学观念、审美理想、文学素养等都构成影响作家创作角度的重要因素。就残疾人作家而言，既有外射式的创作视角，也有内倾化的创作视角，但几乎所有的残疾人作家都使用过内倾化的创作视角，只有部分残疾人作家使用了外射式的创作视角。原因主要有两点：其一，他们的创作出发点决定了这种特点。残疾人作家进行文学创作是为了展示自身价值，排泄自我情绪，思考与自身相关的人生问题，他们不是把文学创作当作把握外在世界的一种方式。向心灵追溯、心绪等相关表述频繁出现在他们的创作感想中，"写作者常会担心枯竭，可这人间的疑难会枯竭吗？不仅不会，而且它正日益地向着心灵的更深处弥漫、渗透、触及着宏观所不及的领域"[①]。"我说过，使人渴望写作的是一团朦胧、纷乱、无边无际但又无比确凿的心绪，它们呼唤着形式而非形式决定它们，写作即是用语言来把它们缉拿归案。"[②]"最为深远、辽阔的地方在哪儿？在心

[①]　史铁生：《给 FL（1）》，《史铁生作品全编》第 7 卷，人民文学出版社 2017 年版，第 348 页。

[②]　史铁生：《给 FL（1）》，《史铁生作品全编》第 7 卷，人民文学出版社 2017 年版，第 342—343 页。

里——你心里最为深隐的疑难，和你对它最为诚实的察看。"① 其二，身体缺陷的限制。身体的残疾让残疾人丧失身体的完整性，随之而来的是残疾人的活动空间被迫缩小，甚至局限于一间小小的屋子。社会生活远离了残疾人，有的残疾人暂时甚至长久地被迫离开正常的生活轨道。因而，残疾人作家体验外在社会的机会较之其他作家要少一些，对外在世界的叙述自然就转化为对自我内心的描述。

残疾人作家以审查自我来反观世界，向内转的创作视角规约着残疾人作家的创作特色。本章主要从文体的角度考察向内转的创作视角对残疾人作家创作的影响。从文体的角度来看，残疾人作家内倾化的创作视角主要体现在，几乎所有的残疾人作家都进行过自传文学和散文、诗歌的创作。不论自传文学还是散文、诗歌都具有体验的个人性与记忆的主观性特点，这两种文体都能很好地应和向内转的创作视角，能帮助残疾人作家很好地表现他们的生命历程，表现他们对世界的认识过程、生活体验、人生思考以及对灵魂的探索等。他们在自传文学的创作过程中预设了一类身陷逆境的读者，目的是通过自身的经历对这类读者进行教化，由此带来了残疾人作家自传文学的两个特点——螺旋式的上升结构和文本中的评论干预。散文和诗歌则拓宽了该体裁领域的表现内容，极大地丰富了文学表达疾病的语言。

第一节 自传文学：预设读者

预设读者是残疾人作家自传文学的一个核心词，它使残疾人作家的自传文学与其他作家的自传文学相区别，影响着残疾人作家的自传文学为谁叙述、叙述什么和怎样叙述的问题。

残疾人作家在自传文学的创作中预设了一个身陷逆境的读者，他们要对这个读者进行教化。因此，在自传文学中，一方面残疾人作家通过现在的自我回顾、总结和解释过去的自我，让读者看到生命是可以从逆境中突围的；另一方面，在叙述的过程中不断插入评论，对事实进行点化、升华和引导。前者决定了残疾人作家的自传文学采用螺旋式的上升结构，后者决定了残疾人作家的自传文学采用叙述者的评论干预。再者，

---

① 史铁生：《给北大附中》，《史铁生作品全编》第 7 卷，人民文学出版社 2017 年版，第 306—307 页。

为了取得更好的接受效果，缩短传主和读者之间的距离，残疾人作家在自传文学中还采用病体式的言说方式。

诚如张颐武所说："就总体而言，五四以来的传记写作一直是在个人主体/民族国家的双重寻求中发展的。这些传记的共同目标乃是'现代性'的'理想人格'的建构，这种'理想人格'正是启蒙与救亡的工程中的关键的环节。"[①] 身体健全的作家的自传文学以个人关注民族，关注时代，残疾人作家的自传文学侧重于残疾人的人格建构。残疾人作家的自传为读者提供了两类残疾人成长模型及参照：外界助推型和家人助推型。残疾人作家的自传文学中，有的侧重于写传主与外界的关系，通过社会学分析，记录外界帮助下自我的成长经历，如张云成的《换一种方式飞行》，王庭德的《这个世界无需仰视》，这些属于外界助推型。有的侧重于写传主与家人的关系，写自我如何在与家人的相处中成长，通过精神分析来建构自我，如赵定军的《妈妈的心有多高》、陈媛的《云上的奶奶》，这些属于家人助推型。前者具备明朗的社会背景，后者的时代背景相对模糊。不论是侧重传主与外界关系的，还是侧重传主与家人关系的，都是为了细致地描写传主的成长过程，尤其是其精神的裂变过程，并在尽可能多的层面上表现自我人格的丰富性与复杂性。他们不追求对传主外部行动的忠实复制，而是"把表现心理真实看作更重要的任务，这样也就从对传主生平的叙述进入对传主行为的解释"[②]。残疾人作家的自传文学没有追求宏大的时代话语，更注重"感觉化的自我"，记录的是"小我"，他们的自传具有私密性。比如吕营创作《让爱解冻生命》的目的就是回答许多人的疑问："很多人都想不通，老公这样一个健康、英俊的男人，怎么会愿意照顾我这样一个生活无法自理的残疾妻子，而且我们还一起走过八个年头（并且还要一直走下去）。当有人这样问我的时候，我总是笑而不答，因为我已经决定用写书的方式来呈现我们一起走过的每一个点滴，这也是我写这本书的初衷。"[③] 赵定军写《妈妈的心有多高》的出发点就是"我就像一个天真的小女孩儿，在记忆的长河里，一粒一粒拣拾着那五彩缤纷的贝壳，用它们连缀成一个生命的圆环"[④]。残疾人作家的自传文学不看重事实本身，更重视自我心灵。张悉妮写作

[①] 张颐武：《传记文化：转型的挑战》，《传记文学研究》，湖南文艺出版社1997年版，第110页。

[②] 杨正润：《传记文学史纲》，江苏教育出版社1994年版，第425页。

[③] 吕营：《让爱解冻生命》，译林出版社2014年版，第272页。

[④] 赵定军：《妈妈的心有多高》，十月文艺出版社2000年版，第410页。

《假如我是海伦》"是偏重于记录我的心灵的","这部作品所记录的就是我的真实经历与心路历程"。① 张云成写自传,是为了让自己的心灵与他人沟通,他说,《假如我能行走三天》出版了繁体中文版和韩文版,并在加拿大的《北美时报》连载,"这让我非常的开心,因为我虽常年生活在狭小的房间,我的心灵却可以通过文字跟更多的朋友交流"②。春曼、心曼姐妹经过反复思考和挣扎,克服内心的矛盾和羞涩,勇敢地拿起笔,讲述自己的爱情经历,讲述一个残疾女孩勇敢追求一个健全人,为爱隐忍,让爱回归灵魂的爱情故事,"完成这篇作品,仿佛完成了某种使命,这使命或许与人类无关,但是,她诠释的是我们两个残疾女孩内心丰富的情感世界,诠释的是生命中崇高的爱情命题——如果,我能站起来吻你"③。残疾人作家自传文学的这种特点,为我们走近残疾人、走进残疾人作家的创作提供了事实依据,因而,残疾人作家的自传文学不仅具有文学价值,还具有社会学、心理学价值。

一、自传和自传文学

自传作品先于自传理论出现,从理论上如何界定自传,一直以来众说纷纭,直到法国理论家菲利浦·勒热讷的《自传契约》出现才逐渐趋于一致。菲利浦·勒热讷对自传的认识也是一个动态过程,最初认为:"当某个人主要强调他的个人生活,尤其是他的个性的历史时,我们把这个人用散文体写成的回顾性叙事称作自传。"④ 后来,勒热讷在北京大学举办的"第一届国际自传/传记文学研讨会"上再次修订了他最初给自传下的定义,认为"某个现实中人以自己的实际经历写就的散文体追溯性叙事,写作重点须放在某个人生活,尤其是个性的发展史上"⑤。这两个定义除了表意上的不同,没有实质性的差异。综合勒热讷对自传的定义,自传就是:一个人书写的关于他/她自己生平的故事,"作者=叙事者","作者=主人公",从而可以进一步推出"叙事者=主人公"。美国批评家华莱士·马丁对自传的认识与勒热讷对自传的认识是一致的:"自传通常

---

① 张悉妮:《假如我是海伦》,人民文学出版社 2005 年版,第291 页。
② 张云成:《换一种方式飞行》,四川文艺出版社 2012 年版,第223 页。
③ 春曼、心曼:《如果我能站起来吻你》,安徽文艺出版社 2008 年版,第288 页。
④ [法]菲利浦·勒热讷:《自传契约》,杨国政译,生活·读书·新知三联书店 2001 年版,第3 页。
⑤ [法]菲利浦·勒热讷:《为自传定义》,孙亭亭译,《国外文学》2000 年第 1 期,第3 页。

是一个有关个人生命如何成为其过去所曾是或某一自我如何成为其现在所是者的故事。"① 在他看来，自传是依赖回忆而建立起来的："回首过去，作者发现一些事件具有当时不曾料到的后果，另一些事件则是在作者写作之际思考它们时才显示出它们所具有的意义。"② 因此，"令人更感兴趣的是自传的那些源于其基本创作条件的自传成分：一个人从现在的视角来描写过去的经验对于个人的意义"③。勒热讷等人对自传达成的共识是，自传写个体的过去的生活，它首备的条件是所记叙的内容必须是真实的。

但是，自传毕竟是作家的叙述，它不是机械复制，而是带有传主的主观情感，只是或多或少，或有意识或无意识而已。它是一种有选择性的"真"，并非绝对的"真"。传记的"真实性"是较为复杂的问题。至少有两个因素应该考虑进去：第一个因素是，写作过程中的感觉、情绪、记忆等会影响叙述的真实性。第二个因素是，传主有意识地加入一些文学性的手段，比如想象、夸张等。正如周作人所说："'真实与诗'乃是歌德所作自叙传的名称，我觉得这名称很好，正足以代表自叙传里所有的两种成分……真实当然就是事实，诗则是虚构部分或是修饰描写的地方。"④我国新时期以来的残疾人作家的自传中，有的"真实"的成分多一些，有的"文学性"的成分多一些，比如有的残疾人作家的自传中人的名字不是真实的传主的名字，但所记的人物和事件都是传主过往的真实经历，是传主人格发展的真实记录。这类作品归入自传也无可厚非。因而，基于上述两个方面的考虑，同时结合残疾人作家的创作实际，本书采用了自传文学这一概念，既兼顾自传的"真实性"，也兼顾自传的"文学性"。

二、在场的缺席

自传文学是常见的一种文类体裁，以传主的职业区分，可以分为作家自传和非作家自传。西方自传文学的历史可以追溯到公元 4 世纪，标

---

① ［美］华莱士·马丁：《当代叙事学》，伍晓明译，中国人民大学出版社 2018 年版，第 73 页。
② ［美］华莱士·马丁：《当代叙事学》，伍晓明译，中国人民大学出版社 2018 年版，第 73 页。
③ ［美］华莱士·马丁：《当代叙事学》，伍晓明译，中国人民大学出版社 2018 年版，第 73 页。
④ 周作人：《知堂回想录（下）》，河北教育出版社 2001 年版，第 801 页。

志是奥古斯汀创作的《忏悔录》，近代自传文学则肇始于卢梭的《忏悔录》。西方较为经典的作家自传文学有歌德的《歌德自传》、乔治·桑的《乔治·桑自传》、茨威格的《自画像》、富兰克林的《富兰克林自传》、多丽丝·莱辛的《在我的皮肤下》、道格拉斯的《道格拉斯自述》、爱格·纳索的《琥珀中的女人》等。在中国，历史散文和诸子散文中对士人个体人物品行的描写是自传文学的雏形，但这类散文缺乏明确的自我作传的意识，篇幅短小。中国真正意义的自传文学始于20世纪20年代，勃兴于20世纪30年代。1933年，上海光华书局推出了《现代中国作家自传》第一辑，收录作家自传9篇：《柳亚子自传》（柳亚子）、《鲁迅自序传略》（鲁迅）、《我的小传》（茅盾）、《我底自传》（王独清）、《我的生长和殁落》（白薇）、《印象的自传》（洪深）、《我的自序传略》（章衣萍）、《许钦文自传》（许钦文）和《过去生涯的轮廓画》（钟敬文）。这是我国第一次有规模地出版作家自传。之后，还有郁达夫的《达夫自传》、郭沫若的《我的童年》《创造十年》等100多万字的自传文学作品。20世纪30年代，是中国作家自传文学的第一个黄金时代。20世纪40年代作家自传数量下降，此后直到新时期开始之前，作家自传都处于相对滞后的阶段。进入新时期，尤其是20世纪90年代之后，作家自传复归兴盛，出现了《徐懋庸回忆录》（徐懋庸）、《我走过的道路》（茅盾）、《胡风回忆录》（胡风）、《懒寻旧梦录》（夏衍）、《风雨五十年》（阳翰笙），作家自传的出版呈现规模化，大量的作家自传丛书问世，比如1996年团结出版社出版了"当代作家自白系列丛书"，这套丛书包括《我是王蒙——王蒙自白》《我是刘绍棠——刘绍棠自白》《我是冯骥才——冯骥才自白》《我是丛维熙——丛维熙自白》《我是刘心武——刘心武自白》《我是蒋子龙——蒋子龙自白》六位作家的自白。这套丛书名为自白，实为自传。再比如河北教育出版社1998年出版的九位作家的影记"红罂粟丛书"：《宗璞影记》《舒婷影记》《铁凝影记》《迟子建影记》《叶文玲影记》《方方影记》《池莉影记》《张抗抗影记》《陈染影记》。

  20世纪90年代以来，作家的自传文学日渐兴盛。评论界也给予了相应的重视。但其时人们忽略了残疾人作家的自传文学。新时期残疾人作家几乎都创作过自传，且有较大一部分残疾人作家最初的影响源于自传文学。可以信手列举如下：张悉妮的《假如我是海伦》，春曼、心曼的《如果我能站起来吻你》，张继波的《放飞心灵的翅膀》，王芳的《生命的烛光》，刘海英的《只要生命还在》，刘爱玲的《把天堂带回家》，刘俊的《秋之梦》，周明珠的《追寻梦的翅膀》《漫漫人生路》，赵定军的《妈妈的心有多高》，张莉的《生如残月》，常颖的《炼狱中的凤凰》，陆政英的《断翅飞翔》，刘大铭的《命运之上》，赵泽华的《坚守生命》，王双女的《人生没有残疾》，赖雨的《我心如莲》，杨嘉利的《我要站起来》，张海迪的《轮椅上的梦》，马凤青的《梦想的天空》《生命从二十八岁开始》《爱在京都》，赖雨的《爱只是伤害》，朱彦夫的《极限人生》，周明珠的《漫漫人生路》《追寻梦的翅膀》，庄大军的《看不见的尽头还有爱》《黑暗与光明同在》，陈媛的《云上的奶奶》，张云成的《假如我能行走三天》，吕营的《让爱解冻生命》，于茗的《化蛹成蝶》，龚莹的《浅浅痛，深深爱——把秘密说给妈妈听》，赵泽华的《坚守生命》，沙漠舟（原名寥灯明）的《可爱的苦难》，方华清的《马头墙里的向阳花》，等等。

新时期残疾人作家的自传文学属于中国现当代作家自传文学的组成部分，名不见经传，在研究中国现当代作家自传文学的专著和论文中也都鲜有提及。毫无疑问，与其他作家的自传相比，无论是传主的名人效应还是文本的影响力，残疾人作家的自传都远远不及。但是将残疾人作家的自传文学放在中国现当代自传文学的背景下进行研究，我们可以看到，他们的自传文学以身体为背景，所有的事件发生都与身体密切相关，他们的自传文学具有自身的群体特征。

三、预设读者：身陷逆境中的人

残疾人作家在进行自传文学的创作时，存在一个预设读者。预设读者是残疾人作家在自传文学创作的过程中预先设定的想象中的读者，是隐含的接收者。预设读者不能等同于现实生活中实际的读者，是残疾人作家出于教化目的，进行构想和预先设定的可能读者。预设读者介入残疾人作家的自传文学创作活动中，被预先设计在文学作品里，成为隐藏在作品结构中的重要成分。这个预设读者为创作者排除了许多干扰因素，甚至可以说，预设读者成为残疾人作家自传文学的第二个作者，即残疾人作家的自传文学创作的立意、选材和表现手法、叙事风格，甚至对作家的重塑都受制于预设读者。在接受美学看来，一切文学创作都不是自言自语，而是在拥有一个设定对象的情况下的活动，都存在一个隐含读者。残疾人作家自传文学创作中的预设读者和隐含读者有一致性，也有差异性。一致性在于他们都是作者有意识的明确的读者对象，都程度不同地影响着作者的创作。但是，残疾人作家自传文学创作中的预设读者具有特殊性，残疾人作家自传文学创作中的预设读者是身陷困境之人，残疾人作家的自传文学就是要通过自身的经历对身陷困境之人进行教化，予以拯救。

　　王庭德写《这个世界无需仰视》是因一件事情的触动。他在西安南门汽车站两次遇到同一个小女孩乞讨，他和小女孩攀谈，告诉小女孩自己的经历。他告诉小女孩："很多人建议我到车站要钱，但我从来没有乞讨过，因为我不想这样没有尊严地活着。"① 过了一年多，王庭德收到小女孩给他的一封信，信中说，"那天晚上我把记者写你的《跋涉人生路》看了好多遍，为你坚强的毅力所感动，也好敬佩你。你失去了劳动能力还在自食其力地生活，而我四肢健全却在行乞，简直无地自容到了极点。其实我也觉得那样的生活活着没意思，所以我从第二天开始，就偷偷地攒钱。三个月后，我带着自己悄悄积攒的 500 元钱到了河南，已在某啤酒厂找到了一份临时性工作，同时我还在业余时间看书学习，准备将来参加自学考试"②。看到这位小女孩的来信，王庭德十分高兴，自己是一个被扶助的残疾青年，是社会弱势群体中的一员，但是居然用自己的力量教育、感化了一个人的灵魂，使一个对生活失去信心的人重新规划了自己的人生。这件事诱发了他写一本自传的念头，想由此鼓励一些处在逆境中的弱势群体：上帝若给你关闭了一扇门，肯定会为你打开一扇窗。

　　陈媛说，她在写《云上的奶奶》时，"始终努力用文字还原这份爱的真实性；也一直在这份爱里探求能够抵达人心灵深处丰盈的情感。这些情感里包含着人性最本质的东西：真、善、美……奶奶给予我的这份爱里：有从容、理解、鼓励……我写下这本书真的希望：哪怕有一个残疾孩子的家长，当因为面对孩子的残疾愁眉不展、甚至想要逃避时，能够在奶奶对我的那份大爱里得到一丁点的启迪、一份力量"③。庄大军写《看不见的尽头还有爱》是想记下自己的来时路，目的只有一个，就是希望曾经跌入痛苦深渊的朋友们早日脱困。④ 于茗写《化蛹成蝶》是想让大家了解一个脑瘫患儿成长的艰辛，唤起更多残疾人自强不息，不再沉浸在无尽的悲观里，成为家庭和社会的负担，告诉他们只要对自己有信心，肯付出努力学习一技之长，就会得到他人的尊重和支持；同时也希望大家不再歧视和欺侮残疾人，残疾人同样也有尊严，需要得到应有的尊重。⑤

---

　　① 王庭德：《这个世界无需仰视》，西北大学出版社 2017 年版，第 262 页。
　　② 王庭德：《这个世界无需仰视》，西北大学出版社 2017 年版，第 263 页。
　　③ 陈媛：《云上的奶奶》，北京时代华文书局 2014 年版，第 272 页。
　　④ 庄大军：《看不见的尽头还有爱》，中国盲文出版社 2015 年版，第 166 页。
　　⑤ 于茗：《化蛹成蝶》，吉林大学出版社 2009 年版，第 196—197 页。

不论王庭德所说的处在逆境中的弱势群体，还是陈媛所说的养育残疾儿童的家人；不论庄大军所说的深处痛苦深渊的人，还是于茗所说的残疾人，都是逆境中的人。这些读者有的经济拮据，生活困顿；有的因抚养残疾孩子身心俱惫，跌入痛苦深渊；有的身体不健全，内心躁动不安。这些人都成为残疾人作家创作中的预设读者。

四、教化意图

残疾人作家在进行自传文学创作的时候，将身陷逆境中的人作为预设读者，必然使"教化"成为残疾人作家自传文学创作的重要出发点。

大量的残疾人作家选择自传体这类文体进行创作，可以做如下两种阐释：

其一，相对来说，讲自己的故事较为容易。残疾人作家受身体的限制，和外界接触的机会相对少一些，当他们拿起笔来的时候，写自己曾经经历的事情更为轻车熟路。

其二，心理倾诉的需要，自传创作可以进行心理疗愈。根据心理学家萨宾提出的"叙事心理学"理论，叙事者想象出另一个故事（往往这些故事就是阻碍叙事者前进的磨难），并鼓励将这个故事叙述出来，可以让叙事者发掘内在的自我，建构一个有意义的人生，这就构成一个完整的叙事治疗过程。依照该理论，残疾人作家通过自传作品的创作，完成关于自己如何受难、如何摆脱受难的叙事过程，可以宣泄郁积在内心的情感。书写自我奋斗的过程，事实上正是对自我的一种重新认识和对自我价值的确证。回顾性的叙事，有助于实现身心的愉悦。"他们需要一个新的、更有活力的人生故事。叙事治疗在建构新故事时首先要鼓励当事人将那些有力量的瞬间连起来。"[①] 残疾人作家在作品中塑造了意志力极强和个性品质优异的审美客体，现实中的作者与作品中的形象融为一体，传主从自己的行为中获得了抗衡苦难的力量，这些行为对于残疾人作家又有反哺的意义。

除了上述两个原因，还有一个根本的原因，即教化意图。王庭德从一个女孩的醒悟联想到写自传可以鼓励更多的逆境中的人看到生活的多面性。陈媛希望奶奶对自己的大爱能给有残疾人的家庭一点启迪。庄大军希望通过回望自己来时的路，帮助曾经跌入痛苦深渊的朋友们早日脱困。于茗写自传是为了以自己的事例唤起更多残疾人自强不息，让更多

---

① 马一波、钟华：《叙事心理学》，上海教育出版社2006年版，第157页。

的残疾人意识到,只要自己勇于拼搏,就能获得他人的尊重。在《让爱解冻生命》一书中,吕营借雅歌之口反复强调:"要为那些从一生下来就注定要和疾病抗争的病友写一本书,希望自己的书可以在他们寂寞、失落,甚至绝望时带去那么一点点光亮。"① 那一点点光亮也曾是她所渴望的,因为她也经历过每一个残疾人都经历过的困苦和挫折,"我也希望我的书可以给那些在生活中遇到挫折、困难或不幸的朋友带去一点激励和感动"②。

　　残疾人作家的自传文学的教化意图暗含着传主对自我的肯定。事实上,残疾人作家在写作自传时建构了新的自我。他们讲述的过程是一个双重肯定的过程,一重是他人与自我的关系得到肯定,另一重是自我人格得到肯定。残疾人作家相信自己的经历能给绝望者带来光明,给不幸的朋友带去一点感动,其前提必然是认为自己一生有可取之处,可传之处,对自己的人生信心满满。无论他们如何谦虚,他们对自我的思想轨迹和生命历程都充满肯定。这些传主尽管大多数都属于底层人民,内心却是贵族。残疾人作家在传记文学创作中基本选择自我有力量的瞬间和高尚的灵魂追求加以叙述,将这些有力量的瞬间联系起来,给自己、也给他人极大的精神慰藉。赵定军在写作完自传的时候,由衷地发出"我感谢生命"③。庄大军完成自传之后感慨:"因为记忆,生命变得丰饶,黑暗的世界也是别样人生。"④ 在这个意义上,残疾人作家的自传既是对自我的纪念,承担着对自我的认知意义,也成为他人的镜像,发挥着启迪和教诲读者的作用。他们在创作时充分考虑到了自我生产与消费效益的平衡。

　　在残疾人作家的自传中,生存伦理是教化的主要内容。

　　文学对读者产生的启迪和教诲是多方面的,残疾人作家通过自传文学欲对读者产生哪些方面的启迪和教诲?这是我们研究残疾人作家自传文学的一个重要方面。从残疾人作家的自传文学来看,其创作已经成为他们表达生存伦理思想的重要方式。生存伦理在客观上已经成为研究残疾人作家自传文学无法回避的问题。生存伦理学对残疾人作家自传文本的创作施予了某种确定的无形的影响。残疾人作家的自传文学主要在生存伦理方面对读者产生启迪和教化。所谓生存伦理是指以人的生存为核

---

① 吕营:《让爱解冻生命》,译林出版社2014年版,第236页。
② 吕营:《让爱解冻生命》,译林出版社2014年版,第242页。
③ 赵定军:《妈妈的心有多高》,十月文艺出版社2000年版,第411页。
④ 庄大军:《看不见的尽头还有爱》,中国盲文出版社2015年版,封页。

心的伦理关系①,它包含人的生存需要与自我与他人与其他事物之间形成的关系,比如生存与人的求生方式,生存与自我的独立和自由,生存与自我的尊严等方面。人与自然,人与社会,人与人,乃至人与自己之间的种种现实关系都属于生存伦理的范畴,它不仅包括人的物质上的生存,还包括人的精神上的生存。出于启迪、教化的目的,残疾人作家在自传中主要是叙述人如何战胜自我的生存伦理思想。他们通过讲述个人经历的生命故事,提出了如何克服生命的障碍获取精神自由的生命诉求。

他们首先探讨如何看待生命的障碍的问题。他们以生命的亲历性指出,残疾的身体属于生命的障碍之一种,残疾的生命首要克服自己的心理障碍,接受残疾。他们中的绝大多数都曾经因无法超越心理障碍而欲结束生命,陈媛吃过老鼠药,于茗将剪刀放在脖子上,龚莹吃过大剂量的药。自杀经历让他们看清楚一个事实:对于身体,生命个体没有选择的权利,只能无条件接受。一旦个体遭遇生命的障碍成为一个不用辩论的事实,个体就只能选择活着,只有活着才可以追求梦想,只有活着才能去迎接挑战,只有活着才有希望。

其次,他们以残疾身体为例证,挖掘了生命遭遇障碍时获得自由的可能性。因为残疾,生命没有一片可以任意飞翔的天空,但身体的残疾并不影响人的智慧,残疾人可以依靠自己的努力和毅力,充分运用自己的智慧,在不自由之中获得自由。残疾人作家的创作行为本身就证明了残疾的生命能突破身体的束缚,获得精神的自由。他们自传的风格各异,贯串人格形象始终的精神却是一致的,那就是"天行健,君子以自强不息",也正是这种核心内容,构成了残疾人自传最强烈的艺术冲击力。

残疾人作家依据自己的感性经验,也指出了"可能性"的局限。精神的自由是可能的,但在某些方面,比如爱情婚姻不一定可能。面对"不可能"就淡然处之,欣然接受。这种心态本身也是对残疾的超越。这方面的代表作是春曼、心曼的《如果我能站起来吻你》。

春曼、心曼姐妹俩分别于1974年和1976年出生在黑龙江省铁力市桃山镇。1977年,两姐妹同时被沈阳军区医院诊断患有"进行性脊髓肌萎缩症"。这种疾病意味着两姐妹从小身体就处于重残状态,并且,随着年龄的增长,病情会越来越严重,发展到晚期会全身无力,无法控制四肢。而患者的平均年龄很难超过三十岁。在自传中姐妹俩分别化名为漫菲和冉菲。自传分为姐姐篇和妹妹篇两个部分。姐妹两人结合各自的生

---

① 参见陈麟书:《宗教伦理学概论》,宗教文化出版社2006年版,第193—194页。

活经历、情感体验,分别写成了一个独立、完整的爱情故事。两个故事从情节上来说,是彼此独立的。但从实际的阅读效果来看,又存在密切的联系。将两个故事联系在一起的纽带是姐妹俩对爱情的渴望。姐姐的故事描述了一对残疾人彼此间的理解和爱慕。故事从一个神秘的电话开始,自始至终,那个电话里的人都未曾出面。一根电话线连接着两个残疾人的相爱、相知、矛盾和了断。妹妹的故事讲述了一个残疾人对健全人的追求,残疾女性勇敢地打破世俗的偏见,以自己健康的爱情爱一个健全人,尽管如此,残疾人的身份仍然为她的爱情画上了句号。两篇作品的标题就暗示了她们爱情的最终结局:"下辈子,我们还能再相遇吗?"和"爱我吧,用一朵花开的时间"。身为残疾人,爱情对于她们,显得有些可望而不可即。尽管姐姐和妹妹的性格各异,姐姐处事冷静、理性,妹妹古怪精灵、任性活泼,但因为身体的残疾,她们守候和追求爱情的心,都尤为谨慎、低微、小心、琐细。在因爱而生的喜悦下面,常常有挥之不去的忐忑和徘徊。漫菲被邀请到电视台做访问节目,童川通过节目组,把一束玫瑰送到漫菲的手上,又拜托现场的工作人员,给了漫菲一个温暖的拥抱。他用这种方式,表达了对漫菲的心意,也完成了自己的心愿。但是同样身为残疾人,他和漫菲无法在生活上互相照顾,连健全人寻常的求爱方式,对他们来说都格外艰难。漫菲知道,两个坐在轮椅上的残疾人谁都照顾不了对方,种种现实,没有拦住两颗心的靠近,却扼杀了共同生活的可能。冉菲爱写作,报社记者陈瑞锋的出现,仿佛一盏灯,照亮了她的写作和生活。少女心里冰封的爱情之河,也在这盏灯的照耀和温暖下,渐渐融化、流动。然而对于冉菲来说,她只能独自品味着爱情的甜蜜与忧伤。尽管心底的爱仍在绵延,甚至感觉一直不会泯灭,但是,在现实面前,只能发乎情止乎礼。"当我爱上一个人,却不能告诉他;我告诉他,却遭到拒绝;我被拒绝,却无法停止;我无法停止,他选择了沉默。他的沉默和疏远深深地伤害了我,我深深地体会到,我爱他有多深,我得到的伤痛就有多重。""我爱了不该爱的人!我做了不该做的尝试。"[①] 春曼、心曼渴望爱情,身体残疾使她们面对爱情胆怯、恐惧、敏感、迷惘,但更多的是坚强和尊严。两情相悦,男婚女嫁,对于残疾人,因为身体的不完整,一种正常的可能变为不可能。既然没法实现,就只能坦然接受。整部自传是在传主坦然接受的心态下进行的叙述,平静而温暖。只有进入事理通达、心气和平的成熟状态,只有达

[①] 春曼、心曼:《如果我能站起来吻你》,安徽文艺出版社2008年版,第278页。

成了与自己命运的和解，传主才可能写出这样的风格。这是一种窥见命运底牌后的顿悟和坦然，绝非肤浅浮泛的乐观主义所能比肩的。

中国现代作家在自传中往往是以精神导师的身份出现，习惯于以一种居高临下的启蒙者姿态完成文学创作。残疾人作家将预设读者定位于像自己一样身陷困境的人，在自传中以平等姿态与其沟通、交流，亲切、真实、接地气。他们以自身对抗残疾的心路历程建构残缺的生命美学，触及或是挖掘了生命的另一种可能性。这种自传体现着中国传统的君子当自强不息的奋进精神，这种精神尤能体现出残疾人作家自传文学的根本属性与基本要素，也使残疾人作家自传文学比身体健全的作家的自传文学有着更为显著的社会道德功能，尤其是有着特别突出的榜样力量与启迪作用。这些自传文学中没有理论和思辨，只是传主对自己生活的感悟，以个体的生命经历追问人性深处的答案，为读者提供新的生活认知。同时，也为身处现代精神困境中的个体提供解读生存的密码，寻求通向生命诗意栖居的一条幽径。

残疾人作家关注生存伦理，他们的自传文学有着较强的社会责任感，注重自传写作应担负的伦理教化作用。不过，残疾人作家并没有因为过于偏重对生命伦理精神的颂扬，而忽略对主人公性格形象的全面展示，传主形象也是丰满、立体的。

五、螺旋式的上升结构

所谓螺旋式的上升结构，是指在残疾人作家的自传中，作品的结构一般都是按照对身体的发现—怀疑—超越的路径建构整部作品。作品中弥漫的情绪呈现出螺旋式的攀升趋势。他们在自传中完成了残疾人身份的自我确证。这种自我确证经历了三步：第一步发现身体，通过身体对自我身份的确认，回答"我是谁"的问题。第二步怀疑身体，这是个体对群体的情感归属的确认，情感归属是在自我认定基础上的认同，回答"我处于何种地位"的问题。第三步是超越身体，这是主体自身对理想自我的确认，回答"我去往何方"的问题。这三步，步步逼近，逐渐加深，第一步发现"我"是一个与众不同的异类；第二步发现异类与他人在互动中产生紧张关系，由此引出复杂情绪；第三步为异类的身体找到一个安放之处，自我终于有了归属。残疾人作家的自传全然是对自我从怀疑到认可的个人发展史。

(一) 发现身体：与众不同

在具体的自传写作情景中，作者必定是带着独特的身份意识进行创作的，自传作者总是从某一特定的身份出发再现自我，并试图让读者接受这一自我认同的身份。换一种说法，即自传是确证自我身份、实现自我认同的重要途径。自传作者如何在自传文学中塑造自我形象，取决于他对自我的认知。人是社会中的一员，个人同社会总是发生多种联系，人一旦进入社会就拥有不同的身份，因此，个体身份不是单一的，身份可以是多重的，比如职业身份、文化身份、民族身份等。有的身份从诞生之日起就不可更改（比如民族身份），而有的身份是随着个体的成长或生活的变动，不断流动变化着的，具有流动性和可变性。不同于其他自传作家的身份确认，残疾人作家对自我身份的确认是从认识自己的身体那一刻开始的。"人的存在，首先是身体的存在。"① 身体是人赖以认识世界与认识自我的出发点和媒介。身体是人类认知世界的窗口，因为人们通过视觉、听觉、嗅觉、味觉和触觉等身体器官感知周围的世界。身体不仅仅是物质（肉体）的存在，而且是"精神"（承载着人类的思想、情感、道德、伦理等文化意义）的存在。作为残疾人作家，他们对身体有着比常人更为痛彻、更为真切的体验。残疾人作家的自传无一例外都涉及对自我"身体"的描写，而且很多自传都是从身体的描写开始的。赵定军的《妈妈的心有多高》，第一章开篇就写"从我懂事那天起，我就只能扶着小板凳在地上爬行。在别人的眼里，我只是一个匍匐在地的可怜的小动物。"② 第二章的开头同样是写身体："残疾的身体，使我的童年经受住了太多的痛苦和磨难。"③ 张云成《假如我能行走三天》第一章是以读者来信的方式展开叙述的，在信中首先也是写身体，"3 岁时，别人家的孩子都能满地跑了，可我还得走一会儿歇一会儿"④，"记得 4 年前我还能扶着墙走很远，可我现在连半步也走不了了，这真让我不敢相信呀"⑤。陈媛的《云上的奶奶》第一章开头是这样写的："1984 年，我刚刚一岁多，这一年的隆冬，我的家人发现了我的异样。"而第一章第一节

---

① 黄晓华：《现代人建构的身体维度：中国现代文学身体意识论》，中国社会科学出版社 2008 年版，第 1 页。
② 赵定军：《妈妈的心有多高》，北京十月文艺出版社 2000 年版，第 1 页。
③ 赵定军：《妈妈的心有多高》，北京十月文艺出版社 2000 年版，第 4 页。
④ 张云成：《假如我能行走三天》，漓江出版社 2012 年版，第 1 页。
⑤ 张云成：《假如我能行走三天》，漓江出版社 2012 年版，第 1—2 页。

的标题是"毁灭性的宣告",这个宣告就是医生宣判"我"长大后腿不能走路,喉咙不能说话。

残疾人作家发现的身体不是正常的身体,而是一个与众不同的身体。春曼、心曼患进行性脊髓肌萎缩症,她们发现自我的身体有感觉,但无法支配:

> 我的腿是有知觉的,可我站不起来!……我身上的每一寸肌肤都是有感觉的,知道冷热,知道舒服和疼痛,却支配不了它们,它们在我有感知的情况下一点一点地失去弹力直至死亡。①

王庭德是一名侏儒症患者,他发现自己的身体症状是:

> 走起路来一颠一跛、手舞足蹈地不住摇摆、晃动着……身体早早就定格在不足1.2米的高度。②

于茗是一名脑瘫患者,她发现自己的身体在写字时异常艰难:

> 每当写字时,我的胸部都要紧贴桌沿,头低得几乎要碰到桌面,然后左手的拇指和食指牢牢地攥住笔,双眼斜视着笔尖,牙齿紧紧咬嘴唇,发出"咯吱咯吱"的声音,用尽全身力量在纸上"刻"字。③

张云成和三哥张云鹏患的是进行性肌营养不良症,他发现三哥身体逐渐变化的过程:

> 三哥3岁发病;6岁走路觉着费力;9岁走不了路;13岁腿伸不直了;15岁腰开始弯曲;17岁不能自己吃饭;19岁手指伸不直;20岁用手画画开始觉着吃力;23岁开始用嘴叼笔画画;24岁嘴唇也有点无力了;25岁脖子开始无力;26岁春季感冒明显重于往年。三哥全身肌肉几乎已全部萎缩,全身骨骼全部变形,成为体重仅达

---

① 春曼、心曼:《如果我能站起来吻你》,安徽文艺出版社2008年版,第15页。
② 王庭德:《这个世界无需仰视》,西北大学出版社2017年版,第3页。
③ 于茗:《化蛹成蝶》,吉林大学出版社2009年版,第19页。

20多公斤的残疾人。①

而他自己也在步三哥的后尘：

  3岁时，别人家的孩子都能满地跑了，可我还得走一会儿歇一会儿。

  记得4年前我还能扶着墙走很远，可我现在连半步也走不了了。②

  由于身体的残疾，他们过着与众不同的特殊生活。张云成发现，由于自己的腿，"我只能永远坐在屋子里，用渴望的眼神望着外面"③。龚莹因为不能行走，无法参加小伙伴们的游戏，看着令自己非常激动的小蝌蚪，她忘记自己不能站立，就在自己想要站起来时，"我的脚底下却像沾着胶水，一动也不能动。我想原地站起身来，可随即便发现我的身子也动不了了。我使劲移动坐在椅子上的身体，可还是于事无补"④。张悉妮发现自己语前失聪，不但听话的能力没有了，而且无法学会说话，这个时候才恍然大悟：聋哑使自己与有声世界隔绝，它的痛处不仅仅在于不能听，更深的痛苦还在于无法言说，寂静的世界强迫失聪者——自闭、忧郁、失望！⑤她发现，小的时候，由于耳聋，她不能感受外部世界的某些重要信息，特别是关于人类文明的最最重要的信息——人类最伟大的语言！语言的障碍对一个人的伤害几乎是致命的——它使你的心灵与世界隔绝，落入无声无息的孤独的荒蛮之境。陈媛记忆深处最多的是，自己和其他小朋友相比是另类。"我"坐在屋外，小伙伴们爬上小山堆，在上面喊着、笑着、跑着，"我"因为身体的无力，只能坐在那儿，若想从凳子上站起来，就需要奶奶来拉，看着他们，感觉他们既近又远，笨重的身体让"我"置身于欢乐之外，感觉到自己与他们处在两个不同的世界。蜗牛是一种微小动物，陈媛常常将自己比喻为一只不被人注意的蜗牛，"和我同龄的小伙伴们已能够满院子跑了，而我只能如一只蜗牛一样，趴在窗台上看小伙伴们跳房子"，"只能孤独地趴在阳台，如一只趴

---

① 张云成：《假如我能行走三天》，漓江出版社2012年版，第5页。
② 张云成：《假如我能行走三天》，漓江出版社2012年版，第1—2页。
③ 张云成：《假如我能行走三天》，漓江出版社2012年版，第2页。
④ 龚莹：《浅浅痛，深深爱》，中国盲文出版社2006年版，第55页。
⑤ 张悉妮：《假如我是海伦》，人民文学出版社2005年版，第4页。

在地上的蜗牛不被人注意"。[1]

当他们意识到自己身体很特殊之后，由身体引发出的内心情绪波动十分强烈。在《如果我能站起来吻你》中，春曼看到抽屉里的诊断书上明确写着"婴儿型进行性脊髓肌萎缩症"时，抬眼绝望地看着窗外的天空，感觉天空灰蒙蒙的，小雨就像一个人痛哭的眼泪，没完没了地流淌着。

残疾人作家在自传文学中，还表现出关注自己身体的每一个细小变化及其引发的情绪起伏。在《如果我能站起来吻你》中，春曼详细记录了自己发现双手越来越无力的感觉和心境：去年这个时候，妹妹举着剪刀给她剪头发，自己最初的长碎发发型都是妹妹给她剪的。自己趴在妹妹的腿上，等妹妹给自己打薄发梢后，借助妹妹的胳膊和小桌子的支撑，还能自己坐起来，可今年完全不能自己动弹了。突然发现这个残酷的事实时，她清楚地意识到，自己和妹妹的病情可能已经发展到晚期了，她忽然间对自己的身体没有了安全感，"我的心情变得很沉重"[2]。心曼也有同样的体验，她手心握着注明"进行性脊髓肌肉萎缩晚期"的诊断书，躲在大树下一个人哭，街上人来车往，而她觉得自己被隔绝在喧闹的尘世之外，孤独、无助。并因此对他人产生怨恨：街上的人都沉浸在自己的幸福之中，没有看见一个女孩坐在轮椅上哭泣，更没有谁来安慰她。整个第一章都是围绕身体的变化带来的一系列的情绪波动来组织：身体的变化引起自己的失望和委屈；身体的变化引起生命的绝望，意识到自己离死亡不远了；身体的变化引发她各种怨恨，为什么命运不公正，为什么命运要过早夺走她的父爱，为什么命运要夺走她的健康身体，马上又要夺走她的生命；身体的变化又使她由自己的脆弱想到妈妈的坚强，最后想到，自己必须给人世留下一点什么，表明自己来过这个世界，爱过这个世界。

发现自己身体异常的同时，便是确认残疾人身份的开始。对残疾人而言，身体即残缺，身体即苦痛，身体象征着不完整，象征着沉重，象征着累赘，残缺、痛苦、不堪和屈辱是身体带给他们的实实在在的感受，身体就是一个被赋予了消极意义的符号。他们自己清楚地知道，自己的性格、感情都与身体的残疾有关，"我的生活，一直都让我缺乏安全感。

---

[1] 陈媛：《云上的奶奶》，北京时代华文书局 2014 年版，第 66 页。
[2] 春曼、心曼：《如果我能站起来吻你》，安徽文艺出版社 2008 年版，第 63 页。

一直都是。这很可能跟我'终身残疾'的事情脱不开干系。"[1] 在《浅浅痛，深深爱》中，龚莹写母亲为"我"洗澡："当我的双脚被脱去了鞋袜，它难看的'形状'一一呈现在我和妈妈的面前：脚丫弯曲成一堆，脚背也是弓起来的。这时，我从侧面看见妈妈的嘴唇忽然动了起来，我听见了：'这怎么得了啊！这脚变形，已经变成这样子了！'我沉默着，慢慢低下了头。"[2] "我"踩在鞋面上的腿，无论如何也稳不住，"被恐慌和惧怕彻底笼罩的我，突然听见妈妈的喘息。我听见妈妈她开始喘粗气了。妈妈像一座即将要爆发的火山，而变形的脚完全'展现'在我们的面前，则间接地成为了最好的引子，'噗'地一下把火山点燃了。妈妈那只扶住我腰身的右手，滚烫滚烫的，紧紧地贴在我的身上。我感知着它的颤栗，妈妈明显是在发抖。我觉得那一刻的妈妈，她的心里似乎充满了恨，可我不明白妈妈是在恨什么"，妈妈摆动着"我"木偶般的双腿，从口中一字一句、仿佛是从牙缝里挤出来"这怎么办哦！这真的就是我一辈子的事情了啊！"[3] 这一段描写将身体和自我、他者的感受很好地融合在一起。"我"从妈妈的恨意中感受到了身体带给"我"的屈辱。

残疾人作家对自我身体的描绘，既不是从审美的角度，也不是以审丑的眼光，而是从自己的切身感受出发写出自己身体的特殊，确认自己的"残疾"身份。在自传中，他们反复描绘自己身体的各种异常，将身体示众，其目的不在于博取读者的眼泪和同情，更不是为了写身体而写身体，而是通过身体写身份。他们对自我身体的书写奠定了自传的基调：认同个人身份而非社会身份。由于他们并不注重自我的社会身份，因而他们在自传中不会将个人与时代、社会、民族融合在一起。与此相反的是，因为身体的残疾，他们疏离外在环境，更多思考着个体的生命现象，自我意识更加突出。他们在自传中表现自己因身体的特殊所导致的充满矛盾与痛苦的生存状态和精神状态，记录自己的心路历程。

(二) 怀疑身体：绝望的情绪

残疾人作家在确定自己残疾人身份的同时，便开始怀疑身体。身体是自我的载体，怀疑身体即是怀疑自我。身体蕴含着生命个体的情绪感知。残疾人作家在自传中对身体的书写不是为了展示残疾身体的神秘，

---

[1] 龚莹：《浅浅痛，深深爱》，中国盲文出版社2006年版，第232页。
[2] 龚莹：《浅浅痛，深深爱》，中国盲文出版社2006年版，第24页。
[3] 龚莹：《浅浅痛，深深爱》，中国盲文出版社2006年版，第25—26页。

更不是指向身体背后隐藏着的政治、文化、经济关系，而是注重从亲身经历和自身感受出发，表现身体对他们构成的威胁，以及由此产生的各种难以言表的复杂情绪。残疾人作家的自传文学一个重要的价值就在于很真实地记录了残疾人发现身体之后，怀疑身体的各种绝望情绪。这种绝望情绪具体体现在五个方面。

1. 惶恐

发现自己的身体与众不同，而且由于身体的异样，自己过着一种特殊的生活时，残疾人作家产生了惶恐的情绪。身体残疾带来的生命的不确定性，更增加了他们的惶恐，有时候在病房看到病友离去，兔死狐悲的心理让他们绝望，内心不安。有时候身体发生细微变化，他们立即很敏感地意识到自己快走到生命的尽头。有时是自己感觉到病情加重，而产生惶恐情绪。吕营在《让爱解冻生命》中记叙了这样一个细节，"我"仔细端详已经弯曲成S形的食指，立即产生困惑：自己的手指从什么时候开始抠耳朵都这么吃力了？去年还没有这样，那就是今年，今年的什么时候？想到自己被身体禁锢，越想越害怕，心里有一种莫名的难过和惶恐。她努力搜索着记忆，是什么时候残疾开始变严重的，由此联想到，自己的病情再这样发展下去，是不是吃饭都不能自己吃了，越想越恐惧。在残疾人作家的自传文学中，龚莹的《浅浅痛，深深爱》在表现残疾人惶恐心理方面比较有代表性。这部作品不是简单写身体的残疾给残疾人带来的惶恐，而是写由于身体的残疾，亲人给残疾人带来的惶恐。

在《浅浅痛，深深爱》中，"惶恐"一词频频出现："我对自己的身体状况已经慢慢有了与以往不同的认识。不仅我的双腿无法动弹，而且全身都没有力气，我感觉自己就像是一只翅膀受了伤的小鸟，失去了在天空飞翔的自由。面对父母的争吵，面对自己一动也不能动的身体，我的心开始一天比一天惶恐了。"[1] "我心中突生的那股压抑感跟惶恐感，就像是一口乌漆的大锅，把我整个人都罩住了，让我见不到阳光，也呼吸不到新鲜的空气。"[2] "我不必因担心妈妈会发脾气而惶恐不安。"[3] 惶恐既包含惭愧、难为情，也包含惊恐、害怕，作品中除了高频率使用"惶恐"一词，还使用与此相近的词，如"我的心忽然紧了，慌恐感一下

---

[1] 龚莹：《浅浅痛，深深爱》，中国盲文出版社2006年版，第61页。
[2] 龚莹：《浅浅痛，深深爱》，中国盲文出版社2006年版，第64页。
[3] 龚莹：《浅浅痛，深深爱》，中国盲文出版社2006年版，第20页。

子就将我笼罩"①。她的惶恐不是源于外界,而是源于自己的母亲。"只要我一靠近妈妈,我就会受伤,会感到恐惧。"② 母亲常常咬牙切齿地说:"你这一世怎么得了哟!"这让"我"对未来充满迷茫和恐惧。当"我"鼓足勇气问母亲,老爷爷说的话是真的吗,自己真的不能走路了吗?母亲不但没有宽慰我,反而声色俱厉地说:"哎呀,你今天话怎么这样多呀!你不说话会死啊?你自己不是都听到了吗?"③ 顿时,"我"双颊炙热,从心底产生对妈妈的恐惧。由于"我"身体的残疾,妈妈对我日渐冷漠,在悄无声息的、清贫而且简陋的房间里,"我"和妈妈终日沉默地坐着,"我"和妈妈"长久的沉默不语"所形成的距离,让"我"隐隐觉得虽然"我"和妈妈所坐的位置不足一米远,可是妈妈的世界却是和我完全隔开的,好像她生活在另一个世界。妈妈对"我"日渐的冷漠,让"我"多了一种揣摩不清的陌生和恐惧。"我"想喝水,没有实物托住"我"的手,"我"怯懦地求助妈妈,妈妈几乎像吼一般地催促"要喝就快点啊!你没看到天已经黑了吗?我还要做饭呢!"④ 听了这话,"我"感觉自己身体的血管仿佛要被震炸了,想哭也不敢哭。

  这部自传文学很真实地撕开了家人之间温情脉脉的面纱,揭示了残疾不仅给残疾人本身带来痛苦,也给残疾人的家人带来痛苦,而家人的痛苦又使残疾人惶恐不定。母亲因为"我"身体的残疾,被迫放弃自己的追求,放弃自己的人生,没日没夜地照料"我"。母亲暴躁的外表下隐含的是不甘失去自我追求的内心煎熬和对残疾孩子未来的担忧以及被生活的重担压得喘不过气来的发泄。母亲的内心也是复杂的,她责备"我",但年复一年、日复一日地给"我"洗脸、洗澡,对"我"的关爱无微不至。她对"我"粗暴,但也很细心,给"我"买的鞋是和妹妹一样的,用这种方式不经意地告诉"我",你和妹妹是一样的。这些细节将母亲和曹七巧这类恶母形象区别开来了。母亲这种较为分裂的反应很真实地表现了残疾的残酷,也使作品具有较强的张力。

  2. 孤独

  由于身体的限制,残疾人不能与他人自由交往,被幽闭在狭窄的空

---

① 龚莹:《浅浅痛,深深爱》,中国盲文出版社 2006 年版,第21页。
② 龚莹:《浅浅痛,深深爱》,中国盲文出版社 2006 年版,第22页。
③ 龚莹:《浅浅痛,深深爱》,中国盲文出版社 2006 年版,第10页。
④ 龚莹:《浅浅痛,深深爱》,中国盲文出版社 2006 年版,第19页。

间,"就像一只翅膀受了伤的小鸟,失去了在天空飞翔的自由"[1]。身体的残疾使他们遭遇常人无法体会的孤独。他们共同的一个心理情结就是"看他人玩耍"。他们希望小朋友玩耍的时候能在自己身边,能让自己看着他们玩。他们一天比一天喜欢坐在大门口,即使是最冷的天,宁愿多受点冻,也不愿待在房间里面,害怕房间里那种让他们压抑的气息。坐在屋子里,一整天一整天的孤寂,使他们感到惶恐和不安,而且随着年龄的增长,参与感日渐强烈起来。陈媛说,自己假装给朋友打电话之后,心里都会感觉到一点点的幸福,因为"自己跟那个不可触及的外界,好像有了那么一点点的接近,也有了那么一点点的融合"[2]。"我和那些欢乐的女孩们,虽然在同一片蓝天下,但属于她们的那片天空充满欢乐、愉悦;而属于我的这一片天空,却充满了无尽的孤寂。"[3] 张云成说,因为腿不能自由行动,自己"只能永远坐在屋子里,用渴望的眼神望着外边"[4]。父母下地做农活,他很希望有人从家门口路过一下,可半天连一个人影都没有,只有一阵风吹过。感觉自己和三哥就像是被关在笼子里的两只小麻雀,望着天空却不能飞翔,望着自由却被铁窗禁锢。通过窗子,春天看树枝发芽,夏天听淅沥的雨声,秋天看落叶飘摇,冬天看白雪纷飞,"一年四季,我们都是孤独的,我们真的渴望在孤独寂寞之时,能有一个小伙伴跟我们说说外边的车水马龙,陪我们下下棋,做做游戏呀"[5]。残疾人作家在自传中描写的这些孤独体验,非亲身经历者不能写得如此真实。

3. 自责

从自传文学可以看到,残疾人的自责主要是因自己给家人带来压力而产生的。因为自己身体的残疾给家人带来了经济、精神、体力等各方面的负担,愧疚、自责的心理伴随残疾人一生。残疾人作家在自传文学中,都表达出一种愧疚感。他们常常想到,自己都这么大了,不仅不能帮父母做些事,还总给父母添乱,难道自己真的像有些人说的那样,只是家庭和社会的累赘吗?[6]

在《云上的奶奶》中,自责、无奈、惭愧充斥其中。因"我"身体

---

[1] 龚莹:《浅浅痛,深深爱》,中国盲文出版社2006年版,第62页。
[2] 陈媛:《云上的奶奶》,北京时代华文书局2014年版,第43页。
[3] 陈媛:《云上的奶奶》,北京时代华文书局2014年版,第67页。
[4] 张云成:《假如我能行走三天》,漓江出版社2012年版,第2页。
[5] 张云成:《假如我能行走三天》,漓江出版社2012年版,第76页。
[6] 于茗:《化蛹成蝶》,吉林大学出版社2009年版,第111页。

的残疾，奶奶提前退休；"我"既不能行走，又不能说清楚话，只能眼睁睁地看着奶奶直挺挺地躺在地上，嘴里发出一声声沉重的呻吟；因为手不便，写字写慢了，考试考差了，第二学期被学校拒收。无论怎么向校方求情，校方都不愿意接收这个残疾孩子，奶奶只能采取最虔诚最原始的方法——跪在地上，奶奶哽咽着反复说"不要让她回家。她已经残疾了，你不让她读点书，怎么得了？"① 此时陈媛感到非常委屈、难受，并对自身的残疾感到了深深的憎恨：为了自己能读书，奶奶受到这样的屈辱。于是，"我"在屈辱、难受、悔恨之后，又产生无限的痛，那种痛"携着一种沉重蔓延到我的全身"②。因为长期处于自责的心境中，自责已经成为一种习惯，并非自己的残疾引发的家庭纠纷，自己都习惯性地往残疾的身体方向去想。春节期间的一个夜晚，亲戚之间发生吵架，"我总觉得，人们的吵闹都是因残疾的我而引起的"③，那一刻，自责弥漫"我"的全身，身体的残疾带给"我"的痛苦、绝望、羞愧占据"我"的内心，乃至让我产生死去的念头。在奶奶弥留之际，"我想，如果我是一个健全的孩子，此时的我应该大学毕业，并有了一份相对稳定的工作吧。说不定，我已经遇到了自己的缘分，并和缘分中的他组建了一个属于自己的家。那样的话，我就可以把我至爱的奶奶接到我的身边，让我在奶奶生命的最后这段时间里，好好地尽我应尽的那份孝道。时刻照顾着她，陪着她说说笑笑，在奶奶她痛的时候，我可以即刻给她一两句温馨的问候。就算……就算有时候，我们什么都不说，但我静静地待在奶奶身边，对她而言也许也算是一种心灵上的快慰吧！"④ 但现实中的"我"只是个说话都说不清楚、连路都走不稳的残疾人。甚至，因为"我"说话时，不可避免露出傻傻的样子，"我"在大多数人的眼里，完全就是个没有思维的傻子。

在《化蛹成蝶》中，"我"作为女儿，愧对父母；作为妻子，愧对丈夫。"我"看着父母日渐消瘦，自己的心就隐隐作痛，觉得自己特别不孝顺，从小到大都是父母为自己做好每一件事，自己却没能为父母做好一件事，"一想到这些，内疚感如潮水一样涌上心头，流遍我的整个身心"⑤。"我"患有进行性肌萎缩症，丈夫对"我"越好，"我"越是感到

---

① 陈媛：《云上的奶奶》，北京时代华文书局2014年版，第190页。
② 陈媛：《云上的奶奶》，北京时代华文书局2014年版，第190页。
③ 陈媛：《云上的奶奶》，北京时代华文书局2014年版，第216页。
④ 陈媛：《云上的奶奶》，北京时代华文书局2014年版，第237页。
⑤ 于茗：《化蛹成蝶》，吉林大学出版社2009年版，第146页。

的疼痛跟心里的那种屈辱,在我体内形成了一种很强烈的感情"①。

　　因身体的缘故被迫放弃自己想做的事情,这是造成残疾人屈辱感的重要因素。"从小,我就因为身体的残疾而被别人看做是负担,被大人们安排来安排去。我喜欢画画,我被迫放弃。我喜欢跳舞,我被迫放弃。我喜欢……瑞锋哥,我被迫放弃。我不喜欢赵安,我却要学会接受他。"② 因为身体残疾,常常被迫做一些自己心不甘情不愿的事情,令人满心委屈。《让爱解冻生命》中记载了这样一件事情。有一天,天空突然下起大雨,狂风吹进屋子,带进来的雨滴落在雅歌身上,也洒落在雅歌面前的日记本上。雅歌眼睁睁地看着早上丈夫洗干净的衣服被雨点淋湿,雨肆无忌惮地越过纱窗的阻拦,落在阳台上、衣服上、自己的脸上身上,风将房门用力地开开关关,发出"砰砰"的声音。看着眼前的情景,雅歌除了闭眼祈求,就剩下满心的屈辱。漫菲的手指纤细修长,皮肤细腻,不过一点力气都没有,连一个馒头都掰不开,"这样好看的一双手,却不能做任何事,甚至连自己都伺候不了,这是多么悲哀啊!"③ 这个问题让她忧郁、困惑,她的心情同样是屈辱的。漫菲爱上了童川,但考虑到自己是残疾人,童川也是残疾人,一方无力承担对另一方的责任,只能放弃爱情。放弃之后,漫菲感到一种屈辱涌上心头。

　　屈辱感往往会转变为一种隐约的恨,"委屈和一种隐约的恨在我的内心深处缠绵"④。冉菲在书报亭遇到一个流氓,自己拼命地反抗,但手软软的,一点力气都没有,修鞋的大叔挺身相救,自己才免于一难。事后,"我哭,除了极大的羞辱感已经顾忌不到其他了","一种掺杂着屈辱和愤怒的极端化情绪充斥着我的心灵,使我恨不得自己立即死掉,抑或是杀人。"⑤

　　不论是惶恐、孤独,还是自责、隐忧、屈辱,其实质都是残疾人对自我的怀疑,隐含着的根本思想是作为残疾人是否应该存在和应该怎样存在。赵定军幼年的时候,还不知道人世间的阴晴冷暖,只是幼稚地想,自己只要能站起来,就能像其他人一样了!当终于靠着一支小拐杖的支撑站立起来之后,她才知道,头顶上的蓝天并不属于每一个人,作为残疾人,她将面临的是更加艰难的抗争。

---

① 陈嫒:《云上的奶奶》,北京时代华文书局2014年版,第28页。
② 春曼、心曼:《如果我能站起来吻你》,安徽文艺出版社2008年版,第265页。
③ 春曼、心曼:《如果我能站起来吻你》,安徽文艺出版社2008年版,第34页。
④ 陈嫒:《云上的奶奶》,北京时代华文书局2014年版,第30页。
⑤ 春曼、心曼:《如果我能站起来吻你》,安徽文艺出版社2008年版,第140页。

（三）超越身体：肯定自我

尽管残疾人作家怀疑自我的存在意义和存在方式，存在许多心理困扰，但最终他们超越身体，采用各种方式来弥补身体的不完美，从而肯定了自我。

残疾人作家超越身体、肯定自我都经历了一个阵痛期，他们对身体的超越是在身心极度困顿之后的心灵顿悟。

有的残疾人作家是在感觉自己即将离世的困顿中顿悟的。在《让爱解冻生命》中，"我"听说自己的病友因呼吸衰竭而死，而这是进行性肌萎缩症患者最终都要面临的结果，"我"仿佛听到死神的脚步声。后来发现自己侧躺的半边身子发木发麻，自己试着将上半身用力向后翻，想通过这种方式把上面一条腿抬起来一点，让下面发麻的那条腿能缓解一下肿胀的感觉。但是，"我"试了几下都徒然。为什么去年盖这条被子自己双腿还能稍微动动，今年就不行了？"我"想再试试，于是用手捏住被子往下拉，更糟糕的是，拉被子的胳膊也滑到了身后。"我"意识到自己的病情在加重，感觉死神正一步步逼近自己。"我"的精神几乎崩溃。但就在这一刻，"我"的心灵突然升华，"我"意识到不能这样悄无声息地离开这个世界，"我"必须给这个世界留下点什么。

在《如果我能站起来吻你》中，漫菲、冉菲每一次发现身体残疾加重，都成为促进自己发奋的动力。冉菲过生日时发现，去年的今天，自己还能洗漱、吃饭、梳妆，可是今年只能借助轮椅的扶手托着胳膊梳头发，梳两下，手指头就酸软得握不住梳子，"啪"的一声，梳子掉在轮椅的脚踏板上，又弹到地上。她悲哀地发现，自己距离死亡又近了一步，于是突然产生一种时间的紧迫感，决定抓紧现在的每一天。不同于身体健全的作家，残疾人作家可能有明天，有将来，也可能明天不再到来。身体健全的人因为有明天，因而不够关注现在，他们是以将来为导向的。而身体残疾的作家，未来成为不可确定的未知数，因而他们只能珍惜现在，为现在而活，生命朝向现在。

有的残疾人作家是因为受到羞辱顿悟的。羞辱是对人的精神和自尊的一种极度挫伤，它常常使被侮辱者耿耿于怀，但是对于强者来说，羞辱又会成为激发其前进的动力，这既是对自我能力的确证，同时也是对羞辱者的"报复"。《妈妈的心有多高》是赵定军的自传。赵定军从小患小儿麻痹症，右腿肌肉萎缩，只能靠拐杖行走。由于部分人的偏见，赵定军童年时就被同伴追逐、嘲笑，而且三十年之后赵定军的女儿也遭受同样的讥讽,同学们嘲笑女儿有一个瘸子妈妈。赵定军在别人的羞辱中意识到,作为一个渺小的残疾人,个人的力量微不足道,自己不能改变现实,能够改变的只有自己。她知道,如果不能改变自己的社会处境,女儿跟着自己只能生活在艰难困苦之中。要想消除女儿在同学们面前的自卑,让女儿真正地永远摆脱那种刻骨铭心的压抑感,走出阴影,自己必须奋斗,做一个让女儿自豪的母亲。为了让女儿不再遭受别人的白眼,赵定军参加自学考试,拼命自学,课余发奋写作。等女儿入睡之后,赵定军与一盏台灯相伴,或凝神静思,或奋笔疾书。经过二十年的奋斗,赵定军取得自考文凭,靠着自己的作品,闯进了以前被人们视为残疾人禁区的记者行业,成为一名残疾人女记者。

有的残疾人作家是因为极度的孤独使自己犹如掉入万丈深渊,在孤独中顿悟。在《假如我能行走三天》中,张云成的二哥 1995 年南下广东。二哥离开之后,张云成感受到从未有过的孤独,父母都要外出干农活,屋子里就他一人,心里感到有如冰霜一样的冷落。没有一个可以交心的朋友,来帮忙干活的找爸爸或大哥,来借东西的找妈妈,谁都不会来找他。张云成感到自己极度孤独之后想到,为什么自己没有朋友,为什么没人与自己接近,因为自己什么用也没有。他意识到,如果再这样沉沦下去,自己只能在平庸中度过一生,碌碌无为,悄无声息地离开人世,活一世但没有留下任何痕迹。于是,他想到,虽然自己走不了路,拿不了一斤重的东西,但手还可以握起一支笔,要用这支笔学习、写作,为了不被人瞧不起,为了不枉来人世一回,要坚持追求——"我想用一句话概括我的精神支柱:不能白活。"①

残疾人作家最后都超越身体,获得了成功。杨嘉利的《我要站起来》、周明珠的《漫漫人生路》着重表现各自如何在市场经济的大变动中,变被动为主动,一步步走出逆境,走向成功。张海迪的《轮椅上的梦》、王双女的《人生没有残疾》侧重于表现各自在极端不幸的命运面前,如何坚守人的尊严,不被严酷的生存环境异化,并最终成为精神的强者。朱彦夫的《极限人生》更多地描述自己如何经过努力、奋斗,成长为时代的佼佼者。杨正润在《现代传记学》中指出:"无论传主是什么样的英雄或是成功人士,一部真实的传记会证明:传主的成功总是艰苦奋斗的结果,他也可能经历过失败和挫折,也有过苦恼和沮丧,只有从逆境中奋起才能取得胜利。读者会发现传主的某些经历正和自己的遭遇

---

① 张云成:《假如我能行走三天》,漓江出版社 2012 年版,第 28 页。

相似，他会自然地把传主当作榜样，从传主的奋斗精神中得到鼓舞。他也会从传主对待困难的态度和方式，以至他的失败中吸取智慧和灵感，得到启发、借鉴和教训。而当自己得到某些成功而有所懈怠的时候，又会从传主的成就那里得到鼓舞，重新振奋起来。"[①] 残疾人作家在顿悟之后，完全接纳了生命中的残疾，而且是在淡淡的感伤中含着一分笑意来接纳，之后整装重新出发。成功是残疾人作家自传文学主题的旨归，因成功而获得快乐是其自传的必然结局。残疾人作家的自传文学最终指向了希望和乐观。

西方的传统自传文学一个突出的特征是包含大量的忏悔，中国自传文学尤其是现代自传文学，主要是写传主摆脱困境、发愤自强的历程与人生轨迹。残疾人作家的自传文学与中国现代自传文学相同的是，都是以自我人格的形成为中心，表现自己与众不同的奋斗成长历程。但二者又有不同，中国现代作家的自传文学更多具有社会性，思考的是社会、历史与自我的关系。残疾人作家在自传中则是侧重表现自己对身体的超越，写自己摆脱困境的历程，是对个体生命的思考，由对生命的思考引发对生命的突围。《让爱解冻生命》中，雅歌发现自己病情加重，正是这临近死亡的感觉让她突然产生一种对身体的反抗，自传中多次说道："不，不要，我不要白活这一生！"[②] 如果就这样死了，将来就没有人知道有这样一个女孩来到过这个世界，呐喊出"我的心中还有未完成的理想，我还有那么多的人生计划，我要一个个地去实现，在人生所剩不多的日子里努力去完成梦想"[③]。她决定写一本书，这个念头在她头脑里刚刚出现时，她还不敢正面去迎接它，有点胆怯，有点犹豫，但这个念头一出现就有一种神奇的力量，让她感觉浑身好像有了劲，腿不那么麻了，滑到身后的胳膊也不那么疼了。《如果我能站起来吻你》中，漫菲病重之后，妹妹告诉她：如果这次真的没能挺过来，自己什么都没做，什么都没留下，白活一回，会很遗憾的，要努力把握好时间，努力实现梦想。听了妹妹的一席话，经过这段与病魔抗争、与死神擦肩而过的日子，她立即意识到如果再不行动的话，一切就真的来不及了，于是正式开始写书行动。在与病魔抗争的日子里，她体会过恐惧和苍白，现在一定要通过写作来摆脱这种恐惧，让生命的每一分钟都变得精彩而有意义。冉菲悲哀地发现，自己距

[①] 杨正润：《现代传记学》，南京大学出版社2009年版，第208—209页。
[②] 吕营：《让爱解冻生命》，译林出版社2014年版，第234页。
[③] 吕营：《让爱解冻生命》，译林出版社2014年版，第235页。

离死亡又近了一步,"想到这些,我的心很疼,也有一种紧迫感,我要做点什么,要利用好生命最后的时间,我要投入地去爱和写作"①。想写一点东西,想给世界留下一点东西,这是残疾人作家的主体性和个性意识萌生的体现。残疾人作家的自传写出了在经历痛苦之后,探索自我、认识自我的自我意识的产生。自我意识是人具有现代意识和理性的重要标志,在这个意义上,残疾人作家的自传呈现出独立、自由的现代性品格。

残疾人作家在自传文学中,大都表现了在顿悟的过程中,他人对自己的影响。从社会学的角度看,每一个人的成长都会受到一些人的影响,这些人从正反两方面丰富着主人公的生活经历和对社会的认识。每一个残疾人作家都重点表现出自己每一个人生阶段中正面人物对自己生活态度和生活方式的影响。在这些人物的影响下,他们逐渐确立自己的角色意识和生活方向,这些人物担当起领路人的作用。他们可能是传主的父母,可能是传主的亲人,也可能是传主的师长朋友。他们无一例外地在传主陷入现实或精神的困境之时,及时给予引导和帮助,最终帮助传主走出困境,走向成熟。在这些引路人中,很多残疾人作家都提到张大诺。王庭德说,张老师叫他尝试从散文创作转到小说创作,并进行了具体的转化指导,"张大诺老师的指导,为创作的顺利进行起了决定性作用"②。张云成说:"今天,我要写一个人,一个使我从迷茫中走出、大踏步走向理想的人,一个彻底改变我命运并让我的生命为之丰富多彩的人",这个人就是张大诺。收到张大诺的第一封来信的时候,"从那一天起,我的生活发生了彻底的变化"③。张大诺给了他一种理想,让他的内心不再空虚,生活不再没有目标,懂得了应该怎样去做。张大诺为他制订学习计划,拟订学习提纲,让他在条件成熟后开始创作。张大诺给他邮寄收音机和各种书籍。张大诺给他的创作命题,"总共收到大诺哥的命题电报20多封。我知道电报是以字计费的,每封电报四五十字,20多封,这就是多少钱哪!"④张大诺给予张云成具体的创作方法指导,"写下你真实的生活体验","写作一定要自然流露,千万不要为了取悦读者而刻意去写什么……写文章要有起伏,这样读者读起来不累"。⑤ 提议让他写书的是大诺哥,为他命题的是大诺哥,为他整理书稿的是大诺哥。张云成由

---

① 春曼、心曼:《如果我能站起来吻你》,安徽文艺出版社2008年版,第174页。
② 王庭德:《这个世界无需仰视》,西北大学出版社2017年版,第261页。
③ 张云成:《假如我能行走三天》,漓江出版社2012年版,第21页。
④ 张云成:《假如我能行走三天》,漓江出版社2012年版,第23页。
⑤ 张云成:《假如我能行走三天》,漓江出版社2012年版,第23页。

此感慨，虽然得了不治之症，终身将与病榻为伴，但也是幸福的，"因为在这泥泞的人生道路上我遇到了大诺哥"①。吕营是张大诺的学生，因为没有写作功底，常常是一段文字要反复修改好几遍，有时一个辅导电话打下来就是三个多小时，直到她会了、懂了，张大诺才放下电话。龚莹、春曼、心曼等人的创作都经过张大诺的悉心指导，张大诺成为他们突破生命的航标。在人生的指路人中，还有奶奶（如陈嫒的《云上的奶奶》），有父母（如刘爱玲的《把天堂带回家》），有亲戚（如常颖的《炼狱中的凤凰》），有朋友（如刘海英的《只要生命还在》），有素不相识的陌生人（如王庭德的《这个世界无需仰视》）。

　　残疾人作家的自传中有一类很特殊的引路人，即他者，这里的他者一般也都是残疾人。比如辽宁盘锦的刁利新是于茗的指路人，于茗费尽心血写出的稿件全部被退回，屡战屡败，任凭她怎样修改，都是徒劳。她被彻底击败了，觉得自己从精神到身体都乏透了，再燃不起一点火星。有一天，她在电视上看到刁利新。刁利新从小残疾，没上过一天学，却自学了从小学到大学的课程，撰写的文章先后在《萌芽》等杂志刊登，并成为盘锦市作家协会的一名成员。那一刻，于茗意识到自己的脆弱，经过思考，她决定学会战胜失败的打击。就这样，她的情绪慢慢地稳定了，又开始动手修改文章。"主体是通过他者的形象而达到自己身份的辨认与确定的，正是在镜子中窥到他者的形象（镜中主体自己的身体）的时候，主体才感知到他者的存在，这个被感知的他者被主体看作其类似者和同类"②。刁利新是他者，于茗在她的身上看到了类似的经历，决定走刁利新的创作之路。

　　残疾人作家的相互影响又分为两种情况，一种是影响者对被影响者的影响在一瞬间产生；另一种是影响者对被影响者的影响如涓涓流水，慢慢浸润。龚莹在阅读了《钢铁是怎样炼成的》之后，咀嚼着书本带给她的思想冲击，保尔·柯察金占据了她整个的思想，她隐约感觉到，保尔·柯察金向她诠释的绝对不单单是残疾，而是比残疾更深沉和更重要的东西。她又突然想到，跟保尔相比，自己所经历的并不算什么，一股暖流，带着宽慰慢慢流进她的心里。柯西莫·真列认为，自我本身就是由"他者"加"我"混合组成的综合体，"'人'（既包括内在的也包括外在的）的存在乃是一种深刻的交流，是交流的手段……是赞同他者，通

---

① 张云成：《假如我能行走三天》，漓江出版社2012年版，第24页。
② 许正林：《欧洲传播思想史》，上海三联书店2005年版，第433—434页。

过他者支撑自我的手段。人没有内在的自主领域；他全部而且总是处于边界；他在他者的眼中或是通过他者的眼睛来检视自我……我必须在他者那里发现自我，在我身上（在互相反省和感知中）发现他者。"① 保尔成为龚莹的镜像，参与龚莹自我人格的建造，成为龚莹自我人格建构和自我审视的重要参照，正如龚莹所说，"根本没有想到过，我会在一本书的影响下，或者说只是在某一段话的启示下，就把自己的心灵和精神，在突然间完全地抛向一个全新的轨迹里"②。"自我的构成离不开想像的他者的存在，自我是主体透过诸多表现者而投射出来的一个形象，所以，自我只有通过他者或他者的眼光才能确证其意义与价值。"③ 保尔成为龚莹自我人格的一种镜像，一方面保尔映照着龚莹，另一方面，自我"只能是与他者关系中的自我，除此之外，根本不存在纯粹独立存在着的自我。自我借助于他者而诞生、而存在，这就是自我对他者的依赖性"④。龚莹也在保尔身上看到了自己。

保尔对龚莹的影响属于第一种情况，海伦对张悉妮的影响则属于第二种情况。海伦参与了张悉妮整个人格的建构，成为张悉妮生命历程的重要组成部分。从书的名字就可以看出海伦对其一生的影响，这种影响深入到微观，深入到张悉妮生活的方方面面，比如具体到对字的把握。莎莉文老师将海伦的一只手放在喷水口下，一股清凉的水在海伦手上流过，莎莉文老师在海伦的另外一只手上拼写"水"，突然间海伦恍然大悟，知道了"水"这个字就是自己手上流过的这种清凉而奇妙的东西。这种语言和实物、声音对应起来，以眼睛代替耳朵的识字方式，影响了海伦的识字，让海伦突然明白了语言的存在和它们的意义，世间万物不但有名，而且有声，有文，有义。海伦感受字义的方法给予张悉妮很大的启迪。海伦是张悉妮发现、感知和完善自我认知世界的一面镜子，"我必须通过他人以获得某种关于我的真理，他人对我的存在是必不可少的，对我认识我自己也同样是必不可少的"⑤。海伦的故事已经成为张悉妮自我生命历程中的重要组成部分。

---

① 〔英〕柯西莫·真列：《自我·他者·虚己》，《跨文化对话》（第7辑），上海文化出版社2001年版，第73页。
② 龚莹：《浅浅痛，深深爱》，中国盲文出版社2016年版，第198页。
③ 许正林：《欧洲传播思想史》，上海三联书店2005年版，第433页。
④ 黄汉平：《拉康与后现代文化批评》，中国社会科学出版社2006年版，第45页。
⑤ 〔法〕洛朗·加涅宾：《认识萨特》，顾嘉琛译，生活·读书·新知三联书店1988年版，第63页。

发现身体，怀疑身体，超越身体，残疾人作家通过螺旋式结构，完成了自我人格的建构。自传成为残疾人的心灵史。至此，残疾人作家虽九死而不悔的人格精神得以最终展现。由于此，人们通常将残疾人作家的自传文学作为励志作品加以阅读、推荐。

张颐武将作家的自传文学分为"国家主体传记"和"个人主体传记"。不论什么样的自传，其基本目的是一致的，即自述生命历程，完成自我人格的塑造和展示。但由于传主身份的不同，自述的侧重点不同，作品风格也迥异。身体健全的作家的自传文学更注重自我、历史和社会，传主作为历史见证者，偏好于以亲历者的身份描写历史中的宏大或微观的事件，记录个人与社会的复杂关系，甚至传主的特异性被时代遮蔽，表现出更多的社会民族意识，将本来属于营造小我的自传转向大我的书写。从"小我"转向"大我"，郭沫若100多万字的自传很能代表这方面的特点。这类自传体现出时代性、社会性和宏大性特征。身体健全的作家的自传还有一种情况，即作家在创作自传时已近暮年，已在文学界有相当的影响，他们写作自传隐含着为自己盖棺定论之意，如张恨水的《写作生涯回忆》、臧克家的《我的诗生活》《生活和诗的历程——续〈我的诗生活〉》、许杰的《我的写作生活》等。在这些自传中，作者对自己的人生经历、文学成就以及文坛的是是非非、逸闻趣事做权威式的回顾。他们注重自己的作家身份和创作历程的书写，突出的是传主的作家身份，记述的是自己的创作生涯，将自己的创作生活作为自传书写的主体部分，其间以历史参与者和见证人的身份评说历史，传主成为一种精神或文化的象征。从这个意义来看，中国现当代的作家自传文学多数属于张颐武所说的"国家主体传记"，即"从现代'民族国家'建构的需要出发，寻找足以凝聚民族精神，张扬民族性格的典型人物"，是"民族国家的精神象征"。[①] 残疾人作家的自传属于"个人主体传记"，即对传主个人经历的思考、追问与探寻，并由此上升到对"人"的解读。

六、叙述者的评论干预

叙述者的评论干预是指叙述者对故事人物、事件以及叙述本身的评价性态度。由于残疾人作家在自传文学中重视自我和预设读者之间的交流，为了更好地实现自我和预设读者之间的有效交流互动，他们在自传

---

① 张颐武：《传记文化：转型的挑战》，《传记文学研究》，湖南文艺出版社1997年版，第109页。

中一边以叙述性话语完成叙述行为,一边以非叙述话语的方式——议论来突显叙述者的思想情感倾向。在残疾人作家的自传文学中,评论干预的现象异常突出,而且复杂多变、隐蔽精巧。

(一)现身式的评论干预

现身式的评论干预是指,在残疾人作家的自传文学中,作为传主的"自我"让当事人直接发表评论,在形式上体现为以第一人称进行自我总结。张云成的《假如我能行走三天》的第四章,记录张大诺如何引导、鼓励自己进行文学创作。张云成(作为传主的"自我")通过当事人(自传中的主人公)对自己的生活进行抒情性评价:"生活是充实的,所以我是快乐的。我觉得我是幸福的,而这一切的幸福感又都是理想带来的,因为谁都不会看得起遇到打击就精神萎靡,甘愿沉沦,不思进取的人!"[①] 在回顾自己两年的成长历程后,张云成(作为传主的"自我")让当事人(自传中的主人公)用朴实的语言进行自我评论:"这两年半时间,是我为理想拼搏、为改变艰难命运争取生命自由的时间,我可以骄傲地对自己说:这两年半的时间我没有白活。"[②] 在记叙自己如何艰难地学会五笔字型输入法后,张云成(作为传主的"自我")让当事人(自传中的主人公)说道:"生命虽是残缺的,但这丝毫不能削弱我拼搏的斗志,我虽失去了健康的身体,但我还有一颗健康的心灵,它仍然在每时每刻跳动着。"[③] 当事人(自传中的主人公)在信中看到,有的学生听了他的事情之后很惭愧,决心以他为榜样,在艰难面前不再退缩,对此他发自肺腑地说:"我心里是那么高兴!因为我终于为社会作出一点点贡献,我的存在终于有了价值!我终于没有白活!让别人的生活因我而有所改变了!"[④] 在有的章节中,作者将记叙和评论干预完全结合在一起,比如第十四章"想象中的场景之三:我拥有健康的人生",这一节你很难区分是纯粹的叙述,还是自我的评论性干预,二者完全纠结在一起。这一节的开头写自己身体健康,像其他人一样入读小学、初中、高中,然后引出高考落榜,由高考落榜写到"我肯定会非常伤心,也觉得很对不起家人,但遇到不顺,人唯一可以做的就是面对现实,去做你'现在'

---

① 张云成:《假如我能行走三天》,漓江出版社2012年版,第24页。
② 张云成:《假如我能行走三天》,漓江出版社2012年版,第25页。
③ 张云成:《假如我能行走三天》,漓江出版社2012年版,第39页。
④ 张云成:《假如我能行走三天》,漓江出版社2012年版,第78页。

所该做的事情","即使失败,我也会不断努力争取,寻求另一种生存的价值,不让自己虚度光阴,尽量去做点什么,最重要的是不能让自己的一生平淡平庸。"①文章接着转入创业的记叙,这一节现身式的评论干预成为叙述的组成部分。

现身式的评论干预以第一人称评论视角将读者直接引入"我"经历的事件和人物以及对"我"的震动,因此具有直接性、生动性,可信度也更高,有助于激发读者的认同感,能有效缩减与读者的距离。赵定军从《诺贝尔传》中受到启发,借作品中的当事人发表议论:"我想:人生哪能都是一帆风顺的,当厄运临头的时候,悲观、哭泣又有什么用呢?现在,厄运已经向我进攻了,在这种危害我女儿的疾病面前,我不能有丝毫退缩。我要以我的全部生命去保护我的女儿。我暗暗地咬紧牙关,在心里发誓:这个不公正的命运,我和你拼了。"②于茗在北京进行免费治疗之后,借作品中的当事人发表议论:"这些让我明白了一个道理:无论一个人身体条件如何,家庭经济如何,也不管你的地位高低,只要你充满信心,付出一定精力,学习一技之长,无论成功与否,你都会赢得他人对你的尊重,获得社会各界对你的支持与帮助。这是一个注重人才与知识的时代,也是一个充满爱心的社会,人们愿意把自己的爱心献给那些积极向上的人。"③庄大军记叙了自己黑暗中的生活,然后借作品中的当事人对盲人的生活发出这样的评价:"我们盲人走在路上,最渴望的就是有人伸出手扶一把。我在学习行走的时候,亲人朋友们的手就是我心里的最大保险系数。一个弱势群体在社会中生活,绝对少不了正常人的扶助。我希望大家都能伸出自己的手,让我们的世界永远充满阳光。"④在《如果我能站起来吻你》中,冉菲意识到自己的生命不长了,开始时十分沮丧,但接着想,如果什么都没留下就这样死了,母亲和姐姐会生活在痛苦的阴影里,无力自拔,这种痛苦将折磨她们一辈子。但如果自己创作,给她们留下印有自己照片的作品,母亲会感到欣慰的。她这样写道:"我深呼吸,把所有的痛苦都暂时抛开了,不去想它了,管它呢!只要我还活着,只要这一分钟还是属于我的,我就要尽情享受生活,创造生命的价值。那么,痛苦也会成为一种快乐的极致,拥有和失

---

① 张云成:《假如我能行走三天》,漓江出版社 2012 年版,第 94 页。
② 赵定军:《妈妈的心有多高》,北京十月文艺出版社 2000 年版,第 104 页。
③ 于茗:《化蛹成蝶》,吉林大学出版社 2009 年版,第 154 页。
④ 庄大军:《看不见的尽头还有爱》,盲文出版社 2015 年版,第 125 页。

去同样会让我坦然接受的。"①"我要活着。活着，真好！"②面对这样的评论性干预，读者很难产生排斥心理。现身式的评论干预表面上是作品中的主人公对自我的评说，实际上担负评价的重任，担负着对读者的引导，包含了作者对这个问题的态度。

(二) 画外音式的评论干预

画外音式的评论干预是以旁观者的角度进行评价。

在于茗的《化蛹成蝶》中，母亲终于被送进产房，父亲在产房外焦急等待，这时就出现了一段画外音式的评论干预："人生有着许多无奈，时间也常常和人们开着不大不小的玩笑。往往当你希望时光停留时，时间却飞快如梭；可当你心急如焚等待时，时间却像个年迈的老者，不紧不慢地迈着优雅的步伐缓缓而来。"③从故事层面看，这段话将母亲被送进产房和被送出产房连接起来，衔接自己出生前后两个时间段，起了时间过渡的作用。从伦理层面看，这段话指出了人生中许多事情是自己不能把握的，人生充满无奈，具有较强的哲理性。从发表评论的角度看，这是第三者发出的评价。

《假如我是海伦》的第 21 节，张悉妮写自己努力地学习写作、绘画和电脑，自己绘画的时候仿佛看到米勒带着他的一堆可爱的孩子种地、画画，画麦茬，画茅屋的阴影，画春天的太阳，这时作者穿插了对生命的评价："雁过留声，人过留名。生命要有生命的痕迹。"④这两句话仿佛天外来音，浩渺悠长。

在《让爱解冻生命》中，雅歌穿戴整齐，丈夫推着她在路上行走，雅歌羡慕地看着其他女孩子挺拔的腰身、健康的双腿，"忽然，雅歌感觉自己也是很美的，对，这种美不是表面上的，而是一种自信、一种乐观，还有就是敢于挑战"⑤。"雅歌还要告诉全世界的人：只有活着才可以追求梦想，只有活着才能去迎接挑战，只有活着才有希望。"⑥这些评论性话语是叙述者以全知全能的方式，剖析自传中的主人公心理。雅歌对美的认知和对活着的理解，是通过第三者对她内心的窥视说出来的，同时

---

① 春曼、心曼：《如果我能站起来吻你》，安徽文艺出版社 2008 年版，第106 页。
② 春曼、心曼：《如果我能站起来吻你》，安徽文艺出版社 2008 年版，第107 页。
③ 于茗：《化蛹成蝶》，吉林大学出版社 2009 年版，第4 页。
④ 张悉妮：《假如我是海伦》，人民文学出版社 2005 年版，第27 页。
⑤ 吕营：《让爱解冻生命》，译林出版社 2014 年版，第25 页。
⑥ 吕营：《让爱解冻生命》，译林出版社 2014 年版，第236 页。

也代表着作者的观点。

上面这三段评论干预看不出具体是谁在发声,借鉴的是电影的画外音手法,仿佛一个旁观者通过这件事情看清楚了人生的迷雾,站在某一制高点上评点人生。

画外音式的评论干预一般是针对事实的一种阐释,由叙事而言理。通过评论,给平凡的事实赋予更深刻的价值意义。为了达到作者预期的叙述目的,自传毫无例外地要牵涉事件的筛选,作者在回溯个人生平时,一些事件被突出强调,而另一些事件被刻意忽略。同时,一些看似偶然孤立的事件被赋予某种特殊的意义,然后以某种因果关系的模式连贯起来。事件的筛选已经体现出作者的伦理取向,再针对事件进行价值评说,自传的人格化叙事就尤为突出。

现身式的评论干预是以第一人称的形式出现,难以对自己的所思所想进行客观评价。而画外音式的评论干预是以第三者的形式出现,可以自如进入任何人物的内心发表言说,拉大读者与叙述者之间的距离,可以自由地将其故事中所有人物的所思所想表达出来,不会受到视角的限制。在这个意义上,画外音式的评论干预的范畴比现身式的评论干预的范畴要宽泛一些。但是,在现实世界中,个人是无法进入他人的思想意识之中的,只能通过自己的观察、感知、推理等推测他人的思想。因而,在对自传中的当事人进行评说时,现身式的评论干预比画外音式的评论干预要深入一些。

(三) 象征性的评论干预

残疾人作家的自传文学中,叙述者悄然介入叙事发表评论的另一种表现形式是景物描写,即借助景物描绘来表达作者的评价,这就是象征性的评论干预。在残疾人作家的自传文学中,读者只是一个隐蔽的存在,但是,读者又无处不在,作者的诉说、辩解都是指向读者,包括景物描写也是为了更好地让读者接受自己的价值观念,景物描写传递着传主的生存伦理观念。

于茗在《化蛹成蝶》中叙述人物与世界的联系、外部世界对她的影响时,就虚构了一些具有象征意义的景物,突出自我命运之难,突出命运的不可把握。写自己出生的那一天,"午后,天色渐暗,阴森森的乌云仿佛要把世界压扁,空气沉闷得令人窒息,一场暴风骤雨即将来临"[1]。

---

[1] 于茗:《化蛹成蝶》,吉林大学出版社 2009 年版,第 1 页。

自传写作"虽然也强调自传的'事实'性,但由于传者是在为自己作传,是在通过对自己过去的回忆来'锥探'自己,由此传者对'事实'的认识就不仅包括那些实际发生过的'历史事实',而且还包括那些发生和不曾发生过的'心理事实'——即传者过去的某些意识活动。从这种意义上来说,自传的叙事原理不再是'唯事实'论,而是'唯心论',以传者写作时的心态和良心作为基准去叙述往事"①。这里的景物描写就属于心理事实。于茗出生的当天是否真的是这样的天气,可能谁也记不清楚,就算是那天天色黯淡,乌云密布,但于茗在描写时也掺入了主观的感受:"仿佛要把世界压扁,空气沉闷得令人窒息。"在这里,对景物的描写也是为了自我的建构,也是间接对事件进行评价。他们并非按照实际事件的每一个细节去严格记录,而是从生活细节中提取某些重要的环节加以突出。传主已经通过自然环境预示了自我的悲剧人生,奠定了自我出生的情感基调——灰暗。护士将刚刚出生的"我"抱给父亲,妇产科权威人士王大夫便告诉"我"的父亲,孩子长大后可能会残疾,传主没有接着写"我父亲"此时此刻的心理感受,而是进行景物描写:"有雷声响起,滚滚的雷声仿佛在产房顶上碾动,大地在跟着震动。预谋已久的大雨从黑压压的天空上直泻下来,雨水夹杂着弹珠似的冰雹狠狠地砸在窗户上,声声欲碎。"② 王蒙说:"我个人认为,真相是不能塑造的,只能面对,但是怎么样叙述真相,却是可以选择的。这里有轻与重的选择,有叙述方式的选择,甚至也有策略的考虑。就像曾国藩跟太平军打仗,无论是'屡败屡战',还是'屡战屡败',都说明他战败了,这一点没有疑问。这种选择和个性有关,和风格有关,也和叙述真相的责任有关。"③ 上述两段景物描写就是王蒙说的与叙述真相的责任有关,后面一段对景物的描写与开头那段对景物的描写相互照应,冰雹狠狠地砸在窗户上,表达了传主对丧失医德的医生的愤怒,声声欲碎表达了传主对自己残疾人生的悲哀之情。"我"身患残疾,终身痛苦,完全是医生丧失医德造成的。传主借助对景物压抑、沉闷的描写,谴责了失德医生人性的丑恶。

(四)次文本的评论干预

次文本指自传中除正文叙述以外的其他部分,如题词、前言、后记、

---

① 许德金、崔莉:《传记》,《外国文学》2005年第5期,第68页。
② 于茗:《化蛹成蝶》,吉林大学出版社2009年版,第5页。
③ 王蒙:《真相及其叙述》,《名作欣赏》2008年第9期,第4页。

序、标题、副标题、书信、日记等。次文本可以为主叙述营造氛围，提供说明或暗示，因而也成为叙述者实施评论干预的有效手段，成为体现其价值倾向和道德判断的重要途径。次文本的评论干预就是通过次文本发表的评论。

《妈妈的心有多高》有题记、前言（《致读者》）、结束语，讲述的是一个残疾母亲在苦难的命运面前，高昂着不屈的头颅，顽强地和命运抗争，带领孩子闯过一个又一个的难关，终于从病魔的手中夺回自己的孩子，并且女儿健康、美丽、优秀。赵定军通过次文本评论干预指出，人生不论多么坎坷，都要热爱，唯有如此才能获得生命的幸福。比如在结束语中她说："虽然，我的身体是残疾的，虽然，我的命运是坎坷的，但是，我热爱这个世界，热爱我的生命。我靠自己真诚的爱心，得到了一份最珍贵的爱情；我靠自己无私的母爱，养育了一个优秀的女儿；我靠自己顽强的努力，找到了一份适合自己的工作。我为自己赢得了一份实实在在的幸福。"[①] 这段话概括了传主对自我的所有价值判断，奠定了全书的思想基调。

《假如我是海伦》是在精神分析中发现和构造自我，整部自传以回忆的片段代替情节的连贯性。每一个回忆片段就是一章，而每一章都有一则题记，绝大多数题记都是对本章所述事情的评论，比如第一章的题记："我只是在述说一个平常人的生活，生活中她遇见了一些麻烦，而这些麻烦，不过是每个人都会遇见的，只是他们遇见的和她不一样罢了。"[②] 本章记叙的是张悉妮因病失聪和面对自己残疾的心路历程。在海伦的影响下，张悉妮将自己的残疾看作人类普遍都要遭遇的困难，困难是不可能打倒我们的，打倒我们的是意志力的丧失。题记成为本章所记叙的内容的文眼。通过题记，作者用自己的声音记述对故事的理解和对人生的看法。文本中，题记成为"超表述"，即在正文叙述人物言行的基础上，针对某件事、某种行为、某个人等做深层次的思考与评价，而且主要是对人生、命运等哲学命题进行思考，以此区别于叙述者专注表述行为的叙述方式。

《假如我能行走三天》的一个特点就是穿插大量书信，以书信的形式对叙述进行评论干预。自传第一章的标题就是"一封让编辑惊讶的读者来信"。正文的内容一开始就是处在人生低谷的黑暗期的"我"给编辑和

---

① 赵定军：《妈妈的心有多高》，北京十月文艺出版社2000年版，第410页。
② 张悉妮：《假如我是海伦》，人民文学出版社2005年版，第3页。

张大诺写的两封信。自传一共20章，10章有书信，10章没有书信（第4章、第7章、第9章、第10章、第14章、第15章、第16章、第17章、第18章、第19章没有书信），其中第19章虽然没有书信，但全部由日记组成，日记本身也构成评论干预。第20章的标题是"鸿雁传情"，整章都是由书信构成。书信能暴露写信人的真实想法，让读者对此确信无疑。在自传中加入书信进行评论干预，能增加可信度，更好地实现自传的教化作用。《化蛹成蝶》《妈妈的心有多高》《这个世界无需仰视》等自传中都加入了书信。在书信中或隐或现的评论不断干预叙述进程，或直接或间接与读者交流，传主成为可识别的、具有个性的"人"。

上述4种划分是就总体倾向而言，任何划分都不可能绝对穷尽所有现象。除了上述4种评论干预的方式，还有一些其他的评论干预方式。比如通过人物对话对某件事情进行评论。《化蛹成蝶》中，自然课的老师小声嘀咕说，班主任怎么能让一个傻子来上学呢？下课后，几位同学也跟着叫"我"傻子。第二天"我"不想上学，"我"母亲没有安慰"我"，而是似乎自言自语地说："那么努力才得到一个上学的机会，怎么才几天就不上了？只因为别人嘲笑你？这点困难你就怕了？上学是要经得起挫折，经得起别人的欺负，这次仅是个开头，以后可能还有许多意象不到的羞辱和歧视，现在你受不了，还怎么面对未来。记着我的话，想要改变自己的命运就得学习，懂吗？"① 母亲的话对残疾人如何面对自己的残疾命运进行了评说。陈媛的奶奶自己一人照顾孙女，还常常帮邻居张奶奶买东西。奶奶一边帮张奶奶放鸡蛋，一边小声说："张奶奶一个人生活孤苦，平时有机会的时候，我们应该多帮一帮，看到别人困难的时候，我们应该多帮一帮。""奶奶的话，像是自言自语，又像是在对我说一样。"② 表面上是奶奶和陈媛在聊天，实际是奶奶在评说一个人应有的道德准则。通过两人的对话，作者引导读者认清深层暗流中的伦理观念和价值体系。

在残疾人作家的自传文学中，传主对人物与事件做出评价是试图使预设读者接受他们的道德行为方式，按照传主给定的意义去理解事物和人物，以使预设读者与传主在价值判断上保持一致。为了达到这一目的，传主还采用多种视角的转换对事件或人物进行评论干预。《假如我能行走三天》中的第十四章，第一句话是"云成整天只能坐在炕上，他无法走

---

① 于茗：《化蛹成蝶》，吉林大学出版社2009年版，第38页。
② 陈媛：《云上的奶奶》，北京时代华文书局2014年版，第120页。

出家门，无法过正常人的生活，但他可以——想象"①。这是第三者对"他"（传记中的当事人）的生活进行评论干预，是传主和叙述者的对话。本章的中间接着写"理想，需要天长地久的信念坚定，再通过一步步的努力，才能走过风雨，走过不为人知的苦涩，然后成为现实，在一个蓝天白云、鸟语花香的早晨，你便可以迎接一个激动的心情——那理想实现的时刻"②。这是第三者对"你"（读者）的生命伦理进行评论干预，是传主和读者的对话。再接着写"我虽然身患痼疾，而且家庭条件不好，但我坚信自己必将实现理想，在一个晴朗的天气里迎接成功的到来"③。这里是"我"对"我"的生命伦理进行评论干预，是叙述者和作者的对话。在残疾人作家的自传文学中，多人称的评论干预能有效打破评论的枯燥乏味，将读者引入叙事情景，很好地接受作者的伦理指向，又能让读者跳出故事，做出自己的判断。

叙述者的评论干预使残疾人作家的自传具有鲜明的人格化叙述特点。由于在自传文学中加入评论干预，残疾人作家的自传中包含着传主强烈的主观声音和意图，传主的伦理观念和价值取向鲜明突出，清晰可见。任何文学作品都永远蕴含着创作主体的某种价值立场与意义判断，完全客观真实的叙述只是人们一厢情愿的奢望。只不过有的文本较为显现，有的文本较为隐蔽。残疾人作家的自传体文学就属于人格化倾向十分突出的这类文学文本。残疾人作家对自己成长过程中所经历的人物、事件都毫不隐讳地表明自身的态度和评判，他们的自传是一种带有作者鲜明道德倾向的主观化叙述。

七、病体式的言说方式

残疾人作家在自传文学的创作中已经预设了读者是身陷逆境的人士，并且要以自己独特的生命体验和生存体悟对这些人进行启迪和教化，这影响到残疾人作家自传文学的叙述风格，他们大多采用病体式的言说方式。病体式的言说方式是指在残疾人作家的自传文学中，叙述者以一个病患者的角色出现，以病患者的视角审视世界，从而导致整个叙述文体有了诸多的不同于健康者叙述视角的色调。病体式的言说方式能够让读者对作者产生同病相怜的心理，宜于读者吸收、接纳自传中传主的生命

---

① 张云成：《假如我能行走三天》，漓江出版社 2012 年版，第 90 页。
② 张云成：《假如我能行走三天》，漓江出版社 2012 年版，第 91 页。
③ 张云成：《假如我能行走三天》，漓江出版社 2012 年版，第 91 页。

伦理观念。这种病体式的言说方式有如下特征：

第一，残疾成为小说的重要情节线索。身体健全的作家也书写残疾，但他们的残疾书写呈现出符号化、象征化的特征。残疾人作家在自传体小说中书写残疾，不是为了将残疾作为一个符号、一种象征，也不仅仅是作为丰富人物形象的一般性、日常性的细节，而是作为构成整个作品的重要的情节线索，"残疾"推动着小说情节的发展，"残疾"就等同于情节。这些作品都是从出生写起，然后交代发现残疾的过程（或者是怎样残疾的过程），接着是医治残疾的艰难，最后写残疾不可医治，面对残疾这个残酷的事实，在残疾中求生存。文本一般入题很快，往往第一章就直接将读者带入残疾这个令人无法忍受的气氛中，然后围绕残疾展开一个又一个的矛盾冲突，有残疾人与家人之间的矛盾冲突，有残疾人与家庭之外的人的矛盾冲突，有残疾人自我的矛盾冲突，有残疾人家庭与其他人的矛盾冲突，有残疾人与自然的矛盾冲突……不论何种矛盾冲突，都离不开"残疾"这个诱因。

第二，叙述语调平缓，情节发展较为缓慢。这些自传体小说语调平缓，多少含有因长期残疾而带来的疲倦与忍耐，亦多少带有一种长期残疾、长期卧床不起者对时间流逝的漫不经心。在这样漫不经心的语调中，显示一个挣扎已久的疲惫的灵魂。《云上的奶奶》开篇是这样说的："1984 年，我刚刚一岁多，这一年的隆冬，我的家人发现了我的异样……"语气平静、缓慢，仿佛在讲述一件与自己无关的事情。"一天下午，我去看奶奶，进门就看见她趴在客厅里的那张床上，痛苦地呻吟着。我立刻放下包给奶奶揉背，此时，家里又剩下我与奶奶两个人。周围的一切很安静，静得我给奶奶捶背的声音都可以听到，奶奶那因疼而沉重的呻吟声，更是那样清晰地跃然于耳，一声声痛苦的呻吟让人感到窒息。"[①] 这里的记叙，舒缓的语气与安静的环境、病人有意漠视病痛的淡然相统一。

第三，采用第一人称的叙述方式。在自传中，残疾人作家对第一人称的叙述情有独钟。于茗的《化蛹成蝶》最初使用的是第三人称叙事，在做第三次修改的时候改变为第一人称叙事，因为"我觉得用第一人称来写不受束缚，更为自由，可以将主人公的心灵活动描写得更为丰富。"[②]

（1）能触景生情进入自己身体的痛苦之中：

[①] 陈媛：《云上的奶奶》，北京时代华文书局 2014 年版，第239 页。
[②] 于茗：《化蛹成蝶》，吉林大学出版社 2009 年版，第169 页。

此时，我心里极度恐惧，加上摔倒后的疼痛，身子在翻滚中被路上的土块和石头硌得痛。我滚到了平地上时晕晕的，暂时忘了身上的疼痛，晕眩一过，疼痛是那样清晰地由外而内侵袭着我的身体。我不由得"哇"的一声哭了出来，在屋里忙碌的奶奶闻声赶紧跑了出来，向我跑来。①——第一人称的叙述将"我"的痛苦描写得淋漓尽致。

（2）能进入因病痛折磨而带来的精神与心理的焦灼、恐惧之中：

突然，我身子一歪、一倾斜，倒了下去。这时，我的手在空中乱晃着，心中刚才云淡风轻的轻松，在摔倒的瞬间，消失得无影无踪。取而代之的是恐惧，恐惧瞬间袭上了心头，我顺着山坡的走势滚了下去。天上的云，地上的物，在我眼里不停地旋转。②——第一人称的叙述将"我"的恐惧心理表露无遗。

（3）有利于叙述空间的自由转换，有时笔触向外，描写家庭与社会，有时又从叙述的情境中跳出来，笔触向内，沉思、剖析自身的灵魂，用笔灵活，表意自由：

我的脸红了，因为我那时连一本完整的小说也还没看过！见我脸红，周老师郑重地提出建议："要写出好诗，就要多读好诗，多读文学名著来丰富自己，思维才会活跃起来，语言应用也才会丰富起来。"说完，他从书柜里取出一本书来递给我说："这本《中国古诗选》，上面有李白、杜甫的千古杰作，你带回去好好看看。"

我完全没想到，第一次去见周老师，他就会送书给我！

离开周老师家这个晚上，我一生难忘，因为从某种意义上说，这个晚上成了我一生命运的转折：从此后，在周老师指导下，我的写作水平有了突飞猛进的提高；也阅读了越来越多的文学作品，丰富我的思想。③——第一人称的叙述将"我"和他人（周老师）相联系，但很快又返回自我，讲述自己的创作经历。叙事空间转换较快，避免了情节缓慢给读者造成疲倦感。

这些自传体小说中的"我"分为叙述者"我"和被叙述者（作为叙述对象）"我"。如《云上的奶奶》中，一个是讲述残疾女孩故事的"我"，一个是被讲述的小脑瘫痪患者的"我"。作为讲述残疾女孩故事的"我"完成言语行为的转化功能，作为叙述对象的小脑瘫痪患者的"我"

---

① 陈媛：《云上的奶奶》，北京时代华文书局 2014 年版，第 34 页。
② 陈媛：《云上的奶奶》，北京时代华文书局 2014 年版，第 34 页。
③ 杨嘉利：《重生门》，四川大学出版社 2018 年版，第 201 页。

是被符号化对象的经验与行为。作为叙述对象的小脑瘫痪患者的"我"是作为讲述残疾女孩故事的"我"的审视对象，双重意义的"我"使小说进入叙述状态，并且所表现的"我"的人生经历又是按照一定时间顺序排列的。

第四，能恣肆无忌地自由联想。残疾人作家的自传文学的语境比身体正常的作家的自传文学复杂：因身体残疾，经常被人同情与怜悯产生的对抗情绪；对生活、对生命的绝望带来的抑郁；长期看病、不能工作带来的经济窘迫；不能享受健康身体必不可少的乐趣带来的自卑；随时面临死亡带来的恐惧与自虐；由于身体残疾，观察问题的起点较为特殊，可能带来的与众不同的价值观。如何处理丰富的语境是残疾人作家在自传文学创作时面临的难题。然而，他们采用了自由联想的方式对这个问题做了很好的处理。时而触景生情进入因残疾带来的身体痛苦之中，进入因残疾折磨而产生的一系列的精神与心理的苦难之中，并进入一系列围绕着"我"的残疾而产生的整个家庭与社会的冲突之中，时而又从叙述的情境中跳出来，进入回忆、沉思甚至冷酷的剖析之中。《云上的奶奶》中第七章"温暖怀抱里的眼泪"一会儿写聚集在心里的无法散去的恐惧，一会儿写自己的挣扎，一会儿写奶奶的动作，一会儿写自己的幻觉。本来自传体文学的自我叙述是单调的，再加上叙述的对象——残疾人的人生是单调的，决定了这类作品如果不做艺术的处理有可能会枯燥乏味。但这种自由潇洒的书写增强了作品的表现力，使单调中包含着丰富。

第五，能使现在时态和过去时态混合交叉，叙述的是过去发生的事情，但对过去发生的事情又采用现在时态的观察视角、议论、评价。"1970年11月22日，又一个小生命出生了，这个孩子就是后来成了终身残疾的我。不过，妈妈说，我刚出生时又白又胖，是一个人见人爱的健康男婴，谁会想到这样一个可爱的男婴未来一生的命运竟会那么的坎坷和艰辛？"[①] 本来是叙述1970年的事情，但加入作者写作时的议论——"谁会想到这样一个可爱的男婴未来一生的命运竟会那么的坎坷和艰辛？"将过去发生的事情和现在正在发生的事情相联系，现在发生的事情有了历史的背景，历史发生的事情有了现在的结果。现在时态和过去时态的混合交叉巧妙地将框架的控制与叙述的节奏有效地融会在一起，让它们发挥所长，相互利用，避免情感的抒发发展到煽情的地步，还可以帮助

---

① 杨嘉利：《重生门》，四川大学出版社2018年版，第4页。

叙述者从角色体验之中跳出来，避免陷入过深而不能自拔，也能避免夸大残疾的痛苦，还能有效规避阅读的疲倦。

采用病体式的言说方式已经拉近了作者和读者的关系，残疾人作家在这种言说方式下又用朴实的笔调讲述自己原汁原味的生活，"所有的细节，都是原汁原味的生活。在这'平平常常只是真'的故事中，我愿和读者朋友，分享我对生命的理解与感悟"①。比如性、爱情、婚姻属于隐私，残疾人作家在自传中毫无隐瞒地加以全面暴露。吕营知道，常人不能理解，一个坐在轮椅上的人怎么能幻想与一个健康、英俊的男人结婚呢？但她非常真实地写出自己对婚姻的渴望，不怕别人的耻笑："这种渴望是那么特别，这种渴望在自己身体越衰弱的时候越强烈，这种渴望在自己越孤独的时候越明显。这种渴望来自内心深处。"② 她坦露，她渴望婚姻是希望有一个人可以代替父母来爱自己，照顾自己。当她听丈夫说公公生病住院，丈夫要回去照顾自己的父亲时，她如实地写到自己对公公生病并没有太大的感觉，而是在心里盘算自己的事情，担心三天时间公公的病不能治愈，自己由谁照顾。吕营没有刻意拔高自己，将自己写成孝顺的媳妇，反而暴露自己的自私。这种真实的描写不但没有损伤传主的形象，反而让传主的形象更加立体。春曼、心曼在《如果我能站起来吻你》中写出了处于青春期的残疾女孩对爱情的懵懂向往，真实而素朴。冉菲大胆暴露自己对异性身体的异样感觉，她看到《城市晚报》的记者陈瑞锋时，"他的两条好看的、英气十足的眉毛微微蹙起来（我从来不知道男人的眉毛也可以这样个性和好看，我偷偷地想，如果我有这样的眉毛该有多好啊!）"③ 她写自己对陈瑞锋初次见面就产生朦胧、不安分的情思，不断地拿出名片回味与他相处的时间，看着上面的电话号码浮想翩翩：他一定不会给每个人都留下电话号码，想到此就激动不已，又担心自己会给陈瑞锋留下一个很幼稚和重物质的小姑娘形象。以前天色渐暗的时候，她总盼望着妈妈早一点接自己回家，而今天，她安静地坐在书报亭，感觉马路上的灯光柔和、温暖、温馨。冉菲与陈瑞锋的第二次见面是在家里，陈瑞锋到家里采访她的母亲。心曼描写冉菲微妙的内心纠葛：既想见到他，又害怕见到他。这种矛盾而复杂的心理自己都解释不清楚是为什么。平时也不太注意自己的身体，但想到陈瑞锋今天

---

① 赵定军：《妈妈的心有多高》，十月文艺出版社2000版，第4页。
② 吕营：《让爱解冻生命》，译林出版社2014年版，第174页。
③ 春曼、心曼：《如果我能站起来吻你》，安徽文艺出版社2008年版，第116页。

二、心理基础：宣泄情感

文体的选择从表面看仅仅是形式问题，实际上包含大量的文化信息。这不仅体现在社会文化语境对创作者文体选择的干预，也包括文体自身所承载的特点与创作者之间的一致性。残疾人作家大量选择散文和诗歌，原因可能是多方面的，但与他们最初的创作动因不无关系。残疾人作家几乎都是以身体残疾为契机而引发创作意愿，绝大多数残疾人作家创作的目的就是舔舐伤口，是借宣泄以自救的本能让他们走上创作之路的。残疾人作家刚开始创作时，并没有多少世俗意识，创作基本遵从内心感觉，尊重自己的情感经验、意绪的涌动。他们的创作不是一种技术游戏，而是出自心性的感悟，出于生命的需要。每当模模糊糊抓住了一点什么，他们就喜不自胜，有一种要把它完整表现出来的冲动。他们将自己视为一个封闭的整体，将一切压抑诉诸自我，任凭受创的心灵在无始无终的意识中流动。

这与散文和诗歌的文体特征相统一。文学创作中，散文和诗歌是一种侧重于表达内心体验和抒发内心情感的文学样式，是表现作家个人情感最直接、最方便又最具有艺术韵味的个人文体形式。小说、戏剧、影视也可以抒情，但小说、戏剧和影视比较多的是依托人物、事件、环境等形象来间接抒情。散文和诗歌的创作者可以直抒胸臆。

残疾人作家对抒情和倾诉的渴望与散文和诗歌独抒性灵的特点不期而遇，不谋而合。因此，选择散文和诗歌来抒发情感对残疾人作家来说似乎是必然结果。情感是残疾人作家创作散文和诗歌的起点，也是终点，正如王祥林写《回望七月》是因为"七月以及和七月有关的笑和泪一幕幕在闪现，使我有一种不吐不快的感觉"[①]。

鉴于此，残疾人作家的散文和诗歌乃是一种坚守生命本色的创作。对于残疾人作家而言，散文和诗歌在终极的意义上是生存方式与言说形式的合二为一。散文和诗歌的"真情"品格和自由随意使其成为残疾人生活的一部分，成为他们对抗宿命的一种方式，甚至成为他们的一种思维方式。它与几千年来中国文学所倡导的审美本身没有关系，而成为一种纯粹的生存记录，是作为一种姿态，向残缺生命宣战。残疾人作家广泛采用散文和诗歌文体，严格地说，散文和诗歌之于他们，并非一种文学体式，文学性被最大限度地削弱，而成为一种生命形式，成为他们生

[①] 王祥林：《回望七月》，王新宪主编：《收获感动》，华夏出版社 2006 年版，第56页。

命的一种延续，将个体的生命历程凸显在文本中。残疾人作家创作散文和诗歌，即是在审美视域下重新打量生活，重新寻找生存下去的理由。通过散文和诗歌创作，关注自我，追随心灵的感受，从自己的日常状态，更细致地勾画残疾人世俗生活的图景以及企图超越平庸的愿望，他们写的就是自己经历的，就是没有经过虚构、变形、典型化等艺术处理的"原生态"生活。

在理解了残疾人作家创作散文和诗歌的心理基础之后，我们就会明白，阅读残疾人作家的这些作品，必须以情感去理解情感，以心灵去体贴心灵，以激情去燃烧激情，唯有如此，才能实现生命间的沟通和包容。

三、抒情方式：独语体

在残疾人作家创作的散文和诗歌中，绝大多数作品都采用独语体的抒情方式。这种抒情方式强调的是作者的"自言自语"，作品最后通常都是指向生命、灵魂等深奥的哲学命题。这与残疾人作家自传文学的预设读者和教化意图相区别，因为它不考虑读者是否喜欢或读者能否接受等问题。

残疾人作家之所以喜欢采用独语体的散文和诗歌，可以有多种解释，诸如他们成长历程中的文化语境，再如个人际遇，但一个主要的因素是残疾人作家有悖于健全人的生活方式。身体健全的散文和诗歌作者可以游历名山大川，或者靠身体与外界建立起经验关系，确立散文、诗歌创作与事实之间的关联，那些被称作经典的散文、诗歌，作者大都有外出体验的经历，而残疾人作家因为身体的缘故，不能或者较少凭借外出实践与外界确立联系，他们与外界的喧嚣保持一定的距离，因而更能听见自己内心深处的声音。于是，他们将叙述方式转向内心世界，转向对灵魂的关注与纵深探索。"'自言自语（'独语'）'是不需要听者（读者）的，甚至是以作者与读者之间的紧张关系与排拒为其存在的前提：唯有排除了他人的干扰，才能径直逼视自己灵魂的最深处，捕捉自我微妙的难以言传的感觉（包括直觉）情绪、心理、意识（包括潜意识），进行更高、更深层次的哲理的思考。"[1] 这类散文和诗歌具有封闭性和自我指涉性，受此影响，在表现形式上往往使用扑朔迷离的意象和梦幻。

第一，意象的使用。残疾人因为肢体的不便，往往在散文、诗歌中强化向内心回归的力量，作品因此变成了心灵的独语。但心灵独语必须要有

---

[1] 钱理群：《中国现代文学三十年》，北京大学出版社2001年版，第52页。

依托，触摸心灵不能没有凭借，所以他们摄万物于胸中，借助意象表达内心闪现的细微灵感。王小泗由于行走不便，大多数时候躺在床上，生活的空间只有三尺床面，于是他的诗歌和散文基本都是心灵的独语。在心灵独语的表达上，王小泗基本密集使用意象，比如《死亡谷的声音》：

> 清晨的雾（意象1）隐藏了群山的肢体（意象2）
> 只有山坳（意象3）里的一些叹息清晰传来
> 有人说那是大海（意象4）的回音
> 有人说那是森林（意象5）的问候
> 当我在等待的路上（意象6）祈求回答时
> 才记起今晨出发时竟没有带上自己
> 而此时的风（意象7）已挤占了我的位置[①]

一首7行的诗歌竟然使用了7个意象，这些意象表现了一个残疾人从死亡线上挣扎出来后的庆幸。由于意象与情感紧密相连，因而，虽然意象的出现频率较高，但读者并不会感到意象的繁复杂乱。

再比如谢长江的《梦过的溪水》：

> 你真是我梦见的那样，纯净得像天空（意象1）般嫩蓝，飘浮着我渴望诗歌的泪花（意象2），一朵一朵，粉红的，桃花（意象3）一样。
> 我是不愿离开你了。我看见那只小鱼（意象4），吮吸我诗歌的泪花（意象5）。啊，可爱的鱼儿（意象6），出落成美人鱼（意象7），飘拂着插满诗歌的小辫（意象8），向我走来……[②]

不到140字的散文诗中出现了8个意象，其中有两种意象（鱼和泪花）重复使用，表现了诗人对唯美景色的向往之情。

对意象的大量密集使用，常常忽略逻辑和一些写作规则的约束，有时看起来杂乱无章，而实际是听命于内心的真实倾诉。与此同时，王小泗和谢长江重视语言的雕琢，凝练灵动的文字、多姿多彩的意象，使他们的作品充满弹性，像雨季的草原，美丽、神秘而深邃。

[①] 王小泗：《意志的胜利》，中国传记出版社2015年版，第107页。
[②] 谢长江：《红麦穗》，作家出版社2008年版，第77页。

残疾人作家对意象的使用与残疾的原因、残疾的部位有一定的关系。林柏松残疾前身体健壮，在祖国北方边境执行潜伏、巡逻任务时因双腿冻伤而重残。他在《去意彷徨》后记中说，残疾之后，他就像一个服无期徒刑的囚犯，被死死困在监牢里。无数个日日夜夜，有凄风苦雨，也有暗无天日，受尽了疾病的摧残和折磨，只是偶尔会见到月亮和阳光。这样一段刻骨铭心的经历使他对寒冷有一种奇妙的感觉，他的诗歌中描写了许多对寒冷的感受，因此使用了许多与"寒冷"相关的意象：《写在没有姓名的秋天里》反复出现"寒谷"与"冰带"的意象；《坚守》中出现较多的意象是与寒冷相关联的，如"酷寒炸裂""冰雪的雷霆"等；《那年那场雪》中核心意象是"雪"，在不长的一首诗歌中，"雪"出现了9次，与此相关的还有"多雪的乡村""雪片像一粒子弹""雪的苍茫"等；《深秋的一个上午》中，他写深深的车辙，不是写车辙的形状，而是写车辙让人觉得凉爽。"凉""寒冷"深深烙在了林柏松的心上。

第二，喜欢写梦。由于残疾，残疾人作家摆脱了现实生活的喧嚣，把注意力转向心灵，利用幻想、梦或别的独创疗法来满足自己的欲望。梦与人的隐秘内心世界紧密相连。残疾人作家在散文和诗歌中都喜欢写梦。这些梦有的是一种象征，如桑丹的《幻美之旅》中梦是人生变故的一个预言者："我"刚满13岁时做了一个梦，梦里"全是熊熊燃烧的大火，滚烫的火焰炙烤着我的身体，我想撕心裂肺地大哭，我跌跌撞撞地在火焰中奔跑，没跑几步，就倒在了火焰中"，当"我"从梦中醒来时，发现自己说不出话来了。[1] 梦中燃烧的大火就是病魔的象征，"滚烫的火焰炙烤着我的身体"就是病魔缠绕着"我"的身体。有的借梦渲染抒情主体的心情，如"我躺在床上，反反复复咀嚼着那些让人感怀和忧伤的梦境，不知不觉，梦境之外的太阳已经偏西"[2]。作品中并没有说梦的内容，只是借助咀嚼梦境表现慵懒、忧伤的情绪。有的将梦作为现实情景的一个折射，比如"我不断梦见涉水的马群或牛羊"[3]，羊群、牛群、马群是现实生活情景的真实写照。有的借梦写出人的一种身体状态，比如"他们做梦的身体轻轻摇动"[4]。有的将梦作为一个情节，如"把身体依靠在老树的躯干上小憩一会儿，恍惚间，我好像进入了梦乡"[5]。接下来

---

[1] 桑丹：《幻美之旅》，大众文艺出版社2006年版，第177页。
[2] 桑丹：《幻美之旅》，大众文艺出版社2006年版，第216页。
[3] 桑丹：《边缘积雪》，四川文艺出版社2012年版，第67页。
[4] 桑丹：《边缘积雪》，四川文艺出版社2012年版，第70页。
[5] 桑丹：《幻美之旅》，大众文艺出版社2006年版，第213页。

就写梦里的一切,梦成为文本中的一个重要内容。有的将梦作为一个喻体,"羊皮鼓上的尘埃以及流逝的光阴多么像一个微不足道的梦啊"①,将时光比喻为梦,说明时光的虚幻,不可捉摸,透露出"我"内心的惆怅。有的将梦既作为一种象征,也作为一种音乐的元素,比如《雪城时节》,全诗一共三节,其中两节的结尾都重复着"寂静如梦"这一诗句,借梦象征雪域高原的宁静邈远,也使诗歌产生回环往复的音乐美。散文《芬芳的预言——啊,要记住这个月亮之城》将梦运用到了极致,写梦,写梦中之梦。这篇散文中的梦既是情节的主要内容,也是推动情节发展的因素,还是表现作者思想情感的一种手段。通过写梦,作者表现了对本民族传统文化的喜爱、担忧,既清醒地意识到本民族传统文化的逝去是不可避免的,又对它的逝去怀着深深的依恋。类似的文章还有桑丹的《老张的故事》《达多城情歌》《前往幻美之地的旅程》。

残疾人作家对梦的修饰也较多,而各种修饰体现出的是抒情主人公不同的心境,"一个跌宕起伏的梦境/似寒冷的节奏战栗在/往事的两翼"②,跌宕起伏的梦表现出抒情主人公思绪的不安。"骨质的梦被淋漓的肌肤飘洒"③,表现出抒情主人公审慎的现实感。"有一种永久的迷梦/有一种永久的苦难或光荣/隔着苍茫岁月/像河水把我照耀"④,永久的梦代表抒情主人公体验到的一种永久的人类情感。"我眼前的梦 是一种/很软、很热、很响的液体/它们正成为漫天飘洒的雪花/成为揉碎的云彩/与我同行的人已荡然无存"⑤,梦很软很热很响,写出了抒情主人公对一路同行的人的感受。

残疾人作家独语体的言说方式,以情感的流动描摹自己最基本的生存状态和生存方式,不重视逻辑,因而所抒发的情感多呈离散性、模糊性和无序性特征。其个性的色彩远远超过共性,心灵的告白往往是人去楼空后的自我舒展,是来自心底的真情真性,表现的是他们的渴望、追求、失落、痛楚和焦虑的人生必然和人性真实,未有半点娇态。

我们应该看到,散文、诗歌都是抒情类文体,但有的作家借景抒情,"指点江山",或者回归文化;有的作家表现出"外大于内、他大于我"的精神气质,即便是写日常生活也是怡情养性,自我气质并不鲜明;有

---

① 桑丹:《幻美之旅》,大众文艺出版社2006年版,第215页。
② 桑丹:《边缘积雪》,四川文艺出版社2012年版,第47页。
③ 桑丹:《边缘积雪》,四川文艺出版社2012年版,第62页。
④ 桑丹:《边缘积雪》,四川文艺出版社2012年版,第62页。
⑤ 桑丹:《边缘积雪》,四川文艺出版社2012年版,第68页。

的作家则向内里挖掘，虽然是退守心灵，却又是从心底寻找世界的真相。残疾人作家属于后者，他们具有强烈的主体意识，注重自我内心的挖掘，即便在散文和诗歌中写历史题材，也是"我"的历史而不是"他"的历史。所以他们在对自我、对事物的认识上表现出了与前一类作家的距离，这个距离使他们的散文、诗歌成为一道独特的文学风景线。

残疾人作家特别钟爱独语体的抒情方式，乃至在他们的小说中，比如陈村的《鲜花和》、阮海彪的《遗产》、史铁生的《我的遥远的清平湾》《务虚笔记》等作品都具有随笔化的行文风格和自语般的叙述姿态。研究史铁生的一些学者注意到，史铁生的很多小说在文体学上很难说是小说还是散文。其实，文体的杂糅在残疾人作家创作中是一个比较突出的现象。之所以形成这种特点，是因为残疾人作家在创作时，不注重传统意义上的情节、人物，而是像散文、诗歌一样采用独语体的抒情方式抒发内心情感。残疾人作家不受文学创作清规戒律的约束，对传统文体有意或无意地颠覆，这扩展了文学的多种可能，给文学带来了创新。

四、审美取向：坦诚和质朴

感情的表达需要散文、诗歌这两种体裁，而这种表达本身又塑造了残疾人作家散文、诗歌的内在结构，使散文、诗歌在残疾人作家这里拥有了更加外向的对话形态，成为情感的一种呼告与细语。而且，他们关注自我，追随心灵的感受，是以一种不加修饰的方式来表现的。

（一）真挚坦诚

真挚坦诚并不是残疾人作家独有的散文和诗歌特色，但坦诚的内容却是独有的。当我们还在担心以"残疾人作家"命名这类文学是否会涉嫌不尊重残疾人时，他们在散文中却毫不避讳地真挚坦露残疾引发的病态心理、病态动作和与此相关的感受，真实得就像赤裸裸地站在我们面前一样。

作家创作时，往往将自己曾经经历的事件进行拆解，把现实情景所激发的过往经历突出在前台，其他的则隐蔽为背景。残疾人作家在创作的时候，由现实情景激发出的过往经历多数都是与残疾经验相关的，而且这个与残疾相关的突出意象被残疾人作家牢牢地把握住，纳入自己的创作中。出于个人生命的体验，残疾人作家经常表现残疾人的现实生活，表现残疾人的特殊经验与念头。这种经验与念头在整部作品中不断地繁衍、蔓延、滋生，以至于读者情不自禁地产生了应有的同情、异常的激动甚至是自省的内疚。一般读者无法体验这样的人生经验，尤其是残疾人隐秘的内心世界，残疾人作家将这种特殊的生活、生命体验真实地表达出来，其特殊性决定了它与众不同的基调。

第一，通过真实的心理描写，毫不遮掩地表现自己身为残疾人的性格局限。

桑丹的《河边的故事》刻画了一个哑巴小男孩形象，通过对哑巴男孩的心理描写，表现了残疾人强烈的自尊、倔强，甚至近乎于病态的心理：小男孩绝不当着欺辱自己的人哭泣，宁愿身体受伤也不屈服；近似病态地自虐，嘴唇咬出血，把大腿、胳膊掐出青痕；孤独，将自己内心封闭起来，只与大自然亲近。

身体的残疾不仅会给本人带来生活等多方面的不便，也会使一个家庭付出过量的代价。长此以往，残疾人可能出现自卑心理，对最终无法维护一个正常人的自我产生怨恨心理。残疾人作家真实地表现了这种心理。王小泗在《零度生活》中谈及父母，总是充满自责。他认为父亲本不应该走得那么早，都是自己的不幸，使他过度悲伤，致使他的病情在不知不觉中发展到了无药可救的程度。现在都无法想象当时父亲是怎样度过那些针尖刺心的日子。他还认为，从自己出事的那一刻起，母亲就开始经受令她撕心裂肺的磨难。一个原本身体健康的人突然残疾，在短时间内肯定无法理智地承受一个病残者的厄运，于是心理上的自卑与敏感便格外迅速地向极端蔓延。王小泗通过描写对父母的这种感情，将残疾人的自卑、敏感和对自我的怨恨表现得淋漓尽致。

残疾人作家也通过真实的心理描写，大胆表露自己的懦弱和勇敢，比如受到挫折时想到死亡，继而战胜死亡的心路历程。

第二，通过心理描写，大胆坦露残疾人对异性的渴望。爱情本是较为隐秘的情感，在世俗的眼光中，残疾人对爱情的渴望又带着一丝异想天开，甚至容易遭到嘲笑。残疾人作家力排非议，在散文、诗歌中大胆坦露自己对爱情的渴望。

刁利欣自己曾在一个福利性的小厂与几名智力残疾人士一起工作，她真实记载了残疾人的性渴望以及对此事的看法："当银幕出现男女拥抱、接吻的场面时，他们异常活跃和亢奋，嘴里发出含混的呢喃，手也不安分地放到旁边女孩子的大腿上。……我没有办法叫自己嫌恶他们，相反，他们的一无遮掩让我看见人性深处的本真。……情和欲是强大生命力的外在显示，对性的渴求和迷茫使他们不知所措，那种要极力找回强劲的自我意识的萌生与迷茫，在智力残障面前，惟有我们清醒地知道，到上帝那里也寻找不回来了。"①

阮海彪在《故人三章》中写道："在我的青春期，也就是说，在我结婚之前，每到万物滋生的夏天，面对着骄阳下格外生动的生命，我的心里总会生出一种别样的骚动，一种搅动得心神难定、坐立不安、寝食俱废的骚乱。"② 阮海彪坦露，残疾的身体依然有青春的躁动。

刘水在《表姐》中暴露自己对表姐的暗恋，他痴痴地、固执地、成千上万次地设想与表姐相逢的激动场景："设想中的我，已不再是现实中那个蓬头垢面、邋里邋遢地在地上用手爬行的残疾人，而是一个英俊潇洒、风度翩翩的美少年，以两条修长而健壮的腿笔直地与她站在一起，我们是在花丛中追逐着翩翩起舞的蝴蝶，是杨柳依依的野马河畔，那清澈的水面中倒影出的一对快乐的俊男靓女。"③ 刘水对相逢情景的幻想，完全是热恋中的男性的真实想法。

第三，对残疾人日常生活细节、病态动作、病痛死亡心理以及对医院、医生的感觉的描写独到而真切。

对残疾人生活细节的描绘：

我独自默默地/伏在冰凉的门槛边/久久地凝视地上/一只软体小虫/慢慢地爬过/我无聊地/躺在地上/望着天空中/没有腿的团团云朵/从头顶缓缓飘过④

独自默默地、久久地凝视一只软体小虫，无聊地躺在地上望着云朵，写出了残疾人的孤独、寂寞。

王小泗写小脑偏瘫的人走路：

这时，我那无力的身子，又厉害地摇晃起来了。这摇晃让我的拳头握得更紧了，我的嘴跟着一咧，赶紧停下脚步，先稳住那摇晃的身子。⑤

---

① 刁利欣：《灵魂的回头与远望》，王新宪主编：《为了生命的美丽》，华夏出版社 2009 年版，第 6—7 页。
② 阮海彪：《阮海彪作品精选》，华夏出版社 2008 年版，第 128 页。
③ 刘水：《故人三章》，《刘水作品精选》，华夏出版社 2009 年版，第 8 页。
④ 张毅：《孤独的远行》，四川文艺出版社 1999 年版，第 19 页。
⑤ 陈媛：《云上的奶奶》，北京时代华文书局 2014 年版，第 33 页。

对残疾状态的描绘,比如写因电击而致残的手:

> 从腕关节处即先弯曲,呈90度,随后是五个指骨节再度变曲,有的甚至超过了90度,尤其是拇指弯曲程度大于其他四指,前半截指头与掌心几乎是直线并列。而大指与无名指则稍稍翘上,连同手的背部中间凹陷,两头凸起,整体形象宛若民间神话中龙的头——我在灯影下的白色墙壁上看见过条"黑龙"。①

手指的弯曲度,手指之间的粘连度,这些细节非此类患者难以感受,更无法描绘得如此细致。

对治疗和治疗过程中的疼痛的描绘,比如李幼谦是这样记录接受治疗的情形的:

> 发现自己上了"老虎凳"——平躺病床上,左腿高抬着,一根钢针穿过小腿胫骨,腿肚两侧各露出寸余长的针段,栓上两根绳子,引根铁钩子在床外,上面放几个砝码,活活地拉扯着我的腿骨与肌肉,锥骨撕肌的疼痛寒彻骨髓,人就像在地狱里上刀山一样。好不容易疼痛得稍微麻痹一点,可又要加砝码了,一次又一次地重新剔骨挑筋……②

钢针、绳子的数量,腿肚外露出的钢针的长度,治疗的进程,自己的感受,非当事人不能写出如此真实的细节。

再比如写身体的疼痛:

> 快乐断开一会儿,痛苦就连接……离开地面形成痛苦的苦,止痛片断开一会儿,奇痒又连接……
>
> 强忍着醒来三次,它经历我的体内,像腻味的猫步,细碎而繁杂,每天向我索取一枚钢针……③

---

① 吴东正:《行走大地》,王新宪主编:《放飞希望》,华夏出版社2009年版,第117页。

② 李幼谦:《圆了大学梦》,王新宪主编:《放飞希望》,华夏出版社2009年版,第136—137页。

③ 李万碧:《陷阱》,中国新闻网,网址:https://www.chinanews.com.cn/cul/2012/03-22/3764580.shtml。

夜深了，钻心的疼痛再次把我弄醒。①

离开止痛片，疼痛就会来袭，疼痛钻心……语言直白，但对疼痛的感受超过了任何修饰的语言。

残疾人由于身体的病变，较之常人更频繁地接触医生，对医生的感情也更为复杂。如罗家成在《崇拜者》中对医生、医院的描绘：

> 我想大概只要女人一进了医院，穿上白大褂，就如屠夫走进了屠宰场，提着一把钢刀虎视眈眈地盯着病床上的活物就像盯着待宰的猪羊鸡鸭一样兴奋快活，一样面目可憎与心狠手辣吧。
>
> 这一辈子我想再也没有医院这破地方让我恐怖的了，小时候因为身体素质太差，一年里至少有200天要跟医院打交道，这使得我现在得了医院恐惧症。
>
> 这辈子我打光棍也绝不找医生做老婆。
>
> 我急忙灰溜溜地溜回病房，只见一身白大褂的女兵正柳眉倒竖的一脸杀气地在等着我。
>
> 屁股上的痛在进一步的扩大，我听到了针头在血肉中慢慢探进的磨擦声，皮肉一层层的破裂，全身的血液都在激荡着、澎湃着燃烧，总之我发现这个针头扎进肉时很特别，给我带来了一次全新的、完完全全的、破天荒地的难受和痛苦，它是在一种极其缓慢的状态中刺进我的屁股捅进了我可怜的肉的。
>
> 仿佛还处在那种极度恐惧的状态下一样，我全身的肌肉神经都是紧绷绷的，而且是僵硬的，此时，我身体仿佛不是我自己的一样。②

各种治疗所带来的身体反应是很难受的，于是残疾人对医生、医院产生恐惧，进而感觉医生仿佛一脸杀气。一般人对打针的感觉就是短暂的、轻微的疼痛，而在残疾人内心，针头插进血肉能发出摩擦声，针头能使皮肉一层层破裂，全身的血液都在激荡着、澎湃着，让病体难受、痛苦。表面夸张的描绘实际是长期病痛的心理反应。面对医院、医生，病人还产生了自怜情绪，感觉针头捅进了可怜的肉体。

---

① 王小泗：《零度生活》，现代出版社2013年版，第2页。
② 罗家成：《崇拜者（一）》，秦巴山娃的博客，网址：http://blog.sina.com.cn/qinbashanwa。

这些经验与知觉都是异态的，任何一具健康的普通躯体对此都很难有更多的感知与联想，残疾人作家加以如实描绘，使其作品具有特殊的认识价值。

"千万注意坦率地表露自己的真情实感和内心图景，千万别将内心封闭起来假装崇高，否则是无法让读者相信作者真正是崇高的。""虚假是散文的大敌！雕琢和造作会使散文受到致命的损伤！"[①] 散文和诗歌之所以难写，就在于作者要有大胆暴露自己真情实感的勇气。高尔基认为写散文比写小说难；泰戈尔感到写小说是一种快乐，写散文、诗歌则是一种痛苦；冰心也认为能够把散文写得动人不是一件容易的事情，因为一切出于真挚和至诚，不带有虚假性的"矫情"。作家既是表现者，又是被表现者，是这样创作着，也是这样生活着。与那些只知道表现风花雪月、良辰美景的散文和诗歌相比，当代残疾人作家的这批大胆暴露残疾人内心世界的散文和诗歌作品更具震撼力。这些作品让人走进残疾人隐秘的灵魂，体验他们苦涩的独语，这正是这批作品的价值所在。

（二）平实质朴

与真挚的情感一致的是，残疾人作家的散文表达方式也很质朴，质朴得就像呼吸一样自然。

罗家成2009年6月23日在博客中说："我的欣赏水平很有限，对诗歌也说不上个所以然来，但我坚持一个原则来看待文学，那就是浅显易懂的作品，别人一看就明白意思，并能打动读者引起读者感情共鸣的东西就是好东西，文章是写给老百姓看的，不是写给个别专家看的，本来我们也是一位普通的百姓。""写给老百姓看"，罗家成的这句话代表了新时期残疾人作家的共同心声。残疾人作家绝大多数出生于社会底层，身体残疾的特殊人生使他们的情感更是沉潜底层。底层的身份决定了他们对民间的文化感受更多一些，文化结构多属民间，这两个因素决定了残疾人作家在创作中大都没有特别雕琢文字，体现出民间的生活化特色，是接近生活的原生态创作。

1. 比喻、比拟的生活化

使用比喻不足为奇，奇的是残疾人作家在散文中常常将比喻同日常生活中的日常事物联系在一起。

---

① 林非：《林非论散文》，江西高校出版社2000年版，第32页。

第二章　创作视角：内倾化

鸡鸣似雨阵阵洒过/洗净了树上的污尘/黑夜变成长长的胖线/串联起两个瘦瘦的白天①——将鸡鸣声比喻为雨，洗净树上的污尘；将黑夜比喻为胖线，串联起两个瘦瘦的白天。"雨"是生活中习见的事物，"胖""瘦"是生活中习见的身体形态。

发烧是寒冬的飞雪/感冒是凛冽的北风/当药剂如春雨般点滴/阳光明媚的日子濒临/世界脱掉厚厚的冬装②——将发烧比喻为寒冬的飞雪，感冒比喻为凛冽的北风，药剂比喻为春雨，"飞雪""北风""春雨"是每个人都知道的自然现象。

没有说话/思想在脸上袒露/表情是流动的语言/眼神是一串诠注③——将表情比喻为流动的语言，写出了表情的复杂性；将眼神比喻为对思想的注释，思想的深邃是通过眼神来体现的。

月光真好，所有的呼吸今夜忽略/只听你/搬动夜的过程④——将月光比拟为搬动东西的人。

今夜的桂花树上有一千个月亮/个个都闪着幽深的灵光⑤——将月亮比喻为有生命的闪着灵光的动物，将桂花树想象成拥有一千个月亮，借此表达诗人对远方的人的期盼，对远走他乡的人的惦念。

戳不破的铠甲是今夜的寒冷/背叛的是夏日里的阳光没有在今夜返回/羽翼纷飞的天空布满铁的栅栏/而在洞开的窗户里/是风残缺的牙齿⑥——用戳不破的铠甲比喻夜的寒冷，让人感觉到寒冷的坚挺；将阳光比喻为一个失守信誉的背叛者，将风比拟为动物残缺的牙齿，写出了人对寒风的感受像肉体被尖利的牙齿撕裂。"铠甲""背叛者""牙齿"都是人人皆知的东西。

那时我还年幼，身体健壮得像牛犊⑦——将健壮的身体比喻为牛犊。

电价涨得跟驴打滚似的⑧——将电价的涨幅比喻为驴打滚。

好在树是谨慎的，小心翼翼地绿着，像黄昏的炊烟，袅袅升腾。⑨——将树的绿比喻为袅袅炊烟。

---

① 周洪明：《情感高原》，中国文联出版社2007年版，第167页。
② 周洪明：《情感高原》，中国文联出版社2007年版，第174页。
③ 周洪明：《情感高原》，中国文联出版社2007年版，第101页。
④ 王小泗：《零度生活》，现代出版社2013年版，第13页。
⑤ 王小泗：《零度生活》，现代出版社2013年版，第110页。
⑥ 王小泗：《意志的胜利》，中国传记出版社2015年版，第89页。
⑦ 李治疆：《坎儿井边》，王新宪主编：《放飞希望》，华夏出版社2009年版，第145页。
⑧ 刘生文：《夜半三更》，王新宪主编：《放飞希望》，华夏出版社2009年版，第76页。
⑨ 陆梦蝶：《梦随蝶舞》，宁夏人民出版社2006年版，第167页。

人活一辈子，就像爬大山，路，有弯有坎。① ——将人生比作大山，人生的艰难与快乐自不待言。

人生匆匆，转瞬即逝，而人活着的价值却应像青山一样永恒。② ——将人生的价值与青山的永恒相连，深奥的问题变得形象了。

比喻在很大程度上受到文化与心理的制约。王希杰先生曾指出："物理世界的相似点，是一种客观的存在，对全人类都是共同的。对物理世界相似点的利用受到文化传统和心理素质的制约。人们只能在自己的文化和心理允许的范围之内对物理世界相似点进行开发和利用。这就是比喻之所以具有民族性的根本原因。"③ 在制约比喻的两个因素中，如果说物理因素基本上是不变的，是一个常量，那么文化因素之于不同作家则是不同的。有的作家为了求新、求变，大量使用生僻的意象，甚至以丑为美，涉及大量丑陋、刺激、鄙俗的东西，与此相应的是大量使用怪、丑、恶、险的东西作为喻体。残疾人作家从生活的实际出发，严格遵守本体和喻体之间的情感和氛围上的一致性，使用人们生活中司空见惯的事物作为喻体。尽管这些喻体读者并不陌生，但由于使用贴切，常常起到化腐朽为神奇的作用，也为作品的通俗易懂平添了几分魅力。

2. 意象使用的生活化

在散文和诗歌中，残疾人作家还善于将一些细节与生活中的意象相联系，使作品富有生活的实感。比如王小泗、桑丹写秋天，写秋天的晾晒，写秋天的颜色，写秋天的收获。在描绘秋天时，他们总是将秋天与生活的具象相联系：描绘秋天的田园颗粒饱满，则说麦子是弯到泥地里的长发④；描绘秋天的落叶则说"叶子落在地上/发出丁当的声响"⑤"曾经颗粒饱满的田园/在我体内金黄而轻盈地倒伏"。⑥

（1）与夜晚相关联的意象。

王小泗诗歌中常常出现与夜晚相关的意象。诗集《意志的胜利》中多数的诗歌都有此现象，比如《巍巍铁塔屹山巅》《月亮，今夜只有一

---

① 龙新霖：《祖父，一路扶携我走进文学殿堂》，王新宪主编：《为了生命的美丽》，华夏出版社 2009 年版，第80页。
② 龙新霖：《祖父，一路扶携我走进文学殿堂》，王新宪主编：《为了生命的美丽》，华夏出版社 2009 年版，第81页。
③ 王希杰：《修辞学通论》，南京大学出版社 1996 年版，第423页。
④ 王小泗：《意志的胜利》，中国传记出版社 2015 年版，第87页。
⑤ 王小泗：《意志的胜利》，中国传记出版社 2015 年版，第88页。
⑥ 桑丹：《边缘积雪》，四川文艺出版社 2012 年版，第1页。

半》《一千个月亮》《中秋》《张小二,你还愣着干什么》《向往》《月光·雨》《秋天高了》《夕阳街》《我的房间被夜色收获》《在被自己挤出的时间里》《黄昏的麦浪》《月挂南山上》《今夜》《那雨夜》《在夜色群居的叶片上》《孕中的杯子》《那世的朝亲》《归来的纸张》《歌声里的黑洞》《夜雪漫山庄》《饥饿的面包 苏醒的面包》等。他的诗歌中经常出现的与夜晚相关的意象有:(1)夜幕类:没有星星的夜晚、如昼的黑夜、包裹了很多内幕的夜晚、漆黑的夜晚、霏霏细雨中的夜晚、寂静的夜色。(2)月亮、星辰类:缺了一半的月亮、中秋的月光、安详的月光、凄迷的月光、孤独的月光、射出满天光芒的星辰、满天的星辰、闪着幽光的星星、擦肩而过的流星、匍匐在遥远天幕的星光。(3)灯光及其他物体类:夜晚红色的街灯、夜雾中的灯塔、夜色中如豆的灯光、夜晚的长明灯、轻轻吹动的夜风、夜色中的霏霏细雨、月光下的露珠、披满月光的山林、挂着一千个月亮的桂花树、夜晚的暴风雪、披着夜色的女孩。这些意象表现的思想有这样几层:诗人孤独的内心体验;诗人的思乡和相思之情;诗人对宇宙人生的哲理思考,苍茫浩渺的宇宙意识和历史意识,唤起了诗人具有广大空间的人生喟叹;诗人超拔脱俗的人生志趣,引发出诗人妙悟宇宙万籁的空灵情怀,这些意象成为诗人借以逃避现实苦难,顿悟人生禅机的载体。王小泗将比较高深的思想内涵用中国读者熟悉的意象加以表达,具有很强的生活化特征,暗合了中国人的审美感知特点。不论这些意象在每一首诗歌中具体象征什么,总体看,这些意象给人的视觉印象或美满、丰盈,或柔美、回旋,光亮但不刺目,有着含蓄的光彩、朦胧的美。同时,这些意象也与追求心灵空静、自然闲适、清净虚远、淡泊宁静的中国艺术精神的审美趣味相吻合。

　　李仁芹也使用了较多的夜晚意象,与王小泗使用夜晚意象不同的是,李仁芹的夜晚意象书写的是她在这冰冷而又燃烧着的有限世界中带着伤痛的生活。李仁芹的大部分诗歌是她真实处境的剪辑、凄恻心灵的絮叨、渴求挺立的祷告。"黑夜像一张无边无尽的网/我是那网中无法挣扎的茧。"[①] 这句诗表现的是诗人内心的困顿与绝望。困顿与绝望属于人的主观感知,原本很抽象,而李仁芹用"黑夜""网""网中的茧"这三个意象组合,将抽象的情绪具象化了。读者熟悉的这三个意象,为李仁芹搭建起一个天然的、"灰色"的象征系统,展现出李仁芹肉体的麻木、精神的磨难和处境的囧迫。张悉妮的作品中也反复出现黑夜和与黑夜相关的

---

① 李仁芹:《吹出竹的新骨》,中国文联出版社2011年版,第84页。

意象。在短短的一首《轻语咖啡》中，出现的黑夜和与黑夜相关的意象就有5处："有咖啡的夜里""整夜的咖啡""黑咖啡""整夜熬成""再见吧，夜晚"。① 在这本书中，与黑色相关的还有诸如"我的困惑仍如满天乌云"②，等等。

(2) 雨的意象。

周洪明诗中的雨境描绘可谓俯拾皆是，冬雨、春雨、秋雨都成为他写作的对象。《情感高原》第三辑的名字就叫"晴朗天空飘着雨"，借雨的意象寓意生活中微微的忧伤。

A. 虚写雨景，雨作为背景，表达各种心境。

想起你时/雨季仍在春着③——雨作为背景，表达对人的思念。

雨中/你蹒跚的脚步/是否牵挂着我的诗句④——雨作为背景，衬托心境。

那些希冀/全是些雨溅泡沫⑤——雨作为喻体，写出希望的幻灭。

你离开的时刻落雨/星星点点愁绪⑥——用雨点表现离别的愁绪。

我发现窗外秋雨淅沥/像是你心律的叮咛⑦——用秋雨表现人的内心的不平静。

加到你真好/阴雨绵绵的初秋放晴了⑧——阴雨与晴朗形成对比，以此衬托人的内心。

黄昏合着阴雨⑨——等待中的心情像黄昏时下着小雨一样阴暗、灰涩，衬托人物心境。

火车"驶过村寨时见到的姑娘，/已经丰腴地嫁人"，于是诗人怀揣诗歌，"走过表面那繁华。/无法挥掉冬雨，/更无法不让多情的夜晚流浪"⑩——冬雨是诗人失落感的象征。

这是个阴雨的中午/脚下泥泞满目⑪——诗人对于佳人"顷刻消失"的惆怅心情是借用阴雨衬托的。

---

① 张悉妮：《假如我是海伦》，人民文学出版社2007年版，第211-212页。
② 张悉妮：《假如我是海伦》，人民文学出版社2007年版，第213页。
③ 周洪明：《情感高原》，中国文联出版社2007年版，第3页。
④ 周洪明：《情感高原》，中国文联出版社2007年版，第125页。
⑤ 周洪明：《情感高原》，中国文联出版社2007年版，第3页。
⑥ 周洪明：《情感高原》，中国文联出版社2007年版，第82页。
⑦ 周洪明：《情感高原》，中国文联出版社2007年版，第70页。
⑧ 周洪明：《情感高原》，中国文联出版社2007年版，第118页。
⑨ 周洪明：《情感高原》，中国文联出版社2007年版，第145页。
⑩ 周洪明：《情感高原》，中国文联出版社2007年版，第168页。
⑪ 周洪明：《情感高原》，中国文联出版社2007年版，第172页。

家是江南的小巷/在淅淅沥沥的春雨里/诉说着思念①——借用春雨表现游子对家的思念之情。

在欲哭不能欲笑不得的秋夜里/我学习麻木诅咒/把秋天布满冷雨/让泥泞沾满思维②——借冷雨用移情的手法写出自己内心的凄冷。

世界便不重要/尤其雨夜没有月光/过去亦曾山重水复③——借雨夜象征过去生活的黯淡。

《苦思》是一首爱情诗，抒情主人公徘徊不定，不明白自己所爱的人为何愠怒，诗人借用雨滴表现抒情主人公的困惑迷茫：雨/搞忘了雷鸣电闪/掉下来/跌倒在颈上/掉下去/没点回声 雨滴/掉落着/我徘徊着/搞不清她为何愠怒④——借雨滴的滑落表现愁绪、迷茫相连。

回想往事，犹如"听冬雨滴滴檐漏"⑤——借冬雨写自己回想往事的心情。

即便是阴雨中共行/亦变得珍珠般可爱⑥——阴雨衬托作者的思想，表达作者对兄弟情谊的珍惜之情。

《假日雨天》中，3个诗节反复韵叹：

心开始兴奋/飞出一个飞吻/雨天 不错!⑦——用雨天反衬自己的奋进、乐观。

想起夏风/想起夏雨，我消沉得不愿想起，但诗人毅然不顾一切走着/望望前面的日子/雨霏自然在消失⑧——借雨霏的消失表现诗人烦恼的消失。

是否你有/一束遮雨的花布/拂散空荡的寒意⑨——借雨表现对他人的关爱。

将记忆比喻为天幕下的一线云：走过时洒洒雨/走过后没留路⑩——借雨表现诗人不愿意生活在记忆中。

诗人偶然想到，将日子看成是一盘棋：暴风骤雨式的开始/暴风骤雨

---

① 周洪明：《情感高原》，中国文联出版社2007年版，第114页。
② 周洪明：《情感高原》，中国文联出版社2007年版，第70页。
③ 周洪明：《情感高原》，中国文联出版社2007年版，第120页。
④ 周洪明：《情感高原》，中国文联出版社2007年版，第96页。
⑤ 周洪明：《情感高原》，中国文联出版社2007年版，第74页。
⑥ 周洪明：《情感高原》，中国文联出版社2007年版，第99页。
⑦ 周洪明：《情感高原》，中国文联出版社2007年版，第136页。
⑧ 周洪明：《情感高原》，中国文联出版社2007年版，第147—148页。
⑨ 周洪明：《情感高原》，中国文联出版社2007年版，第125页。
⑩ 周洪明：《情感高原》，中国文联出版社2007年版，第154页。

地结局①——体现诗人对生活的看法,生活就像暴风骤雨一样,突如其来地开始,突如其来地结束,结合前后诗句,表现了诗人心绪的纷乱、惶惑、哀怨、无奈和看不透前方的迷茫。

鸡鸣似雨阵阵洒过/洗净了树上的污尘②

药剂如春雨般点滴③

以上诗句,雨只是作为一个喻体而存在,虚写雨,实写"鸡鸣"与"药剂"。

面对顾城的离世,诗人的哭声无法传递,只感觉到:

这夜,天空开始下雨/像一面黄昏的祭旗④

总爱想起你雨中的哭泣⑤

绝不准偶尔的零星雨/打湿二对眼睛⑥——借雨渲染窒息、痛苦的氛围。

《微雨》一诗,标题是微雨,诗歌中并没有直接出现写雨的诗句,但读者会感受到诗人行走在雨中,心绪不宁。

B. 实写雨景,即雨景作为一个自然现象存在于诗歌中,不包含任何的寓意。

云移着/雨声索索/雨星变成最好的晨凉⑦——对大自然景色的描绘。

春雨粒粒而落,骨骨碌碌地降临/就像拔节的脚踪⑧——写出了春天万物生长、生机勃勃的景象。

走在春天的湿路上/雨星吻脸入胸⑨——春雨景色。

大雨滂沱/大雨滂沱/漫江漫河的水流汹涌⑩——滂沱大雨的景色。

晓春的雨滴/在一个午夜/偷偷地/浇灭炎热⑪——初春景色。

(3) 与日常生活相关联的意象。

残疾人作家在散文和诗歌中也常频繁使用与日常生活相关的意象,比如余秀华就反复使用农村中常见的动植物等意象。受生活环境的限制,

---

① 周洪明:《情感高原》,中国文联出版社 2007 年版,第162页。
② 周洪明:《情感高原》,中国文联出版社 2007 年版,第167页。
③ 周洪明:《情感高原》,中国文联出版社 2007 年版,第174页。
④ 周洪明:《情感高原》,中国文联出版社 2007 年版,第45页。
⑤ 周洪明:《情感高原》,中国文联出版社 2007 年版,第91页。
⑥ 周洪明:《情感高原》,中国文联出版社 2007 年版,第115页。
⑦ 周洪明:《情感高原》,中国文联出版社 2007 年版,第144页。
⑧ 周洪明:《情感高原》,中国文联出版社 2007 年版,第29页。
⑨ 周洪明:《情感高原》,中国文联出版社 2007 年版,第30页。
⑩ 周洪明:《情感高原》,中国文联出版社 2007 年版,第54页。
⑪ 周洪明:《情感高原》,中国文联出版社 2007 年版,第140页。

她总是在乡村环境中感知生命，反思自己的生命状态。余秀华从不避讳自己的农民身份："我不甘心这样的命运，我也做不到逆来顺受，但是我所有的抗争都落空，我会泼妇骂街，当然我本身就是一个农妇，我没有理由完全脱离它的劣根性。"① 她"以诗人的身份向你致敬，以农民的身份和你握手"②。"多年来，我想逃离故乡，背叛这个名叫横店村的村庄/但是命运一次次将我留下，守一栋破屋，老迈的父母/和慢慢成人的儿子。"③ 余秀华的生活完全与植物、农作物等乡村自然风光、动植物相伴，长年的农村生活决定了余秀华在思考生命、思考生存时，总是与乡村相连接，与乡村事物息息相关。从诗歌的标题就可以看到乡村日常生活的意象：《后山黄昏》《给油菜地灌水》《子夜的村庄》《横店村的下午》《月色里的花椒树》《晚安，横店》《在田野上打柴火》《五月·小麦》《一包麦子》《在村子的马路上散步》《一只水蜘蛛游过池塘》《一只乌鸦在田野上》《在横店村的深夜里》《麦子黄了》《冬天里的我的村庄》《在棉花地里》《南风吹过横店》《一个人的横店村》《乡村的鸟飞得很低》《在打谷场上赶鸡》《田野》《割不尽的秋草》等。

余秀华写乡村的日常生活："提竹篮过田沟的时候，我摔了下去/一篮草也摔了下去/当然，一把镰刀也摔下去了/鞋子挂在了荆棘上，挂在荆棘上的/还有一条白丝巾"，"我摔在田沟里的时候想起这些，睁开眼睛/云白得浩浩荡荡/散落一地的草绿得浩浩荡荡"。④

余秀华写乡村的自然风景："阳光照到屋脊再照到院子里是干净的；小麻雀和喜鹊就站在低矮的房檐里，有一声没一声的叫唤，慵懒得让人对这一个地域上方的天空放心。"⑤

余秀华写自己对乡村的感受："个性首先会渗透在风里。此刻的风里，有的是一些庄稼拔节的声响；有的是一些野草缠绵的呢喃；有的是一些庄稼、野草间小虫的梦呓。它们的梦呓里有我的母语，有我出去的时候留下的归期。"⑥

余秀华的散文和诗歌中写到了许多关于农村四季景色的意象、农作

---

① 余秀华：《摇摇晃晃的人间》，湖南文艺出版社2018年版，第2页。
② 余秀华：《致雷平阳》，网址：http://blog.sina.com.cn/yuxiuhua1976
③ 余秀华：《月光落在左手上》，广西师范大学出版社2015年版，第182页。
④ 余秀华：《下午，摔了一跤》，《月光落在左手上》，广西师范大学出版社2015年版，第8页。
⑤ 余秀华：《无端欢喜》，新星出版社2018年版，第53页。
⑥ 余秀华：《无端欢喜》，新星出版社2018年版，第128页。

物意象和与劳作相关的动作意象,如割草、在田里追兔子、脱下鞋子磕土,作品中所使用的意象多是农村所特有的:蛙鸣声、羊群、鸡、狗、花椒、麦子、向日葵、草籽、狗尾巴草、枣树、柿子树、桑树、镰刀、水塘等,"要说人间烟火,就是没有掉落的一串花椒/细小的子弹,不容易上进枪膛/这尖锐的鄙夷:被用惯了的酸甜苦辣/要说人间之外,也是没有掉落的一串花椒",将人间烟火比喻为一串花椒,用花椒象征生活的酸甜苦辣。"它的芬芳要求领悟,要求你在稠密的利刺间/找到发光的箴言/它就是一棵花椒树,夜色宽广/它的香飘出去,就不回来"(《月色里的花椒树》),花椒的特别气味的融入,使得这首诗诗意浓郁而又充满乡土气息。诸如此类的诗句还有很多:"我说不清楚,四周一天天向我合拢的感觉,我离开的一天/会不会有一颗花椒树早早地站在我头顶"(《田野》);"在月光里静默的麦子,它们之间轻微的摩擦/就是人间万物在相爱了……父亲啊,你的幸福是一层褐色的麦子皮/痛苦是纯白的麦子心"(《麦子黄了》);"作为一个农人,我羞于用笔墨说出对一颗麦子的情怀/我只能把它放在嘴里/咀嚼从秋到夏的过程/慢慢咽下去,填满我在尘世的忧戚/以此心安理得地构建对一颗麦子的/反包围"(《五月·小麦》);"如果给你寄一本书,我不会寄给你诗歌/我要给你一本关于植物,关于庄稼的/告诉你稻子和稗子的区别/告诉你一颗稗子提心吊胆的/春天"(《我爱你》);"蛙鸣漫上来,我的鞋底还有没有磕出的幸福! 这幸福是一个俗气的农妇怀抱的新麦的味道,忍冬花的味道,和睡衣上残留的阳光的味道"(《我的存在仅在于此》);"他在她身体和肉体的迷魂阵里冲突了半辈子,她还是躲在一个向日葵里,那么多籽,他一找一下午!"(《大雾弥漫葵花城》);"远远看去,你也缩小为一粒草籽/为此,我得在心脏上重新开荒了"(《霜降》);"然后看见一群麻雀落下来,它们东张西望/在任何一粒谷面前停下来都不合适","那么多的谷子从哪里而来/那样的金黄色从哪里来"(《在打谷场上赶鸡》);在八月,在鄂中部,在一个名叫横店的村庄里,"放出了布谷,喜鹊,黄鹂,八哥和成群结队的麻雀","种植了水稻,大豆,芝麻,高粱"(《田野》)。[1]

余秀华将农村中日常的动植物意象写得惟妙惟肖,她借助乡村中的

---

[1] 《田野》《我爱你》《霜降》《在打谷场上赶鸡》出自《摇摇晃晃的人间》(余秀华,湖南文艺出版社2018年版),《麦子黄了》《五月·小麦》出自《月光落在左手上》(余秀华,广西师范大学出版社2015年版)。本段其余诗歌出自余秀华新浪博客,网址:https://blog.sina.com.cn/u/1634106437。

这些意象写出了自己对生命的感悟。横店村孕育了余秀华，正是在横店村这个充满乡土气息的小村庄，余秀华完成了一个诗人的蜕变，乡村意象让余秀华的诗歌沾染着泥土，同时又带着泥土的芳香进入了云层，为余秀华的诗歌吹入一股清新的风，使她的生命体验给人一种别样的感觉。

3. 语言的口语化

残疾人作家散文和诗歌语言的口语化包含两个方面的内容：一方面指残疾人作家的作品中大多使用作家故乡的地方口语，这增强了作品的生活化特色。这在第三章第二节中有所涉及，在此不再赘述。另一方面指语言的朴实。下面我们主要论述残疾人作家散文和诗歌语言的朴实。

绝大多数残疾人作家都没有进行过系统的文学训练，一吐为快的创作意图也决定了他们在散文创作时不注重精雕细琢。他们往往借助生活中的语言，表现自己经历过和正在经历的生活，具有很强的生活气息。鲁谷俊形容母亲："平凡得就像故乡的泥土。"[1] 潘柏君写核桃树："我和父亲首次发现它时，还只是根拇指般大小的小秧秧，如今躯干都长成水桶粗了。"[2] 他们形容秋天的太阳是"有点老，乌红乌红的"，"他摸着头皮想呵想，把心子都想烂了"。[3] "老""乌红""心子都想烂了"，没有什么语言比这更朴实了，但也没有什么语言比这更具表现力了。"没有感觉到雷电的暴戾/只闻毛孔里深沉的诅咒"[4]，这两句话表达的是对某件事情的深深诅咒，作者使用日常化的语言"毛孔"对此加以表述，通俗易懂。

李仁芹把"词语"生动、新颖地唤作"士兵"，"谁在用汉语歌唱/演奏悲怆和泪水/谁拥有步兵三千/每一个词语都战死沙场"。[5] 这个比喻为读者展现了一个悲壮的语言场景。我们仿佛看到，李仁芹率领她的"士兵"奔赴她的诗歌阵地，行兵布阵，运筹帷幄，表现出"人类是多么的脆弱/人生又是多么的短暂"[6]，以此消解内心的极度凄楚。李仁芹的悲苦、凄惶、挣扎和无奈都被她的"士兵"演绎得栩栩如生。李仁芹也感

---

[1] 鲁谷俊：《白发如旗》，王新宪主编：《为了生命的美丽》，华夏出版社 2009 年版，第 351 页。

[2] 潘柏君：《窗外的那株核桃树》，王新宪主编：《为了生命的美丽》，华夏出版社 2009 年版，第 373 页。

[3] 陈智敏、陈德福：《嗨，王老汉》，作家出版社 2013 年版，第 15—18 页。

[4] 王小泗：《意志的胜利》，中国传记出版社 2015 年版，第 86 页。

[5] 李仁芹：《吹出竹的新骨》，中国文联出版社 2011 年版，第 74 页。

[6] 李仁芹：《吹出竹的新骨》，中国文联出版社 2011 年版，第 69 页。

觉到词语的困乏,"每一个词语都战死沙场",每一个"词语"都在诗歌的阵地被李仁芹打得遍体鳞伤,而后消隐遁世。尽管如此,李仁芹还是游刃有余地在她熟知的日常用语中调兵遣将,她的"士兵"们依然视死如归、大义凛然,这使得李仁芹诗歌的语言显得尤为真切、真实和可信。

余秀华的《清晨狗吠》中描绘露水的神态:"摇摇晃晃,在跌落的边缘。"描绘狗:"这只灰头土脑的狗","在屋后叫唤,边叫边退。"① 全诗没有任何华丽的辞藻,完全使用生活中的日常用语表现自己的心境。

周洪明的一些诗歌则是使用直白的语言记录一瞬间的思绪。《晨思》一共5行,"阳光/从后面照过来/偶然发现/我的影子/是一只蜷曲的羔羊"②,诗人用朴实的语言对自己的影子进行勾勒。"没有了静谧/剩余一片蛙声/揽尽星的微光/沉默着无所追逐/虫却来了/啁啾出一支难听的歌"③,生活化的语言勾勒出一幅人间夜景。《夜的韵律》一共三行六个字:"虫声/犬吠/鸡鸣"④,借用虫、犬、鸡三种大家熟悉的动物对夜晚景色进行即兴描绘。

朴实的语言非但没有削弱表达力,反而让读者震撼于文字的力量,人在文字面前如此赤裸裸,没有秘密,简单的语言也能够成就伟大的故事。残疾人作家用他们的实绩向我们昭示:不用任何的修饰,用简单质朴的语言进行如实的描绘便是成功。他们的创作中有些语言也存在粗糙的弊端,但这并不能掩饰他们作品中语言直白野趣的"原生美"。

五、意义:开拓领域

残疾人作家的散文和诗歌创作具有独特的文学价值和社会学价值,为散文和诗歌开拓了一个新领域,丰富了文学作品中的残疾人形象,也丰富了表达疾病的语言。

(1) 残疾人作家的散文和诗歌为失语的残疾人代言,改变了身体正常的作家对残疾人的书写方式,改变了残疾人的失语症,为散文和诗歌开拓了一个新的表现领域。

残疾人形象并非只由残疾人作家塑造,其他作家的作品中早已有之,但其他作家刻画残疾人形象时,要么包含隐喻,要么不敢逾越同情、怜

---

① 余秀华:《月光落在左手上》,广西师范大学出版社2015年版,第9页。
② 周洪明:《情感高原》,中国文联出版社2007年版,第132页。
③ 周洪明:《情感高原》,中国文联出版社2007年版,第135页。
④ 周洪明:《情感高原》,中国文联出版社2007年版,第151页。

悯、赞赏的底线,他们笔下的残疾人形象单一而僵化。残疾人作家在散文和诗歌中是为自己而歌,他们以自身独特的生命体验为创作向度,散文和诗歌书写的是自己真实的情感,保持了写作者的主体性,因而同样是写残疾人,较之前者,他们更自信,也更放松。他们不惮人们说他们对残疾人缺乏同情,也不用顾忌是否歪曲了残疾人形象,直接通过自我的现实存在再现残疾人的生存境遇。他们虽然退守自己的心灵,远离政治、社会、意识形态,但他们的残疾书写是生命感受和生命精神的综合,是在身体与精神的合一中完成的对残疾人自我的探求和寻找,体现出残疾人现实生活和精神层面的双重意义。较之当下那些追逐潮流的浮躁、喧嚣之作,他们的散文和诗歌或威武霸气,或淡泊悠远。他们把常人无法言说的残疾个体的身体经验、内心隐秘放置在散文和诗歌之中,构建了属于残疾人自己的文学空间,从而使散文和诗歌的写作对象丰富而多元,为散文和诗歌开拓了一个崭新的领域。

(2) 塑造了一系列真实的残疾人形象,丰富了文学作品中的人物画廊,有助于人们认识残疾人群体。

残疾人的世界是一个独特的世界。对此,身体正常的作者只能想象,无法体验,尤其是残疾人隐秘的内心世界。而残疾人作家在散文和诗歌中如实描写他们的生活,真挚、大胆地书写他们的内心,他们的散文中呈现出真实的抒情主体形象。他们的散文写出了一群残疾人冲刺极限、挑战残疾、战胜残疾的心路历程,展现出苦涩、痛苦、彷徨,但坚毅、执着的残疾人群体形象。这个群体拒绝怜悯、同情、布施,从怯弱、怠惰、悲观逐步走向自尊、自信、自主、自强,真正成为一个战胜厄运而凯旋的大写的人。

从《意志的胜利》中我们看到一个积极追求生命尊严的残疾人形象,他积极、健康,有一种独立创造和卓越超群的意志,他要战斗、要胜利、要权利——一切的权利;他把生命中那荒沙大漠走成了高峰,快乐地徜徉于文学的海洋,苍天赐"我"以残疾,"我"还苍天以文学;他心境宁静而淡然,由此衍生出一份难得的闲雅清趣,在春风秋雨中书写着岁月静好,安暖流年;他秉持"只为信仰,不为成功"的信念,毫不犹豫地坚守着作家梦这个目标,高擎灵魂的风骨,孤独成一季棕竹,繁茂葱郁成生命的至纯情感,走向文学,走进文学;他热爱自然,尊重友情,充满温情。从罗家成的散文中我们可以看到一个淡泊宁静之士:"广厦万间,夜眠七尺;良田千顷,日仅三餐。身心快乐,健康长寿才是第一位的，其他一切，都可有可无，顺其自然一些的好。"①

从李仁芹的作品中我们看到一个内心纷乱、迷惘、焦灼、企盼、坚强的女性残疾人形象，这个女性内心有无数的情愫，这些情愫不断分裂、冲撞、融和，循环往复地消解与重生；这位女性能透过自己的窗子，关注大千世界的风云变幻，当汶川大地震的鲜血、伤口、尸体、废墟涌现在眼前时，她原本枯寂的心灵和麻木的双足为此伤心、颤动。从赖雨的散文中我们看到一个努力控制自己情绪、不断与自我抗争的残疾女性。

从藏族作家桑丹的作品中我们则可以看到一个热爱本民族文化，思考本民族未来，为本民族传统文化的渐行渐远唱了一曲挽歌的藏族女性形象。在桑丹的眼里，故乡康定是美丽而富饶的。桑丹的笔下，故乡又是平凡的，"喑哑的日子如同平凡的故乡"②，但故乡是迷人的，湛蓝的天空下，高山绵延起伏，经幡迎风飘扬，山上高高的白塔在阳光下闪耀，具有摄人心魄的力量。秋天的木格措有湖水流动和水鸟振翅的声音，有落日余晖映照雪峰的壮丽，是一片任人想象的世界。故乡是纯净的，"像天堂的月亮高悬夜空/像洁净的雪融之水"③。故乡的人与自然和谐相处，"鸟儿落在我的指尖"④。故乡是丰饶的，有"岩石的歌声，黄金的激流"⑤，有遍地的牛羊和盛开的格桑花，那里的人们手捧银制的酒器，秋天的果实披挂风雨。金秋八月，田园发出金黄的音响，"青稞上流水出没，花朵丰美"，"阳光和草木颗粒晶莹"⑥，"我的家乡，是堆满金子的地方/我的家乡，是堆满银子的地方"⑦。故乡是吉祥的，"经幡护佑的福祉生生世世"⑧，大自然也具有灵性，茂盛的青稞遍植幻想，抬头看天，天上飘动着云，"让人伫立于风中的灵魂得到了净化和慰藉"⑨。故乡是充满情意的，故乡有大情大爱，大爱大情，"没有比康定更深的爱了/没有比达折多更浓的情了"⑩，这世间绝无仅有的情爱"使我心存善念，因缘俱足/故乡啊，正是我活着的理由之一"⑪，在外听到的一声抚慰就是

---

① 罗家成：《道友陶三先》，秦巴山娃 2014 年 7 月 8 日的博客。
② 桑丹：《边缘积雪》，四川文艺出版社 2012 年版，第 116 页。
③ 桑丹：《边缘积雪》，四川文艺出版社 2012 年版，第 18 页。
④ 桑丹：《边缘积雪》，四川文艺出版社 2012 年版，第 118 页。
⑤ 桑丹：《边缘积雪》，四川文艺出版社 2012 年版，第 3 页。
⑥ 桑丹：《边缘积雪》，四川文艺出版社 2012 年版，第 14 页。
⑦ 桑丹：《边缘积雪》，四川文艺出版社 2012 年版，第 132 页。
⑧ 桑丹：《边缘积雪》，四川文艺出版社 2012 年版，第 23 页。
⑨ 桑丹：《幻美之旅》，大众文艺出版社 2006 年版，第 48 页。
⑩ 桑丹：《边缘积雪》，四川文艺出版社 2012 年版，第 20 页。
⑪ 桑丹：《边缘积雪》，四川文艺出版社 2012 年版，第 17 页。

故乡温馨的夜。桑丹带着心灵的虔诚对神山顶礼膜拜,立志要在雅拉河边守望一生,终其一生。桑丹笔下,故乡的人热情、豪爽、有情有义,故乡是情人和情歌的诞生地,"情歌撼动世界/只有这样的召唤","灵魂才能得到永久的慰藉","内心才能得到永久的安宁"。① 男人们在烈酒中为女人抽刀,驮脚娃为骏马欢喜。故乡的人有"江河一样纯净的柔情/雪山一样圣洁的胸怀/太阳一样炽烈的爱恋"②。雪地上亲人们的面容如此温柔。但桑丹感到雪地边缘正在逐渐失去,边缘积雪正在慢慢被融化,"在我的手中,青铜的杯子早已碎裂/在我的心头一朵灵验的花瓣正在凋落"③。"寂静如梦"的雪城正在逝去,成为"远去的背影","唯独雪崩真实的存在"。④ 面对逝去的雪城,诗人只能"勒住茶马古道最后一声长长的嘶鸣"⑤。《河水把我照耀》表达了桑丹对本民族未来不可知的慨叹。"河水"喻指遥远的故乡记忆。诗歌前半部分抒发"我"与故乡的依恋之情,记忆中"我"的故乡是"滔滔的马群 水银的舞蹈",故乡已经和"我"的身体融为一体。故乡是"我"热爱的土地,多年前是无垠的锦绣轻轻地铺展,故乡是饱满的家园。聆听故乡草木的晶莹的愿望使"我""重返和坚守",由于有故乡的照耀,在往返的长路上,"坚韧所有的向往与期冀"。故乡的"草荣草衰","花开花落"与"我"相连。在"我"内心,故乡"透明无尘","我"愿用整个的身心感受亲人。诗歌的后半部分,也是诗歌的重点,表现雪地边缘的脚步正在慢慢死亡,时间的伤痕让故乡"甘美的人面目全非",风暴埋伏在"我的脸庞",此时的高原无人经过,无人歌唱,故乡正成为漫天飘洒的雪花,成为揉碎的云彩,故乡"穿越骨头的深岸/又该在哪里放下脚步"。前半部分叙写爱恋之情,是为后半部分写传统的消失做铺垫。藏民族的古老传统已渐行渐远,桑丹有一丝惶感,有一些哀叹、感伤。

　　残疾人的世界往往被文学的世界遮蔽,也往往被文学的世界利用,残疾人作家的散文和诗歌以自己的话语方式倾诉着残疾人独特的情感体验,通过个体生命的呢喃叙事向人们展示残疾人的生活史、心灵史。残疾人作家在散文和诗歌中表现属于残疾人的世界,这显得尤为珍贵,它可以让更多的人走近残疾人,认识残疾人,从这个角度来看,残疾人作

---

① 桑丹:《边缘积雪》,四川文艺出版社2012年版,第19页。
② 桑丹:《边缘积雪》,四川文艺出版社2012年版,第17、18页。
③ 桑丹:《边缘积雪》,四川文艺出版社2012年版,第72页。
④ 桑丹:《边缘积雪》,四川文艺出版社2012年版,第5页。
⑤ 桑丹:《边缘积雪》,四川文艺出版社2012年版,第18页。

家的散文和诗歌创作具有独特的认识价值。

(3) 为语言如何表达病痛提供了借鉴。

在论及语言的生活化问题时,尤其值得一提的是,残疾人作家在散文中用一种生活化的语言将难于表达的病痛具象化。如王小泗的自画像:

时光断在疼痛的皮肤里[①]——过去美好的一切因身体的疾病而终止,没有一个生僻的词语,但又如此含蓄。

我只能划动无助的脚[②]——"划"字将残疾的双腿的无力感、不可控制感很好地描绘出来了,"划动"也是日常用语。

这位肥胖沉重的男人躺在她娇小的怀抱里,不管身骨多么僵直酸痛,双臂已经完全麻木,像不属于自己身体的一部分,但她绝不敢动一下。[③] ——像不属于自己身体的一部分,这个比喻带着残疾人自己的身体体验,朴实而形象。

看不见的左眼,瞳孔发白了,而且动不动就疼得像要掉出来……时不时胃痛如针扎。[④] ——"掉出来""如针扎"将眼睛和胃部疼痛的差别表现出来了。

这些已让全身的伤疤连起来足以有我身高那么长,每每刮风下雨前一截一截、一段一段逐渐痉挛失去控制,神经疼得我满床打滚甚至狂吼乱叫。[⑤] ——将疼痛的过程和程度表达出来了。

伍尔芙曾说,阻碍在文学中描写疾病的是语言的贫乏。"英语能够表达哈姆莱特的思想和李尔王的悲剧,但没有用于颤抖和头痛的词语。"[⑥]病痛的感受是极端个人化的,而语言是约定俗成的,具有公共性,所以当个人描述自己的某种躯体不适时,没有哪个词与个人的疼痛感觉完全相符。而残疾人作家的写作是一种将感官知觉放大的写作,是一种重新解放作家的感知系统的写作。感官、记忆、想象,作为写作的母体和源泉,在任何时候都是语言的质感、真实感和存在感的重要依据。残疾人作家凭借对生活的感知、记忆和想象,使用质朴的生活化的语言,扩大了文学创作语言的表达力,证明了文学语言空间的无限性。

[①] 王小泗:《零度生活》,现代出版社2013年版,第13页。
[②] 赖雨:《群山之上》,四川大学出版社1998年版,第47页。
[③] 张毅:《一代谋臣张良》,红旗出版社1996年版,第4页。
[④] 陆梦蝶:《梦随蝶舞》,宁夏人民出版社2006年版,第180页。
[⑤] 李治疆:《眷恋》,王新宪主编:《收获感动》,华夏出版社2009年版,第173页。
[⑥] [英]弗吉尼亚·伍尔芙:《伍尔芙随笔集》,孔小炯、黄梅译,海天出版社1993年版,第103页。

此外，从社会学意义看，残疾人作家的散文和诗歌对残疾人心灵的解剖，能最大限度地激发读者对生命的尊重，也有助于读者心灵的升华。

小 结

残疾人作家在创作中采取内倾化的创作视角，并呈现出群体性的创作特色。但是，残疾人作家在创作中也要力求避免经验化的写作。身体残疾可能为创作打开一些新的通道，但毋庸讳言，身体残疾也会制约残疾人作家的创作。比如由于不能更好地参与社会活动，他们的观察力、各种器官的感受力、神经的敏感度都较强，这对于细节描写、意象的选择、比喻、比拟的使用都有特殊的意义，但这也容易造成某些残疾人作家的创作有时体现为一种对经验的处理，强调经验的视角，陷入经验主义的泥淖。经验并不能完全构成文学，经验只有与现实事件交融，通过语言的创造形成伦理观照，才能获得艺术品格，脱离庸常。过度的经验化，会冲淡写作中的审美风格，经验一旦变成终极，写作就会成为表象化的写作，无法企及社会、人生的核心地带。因此，残疾人作家的创作要尽量避免放纵自己残疾经验的一面，要透过自己的残疾体验，写出更加鲜活的生活。

残疾人作家还要力求摆脱纯粹的残疾人的视角，努力获得一种双向视角，或者说"第三性"视角，这样的视角有助于残疾人作家更准确地把握社会的真实和人类生存境况的真实。真正奴役和压抑残疾人心灵的往往不是身体健全的人，恰恰是残疾人自身。残疾人作家一定要跳出身体残疾的阴影，只有如此，才有可能对人性、人的欲望和人的本质展开深层的挖掘，写出人类的一种共性关怀，残疾人的本相和光彩才会更加可靠。

所幸的是，比较多的残疾人作家都意识到了上述捆绑残疾人思维的问题，并且在努力挣脱这种束缚。体现在残疾人作家创作中就是，残疾人作家不仅仅有内倾式的创作视角，还有外射式的创作视角。残疾人作家不趋附潮流和时尚，写自己的生活，这并不表明他们脱离时代和社会现实，他们的现实深藏于情感和生活之中，他们凭借自己的天才和敏感发现了它，并且让它在自己的作品中喷涌而出。他们没有到某个地方去体验生活，因为他们每天都在生活，既生活在日常现实的世界，也生活在自己的内心，他们的外部生活和内部生活是一体的，他们的生存就是海德格尔所说的"在世"。他们赋予"在世"以自己个人"此在"的独特意义。这种意义不是他们装出来的，也不是从流行理论中借来的，更不是用来向人炫耀、用来谋取其他好处的手段，而是安身立命的根本。只有在某种冲动所激发的写作欲望中，在如痴如醉的写作过程中，这种模糊的意义才得以实现。

毋庸讳言，身体的残疾确实给残疾人参与社会生活带来一定的困难，但身体的残疾并不能完全阻隔残疾人对现实的关注。常言道，上帝关闭一扇门的同时也为你打开一扇窗。残疾人作家的感觉、观察、体验的能力特别强大。残疾人作家的创作可谓是重新解放感知系统的写作，或者说，将感官的知觉放大的写作。他们充分发挥自己的优势，借助现代科技，参与、感受鲜活的社会现实生活，用现实主义的方法真实表现当前社会的方方面面。

残疾人作家并不因自己身体的残疾而退回内心，将自己排斥在社会之外。相反，他们积极关注社会，用自己的创作参与到社会变革之中，努力实现着"位卑未敢忘忧国"的中国传统士大夫的人生信条，他们的创作因感官、记忆、体验、观察而具有真实感和存在感。哲学家维特根斯坦说过，在许多时候，看见一种眼前的事物，要比想象、沉思一种远方的事物困难得多。残疾人作家克服了这种困难，并将此转化为一种创作。残疾人作家的外射式叙事视角呈现出如下四个特点。

第一，对当代中国尤其是当代中国小乡镇做了较为全面的真实记录。

新时期残疾人作家对当代中国尤其是当代中国小乡镇的生活表示出极大的热情。贾承汉的《王满满》、"醒哥系列短篇小说"，陈智敏、陈德福合作的《嗨，王老汉》《大山儿女》，邹廷清的《宽广的地平线》，周洪明的《坠落与升腾》等，真实记录了中国农村所蕴藏的残酷、苦难以及乐观、坚韧，改革开放之后当代农村的新变化、新气象、新风貌，塑造了当代中国小乡镇里各式各样的人物。

云南昭通地区的夏天敏出生于农村，成长于农村，又到乡镇代过职，对农村、农民有着一种与生俱来的喜爱，夏天敏对乡村的坚守，最终成就了他的文学创作。夏天敏说："我深深热爱这块土地，热爱这块土地上的人们，正基于此，我在写作之初，就把笔触伸入到写平凡人物、平凡事件、平凡的环境中。"[①] 夏天敏揭示了农民灵魂深处的复杂性。他写出

---

① 吕翼：《笔落高原风雨路——记云南省"德艺双馨"艺术家夏天敏》，"中国作家网"，网址：http://www.chinawriter.com.cn/2007/2007-01-22/42170.html。

了我国农民生活在恶劣的生存环境中，他们有着巨大的生存压力。夏天敏笔下的当代中国农民是善与恶、美与丑、正义与邪恶交织的复杂混合体。但在这种复杂性中，人性之善是主流，生活的美好，对真理的追求，对美的追求，仍是他写作中永不衰竭的主题。《好大一对羊》是夏天敏在结束乡镇代职回城后写的，显在的主题是写官僚主义、形式主义对农民的伤害，深层的主题是揭露权力不仅异化了有权的人，也异化了社会最底层的人。《地热村》的内容涉及贫穷、人心、人情、人性问题，同时也涉及资源和生态环境问题，每一个问题都隐藏着危机甚至灾难。《皇木滑竿》《四爷收徒》揭示了部分人的奴性心理，尤其是当稳了奴隶还要细细品尝其滋味的自弃自贱行为。夏天敏对于当代农村生活和他笔下的农民，怀揣一种诚恳，一种信任，一种理解，因而更让人感到揪心与刻骨，具有十分强烈的震撼力。

在《宽广的地平线》中，邹廷清以成都市温江区金马河畔的一个小山村变迁的故事，记录了成都平原农民如何从填饱肚子的第一次腾飞到土地包产到户的第二次腾飞，再到"三农"政策之后融入消费时代的第三次腾飞。从他的作品中，我们能听到或感受到成都农民跟随时代节奏的脚步声。《新闻人物》写1978年农村发生的事情，农民李万贵因为有六个儿子，凭富足的劳动力而比其他人家日子过得好，荷兰副总理都到他家参观，但他家后来很快就进入贫困户行列。这篇小说反映出改革开放之初，土地承包到户，商品经济还不繁荣时的社会状况。《酒厂》揭露农村的白条子现象。白条子将天源村的酒厂活活摧垮，厚厚的白条中，天源村所有的村干部都有签名。《葱子》《盐渍厂》记录了农村商品经济起步的情况。写天源村六组从包产到户到1989年，仅仅种葱这一项，每年人均纯收入就有700元左右，村民的心变踏实了，觉得日子过得有滋有味了。天源村支部书记沈培源和会计潘应昌承包菜花厂，和菜农签订三亩田的菜花供应及保证油菜籽亩产300斤的合同，当年菜花厂有了利润，农户也增加了收入，那些没签协议的人很是后悔。《严冬瓜》反映了21世纪农村的医疗改革。进入21世纪，四川农村已经有各种保险，以种植冬瓜而得名严冬瓜的严昌云一次性出2万元给妻子买了保险，于是他的妻子每月能拿800多元的养老金，他也为自己买了3份意外险、1份20年到期每年交1500元的人寿险，1份10年到期每年交5000元的分红险。整部小说反映四川农村失败与收获共存，喜悦与泪水交织的探索之路。作品没有一味歌功颂德，而是毫不掩饰农村发展过程中出现的各种社会问题。《不是结尾》反映出某些职能部门不作为的官僚主义作风。成都开始城乡一体化建设，天源村的村民希望把赵家渡老街上 48 亩闲置土地利用起来，村长张贵良更是希望充分利用赵家渡，希望从赵家渡上游的金马河大桥修一条绿道至温江城外的三渡水大桥，到时候赵家渡就是绿道上的一个点，赵家渡的风火墙、万年台等古迹是开农家乐、卖土特产和金马河奇石十分理想的地方。但一直到 2012 年张贵良当村长的最后一年，这个提案都未通过。《产改》反映农村土地产权制度改革遇到的种种矛盾，村与村的地界，小组与小组的地界，户与户的地界，比蜘蛛网还要复杂，丈量确权的工作还未全面铺开，一个村民就用刀砍伤自己的亲弟弟，砍人的村民被判了三年刑，另一个村民也因用镰刀割伤自己的小叔子被判了三年监外执行。这些问题的发生既有传统小农经济影响下的自私狭隘心理作祟，也有法律常识的缺失导致的遗憾，还有政府工作人员工作的粗心。作者在写这些问题时，根据现实生活写出了希望，尽管村民也有闹事的，但最后天源村的"产改"工作顺利完成。《宽广的地平线》记录了一个个鲜活的、真实的小人物的生活，不仅准确地"报告"了一群人的变化、一个村子的变化，也"报告"了一个时代的变化。作品以小见大，以实实在在的底层叙事代替宏大叙事。作品不拒绝平凡和细小，选取平凡的人、琐屑的事，将大事溶解在日常生活和工作的小事里，在日常琐屑里凸显平常人心灵世界的变化，因而作品能让读者产生审美亲切感，能给读者带来心灵的冲击。

如果说上述作品写出了 1976 年以来中国农村改革过程中政策的变化，那么，《嗨，王老汉》则写出了中国农村改革过程中，国家政策的变化带来的人的精神变化。作者把敏锐的眼光投射到新时期的农村，集中笔力抒写改革开放带给农民的心灵"震荡"。无疑，小说中的王老汉是主要表现对象，他善良、老实、厚道，然而也有一点愚笨、执拗。在商品经济冲击下的新农村，他想努力地实现自己的人生价值，又出于性格、能力等诸多原因，做出了一些令人啼笑皆非的举动。王老汉从公正执法后招来毫无退路的尴尬到得到大家的谅解，从与儿子王良华的正面冲撞到对儿子的肯定和赞赏，不计较"弯肠子"对工作的百般阻挠而为调解其家庭纠纷想尽方法，跟照山老汉的互帮互助，都体现出转型期农民的某些特征。他善良，不忍心城里人遭受百年不遇的洪魔的蹂躏，毅然决然回村组织一支农民抗洪救灾队伍，参与一线抗洪行动。"5.12"汶川大地震之后，王老汉用自己种植的蔬菜收入向灾区捐款献爱心，这个举动绝对是发自王老汉朴素的内心，完全是人性善良的本能反应。他做事欠考虑，为地震灾区筹款时，担心蔬菜在正规市场上不好卖也不一定能卖到好价钱，于是将菜挑到大街上去卖，结果和城管发生了误会。他鲁莽、急躁，还没考摩托车驾照，就开着摩托车还搭着一个老婆婆在大街上兜风，结果被交警带进学习班。王老汉的性格也体现出很强的时代性。王老汉与自己大学毕业的儿子王良华等三人一起竞选村长，在一种特殊气氛下，读者领略到一番现代乡村民主政治生活的生动多彩。在竞选村长的整个活动中，性格偏执而又憨态可掬的王老汉为了争取较多村民的支持，竟然顾不得自己的颜面和精力，着意亲手为"弯肠子"和蔡桂花做一些琐碎而费体力的家务事，比如修整猪圈甚至清洗女人衣物。王老汉和其他几个竞选者分别发表竞选演说，村民投票，王老汉最终落选。王老汉在农业生态园区当顾问，之后任村调解室主任等职务，这些也透露出强烈的时代气息。除去王老汉，小说还为读者塑造了一系列小人物形象，文大作曲有文人的迂腐，他用学院派正统的音教程式认真执着地辅导村民学唱红歌，让两人相互抚摸腰腹，声调便自然而然升腾上去……结果村民之间"绯闻"不断。照山大叔稳重善良，张寡妇仁慈和蔼，"弯肠子"幽默狡黠，王良华生机勃勃，王老婆婆多疑宽厚，马经理严谨豁达。小说中的人物具有时代性，人物活动的背景也具有时代性，如王老汉的儿子大学毕业放弃在城里工作的机会，响应号召，回村里当村干部；"5.12"汶川大地震；农村土地流转、租赁；日本大地震之后中国民众出现的抢盐闹剧。正是因为有这样一些时代背景，所以小说中活跃着的人物才真实可信，跃然纸上。基于这些时代背景，作者揭示了一些时代问题，诸如农村老人的赡养，新旧观念的冲撞，老百姓盲从、随大流，作者对时代问题的揭示加深了作品的思想深度。

上述列举的残疾人作家都出生或生长于农村，直到现在依然与农村保持着紧密联系。夏天敏20世纪90年代初到农村乡镇当代职乡长，持续了多年。在这期间，他不是走马观花似的采风，更不是去看风景，而是和贫困山乡的农民、基层干部生活在一起。到最贫困的农民家里，他端起油腻腻的土大碗就吃，不分彼此，不论贵贱，完全融入贫困乡村。陈智敏出身于四川广安市一个贫困农民家庭，小时候就喜欢读书，但只拥有一本《林海雪原》，这部《林海雪原》被他翻烂了，后来他到处借阅《青春似火》《红岩》《水浒传》等小说，连农民用来包扎面条的书报他都不放过。高中时，陈智敏因偷看"禁书"《青春之歌》，写了一份长达2000字的检讨。邹廷清出生于成都温江金马河畔的通平镇。贾承汉至今居住在成都崇州隆兴镇青桥村一间陋室里，唯一的生活来源，便是偶尔获得的十分有限的稿费。生于农村，长于农村，现在仍居住于农村，他们凭着对农村底层百姓的了解和对农村生活的敏锐洞察，创作出了具有浓浓生活气息、时代气息的作品。审视这部分作品，更大意义还在于此：这些残疾人作家是真正埋首陷身于农村底层同时又真诚表现底层人生的作家，他们对于农民乡亲的感同身受和切肤之痛，他们在表现农民时的复杂心态和特殊视角，他们既融入其间又脱离而出的故事写作维度，可能正是时下不少心态早已城市化的乡土作家所罕有的。

　　残疾人作家除了写出乡村变迁的真实，还写出了现代社会其他方面的真实。比如张百正以对社会问题的大胆披露，真实地揭露了人性的弱点与命运的无奈，批判了世俗的可怕。张百正的《时疾研究》一共有杂文200篇，共36万字，激浊与扬清相辅相成。正如作者自己所说，位卑岂敢忘忧国。张百正恪守杂文风格，坚持批判精神，针对"社会型抗药性""给雷锋掘陷坑者""关系网、人情风""媚俗浮躁，虚荣跟风""吹牛撒谎术""巧取豪夺法""荒诞淫糜术""谋财害命术""造孽工程病"等，张百正一一解剖，扶正祛邪，发盛世警语，表现民众心声。

第三章 叙事方式：补偿性创作

文学创作与创作主体的情感与理性、感官知觉和思维判断、生理和心理因素等关系紧密。身体健全的作家可以自由行走，深度感受生活，可以尽情通过视觉、听觉、嗅觉、味觉、触觉感知外界，从而从不同角度获得对同一事物在形状、色彩、气味、声音、温度等方面的感受，达到对事物的完整认识。而身体残疾的作家都存在一个甚至多个身体器官的障碍，残疾人作家如何克服身体的限制去感知生活，这种特殊的感知生活的方式如何影响他们的文学叙事，这种特殊的感知生活的方式在文本中形成哪些叙事特色，这些是本章思考的主要问题。

"我们建构的世界的多样性源自和依赖于我们的感官。"[①] 不同的感官方式能形成独特的认知与经验，也能形成不同的叙事方式。现代医学已经证明，一个人生理上某个部位受到障碍后，其他生理部位可给予补偿，这是伤残人一种特有的生理功能，是健康的器官受到锻炼和强化的结果。从心理学的角度看，人都有一种补偿欲望。《辞海》教育、心理分册对"补偿作用"的解释是："一定能力的缺陷由其他高度发展的能力所弥补或代偿。"[②] 运用现代医学知识和心理学理论，我们可以看到，残疾人作家的创作就是补偿性创作，即充分利用健全器官和已有的生活经验弥补残缺的器官和无法感受的生活。残疾人作家的补偿性创作分为生理性补偿和体验性补偿。所谓生理性补偿是指，残疾人作家在创作中身体不同器官的互补。不论何种情况的残疾，相对于身体正常的作家而言，他们与外界的交流都要少一些，这给他们在静思默想中进行各式各样的想象带来了机会，因而，用思维器官补偿感觉器官是所有残疾人作家的共同特点。此外，不同类型的残疾人作家的器官互补又存在差异性，比

[①] ［英］奈杰尔·拉波特、［英］乔安娜·奥弗林：《社会文化人类学的关键概念》，鲍雯妍、张亚辉译，华夏出版社2013年版，第28页。

[②] 《辞海》（教育、心理分册），上海辞书出版社1981年版，第117页。

如听力障碍的作家运用视觉、味觉进行感官补偿，而视力障碍的作家运用听力、触觉进行感官补偿。所谓体验性补偿是指，残疾人作家在创作中大量使用身体所在地的民俗元素弥补自己对生活体验不够宽广的缺陷。

第一节　生理性补偿：身体不同器官的互补

生理性补偿即身体不同器官的互补，它包括思维器官对感觉器官的补偿（这是残疾人作家生理性补偿的共性）和感觉器官相互的补偿（这是残疾人作家生理性补偿的差异性）。本节探讨残疾人作家身体器官的互补在文学创作中的体现和由此形成的一些特点。

一、共同性：弥补性想象

弥补性想象是思维器官对感觉器官进行补偿的结果。

"想象"首先是作为一个心理学概念而出现的。任何一个人，随时都可能对自己经历过的人、事、景、物等表象记忆进行选择、重组、增删，从而产生超越实践经验的心理幻象。"想象"这个概念就是用来揭示人类的这种心理机能的。文学艺术活动中的想象又被称为"形象思维"。形象思维在文学创作中是必不可少的心理机能，文学创作中想象无处不在，即使是在号称"零度介入"的新写实小说的创作中也包含了作者的文学想象，只是在不同的文学创作中，想象的强度不同，形态不同而已。我们之所以特别强调残疾人作家文学创作中的想象，是基于两个原因：一是想象在残疾人作家的创作中所占比例很大；二是残疾人作家创作中的想象富有特色，属于弥补性想象，即对自己所缺失的东西的想象。

第一，想象在残疾人作家的创作中所占比例较大，而且成为一种群体性特征。贫穷可以限制人的想象，但身体的残疾不会限制人的想象，反而能促进人的想象。心理学研究表明，残疾人的想象力较为丰富。残疾人与外界接触较少，肢体残疾和视力残疾的人外出不便，听力残疾和聋哑残疾的人与他人交往存在障碍。因与外界交流不便，残疾人成为孤独的承受者，与此同时，他们也成为孤独的享受者，他们摆脱了现实生活的喧嚣，把自己的心力投射到内心世界，而不是消耗在外界对象上。他们从自己心灵构造的幻想世界中消除遗憾，得到补偿。既然不能很好地参与外界活动，就只能退回到自我内心，只能在喧嚣的人世做静观默想，把注意力转向心灵，利用想象来满足自己的欲望。

第三章　叙事方式：补偿性创作

弗洛伊德说："幸福的人从不幻想，只有感到不满意的人才幻想。未能满足的愿望，是幻想产生的动力。"① "由于这样那样的原因，意识的适应已不复存在（可能因为外界环境变得太困难了），那么，向前的自然运动就不再可能，这时力必多就退回到无意识当中，并最终成为寻求某种出路的超负荷的能量。这时候，无意识可能会在幻想的形式或者梦的征兆的形式下面注入到意识当中。"② 现代心理学证明，缺乏对象比拥有对象更能激活想象力，因为想象是对"不在场"事物的回忆、变形、改造。由此推断，缺乏健全的身体比拥有健全的身体更能激活人的想象力。这是上帝给残疾人的一份厚礼。身体的残疾已经具有现实的不可逾越性，残疾人只能返回内心，进行一种幻想性的补偿。"我的想象力和感受力是第一流的，我具有世界上无与伦比的财富：想象和感受。我可以躺在一片绿叶上睡它几千年，我可以把一枚新芽看成是自己才出生的儿子，我可以吮吸着丰盛和美味的阳光，去补缀残留在脑际的美丽的梦。"③ 张悉妮说，她常常独自坐在她家附近的湖边，静静地看着那湖水，便会产生无限的遐思，"我喜欢在湖边幻想"④。文学创作为残疾人提供了想象的自由空间。在文学创作中，残疾人作家可以将自身经历与创作相融合，可以将文学创作视为一个封闭的整体，将一切压抑诉诸自我，任凭受伤的心灵在无始无终的意识中流动。

残疾人作家的想象往往影响着他们作品的叙事特色。史铁生的小说不注重情节的波澜起伏，更不注重人物性格的塑造，"我很不喜欢所谓的人物性格，那总难免类型化，使内心的丰富受到限制"⑤。他的作品中最让人难忘的是他的思考和他的想象。"思考"和"想象"是史铁生的小说抒情性强的重要因素。他的小说中存在大量想象性的情节，他喜欢让笔下的主人公进行漫无边际的想象，比如《一种谜语的几种简单的猜法》中的《D+X》，史铁生开篇就让主人公"我"抽着烟散散漫漫呆想了好久，而且是双重的呆想：一重呆想是正在写这篇小说的"我"的呆想，包括呆想他曾经坐在一座古园里的一棵老树下看到的、想到的一切；第

---

① ［奥］弗洛伊德：《论创造力与无意识》，孙恺祥译，中国展望出版社1986年版，第4页。
② ［瑞］弗尔达姆：《荣格心理学导论》，转引自叶舒宪主编的《文学与治疗》，科学文献出版社1999年版，第112页。
③ 阮海彪：《死是容易的》，东方出版中心2008年版，第209页。
④ 张悉妮：《假如我是海伦》，人民文学出版社2005年版，第233页。
⑤ 史铁生：《给柳青》，《史铁生作品全编》第7卷，人民文学出版社2017年版，第208页。

二重呆想是曾经坐在一座古园里的一棵老树下的"我"的呆想。这两重呆想的关系是呆想之中套呆想，在呆想中又呆想。本来"我"呆想着"我"曾经坐在一座古园里的一棵老树下，而坐在这棵老树下的"我"又在同样遥想着过去发生的事情，"我"想的事情不是实实在在发生过的，而是臆想的，"在这棵老树刚刚破土而出的时候，我的爷爷的爷爷的爷爷的爷爷是不是刚好走过这里呢？"[①] 这两重呆想相互交织在一起推动情节的发展。第二重呆想想到了古殿的建造历史，"可你若回过头去看它的以往你就会知道其实只有一条命定之路。这命定之路包括我现在坐在这儿。"[②] 之后由这句话转入第一重呆想。

张悉妮的《假如我是海伦》中几乎全部是对外界的描绘和"我"对生活的想象。这种想象构成了这部作品的散点式记叙：经常在记叙当前事物的时候思绪延宕，发散开去，将作者的现实印象、过往记忆和幻觉穿插在一起，思维跳跃。"初来深圳"这一部分记叙"我们"一家人第一次到深圳的情况。在表现"我"初到深圳的又矛盾又惊讶又生气又难过又高兴又美好的五味杂陈的生活时，作者没有采用记叙事件的方式，而是通过想象，将幻想、他人的故事、诗句串联在一起，很少有情节性、故事性的描绘。比如，对"我"是否能够入学的担忧的描写是借助想象，穿插法布尔的故事来表现的；"我"初到深圳时的迷茫，城市给"我"的光怪陆离的感觉是借助想象，穿插泰戈尔和王小波的《红拂夜奔》中的情景来加以呈现的；"我"走在大街上感受到的迷茫是借助想象，穿插莎士比亚充满伤心、爱与恨的诗歌来表现的，最后通过想象引用罗曼·罗兰笔下音乐天才克利斯朵夫的名言作为总结。

第二，残疾人作家在创作中想象的内容基本是自己所缺失的，以此来满足自己内心的需求。人总是在想象的世界里，寻找自己在现实世界中缺失的东西，通过想象脱离现实的制约，创造出一个超越现实的审美世界。古人由于自然灾害产生恐慌和痛苦之后，便在神话中通过幻想征服大自然得以愉悦；残疾人作家在现实中缺失的，往往通过文学创作中的想象得到补偿，获得精神的满足。"一个幸福的人绝不会幻想，只有一个愿望未满足的人才会。幻想的动力是未得到满足的愿望，每一次幻想

[①] 史铁生：《一种谜语的几种简单的猜法》，《史铁生作品全编》第5卷，人民文学出版社2017年版，第48页。

[②] 史铁生：《一种谜语的几种简单的猜法》，《史铁生作品全编》第5卷，人民文学出版社2017年版，第51页。

就是一个愿望的履行,它与使人不能感到满足的现实有关联。"① 残疾人作家在现实生活中受到压抑而感到不满足的,就可以在作品中以想象的形式创造出与此不同的另一种现实,通过想象求得心灵的自由,予以代偿或超越。想象是每一个人都存在的心理现象,但残疾人作家是通过改变和伪装来表达他的想象,消除精神的紧张。文学想象让残疾人作家重新获得了解放和自由。

基于上述两点考虑,我们认为,作家身体的残疾与文学创作中的想象有密切关联,不少残疾人作家在创作中的想象远远高于身体健全的作家,而且富有特色。面对不完美的人生,他们高擎生命之火,在想象中突围。

(一) 对强壮身体的想象

残疾人作家在创作中实现了身体的狂欢,作品中的人物都具有超自然、超能量的特征。血肉之躯被假想为可以上天入地,无所不能,充溢着感官享受、快乐、自信、生机盎然。作者借助这些人物形象逃离现实生活中因身体缺陷而产生的痛苦、压抑、无助,有的甚至是逃离无趣兼无聊的空虚,走向想象的乌托邦。而且,能够感受到,作者塑造这些形象时,充满向往、敬佩、赞美之情。

张海迪在《绝顶》《天长地久》等小说中塑造了一系列身体健壮、能力超强、努力征服自然的强者形象,如登山运动员肖顿河拥有健全的肢体、强壮的体魄;航天员杜时光拥有超强的身体素质,能适应魔鬼生存训练;水文科学家曾在平体格健壮,能够常年自如地奔波在黄河流域勘测黄河水文地理。王占君以书写历史题材见长,他在作品中塑造了许多历史英雄,作品中充溢着英雄情结。不论是张海迪还是王占君,他们都是通过这些人物形象的塑造,弥补自己心中隐约的残缺感,消解自己心中对肢体残疾的那份失落。这些形象也是他们精神意志的文学再现。下面我们以三个作家为例进行详细分析。

1. 贺绪林

贺绪林以塑造土匪、刀客形象著称,衍生出全国性的影视文坛"刀客热"。他的土匪、刀客题材作品之所以能产生较大影响,与他笔下的土匪、刀客融进了他的残疾体验和生命意识有很大关系。

---

① [美] 卡尔文·斯·霍尔等:《弗洛伊德心理学与西方文学》,包华富等编译,湖南文艺出版社 1986 年版,第138页。

《最后的女匪》中的女土匪徐大脚，脚特别大，行走如飞，能双手开枪，弹无虚发。她身边的一班卫兵，虽是女性，但个个武艺高强，三五个壮小伙都敌不过一个。《兔儿岭》中的墩子拳脚功夫好，能将一块一拃宽、半拃厚、半尺长的石磨刀，齐齐断成两截。彭大锤能飞檐走壁，射击百发百中。白刀客十八般武艺样样精通，刀术更是十分了得，一把青龙宝刀被他使得密不透风，泼水不入，数十人也近不了他身。更奇怪的是他身轻如燕行走如飞，跑起来比骏马还快，能追上逃命的兔子。更富想象力的是，贺绪林还让他的脚心各长着一撮毛，他飞檐走壁行走如飞全仗着脚心的两撮毛。马天寿就是一个卖豆腐的普通人，也被作者赋予一绝，成为一个捕蛇能手。看见蛇他能迅即出手，如同铁钳一般的手捏住蛇的七寸，蛇终于僵如一条麻绳。对于这些人的特异功能，作者没能交代从何而来，经不住逻辑的推理，只能说明作者特别主观地、很乐意地让他笔下的人物具有这种超强的生存能力。

贺绪林在描绘土匪、刀客的非凡功力时，字里行间总是带着钦慕：

> 野滩镇的人说起大锤都会唾沫星子乱溅，神情异常。他们说大锤能耐不大，只有三样本事：一是能飞檐走壁。他在房脊上行走如履平地，且毫无生息，从丈二高的墙上跳下如同二两棉花落地。二是能耍刀。他舞起刀来，只见寒光闪闪，不见人形。据说有次他舞刀，有好事者将一盆水迎面泼去，霎时水雾一片，他的衣服却滴水未沾。三是会玩枪。他有两把德国造的"二十响"（能连发二十颗子弹的盒子枪），玩得炉火纯青，左右开弓，闭上眼睛，凭听觉能打落树梢上的雀儿。如此说来，"能耐不大"是野滩镇人的炫耀之词。①

这里对彭大锤功力的描写带着欣赏之情，而且有一种痛快淋漓的宣泄之感。

从身体修辞来看，"关中枭雄系列"中，男性的外貌都雄奇彪悍，体格雄健。"大锤身材魁梧，宽肩细腰，红脸浓眉，眉尖有一道刀痕，不怒自威，天生一副刀客模样。"② 白刀客"身材魁梧，宽肩细腰，长得一表人才，面白唇红，睛如漆点，鼻似悬胆"③。即使马天寿从小营养不良，

---

① 贺绪林：《野滩镇》，太白文艺出版社2012年版，第2页。
② 贺绪林：《野滩镇》，太白文艺出版社2012年版，第19页。
③ 贺绪林：《野滩镇》，太白文艺出版社2012年版，第3页。

作者还是为他设计了一副牛高马大的身躯,只是补充一句"粗茶淡饭并没有妨碍他的发育,一身骡子般的筋肉"①。显然,这里的描写有悖逻辑,但我们对贺绪林违背生活常识的描写不能简单地以不真实予以否定。贺绪林之所以要这样描写,是为了显示马天寿身材的雄壮,是对自己不健全身体的一种弥补。马天福第一次出场,穿的是青布长衫,头戴礼帽,戴着一副无框墨镜,衣着儒雅,但作者也没有忘记写他的外形身材魁梧,身胚壮实。冯仁乾虽说已年届五十,但作者对他的外形描绘依然是:长得人高马大,虎背熊腰。他从小打铁,练出了一身的好力气,仅那满脸虬髯就让人望而生畏。常种田的外形是膀宽腰圆,有一身蛮力。

贺绪林在《关中匪事·自序》中如此记述:

> 还有人以为我是土匪的后代。在这里我郑重声明:我家祖祖辈辈都是淳朴忠厚的良民,以农为本,种田为生,从没有人干过杀人放火的勾当;而且我家曾数次遭土匪抢劫,我的父亲和伯父都是血性硬汉,舍命跟土匪拼争过。那一年父亲和伯父因家屋事吵了架,分开另过,土匪趁机而入,经过父亲住的门房时,土匪头子对几个匪卒说:"这家伙是个愣娃,把他看紧点儿!"随后直奔伯父住的后院。响动声惊醒了伯父,一家人赶紧下了窨子。伯父手执谷权守在门口,撂倒了一个匪卒,随后跳下了窨子。那次土匪无获而归。至今有许多老人跟我讲起往事,都对父亲兄弟俩赞不绝口。……然而,我的家族中确实有人当过土匪,让乡亲们唾骂不已,这也让我心怀内疚感到难堪。有句俗话说:"养女不笑嫁汉的,养儿不笑做贼的。"虽是俚语,却很有哲理。谁都希望自己的儿女成龙成凤,可谁又能保住自己的儿女不去做贼为匪,不去偷情养汉?家乡一带向来民风剽悍,几乎每个村寨都有为匪之人,都流传着关于土匪的传奇故事。追根溯源,这些为匪者或好吃懒做,或秉性使然,或贫困所迫,或逼上梁山。尽管他们出身不同,性情各异,可在人们的眼里他们都不是善良之辈。②

从上面的文字我们可以看到:其一,土匪抢劫过贺家;其二,在贺绪林眼中,土匪都不是良善之辈。但在贺绪林的具体作品中,土匪身体

---

① 贺绪林:《马家寨》,太白文艺出版社2007年版,第1—2页。
② 贺绪林的微博,网址:http://www.sohu.com/a/156797560_712239.

健壮,能力超强,对土匪的描绘都是一些赞赏性的修辞,作者在描绘这一切的时候极富想象力,充满欣赏之情。形成这种矛盾的原因是贺绪林心中的"残疾"情结。

贺绪林回忆自己身体残疾之前的形象时,总是喜欢用"威武""男子汉""健康"这些字眼,如"那张照片上的我很是威武""这是我那时候最漂亮的男子汉形象"①"每每打开影集,寻不见我昔日健康的风采,唯有一张高中毕业全班合影照,我心中顿有一股失落感"②。贺绪林特别喜欢看足球,他说,其实,谁胜谁负他并不在意,"在我的眼中只有那一双双健美结实、充满力度的腿和那小小的球。我的整个身心都随着那双双健美结实、充满力度的腿在突奔,随着那球儿在腾飞。此时此刻,我获得了健康,获得了男子汉应有的胆魄勇气和雄姿。"③喜欢足球是因为喜欢球员有力量的腿和自由奔放的生活。

贺绪林始终将侍奉母亲与身体健壮联系在一起。贺绪林希望自己能以强健的体魄赡养老母,他回忆高中毕业时的愿望:"我成人了,有健康的身躯、有力的双臂、使不完的力气。奉养妈妈的重担我完全承担得起。"④ 17岁时父亲病逝,母亲吃尽苦难才将他供到高中毕业,母亲自从嫁给父亲就因各种原因未能回过娘家,其父去世后,他在心中暗暗发誓,一定要让母亲风风光光回一次娘家,他相信自己有这个能力。可老天爷偏偏不照顾他,高中毕业后的第一年,一场飞来的横祸夺取了他的健康。外祖父去世时,母亲守在他的病床边不能回家奔丧,他一直觉得对不起外祖父和母亲。显然,贺绪林把不能侍奉母亲归罪于残疾,由此更加渴望健壮的身体。

贺绪林时常回想起身体健康的那些日子,"我也时常发呆地望着那树,回想着健康、活蹦乱跳的日子"⑤。他特别喜欢回忆身体健康时自己用力气自由潇洒做的每一件事,如盘炕,对盘炕的过程、细节以及结果记叙详细,充满自豪感;盘炕结束,母亲点着火,柴火呼呼地烧,炕面不漏烟,烟道也不倒烟,很畅通,母亲一张脸笑成了菊花,"夸我:'我娃本事大,盘的炕比你爹强,一点儿烟都不漏'"⑥。每当回忆起自己身

---

① 贺绪林:《影集的遗憾》,《贺绪林作品精选》,华夏出版社2016年版,第118页。
② 贺绪林:《影集的遗憾》,《贺绪林作品精选》,华夏出版社2016年版,第120页。
③ 贺绪林:《足球随笔》,《贺绪林作品精选》,华夏出版社2016年版,第161页。
④ 贺绪林:《唱给母亲的歌》,《贺绪林作品精选》,华夏出版社2016年版,第18页。
⑤ 贺绪林:《祭树》,《贺绪林作品精选》,华夏出版社2016年版,第149页。
⑥ 贺绪林:《故乡记忆》,《贺绪林作品精选》,华夏出版社2016年版,第72页。

体健壮时完成的事情，他就十分欣然，特别兴奋，"我们一伙娃娃在碾盘上扇四角，那个响声听着像摔炮，用现在的时髦语言形容：倍儿爽！"①贺绪林写了《当了一回强盗》《偷粪》《偷苜蓿》，这些散文专门写少年时代自己的"偷盗"行为、贺绪林肯定不赞成偷盗行为，他之所以特别喜欢回忆少年时代这些经历，是"回想往事，虽然荒唐可笑，却令人感慨万端"。这种感慨就是"偷盗"中包含的野性的生命活力与激荡的生活状态的失去。他"最喜欢午饭后城门洞的一段时光"，因为"那时我犹如小马驹一般顽皮，终日欢蹦乱跳"。②"一个愣小子戴着柳条编的帽子，骑在石碾的碴子上，一手把着石碾桩子，一手拿着柳条抽着碴子，嘴里喊着'驾！驾！'，俨然一位大将军。一伙小家伙围着碾盘大呼小叫地喊着，给他助威"，接着贺绪林说，"骑在石碾子上的愣小子就是我。当然了，您想看到这一幕，得倒退回几十年去"。③自豪得意之中透露出的是怅惘。

现实生活中，贺绪林有生存与发展的各种切身需求，但现实的身体条件又限制着他的需求的实现，心理的诉求带来心理的失衡，于是他将此在的心理失衡转换至文学构思与创造中。阿德勒认为，当人们因生理或心理问题感到受挫，便会不自觉用其他方式（或在其他领域）来弥补这种缺陷，缓解焦虑，减轻内心不安。贺绪林赋予土匪、刀客以超强的生存能力，赋予他们雄健的体魄，便是通过这样的方式弥补自身的缺陷，借文学的想象满足内心的需求。贺绪林式的土匪书写实际上是贺绪林对力量的崇拜，对剽悍、顽强和自由不羁的生活方式的向往，是对自由生命的渴望，也是对残疾身体的补偿性幻想。作为生命的本体，身体从来就不是一个单纯的生理现实，作品中人物形象的身体既是个体生命存活的血肉之躯，也是作者情感取向的产物。理性上贺绪林对土匪并无好感，但为什么对土匪、刀客的能力和外形的修辞却充满褒扬，因为贺绪林在他们身上寄托着对健康的渴望，是缺失性心理的补偿。这也能够解释为什么贺绪林的作品中，"关中枭雄系列"写得最好，因为这类题材易于满足他潜在的心理需求，易于与他的生命形成互为阐释的关系，本质上融进了他的生命感受和感觉态度，因而文本有种一气呵成、激情荡漾的畅快。

贺绪林本人也意识到他对得不到的东西特别渴望，如登山，"自伤残

---

① 贺绪林：《故乡记忆》，《贺绪林作品精选》，华夏出版社2016年版，第81页。
② 贺绪林：《故乡记忆》，《贺绪林作品精选》，华夏出版社2016年版，第68页。
③ 贺绪林：《故乡记忆》，《贺绪林作品精选》，华夏出版社2016年版，第80页。

了双腿之后，我从未登过山，因此，对山我一直情有独钟，做梦也想登一回山"①。贺绪林自己也意识到可以通过想象弥补不足，他说"因了没钱，便爱做有钱的梦。在梦里，一大捆钞票从天上掉下来，砸了我一个跟头。我顾不得疼痛一抱把钞票搂在怀里"，"还是因为没有钱，我便很爱钱"。②贺绪林还喜欢冥想，"残腿限制了我的自由，没有山高水远的生活，终日在家中，最怕的就是寂寞和孤独"。如何排遣孤独呢，让自己静静地躺在床上，闭上眼睛假寐，回忆童年的生活，"回想少年时与同学同床共读，闲时激扬文字，指点江山，挥斥方遒"的那股豪情，"渐渐地，你会感到孤独寂寞离你远去，你不再烦躁心焦，心情平和下来，身心俱宁"。③但贺绪林未必意识到他的经历已经成为一种无意识潜藏于心，并在创作中倾泻而出。

21岁，是一个人生命最灿烂的时期，但对贺绪林来说，却是生命的困顿期。当生活变得破碎不堪的时候，他通过文学叙事重新找回自己的生命感觉，重返自己的生活想象空间，重拾被生活中的无常抹去的自我。每一次的创作都是贺绪林自我心路历程的遨游，是他潜意识的流露。也正因为如此，土匪、刀客这个带有地域特色的话题呈现在贺绪林的文本中，就有了此前的各种相同题材所未曾有过的那种体验性与生命意味。

2. 史铁生

史铁生说，写作就像自语，就像冥思、梦想、祈祷，是人的现实之外的一份自由和期盼。④史铁生对强健身体的冥思、梦想和期盼，通过两个方面体现出来。

（1）对足球、长跑和舞蹈的倾力描绘。

史铁生作品中有一个比较突出的现象，那就是时常出现对与腿有关的足球、长跑和舞蹈等活动的叙述。他笔下的人物对足球、长跑和舞蹈有着特别的迷恋之情。有的作品以足球为核心内容进行铺陈描述，如《足球》。即使是写其他内容，史铁生也尽可能地穿插一点足球运动，如《山顶上的传说》，他和她分别时，街上孩子们在踢足球，撞得山墙砰砰直响。在《足球》中，山子和小刚都是足球迷，八月里最热的一天，距

---

① 贺绪林：《翠峰山踏青》，《贺绪林作品精选》，华夏出版社2016年版，第262页。
② 贺绪林：《清贫度生涯》，《贺绪林作品精选》，华夏出版社2016年版，第144页。
③ 贺绪林：《面对孤独》，《贺绪林作品精选》，华夏出版社2016年版，第159页。
④ 史铁生：《给李健鸣（1）》，《史铁生作品全编》第7卷，人民文学出版社2017年版，第227页。

离球赛还有两个多小时，山子和小刚就在太阳底下拼命地摇着手摇车去看球赛。在去球场的路上，他们不知道是否能再买到一张票，也不知道看门人能否让他们进去，更不知道看台是台阶还是斜坡，手摇车是否能够上去，但为了圆自己的梦想，他们愿意去赌一把。他们很希望下辈子过把踢球瘾。山子梦见自己在踢足球："跑得好累呀，突然眼前豁然开朗，看见了一片绿色的草坪。不，不，不，是一片辽阔的草原，他自己正在那踢球。踢得可真不错，盘带，过人，连着过了几个后卫，又过了守门员，直接把球带进了大门。他笑着在草原上奔跑……"①

《我之舞》中"跳舞"的意象贯穿始终，小说开篇就介绍，老孟的腿是年轻时跳舞跳坏的，眼睛是因为后来跳不成舞急瞎的。小说结尾说，老孟喜欢的那位女性带来一辆能够跳舞的轮椅，老孟便和她一起从黄昏跳到半夜，从半夜跳到天明，从天明跳到晌午，从晌午跳到日落，老孟用尽所有的力气，人死了，轮椅依然驮着他翩翩而舞。老孟醉酒之后说的话也离不开跳舞，天上地下的人都举着火把跳舞，古园中逝去的那两个人一直都在跳舞，不可能停下来。贯穿小说情节的是对古园中一对逝去男女的猜测，路说的"他们跳得一塌糊涂"②的话反复出现在作品中。路也总是呆呆地梦想着跳舞，最后不知路去哪儿跳舞了。《我与地坛》最后的结语是："宇宙以其不息的欲望将一个歌舞炼为永恒。这欲望有怎样一个人间的姓名，大可忽略不计。"③连轮椅的转动，史铁生都感觉是舞蹈，《务虚笔记》中C"转动轮椅的手柄，轮椅前进、后退、旋转……像是舞蹈"④。《关于一部电影作舞台背景的戏剧之设想》中，沉睡的A"白日梦游"的内容也是一群少女在舞蹈。

史铁生不仅正面描绘足球、长跑和舞蹈的活动场面，还写出了足球、长跑和舞蹈的神秘力量。1996年，《天涯》杂志改版首期，史铁生为其撰文，文章的标题就叫《足球内外》。在这篇文章中，史铁生说："如果我是外星人，我选择足球来了解地球的人类。如果我从天外来，我最先

---

① 史铁生：《足球》，《史铁生作品全编》第3卷，人民文学出版社2017年版，第257—258页。

② 史铁生：《我之舞》，《史铁生作品全编》第4卷，人民文学出版社2017年版，第169页。

③ 史铁生：《我与地坛》，《史铁生作品全编》第6卷，人民文学出版社2017年版，第53页。

④ 史铁生：《务虚笔记》，《史铁生作品全编》第1卷，人民文学出版社2017年版，第354页。

要去看足球,它浓缩着地上人间的所有消息。"① 《〈务虚笔记〉备忘》中,"我"所献的计谋就是让那个可怕的孩子踢一回真正的足球,本来不是出于真诚而是出于计谋,不是出于友谊而是出于讨好,但随着踢球的进程,"我"和那个孩子成了真诚的朋友。足球能使身体孱弱的人也有一股拼搏的狠劲,"他的身体甚至可以说是孱弱,但一踢起球来他比谁都勇猛,他作前锋他敢与任何大个子冲撞,他守大门他敢在满是砂砾的地上扑滚,被撞倒了或身上被划破了他一声不吭专心致志在那只球上,仿佛世界上再没有其他东西"②。

史铁生笔下的人物是天生的长跑运动员,长跑和爱情总是结合在一起。《老屋小记》中的 K 是一个天才长跑家,从未受过正规训练,就凭着身体和梦想每天都跑两三万米,年年的"春节环城赛"都捧着一个奖杯或奖状回来,还因为长跑收获了爱情。《务虚笔记》中,男性以健美的双腿跑步来追求女性,女性以美丽的双腿吸引男性。双腿与爱情紧密相连。L 被 T 吸引,是因为"她打呵欠的当儿睡裙吊上去,年轻的双腿又长又美光彩照人,一样有水波荡漾的光影"③。HJ 被 T 吸引,也是因为美丽的腿,"她一只脚踏着节拍,美丽的双腿上也有水波荡漾的光影"④。HJ 为了接近心爱的女孩,以锻炼的名义朝着 T 所在的方向长跑,从少年跑到青年,只中断过 3 天,最后 HJ 与 T 终成眷属。C 想去看看自己心爱的女孩,想出的"一条掩人耳目的妙计,那必定也是:长跑","以锻炼身体的名义长跑,朝着少年恋人的方向"⑤,晨风与朝阳,满怀希望地跑。舞蹈也与爱情相联系,《我的丁一之旅》中,"我"首次被阿秋吸引就是阿秋舞蹈的优雅与舞姿的优美,"我"到丁一的头一场梦便是阿秋跳舞,一个素白衣裙的女子自始至终在跳舞,轻得像风。从此以后,这个女性便频频入梦,骚扰"我"。除了梦见阿秋跳舞,"我"还梦见了狂舞的人群。《我之舞》中,路、老孟等残疾人在跳舞中超越宿命。史铁生

---

① 史铁生:《足球内外》,《史铁生作品全编》第 6 卷,人民文学出版社 2017 年版,第 277 页。

② 史铁生:《务虚笔记》,《史铁生作品全编》第 1 卷,人民文学出版社 2017 年版,第 87 页。

③ 史铁生:《务虚笔记》,《史铁生作品全编》第 1 卷,人民文学出版社 2017 年版,第 165 页。

④ 史铁生:《务虚笔记》,《史铁生作品全编》第 1 卷,人民文学出版社 2017 年版,第 320 页。

⑤ 史铁生:《务虚笔记》,《史铁生作品全编》第 1 卷,人民文学出版社 2017 年版,第 350 页。

还让舞蹈赋予死亡以浪漫,《原罪》中,瘫痪在床的十叔想象着星星在跳舞,老鼠在跳舞。阳光罩住木床,十叔的灵魂在阳光中飞舞,死去的仅仅是他的肉体。《一种谜语的几种简单的猜法》中女医生在自杀之前,独自跳了一回舞,身体缓缓旋转,长发铺开,胸腹收展屈伸,两臂张扬起落,双腿漫步轻移,浑身轻灵而紧实的肌肤飘然滚动,柔韧无声。这个场景在《务虚笔记》中亦有重复。跳舞作为与世间最后的告别,使死亡蒙上了一层审美化的意蕴。

史铁生之所以在作品中着重描写足球、长跑和舞蹈,并将其作用神秘化,首先是因为足球、长跑、舞蹈成为史铁生双腿残疾的心理补偿代码。正如史铁生在《我的梦想》中所说,也许是因为人缺了什么就更喜欢什么吧。史铁生 21 岁时被朋友们抬出了医院,没有死,但双腿再不能行走,只能以轮椅为伴。双腿失去自由,就更喜欢在创作中想象双腿的活动,以此得到心理补偿。其次,足球、长跑是一种力量的运动,舞蹈是一门人体的艺术,人体在不同关节的扭动中实现激情的释放,无论足球、长跑还是舞蹈,都是旺盛的精力和强健的体魄的展现,对此进行描绘,让史铁生在内心突破自身,"奔跑,冲撞,像炮弹一样的远射,凌空横扫,抱成一团,滚成一堆……唉,那样今天晚上就能好过一点,好像是自己在球场上跑,摔倒了又蹿起来,鱼跃冲顶,在草坪边跪下滑出很远,冲观众台上挥舞着拳头笑"[①]。奔跑、冲撞、远射、抱成一团、滚成一堆、摔倒、蹿起来、跪下、滑出、挥舞拳头,描写这一系列的运动的时候,仿佛史铁生就在做这样的运动,史铁生在这种活动的描写中完成了一场精神的狂欢。

史铁生自身残疾,但并不喜欢残疾人运动会,他仍然执着于观赏由健全的身体完成的体育项目,他非常羡慕身体健康的体育运动员,尤其羡慕美国田径运动员刘易斯:"他身高一米八八,肩宽腿长,像一头黑色的猎豹,随便一跑就是十秒以内,随便一跳就在八米开外,而且在最重要的比赛中他的动作也是那么舒展、轻捷、富于韵律。"[②] 他的好朋友李燕琨是一位长跑家,他多次撰文赞美李燕琨,他的小说中也出现过以李燕琨为原型的人物形象。这一现象同样可以通过心理补偿理论来解释:观赏健康身体完成体育项目满足了自己对健康身体的想象,在现实身体

---

① 史铁生:《足球》,《史铁生作品全编》第 3 卷,人民文学出版社 2017 年版,第 257 页。
② 史铁生:《我的梦想》,《史铁生作品全编》第 6 卷,人民文学出版社 2017 年版,第 14 页。

的不自由中获得想象中身体的自由，达到内心的满足。

(2) 突显强健身体的生命活力。

史铁生很看重人物形象的生命活力。在史铁生的作品中，从孩子到老年人都发散着无比绚烂的生命之光，即使残疾小孩都有一股生命的硬劲儿。《来到人间》中的残疾小女孩，为了规避幼儿园小朋友对她的嘲笑，无论父母怎样劝导，就是不服从父母的"强权"，从母亲怀里挣脱出来，跑回家，把自己关在厕所里，父母怎么喊都不开门。《插队的故事》中的栓儿能吃能喝能出力，饭量全村第二，个子不高，却很壮，膀阔腰圆，小腿肚子上的肌肉隆起来像一盏灯笼。为了打捞一根合抱粗的大圆木，他攀住圆木，任浪头挟裹着，摔打着，漂了几十里也没将那根圆木放开。

在史铁生笔下，生命活力既不会随着时间的流逝而削弱，也不会因性别而出现差异，更不会因身体的残疾而消失，一切只关乎人对生命的渴望。《小说三篇》中的两位老人已经显示出岁月留下的痕迹，依然生机勃勃地背着重重的行囊寻找昔日的足迹。有时两个重重的行囊由男人提着，有时又由女人拎起。挤公交时两位老人不慎走散，已经坐了几站的女人下车后，步行走回他们最初乘车的地方，而男人为了寻找女人走了五六个公交站，但依然保持强壮的体力，居然不乘坐公交车而是徒步走完这座城市。两位老人在一天的时间内绕遍了整座城市，不停地寻找彼此，他们以超出常人的认知，以鲜活的生气，找到了记忆中的地方。小说中描写他们喝汤："喝得冒汗，喝得脸上大放光彩，隔着升腾的热气看对方，看见对方和自己一样喝得贪婪，不免忍俊不禁险些把嘴里的东西漏到地上，然后神情又转而肃穆，深情而且响亮。"①"脸上大放光彩""升腾的热气""喝得贪婪""响亮"，两位老人喝汤喝出了青年人的活力。

因为史铁生看重的是生命的活力，所以对女性身体的赞美也是从充满生命活力的角度进行描写。在《务虚笔记》中，史铁生写道，史无前例的那场革命风暴中，一群懵懂无知的青春少女纷纷抛弃了漂亮的衣裙，她们日益动人的身体被藏进肥肥大大的旧军装，隐去了女性原有的美丽，让诗人L失望。但L很快发现了这一群女性的另外一种美，腰间皮带扎得紧紧的，使正在膨胀着的女性的胸围、臀围凸显，"她们光彩照人的容颜和耸落摇荡的身体，傲慢地肆无忌惮地在诗人眼前跳跃，进入阳光，

---

① 史铁生：《小说三篇》，《史铁生作品全编》第5卷，人民文学出版社2017年版，第19页。

进入绿荫,进入梦境"①。虽然飘逸的长发一夜消失,但齐刷刷的短发挺拔秀美,"美丽的短发飘扬,美丽的肩膀攒动,美丽的胸脯起伏"②,少女吸引男性的是其鲜活奔放的活力,而不是外在的服饰。《我的丁一之旅》中,丁一看重的是女性"那么自由、舒展、蓬勃"③。所以,虽然泠泠挺然、傲慢,却强烈地吸引了丁一的注意力,"哦,丰腴盈满的胸、腰、臀一线"④。写萨的身体:"月光和风,把树影摇荡在萨健美的躯体上,摇荡在萨颤翘的胸和颀长的腿上,摇荡在萨丰腴的臀和她羞赧的面颊上……"⑤小说中萨的身体是健美的,因为臀部的丰腴,丁一赞叹道"萨,你的屁股好美呀!"⑥史铁生尤其赞美女性健康的裸体,女孩的身体带有"一丛新鲜挺秀、蓬勃、柔韧而又坚实的光芒"⑦。他认为,女性"健康茁壮的双臀难道不应该放她们出来栉风沐雨么?"⑧M虽然穿着父亲宽大又黯淡的工作服,也难掩处处流溢着的诱惑,因为虽然粗茶淡饭,但M"青春的到来再使之丰满、流畅"⑨。所以"脱去精心设计的衣装那才是真正的美丽,每一处肌肤的滚动、每一块隐约的骨骼、每一缕茂盛的毛发那都是自然无与伦比的创造,矫饰的衣装脱落之时美丽才除净了污垢,摆脱了束缚,那明朗和幽暗,起伏、曲回、折皱,处处都埋藏着叫喊……人体这精密的构造,自在地伸展、扭摆、喘息、随心所欲,每一根发梢都在跳跃,这才是真正的舞蹈"⑩。她们的身体"有温度,有弹

---

① 史铁生:《务虚笔记》,《史铁生作品全编》第1卷,人民文学出版社2017年版,第135—136页。
② 史铁生:《务虚笔记》,《史铁生作品全编》第1卷,人民文学出版社2017年版,第136页。
③ 史铁生:《我的丁一之旅》,《史铁生作品全编》第2卷,人民文学出版社2017年版,第136页。
④ 史铁生:《我的丁一之旅》,《史铁生作品全编》第2卷,人民文学出版社2017年版,第209页。
⑤ 史铁生:《我的丁一之旅》,《史铁生作品全编》第2卷,人民文学出版社2017年版,第332页。
⑥ 史铁生:《我的丁一之旅》,《史铁生作品全编》第2卷,人民文学出版社2017年版,第332页。
⑦ 史铁生:《务虚笔记》,《史铁生作品全编》第1卷,人民文学出版社2017年版,第221页。
⑧ 史铁生:《务虚笔记》,《史铁生作品全编》第1卷,人民文学出版社2017年版,第222页。
⑨ 史铁生:《务虚笔记》,《史铁生作品全编》第1卷,人民文学出版社2017年版,第315页。
⑩ 史铁生:《务虚笔记》,《史铁生作品全编》第1卷,人民文学出版社2017年版,第157页。

性，有硌痕，有汗，是血肉"①。有着丰满的生命的涌动……史铁生笔下，年轻女人的身体如水一般灵动，如山一般坚挺。史铁生对女性双腿的修饰词往往与修长、健美联系在一起，"这样两条颀长而不能安稳的腿"②，"修长的双腿绞在一起"③。

  从儿童生命的硬劲儿到老年人的活力，从正常人的健壮到残疾人的拼劲儿，史铁生在创作中叙述了人充满生命活力的一生。显然，这种完美的身体状态是史铁生在创作中赋予人物身体的一种理想的状态。现实中，史铁生本人的身体是日趋恶化的，理想化的状态与现实生活的真实状态形成天壤之别。作品中对身体的理想化描写一方面体现出史铁生对自己身体缺陷的无奈和悲哀，另一方面也是史铁生心理需求的体现。史铁生在青春年少时突然残疾，失去了实现梦想的可能，对健硕身体的描绘是为了补偿自己所缺失的，是为了在对象化中看到自己所需要的。在《夏天的玫瑰》中，卖风车的残疾老头十分喜欢一头青铜牛，"牛的高高隆起的肩峰一直吸引着他。吸引他的还有牛的四条结实的腿和牛的向前冲去的姿势"④，"牛身上每一块绷紧的肌肉都流露出勃勃的生气和力量，每一条胀鼓的血管都充满了固执和自信，每一根鲜明的骨头都显示着野性的凶猛"⑤。老人喜欢这头牛的第一个原因是牛很健壮，"他又摸摸牛的四条健壮的腿。'真壮！'他赞叹地摇摇头，'妈的，这家伙'"⑥。这里采用白描的手法，将老人喜欢牛的心态展露无遗，"真壮"这两个字将老人的歆羡之情完全表现出来了，"妈的，这家伙"，这句话的潜在意思就是，"这家伙比我还厉害，羡慕啊"。老人从牛的健壮看到了自己的过去，他常常回忆自己残疾之前，两条粗壮的小腿全是见棱见角的疙瘩肉。老人喜欢这头牛的第二个原因是，牛能自由行动，所向披靡，没有劲敌——"吸引他的还有那对犄角，像一张弓，尖利的两端向前弯去，向

---

  ① 史铁生：《务虚笔记》，《史铁生作品全编》第1卷，人民文学出版社2017年版，第222页。

  ② 史铁生：《第一人称》，《史铁生作品全编》第5卷，人民文学出版社2017年版，第72页。

  ③ 史铁生：《中篇1或短篇4》，《史铁生作品全编》第5卷，人民文学出版社2017年版，第115页。

  ④ 史铁生：《夏天的玫瑰》，《史铁生作品全编》第3卷，人民文学出版社2017年版，第130页。

  ⑤ 史铁生：《夏天的玫瑰》，《史铁生作品全编》第3卷，人民文学出版社2017年版，第133页。

  ⑥ 史铁生：《夏天的玫瑰》，《史铁生作品全编》第3卷，人民文学出版社2017年版，第132页。

前直冲。'真横！'老头儿握住牛的犄角，'老虎又怎么着？老虎也未必经得住它这一下子。'"① 这头牛承载着残疾老人的自由理想，他每夜做梦都会梦到这只"青铜的公牛，梦见它在荒野上横冲直撞，冲散了狼群，撞到了老虎，踏烂了毒蛇和鳄鱼，牛的青铜的盔甲闪着威严的光，洪亮的叫声像是吹响的铜号……"② 与青铜牛相反的是，残疾老人梦见自己失去了腿，独自在一片荒野上爬，前面是狼，后面是老虎，左边是蛇，右边是鳄鱼。残疾老人的这种心情是史铁生本人心情的一种真实写照。青铜牛象征着力量与自由，既是残疾老人的精神寄托，也是史铁生的精神寄托。我们可以将小说中的残疾老人看作史铁生，健壮、自由的青铜牛是史铁生笔下健壮的人物形象的一个补充，残疾老人通过青铜牛获得的满足正是史铁生通过笔下的人物形象获得的满足。

文本中充满生机与活力的身体描绘是史铁生想象的产物，通过这种想象，史铁生实现了从心理层面对自身的生理缺陷的弥补。

与史铁生对运动尤其是对足球运动的喜爱一样，张海迪也喜欢观看体育运动，如长跑、跳远、跨栏、跳高等，凡是能够展示腿部力量的运动，张海迪都喜欢，尤其喜欢排球，认为排球给人一种形体和力量的综合美感，排球运动员有强健的腰腿肌肉，起跳时好像身轻如燕，能在原地倏然跃起，身体高高地离开地面。张海迪特别喜欢排球运动员跳发球的姿势："我真希望自己是健康的，我很想跳发球。"③ 现实中张海迪无法完成与腿有关的运动，于是她在作品中通过想象进行精神补偿。张海迪在《绝顶》中让她的主人公们执着于爬山探险，一次次向梅里雪山发动进攻，执着地走在攀登的路上，直到永远躺在雪山深处，依然保持着登山的姿势。显然，登山的经历对于轮椅上的张海迪来说是一个永远也不可能实现的梦想，然而，张海迪通过文学创作的想象，将自己残疾的身体修复完整，让自己的躯体重新站立起来，使萎缩的肌体重新丰满，让布满斑痕的皮肤变得光滑。文学创作中的弥补性想象给予张海迪走向生活的信心。现实生活中，张海迪也时常通过冥想，来弥补身体的缺陷。她第一次参加共青团的代表大会时，会议主持人宣布全体起立，奏国歌。其他人站起来的那一刻，她不知所措，微微发抖，接着镇定下来，在冥

---

① 史铁生：《夏天的玫瑰》，《史铁生作品全编》第3卷，人民文学出版社2017年版，第132页。

② 史铁生：《夏天的玫瑰》，《史铁生作品全编》第3卷，人民文学出版社2017年版，第134页。

③ 张海迪：《想发球》，《张海迪作品精选》，华夏出版社2008年版，第168页。

想中让自己站立起来，跟其他人一起高唱国歌。

与此类似的还有其他残疾人作家，比如陈村和车前子。陈村在《弯人自述》中说，不知道为什么，他在梦里经常奔跑、跳跃，常常当上足球运动员，脚上功夫当然杰出，头球也十分了得，醒来之后，不知身在何处。陈村十分崇拜海明威，向往海明威的世界，因为海明威是力与阳刚之气的象征。陈村在《新民晚报》1997年12月26日第12版上撰文指出，海明威的世界是一个男人无法拒绝的世界，海明威象征着力和阳刚。在陈村看来，海明威不是无可挑剔的，海明威的内心很柔软很忧郁，对女性妩媚，甚至温情敏感。但海明威又是男性化的，他对力敏感。他经历了许多失败，还在说人可以失败但不能被打垮。陈村说，海明威生错了时代，时代让他感到迷惘，但他还是昂着头说，太阳照常升起。在陈村的心中，海明威是典型的男人。他爱好阳光、大海，喜欢行动，他好胜，勇于表现自己的情绪。后来，当海明威对自己不满意了，他把自己当成猎物，一"枪"勾销。这个"打猎"的结局最终完成了海明威的阳刚形象。陈村认为，作为一个男人，做到海明威的程度便已经做绝了。对海明威的男性气质的崇拜正是陈村对自己佝偻的一种不满，进而通过对海明威的想象取得一种心理补偿。车前子也在足球的世界寻找内心的平衡，在《日常生活——一个拐腿的人也想踢一场足球》中，他想结婚，因为结婚之后可以生一个儿子，若干年之后，儿子飞奔在足球场上，就像他自己飞奔在足球场。儿子就像他一样，将无数的球射进球门。通过对儿子踢球的想象弥补自己不能踢球的遗憾。据研究者的统计，车前子的诗中有许多鸟的意象[①]，而且主要描写鸟在空中的自由飞舞。不论车前子是有意识地大量写鸟还是无意识地大量写鸟，都透露出一种潜在心理，在鸟的自由翱翔中实现他自由飞翔的梦想。生活的不幸使他不能像双腿正常的人那样自由行动，就通过想象鸟的自由飞翔完成自己的梦想。

美国精神分析学家卡伦·霍尔奈指出，为补偿软弱感、无价值感和缺陷感，人生中的不得意者往往会借助想象的翅膀创造出"理想化"的自我，认为自己具有极高的天赋和无限的力量。"这种理想化自我比他真正的自我更为真实，这不仅仅因为这理想化自我更吸引人，而且是因为它能满足他的所有迫切需求……这成了他看待自己的前景、测量自己的

[①] 参见小新、兆军：《踏"纸梯"通过"圆顶教堂"——谈车前子的诗歌创作》，《华侨大学学报》（哲学社会科学版）1993年第2期。

标杆。"① 作家沉溺于其中的想象世界，能够唤起一种居高临下的精神优越感，或者使作家体味到人生的某种深广的悲剧意义，不自觉地淡泊狂躁亢奋的激情。残疾人作家塑造的男女"硬汉"形象强大、丰盈，具有神化能力，在很大程度上是作家自我理想化的形象。男女"硬汉"形象的塑造也在重塑残疾人作家的心理和情感。对这种形象的钦慕之情，不仅能够唤起残疾人作家的精神优越感，还能对他们起到鼓舞的作用，唤起对抗身体疾患的力量。阿德勒说过，"只要心灵找出了克服困难的正确技术，有缺陷的器官即能成为重大利益的来源"②。荣格说过一句让人很费解的话："不是歌德创造了《浮士德》，而是《浮士德》创造了歌德。"③ 借用荣格的这句经典，我们可以说，不是残疾人作家创作了文学，而是文学塑造了残疾人作家。文学创作弥补了他们现实生活中的缺陷，重塑了他们的人格力量。

（二）对性行为的想象

在叙事类作品中，男性残疾人作家比较突出的特点是进行了大量的性行为想象性描写，且对此有大肆铺张之嫌。贺绪林的《马家寨》写的是恩怨情仇，但作品中描绘的是"性英雄"形象，作品炫耀男主人公性器官的硕大，给女性带来极度的满足感。周洪明喜欢写爱情诗，在小说《坠落与升腾》中，多次对两性间的性爱过程做完整而细致的描绘。女性残疾人作家在这方面显得内敛、含蓄一些，很少有直接的性行为描写。

1. 对与性行为相关的事情的想象

比如《马家寨》中对治疗性无能的药方极富想象力。马天寿受到酷刑，酷刑给他带来的后果是性无能。而后来治好马天寿性无能的药方是金大先生开的秘方：几个叫不出名的药丸，一条公狗的狗肾狗鞭和着几样中药炖煮几小时，连肉带汤吃上半个月，有了效果千万不要碰女人，要继续调养用药。之后，又增添驴鞭驴肾。马天寿照此药方行事，果然见效。这个药方，没有任何现代药理依据，只是作者依据民间传说自我想象而成。

---

① [美] 卡伦·霍妮：《神经症与人性的成长：为自我实现而奋斗》，徐光兴主编，陈超然、卢光莉译，上海锦绣文章出版社2008年版，第6页。
② [奥] A. 阿德勒：《自卑与超越》，黄国光译，作家出版社1986年版，第34页。
③ [瑞] 卡尔·古斯塔夫·荣格：《心理学与文学》，冯川、苏克译，译林出版社2011年版，第105页。

2. 将性行为的生理感受与其他事物相连接

《马家寨》中写马天寿酣畅淋漓的感觉就像他在驾驭着一匹温顺而又桀骜疯狂的马在无边无际的平川里纵横驰骋。清风染着绿色迎面拂来，月光洒着银灰飘落下来，从未有过的快意抚揉着他的全身，"他感到自己被胯下的马带着一直狂奔到快乐的山巅，再也抑制不住地颤抖着冲向温暖的海洋"①。"他再次感到身下的骏马驮负着他在无边无际的平川上欢快地驰骋，又似驾着一叶小舟在波浪中愉快地扬帆，清风染着绿色迎面拂来，愉悦着他的肉体和灵魂。"② 在这些叙述中，作者将女性想象成骏马，男性骑着骏马沐着春风在一望无际的平川奔腾。由于加入想象，他将性行为写得很富有诗意。《红颜无泪》中，佟新华和陈远第一次发生性行为，作者将佟新华的处女红想象成片片红蕊洒落在了洁白的毛巾上。《坠落与升腾》中对官治勇的性爱感受是这样描绘的：

> 步过正门，前面羊肠小道曲折蜿蜒，再往前行，有一片开阔田地。沿途流水潺潺、泉滴叮咚，似有仙乐飘曳。正在黑暗中左冲右突，突然雷鸣电闪、地动山摇。在那派激烈的厮杀中，他杀得兴起，大有不毁江山不罢休的味道。瞬间，大雨倾盆、溪河涨潮、大海波涛汹涌、拍击海岸。随着阵阵轰鸣、风清云定、山河肃穆。③

在上面这段文字描绘中，周洪明将男性在性行为中的感受与大自然相联系，如果不结合前文阅读，则看似在描绘自然现象。

残疾人作家在性行为的想象性叙事中，特别注重表现男性获得的征服感、畅快感和给女性带来的快乐。与男性的征服感、畅快感一致的是，他们的性行为想象总是和有力度的意象连在一起，比如高山、雷鸣电闪、大海、骏马奔驰、饿极了的野猪、飓风、火山爆发、岩浆等。这些意象共同的美学特征就是雄浑、挺拔，具有阳刚之气。使用这些意象表明残疾人作家理想中的男性就应该具有这样的性行为：热烈、顺畅、有爆发力。同时，在残疾人作家的这类描写中，女性都能获得极大的满足，这些作品中经常出现的一幅画面是，事后，女性满足地躺在男性宽厚结实的胸膛，尽情回味着刚才的愉悦。对于这样的特点，我们认为这与作者在现实生活中遭受

---

① 贺绪林：《马家寨》，太白文艺出版社 2007 年版，第179页。
② 贺绪林：《马家寨》，太白文艺出版社 2007 年版，第180页。
③ 周洪明：《坠落与升腾》，内蒙古人民出版社 2010 年版，第154页。

性失败，在与异性的交往中产生挫折感有极大的关系。现代医学研究表明，身体的残疾并没有消除残疾人的性功能，但现实生活中，残疾人的性行为存在一定的操作难度，性爱生活不尽如人意。另外，由于身体残疾，多数残疾人的爱情婚姻生活也不理想，而性爱生活和爱情生活又是人本能的、善的、美的需求，于是他们将这种需求转移到文学作品中以求得精神上的满足。从心理补偿的角度看，由于现实生活中缺少畅快的性生活，他们试图在创作中以这种幻想的方式找回"英雄"的征服感，排遣郁积心中的性无能感。在文学想象的世界里，残疾人作家借助性描写，对自己实施"英雄"疗救，通过想象实现现实中受挫的情爱需求。

现代心理学成果表明，个体内心情绪的排解释放可以通过补偿得以实现。在遭遇挫折之后，人会开启某些心理防卫机制，如潜抑作用，即将现实生活中一些不可能实现的念头、情感和行为不知不觉地压抑到潜意识中去，而这些潜意识却不知不觉地表现在日常生活中。还比如投射作用，将内心所想的欲望、态度转移到外部或其他人身上。现代心理学理论让我们看到，一个人的侵略行为可以通过在战争和武侠小说中的发泄得到满足，一个人的性爱欲求可以在爱情作品中得以宣泄，一个人追求至善至美的心理本性，可以通过唯美的表达得到满足。

残疾人作家在自传文学中也想象着无法得到的爱情生活，如于茗《化蛹成蝶》的最后一章。《化蛹成蝶》属于于茗的自传，她在最后一章"万类霜天竞自由"中加入了对爱情的想象：她在每天的晨练中偶遇一个和自己年龄相仿的帅哥。这个年轻的男子身上穿着一套白色运动装，脚上穿着一双耐克牌球鞋。弯弯的眉毛，宛如一轮新月，眼睛不大，却很迷人，鼻梁高高隆起，微笑起来让人感觉特别温暖。自从认识了他，她每天出去晨练之前，都要刻意打扮一番；也有一些心理矛盾，自己四肢残疾，吃饭喝水都不正常，与他恋爱只会伤害彼此，必须斩断对他的所有情丝。但又忍不住与他约会，幻想着有一些肢体接触，"不知不觉中，他已把我搂在胸前。我靠在他的胸前静静地倾听着他的话，心里涌动着潮水般的幸福"[①]。他的父母喜欢她，但绝对不同意她做他们的儿媳，两人只能分手。在这一章的幻想中，暴露出这样一些问题：①身体的残疾让残疾人不自信，但不自信中又包含着善良（不愿意自己连累他人）；②身体的残疾不会消除残疾人对爱情的渴望，而且对爱情的渴望还十分强烈；③爱情不是相爱双方的事，还涉及双方父母和亲朋好友，父母有

---

① 于茗：《化蛹成蝶》，吉林大学出版社2009年版，第163页。

可能成为残疾人恋爱中的最大阻力。

（三）对自己童年生活和其他的想象

如果说性爱的缺失在虚拟的世界里得到补足，那么童年生活的不愉快则在幻想的世界里得到超越。这可以解释残疾人作家作品的另一个突出现象，即对童年生活的诗意化表现。比如在《红麦穗》中，谢长江以农村为表现对象，但他笔下的农村不是暗室漏屋、贫穷落后、肮脏杂乱的生活空间，而是蓝天、白云、阳光、月光、小河的波光，充满清脆的鸟声、欢快的歌声、悦耳的风铃声、开心的欢笑声、朗朗的读书声、稚气的童谣声，到处都是绿地、麦地、小舟、梨花、油菜花、舒展双翅的神鸟、妩媚的女神、飞舞的蝴蝶、质朴的老农……一本《红麦穗》将故乡演绎成一个童话世界，谢长江成为生活在其间的快乐王子。在《红麦穗》中，故乡是美好的象征，"童年的时辰，梦的沃野，我生命的开始，诗歌的归宿"①。故乡是知识的殿堂，"山里的宁静，孕育着许多的思想"，"只要我踏上那片土地，声音的大门都会因为我的亲临而打开，久久回荡生活的天籁"②。故乡是自己的精神家园，他愿意回故乡寻找心灵的居所，故乡是自己前行的动力，"当我们再一次眺望远方的时候，仍然发现童年的乐音还在轻轻地，轻轻地流淌。将我们热爱生活的心浮成前行的红帆"③。故乡是心灵的抚慰剂，"这支响亮的乐曲飘起，悠长的旋律郁郁葱葱，无边无际，像绿色的风一遍又一遍抚慰我的心灵"④。谢长江祖祖辈辈生活在四川沐川海拔1500多米的高山地带，他的童年、少年和青年时代的生活是窘困的。谢长江能成为一个麦地神话的守望者，能将艰难幻化成美好，一个基本的解释是，他在虚拟的世界里消解痛苦，在幻想的世界里超越残疾。

在第一章第四节我们提到，残疾人作家在与他人的关系中总是表现人们向善的行为，将人们想象成至善至美的人。这本身也是对现实缺失的一种弥补性想象。不可否认，随着社会文明程度的提高，人们对残疾人越来越理解，越来越关爱。但是，对残疾人的嘲笑、蔑视依然存在，包括来自家人的轻蔑，比如杨嘉利在新闻采访的途中，常常遭到人们的讽刺，有几

---

① 谢长江：《红麦穗》，作家出版社2008年版，第137页。
② 谢长江：《红麦穗》，作家出版社2008年版，第138页。
③ 谢长江：《红麦穗》，作家出版社2008年版，第167页。
④ 谢长江：《红麦穗》，作家出版社2008年版，第142页。

次乘坐公交车都遭到阻挠,乘客和司机嫌他相貌丑陋,不让他上车。但残疾人作家在创作中总是遗忘那些令人伤心的伤害,而如实、放大、想象着人们对他们的关怀。杨嘉利在他的诗歌中总是歌颂着人们的友好。

  残疾人作家创作中的弥补性想象还体现在对生态环境的想象。张悉妮在《假如我是海伦》这部作品中,写她和父母刚到深圳,住在特力大厦,她是这样描绘周围的环境的:"整座城市,仿佛都在我们的脚底下了","小雨中依稀可以看见的还有大头山的山岭,山上的翠竹把山坡染成翠绿,青翠欲滴。想不到的风景啊!""窗子下面是美丽的洪湖公园,碧绿的草地上散落着三四个湖泊,如明镜般碎了,散落一地……湖里面隐约可见的有茂盛的植物","那是冬天仍然开花的微紫的睡莲","白鹭成群地飞过我家窗子,然后又游戏一样地向湖的中心冲去。好大的风车,在湖边还魂似的转动"①。从上面的摘要可以看出,张悉妮把居住的城市理想化为优美的、抒情写意的城市。张悉妮常常坐在她家窗外的一个小湖边幻想,她对湖的想象也很奇特。她想象湖是软的,也是硬的。她幻想着湖里一定有美丽的水晶宫,不然为什么湖那么美丽呢。她想象湖里面一定有很多很多秘密,不然为什么那么神秘呢。她幻想总有一天,她要到湖底去,去那美丽的水晶宫做客。张悉妮患有听力障碍,无法与人交流,她就这样孤独地坐在湖边望着湖水遐想。王心钢在残联工作,出于工作的原因,他做过一个统计,在残疾人群中,打电话最多的是盲人,发信息最多的则是聋人,为什么这样呢?盲人和聋人饱受沟通障碍之苦,最渴望了解外面的世界,时刻处于接收信息的状态,因此残疾人联合会一旦有什么活动,通知传得最快的往往是盲人和聋人。② 张悉妮由于听不到外界的声音,无法与人沟通,只能转回自己的内心,明白了这点,就不难理解为什么她望着一潭司空见惯的湖水都会产生那么多的联想。

  残疾人作家的作品中,对生活用具的想象也与身体的残疾有关。在《假如我能行走三天》中,张云成和他三哥聊自己想要的电动椅:"我要是要电动轮椅的话,我要声控的,我先把我的声音按照他(电动轮椅厂设计员)设计的词录下来,像'前进'啦'后退'啦什么的,录完给厂家邮去,他们把我的声音输入到电脑识别系统里,等电动轮椅生产出来它就只认我的声,别人咋说也不好使。"③ 张云成还设想要在电动轮椅上

---

① 张悉妮:《假如我是海伦》,人民文学出版社 2007 年版,第 214 页。
② 王心钢:《水滴》,花城出版社 2014 年版,第 91 页。
③ 张云成:《假如我能行走三天》,漓江出版社 2012 年版,第 43 页。

设计两把枪,"一个是高压射水枪,一个是子弹枪。射水枪能射 100 米远,要是有人在一边起哄,或骂咱,用石头打咱,就用水喷他们,这样还不伤他们;子弹枪呢,是用来打坏蛋的,当咱们看到坏人用刀捅人的时候,咱们就用这子弹枪,挂到最高档瞄准他们,好好教训他们"[①]。

缺少什么就特别希望得到什么,得不到就通过文学创作中的想象来弥补。在文学创作中,残疾人作家采用艺术的手段应对身体的遗憾,这是他们对付命运劫数、克服生存遗憾的方式。这里的想象也是作家梦想的另一种表现形式。这种想象的意义在于,在作品中为作者提供了一个美好的幻象之梦,作者沉醉其中,借以消除真实生活中的烦扰和残酷的事实,徜徉其间,快乐无比,这或许是残疾人作家喜欢文学创作的又一个重要因素。

二、差异性:生理器官的互补

人的某种器官受到损害后,其他器官可能会更发达,实现一定程度的互补。吴可彦说,"我 25 岁的时候完全失明,对比失明前和失明后,确实失明之后对文学更敏感,头脑中的画面可以更快地转化成语言,语言也更快地转化成脑中的画面,因为黑暗迫使我用语言来感知世界,在文学的世界里没有视力障碍,巴赫金说语言是一种感觉器官,对我来说,文学已经成为感觉器官的代偿"[②]。张悉妮说,"如果你问盲人:你能看见太阳吗?盲人必定说:能,我能!我能从各种各样的声音,从我的触觉和我对光和色彩的感受看见!所以,盲人的太阳必定更美!如果你问聋人:你能听见音乐吗?聋人必定说:能,我能!那是我对这个世界上最美丽的色彩、形象,最微小的光和影的感受,对人类最神秘的心灵的喜悦、愤怒与失望的体验","所以,聋人的音乐更好"[③]。但是,不同的感知方式对事物的认识和体验并不相同,比如在触觉世界里能感受到事物的形状、振动和温度,但无法辨别物体的色彩和声音。在视觉世界里,事物能呈现不同层次的色彩,人可以看到一个色彩多样化的世界。因而,生理器官的互补,造成不同类型的残疾人作家在叙事特征上的某些差异。

(一)有视力障碍的作家:次生性描写和原发性描写

盲人与世界的关联主要通过触觉、听觉、嗅觉和味觉来实现。生活

[①] 张云成:《假如我能行走三天》,漓江出版社 2012 年版,第 43—44 页。
[②] 吴可彦:《我的生命里终有光》,网址:https://www.sohu.com/a/438777851_475768。
[③] 张悉妮:《假如我是海伦》,人民文学出版社 2005 年版,第 8 页。

中，绝大部分人主要依靠视觉和听觉感知多姿多彩的世界。但是，感知世界是一个很复杂的认知过程，视觉和听觉只是知觉的一部分，感知世界不仅包括用眼看，还包括用耳听、用手摸、用脚踩、用鼻嗅、用舌尝等。人的各种知觉形式都有巨大的潜能。有视力障碍的人，可能听觉、触觉、嗅觉特别发达，他们能凭听觉触觉等其他知觉识别各种物体，甚至能觉察谈话人的心境。"盲人的听觉和触觉特别敏锐，超过一般普通人，他们可以利用听觉和触觉来代替视觉，'观察'周围的事物。有人说：盲人的眼睛虽然看不见，但是，他们满身都长着'眼'，这是有一定道理的。因为盲人全身的触觉部分特别敏锐，而手指的触觉更为敏锐。"[1] 病理生理学研究显示，专职感觉皮层的功能定位和区域分布并不是一成不变的，在一定的条件下感觉皮层之间会发生区域性的功能转移，这种情况在耳聋患者和双目失明的个体中非常普遍。用无创伤脑功能成像技术对盲人进行研究发现，双目失明不久的个体，大脑皮层视皮区处于一种类似失活的状态，但这种状态并没有维持很长时间，不久视皮层就可被听觉和触觉刺激激活，原先作为视皮层的区域逐渐参与听觉和触觉的信息处理，尽管没有进一步的证据表明这就是盲人较正常人有更好听觉的原因，但至少有理由认为有更多皮层参与，感觉信息的处理将更加精细化。[2] 因此，有视力障碍的作家用耳听、用手摸、用鼻嗅、用舌尝来感知世界。史光柱说，"走不了就换种走法，行不通就换个角度，审视决定方位，思路决定出路"[3]。于是他"从声音里能看出许多颜色，'是萤火虫忽闪忽闪的韵律/是碎银落在桌面的韵律/是荷蕊戏水的韵律/是稻子抽穗的韵律/还是花粉飘散的韵律/是火苗焚烧黑暗的韵律/是晨霞游在岭上的韵律/是嫩芽偷看世界的韵律/还是手指敲动蓝天的韵律/哦，都不是/是两岁的孩子吟诵童心的声音。'这就是从声音中看到的一片片颜色。在心静意静的时候，我还有听觉嗅觉触觉"[4]。史光柱双眼失明后，到深圳大学上学。大学毕业后，他到过祖国的南方、北方、城市、乡村。他去海南听涛，去贵州听瀑布，去西藏听雪，用其他的感官观察世界。庄大军说，"失明之后，我永远留在那个游戏里，靠听觉触觉嗅觉

---

[1] 吴厚德：《残疾人心理分析》，华夏出版社1987年版，第49页。
[2] 俞黎平：《多感觉整合效应及感觉皮层的跨模式可塑性》，《生物学教学》2006年第8期，第8页。
[3] 史光柱：《春天，我的春天》，华夏出版社2015年版，第124页。
[4] 史光柱：《春天，我的春天》，华夏出版社2015年版，第113页。

和第六感官,在茫茫的黑夜里摸索"①。"我不曾亲眼看见五颜六色,但我从人们的言谈中感受着色彩。有人说,血是红的,火也是红的,于是我便想,红色一定是温暖的、热烈的颜色;有人说,婚纱是白的,刀锋也是白的,于是我便想,白色一定是圣洁的、清凉的颜色。""我不曾亲眼欣赏奇花异草,但我却能嗅出青草的芬芳,鲜花的清香。每当我抚摸着茸茸的小草和开放的花朵时,便感受到那醉人的温馨,从心里升起一种甜丝丝的暖意。"②有视力障碍的作家在文学创作中,依然行走在大海、草原、山川、湖泊之中。双眼失明,他们用嗅觉去写海,去感受海风;双眼失明,他们用听觉写山,听松涛声,听山的回声,用手去触摸山;双眼失明,他们借助回忆,描摹往事,构思未来。特殊的感知世界的方式使视力有障碍的作家在创作中对空间、对人物的描写分为次生性描写和原发性描写。

1. 次生性描写

视力有障碍的作家的作品中,很大一部分内容是听别人描述的。听他人讲述故事,然后以此为题材进行创作,这并非视力有障碍的作家的专利。然而,与身体健全的作家不一样的是,后者更多听的是"故事",而前者不仅听"故事",还听他人讲景物、场景、人物的外貌。他们的文本中不乏景物、场景、人物描写甚至细节描写,而且还很生动、形象,而这一切都是通过听别人描绘,然后将他人描述的内容经过自我想象,再辅之以触觉、嗅觉、味觉,共同生发而成的错综复杂的图景。由于是听他人转述,所以是第二次生成,属于派生而出,我们将这些景物、场景和人物描写称为次生性描写。次生性描写中存在一个显性作者和一个隐性作者。文本的作者是显性作者,给作者讲述内容的人是隐性作者。

次生性的景物、场景和人物描写与讲述人的"讲述"紧密相关,深深烙上了讲述人的痕迹。曾令超在广州医治眼病,为了节省开支,只能简单吃一点饭菜。一位陌生的解放军为他们父子俩点了很多菜,这个陌生的解放军"眼睛大大的,眉毛很黑、很黑,脸像苹果一样红,鼻子很高,嘴唇蛮厚",而这一切是"儿子告诉我"的,"从儿子的叙述中可知,小郭是个英俊潇洒、憨厚和蔼的小伙子"③。在这里,从表面看是曾令超描绘解放军,实际上是他儿子在描绘解放军,而且,"大大的""很黑、

---

① 庄大军:《看不见的尽头还有爱》,中国盲文出版社 2015 年版,第 117 页。
② 刘津:《美神,我走近你》,《地平线的呼唤》,长春出版社 1994 年版,第 120 页。
③ 曾令超:《梅柳春光》,中国盲文出版社 2014 年版,第 196 页。

很黑""苹果一样红",这些语言也带着童真。曾令超是显性作者,他在作品中进行叙述,而实际上他讲的内容来源于他的儿子,他的儿子没有出现,但他儿子决定着读者的接受,他的儿子是隐性作者。曾令超对会场的描摹是通过妻子的描绘形成的,"在一旁的妻子告诉我台上台下几百双眼睛一齐投向我、关注我,我感觉自己是这会上最幸福的一个人"①。曾令超是显性作者,他的妻子是隐性作者。曾令超对人的感受也是通过妻子的感受而感受的,"我听见妻子感慨地说,除了书和一张床,房间几乎没有什么新式家具和时髦的装饰,他家可真是书山书海,不愧为一个甘守清贫的学者"②;"妻子说稿中的每个错别字他都不让它漏走,每个错标点都不让它跑掉,每句话、每个病句都不让它逃遁"③;"听妻说他却一天天衰老了,脸上布满了沟沟坑坑。"④《飞雪迎春》开篇就是写景物:"腊月二十五日,北风呼啸,寒流滚滚,大地银装素裹,天寒地冻。"⑤ 这里的景物是他女儿给他描述的,他坐在火炉旁,听着女儿山雀般地向他描述外面的风景,他的女儿是隐性作者。

史光柱也说,走在街上,他儿子也像大人一样,学着将自己看见的东西、事物讲给他听。《藏地魂天》是史光柱在藏北、藏南多个哨所往返几千公里的杰作。书中以纪实的笔法,记录军人在西藏恶劣的自然环境中渴望天堂、创造天堂的事迹。与此主题一致的是,书中有大量对西藏的景物、民俗的描写,而对景物、民俗的感受很大一部分是"听"妻子、儿子的描绘得到的。他在妻子和儿子的描绘下领略着雪山的各种形态,妻子把她捕捉到的奇丽景观抠出来,扔给眼前一片空白的史光柱,史光柱瞬间内心豁然空旷,雪山大景,江河湖泊,蓝幽幽的穹宇全部出现在他面前,让他看了第一遍,还想看第二遍、第三遍。在妻子的描绘中,他"看"到了雅鲁藏布江不像想象中的陡峭奔腾,河水很浅,令他失望。在妻子的帮助下,他还"看"到了各种寺庙的构造布局。在这部书中,史光柱的妻子、儿子是隐性作者。

除了"听"景物,在次生性描写内容中,还有一些内容是"感觉"景物。这些"感觉化"的景物有些是虚写,不一定真实,是作者主观感情的外化;有的是真实的,它虽然不是作者看到的景物,但是是作者感

---

① 曾令超:《梅柳春光》,中国盲文出版社2014年版,第79页。
② 曾令超:《梅柳春光》,中国盲文出版社2014年版,第81页。
③ 曾令超:《梅柳春光》,中国盲文出版社2014年版,第95—96页。
④ 曾令超:《梅柳春光》,中国盲文出版社2014年版,第101页。
⑤ 曾令超:《梅柳春光》,中国盲文出版社2014年版,第114页。

觉到的真实的景物。这两种情况在曾令超的散文作品中都表现得很突出。曾令超很崇拜曾镇南,13年后这一愿望终于得以实现,"13年的梦终于圆了,天一片晴朗,灿烂明和"①。"晴朗""灿烂""明和"并非一定是真实的,它有可能只是曾令超心情的外射。这里的景物是主观化的景物,与他的心情联系在一起。"我似乎看见那笑眯眯的夕阳向我殷殷祝福着"②,这是虚写,通过拟人和通感等修辞手法的交织运用,融情于景,情景交融。当他想到恩师不辞辛苦为自己审稿时,"虽是寒冷的冬天,但阳光依然照得我浑身暖烘烘的"③。这里用太阳象征恩师,无偿无私的太阳之情,与恩师的深情相似。他盼望已久的大学好友来看望他,两人去郊外散步,郊外有"柔和的阳光、鲜嫩的空气、醉心的花香"④。"柔和""鲜嫩""醉心"描写的是曾令超感觉到的真实景物。1998年8月23日,他去送书稿,"毒辣辣的太阳将大地烤得焦灼、烟火滚滚、热浪滔滔"⑤。这里的景物描写全是感觉,尽管有夸张的成分,然而是作者的真实感觉。在一个黑暗的世界里,视力障碍者的触觉能够深入事物属性的动态变化,从而获得多样化的感受。

我们也要看到,尽管视力有障碍的作家对世界的建构以及自我与世界的符号化有"次生"的因素存在,但他们笔下的世界和我们的世界在本质上并无区别,只是感知方式不一样罢了。

2. 原发性描写

视力有障碍的作家除了听别人转述世界,也依靠自己的触觉、听觉感知世界,这些描写属于原发性描写。视力有障碍的作家的原发性描写有这样几个特点。

第一,在视力有障碍的作家的散文、诗歌中,时常出现对触摸的动作描写。失去视力,手就是他们的双眼,"有一双手/是我自由的船"⑥。曾令超用粗糙的手掌轻轻地抚爱着他的孙儿,"这宝贝的脑袋大大的、脸蛋圆圆的、鼻梁高高的,尤其额头宽宽的;肉坨坨的身子,长而胖的腿"⑦。他通过手的触摸"看"自己的孙子,而且看得很仔细。儿子5岁

---

① 曾令超:《梅柳春光》,中国盲文出版社2014年版,第81页。
② 曾令超:《梅柳春光》,中国盲文出版社2014年版,第89页。
③ 曾令超:《梅柳春光》,中国盲文出版社2014年版,第96页。
④ 曾令超:《梅柳春光》,中国盲文出版社2014年版,第99页。
⑤ 曾令超:《梅柳春光》,中国盲文出版社2014年版,第95页。
⑥ 史光柱:《阳光一点》,中国盲文出版社2016年版,第14页。
⑦ 曾令超:《梅柳春光》,中国盲文出版社2014年版,第188页。

时，一位陌生的解放军为他们父子俩点了很多菜，"儿子把我的手放在他的肚子上。我摸到了一个圆鼓鼓的小肚子，双眼又潮湿了"①，他通过触摸完成了一个细节描写，解放军对他们的关心跃然纸上。在曾令超的散文中，与触觉相关的手的意象特别多，他的散文集《梅柳春光》中，很多篇目都在写手，"这领导温暖大手早紧握着我的手"②，"说话间一双大手紧紧握着我"③，"一只大手拍着我的肩膀"④，"一双温暖的大手握得我手紧紧的"⑤，"我感到他的手汗乎乎的"⑥，"他用一双老树根般的手紧握着我"⑦，等等。

史光柱的散文《这一家子》是史光柱对一家三口生活的记叙，笔调幽默，在写自己和儿子的日常生活图景时，很多时候是从触觉和听觉的角度：儿子在床上熟睡了，他"摸索"着用毛巾被将他盖好，表达了父亲对儿子的爱；在客厅，他摸到的景象令他直冒冷汗，几盘录像带已经变形，伤痕累累，泡开的茶叶像膏药一样贴在茶几上、地板上，原来是儿子在家中练习灭火，想到这样很危险，他走进里屋，"摸"到儿子屁股狠狠地打了一巴掌，口干舌燥地教育儿子；他去"摸"水杯，儿子赶快拎来喝剩的半瓶汽水递到他手中。通过几个"摸"的动作，父子情深跃然纸上。在诗歌中，史光柱描写战场，"战壕是长长的特制软床/硝烟是撑起的蚊帐/烈火亲吻战士的脸庞"⑧，"撑起""亲吻"是动作描写。写塑像，"有一双僵硬的胳膊/冰凉地搂着/一对僵硬的白鸽"，没有对塑像的外观做详细描绘，而是通过触觉（僵硬、冰凉）、动作（搂着）勾勒塑像。写太阳是"有一个太阳/被山脉捏碎"⑨，通过动作"捏碎"给读者描绘他所看到的太阳。史光柱住院，老排长来看他，他伸出断了四根手指的手和他握手，他一握上去，扑了一个空，受此触动，他写了《手》。《手》是他写的第二首诗歌，标题本身就隐含一种动作，诗歌由一系列的动作构成，"插入""轻轻拨动""紧紧揽住""编织色彩""搏击"，通过这些动作表现了诗人对战友的崇敬和对自己的期望。

---

① 曾令超：《梅柳春光》，中国盲文出版社 2014 年版，第 196 页。
② 曾令超：《梅柳春光》，中国盲文出版社 2014 年版，第 64 页。
③ 曾令超：《梅柳春光》，中国盲文出版社 2014 年版，第 79 页。
④ 曾令超：《梅柳春光》，中国盲文出版社 2014 年版，第 82 页。
⑤ 曾令超：《梅柳春光》，中国盲文出版社 2014 年版，第 88 页。
⑥ 曾令超：《梅柳春光》，中国盲文出版社 2014 年版，第 205 页。
⑦ 曾令超：《梅柳春光》，中国盲文出版社 2014 年版，第 208 页。
⑧ 史光柱：《阳光一点》，中国盲文出版社 2016 年版，第 66 页。
⑨ 史光柱：《阳光一点》，中国盲文出版社 2016 年版，第 13 页。

第二，视力有障碍的作家在其文本中给读者构造了一个丰富的声响世界。不论是小说，还是诗歌和散文，他们都喜欢写各种声响。《盲校》是盲人作者写盲校的第一部小说。在小说的第一章，作者对盲校空间特征的介绍只有寥寥两句话：教学楼有五层高，远远看去像一个捐款箱。操场边缘有一棵大樟树，树荫盖住半个操场。读者对盲校环境的了解，更多是来自各种声音：有风声有雨声，有朗朗读书声，有上下课的铃声，有跌宕起伏的猫叫声（猫的叫声，也不一样，有的像婴儿的啼哭，有的是猫自己打架，受伤的猫发出的呻吟声），有滴答滴答的滴水声，有蚊子的嗡嗡声，有大蟑螂咔嚓咔嚓地爬地板的声响和啪啪地飞的声音，有睡觉的鼾声。通过声音，盲校的环境出现在读者面前。

曾令超在散文中常常写自己听到的各种微妙的声音，"房间立即传出一个柔嫩嫩的声音"①，在曾令超看来，这些声音已经不是声音，而是一颗滚烫的心，一腔浓蜜蜜的情让他的每一个细胞都在融化。曾令超还通过声音进行联想，"一进屋，他跺跺脚上鞋子沾的积雪，道'老曾，你好呀！'"②由跺脚的声音和说话的声音，曾令超将来者想象成披一身风雪，火急火燎踩着寒魔的犄角匆匆跑来的形象，从而展示出这位领导的热心、亲民。

闫钢在散文《她夺回失去的美丽》中说，他和残疾人作家赵泽华站在闸板上，史光柱来了，史光柱用耳朵"看见"了他，一下子扑了过来，抱住不放。史光柱就是凭着他的耳朵看人、看世界。史光柱在大昭寺街上"看"到"哗哗"的磕长头的人群，"看"到寺庙中的壁画，听僧侣的晨诵、孤鸟的幽鸣。他有一篇散文叫《听江》，全文由听到的江的传说、江的风景和江的声音，尝到的江水的味道组成，既有历史纵深感，又有现实临近感，"听一听船上的江翁戴着草帽垂钓盛夏，听一听江轮的汽笛吹起摇动的手臂，听一听这条雄浑的旋律，演奏祖祖辈辈的希望"③。听觉和视觉、听觉和感觉相互交织，写出盲人对江的特殊感受，写出了盲人"看到"的大江大河。史光柱也用耳朵看到了4月九寨沟山水的神采。《祭奠》是通过各种声音表达对战友的祭奠：鹰"声声啼叫密林"，鸽子"突然在荒村中断歌唱"，橄榄"悄悄从春天哭醒"，有一种声音"夜夜抽

---

① 曾令超：《梅柳春光》，中国盲文出版社2014年版，第199页。
② 曾令超：《梅柳春光》，中国盲文出版社2014年版，第65页。
③ 史光柱：《春天，我的春天》，华夏出版社2015年版，第147—148页。

打我的窗门"。[1]《七月,我面对黄果树瀑布》是史光柱双眼失明之后去"看"瀑布写下的一首诗歌。双眼不能看瀑布,诗人就听瀑布,由听瀑布产生各种联想,从而完成诗歌的创作。他听到瀑布的声音是:"神鞘抽出的呼啸"[2];面对黄果树瀑布,他听到的是"雄性的嗓子/对着世界浑厚地/喊出——东方"。[3] 他的第一首诗歌《我恋》是对记忆中山水的叙写。在这首诗歌中,史光柱写战友的辛劳是"积劳成疾的身子/发出金属般/疲惫的裂痕"。[4]

庄大军在作品中,对人的声音的体味特别细腻,散文《病房里的众生相》是他失明之后写的一篇散文,记叙他住院的经历。他对同病房的病友和医生的感受全部来自声音,因而全篇散文表面上在写人,实际上在写声音。写病友倪老师,"声音变得低沉,话语中透露出一丝丝凄凉味儿"[5],由此判断倪老师忽然有些感伤。还能通过声音判断对方的身高,"从倪老师说话时的声音方位判断,他大约身高一米七几"[6]。他能写出病友说话时的神态:"咂着嘴,遗憾地叹息。"[7] 能从对方说话的声音判断出对方的心结:"我发觉他在和医生护士对话时总显得闪烁其词,像是在躲避什么令他恐惧的东西。"[8] 他写病友李老师总是显得郁郁寡欢,只有在老婆来看望时才会露出一点点喜色,李老师总是晚上偷偷吃花生胡豆,发出老鼠磨牙的叽叽声。姓吉的病友总是冷言冷语冷面孔,"我虽然看不见,脊背上却常常能感觉到他不怀好意的目光"[9]。文章中将各个病友刻画得惟妙惟肖,而对病友的观察、描绘全部来自对声音的判断。

听,不仅听有声,也听无声,患有视力障碍的作家在文学创作中也时常描写世界的静寂,在他们笔下,原本喧嚣的世界变得静悄悄的。"盲人还欢喜有秩序、有规律地生活。盲人的心境是爱静,因为只有通过周围'静'的环境,他们才能依靠听觉器官来了解外界所发生的一切。所以说盲人的心境,是属于一种内心沉浸的情感。"[10] 史光柱的《绿魂》

---

[1] 史光柱:《阳光一点》,中国盲文出版社 2016 年版,第 13 页。
[2] 史光柱:《阳光一点》,中国盲文出版社 2016 年版,第 13 页。
[3] 史光柱:《阳光一点》,中国盲文出版社 2016 年版,第 125 页。
[4] 史光柱:《阳光一点》,中国盲文出版社 2016 年版,第 34 页。
[5] 庄大军:《看不见的尽头还有爱》,中国盲文出版社 2015 年版,第 108 页。
[6] 庄大军:《看不见的尽头还有爱》,中国盲文出版社 2015 年版,第 108 页。
[7] 庄大军:《看不见的尽头还有爱》,中国盲文出版社 2015 年版,第 110 页。
[8] 庄大军:《看不见的尽头还有爱》,中国盲文出版社 2015 年版,第 111 页。
[9] 庄大军:《看不见的尽头还有爱》,中国盲文出版社 2015 年版,第 114 页。
[10] 吴厚德:《残疾人心理分析》,华夏出版社 1987 年版,第 26 页。

里，原本铁戈声声的疆场，现在诗人却感觉变成了如孩提时代的摇篮，"野村静悄悄的/长满了白色的峡谷"，"小溪静静地流淌"；涉及的意象较多的是静谧的事物，如星光（"星光在你身边/洒落一地"）、雪花（"满天的雪花/如一只只白鸽子"）。① "听得出，会场上那一片鸦雀无声的静听就是对他演讲的赞许"，通过"听"鸦雀无声，感受参会人员对自己的尊重。

第三，视力障碍的作家在创作时，还时常采用通感的手法，将嗅觉、触觉、听觉、味觉相互转换。"你看到了吗/那高山上/正在蓬勃盛开的花魂/沿着轻轻漂浮的笛声/寻觅你——绿魂"②，"漂浮"是视觉，"笛声"是听觉，视觉和听觉的交叉使用写出烈士精神的永恒。"听着他下楼梯一步一步熟悉而悦耳的脚步声，似乎感觉他那高大英俊的背影……"③ 通过听觉写视觉，从下楼的脚步声感觉人的外在形象，听觉和视觉相互转换。《如果你去看原野》是史光柱写原野的诗歌，眼睛不能看到原野的色彩、辽阔，就用听觉去感受，"如果你去看原野/请带着我/带我去看莞尔欢笑的春"，将春天的草原转换成"莞尔欢笑"，视觉和听觉的交互转换，写出了春天的欢快场景。

以上为了论述的方便，分别从触觉、听觉、感觉的转换三个方面切入，事实上，在同一个文本中，往往是几种感知方式同时出现。史光柱的诗歌《仅有爱情》表达了史光柱对待爱情的态度——爱情就是双方寻找的过程，分离也不足为憾。这首诗不长，39 行，多次使用听觉意象"鸟乱飞乱叫"象征男女对爱情的渴望，多次使用嗅觉意象"饮料"象征女性在男性心中的位置，多次使用触觉动作"擦肩而过"象征爱情的迷失。整首诗歌就是由听觉、嗅觉、触觉意象构成的。《杨树上的那群白鸽》是史光柱赞颂医生的一首诗歌，由于他看不见医生，诗歌中没有对医生神态、肖像的任何一点描绘，完全由触觉（"用洁白的手指折断我忧郁的目光，/轻柔的云飘进我洁白的心房"）、听觉（"接通我歌声的悠扬"）构成。

通过听觉、触觉等视觉以外的感觉，视力障碍的作家对景物、场景、人物的描绘是有可能达到极致的。但如果仅凭经验写作，有时文本会出现套路化，缺乏感染力。在《花絮点点绽挚谊》中，县长肖洪泰中秋之

---

① 曾令超：《梅柳春光》，中国盲文出版社 2014 年版，第 80 页。
② 史光柱：《阳光一点》，中国盲文出版社 2016 年版，第 16—17 页。
③ 曾令超：《梅柳春光》，中国盲文出版社 2014 年版，第 64 页。

夜给曾令超送来慰问品，对送来的礼品文章是这样描绘的："呀，多精美的包装，打开一看，黄灿灿的月饼、红艳艳的苹果、水汪汪的葡萄等。当这些珍品摆上桌，香气扑鼻，诱人垂涎三尺，妻子、儿女早已围坐在桌前，满面春风，喜笑颜开。"① 显然，曾令秋在极力描绘礼品的精美，以此突出县长的亲民行为，但对礼品的描绘是印象化的勾勒，难以给读者留下深刻记忆。

（二）有听力障碍的作家：哲思性和无声的大自然

听力障碍者被困在另一个世界，那个世界没有语言，只有原始的欲望、无声的画面和不被人理解的肢体动作，但他们对世界有自己的沟通途径。李圣元说，尽管自己什么也听不到，但总觉得满眼都是诱惑，什么都想得到。② 宁江炳失去听力之后独坐陋室，用眼睛同中外文学大师交流，从书海文林中看长城的雄姿，倾听长江黄河奔腾不息的涛声。③ 张悉妮说，听力将她封闭起来，但她可以用内心和眼睛与美丽的大自然沟通。④ 赵林祥在《文学路上三十年》中说，双耳失聪排除了外界的干扰，给了他冥思苦想的机会，他的眼睛帮他感受大自然的美妙和人生的可爱。李圣元和张悉妮、宁江炳、赵林祥都指出一个事实，听力障碍者充分发挥思维和视力的优势。"盲人的听觉、嗅觉特别灵，而聋子的视觉、触觉具有异常的效应……"⑤ 与视觉障碍者相反的是，听力障碍者的视觉感知能力特别好，而且由于无法听到外界的声音，始终处于安静的状态，大脑皮层异常活跃，因而听力障碍者长于思考。有听力障碍的作家在创作中体现出两个特点：第一，他们的作品中人物对话较少，且生硬、平淡，而天马行空似的联想和哲思性的内容成为作品的亮色；第二，多描绘无声的大自然。

张悉妮的《假如我是海伦》没有引人入胜的情节，张悉妮自己认为这本书是自传体小说，从实际的文本来看，有"自传"的成分，但无"小说"的笔法，更像随笔。没有贯穿始终的情节线索，没有严谨的结构，章与章之间没有必然的逻辑联系，每一章内部也是随着人物的意识流动而流动，没有人物对话。每一章中，作者常常围绕"核心"浮想联

---

① 曾令超：《梅柳春光》，中国盲文出版社2014年版，第70页。
② 李圣元：《我的地平线》，山东文化音像出版社1995年版，第1页。
③ 宁江炳：《聋者的悲喜》，《中国残疾人》2008年第4期，第59页。
④ 张悉妮：《假如我是海伦》，人民文学出版社2007年版，第79页。
⑤ 阮海彪：《死是容易的》，东方出版中心2008年版，第210—211页。

翩，形散而神不散，收放自如。《童言无忌三国志》是张悉妮的另一部代表作，取材于历史小说《三国演义》，采用章回小说的形式，就情节性而言大于《假如我是海伦》，但恣意联想是它们的共同特征。

有听力障碍的作家常常在作品中穿插哲理性的思考。《假如我是海伦》中，主人公喜欢一个人在黑夜或空静的环境中思考，"我只好静静地坐在黑夜中，一个人思考"，"思考的时候，我总喜欢和别人比较，有的时候，比较是一种得意，一种享受，而更多的时候，比较则是可以在比较中很明白地得出我现在处境的结论的"。"我一直保持这种比较型的思索和判断事物的习惯，直到得出最后的结论。"① "有时候我会静悄悄地坐在教室里思考。"② 他们的思考富有哲理性，较为深邃，而且是自己生活的总结，让人易于接受。"所以，当你在最黑暗、最阴沉的日子里，也要记住，太阳，就快要升起来了。"③ 这句话是张悉妮在学校遭受一个同学欺辱之后的心得。这种哲理与生活现象连接在一起，通俗易懂。张悉妮在书中的一些思考也具有辩证性，比如她认为，"如果你自认倒霉，你就真的倒霉；如果你牢骚满腹，你就真的满腹牢骚！如果你自己坚强，认为生活快乐幸福，你就会真的快乐幸福！如果你不向命运低头，命运就会向你低头！希望还在。明天会好。"④ 写作《假如我是海伦》一书时，张悉妮15岁，但书中的一些思想让人感觉很成熟，远远超过了这个年龄阶段的孩子们所思考的问题深度，"我真的好羡慕父母那辈人！他们小时候四处游荡不必饱受上学之苦，姊妹众多不必担心对父母的责任，长大后还可以义正词严地把自己一事无成的责任推给那场浩劫，活得再窝囊都可以置之度外地认定是那个动荡年代的过错，冠冕堂皇地坚信他们每一个人都必将出类拔萃——如果没被那场浩劫所耽误！"⑤ 类似的思考比比皆是。张悉妮自己也意识到自己思考问题的成人化，"我觉得自己的性格很特别，甚至让人觉得有些'分裂'——有的时候，我像极了我这个年龄的孩子，比如爱吃、爱玩、爱妈妈；有的时候我又好像是就是一个大人，像成年人那样久久地思考、读书、幻想，俨然一个老态而又严肃的哲学家"⑥。对这种现象，张悉妮的解释是，思考是她冲破聋哑障

---

① 张悉妮：《假如我是海伦》，人民文学出版社2007年版，第215页。
② 张悉妮：《假如我是海伦》，人民文学出版社2007年版，第18页。
③ 张悉妮：《假如我是海伦》，人民文学出版社2007年版，第232页。
④ 张悉妮：《假如我是海伦》，人民文学出版社2007年版，第21页。
⑤ 张悉妮：《假如我是海伦》，人民文学出版社2007年版，第19页。
⑥ 张悉妮：《假如我是海伦》，人民文学出版社2007年版，第18页。

碍的一条途径。张悉妮说，蒙昧未开的孩童就像一只小动物，而聋哑的孩童则像一头不会正常生长的小动物，耳聋将这些小孩子深深锁进原始的蒙昧，然而，人的智力发展的需求却强烈地要求突破这种蒙昧。这种发展和阻碍的冲突，总得有一个解决的办法，这个办法就是通过看书学会思考。因为通过看书进行思考，所以思考较为成熟。

由于听力存在障碍，无法与人交往，听力障碍者除了冥思静想，还善于观察，特别是观察外界景物。这一特点反映在创作中，即听力有障碍的作家特别喜欢描绘无声的大自然。首先，"无声"指他们选择的意象本身就是无声的意象，比如李圣元写诗，常常选择"露珠"（《露珠》）、"菊花""小草"（《菊花·小草》）、"路"（《路》）、"蔷薇花"（《蔷薇花》）等，这些意象本身就是无声的意象。其次，"无声"还指听力有障碍的作家们即使是写有声的意象，也没有从"声"的角度，而是从色彩、形状、知觉等角度进行描绘。阿门自幼双耳失聪，他创作的《中年心迹》发表在《人民文学》2008年第1期，这首诗歌表现生命逐渐变老引发的内心波澜。在表现这种微妙情感时，诗人将本来属于听觉的内容转换成了其他感觉，"我看见一丝光线/掉在水泥地上/微弱，淡薄"，"掉"应该发出声响，但作者完全抛开声音，写视觉"微弱，淡薄"。李圣元的诗歌《秋雨·月季花》选择的意象是"秋雨"，但作者自始至终没有写"雨声"，而是写秋雨轻轻地、无声无息地抚摸月季花的秀发。李圣元留恋春天芬芳的花、霏霏的小雨、绿色的家园，就是没有春天各种鸟鸣的声音（《春恋》）。他在雪夜中狂想，他想到的寒风如同一把冰刃，刺穿天宇，但他没有写寒风发出的任何声响（《雪夜狂想曲》）。李圣元写蛐蛐也无法写出蛐蛐的声音，只能遗憾地喊出："我真想能走进有声的世界/哪怕只有一个夜晚/去听它弹唱/关于夏天的故事。"① 张悉妮一人孤独地观察她的新学校："喔，你看，校园内阳光特别透明。特别亮。一阵秋风吹过，树叶落了，黄黄的，像一只只蝴蝶在风中起舞，旋转一阵，落下来，龟缩在路边。树叶一堆堆的。同学们走上去，又松又软。就像踩在棉花包上，好玩极了。只有大榕树青绿如旧。几只正在吐丝的小青虫，不小心从密密的枝叶间滑了下来，连着丝，高高地吊在半空。"② 这一段从色彩（明亮、黄、青）、线条描绘景物，观察很细致（树叶飘落的姿态，尤其落地之后的形态"龟缩"活灵活现，还有吐丝的小青虫的动作）。但没有任何

---

① 李圣元：《我的地平线》，山东文化音像出版社1995年版，第246页。
② 张悉妮：《假如我是海伦》，人民文学出版社2007年版，第237页。

声响出现。

听力障碍的作家在描绘大自然时,又尤其擅长用带色彩的词汇描绘景物,仿佛西方的油画。在张悉妮的《假如我是海伦》中,海苔是"泛着白色的苔"①,大厦的墙壁是漂亮的蓝宝石,"在阳光下闪闪发光","翠竹把山坡染成翠绿,青翠欲滴","微紫的睡莲"。② 在短短的一首《轻语咖啡》中张悉妮就用了5处黑色和与黑色相关的意象:"有咖啡的夜里""整夜的咖啡""黑咖啡""整夜熬成""再见吧,夜晚。"③ 不仅写自然景物多使用富有色彩的词汇,就是写自己的心境也使用富有颜色的词汇,"我的困惑仍如满天乌云"④。张悉妮自己意识到自己对造型和色彩的感受非同一般,并有表达出来的冲动:"我的与生俱来一般的对于色彩和造型的感受,是多么的需要发展和发泄啊!"⑤ 她将她"头脑里的绘画和舞蹈"看成是她的母语,她要用她自己特有的母语来描绘这个世界。

(三) 肢体有障碍的作家:细节描写

张云成对自己如何克服肢体行走不便,如何进行观察有一段详细的记录:

> 出不去,我就在屋里观察吧。放眼窗外,我看到最远的是一棵叶子茂密的杨树,但我只能看到它的上半部分,看不到它的主干,因为有房子挡着。杨树随风摇摆,发出似掌声一般的声响,这似掌声般的声响就像一首催眠曲,叫人在这炎热的夏季里睡意难耐。那棵杨树很高大,但在乌云满天时,它又显得那样渺小、脆弱、不堪一击。杨树在阳光的照射下,黑绿黑绿的,还有些黑森森的,风一吹左右晃动,有点像电视里妖怪的魔掌,使人不禁有些害怕。房子的这边是柴垛、园子、板杖子。我家园子里有一棵李子树,栽在园子的北边,是离我最近的一棵树,在作观察练习时,我常观察它。
>
> 我坐在炕上,身子前倾,胳膊支在炕上,头向前探,尽量离李子树近一点。这棵李子树虽说栽上有10多年了,但它长得却不高而且有许多不结果的枝杈,不知为什么,这棵李子树的好几个枝都干

---

① 张悉妮:《假如我是海伦》,人民文学出版社2007年版,第211页。
② 张悉妮:《假如我是海伦》,人民文学出版社2007年版,第214页。
③ 张悉妮:《假如我是海伦》,人民文学出版社2007年版,第211—212页。
④ 张悉妮:《假如我是海伦》,人民文学出版社2007年版,第213页。
⑤ 张悉妮:《假如我是海伦》,人民文学出版社2007年版,第130页。

枯了。书上说，观察应细致认真，可我离李子树毕竟有 10 多米远，怎么能看得细致呢。这时，我想李子树在近看有特点，那么在远观也一定会有特点，它一半有叶，一半没叶，这正是它的特点，"有叶"与"没叶"并存，生存与死亡抗争。①

房前除了这些，也就没什么可观察的了，于是为了观察到更多的景物，我推开了后窗户。抬头往上看，我拥有一片广阔的天空……小燕子在自由地飞来飞去，时而展翅滑翔，时而俯冲盘旋，嘴里还不停地叫着。②

于是我便有意识地观察人物外貌。家里来人时我就注意看他们的表情、衣着打扮及说话举止，观察他们内在性格在外貌上留下的印记。

李叔是爸爸的好朋友，平时常来我家串门，每当他来时，我都会细致地观察他，练习人物描写。③

张云成的这几段话点明，肢体残疾的作家尽量发挥自己的视觉优势，对事物进行细致观察。与此一致的是史铁生作品中常常出现的一个情节：史铁生在小说中喜欢写高楼，写小说中的"我"（肢体残疾者）透过窗子对高楼各种物象进行观察，推测屋子里人的身份，猜测他们正在或已经发生过什么事情。《原罪》中的十叔通过窗子观察、推测其他人的生活。《礼拜日》透过窗子观察屋子里的人，"一座座高楼在烈日下昏睡。有家阳台上挂了一串小尿布，低垂着一动不动。有人在屋子里伸懒腰，书掉在地上，没有声音"④。史铁生小说中残疾人通过窗子对高楼的观察，实际上也是史铁生平常观察生活的体现。有肢体障碍的人能够细致地捕捉到为常人所忽视掉的生活细节。因为，他在丧失肢体的同时获得了生命的另一双眼睛，使得他能够在纷繁杂陈的世界发现震撼心灵的细节。肢体残疾的人观察能力较强，形象思维发达，表现在文学创作中，就是细节描写很突出。

关于肢体有障碍的作家的细节描写，有两重参考对象。一重参考对象是听力有障碍和视力有障碍的残疾人作家，相对他们，肢体残疾的作

---

① 张云成：《假如我能行走三天》，漓江出版社 2012 年版，第31页。
② 张云成：《假如我能行走三天》，漓江出版社 2012 年版，第31页。
③ 张云成：《假如我能行走三天》，漓江出版社 2012 年版，第31—32页。
④ 史铁生：《礼拜日》，《史铁生作品全编》第 4 卷，人民文学出版社 2017 年版，第272页。

家笔下细节描写更多。第二重参考对象是身体健全的作家。任何一部优秀的叙事类作品都缺不了细节描写，从这个意义上讲，这不属于肢体残疾人作家的独特性。但肢体残疾的作家除了在叙事类作品中有大量的细节描写，在抒情类作品中也有大量的细节描写。这又将他们和身体健全的作家区别开了。

刘水的《野马河苍生》获全国通俗文学奖一等奖，全国优秀畅销书一等奖，《人民文学》优秀作品奖，甘肃省首届文艺奖一等奖。这本书在艺术上有多方面的特色，其中成功的细节描写是一个重要因素，无论动作的细节、景物的细节，还是人物心理的细节、肖像的细节都值得称赞。这在视力有障碍的作家的创作中很难见到。小说开头写杨二旦忙中偷闲吃东西的细节就很有代表性："自己才抽空抓起两个蒸馍馍，一掰八块压在碗，一瓢热气腾腾的菜汤哗地浇去，馍块立即塌了下去，但很快地又涨了起来，漂着大朵油花的菜汤迅速溢向碗边。他双手端起海碗来，撅起嘴很响地嘬了一口。"① 这段文字有数字的细节（八块）、声音的细节（哗、很响）、形态的细节（塌下去、涨起来）和动作的细节（撅起嘴、嘬了一口）。通过这些细节描写，小说的主人公杨二旦粗犷、勤快的性格突显出来。

作者还借助细节描写烘托气氛，"炕边的火盆里马桑木疙瘩火焰过后，红艳艳的，散发出热烘烘的暖气。火堆旁依偎着的烧茶罐'咚咚'地沸起大朵大朵的水花。杨耀祖用纤细的压茶棍将茶叶搅动上来，轻轻地压压，然后，将茶罐高高提起，一条细细的线笔直地流了下来，茶杯中响起悦耳动听的声音"②。这段记叙中细节包括材质（马桑木疙瘩）、声音（咚咚、悦耳动听的声音）、视觉（大朵大朵的水花、细细的线笔直地流了下来）、道具（纤细的压茶棍）、动作（轻轻地压压、高高提起），这些细节给即将到来的冲突做了一个反衬，杨耀祖悠然的动作掩藏着内心的波澜。

细节也应该包括景物描写的细节，肢体有障碍的作家的作品中时常出现一些细微的景物描写，虽简略但总是与人物的心情连接在一起。《礼拜日》是史铁生的一篇代表作，这篇小说在情节之中总是穿插一些细微的景物描写，而且小说中的景物总是带着忧郁、静谧、孤独的色彩。"阴蒙蒙的天，湿润的空气中有煤烟味，萌动着淡淡的绿色"，"淡淡的绿色之中，有斑斑块块忧郁的鹅黄"，"那时节细雨霏霏，行人寥寥。什么时

---

① 刘水：《野马河苍生》（上），华夏出版社 2010 年版，第 4 页。
② 刘水：《野马河苍生》（上），华夏出版社 2010 年版，第 84 页。

候杨树备下了新鲜的枝条,现在弯曲着描在天上,挂一串串杨花,飘飘摇摇如雨中的铃铛。单薄的连翘花,想必有一点苦味"。① "女人坐在太阳里。还有她背后那只帆船,也被太阳染成金黄,安安静静,飘飘荡荡。"② 春天的太阳"在哪儿都是一样,暖和而又缥缈"③。"绿色""铃铛""安安静静""暖和"给人希望,但"阴蒙蒙""苦味""飘飘荡荡""缥缈"遮掩着希望,给人苦涩之感。《车神》中的"我"看到被遗弃在角落里的手摇车时,想到自己残疾之后最艰难的日子,作者是这样写的:"旧车下,一只蟋蟀彻夜地叫。"④ 蟋蟀的叫声仿佛是"我"内心的倾诉。抽烟人问两个老太太准备给谁买手摇车时,作者没有让两位老人做出正面回应,而是插入景物描写,"九月的天空渐渐深远。白云满怀心事,在所到之处投下影子"⑤。白云的心事正是两位老人的心事。小孩子对"我"唱着歌谣:"既然死你都不怕,何不带我去远游。"孩子说罢消失不见,作者马上穿插景物描写:"无边的白色的世界上有两道不尽的黑色的车辙。在那个冬天的早晨,车神扮成孩子的模样,带我开始去远游。"⑥ 这里的景物描写构成情节发展的线索,同时又具有一种象征,无边无际的车辙象征"我"的希望。

在细节描写中,肢体有障碍的作家尤其喜欢"画眼睛"。史铁生在《插队的故事》中描写瞎子老汉:"常见他一个人半晌半晌地仰着脸,枯瘪的眼窝不住地蠕动。他依稀记得山川的模样。"⑦《命若琴弦》中多次写老瞎子的眼睛,"骨头一样白色的眼珠不住的转动"⑧,"骨头一样的眼珠在询问苍天,脸色也变成骨头一样的苍白"⑨。《礼拜日》中的老太太

---

① 史铁生:《礼拜日》,《史铁生作品全编》第 4 卷,人民文学出版社 2017 年版,第 237 页。

② 史铁生:《礼拜日》,《史铁生作品全编》第 4 卷,人民文学出版社 2017 年版,第 240 页。

③ 史铁生:《礼拜日》,《史铁生作品全编》第 4 卷,人民文学出版社 2017 年版,第 246 页。

④ 史铁生:《车神》,《史铁生作品全编》第 4 卷,人民文学出版社 2017 年版,第296 页。

⑤ 史铁生:《车神》,《史铁生作品全编》第 4 卷,人民文学出版社 2017 年版,第297 页。

⑥ 史铁生:《车神》,《史铁生作品全编》第 4 卷,人民文学出版社 2017 年版,第 298—299 页。

⑦ 史铁生:《插队的故事》,《史铁生作品全编》第 4 卷,人民文学出版社 2017 年版,第 69 页。

⑧ 史铁生:《命若琴弦》,《史铁生作品全编》第 4 卷,人民文学出版社 2017 年版,第 33 页。

⑨ 史铁生:《命若琴弦》,《史铁生作品全编》第 4 卷,人民文学出版社 2017 年版,第 38 页。

"眼睛是灰白的","脸不住地晃,上唇裹一裹下唇"。① 张云成的《换一种方式飞行》的第八章写"她",几乎是用"眼神"作为线索串联起来:第一次见过"她"之后,张云成的脑海中总闪过她的影子和眼神,"你在院子中的一个眼神最打动我","你坐在我对面,含羞地低着头,眼睛有意无意地看着什么,带着浅浅的笑容","我看到你眼神中充满了一种淡淡的忧郁,或者是委屈"。② "也许你的那个眼神是无意的,但那个眼神确确实实触动了我的心,而且是很深的触动";"你走之后,我沉浸在沉默中.我不敢想你那看我的眼神"③;"娶个像珊姐一样有一双大眼睛的"④;"你转过头来,用你那一双多情的眼睛看着我,眼睛里充满了企盼"⑤;"至今都让我记忆深刻的是你那天的眼神,大大的眼睛里,有一点点泪,一丝光透过你的眼睛折射出来,让你的眼睛很明亮。你就这样看着我,目光多情而执著,在无限的温柔中又包含着让人无法抗拒的坚定";"可你依然在企盼,依然在用眼神和声音鼓励着我。"⑥ "不敢去听这首歌,因为每当一听到那歌声,就会想到你那天失望的眼神"⑦,"看着你低垂的脸,含羞的眼神"⑧,"用眼神安慰我"⑨。这一章写出了各式各样的眼神,每一种眼神都包含着丰富的情感内涵。写郭台铭,"我们见到了郭叔叔。他给我的第一印象是严肃,表情严肃,眼睛里放射着光芒"⑩,"眯起眼睛笑起来很和蔼"⑪。他注意到郭台铭在与企业界朋友聊天时,"眼神中闪烁着一股锐利的光芒,这也许就是企业家的眼神吧"⑫,表现出郭台铭的坚毅、严肃而又不失亲切、和蔼。张云成关注三哥,"三哥说等一会儿,然后用一种无法言喻的眼神望了望窗外"⑬,装满惆怅。阅读张云成的作品,你会发现,他笔下人物的丰富性格很多都是通过眼

---

① 史铁生:《礼拜日》,《史铁生作品全编》第 4 卷,人民文学出版社 2017 年版,第 264 页。
② 张云成:《换一种方式飞行》,四川文艺出版社 2012 年版,第 144 页。
③ 张云成:《换一种方式飞行》,四川文艺出版社 2012 年版,第 145 页。
④ 张云成:《换一种方式飞行》,四川文艺出版社 2012 年版,第 148 页。
⑤ 张云成:《换一种方式飞行》,四川文艺出版社 2012 年版,第 151 页。
⑥ 张云成:《换一种方式飞行》,四川文艺出版社 2012 年版,第 151 页。
⑦ 张云成:《换一种方式飞行》,四川文艺出版社 2012 年版,第 152 页。
⑧ 张云成:《换一种方式飞行》,四川文艺出版社 2012 年版,第 157 页。
⑨ 张云成:《换一种方式飞行》,四川文艺出版社 2012 年版,第 157 页。
⑩ 张云成:《换一种方式飞行》,四川文艺出版社 2012 年版,第 180 页。
⑪ 张云成:《换一种方式飞行》,四川文艺出版社 2012 年版,第 180 页。
⑫ 张云成:《换一种方式飞行》,四川文艺出版社 2012 年版,第 181 页。
⑬ 张云成:《换一种方式飞行》,四川文艺出版社 2012 年版,第 187 页。

神的变化体现出来的。

即使是在抒情类散文和诗歌中，肢体残疾的作家也有细腻的细节描写。山东作家刘书康的散文《我那家乡的焖红薯》中有对焖红薯的灶的细节描绘（把挖出的泥土攥成一个个泥蛋，然后把泥蛋沿着炕的四周边沿垒上去，让灶口逐渐缩小），有对烤红薯过程的细节描写，闻着红薯的香气，但又还不能吃，只有想着红薯的味道，想着想着，"不由得'哏儿'地笑出声来，这时，觉着自个儿嘴角痒丝丝的，伸手一摸，原来自己的涎水正淌得急呢"，因吃得太快，红薯又太热，"鼻涕泪让热气引逗得满面横流"。① 这篇散文因加入烤红薯、吃红薯的细节，让乡村人情的淳朴扑面而来。

在《大娘舅》中，阮海彪对娘舅的敬佩全部写进细节中。娘舅给他们姊妹几个做了一天的衣服，做完之后，"举手摘了那只早已熄灭、但还牢固粘在他那焦唇上的半截烟。除下帽檐已不知转向何方的布帽或呢帽，接过递来的毛巾，在那张焦黄的大脸上抹一把，拎起那只自制的内装大剪刀、皮尺、卷尺等'生财'的小布包，跌跌冲冲返向漆黑的门外"②。通过动作（抹一把、拎起、跌跌冲冲）和肖像（焦唇、焦黄的大脸）、装饰品（帽檐）的细节描写，将娘舅对外侄们的爱表达得淋漓尽致。

赖雨在《怀旧的情绪》一诗中选择一把椅子作为情绪的载体，写椅子"粗糙的皮肤 干枯的肌肉"，"如果黄昏有雨/我便听见它潮湿的歌声"，"发出一阵快活的呻吟"。③ 椅子本身就是一个细节，而在写椅子的时候进一步细化（皮肤、肌肉、歌声、呻吟），表现出诗人"怀旧的情绪"。王小泗的诗歌《月光·雨》中，"手指不停地触摸胸前的纽扣""草尖的雨珠""星星的双眸"，这些细节将诗人对对方的挂念很好地表现出来。他们的诗歌和散文之所以很打动读者，一个重要的原因就是在作品中加入细节。

车前子的散文《水墨》，意在介绍湖笔的制作工艺，他没有对枯燥的工艺流程做介绍，而是通过细节渲染出很美的画面，全文由细节组成，多样的细节不断变幻，形成一道精美丰富的"感觉"大餐：视觉——绿玉凿碎，浓浓淡淡地撒了一地；山羊的胡须，都一下紫紫的了。通

---

① 刘书康：《我那家乡的焖红薯》，王新宪主编：《为了生命的美丽》，华夏出版社2009年版，第98页。
② 阮海彪：《大娘舅》，王新宪主编：《收获感动》，华夏出版社2009年版，第123页。
③ 赖雨：《群山之上》，四川大学出版社1998年版，第59—60页。

感——风吹过，影子叮叮；羊吃桑叶的声音，像是把书页掀来掀去；它的咀嚼声散裂着，一如撕扇。多样的细节组合，给人连绵的感觉。

第二节 体验性补偿：民俗描写

"我的写作题材实在是非常狭窄，毫无疑问，是与我的阅历紧密相关。除了在'广阔天地'里串了一回'联'，喂了三年牛，剩下的时光我都坐在（或睡在）四壁之间。这样的人居然写作！——对不住啦，某些文学理论。"① 这段话自嘲中包含悲情，自谦中充满自信。史铁生的调侃说出了残疾人作家文学创作的一个尴尬处境：不能自如地体验生活，不能肆意行走于诗意的大地。身体健全的作家，可能会辗转于不同的地理时空，生活空间的转换使他们的体验更为丰富多彩、多姿多样。尽管我国各级组织、团体机构也举办各种笔会，让残疾人作家到各地参观游览、体验生活，但毕竟是有限的，总体来看，残疾人作家由于身体不便、经济收入不高等缘故，转换生活空间的机会较少。长期封闭的生活空间，限制了残疾人作家的生活视野。既然出走已成为不可能，就只能向内挖掘，充分利用能够体验的生活，而民俗正是围绕在他们身边，能够眼见、能够触摸、能够感觉的内容。

民俗文化作为一个地域、一个民族的精神文化积淀，承载着源远流长的文化品格与文化精神，它包括物质民俗、社会民俗、精神民俗以及语言民俗。"民俗，即民间风俗，指一个国家或民族中广大民族所创造、享用和传承的生活文化。"② 民俗"既包括农村民俗，也包括城镇和都市民俗；既包括古代民俗传统，也包括新产生的民俗现象；既包括以口语传承的民间文学，也包括以物质形式、行为和心理等方式传承的物质、精神及社会组织等民俗"③。民俗文化既是历史文化传统，也是现实文化生活，它既是过去时，也是正在进行时，其内涵广博深厚，将民俗文化融入文学创作中，可以充实创作的厚度。深入挖掘民俗文化，将民俗文化融入自身的创作中，俨然成为残疾人作家弥补生活体验不足的重要途

---

① 史铁生：《给姚育明》，《史铁生作品全编》第7卷，人民文学出版社2017年版，第317页。
② 钟敬文主编：《民俗学概论》，上海文艺出版社2009年版，第1页。
③ 钟敬文主编：《民俗学概论》，上海文艺出版社2009年版，第4页。

径。鲜明的民俗特色便成为残疾人作家创作的一个重要特征。

残疾人作家在描写饮食、建筑、社会组织、岁时节日、民间婚礼、人际交往、民间信仰、民间宗教、民间神话传说等方面表现各地民俗，并形成他们创作中的特殊地带，比如纯懿的"新疆地带"、刘水的"陇南山村"、陈智敏的"川东南"、夏天敏的"云贵高原"、贺绪林的"关中地带"等。他们在表现民俗的过程中体现出自然平和的鉴赏趣味和眷恋、向往的情感态度。

一、物质民俗

物质民俗是指，人类在创造和消费物质财富过程中所不断重复的、带有模式性的活动，以及由这种活动所产生的类型化的产品形式。它主要包括生产民俗、商贸民俗、饮食民俗、服饰民俗、建筑民俗、交通民俗、医药保健民俗，等等。[①] 残疾人作家在物质民俗方面突出表现了饮食民俗、建筑民俗。

（一）饮食民俗

四川地处长江上游，天宝物丰，地杰人灵，味美食精，素有"天府之国"之称，又有"食在中国，味在四川"之说。中国现代文学史上老一代川籍作家在其作品中对四川传统美食比如麻婆豆腐、赖汤圆等做了详细描绘。而当代四川残疾人作家在老一代川籍作家的基础上对四川的饮食民俗做了进一步的补充和发展。

比如对四川民间一些酒的介绍——

绿豆烧：《天亮之前》写国民党要员梁庆儒喝的酒是当地名酒绿豆烧。绿豆烧并非绿豆酿制，而是酒的颜色棕绿，像绿豆，所以又称"绿酒"，历史上也曾有"金箔酒""辣黄酒""墙缝酒"等雅称。绿豆烧是明朝李时珍任皇宫御医时，用珍贵药材配制的宫廷保健酒，在四川广安等地逐渐演变为当时有身份的人喝的一种酒。

老林茶：名为茶，实为酒。《坠落与升腾》中对川南一带农村普遍喝的这种酒做了介绍。原料是当地农村用玉米酿制的白酒，加上枸杞、人参、仙果等中药材，加入适量的冰糖、白糖或蜂蜜，经过一段时间浸泡之后，颜色红乎乎的，类似当地人喝的老林茶，于是人们管这种酒叫老林茶。

---

① 钟敬文主编：《民俗学概论》，上海文艺出版社2009年版，第5页。

穷查酒：《幻美之旅》中介绍了康定的穷查酒。把青稞酒或白酒烧热，掺一点水，加酥油、蜂糖、糌粑，趁热喝，非常滋补身体。

比如对乡镇小食店和茶馆的介绍——

《坠落与升腾》中介绍川西南的豆花饭店：卖菜的到豆腐豆花饭店要一碗豆花，一碟花生米，喝二两烧酒，然后美滋滋地回家。

《嗨，王老汉》中介绍乡镇的面食摊：茶馆拐角的街檐上摆过小吃摊，三两张桌儿，蛇皮布棚棚，卖臊子面和抄手。一般上街的老农都喜欢到这种地方吃一碗面条，比如小说中的王老汉要一碗牛肉面，一个盐蛋，二两酒，慢慢地品，慢慢地吃。

《天亮之前》介绍川东一带的羊肉粉馆：店面简陋，几张桌子和两口大锅。厨师先将米粉在开水锅里烫三次，除去米粉本身的酸味，盛在瓷碗中。然后在米粉上放一层薄薄的煮熟后的羊肉片，最后浇上一勺子原汁原味的羊肉汤，浇一些鲜红的辣椒油，撒一些花椒粉、小葱。米粉热气腾腾，香气扑鼻。

对四川茶馆的描绘：茶馆里跑堂的腰系围腰，手提长嘴大铜壶穿梭在茶桌之间，偶尔高唱两声："云雾、龙井两碗"，有时跑堂的迎上来喊道"老总有请，上等好茶伺候"，有时跑堂的笑嘻嘻地伸手邀请"楼上请，楼上请"[①]。

四川残疾人作家还对四川地区一些野生的食物做了介绍，比如"黄泡儿"，乃康定地区的山上生长的一种野草莓，味美多汁，酸甜可口。

在夏天敏的作品中，我们看到了云贵高原的炖鸡，"汤清如水不见油腥，汤温如水不见热气，其实烫得很哩"[②]。汤香味袅袅，弥久不散，鸡肉一抬就掉，入口不用细嚼，化入口中，肥嫩香糯。这样的鸡汤是用一种很特别的容器炖出来的，这个炖罐上半部漆黑，下半部被火烧成白灰色，将乌骨鸡和三七放入这种炖罐，微火熬制，细细炖来不见热气，炖几个时辰。在夏天敏的作品中，还看到云南特有的花生豆花，将新鲜花生或者干的花生用水泡开，磨成浆和豆浆一起点制而成，色微褐，味极醇，既有豆花的鲜嫩香甜又有花生的醇香。更特别的是沾豆花的佐料是用新鲜肉炒成肉酱，加上辣椒和其他佐料，香辣鲜美。还比如昭通的刺老苞沾沾水吃，沾水是用昭通酱、胡辣子、葱花、姜丁、蒜末搅拌而成，胡辣子是将干辣子在火边慢慢炕得干脆，用手捻碎。夏天敏不惜笔力给

---

① 陈智敏：《天亮之前》，中国文联出版社 2004 年版，第 127—128 页。
② 夏天敏：《两个女人的古镇》，云南人民出版社 2010 年版，第 98 页。

第三章　叙事方式：补偿性创作

读者展现昭通蘸水、云南烟熏火腿、石缸茶、猪耳粑、炖腌笋、黄姜豆花、鸡枞菌、一窝羊、五香虫、竹虫、汽锅鸡等。从纯懿的创作中读者品尝到新疆的龟兹杏酒（以新疆库车特产的小白杏为原料，经低温发酵而成）、风干的馕等。而贺绪林在《野滩镇》等作品中给读者详细介绍关中的面食，比如关中八大怪之一——面条像裤带。

（二）建筑民俗

古人云"蜀道难，难于上青天"，四川四周是绵延不绝的崇山峻岭，鉴于这样的地理特点，四川的民居多依地形就势而筑，依山傍水，错落有致。四川残疾人作家在作品中给我们描绘了四川部分民居的建筑特色。

陈智敏在他的小说中给我们描绘了四川乡村的吊脚楼、茅草屋、古庙等。"上川东渠江、嘉陵江一带紧靠江边而建的县城都有河街，临江边的房屋，全靠江边浅水滩上用石柱支撑起那简陋、与对面街房平衡的房子。从街面上看，也没有任何奇特的地方；如果在江对面看过来，那些石柱就像春节民间的人们玩的高脚狮子一样，所以人们习惯地把它们戏称为'吊脚楼'。"在很久以前，四川乡村一些家境不好的人住在茅草屋，茅草屋是用乱石和泥土垒成的。川西乡村中乡公所常常由一座古庙改造而成，"旁边，有一颗硕大的黄桷树"，[①] 茂密墨绿的枝叶形如一把巨伞，成为供来往商人休息的地方，天长日久，形成一个奇形怪状的树洞，成为流浪人避风躲雨的暂时的栖身之地。这些描绘都体现出因地势而造房屋的四川民居特点。

与建筑民俗相关联的还包括真实的地名和颇具地域特色的景物描绘。四川残疾人作家不仅在散文诗歌中使用真实的四川地名，如峨眉、乐山、蜀南竹海等，在小说中也都喜欢使用真实的四川地名，如《坠落与升腾》中的蜀南竹海、汶川；《嗨，王老汉》中的望八里、代市、北街、滨江路，这些都是广安市辖区内的真实地名；《天亮之前》中的华蓥山、渠县、合川、广安也都是真实的地名。不仅使用真实的地名，作家们还突出这些地方的景色特点，如"分明是峨眉秀天下/恍惚在蜀南竹海幽/十八坡茶花暗袖盈香"[②]，"秀""幽""香"写出了四川峨眉、蜀南竹海、十八坡茶花的景色特点。《天亮之前》介绍合川是嘉陵江、渠江和涪江的交汇处，江面开阔。江水对面有合川县著名的魁星楼。《幻美之旅》介绍

[①]　陈智敏：《天亮之前》，中国文联出版社2004年版，第44页，第12页。
[②]　周洪明：《情感高原》，中国文联出版社2007年版，第33页。

康定的自然、人文环境：青石板街道的马蹄声，彪悍豪气的驮脚娃，清早转经的老阿婆，绿草掩映的山路，迎风招展的经幡，城中间流动的河流。康定的木格措秋季最美，除了湖水流动的声音，除了水鸟振翅的声音，除了落日余晖映照雪峰的壮丽，就是宁静。而康定的塔公草原在八月的季节，无边无际的花草簇拥出生命狂放的祭奠，雪山是从远而近的遥想。贡嘎山、雅加山、措拉草原则是康定圣土的守护神。

其他残疾人作家在其创作中也描绘了各地建筑特色。贺绪林给读者绘制出西北地区的老寨子模样：寨子的街道呈十字形，正东正西，分东南西北四条街。四周围着土城墙，城墙用黄土夯成，高一丈八尺，陡不可攀；墙根宽一丈二尺，墙顶宽八尺五寸，可以跑马。城墙外是城壕，壕宽三丈有余，壕深一丈五尺。东西南北各有一门。东门是主门，修有门楼。门楼高两丈四尺，分两层，一砖到顶，灰浆是糯米熬汁和成的石灰，十分坚固，用榔头也难砸碎。上层是楼阁建筑，有套房、走道、女儿墙，可容十几个人吃住，设有枪口，并有七八杆小碗粗的火铳。现在很难见到古时的古寨，贺绪林的描绘复原了旧式古寨子的原貌，不仅增添了文学作品的丰厚内容，还具有建筑史的研究价值。

二、社会民俗

社会民俗，亦称社会组织及制度民俗，指人们在特定条件下所形成的社会关系的惯例，它所涉及的是从个人到家庭、家族、乡里、民族、国家乃至国际社会在结合、交往过程中使用并传承的集体行为方式。社会民俗主要包括社会组织民俗（如血缘组织、地缘组织、业缘组织等）、社会制度民俗（如习惯法、人生仪礼等）、岁时节日民俗以及民间娱乐习俗，等等。① 对于社会民俗，残疾人作家的创作集中表现了社会组织民俗、岁时节日民俗和民间婚礼、人际交往习俗。

（一）社会组织民俗

社会组织民俗通常是指民间各种形成稳定互动关系的共同体，如家族、行会、帮会、秘密宗教等。在其他作家的文学创作中也有各地社会组织民俗的内容，比如李劼人等老一代川籍作家的作品描述了四川民间的袍哥组织。而残疾人作家从各个角度丰富了这一内容，如《天亮之前》就给我们详细介绍了四川一代的绿林组织。

---

① 钟敬文主编：《民俗学概论》，上海文艺出版社2009年版，第5页。

第三章 叙事方式：补偿性创作

《天亮之前》一开始出现的就是绿林武装，民间哥老会。在广安华蓥山一带，绿林武装最初是一些聚众山林、劫富济贫的英雄豪杰形成的民间武装组织，后来发展成土匪组织。这个组织中，很多人是因为忍受不了官兵的压迫被逼上山的，也有一些兵痞、流氓、游手好闲之人。华蓥山一带的地下党为了壮大组织，常常安排人进入绿林武装去做说服工作，1931年7月中国共产党岳池特支派地下党员廖玉璧上华蓥山组织游击队，改造绿林武装。10月中国共产党岳池特支书记金化新、委员罗方域与廖玉璧入高兴、阳和一带做绿林刁玉甄的工作，并改造其队伍。1932年2月，禄市的绿林好汉陈博斋投奔廖玉璧领导的游击队。《天亮之前》以1948年华蓥山武装起义前夕，川东特委派共产党员严剑辉深入白三荣的绿林武装做分化瓦解、改造工作为线索，展现川东地区解放前夕的各种复杂斗争。绿林民间武装组织构成故事线索，推动情节发展。

小说还介绍了这些组织的办事特俗，比如首次进入绿林武装组织，如果呈上一张被烧焦一角的硬纸片，就意味着持名片的人事情很紧急，或犯有杀人放火等重大罪行而被通缉。绿林武装的头目一见烧焦的名片，就要把持名片的人隐蔽掩护起来或者派人护送他到安全的地方。而且，绿林中人一般认为此类人要么武艺超强，要么胆识过人，因此，此类人往往能获得绿林武装组织头目的重用。再比如，绿林中召集大家开会的信号是浓浓的火光。白三荣要迅速召集全体绿林好汉汇聚大本营的信号就是在山顶烧一大火，升起一股浓烟，火光冲天而起，半个天空被染得通红。

《天亮之前》也介绍了绿林武装选择营地的特点：在一个三面环山、像一个撮箕的山湾上面的四个小山顶上。绿林军分为四股驻扎。这四支兵力互为犄角，可攻可守、可进可退，遇敌人进攻一个山头，则其他三个山头支援，形成一个包围圈；遇敌人攻势凌厉，则可全部撤离阵地，上到山峰最高顶与之周旋。这种地形是较好的伏击口袋，只要敌人进去，要想出来简直是妄想。

小说介绍了华蓥山绿林不成规矩的规矩：（1）如果遇到敌人，打也打不赢，甩又甩不脱，自己伤亡又重，这时就要想办法与敌人同归于尽，以实现结拜时发下的誓言，不求同年同月同日生，但愿同年同月同日死。（2）在急于逃命之时，受伤的绿林兄弟是其他人的负担，而且有时很容易暴露绿林行踪，因此，在逃命前，受伤的人都是不能留下活口的。

关中历来是陕西的富庶之地，再加之关中地区川、塬、山南北相连，便于土匪的出没和藏身，因而在兵荒马乱的年月，关中地区常有土匪打家劫舍,引起骚乱。土匪活动的频繁猖獗是关中的一个历史现象。贺绪林在他的"关中系列"小说中就关中地区土匪出现的历史原因、土匪的行规、土匪的性格都做了描绘。

(二) 岁时节日民俗

岁时节日民俗是民族传统文化中不可缺少的部分。它是我们历代祖先在长期社会活动过程中,适应生活、生产的各种需要和欲求而创制传承下来的一种习俗。岁时节日民俗是一种内容宽泛、涵盖面较广的社会文化现象。节日可分为农时祭祀节日、宗教节日、民族传统节日等。与这种节日一致的是农时祭祀节日民俗、宗教节日民俗和民族传统节日民俗等。

刘水在其小说中对陇南地区的过年习俗进行了描绘:腊月二十三日,将最后一批灶王爷送回天堂,商户人家就开始无所顾忌地杀猪宰羊,打扫厅厨,张贴年画,一趟趟地置办年货。周洪明给我们叙写了川南地区初一的习俗:"按照川南农村习惯,今天是不吃荤菜的,'初一吃素,当素全年';初一也不擅动扫帚打扫卫生的,怕扫掉一年到头的财运;另外,最为重要的是,这天人人都不劳动,言下之意,是全年都清闲,得到休息。本来正月间尤其十五前是农村人走亲访友最盛行的时段,但初一这天是不提着礼物走动的,原因是这天出财,则全年破财。"[①] 陈智敏给我们讲述了四川广安地区洪灾时的祭祀民俗:先请巫师神汉做法事,然后拿来大米、鸡鸭猪肉抛进河里,笃信龙王吃了会给沿江的人们减缓灾情。

(三) 民间婚礼、人际交往等民俗

婚姻是人与人结为夫妻关系的一种文化现象。婚姻习俗是伴随着婚姻制度的产生而产生的,它展示了民族群体的社会生活面貌以及审美观、伦理观、价值观、宗教观、性意识和民族心理的发展态势,是人类创造的文化积累和精神财富。婚礼习俗随着人类社会的进展不断地发生着变化。

当今世界文化一体化业已成为一种趋势,传统与现代、中国与西方不断地碰撞、融合。现时的中国农村各种思想、传统也在经历着裂变,婚礼的习俗也体现出中国与西方的交融。《坠落与升腾》给我们展现了现

---

① 周洪明:《坠落与升腾》,内蒙古人民出版社 2010 年版,第 246 页。

在四川农村中西合璧式的婚礼：门前聚集了许多人，男男女女、老老少少、亲戚街坊、三教九流，人们三人一团、五人一堆，插科打诨、嬉笑怒骂。沿街三行、一行十桌排开，共三十张圆桌，房檐用花雨布搭起一个临时雨棚，下面摆放着三个用油桶改装的简易灶头：左侧叠起十多层蒸笼，正微微冒着热气，里面蒸着全是酒席用的蒸食；中间一个妇女正在上饭，硕大的甑子是专门供红白喜事用的，可供几百号人食用。右侧灶头的锅里装满了水，是烧开后煮肉用的，一个专门负责烧火的中年人正手拿一把扬掀，一次次掀起煤炭向灶膛甩去。一个身形清瘦、颇有仙人风骨的老人发话了："各位亲朋好友，张大姐之子李俊杰的婚礼将在中午十二点整举行，仪式举行完后，再摆酒席，请王大妈组织擦洗碗筷，吴大哥负责端分菜食；端菜的分成两组，一组负责一半，不要混乱；散烟酒的几个小伙子，跑勤一些，不要怠慢了客人。"[1] 临近十二点，随着一阵"啪啪""啪啪"的鞭炮声，新娘子来到夫家。街中早摆好一张木方桌，上面用木制斛子装满玉米。正中间燃烧三支蜡烛，左右两侧各燃一把香。司仪从旁边一个人手中拿过一只活公鸡和一把菜刀，神情严肃地几步跨到桌前，令新娘站在桌前，撑开手中的太阳伞。司仪先把菜刀放在自己口中咬着，把公鸡的头往后一拧，扯下一撮鸡毛来，再从口中拿起菜刀，缩臂一划，刀起血出。司仪提着公鸡，弓着身，跳着步，在新娘身边正转三圈，再反转三圈，嘴里念念有词，最后司仪回到木桌前面，左手抓起一把玉米，念几句，向前后左右各撒一把。忽地把公鸡猛然掷在地上，大喊一声："放炮！"几个年轻人早已跃跃欲试了，顷刻，街尾便响起了长时间的鞭炮声。人群先是一阵哑静，听鞭炮一响，立刻喧闹起来，两个中年妇女一左一右地搀扶着新娘，向堂屋中间走去。新郎头发上擦着油腻的发油，穿黑色的燕尾服、白色的袜子，系一条鲜红的领带，脚穿一双尖头皮鞋。新娘则穿白色的婚纱。亦中亦西，中西合璧。

如果说上面的这些内容是描绘婚礼仪式的，那么，《坠落与升腾》还给我们展示了川滇交界处，婚前男女双方的一些习俗：男方要按照"三回九转"给女方送礼，送礼的东西包括农村人说的最受人尊敬的二刀肉、糖食果饼，外加鸡鸭和女方的衣服等。送礼要送三次，送完三次礼，过一个多月之后，男方和媒人拿着东西又去新娘家，新娘的父母将女儿的生辰八字写在一张红纸上，男方父母请人将双方的八字一合，确定两人的婚期，这叫"开庚"。接下来，男方和媒人再次到女方家说明女方到婆

---

[1] 周洪明：《坠落与升腾》，内蒙古人民出版社2010年版，第15页。

的文字，表达对藏传佛教的崇拜与信仰。桑丹坦言，自己之所以能不断抵御丑陋和邪恶，其力量来自"我生命里一抹温暖的亮色——那就是我的母系家族赐予我的宗教感。我经常想起我故去多年的阿婆扎西，这个三十岁就离乡背井、独自拉扯三个儿女长大的藏族女人，生活给她的磨难丝毫没有让她产生嗔恨之心，反而萌生了虔诚信佛、相信今生之后还有来世的慈悲心。因为相信有来世，所以活在世间的每个人要凭良心，凭感恩之心延续生命。基于这种坚定的信念，真善美的境界自然会显现出来，记得阿婆对我说得最多的一句话是来世我会有好报应的。这超越时空，灵魂永生的伟大深深地影响了我"①。"我永远忘不了我那年逾八旬的老阿婆，在清晨转经的路上，背一小口袋糌粑喂蚂蚁。在大雪纷飞的旷野中，撒几把米喂麻雀；宁肯花钱买几条鱼儿放生，也不愿贪口腹之欲。即使枯萎的花也要供养在盛满清水的花瓶里……何为悲天悯人的宽容？何为万物皆有灵的仁慈？因了这一切，世界才拓展了一种博大广阔的境界。直至现在将来，这种强大的精神力量，不是让我们无从超越，无可企及。它应该是久远的，永恒的，更接近内心的用灵魂拨弄的旋律，它们将滋养日月星辰，宇宙万物，芸芸众生。"②桑丹还说，她之所以喜欢安徒生的童话，是因为安徒生"也是一位富有宗教情怀的作家，从他十四岁受洗礼的那一刻起，爱与悲悯一直是他作品的主色调"③。安徒生"以真善美的宽广胸怀，宽恕了这个不那么完美的人生和世界"④，因为有一种信仰，"佛像前叩首，灯盏内添油。唯此，我们才有了冥冥中的愿望和祝福"⑤。从上面几段话可以得出：桑丹信仰藏传佛教；受藏传佛教影响，桑丹相信生命轮回，灵魂永生；相信宽容、仁慈和感恩。

因为信仰藏传佛教，桑丹在作品中表现了生死轮回观。因为信仰藏传佛教，所以桑丹认为，万物皆有灵气。桑丹在《幻美之旅》中说，花是带灵气的东西，人运昌则花木旺，人运败则花木衰。桑丹认为，众生恪守一种相同的信念，佛像前叩首，灯盏内添油。唯此，才有冥冥中的愿望和祝福，而且她还认为，"和朝佛人同行是有福气的，不仅能消灾避祸而且事事顺利"⑥。

---

① 桑丹：《幻美之旅》，大众文艺出版社 2006 年版，第 57 页。
② 桑丹：《幻美之旅》，大众文艺出版社 2006 年版，第 5 页。
③ 桑丹：《幻美之旅》，大众文艺出版社 2006 年版，第 57 页。
④ 桑丹：《幻美之旅》，大众文艺出版社 2006 年版，第 58 页。
⑤ 桑丹：《幻美之旅》，大众文艺出版社 2006 年版，第 4 页。
⑥ 桑丹：《幻美之旅》，大众文艺出版社 2006 年版，第 178 页。

纯懿记载了新疆少数民族的民间信仰习俗，柯尔克孜族对待贵客或者病人有一种特别的仪式，由一位德高望重的老人端着一碗水面向对方，用手沾上水轻轻洒向对方，然后用碗在对方头顶转三圈。这种仪式是为对方祈祷，让神保佑对方平安。他们的服饰也与这种民间信仰有关系，年长的女性头上戴着缀满饰物的头箍，腰里系着缀满铃铛的翻毛短裙，用兽骨敲响手鼓。

（二）民间宗教

民间宗教一般是指乡土社会中植根于传统文化，经过历史锤炼并延续至今的有关神明、鬼魂、祖先、圣贤及天象的信仰和崇拜。它包括自然崇拜、图腾崇拜、祖先崇拜和其他地方神灵崇拜以及崇拜的各种文化仪式。

《坠落与升腾》给我们介绍了川东地区旧历九月十九的朝山拜佛活动：寺庙的大钟"咚！""咚！""咚！"地敲响，古钟齐名，朝山的香客们虔诚地沿着上山的林中小路三步一揖、五步一叩依次拜上山来。寺庙大门大开，门外台阶两侧和大坝的边缘，摆着各种小吃摊，有凉面、醪糟、汤圆、稀饭小菜、盖碗茶等。坝子中间，刚开始时演着木脑壳戏，接着锣鼓震天，木脑壳戏急忙向坝子两边移动，只见八个头戴云勒、腰围转裙，身着粉红色府绸黑色镶边裤褂、露臂赤足的十五六岁云童护卫着驾香来到。云童有的端着香盘，有的"苏秦背剑""莲花铺地"，队伍变化无穷，使人眼花缭乱。驾香共有七层，层层都扎有纸人纸马，有站的，有坐的，有金鸡独立的，有蹲的。最高一层是玉皇大帝，周围站满了仙女，第二层是十佛像，扎着如来、观音、普贤、文殊等佛像，第三层为二十八星宿，第四层是三十六天罡，第五层是七十二地煞，第六层是十二时辰，最后一层是关羽圣人，两旁站立着关平、周仓……驾香的后面，是一拨锣鼓。

桑丹在《幻美之旅》中给我们介绍了农历四月初八，佛祖释迦牟尼诞辰日甘孜州的纪念活动。这天，康定的梵音恰似天籁在缓缓流淌，闪亮而斑驳的经筒转动起来了，煨桑的烟火飘曳起来了，跑马山的五色海水满了，浴佛池的水满了，城中间的河水满了，九条颜色各异的巨龙也被水一般澄澈纯净的信念浸润得升腾起来了。人们翩翩起舞，祝福吉祥，共度平安。

桑丹除了介绍宗教活动的仪式，还介绍了与此相关的用品、人们的服饰、各种建筑装饰等。《幻美之旅》中描绘了长寿三尊像的唐卡：主佛

301

长寿佛,一头三臂,深红色,盘发成髻,戴五佛宝冠,上穿天衣,下着绸裙,身佩珍宝璎珞,具足一切报身佛的种种庄严,双手结定印于膝上,手上置长寿宝瓶,两足以金刚双跏趺安坐于莲花月轮上。康定的藏民族围绕红墙黑顶的寺庙转经、祈祷、诵唱咒语。藏民族诵《般若八千颂》《甘珠尔》《丹珠尔》,诵经的内容如:"这里永远会遍布秘籍宝藏,瑞草祥花,奇故异事。法、物、欲、果皆圆满,远近牧草美、田宅土质美、引灌水质美、础磨石质美、屋薪木材美,此地是十德十美,可谓人间宝地。"[1] 康定的大小寺庙檐头有着迎风招展的五颜六色的经幡,经幡发出毕毕剥剥的声音,雪芭的轻烟袅袅升起。老喇嘛穿着袍裙,遇着路边的花丛,放慢脚步,一只手撩起厚重的袍角,小心翼翼地绕开那堆不安分的花丛。

纯懿在《西域之恋》中详细记载了萨满教的传说和萨满如何跳神击鼓帮人治病、驱除恶魔的传说。

(三) 民间神话传说

民间神话传说是一个民族和国家的宝贵精神财富,是由人们幻想中的古今生物如神、鬼、人、仙、佛、妖、精、魔鬼、上帝、天使、龙、凤、动植物等编造出来的故事,它往往反映着一个民族或某个地方的人认识自然、征服自然的某些愿望。

《天亮之前》介绍华蓥山老虎洞虎肠的产生:虎肠是华蓥山地质千百年变化的独特产物,是溶岩和石灰石自然形成的一条在岩石缝隙中蜿蜒曲折的地下岩石小路。相传清朝嘉庆年间,一支五百多人的白莲教起义队伍被清兵围困,经老虎洞脱险后,仅存二百多名。后来这条路上到处都是残缺不全的刀剑和堆堆白骨。

《坠落与升腾》中第十五、十六节记叙了"二十四个望娘滩"的传说:强娃为了护住神蛋,将神蛋吞到肚里,因为吞了神蛋口渴,家里水缸的水喝完了,跑到溪边,趴在地上喝溪水,渐渐地他的头部变成龙头,前肢变成龙腿,上身变成龙身,被起伏跌宕的波涛簇拥着,忽隐忽现地向前飘去。乡亲们使用了各种办法留住强娃,但都无效,只有目送着强娃在溪水簇拥下向东前进。已变为巨龙的强娃似乎对父老乡亲们依依不舍,尤其牵挂自己的老母亲,因此,每前进一段距离,便会回头张望,在整条南光河上就回头了二十四次。而每次停顿回头,由于神力巨大,

---

[1] 桑丹:《幻美之旅》,大众文艺出版社 2006 年版,第178页。

那里都会形成一个巨大的滩口，整条河上共有二十四个滩口。后来，人们把这里叫做"二十四个望娘滩"。景物与传说相结合，小说中加入这个传说，为故事发生地增添了几分神秘感。

《坠落与升腾》介绍源业县的来历时也加入当地的传说：三国时期，为了开辟更多疆土，扩大蜀国势力，收编蛮夷异族，诸葛亮奉刘备之命南征。行至源业县老县城旧址边缘，与当地世居居民，被后人称作"蛮子"的少数民族狭路相逢，首领自知不敌，自愿和平谈判。诸葛亮凭借替天子出征之名，胁迫少数民族首领让出一箭之地，否则将会斩尽杀绝。又因诸葛亮有先见之明，预知这件事情的进展，便早已嘱人将一支箭插到云南省盐津县豆沙关的山梁上。待蜀国大将军弦箭一出，便不见踪迹，蛮人派人漫山遍野寻找，最终在豆沙关山梁上找到，只有退到豆沙关以南。

《幻美之旅》借传说介绍了康定城中公主桥的来历：唐朝文成公主进吐蕃和亲，途经此桥，后人便称之为"公主桥"。《幻美之旅》中对藏药"仁青"的介绍也是结合传说进行的叙事：传说藏医仁青在章唐一个依山傍水的村寨炼化水银。藏历水鼠年的一个月圆之夜（月圆之夜是炼化水银的最佳时辰），夜空一片澄明，炼化炉中流动的水银，像尘世间最美妙的净水，与此同时，仁青和他的徒弟从头到脚都笼罩着一层银光闪烁的雾气。炼药之前，他们先向三宝祈祷，然后沉默不语地做自己的事情。顷刻之间，银色的光芒升腾起来，仁青随着银色的光芒飘然离去，这一刻藏药"仁青"产生了。仁青还留下一本旷世奇书《晶珠本草》。

纯懿作品中对米兰古城、营盘古城和危须古城的传说进行了记载。古楼兰是盛产美女的国家，与楼兰为邻的山国古营盘是一个盛产美男的地方，有"楼兰美女营盘郎"的说法。

四、语言民俗

语言民俗指通过口语约定俗成、集体传承的信息交流系统。民俗语言不仅是人类生活交际的工具，更是许多文化事象——特别是民俗文化的重要载体。许多民俗文化事象，正是通过地域民俗语言一代代传承下来的。各个民族、各个地区都有特定的语言，即民族语言和方言。民间俗语、谚语、谜语、歇后语、街头流行语、黑话、酒令等都包括在语言民俗中。[①]

[①] 钟敬文主编：《民俗学概论》，上海文艺出版社 2009 年版，第 5—6 页。

作为民俗文化重要载体的方言，它凝结积淀着特定地域的历史文化内涵，反映着某一地域的自然与人文特色和独特的风俗民情。正是在这一意义上，自现代文学以来，中国部分作家有意识地从方言宝库中提炼、采撷鲜活的、富有表现力的语汇进入文学作品，用浸润着泥土气息的语言创作出优秀的文学作品。残疾人作家在创作时都有一个方言情结，他们有意识地用当地的语言讲述当地的故事。2009年，邹廷清创作的《金马河》获第六届四川文学奖。邹廷清在《答谢词》中说，他为能生活在这片富饶的土地上感到骄傲，为自己能在任何地点和场合只说温江（成都的一个区）话而感到自豪。他表示，无论走到哪里，都会用温江话向人讲述温江的人文历史，讲述温江在水滋润下那种得天独厚的美丽，讲述心中圣洁的金马河。邹廷清用温江话给人讲述温江的历史，残疾人作家用故乡的话讲述自己故乡的历史；邹廷清的追求，也是残疾人作家的共同追求。

下面从叙述语言的民俗化，人物语言的民俗化，民间歌谣、民歌三个方面对此问题进行论述。

（一）叙述语言的民俗化

1．《嗨，王老汉》中叙述语言的民俗化[①]

（1）脸朝黄土背朝天（1），这句话的意思是农业耕种。

（2）又问春红余震很凶吗？（3），"很凶"的意思是很剧烈。

（3）咋就老癫董了呢？（5），"老癫董"即老糊涂。

（4）他回到家里，翻箱倒柜地找钱（5），"翻箱倒柜"指把箱子柜子都翻倒过来，意思是彻底翻检。

（5）他气得扬起巴掌（5），"扬起巴掌"即举起手掌。

（6）他独自守到半下午，仍没卖脱（6），"卖脱"即卖出去。

（7）太阳出来有一竿子高，长长的腿杆蹬了被子露在外面（15），"一竿子"是虚拟的量词，"一竿子高"意指时间不早了。"腿杆"就是腿的意思。

（8）长着一丛丛黑黢黢的地木耳（18），"黑黢黢"即很黑很黑。

（9）王老婆婆一天到晚扭到他闹离婚……可这王老婆婆也是个一根筋之类的人物（21），"扭到"即纠缠的意思，"一根筋"即思想不灵活。

[①] 以下引文全部出自陈智敏、陈德福《嗨，王老汉》（作家出版社2013年版），引文末括号内数字表示引文页码。

第三章 叙事方式：补偿性创作

(10) 气得弯肠子呆那儿眼睛一愣一愣的（23），"呆那儿"即一动不动地站在那里，"一愣一愣"即发呆。

(11) 王老汉站住，扳起面孔（23），"扳起面孔"即满脸的不高兴。

(12) 弯肠子提的条件更邪门（25），"邪门"即不合乎常规。

(13) 妈的弯肠子！王老汉想，从前装我的怪，拿捏我，现在又装怪，制造麻烦（26），"装我的怪"即从中作梗，"拿捏"即刁难、要挟。

(14) "莫打岔"，王老汉楞他一眼（26），"莫打岔"即不要打断别人说话，"楞他一眼"即用眼睛恨他一下。

(15) 王老汉在镇上割了一大块宝肋肉（36），"宝肋肉"即里脊肉。

(16) 他又在人前充壳子（37），"充壳子"即闲谈、幽默搞笑的聊天。

(17) 丈二金刚摸不着头脑（37），这句话的意思是对某件事情完全不知情。

(18) 见堂屋里立耸耸一条汉子（38），"立耸耸"即高高地直立。

(19) 王老汉拔腿就走（40），"拔腿就走"即立刻就走。

(20) 王良华打个胴胴、穿条幺裤儿出来了（40），"胴胴"即上身没穿衣服，"幺裤儿"即内裤。

(21) 一阵奚落，夹枪带棒，王老汉肺都要气炸了，几大步来到老支书门前，伸出擂钵样的拳头猛擂门（42），"夹枪带棒"即骂人时说着各种难听的话，"肺都要气炸了"是形容一个人很生气，"擂钵"是一种捣烂东西的器皿。

(22) 赶鸭子上架（45），这句话的意思是不懂但必须要做，被迫做。

(23) 同样获得不少巴巴掌（50），"巴巴掌"即掌声。

(24) 格老子，硬是世事流转，变化纷纭，现在需要的是机器脑壳、电子脑壳，我这榆木疙瘩硬是不行了啊！（53），"格老子"就是对自我的一种称呼，含有一种傲慢的意味，"脑壳"就是大脑的意思，"榆木疙瘩"即思维不灵活。

(25) 总算把儿子盘出来了（58），"盘"即"供养"。

(26) 这些人一个个正儿八经坐那儿填表（60），"正儿八经"即一本正经，很严肃。

(27) 王老汉当了园区的顾问，工资拿得高，又受尊重，抖起来了（63），"抖起来"即神气起来了，一般讥讽那些突然发迹而有钱有势的人。

(28) 你咋打摆手回来？（64），"打摆手"即空着手。

(29) 扯草草凑笆笼（66），意思是用些无用的东西来敷衍。

305

(30) 挨到天黑（69），"挨到"即等到。

(31) 王老婆婆眉毛耸起、脸垮下来（93），"脸垮下来"即满脸怒气，不高兴的样子。

(32) 没学会无驾照就往街上跑，还搭个老婆婆，衣儿敞起，衣摆在风中飘呀飘，跟个天棒似的（95），"衣儿"即衣服，"儿"没有实在意义；"天棒"意指没文化、没教养的四处浪荡之人。

(33) 咋就秋风黑脸的呢？（107），"秋风黑脸"是指脸上呈现出不高兴的样子。

(34) 乍脚舞爪的（116），"乍脚舞爪"即张牙舞爪的意思。

2.《天亮之前》中的叙述语言的民俗化[①]

(1) 从红苕土后面的土坎后面（2），"红苕"的意思是红薯。

(2) 脑壳象鸡啄米似的磕起头来（3），"脑壳象鸡啄米似"的意思是头不停地向下点。

(3) 茅厕（23），"茅厕"的意思是厕所。

(4) 黄皮寡瘦的白三荣（27），"黄皮寡瘦"的意思是又瘦又黄。

(5) 顺手抹一把额头上的汗珠（31），"抹一把"意思是擦一下。

(6) 梁庆儒把子虽然扯得圆范，心里却紧张得要命（38），"把子虽然扯得圆范"的意思是把谎言说得很像真的。

(7) 当梁庆儒说梁芯她妈妈是今天的忌日时，吴妈才发现梁庆儒在扯把子（42），"扯把子"的意思是撒谎。

(8) 居然也把冲到前面的几个家伙撩倒了（64），"撩倒"的意思是将人扑倒在地。

(9) 白三荣绝望地垂下脑壳（67），"脑壳"即脑部。

(10) 把白三荣吹得恍里惚兮（89），"恍里惚兮"的意思是神魂颠倒。

(11) 梁庆儒气得七窍冒烟，心中暗骂身边的警察硬是群饭桶，傻木瞪瞪的（121），"饭桶"意思是不做事的人，"傻木瞪瞪"即傻乎乎的。

3.《坠落与升腾》中的叙述语言的民俗化[②]

(1) 强娃心急火燎地跑到溪边（35），"心急火燎"的意思是内心很

[①] 以下引文全部出自陈智敏的《天亮之前》（中国文联出版社2004年版），引文末括号内数字表示引文页码。

[②] 以下引文全部出自周洪明的《坠落与升腾》（内蒙古人民出版社2010年版），引文末括号内数字表示引文页码。

(2) 李俊杰像孤家寡人一样坐在客厅的沙发上（45），"孤家寡人"亦即没有亲朋好友。

(3) 用川汤普通话喊老板整两碗快餐来，冷白源三下五除二就梭进嘴巴里去。高扬吃得慢腾腾的（58），"整两碗"的意思是买两碗，"三下五除二就梭进嘴巴里去"的意思是很快就吃完了，"吃得慢腾腾的"意思是吃得很慢。

(4) 毕竟两人都不是纯粹的乡巴佬（58），"乡巴佬"的意思是没有多少见识的人。

(5) 几乎没有完整地在家里做过一天活路（95），"活路"的意思是农活。

(6) 解决矛盾就是在田埂上抹稀泥，只要能够抹平就是水平（96），"在田埂上抹稀泥，只要能够抹平就是水平"的意思是调和、折中。

(7) 各自端张椅子坐在吴云海家门前的屋檐下摆龙门阵（107），"摆龙门阵"的意思是闲聊。

(8) 王大爷是个扯客，心中有点发慌，但嘴壳子仍然硬起（107），"扯客"的意思是特别能说的人；"嘴壳子仍然硬起"的意思是假装强大。

(9) 黄贵红等待宣判等得毛焦火辣（135），"毛焦火辣"亦即焦躁不安。

(10) 妈妈边刨饭边叮嘱玉容（144），"刨饭"的意思是吃饭。

(11) 气得差点背过气去（170），"背过气"的意思是失去知觉、不省人事。

(12) 那味道用四川话来讲，硬是不摆了（188），"硬是不摆了"亦即好极了。

(13) 东拉西扯地闲聊（191），意思是很随意地聊天。

(14) 蹲在公路旁边三下五除二就搞整到肚里去了（193），"三下五除二就搞整到肚里去了"的意思是很快地吃完了。

(15) 又慢腾腾地在雪风中往前挪动十多公里（213），"慢腾腾"的意思是缓慢。

(16) 屋漏偏逢连夜雨（221），意思是不好的事情接二连三发生。

(17) 最终他操起话筒，一连打了几个电话。只看见他与对方谈笑风生，嘻哈打笑（223），"操"是拿的意思，"嘻哈打笑"亦即很随意地开着玩笑。

(18) 极有可能是扁担挑钢钵——两头滑脱（228），这句话的意思是两件事情都没能做好。

(19) 手里提着一个瓷钵（234），"瓷钵"是一种陶瓷做的容器。

(20) 将他从身上扳下来（241），"扳"的意思是使劲拉。

(21) 不料恰得其反，竹篮打水一场空（241），这句话的意思是最后什么都没得到。

4.《幻美之旅》中叙述语言的民俗化①

(1) 獐子是枪撑出来的，话是酒撑出来的（117），这句话的意思是喝酒之后话匣子就打开了。

(2) 人老话多，树老根多（119），这句话的意思是老人的话比较多。

(3) 金窝银窝不如自己的狗窝窝（122），这句话是指外面条件再好都感觉不如自己家好。

(4) 阿芬不管三七二十一，一转身就跑得不见人影了（131），"不管三七二十一"的意思是什么都不顾。

(5) 突然变得神经兮兮的（138），"神经兮兮的"的意思是神经质。

(6) 但他害怕这个又歪又恶的李家二孃，只好闷在肚里骂他（185），"又歪又恶"是态度凶狠的意思。

(7) 他跷起二郎腿一抖一抖的（188），"跷起二郎腿"的意思是一只脚搭在另一只脚上，指一个人仪态不端庄。

(8) 原先在康定群运站吆牲口（188），"吆"即"赶"的意思。

即使如谢长江在很唯美的《红麦穗》中，也偶尔要露出民俗性的语言，比如他不说马铃薯或土豆，而说洋芋。

夏天敏在自己的创作中也有意识地使用云贵高原的方言，《两个女人的古镇》中使用了"腰店子""撇嘴""龟儿杂种""惊乍乍""憨包""直僵僵的""麻麻亮""草头草脑"。《好大一对羊》中使用了"鬼喊呐叫""软塌塌的腰""日它先人板板的风哟""薄菲菲的衣裙"。《好大一棵桂花树》中使用了"说来也是日怪""爆出一个叫狗伸出舌头缩不回来，叫人眼睛鼓得牛卵子一样的消息"。《飞来的村庄》中使用"糟糕毬了""鬼火冒""没得我的毬相干"等。

刘水在文学创作中也有意识地使用陇南地区的民间语言，《野马河苍生》中就用了"在门旮儿盘了一个灶""旮旮旯旯都不放过""下爪""劳客"（劳客，对红白喜事请来干活的人的尊称）等。

---

① 以下引文全部出自桑丹的《幻美之旅》（大众文艺出版社 2006 年版），引文末括号内数字表示引文页码。

（二）人物语言的民俗化

1.《嗨，王老汉》中人物语言的民俗化[①]

（1）"笨蛋"（3），"笨蛋"即傻瓜的意思。

（2）"你要告得他们工作除脱"（13），"工作除脱"即被老板解雇的意思。

（3）"睡，睡个球哇！"（16），意思是别睡。

（4）"你今天的面钱我开了"（17），"我开了"即我付钱。

（5）"她怀疑啥，乱求扯。"（18）"乱求扯"即乱说。

（6）"母狗不翘，伢狗不走草。"（23）这句话的意思是如果你不引诱别人，别人是不会黏糊你的。

（7）"随你的便，龟儿戳锅漏。"（23）"龟儿戳锅漏"意思是成事不足败事有余。

（8）"你两个青光白天吵啥嘛？"（24），"青光白天"就是指白天。

（9）"小孩子家家，不准乱说！"（24）"小孩子家家"就是小孩子，"家家"没有实际意思。

（10）"莫打岔"，"你还胯脚里夹棍，当针（真）了。"（26）"莫打岔"的意思是别打断谈话；"胯脚里夹棍"意思是把假话当成真话了。

（11）"总疑神疑鬼，好像我们有一腿。""你们问问她，有不有一腿。"（33）"一腿"指偷情。

（12）"打开窗子说亮话"（33），这句话的意思是真实说出自己的想法。

（13）王老汉看到农村变化大，感慨到"格老子，硬是世事流转"。（52）"格老子"没实际意思，就是一种感慨。"硬是"即真是的意思。

（14）"耍得不耐烦，得罪了不少人，还好意思回来在我面前耍抖摆。"（64）"耍得不耐烦"的意思是玩得不想玩了；"耍抖摆"的意思是耀武扬威。

（15）"不懂规矩要吃亏，久走夜路要撞鬼。"（95）这句话的意思是长期干坏事总要遭报应。

（16）"我解溲出来系裤带他看，我跟细娃儿喂奶他看。"（116）"解溲"的意思是上厕所，"细娃儿"就是小朋友的意思。

[①] 以下引文全部出自陈智敏、陈德福的《嗨，王老汉》（作家出版社 2013 年版），引文末括号内数字表示引文页码。

2.《天亮之前》中人物语言的民俗化[①]

(1)"龟儿子们,跟老子冲进去。"(1)"龟儿子"是对人的一种侮辱性的称呼,也带有玩笑性质,用于关系较近的人,如引文;有时"老子"就是"我"的意思。

(2)"快说,不然老子毙了你这个婊子。"(1)"婊子"是对女性的一种辱骂性的称谓。

(3)"你哥子占哪个山头,兄弟有礼了。感谢哥子你捉到了老龟儿!"(3)"哥子"是对对方的一种尊称,"老龟儿"是对对方的一种侮辱性的称谓。

(4)"你敢日弄老子们"(3),"日弄"就是"捉弄"的意思。

(5)"你哥子找老子,有话快讲,有屁快放。"(4)"有屁快放"的意思是动作要迅速。

(6)"先人板板,我看哪个婊子再闹,老子先毙了她,格老子。"(5)"先人板板"即祖先的棺材板或祖先的灵位,表示骂人或表示无奈、惊奇。

(7)"算了,添饭吧。"(30)"添饭"意思是再盛一碗。

(8)"吴妈疼爱地骂道鬼丫头"(31),"鬼丫头"是对女孩子的一种爱称。

(9)"你麻哥还不快点把酒菜端上来,老子正要过酒瘾。""过鸡巴"(34),"过鸡巴"是一句粗话,在这里就是不让对方过酒瘾的意思。

(10)白三荣"更不是你梁先生手中的灰面疙瘩,由你那扚切就那扚切,由你那扚捏就那扚捏"(50),"姓梁的,龟儿子有种你就朝这儿来吧"(50),"仙人板板,上呀"(50),"龟孙子,老子们都不想活啦"(50),"老不落教的二竿子,来嘛!"(50)。"那扚切就那扚切,由你那扚捏就那扚捏","那扚"就是怎么的意思,整句话的意思是任人宰割。"龟儿子"是对对方一种侮辱性的称呼。"老不落教的二竿子"中,"老不落教"是说一个人不仗义、不厚道,"二杆子"是指那种不靠谱的人。

(11)"这姓梁的雷打忙了满胯钴,害你不成又要害我"(51),"雷打忙了满胯钴"意思是慌不择路。

(12)"龟儿子,翻天啦,格老子收起来"(52),"翻天啦"即造反啦。

[①] 以下引文全部出自陈智敏的《天亮之前》(中国文联出版社2004年版),引文末括号内是作品页数。

(13) 白三荣心里暗骂"你龟儿梁庆儒惊风火扯地吼啥子嘛,倒把老子吓了一跳"(58),"惊风火扯地吼"意思是大惊小怪、神经兮兮、一惊一乍地喊。

(14)"冷水烫猪不来气,未必然你龟儿子打碗凉水敢把老子吞了不成!"(58)意思是我不怕你,看你能把我怎么样。

(15)"那扪搞起的?"(62),"那扪"在这里是怎么的意思。

(16)"先人板板的,给老子上,狠狠地捶他个狗日的。"(65)"捶"亦即打的意思,"他个狗日的"是对对方的侮辱性称谓。

(17)"哎哟——我的脚杆","先人板板,好凶的阵仗。""格老子,想不到今天在这里收活路!""今天竟在阴沟里翻了船"(66),"脚杆"就是脚的意思,"阵仗"即神情,"收活路"即是结束,"阴沟里翻了船"意思是出乎常规的败了。

(18)"龟儿子还有点板眼,硬是鞋子刷刷脱了毛的,不错。"(67)"有点板眼"是指有点小办法;"鞋子刷刷脱了毛"是指一个人主意多,心眼多。

(19)"千万莫想到绝路上去哟"(70),"莫想到绝路"意思是别想绝路。

(20)"老子还默到你龟儿遭了呢?"(81)这句话的意思是估计你遭遇不测了。

(21)"先人板板的,你龟儿子慌个球,给老子打回去。"(82)"慌个球"意思是别慌慌张张的。

(22)"笑,笑你妈屙扁扁尿。"(91)这是一句骂人的话。

(23)"龟儿子们莫球争了"(96),"莫球争了"意思是不要争了。

3.《堕落与升腾》中人物语言的民俗化①

(1)"工作单位又巴适"(13),"巴适"即好、舒适的意思。

(2)"一节竹子不管另一节竹子的事,我没当了,就不管不该管的事。"(95)"一节竹子不管另一节竹子的事"意思是各行其是。

(3)"这不是白日青光的抢劫吗?"(96),"白日青光"即白天。

(4)"各自端张椅子坐在吴云海家门前的屋檐下摆龙门阵"(107),"摆龙门阵"即天南海北地闲聊。

(5)"怕个球呀!看她能把我这咬来吃了。"(107)这句话就是给自

---

① 以下引文全部出自周洪明的《坠落与升腾》(内蒙古人民出版社2010年版),引文末括号内数字表示引文页码。

己壮胆，叫自己别怕。

(6)"大人要上班，娃儿要读书，怕不得回来哟。"(107)"怕不得回来"意思是可能不会回来。

(7)"烂婆娘呀，你不要碰我，你支起你男人来打我。"(129)"支起"即教唆的意思。

(8)"尽管整。来就是整东西，不要客气。"(193)"整东西"意思是吃东西。

(9)"啥子？你疯喽，要娃儿，你养得起吗？"(228)"你疯喽"不是指某人神经真的出了问题，而是说这人的想法不符合常规。"要娃儿"意思是生一个小孩。

(10)"要不这件事情便是剃头匠的挑子——一头热了"(242)，这句话的意思是单相思。

(11)"有啥子等会儿说要不得呀，神戳戳的。"(244)"有啥子等会儿说要不得呀"意思是有什么话可以一会儿说，"神戳戳的"意思是神经不太正常，并非真的某人神经不正常，一句骂人的话。

(12)"女二流子，你咋过不展开双臂，来者不拒地拥抱每个男人安！"(262—263)"女二流子"指思想行为方式不太正经的女性。

(13)"有啥子嘛好好地说，不要搞得大家又毛焦火辣的。"(266)"毛焦火辣的"意思是烦躁不安。

4.《幻美之旅》中人物语言的民俗化①

(1)"菩萨，不知是我哪辈子不积德呵，我跟杰娜简直像大门上一对贴反了的门神，鼻子不是鼻子，脸不是脸，亲亲的两娘母咋搞得和仇人一样？"(99)"大门上一对贴反了的门神，鼻子不是鼻子，脸不是脸"意思是思想行为不和谐。

(2)"第二天就屁事没有啦"(116)，"屁事没有啦"意思是仿佛什么事情都没有发生过。

(3)"死女子，惊风火扯的，刚疯了回来，又要疯到哪儿去？"(131)"疯"在这里是指疯狂玩耍。

(4)"上屁班，我偏不去上班"(140)，"上屁班"意思是不上班，带有轻蔑的口气。

(5)"都是你惯使的"(189)，"惯使"意思是娇惯。

---

① 以下引文全部出自桑丹的《幻美之旅》（大众文艺出版社2006年版），引文末括号内数字表示引文页码。

5.《好大一对羊》中人物语言的民俗化①

(1)"大叔吔,羊咋过恁脏。"(11)"咋过"意思是怎么,"恁脏"意思是很脏。

(2)"这是专员送的羊,你给晓得?这是外国羊脱贫羊,你给晓得?老辈子,你瞎毬整。"(21)"给晓得"意思是知道吗?"瞎毬整"的意思是不按照规定做。

6.《野马河苍生》人物语言的民俗化

"你这人阴着哩"②,"阴着"的意思是暗地里使坏。

从内容上来看,上述民俗语言大致分为七类:

第一类,有关人物称谓的民俗语言,比如"吴老幺""哥老倌""女老娘""李老表""大老表""大爹""哥子""吴吃娃""妹崽""弯肠子""万事精""王老婆婆""张三""王二麻子""扒灰佬""偷儿""大姆姆"(大舅妈)以及"阿达"(康定人对父亲的称呼)、"马脚子"(又称驮脚娃)、"费头子"(淘气的小孩)、"老子"等。

第二类,表达人物心情、心境、意愿、情感态度的民俗语言,如"毛焦火辣的""上屁班""巴适""贯使""支起"等。

第三类,表示人物动作的民俗语言,如"惊风火扯的,刚疯了回来,又要疯到哪儿去?""扳下来""尽管整。来就是整东西,不要客气"等。

第四类,表示器皿或日常生活的民俗语言,比如"瓷钵""擂钵""茅厕"等。

第五类,纯粹骂人的民俗语言,比如"狗日的""仙人板板""婊子"等。

第六类,表示程度、量化单位的民俗语言,比如"余震很凶""一竿子"等。

第七类,描绘自然景色的民俗语言,如"黑黢黢"等。

(三) 民间歌谣、民歌

民间歌谣、民歌起源于民间,很能代表各地民间的习俗。残疾人作家的作品中也为读者展示了我国各地的歌谣、民歌。这些歌谣、民歌的歌词本身也具有民俗化的特征。

---

① 以下引文全部出自《夏天敏作品精选》(华夏出版社2009年版),引文末括号内数字表示引文页码。

② 刘水:《野马河苍生》(中),华夏出版社2011年版,第23页。

1. 时政歌

《天亮之前》中写道，《合川日报》第三版的《伙伴》文艺专栏刊登了一首民间歌谣：

怪得谁

今天打牙祭——安逸
好把我们起了锈的肠子洗洗
近来吃的菜呀
好像喂猪的
……跟老子吼啊

"办伙食的，是哪位兄台
拉出来——"
"物价涨得像坐飞机
你吼得我们办伙食的哭哭兮兮
——有什么益
东西卖的这么贵
凭良心 诅咒都堵得
　我们并没有吃一百钱的雷呀
这——怪得谁"①

时政歌是人们有感于切身的处境而创作的歌谣。它反映了劳动人民对政治人物以及与此有关的政治局势的认识和态度。这首歌谣揭露了国民党统治时期物价飞涨的情况。贺绪林《最后的女匪》中用快板的形式讽刺警察抢占民间妇女的行为也属此类。

2. 情歌

如《幻美之旅》中民间的恋人歌曲：

在那雪域高原，有我心中的恋人。想起心中的恋人呵，佛法不能容。嗡嘛呢呗美咩，我的心上人。神圣的菩萨，请看看人世间，佛经能在心中现，可见不着菩萨。痛苦中的恋人，请不要磨难一生。

---

① 陈智敏：《天亮之前》，中国文联出版社 2004 年版，第34页。

要在轮回之中，我俩再次相会、相会……①

情歌是广大人民爱情生活的反映，主要抒发相爱的男女青年之间悲欢离合的思想感情。这首情歌表现了对恋人的苦苦思念。

再比如喝醉酒的扎西阿达牵着他那头老牦牛边走边唱：

　　一把菜籽撒进沟
　　今年种来哟明年收
　　今年姊妹哟大团圆
　　明年不知哟在哪方……②

这首情歌表现的是对爱情前景迷惘的内心。

《幻美之旅》中阿达喝了酒之后唱的民歌则表现了男子对自己中意的女性的渴望：

　　清早起来嘛，嫂耶
　　二嫂耶，啥子的事嘛
　　打开窗子唷，唷咿哟
　　望呀望青天③

《幻美之旅》中另一首情歌表现出男性对爱情的忠贞不渝：

　　溜溜的山，溜溜的云。
　　溜溜的大哥，爱上溜溜的大姐。
　　一来溜溜的爱上，人才溜溜的好嘛。
　　二来溜溜的爱上，会当溜溜的家嘛。④

这首情歌记载了一对藏族男女的艰辛爱情。男子是以牧马为生的牧马人，女子是萨根锅庄的大小姐。在每年四月初八举办的盛大的赛马会

---

① 桑丹：《幻美之旅》，大众文艺出版社 2006 年版，第 15 页。
② 桑丹：《幻美之旅》，大众文艺出版社 2006 年版，第 160 页。
③ 桑丹：《幻美之旅》，大众文艺出版社 2006 年版，第 187 页。
④ 桑丹：《幻美之旅》，大众文艺出版社 2006 年版，第 176 页。

上，男子精湛的骑术赢得了这位女子的敬仰，女子遂以身相许。两人两情相悦，恩爱无比，经常到跑马山的草坪间游玩嬉戏。后来，他们的事情被萨根锅庄的头人发现了，头人不能容忍自己的女儿跟一个地位卑微的贫穷的牧马人在一起，绝情地拆散这对相爱的恋人。再后来，这位女子神秘消失，谁也没有再见到她。痴情的男子始终不信心爱的女子就这么抛下他，他怀抱着女儿，一生踏上了寻找自己心爱的人的道路。达折多的人将他们的故事编成了上面这首情歌来歌唱。

夏天敏在他的作品中给我们展现了云南地区的关河号子。关河号子有上水号子、下水号子、急水号子、平水号子、险滩号子等，唱词五言七言不等，唱腔有长调、短调，唱法多样，平水号子轻缓而悠扬，内容常常是情歌，比如"船过浅水滩，红衣村姑娘现。嘿唷。问她到哪里，她要搭搭船。嘿唷。好久不见他，梦里把他念。嘿唷。见他整啥子，帮他把衣连。嘿唷。嘿唷"①。

贺绪林在《最后的土匪》中，加入了一些当地的酸曲、信天游、秦腔，表现劳动之余的男欢女爱。

3. 礼俗歌

礼俗歌是用于男婚女嫁、贺生送葬、新屋落成、迎宾待客等场合唱的歌。《幻美之旅》中的敬酒歌即属此类，如：

> 远行的人啊，
> 请喝了这碗乳汁般的美酒。
> 路过达多的时候，
> 你不要被达多的女人迷住了心儿。

这首敬酒歌表现的是女性对自己喜欢的男子的离别嘱托。

五、特点、价值和意义

（一）民俗描写成为创作中的一种自觉追求

残疾人作家由于身体和经济的原因，很难走出故乡，很难长时间生活在异地他乡，因而本地区的民俗文化对他们的浸染较之身体健全的作

---

① 夏天敏：《两个女人的故事》，云南人民出版社 2010 年版，第 101 页。

家更为深厚。残疾人作家对民俗文化的接受、追求带着很大的自觉成分，他们有意识地在创作中利用、突出居住地的民俗文化，表现对民俗文化的坚守。比如陈智敏除了创作，还做民俗研究，他与李洪、刘建忠先生撰写了5万余字的中篇学术著作《宕渠賨人演变初探》。他的作品中有较多的民俗风情描写和大量的四川方言的运用。他创作的《湖广填四川》用诙谐而凝重的四川方言以及乡土民俗描写，增添了小说的文采和可读性、趣味性，具有浓郁的地域特点，为读者构建了特色鲜明的"川东地区"。王小泗、谢长江、刘水等作家在创作中有意识地建构家乡，家乡的一山一水、一草一木都似乎充满灵性，融入他们的血液和灵魂。桑丹作为地地道道的藏族人，一生坚守着故乡的文化。藏民族身份作为一种民族的集体无意识隐藏于桑丹作品的叙事结构之中，成为她创作的"表达策略"，为她的作品覆上一层异域色彩：银器、经幡、草原上的格桑花、清脆的马铃声、英俊的马匹、迷途的羔羊、大口吃肉、大碗喝酒的驮脚娃、诵经的梵音、老喇嘛、寺庙、火盆上烧着的酥油茶、空气中弥漫着的藏香味，檀香缭绕，牛羊进入白雪的栅栏，松耳、玛瑙、珊瑚珠，背水的木桶、茶马古道、古老的锅庄。桑丹坦言，康定是一座诞生精神家园的地方，自己的创作和故乡康定有着密不可分的关系，"我认为自己是一位非常幸运的人"，因为上苍恩赐"我"出生、生长在月亮弯弯、情歌缭绕的康定，"故乡构成了今天我写作的审美和理想"。①

2010年4月4日四川成都温江召开《金马河》研讨会，邹廷清在会上的答谢词中说，对于自己的故乡温江，他要用"展示"来表达，而不是用"倾诉"，因为"倾诉"只能让人产生同情和怜悯，而"展示"才能让人看到温江的性灵而心生敬重与向往。邹廷清的这席讲话反映出对故乡历史的认同，而且要将这种认同自觉地以文学的形式加以表现。正是这种认同感决定了他创作中鲜明的川味特色。

（二）民俗描写的特点："风景化"和"诗意化"

对于民俗文化的描写，一般呈现出两种价值态度：质疑批判和赞赏肯定。民俗文化的整理工作"从一开始就是五四时期'国民性改造'的探索的有机组成部分"，"它是以国民的生活整体（习俗、日常生活、信仰以及民间文艺）为对象……从民族生活史入手，研究与把握民族精神

---

① 桑丹：《幻美之旅》，大众文艺出版社2006年版，第230—231页。

文化"。① 一部分作家本着现代理性精神，从启蒙文化的角度，反思中国传统文化，透过民俗探寻中国文化改造之路，透视民俗背后历史积淀的滞重和国民精神的愚弱，重在改良人性、重铸国人灵魂。在此种思考中，民俗审视是与文化重建、民族重建、人性（国民性）重建联系在一起的。另一种是引入文化人类学理论，从较为宽泛的意义上审察民俗，肯定原始文化的价值，对本民族不无缺憾的历史文化积淀有所偏爱，对民俗文化采取认同、审美、鉴赏的态度。

与整个中国现代文学大背景相通，老一代作家在表现民俗文化时，更多是批判和反思民俗文化中的落后因子。他们往往凸显出近现代中国乡村社会的闭塞、落后，艺术地建构了一个中世纪式的黑暗的中国乡村形象，比如罗淑的《生人妻》体现出令人惊悚的野蛮风俗，丈夫卖妻子，弟弟奸淫嫂子，买妻者设套陷害卖妻者，被卖掉的妻子遭到买妻者家人即兴而起的残酷打骂和欺负，饱经摧残却又哭诉无门。沙汀的《在其香居茶馆里》《淘金记》等作品在浓郁的四川地域特色的记叙中，将县长、保长、乡约、联保主任、绅粮、地主之间钩心斗角、掠夺乡里、鱼肉百姓、相互倾轧的粗暴、蛮横赤裸裸地呈现出来，极具民俗特色的文化符码暴露出部分人人性的粗暴和近代中国的现实黑暗情境，鞭笞了野蛮风俗。

与之相反的是，当代残疾人作家在描写民俗的时候，不再对这些民俗进行批判、质疑、否定，而是带着自然平和的鉴赏趣味，对风俗文化普遍采取认同、眷恋、向往的态度。

第一，民俗描写的"风景化"。残疾人作家在创作中将民俗作为一道风景线，忽略民俗本身的政治、文化意味，忽略民俗产生的时间意义，以展示民俗的地域风情为目的，把读者引向一个更宽阔与深厚的所指世界。他们在文学创作中突出两个淡化：

①淡化民俗现实存在关系中的时代利益纷争，淡化民俗背后隐含的文化色彩，突出其趣味性。如果说建筑、饮食这类民俗描写本身就不带有时代利益纷争，那么，一些神话传说、岁时习俗、民间信仰、宗教活动等则包含很多时代甚至阶层的因素，比如初一一定不能吃素，否则意味着你这一年都吃不上肉类。这个习俗是当时物质贫穷的一个折射，是当时穷怕了的中国人盼望有肉吃的体现，具有强烈的时代色彩。但残疾人作家在写这一习俗的时候，有意忽略习俗背后隐藏的文化内涵，这些

---

① 钱理群：《周作人论》，上海人民出版社1991年版，第170—171页.

习俗仿佛风景一般被放置在那里,读者也不用透过这些习俗分析背后的内容,只将它看作一道有趣的"风景线。"

②淡化民俗在历史中的阶段性,淡化民俗在线性时间中的过去性,而突出其普适性、共时性与现在性,让民俗在文学中的存在年年岁岁都相似。这个特点尤其突出在民俗语言的运用上。民俗语言中有部分方言、俗语其实较为粗俗,涉及人的生殖器官或者贬低妇女,比如"X你妈""吃个球""上屁班""怕个球呀!看她能把我这咬来吃了""日弄老子"等,作者在运用这些方言、俗语时,淡化这些语言中所包含的骂人甚至侮辱人的一面,突出它的普适性、共时性、现在性,借此突出人物个性。

第二,民俗描写的诗意化。现代文学史上的作家如李劼人在民俗文化的描写中始终遵循冷静、客观、不动声色的原则,很少在小说中流露对民俗文化的主观情绪,在民俗文化描写上注重真实准确,比如《死水微澜》中,李劼人对青羊宫的整体格局进行的细致入微的描写:"临着大路,是一对大石狮子。八字红墙,山门三道。进门,一片长方空坝,走完,是二门,门基比山门高一尺多,而修得也要考校些。再进去,又是一片长方空坝,中间是一条石子甬道,两侧有些柏树。再进去,是头殿,殿基有三尺来高,殿是三楹,两头俱有便门。再进去,空坝更大,树木更多,东西俱是配殿;西配殿之西北隅,另一个大院,是当家道士的住处、客堂以及卖签票的地方。"① 李劼人描写青羊宫建筑的结构、内部以及周围环境,饶有兴致、具体入微,但绝不加入任何带感情的色彩,也没有任何诗意化的描述。

残疾人作家较为普遍的是,侧重从民俗与文艺审美的关系入手,对民俗多取审美、欣赏的创作心态,挖掘风情、风物、风景的审美元素,作家大多表现出对传统文化的眷顾、怀恋以至于向往,将民俗文化融于创作之中,着力营构富有诗意的民俗风情画。当下农村中西合璧的婚礼、酒桌上的猜拳行令、初一的走亲访友、各种方言俗谚可谓俗到了家,读之却令人兴味盎然,这是因为作者所提供的"民俗画"文本,是地地道道的"诗意"型的,作者努力挖掘民风民俗中的原始质朴及其人情美、人性美,让我们品味到作者对故乡的"特别的情分",对故乡民俗的钟情。比如桑丹对塔公草原的描绘:"八月的塔公草原已经达到了一种致命的诱惑,无边无际的花草簇拥出生命狂放的祭奠。雪山是从远而近的遥想。这个地方很遥远,路上的旅人已经变老,那个地方的人年轻美丽,

---

① 李劼人:《死水微澜》,《李劼人选集》第 1 卷,四川人民出版社 1980 年版,第 186 页。

他们看见了，天空中飞翔的雄鹰，降落在永远的香巴拉，朝着太阳升起的方向，所有的旅程就是天堂。往返的道路不复存在，呵，与神灵相遇的朝圣者。"① 这段对塔公草原的介绍与李劫人对青羊宫的介绍，风格迥然不同，这里带着强烈的主观色彩，"致命的诱惑""花草簇拥""飞翔的雄鹰"等带感情色彩的词汇，再加上民间信仰的一种想象，将八月的塔公草原完全诗意化了。

民间文化诗意化是与赞赏的价值态度相关联的，对民间文化进行介绍时，一些作家掩饰不住赞美之情，忍不住要加上一些赞美之誉。比如在介绍穷查酒的制作工艺之后，忍不住地加上一句"这种酒很滋补人"。在详细介绍四川酒桌上的猜拳行令的过程中也不时加入"气氛一下就热烈起来了"之类的带情感倾向的词汇。

（三）意义和价值

残疾人作家在创作中有意识地加入一些民俗描写，弥补了生活空间狭窄、生活体验不足的短板，其意义和价值不可忽视。其文学意义在于：民俗描写在残疾人作家的创作中具有抒情、叙事、刻画人物形象等功能，能增强文学作品的可读性和文化性。

第一，民俗文化与故事的情节进展高度结合，成为情节的构成部分，推动小说的情节发展。在《天亮之前》的创作中，陈智敏因为熟悉家乡民间社会组织，于是将真实的民俗与虚构的故事作了高度的融合，既用民俗丰富了故事的地方色彩，又用故事展现了民俗的鲜活性。该小说讲述的是广安地区临近解放前，共产党安排地下党人严剑辉潜入华蓥山改造绿林武装，严剑辉与国民党、绿林武装巧妙周旋乃至悲壮牺牲的故事。小说安排了两条线索，一条线索是严剑辉与绿林武装的接触，第二条线索是国民党要员梁庆儒与绿林武装的接触，两条线索时而交叉，时而分开，其间穿插四川绿林武装的行规习俗。绿林武装这一民间组织已然成为小说的情节。《坠落与升腾》中记叙了在四川与云南接壤处，老丈人生日过十的风俗。老丈人过五十、六十、七十等带"十"的生日，女儿回娘家要送大礼，比如烟酒糖双份，衣服四套，抬一头寿猪。如果已经嫁出去的女儿不给父亲"满十"送大礼，就会招致其他亲戚的责备。正是这样的民俗，引发了黄玉花、张君夫妇与公公婆婆之间的家庭矛盾，才产生了分家这一情节。"满十"送大礼的民俗推动了小说的情节发展。残

---

① 桑丹：《幻美之旅》，大众文艺出版社2006年版，第49页。

疾人作家的这类作品中,民俗文化成为文学作品的构成方式与存在形态,人物、事件、民俗相统一,民俗具有叙事的功能。民俗是人物活动的背景与环境,民俗与作品的主题、形象、艺术表现、艺术风格往往有着重要的联系。故事的讲述总是在特定的民俗文化里展开,如果没有民俗文化的展现,小说里的故事与人物也许无从得到体现,从而也是无法存在的。

第二,增强文学作品的艺术表现手段。《金马河》在对温江的地方色彩的书写中,融入了大量的民俗文化的地域元素,比如天象、鬼神、异兆和征兆等,正是这种源自四川民间的神灵文化、鬼神文化和祖宗崇拜,使小说叙事在总体上呈现出一种神巫化的本土性魔幻主义特征。《嗨,王老汉》中对吃坝坝宴的民俗描写,表现出王老汉大公无私、慷慨仗义的优秀品格。民俗文化对于刻画人物起到了很好的促进作用,使用民俗方言让人物更加鲜活。《天亮之前》比较多的人物形象是土匪,因此小说中的人物语言大多数都是用朴实、地道甚至粗野的方言,土匪头子白三荣心里暗骂:"你龟儿梁庆儒惊风火扯地吼啥子嘛,倒把老子吓了一跳,你个龟儿子越急,老子偏不忙,给你舅子来个冷水烫猪不来气,未必然你龟儿子打碗凉水敢把老子吞了不成!"① 几句话勾勒出土匪头子霸道、任性、骄横的性格。用规范的汉语未必能如此生动简洁地表现这个人物形象。残疾人作家的作品中,民俗语言的使用让各式男女的音容笑貌跃然纸上。民俗文化的穿插也加强了作品的抒情性,比如达多城情歌一直贯穿《幻美之旅》,一旦有抒发情感的需求,作者就会让人物唱起这首很具有民俗特色的抒情民歌,杰娜和阿妈坐在出租车上,看着雨后初晴、阳光明媚,想到回家的快乐,于是跟着出租车司机的口哨大声唱起"跑马溜溜的山哟上,一条溜溜的云哟。端端溜溜地照哟在,达多溜溜的城"。② 歌声久久飘荡在小城上空,杰娜仿佛看到了自己的前世今生,这段民歌的加入带着很强的抒情性。

第三,使作品带有强烈的民间化特色。残疾人作家在创作中有意识地加入民间文化的元素,体现出鲜明的民间化价值追求。在当今文化与消费联姻的后商业时代,在部分人眼中,民间文化是过时的、丑的、无价值的。与之相反,残疾人作家对民间艺术形式表现出极大的兴趣和热情,民歌、民间建筑、方言俚语、民间传说等都成为他们创作的内容,

---

① 陈智敏:《天亮之前》,中国文联出版社 2004 年版,第58页。
② 桑丹:《幻美之旅》,大众文艺出版社 2006 年版,第125页。

他们一反强势的贵族化书写姿态，在一种浓重的民间氛围中表现他们对社会、人生的思考。这种接地气的创作方式带着民间化特色。

残疾人作家在创作中加入民俗描写也具有很强的文化意义。

第一，唤起读者对各地文化的阅读期待。残疾人作家作品中大量的民俗描写，能更切实地细描中国各地的风土人情、自然风光，这种细描可以记录更多的文化细节，保留更多的文化信息，更真实形象地反映各地民俗。一方面，对各地文化的持有者而言，这样的言说可以唤起亲切感和认同感；另一方面，对于"局外者"而言，这样的言说又昭示着一个特定群体的文化的独特性，召唤着"局外者"以极大的热情和理性努力地去"体悟"这一独特文化的细微之处，让读者对地域文化更具阅读期待。

一个地区的民俗可以在文学作品中得到保存、传播，反过来，文学作品中渗透的民间文化形态又会深入人民的生活，从精神上对读者起到指引作用。

第二，发展扩大了各地民俗的内容。在老一代作家中，各地的风俗风情风物已经成为比较经典的艺术表达和文学编码，成为经典的文学地理学和文化人类学符号，诸如各地的茶馆、大烟、抓壮丁、生人妻、袍哥组织、棒老二、抬滑竿以及方言俚语，历来为人津津乐道，民俗已经成为解读一个地方的一张名片。然而，民俗文化本身是一种动态的发展过程，时代不同了，民俗也会发生变化。另外，作家对其时其地的民俗不可能做到穷尽似的描写。当下残疾人作家创作中的民俗与老一代作家创作中的民俗元素有一些重合，但更多的是补充。地方色彩只有不断传承创新才能得到发展。《湖广填四川》填补了"湖广填四川"这一重大历史事件在小说创作领域的空白，至少让读者知道了，中国历史上除了"闯关东""走西口""下南洋"产生了移民，还有着一批"湖广填四川"的移民。它能让读者知晓，我们悲壮的民族迁徙历史长河里，还有着这么一段至今都让人思绪绵绵的往事。这部小说的最后一章，对川东一带嫁女"坐歌堂"进行了较为细致的描写，这些情景在过去的小说中从未出现过，现如今，就算是在乡下，也几乎看不见了，而作者却为我们再现了这一古老的四川习俗，让熟悉这个习俗的四川人可以重温那个时代，让不熟悉、不知道这个习俗的人可以了解和认知四川曾经的民俗习惯。

第三，民俗文化的文学阐释有利于促进各地民俗文化的发展，推动其走出本地，走向世界。残疾人作家作品中的民俗描写既可以作为文学表达中的重要素材，在今后的文学创作中日益发展，不断得到挖掘，也可以作为民俗学研究的素材，在中国乃至世界范围内得到更好的传播、交流。民俗虽然属于各个不同地域，但都同属于中国民俗乃至世界民俗的一个组成部分，对它的描写、保存也是对中国民俗、世界民俗的描写、保存。从这个意义上来讲，残疾人作家的民俗描写也具有世界意义。

第四，有利于研究各地的文化、经济等历史。民俗是一个民族传统文化的表现，各地的民俗文化是当地文化的一面镜子，反映了各个地方的文化传统，研究民俗文化可以探索其所在地的民族文化传统（包括审美意识、价值取向等）。然而，民俗随时代、社会的发展而变异，民俗的变异过程提供了识别民族演变历史的标志。残疾人作家在其创作中书写了时代变迁出现的新民俗，从残疾人作家的作品中我们可以寻找到民俗文化的变异，由此可以了解民族精神、经济、审美等的演变历程。对自身民族传统文化的深挖和创新在这个日新月异的时代显得尤为宝贵。

残疾人作家在描写民俗的时候多体现出自然平和的鉴赏趣味，这种价值取向表现出残疾人作家对自己故乡文化的肯定和极大的热情。但对民俗文化完全采取审美、鉴赏的态度也存在一些不可避免的弊端。民俗文化也代表特殊和复杂的地方性经验，部分民俗文化至今依然存在歧视妇女、迷信鬼神、求神祈福、鄙陋、粗俗、野蛮的一面。对于复杂、充满悖论、不无诡异的民俗文化，如果一味地进行赞赏、诗意化描写，势必产生反方向的价值引导。残疾人作家在其创作中应该站在现代文明的制高点上，以理性启蒙精神审察民俗文化，选择性地赞赏，选择性地质疑，选择性地批判；对民俗文化采取批判性的诗意化描写，将民俗文化的诗意化描写与民俗文化的社会批判、人性透视相结合，方能更好地提升民俗文化在其创作中的意义。

小　结

创作作为一种审美活动，本身就带有鲜明的主体特征，而对于残疾人作家来讲，主体特征可能更为突出。因为创伤不仅是单一的病理反应，也可能是多元的其他反应。残疾给作者带来的影响既可能体现在对世界的认知上，也可能体现在叙事特征上。残疾人作家创作中表现出的叙事特征可能是他们所特有的，也可能并非残疾人作家所独有。后面这种情况又出现两种可能：有的可能是残疾人作家和身体健全的作家所共有，不分彼此，不分厚薄；有的可能在残疾人作家的创作中体现得更为突出，尤其具有群体性特征。但不论何种情况，这些特征共同构成了残疾人作家的艺术审美特点。

在分析身体残疾与文学叙事的关系时，我们还应该看到，先天残疾和后天残疾之间在叙事上存在的差异。比如后天失明的作家，在大脑中有色彩、光亮、形状等事物的记忆，史光柱在记忆中就珍藏着群山、田野、阵地、壕堑、战场上的硝烟烈火和鲜血等事物，当他进行诗歌创作时，他可以用记忆加想象来代替现实，他属于记忆型创作和想象型创作的混合体，因而他作品中的空间建构强于先天失明作家的。先天失明的作家完全是凭借他人的讲述和自己双手的触摸获得对事物的整体认知，它是由触摸的点构成线—线构成面—面构成物体而完成的，它需要一个触摸的"顺序"，才能完成对事物的整体感知。因此，与后天失明者相比，先天失明者需要更多的想象力和创造力来塑造其触觉感知模式，完成对空间的整体性把握和建构。体现在作品中，先天失明的作家缺乏详细的空间描写，后天失明的作家在文本中可以出现比较详细的空间描写。类似的情况在其他类型的残疾人作家的创作中都有或多或少的体现，对此的研究将会给我们打开一个更为幽渺的世界。

第四章　文学创作：生命的自救

作家进行文学创作总是出于某种目的或某种机缘，创作动机是审美心理结构中的重要因素，它直接作用于创作过程，从而影响作品的整体品质。关于创作动因，我国古典文艺理论中有缘情说（情感驱动的创作动因）、兴物交融说（外界客体引发创作动机）、苦闷说（创作主体大量的苦闷引发创作动机）、言志说（创作主体的志向引发创作动机）。国外关于创作动机的观点有：迷狂说（神力驱使人陷入迷狂而产生创作动机）、苦闷说（与我国古典文艺理论中的苦闷说相似）、性本能意识（性本能欲望引发创作动机）、情感说（与我国古典文艺理论中的缘情说相似）、过剩精力发泄说（发泄过剩精力引发创作动机）、需要层次说（人的审美需要和自我实现的需要引发创作动机）、动机圈说（几种动机交互而引发创作动机）。近几年，随着文艺心理学的发展，学界对文学创作动机的研究不断深入，除了在文艺心理学著述中有片段论述，还出版了杨立元的研究专著《创作动机论》。

上述研究成果中，与残疾人作家创作较为接近的有"苦闷说""情感说"和"需要层次说"。然而，这些研究针对的都是身体健全的人，对于残疾人作家却少有集中性的关注。同时，研究者更多关注的是外在的现实关系给作家带来的绝望、恐惧、虚无等主观精神的疾患，而缺乏关注作家的身体残疾引发的心理疾患和给创作带来的影响。有个别学者注意到了身体残疾引发的创作动机的特殊性，如童庆炳先生从缺失性心理的角度指出，残疾儿童的缺失性体验往往是最充分的，由此产生的缺失性创作动机也最为激烈。[1] 杨立元认为，由于生理的残损而带来的周围环境对创作主体的漠视使其忍受着肉体和精神的双重痛苦，使这种苦闷形成了创作的强大内驱力。[2] 苏喜庆认为，通过文学创作超越自卑是残疾

---

[1] 参见童庆炳：《童庆炳文集》第五卷，北京师范大学出版社2016年版，第272页。
[2] 参见杨立元：《创作动机论》，吉林大学出版社2007年版，第122页。

人作家创作的心理动机。① 这些观点极富创建性和启示性。但总体来看言而未尽，比如身体残疾带给残疾人作家的心理并非用"自卑"就能概括，而是一种复合型的心理情绪。如果"自卑"不能完全概括残疾人的复杂心理，那么，将超越自卑看作是残疾人的创作动因就会流于简单化。

身体残疾给残疾个体带来的不仅仅是生理伤害，还有心理伤害。很大程度上，对抗残疾就是对抗残疾带来的心理伤害。无可选择的巨大不幸，煽起和点燃了残疾人作家强烈的创作欲望和冲动。在文学创作中，他们展示自身价值，排泄郁积的情绪，思考与自己相关的人生问题，从而消除残疾带来的心理伤害。在文学创作中，残疾人作家突破残疾的限制，完成了肉体的不自由向精神的自由的艰难转换。文学让残疾人作家超越生命，重新建构生命。文学创作成为残疾人作家生命的组成部分，他们在写作中生存。因而，残疾人作家的文学创作是一种自救性的文学创作。

第一节　心理伤害：焦虑

我国新时期以来的残疾人作家，除陈村比较特殊外，绝大多数是残疾在前，创作在后。残疾人作家在进行文学创作之前，普遍存在焦虑心理。有些评论家认为，不同于史铁生，陈村成名在前，弯腰在后。② 其实，陈村的弯腰是一个渐进过程，1975 年他因腰疼痛剧烈而返回上海，1978 年大学的第一个暑假，他突然觉得身体不舒服，右边的髋关节剧疼，行动也困难，确诊为"强制性脊柱炎"。陈村到处找医生，想尽办法治病，自己打听，朋友也帮忙推荐医生，还提供了各种民间偏方，比如吃蛇药、吃蚂蚁、洗温泉等。这些偏方，陈村有的试了，有的没试。看过陈村的医生都承认，他们的办法只能使他的身体强壮一些，只能增强他的抵抗力，而不能从根本上治愈陈村的病。后来，陈村碰到了一位他所见过的医生中对他的病了解最多的医生。这位医生告诉他没法治，只能用放松的心态来面对它。在这样的诊疗、医治过程中，身体状况的改

---

① 参见苏喜庆：《自卑与超越——中国当代残疾作家创作心理初探》，《西北大学学报》（哲学社会科学版）2010 年第 6 期。

② 黄桂元：《放飞独语的灵魂——读史铁生和陈村》，《全国新书目》1996 年第 3 期，第 15 页。

变必将影响甚至改变陈村的心理状态，而他发表处女作《两代人》是在1979年，明显晚于他的腰痛，1983年陈村在家专职写作，1984年发表《少男少女，一共七个》。洪子诚在《中国当代文学史》中将这篇小说称为1985年小说发展转折点上的十大杰出作品之一。之后，陈村发表了一系列被评论界称为先锋小说的作品。可以说，陈村从开始创作到后来文坛成名，一直伴随有残疾，他的成名过程就是他残疾逐渐加重的过程，不能简单说陈村的创作早于残疾。

当残疾个体出现焦虑心理时，有的自暴自弃，就此沉沦；有的不甘于此，奋力搏击，为社会创造价值。残疾人作家选择文学创作，为人类创造精神价值，展示自己的创造性，有助于消除心理焦虑。

一、焦虑心理的产生

人既是自己肉体生命的个体，具有自己的意识和精神；也是社会的个体，具有作为人的社会角色和社会权利。同时，人的生命不仅具有存在的价值，而且具有发展、提升和创造的价值，因为人的生命不仅是一个存在的过程，还是一个不断创造和发展的过程。而身体的残疾制约着残疾人的发展，影响残疾人社会角色和社会权利的获取，由此给残疾人带来不同形式的心理焦虑。

残疾对人的影响，表面体现于肉身，实际超越肉身。身体残疾会破坏个体在现实生活中的参与感与确定性，也会破坏个体对周围事物的控制感，导致日常生活世界的丧失。残疾是难以克服的，对个体的影响是长期的、发散的。从社会学的角度看，残疾之所以会引发残疾个体的心理焦虑，其因素有就业的困难、婚恋情感的困惑、经济生存的压力、出行不便造成的孤独感和自我认知缺乏导致的自我否定等。从心理学的角度看，残疾引发心理焦虑有三个原因。

第一，价值感的严重缺乏。身体的残疾既制约着残疾人的存在价值，又影响着残疾人的发展、提升和创造的价值。在与周围世界比较之后，他们发现自己处处不如别人，感觉什么事情都做不好，自我否定。杨姣娥跟着母亲外出，母亲用低沉的声音叫她慢点，走慢点，说她走路的样子太难看了，此时"我无言地顿住脚，低着头，流着泪，很小心地抬腿、迈步，好想有一条河能让我跳下去"[①]，甚至畏惧出门，害怕出去"丢人现眼"。他们感觉被抛出了社会，无法寻找到自己的位置，更无法找到社

---

① 杨姣娥：《时光碎片》，中国财富出版社2014版，第6页

会性、职业性的自我。个体生命价值的不足、欠缺，社会认同感的缺乏造成残疾人对自我的否定和不满足，海德格尔在《存在与时间》中认为，对存在意义的领悟与探寻，是区分"此在"与其他存在的根本理由。价值的缺乏，让残疾人处于惶惑之中。

第二，交流感的严重缺失。社会建构心理学指出，人从出生开始，就进入社会场域，就被社会所建构，而且永远处在被建构的"途中"。人不可能脱离社会单独存在。身体的残疾使残疾人的生活状态发生了巨大变化，往往被社会群体有意或无意孤立。1981年，丁海波毫无目的地参加了高考，不假思索地就填报了志愿书，收表的老师对其他考生反复指导，对丁海波没说一句话。招生办一位负责某大学招生的老师随便问了他一些情况，眼睛却不停地审视着丁海波残疾的腿和双拐，"这是一种让我十分害怕的目光。我无话可说，只有母亲还在可怜巴巴地向他求着什么。我什么也听不见，脑子空空的，耳畔嗡嗡地响着……寒意从四面墙角袭来，我感到好冷好冷，真的冷到心里去了"[①]。1983年，丁海波再次参加高考，成绩是全县理科第三名，但再次落榜。1984年、1985年、1987年三次高考依然上线了，依然落榜了，丁海波只能叹息、沮丧、失望。让丁海波心冷的，表面上是因为两位老师对丁海波的漠视态度，实质是丁海波无法与人交流沟通的孤独。史铁生在《老屋小记》中写道，一个年轻的残疾人之所以想去一家街道生产组上班，"是因为我想回到那个很大的世界里去"[②]。对那个年轻的残疾人来说，街道生产组就是一个大世界，在这个大世界他能与人共同相处，能与人交流沟通。这虽然是小说，但也是史铁生心理的真实写照。杨姣娥"走在喧嚣繁花的街上，感觉自己是一枚飘零的树叶，想融入群体，却找不到立足的地方，只好静静地游离在玫瑰与白菜之间"[③]。在热闹的大街，杨娇娥惶遽不安。

第三，对命运的极端愤慨。史铁生描绘自己刚刚残疾时的行为："在最狂妄的年龄上忽地残废了双腿"[④]，突如其来的变故曾经使得他"脾气变得暴怒无常"，"望着望着天上北归的雁阵，我会突然把面前的玻璃砸

[①] 丁海波：《我的大学》，王新宪主编：《放飞希望》，华夏出版社2009年版，第2页。
[②] 史铁生：《老屋小记》，《史铁生作品全编》第5卷，人民文学出版社2017年版，第282页。
[③] 杨姣娥：《时光碎片》，中国财富出版社2014年版，第111页。
[④] 史铁生：《我与地坛》，《史铁生作品全编》第6卷，人民文学出版社2017年版，第35页。

碎；听着听着李谷一甜美的歌声，我会猛地把手边的东西摔向四周的墙壁"①。在刚刚遭遇残疾时，残疾个体经常很困惑的问题是：宇宙之大，生物之多，为什么就偏偏让我承受残疾之痛？面对命运的不公，他们常常怒不可遏。由于感觉到在命运的捉弄之下，任何不满与反抗都是徒劳，残疾人逐渐产生逃避现实的倾向，自怨自艾，自暴自弃，退守自我，只关注自己，不关注他人。

二、焦虑的表现形式

所谓心理焦虑是指"一种强烈的、持久的、难于摆脱的痛苦；它是由创伤情境作用于主体，经由主体条件过滤、选择而成的反应；是一种与社会文化密切相关的心理现象"②。焦虑心理的结果是让一个人不复常态，心理走向极端。陕西师范大学心理学院兰继军等人根据自己的调查和综合Kariuki等人关于澳大利亚136名青年残疾人心理健康的调查以及林笑微对上海市1085名肢体残疾人的调查得出结论，残疾人的焦虑心理体现为：孤独、自卑、敏感多疑和极度自尊、抑郁、怨恨、悲观失落、挫败感等③。残疾人的焦虑让他们或极其脆弱，消极悲观，自卑，绝望，欲以死寻求解脱；或情绪极度亢奋，行为举止疯狂冲动；或冷眼看世界，冷漠对人世，对一切都无动于衷，无所事事；或处于本能的反应——深深的怨恨和变形的泄愤。人不是神，当一个人被命运的魔手骤然间拉出健全人的群体而被打入"另册"，内心出现激烈震荡是情绪的正常反应。

史铁生在1990年写的《我与地坛》、1994年写的《墙下短记》中，都用"失魂落魄"来总结自己刚刚残疾的那段阴暗的日子。他在地坛的园子里交替想着三个问题："第一个是要不要去死，第二个是为什么活，第三个，我干吗要写作。"④史铁生是这样描绘自己刚刚残疾时的状况的："定案之日，我像个冤判的屈鬼那样疯狂地作乱。"⑤"我终日躺在床

---

① 史铁生：《秋天的怀念》，《史铁生作品全编》第6卷，人民文学出版社2017年版，第1页。
② 童庆炳主编：《艺术与人类心理》，北京十月文艺出版社1990年版，第119页。
③ 兰继军等人：《残疾人心理发展问题及影响因素的质性研究》，《现代特殊教育（高教）》2015年第12期，第3页。
④ 史铁生：《我与地坛》，《史铁生作品全编》第6卷，人民文学出版社2017年版，第48页。
⑤ 史铁生：《我二十一岁那年》，《史铁生作品全编》第6卷，人民文学出版社2017年版，第78页。

上一言不发，心里先是完全的空白，随后由着一个'死'字去填满。"①——不知所措，绝望。

"有时候是轻松快乐的，有时候是沉郁苦闷的，有时候悠哉游哉，有时候惆怅落寂，有时候平静而且自信，有时候又软弱，又迷茫。"②——情绪起伏不定。

张海迪十岁残疾，之后变得异常敏感，她说：

"小时候，每当听到别人说我是残疾人，我那颗脆弱的心都要受到伤害，我偷偷的哭过，自卑过，怨恨过，愤怒过，失望过"——自卑、怨恨、愤怒、失望。

刘水残疾之初，脾气暴躁得厉害，心情更烦躁无边：

不安的情绪"像匹拴在槽头的马驹，一心向往着在辽阔的天地间驰骋。可不争气的双腿却牢牢地把我禁锢在狭小的炕头动弹不得。劲没处使，气无处撒，就在别的地方找茬，逆反心理达到了尽头。"③ "一只壁虎慢慢地从我身边爬过。我一把捉住，三下五除二掰掉它所有的腿，看着它在地上痛苦地挣扎。"④——有意找茬、逆反、暴力倾向。

王志宏脚刚刚残疾时，不愿意别人看到她残疾的脚，整日穿着长裙：

"同志们对我的喜爱和欣赏一如既往，可是不知为什么，我的心里充满了深深的失落，我常常不知为什么在偶然间触及了我而令我不由自主地流泪。""这一切都是悄悄的，我也在努力控制自己的情绪，试图让自己快乐起来，不再顾影自怜，不再泪水涟涟。"⑤——敏感、感伤、无法控制自己的情绪。

"事前事后的巨大反差，使我的心情在那时一落千丈。心灰意冷，失落，彷徨，看不到任何希望，成天一个死字填满了脑海。脾气更是变得异常的古怪，并且不可理喻。有时一觉醒来，把收录机开得像村头高音喇叭似的，有时又着魔似的整天蒙着头一言不发，有时又像疯子一样地狂喊大叫。"⑥——情绪反复异常，行为古怪、异常。

---

① 史铁生：《我二十一岁那年》，《史铁生作品全编》第6卷，人民文学出版社2017年版，第78页。

② 史铁生：《我与地坛》，《史铁生作品全编》第6卷，人民文学出版社2017年版，第48页。

③ 刘水：《奶奶》，《刘水作品精选》，华夏出版社2009年版，第19页。

④ 刘水：《奶奶》，《刘水作品精选》，华夏出版社2009年版，第19—20页。

⑤ 王志宏：《红尘中行走与呼吸》，王新宪主编：《为了生命的美丽》，华夏出版社2009年版，第50—51页。

⑥ 王小泗：《零度生活》，现代出版社2013年版，第12页。

阮海彪、史光柱等残疾人作家都有过类似经历，他们一度对未来充满了迷茫和无限的恐惧。福建作家宁江炳在人生的花季时期失聪，当时狂怒得像一只受伤的野兽，扯自己的头发，撕自己的耳朵，打自己的耳光。还有很多残疾人作家都因身体残疾想过轻生。杨嘉利迷恋网恋女友，但因身体残疾，无法得到这一女友的承认，于是灰心丧气，想到自杀。陈智敏本已接到中山大学录取通知书，但他的左手臂被工厂机器截断，他出院后，倒了一杯水，拿出几十粒安眠药，准备自杀；自杀未成，又想投进渠江了却残生。王庭德因为残疾，自己不能挣钱交学费，家里更是拿不出钱供他上初中，在县城的旬河大桥上，环顾县城四周的精彩世界，回忆着遭遇的种种不幸和打击，觉得自己像一只断翅的小麻雀，是那样的渺小和无能，看着滚滚的河水，他使劲拽着栏杆想跳进河里。史铁生说，刚残疾的时候，他整天用目光在病房的天花板上写两个字，一个是肿瘤的"瘤"，一个是"死"。[①] 当他每天早上起来，发现自己还活着，感觉这是一件多么痛苦的事，就这样死了该多好。他曾多次想到自杀，曾希望通过过量服药、摸电门等形式来结束生命。这时死对于史铁生来说才是最渴望的。这种想法好长一段时间跟着史铁生，他经常"一连几个小时专心致志地想关于死的事，也以同样的耐心和方式想过我为什么要出生了"[②]。

三、对焦虑的反应

身体的厄运永远是人无法预料的，身体残疾给残疾者本人带来的创伤心理也是巨大而惨痛的。面对自己的创伤焦虑心理，残疾者分化为两种情形：一种情形是沉就索性沉到底，不到地狱哪能见佛光，由极端心理走向沉沦，一直沉浸在焦虑心理之中；另一种情形是，经过内心炼狱般的煎熬，或由某种事件的触发，或由某一情形的感悟，有一种想超越极端心理的冲动。后者将原来的极端情绪作为改变人格精神的推动力，使负面情绪向正态方向发展，并形成一种强大的内驱力，残疾人的创伤心理有可能使残疾人获得凤凰涅槃般的新生。随着社会的发展，第一种情形的比例在逐渐下降，第二种情形在逐渐增多，部分残疾人将残疾作

[①] 史铁生：《在北京友谊医院"友谊之友"座谈会上的发言》，《史铁生作品全编》第6卷，人民文学出版社2017年版，第326页

[②] 史铁生：《我与地坛》，《史铁生作品全编》第6卷，人民文学出版社2017年版，第36页。

为自己向自我目标迈进的动力因素。形成这种良好态势的基础有两点：

其一，社会文明程度提高，社会各界人士十分重视对残疾人的心理疏导、生活方式的引导和价值观念的重塑。

其二，残疾人有消除创伤心理的愿望。弗洛伊德根据自己的大量调查看到，人总是想抛掉痛苦、追求快乐的，人都有一种追求快乐的心理倾向。阿德勒说："没有人能长期地忍受自卑之感，它一定会使他采取某种行动来解除自己的紧张状态。"① 焦虑心理长期郁积于胸，会对拥有者的心灵造成极大的伤害。哈贝马斯从"交往与社会进化"的角度，对社会做了如下划分：

> 很显然，根据下列情形作出区分是可能的：肉体损害（饥饿、疲乏、疾病）、个体损害（贬黜、奴役、恐惧）、精神绝望（孤独、空虚）。反过来讲，所有这一切又都有各种各样的希望相应：身体强壮和安全、自由和尊严、幸福与充实。②

残疾人具有哈贝马斯所说的肉体损害（残疾）、个体损害（恐惧）和精神绝望（孤独、空虚），也有哈贝马斯所说的相应的希望。而在哈贝马斯所说的三种希望中，身体强壮是无法改变的事实，于是获得自由与尊严、幸福与充实成为残疾人的现实选择。

当灾难不可避免，残疾成为宿命，人唯一能做到的是跨越灾难蜕变自我。一旦逾越这条鸿沟，就能获得重生。展示自己的创造性是残疾人获取心理自由与尊严的重要途径。受人关爱是幸福，但不是完美的幸福，真正的幸福应该是发挥自己的创造性，让自我成为社会进步的推动者，让自我在社会发展中体现出价值。残疾人不能只是被人关爱的对象，他们不仅要共享人类成果，还要共创人类成果，只有如此，他们才会有成就感和平等感。李子燕说过"轮椅上的我，很长一段时间，不敢碰触'幸福'这个字眼。在只能接受爱，而无力爱别人时，接受愈多，压力愈沉重。我只能试着忽略某些快乐，亦或忧伤……"③ 也就是说，残疾人要想回归社会，不仅要适应社会，还要为社会作贡献。残疾人不仅是物

---

① [奥] A. 阿德勒：《阿德勒谈人格》，丹明子主编，中国工人出版社 2011 年版，第 62 页。

② [德] 哈贝马斯：《交往与社会进化》，徐崇温主编，张博树译，重庆出版社 1989 年版，第 169 页。

③ 李子燕：《左手爱》，延边大学出版社 2013 年版，第 289 页。

质、精神财富的"消费者",还必须是"生产者",这样才能得到社会的认可,实现生命的价值和人的尊严。而且这种生产还必须是被社会认可、理解和赞许的活动。文明社会的创造是一种自觉的、主动的、积极的、为解决自己所面临问题的创造,而不是自然生物的本能创造。当然,发挥自己的创造才能很艰难,甚至要经历极为惨烈的身体和心理斗争,需要残疾人付出极大的艰辛和努力,也需要一个过程,但这种付出和必须经历的过程势必影响甚至改变残疾人的心理状态,如同阿德勒所言:"它们会变成精神生活中长久潜伏的暗流"[1],能极大提升残疾人继续活下去的自尊和自信。

四、焦虑心理与文学创作

残疾使个体感觉到自我与世界不那么合拍,使"我"与"世界"产生裂痕,而且两者似乎已然完全割裂。残疾人有一种被抛入深渊般的感觉。残疾不只是肉身的、生理的事件,而同时是一个精神事件,是一次重大的心理危机。面对这种心理危机,残疾人作家开始文学创作,通过文学创作消除焦虑心理。消除焦虑心理不是只有文学创作一条路可走,但文学创作可以医治这种焦虑心理。文学创作是一种精神创造,文学作品便是作者创造出来的、可以为全社会所共享的商品。文学创作是残疾人参与社会文明创造的一个途径,能发挥他们的创造性。

残疾人进行文学创作与残疾人的焦虑心理有较大关联。残疾人的特殊经历和特殊心理为他们选择文学创作提供了可能。残疾是一种生命体验,一次特殊的精神漫游,它给承受者带来痛苦,也给承受者带来灵感与启发,残疾体验有可能使作家穿透生命的现象看到其本质,创作出更富感染力的作品。

第一,残疾人的创伤体验使残疾人获得了独特的心理感悟和素材,这为残疾人的文学创作提供了一种独特的个性色彩和独有的思想和情感深度。"残疾"意味着很多本能的功能退化或丧失,意味着残疾人没有正常的生活方式,然而他们身处的又是一个正常人生活的环境。在一个文明程度还有待提高的时代,遭遇身体、精神、经济、情感等多重失落是残疾人不可避免的宿命。当然,残疾人也会收获善良人给予的特别关爱,但毕竟只是一部分。焦虑心理使残疾人承载着难以承受的生命之重和异于常人的情绪体验:异类的孤独感、渴望真情交流的愿望、病痛的折磨、

---

[1] [奥]A.阿德勒:《自卑与超越》,黄光国译,作家出版社1986年版,第47页。

同情的悲悯眼光、价值观的不认同，这使他们产生了强烈的自卑情结，他们在与死神顽强斗争的岁月里，为生存寻找活下来的理由，因看透生死，便在精神的"地坛"里以局外人的身份看待生与死……这一切非常态的情绪都是残疾人独特的生命经验，它可以推动残疾人产生独特的审美心理。因身体残疾而产生的痛苦体验可以成为残疾人作家独自拥有的素材，这与身体健全的作家去感受、体会相比，更强烈，更真实，更深刻，更细腻。文学作品总是与作家生命的存在、生命的体验密切相关的，文学作品是作家生命的外化。"一切体验不是很快地被忘却，对它们的领会是一个漫长的过程，而且它们的真正存在和意义正是存在于这个过程中，而不只是存在于这样的原始经验到的内容中。因而我们专门称之为体验的东西，就是意指某种不可忘却、不可替代的东西，这些东西对于领悟其意义规定来说，在根本上是不会枯竭的。"① 残疾体验作为人生的"经历物"，永远不会消失，它将伴随残疾人作家的一生，永远处于被吸收的过程中，它必然要融入残疾人作家的整个生命中去。残疾体验作为一种先在意向结构，永远不会被作家淡忘，也永远不会被用尽。而且，这种独特的生命体验还有助于形成残疾人思想的深刻性，比如史铁生对生命存在的本质及其意义进行的深入思考，由思考身体的残疾扩展到思考精神的残疾等。对于残疾人作家来说，其亲身经历的残疾体验在很大程度上为其积累了文学创作的素材和情感。从这个意义上讲，残疾体验是命运给残疾人作家送的一份厚礼。

第二，焦虑心理使残疾人具备作家的某些素质，与作家的心理有许多相似相通之处，如敏感、多疑、易受伤害，富于想象，喜欢沉浸在自己的幻想中，联想丰富，对情绪的体验细腻深刻，看透自己的内心，对事物的观察准确全面（视力障碍者虽然不能用视力观察，但可以用触觉等其他感官"观察"）。身体残疾往往使残疾人具备超常的感知能力，这种超常的感知能力，正是文学创作者所必备的人格特质。具备超常的感知能力，才可能创造出一个独特的审美艺术世界。

此外，由于身体的缘故，残疾人远离喧嚣，耐得住寂寞。"残疾或疾病往往造成作家的内倾型性格。这种内倾型性格比较容易投入文学活动，接近文学创作所具备的比较有利的心理情绪状态。"② 海明威说过"写

---

① ［德］汉斯-格奥尔格·伽达默尔：《真理与方法——哲学诠释学的基本特征》（上卷），洪汉鼎译，上海译文出版社 2004 年版，第 87 页。
② 童庆炳：《童庆炳文集》第五卷，北京师范大学出版社 2016 年版，第 272 页。

作，在最成功的时候，是一种孤寂的生涯"①。一般来讲，内倾型性格是文学创作所必备的条件。"如果我健壮、优裕，或许我也不可能到文学这块土地上来的……文学是块贫瘠的土地，收获的是孤寂。据说长人参的土地寸草不生，先要经得住寸草不生的考验，而结不结得人参果还是个未知数。被繁华世界抛弃的我，应该守得住这一隅的。"② 因为残疾，守得住孤寂，在独处的环境中孤独苦思的心境，正是孕育残疾人作家创作的适宜的温床。残疾人似乎更天然地接近创作的本质。

第三，文学可以平复残疾人内心涌动的情绪。尼采认为，疾病能激发一个人最强烈的感情、最深邃的思想和最强大的能量，残疾同样如此，那些由残疾激发出的情感、思想，尤其是负面情绪如果不能向外发泄出来，则势必向内产生影响，久而久之导致心理疾病。这些情感仅仅依靠外来情感的抚慰是不能平复的，因为无法触及被抚慰者的灵魂最深处，它更需要一种属于自己的情感表达方式来宣泄心中的郁闷和苦楚，只有来自自我的慰藉才能恰到好处、积极有效地、更透彻地排解心中苦闷。而文学创作过程就是作家的情感表达过程，文学创作可以有效地表达人的情感，展现人的喜怒哀乐，实现人与人之间情感的交流和互动。残疾人作家在写作的过程中，沉浸于自己的思想和书写，专心致志、心无旁骛，能够暂时忘却残疾带来的各式焦虑，从而调节意识与潜意识、理性与非理性之间的矛盾，达到内心的平衡。残疾人作家在文学创作中的随意挥洒，意味着一种自由自在的生活方式，意味着在日益紧张和沉重生活里的自由畅想，意味着克服身体残疾放飞心灵。对残疾人而言，文学创作是在刻板的规范化的第一生活之外的"第二生活"，文学创作的过程其实担当起了治疗心理疾病的重任，满足其自我精神疗救的需要。

文学创作很艰辛，但又是残疾人参与社会发展进程的成本最低、最简单易行的方式。在文学创作中，人的自由性表现得特别突出，创作者不仅不需要直接改变对象的性质，还可以摆脱在物质性的实践活动中所受到的物质关系的制约和束缚，进行创作的可能性和主体的自由度比在物质性的实践活动中大得多。残疾人有参与社会的愿望，有可说的内容，有当作家的某些特殊素质，再加上普通的笔和纸，或者一台普通的电脑就能完成。而且，进行文学创作可以不分时间、地点，可以不受他人的限制，随意而为，任性而作。正如江苏残疾人作家孙卫所说，写作提供

---

① 王宁主编：《诺贝尔文学奖获奖作家谈创作》，北京大学出版社 1987 年版，第253 页。
② 阮海彪：《死是容易的》，东方出版中心 2008 年版，第139 页。

了一个人人可以平等参与的平台,不管你是否残疾,在这个平台上,没有高低,没有贵贱。以此为出发点,可以创造出一个多么美好的、平等的世界啊。① 史铁生在《宿命》中借莫非之口表达了同样的意思,莫非躺在床上两年后,开始写小说,"为了吃,为了喝,为了穿衣和住房,还为了这行当与睡觉有异曲同工之妙,而且比睡觉多着自由——想从噩梦中醒来就从噩梦中醒来,想在美梦中睡去就在美梦中睡去,可以由自己掌握"②。

身体的残疾往往能成就一个人的文学创作。显晔18岁时就想当一个作家,此后患上了严重的外伤性神经痛,直到2002年写出了40万字长篇小说《官宦人家》,并荣获2002年度全国畅销小说。残疾使显晔的作家梦推迟了20年,但也正是残疾成就了他的作家梦。显晔说:

> 残疾也是我的资本,就像困扰我30年的外伤性神经痛一样,时刻提醒着我,要努力奋争,顽强拼搏。在拼搏中,我看到了生命如梦的瑰丽色彩。在拼搏中,我体验到了苦尽甘来的成就感。同样的,在拼搏中,我不再像年轻时候那样憎恨我身体里的痛。因为30年来的痛是激励我在生命长河中顽强拼搏的座右铭!③

不可否认,身体的残疾有百害而无一益,它带给残疾人的不仅是肉体伤害,还有心灵的痛苦和精神的压力。但对于残疾人作家而言,身体的残疾却并非完全不幸,因为心灵的痛苦和精神的压抑也许会转化为创作的动力。在文学创作的过程中,他们不仅把郁积的苦闷宣泄出来,而且提升了自身的精神。也就是说,身体残疾的体验能够激发文学创作,反过来,文学创作又成为他们实现自我精神疗救的手段。正如弗洛伊德认为的那样,文学是作家的"白日梦",是受压抑的本能欲望在作品中的替代性满足,同时又是本能的"升华"。文学是人类精神的避难所,在经历了人生中无可名状、难以言说的恐惧、剧痛、希望、绝望等丰富而复杂的感情之后,残疾人作家投奔文学,用诉诸笔墨的方式记录自己曾经或正在经历的生命历程。对于残疾人作家,仿佛只有文学才是人类灵魂

---

① 孙卫的博客,网址:http://blog.sina.com.cn/sunwey。
② 史铁生:《原罪·宿命》,《史铁生作品全编》第4卷,人民文学出版社2017年版,第231页。
③ 《残疾人作家,陕西文坛不可或缺的力量》,中国残疾人网,网址:http://www.chinadp.net.cn/datasearch_/pastinfo/2010/2010-08/13-6131.html。

最好的疏泄口和栖息地。

成为作家的条件是多方面的，身体残疾的独特体验是残疾人作家选择文学的一个条件，并非充分条件，只有具备充分条件的残疾人才可能成为作家。一旦选择了创作，他们心里的创伤将会得到极大的医治。

第二节　救赎（一）：重拾自我价值

让残疾人产生焦虑心理的一个主要因素是自我价值的失落。自我价值被身体的残疾束缚。社会现象学的研究成果证明，在现代社会中，人往往通过职业来获得社会存在的确定性，获得相应的社会归属，进入特定的价值序列。受主观或客观因素驱使，残疾往往使个体丧失或不具备从事某种职业的机会，不能参与社会活动，他们只能存在于社会价值金字塔的末端。自我价值的失落可能是社会暂时不能理解这种人或这种事，也可能是主体本身确实无价值可言。残疾人如果不积极投身社会，就只能属于后者。残疾人作为人最基本的生存权利和生活方式都发生了改变，比如失去了平等生活的权利，失去了爱与被爱的权利。找不到工作、找不到爱情，身体正常的人所具有的自主性、能动性和创造性更无从谈起，当然也就找不到自我价值，找不到自己的存在，于是对"人"产生怀疑，也对自身的存在产生怀疑，对继续活着的理由产生怀疑。仿佛他们的存在对别人或对自己都可有可无，属于"影子式的人"。自我价值被身体的残疾摧毁。而残疾人作家依靠文学创作挣脱了残疾的束缚，获得了自我价值的伸展。

一、通过文学创作重拾自我价值的体现

残疾人作家通过文学创作体现出的自我价值表现在三个方面。

第一，通过创作让社会知道自己还活着，用自己的声音证明自己的存在，由此获得自我价值。

庄酷是一位先天性脑神经患者，这种病的后遗症使他说话、行走都极其不便，写字打字十分艰难。庄酷属于先天性二级重残，却累计撰写了180万字的文学作品，成书十本。庄酷一度坐在未名湖畔卖书，他在自己面前摊开一块红色的、陈旧的塑料布，上面写着：作者以文会友签名售书。他谈到创作时说，他希望用他的思想，用他的声音证明自己的存在，"而这个存在也一定是有意义和价值的。因为作为一个有生命的个

体,一个羸弱的个体,我在努力地做一个强者。做不做得到,只是一个结果问题,但是目的是要通过自己的努力获得尊严"①。

史铁生小说和散文并举,曾先后获全国优秀短篇小说奖、鲁迅文学奖以及多种全国文学刊物奖,一些作品被译成英、法、日等文字,单篇或结集在海外出版。史铁生是这样谈自己的创作动机的:

为了让那个躲在园子深处坐轮椅的人,有朝一日在别人眼里也稍微有点儿光彩,在众人眼里也能有个位置,哪怕那时再去死呢也就多少说得过去了。②——想在别人眼里寻求一个位置。

感谢写作,它证明我在活着。③——写作能让其他人知道"我"还在人世。

最简要的回答就是:为了不至于自杀。为什么要种田呢?为什么要做工吃饭呢?为了不至于饿死冻死。好了,写作就是为了不至于自杀。人之为人在于多一个毛病,除了活着还得知道究竟活的什么劲儿。种田做工吃饭乃是为活着提供物质保证,没有了就饿死冻死;写作便是要为活着找到可靠的理由,终于找不到就难免自杀或还不如自杀。④——写作是为了为活下去找到一种理由。

史铁生戏称"职业是生病,业余是写作"。在两条腿残疾后的最初几年,他找不到工作,找不到去路,忽然间几乎什么都找不到。他只能摇了轮椅到荒芜冷落得如同一片野地的古园去,失魂落魄地游荡,以此逃避世界。当他知道自己再不能站起来走路时,他多次想到了死,最终没有去死的原因有多种,但他住院期间王主任说的那句话是他放弃死亡念头的重要原因。王主任说:"人活一天就不要白活","慢慢地去做些事,于是慢慢地有了活的兴致和价值感","要是你找不到活着的价值,迟早还是想死。""我开始想写点什么,那便是我创作欲望最初的萌生。我一时忘记了死。"⑤将王主任说的话连在一起,可以做这样的推论:人活着必须要有价值→"我"选择写作体现"我"的价值→写作让"我"体现

---

① 网址:http://www.chinadp.net.cn/news_/persons/hot/2011-01/10-7153.html。

② 史铁生:《我与地坛》,《史铁生作品全编》第6卷,人民文学出版社2017年版,第49页。

③ 《新华书目报》访谈,《纯懿:感谢写作,它证明我在活着》,网址:http://blog.sohu.com/people/!Y2h1bnlpMzM0NDUyMUBzb2h1LmNvbQ==/249159669.html。

④ 史铁生:《答自己问》,《史铁生作品全编》第7卷,人民文学出版社2017年版,第21页。

⑤ 史铁生:《我二十一岁那年》,《史铁生作品全编》第6卷,人民文学出版社2017年版,第80页。

了价值→"我"放弃了死。

这个推论与史铁生说过的一句似乎有点矛盾。他说，他最初的创作动机并不单纯，是为了母亲，确切说是为了让母亲骄傲，而且这个动机占据了很大一部分。实际上两者内涵是一致的，自我价值的实现，足以让母亲骄傲。因而，自我价值的实现仍然是史铁生创作动机的内驱力。对于为什么要写作，史铁生在《宿命的写作》中作出过很明确的回答：

> 我自己呢，为什么写作？先是为谋生，其次为价值现实（倒不一定求表扬，但求不被忽略和删除，当然受表扬的味道总是诱人的），然后才有了更多的为什么。现在我想，一是为了不要僵死在现实里，因此二要维护和壮大人的梦想，尤其是梦想的能力。
>
> 至于写作是什么，我先以为那是一种职业，又以为它是一种光荣，再以为是一种信仰，现在则更相信写作是一种命运。并不是说命运不要我砌砖，要我码字，而是说无论人干什么，人终于逃不开那个"惑"字，于是写作行为便发生。还有，我在给一个朋友的信中这样说过："写什么和怎么写都更像是宿命，与主义和流派无关。一旦早已存在于心中的那些没边没沿、混沌不清的声音要你写下它们，你就几乎没法去想'应该怎么写和不应该怎么写'这样的问题了。"[①]

贺绪林双腿致残时，对以后的生活丧失了信心和希望，躺在病床上郁郁寡欢，朋友送他一本残缺不全的《钢铁是怎样炼成的》，他一口气读完。书中保尔关于生命的那段名言让他震撼，他把保尔那段名言郑重地写在笔记本扉页上，作为自己的座右铭，在这句话的鼓舞之下开始了文学创作之路。保尔那段话的核心意思就是，人要活出自己的价值。人活出自我价值的基础就是将自己潜在的能力以及创造和交往的能力释放、表现出来。受此影响，贺绪林"渴望着在寻梦的旅途上能以另一种形式站立起来，渴望残缺的生命能放射出火花，哪怕只是一个火星子"[②]，"少年时代我有过许多彩色的梦想，唯独没想到要去写书当作家，是命运

[①] 史铁生：《宿命的写作》，《史铁生作品全编》第7卷，人民文学出版社2017年版，第78页。

[②] 贺绪林：《贺绪林作品精选·后记》，华夏出版社2016年版，第313—314页。

之神把我逼上梁山,今生今世与笔墨相伴"①。通过写作让生命放射出一点小火星,让生命以另一种形式存在,这就是贺绪林的创作目的。

阮海彪说,他没有什么要求,没有什么嗜好,不抽烟,不喝酒。他唯一就是喜欢写写东西。当写到比较好的句子时,他感到很得意,很满足,很开心。他说,这一生他没有多的要求,只是希望自己能多写点东西。死亡的利剑悬挂在他头上,什么时候掉下来,他自己不会知道。所以他只能很好地珍惜每一天的生活,尽可能让每一天都活得有意义。② 他借《死是容易的》中的"我"说出了自己创作的目的:"当初,我所以不顾一切地写,并不是想当什么大作家,而只是想证明,向自己、父亲、母亲、向我所有的亲人和世界上更多的人证明,证明一个可怜而又可笑的事实——我还存在着,还在这个世界上倔强而又痛苦地存在着。同时我还想让世界上所有的人看看:我的存在是多么不容易,又多么真实。"③ 通过写作让他人知道自己活得多么不容易,也是渴望显示自我价值的一种体现。

第二,通过创作给家人朋友带来幸福,体现自我价值。

张云成是一位用一根手指写作出书的作家,3岁开始出现进行性肌萎缩症状,12岁时还能拄着拐杖走路,18岁时就已经不能下地,10岁时还能举起一个枕头,25岁时就拿不动一杯水了。后来,张云成全身上下仅有一根手指还能够活动。医生曾经断言,张云成的生命历程只有28岁。2008年6月8日,张云成度过了他28岁的生日,至今,张云成还在坚韧地活着。2003年,张云成出版自传性作品《假如我能行走三天》,感动无数读者。2008年,《假如我能行走三天》再版。当记者问他激发其创作的动力何在时,他说:"如果我不去做点什么,让自己活得有价值,我会感到更大的痛苦。就这样开始写作。我也是想通过这种方式来体现自己存在的价值,想去为别人、为家庭、为社会做点事情。"④ 张云成是想为别人、为家庭、为社会做点事情,体现自己存在的价值。

朱彦夫说:"人只要信念不倒,精神不垮,就没有什么过不去的。"⑤ 王建忠在《超越极限——朱彦夫与〈极限人生〉》中说,朱彦夫与他交谈

---

① 贺绪林:《贺绪林作品精选·后记》,华夏出版社2016年版,第309页。
② 郭在精:《秋水与火焰:作家访谈录》,上海远东出版社1995年版,第9页。
③ 阮海彪:《死是容易的》,东方出版中心2008年版,第208页。
④ 《残疾人作家书写生命精彩》,网址:http://www.tianshannet.com。
⑤ 房贤刚:《朱彦夫:自强不息谱写生命的赞歌》,中国文明网,网址:http://www.wenming.cn/ddmf_296/zhuyanfu/tp/201403/t20140321_1818508.shtml。

时讲道,虽然自己无四肢,但精神充实,一个人求得精神的健全才会活得有价值。朱彦夫认为,幸福是有层次的,在别人眼里,自己的生活不存在什么幸福。可他自己认为:奉献就是一种幸福,一种最大的奉福;自己学会走路、学会自立是一种幸福;自己在村党支部书记位置上为老百姓办好事也是一种幸福;自己奋斗七年,写成《极限人生》这部书,这更是一种幸福。总之,活着就要奋斗,奋斗能减轻他人负担、为社会带来利益,这就能体现做人的价值。福建作家胡向群在《福建文学》《故事会》等几十家刊物上发表作品超过100多万字。在谈到自己的创作时,他说写作让他的人生变得更精彩,更有滋味,写作已经是他精神上不可或缺的慰藉。他之所以一直坚持,动力就是"不辜负"三个字,不辜负家人朋友对他的期望,不辜负自己对未来的承诺,不辜负父母给他的生命。

第三,通过创作使自己有独立的经济收入,这也是自我价值的体现。

贵州省毕节市黔西县的沈江河8岁时患上肌萎缩症,11岁时因为肌肉萎缩和家庭困难而辍学,20岁时全身瘫痪,严重的肌肉萎缩让他四肢无力,双腿伸不直、手也抬不起来,每天穿衣、脱衣都完全依靠母亲帮忙,日常生活不能自理。写作时,坐在轮椅上,他必须用左手支撑着右手手肘当臂力,用食指敲击键盘完成输入,1分钟敲打30个字左右。沈江河有一个弟弟,也患有肌肉萎缩,丧失劳动能力。2013年,沈江河父母都已年过六旬,家里只有不到1亩的土地,收入微薄。两兄弟每人每季度有890元的低保,1780块钱是全家人每季度的所有经济来源。沈江河向记者坦言,写作圆了他自己的文学梦,但他也想通过写作赚点钱改变家庭生活,因为他也只能做这些了。① 沈江河在自己的文集《一根手指的舞蹈》的封面写有这样一句话:"写作是我活下去的唯一动力!"

张云成和三哥都身患重症,一家人的收入都依靠父母种田,经济拮据可想而知。张云成在第一次收到出版社给他的5000元汇款单时,差点哭出来,他几乎狂喊道:我终于挣钱了!我终于挣钱了!他心里想的是,从此,自己将不再被人瞧不起了,家里来人时自己将不再只是在他们身后沉默不语,别人也将不再把他不放在眼里了,对他说的话也不会像从前那样当成耳旁风,而是认真聆听。到那时他将拥有一切做人的权利和

---

① 张家富:《贵州农村残疾青年:轮椅上的"作家"梦》,中国新闻网,2013年12月18日。

快乐。①"不再被人瞧不起""不再把我不放在眼里了",不但可以在客人面前发言,而且别人还会认真聆听他的发言,这些都是希望获得存在感的心理表现。这是经济话语决定存在话语的典型体现。

侏儒症患者王庭德走上文学创作之路也与经济困难相关。当他初中毕业无法继续维持高中学业的时候,他怀揣读者寄给他的150元钱闯荡西安,钱用尽,而工作无果,最后带着一颗绝望哭泣的心重新回到故乡。"我感到了从未有过的孤苦伶仃,也真正感到了自己是一个生活不能自理、什么都得靠别人的人,我也变得越来越敏感起来。像我这样的残疾人,没有一技之长,没有骄人的成绩,谁会瞧得起我呢。"②正当他落魄绝望至极的时候,他的一篇新闻稿在两家报刊同时刊发,不仅获得了稿费、乡政府的奖励,还受到了许多人的赞赏。从此,王庭德与写作结下了不解之缘。

2016年,我们曾对25位四川残疾人作家进行调查,有17位作家都提到自己的创作是为了证明自己的价值,以此显示自己的存在,占所调查人数的68%。其中,有由于身体不好,想通过创作获取经济收入,从而体现自身价值的作家(陈德福、贾承汉、郑伟等),也有既想获取经济收入来体现自己价值,又可以宣泄情感的作家(王小泗、杨嘉利、杨鲁永等)。

阿德勒指出,人的一切行为动机,都是指向追求征服、成功、优越的,残疾人即使身体残疾,即使经历了心理创伤,但由身体残疾引起的负面情绪在一定条件下也可以转化为卧薪尝胆、自强不息的动力,他们也依然渴望得到社会的承认,在社会中占有一席之地。对残疾人作家而言,他们通过文学创作弥补自身之不足,让文学创作给脆弱的心灵以温暖和力量,使苍白的生命迸发出绚丽多彩的光芒,通过文学创作证明残疾身体的价值。残疾人由于身体的不完整,产生惶然无措的焦虑甚至是恐慌。但残疾人作家将这种体验转换成动力,进而成为追求自我存在的力量。通过创作寻找自我价值,他们在焦虑—补偿—追求优越—超越焦虑的心理运程中,寻找到自己的社会位置,确立自己的社会身份,从而心理逐渐趋向平衡。荣格认为,艺术能调剂个人心理与群体的关系,使每个个体都能充分了解自身不仅是自己的,而且是一定会与他人产生关系的。残疾人作家通过创作与群体发生关系,证明自身的存在,这是艺

---

① 张云成:《假如我能行走三天》,漓江出版社2012年版,第93页。
② 王庭德:《这个世界无需仰视》,西北大学出版社2017年版,第82页。

术对现代人精神焦虑的"治疗"作用之一。残疾人作家虽然身体残缺,但身体的缺憾反而促使他们充分发挥个人的潜能,实现创作的成功,此之谓"失之东隅,收之桑榆"。

二、通过文学创作实现自我价值的效果

童庆炳在《文艺心理学教程》中谈到创伤性经验时这样说:"这伤痕作为残余物或沉淀物将藏在心灵深处,甚至会扰乱此人一生。如果他是艺术家,这伤痕便对其创作发挥潜在动力作用,迫使他不断地创造,或许还希望通过创造获得与别人平等或超过别人的地位。"[1] 确实,文学创作让残疾人作家有了价值存在感,感觉到自己活着的意义。

四川的杨嘉利一直在缪斯的世界里寻找着心灵的慰藉和生命的意义。杨嘉利幼年因高烧致残,双手不能自由伸屈,面部五官错位,无法准确发音,走路一瘸一拐。他将写诗看作他生活中不可或缺的内容。1986年,杨嘉利16岁,这一年他开始写诗,用诗表达他心灵的情感、喜怒哀乐、酸甜苦辣,为此他需付出常人难以想象的艰辛,甚至伴着伤痛,伴着屈辱。但创作让他看到了自己是一个对社会有用的人,从而看到了自己的人生价值。"1988年秋天,我的一首小诗终于在省内一家青年报上发表了!捧读着变成了铅字的处女作,我内心的激动无法言表。那一刻,我想到了许多许多:童年的苦涩、心灵的创伤、读书的希望、父母的艰辛……而在心中,我更在大声呼喊:我是一个对社会有用的人!"[2] 诗歌开启了杨嘉利心灵的窗户。人生的价值不仅体现在创造精神产品,同样体现在创造经济价值。杨嘉利第一次发表通讯后,他发现,采写一篇一两千字的通讯稿件,虽然要花四五天时间,可发表后的稿费有四五十元钱,稿费比发表诗歌要高出许多,这对完全只能靠写作挣钱的他有很大的诱惑力。想到从小父亲就教育自己,要找到一条能养活自己的生存之路,望着挣来的稿费,杨嘉利一下感觉到自己的价值显现出来了。

李子燕18岁时意外受伤,导致腰椎神经严重受损,从此与轮椅为伴,一张病床,一台轮椅,一扇小窗,一片灰蒙蒙的天空。她害怕过,彷徨过,恐惧过,哭泣过。她不敢仰望天空,不敢看燕子伶俐的身影,一切与跑、跳、蹦、走相关的字眼都不愿意见着。当她得到第一笔稿费的时候,她妈妈喜极而泣,跪谢嫦娥姐姐。看到稿费给自己的母亲带来

---

[1] 童庆炳、程正民主编:《文艺心理学教程》,高等教育出版社2001年版,第114页。
[2] 杨嘉利:《问天不如问自己》,《四川经济日报》2011年10月23号。

的快乐，她立即感受到了自己的存在意义。接下来的几年时间，李子燕在网络上创作近 20 部小说，600 多万字，为丈夫买手机，为儿子买玩具，实现了自己结婚时的誓言："哪怕挣一分钱，也要为这个家增加一点收入；哪怕吃再多苦，也要让辛苦的爱人进家可以吃一口热乎饭。"① 看到自己能为家庭增加收入，李子燕觉得自己是一个于家于国都有用的人。

张悉妮发表的很多文章获得好评之后，"再也没有人认为我是聋的，也再没有人看我为另类！这使我产生了成就感"②，于是"我忽然发现，在我的生命里面，再也离不开这些文字"，"对于文学，对于艺术，对于知识的热爱，已经深深镌刻在我的内心永远都不会改变了"。③ "我感恩文学，文学使我活得有自信、有尊严，同时也让我的生命有了意义和价值"④。

张继波在《从过去到现在》这篇文章中谈到自己如何走上创作之路时说，她读了沈阳作家冰人的作品后，被冰人作品中优美的文字、如童话一般的故事、东北人所具有的坚定深深吸引，于是开始慢慢学写一些东西；写东西使她渐渐有了向往，有了梦想，感受到了自我的存在。

由于文学创作让作家找到了自身的价值，于是，残疾人作家变得坚强、自信。海南作家钟慧是一名先天性脑瘫患者，手指关节僵硬得有些变形，走路的时候身体摇摇晃晃，一不小心就会摔倒。说话时面部表情扭曲，似乎要用尽全身力气才能说出一句话。钟慧参加过 3 次高考，每次成绩都不错，但因残疾每一次都落榜；也是因为残疾，找工作屡次被拒。钟慧大多数时间都蜗居在家读书、写作。她开始文学创作之后，尤其是 2005 年加入琼海市作协后，感觉到生活的大门向她敞开了，她终于下决心要走出自己狭隘的生活空间，到更广阔更现实的空间里去。她决定要以一种健康平和的心态来积极面对极为残酷的现实世界。钟慧说，"写作是一件苦差事，常常要熬夜至凌晨两三点，还得忍受孤独和寂寞"，因为长期熬夜，有一段时间她的头发掉得厉害，"但若让我放弃写作，就等于让我放弃生命"，因为"文学带给我的精神力量是巨大的，我的坚强、我的自信以及我的勇气，全部来自文学"⑤。

---

① 李子燕：《向往天空》，中央广播电视大学出版社 2016 年版，第 236 页。
② 张悉妮：《假如我是海伦》，人民文学出版社 2005 年版，第 123 页。
③ 张悉妮：《假如我是海伦》，人民文学出版社 2007 年版，第 250—251 页。
④ 贺绪林：《贺绪林作品精选》，华夏出版社 2016 年版，第 317 页。
⑤ 符王润：《琼海脑瘫女子笔尖追梦》，《海南日报》2012 年 9 月 25 日，第 5 版。

第三节　救赎（二）：释放情绪

残疾人中，有的是先天残疾，有的是后天残疾，不论先天还是后天，当残疾人明白自己与他人不一样之后，都会有深深的怨恨、孤独、痛苦、绝望、压抑和紧张等浓烈的、复合型的情绪。这种情绪类似古希腊－罗马时期斯多亚主义所说的"激情"，即当人受到外物牵引时，其灵魂内部必然产生的一种非理性或非自然的运动，芝诺将这种运动称作"过剩的冲动"。在斯多亚主义者看来，灵魂陷入激情，也就患上了疾病，"灵魂的唯一的恶即是对外部的错误判断，也就是说，激情是唯一的恶"。俗众要想通达幸福，必须像圣人一样摆脱激情，保持灵魂的恬静状态，"圣人与俗众的根本区别就在于他们是免除激情的人"[1]。对于怎样免除激情，斯多亚主义提出"哲学治疗"。哲学治疗就是要消除人的"激情"，消除"过剩的冲动"，使人的内心回归平静。文学创作对于这部分残疾人作家就相当于斯多亚主义所说的"哲学治疗"。残疾人郁积在心的复杂情感不吐不快，他们试图找寻一种宣泄的媒介或途径。写作满足了他们的这一欲望，解决了他们的精神难题，安顿了他们的灵魂，使他们感觉到一种宣泄的自由。尤其对艺术禀赋优异，天生就具有审美悟性的残疾人来说，无论他们是否自觉，他们心头积盈的那份复合型的情感，都可以通过文学创作得到痛快淋漓的宣泄，获取精神的快感。

一、通过文学创作释放情绪的体现

余秀华是湖北农村的一名农妇，从未系统学习过文学知识，更没有对诗歌进行过理论上的思考，也不在意诗歌为何物，"而诗歌是什么呢，我不知道，也说不出来，不过是情绪在跳跃，或沉潜。不过是当心灵发出呼唤的时候，它以赤子的姿势到来，不过是一个人摇摇晃晃地在摇摇晃晃的人间走动的时候，它充当了一根拐杖"[2]。对于余秀华而言，诗歌不过是情绪的跳跃或沉潜。在这种意义上，残疾人作家从事创作都是被逼出来的。他们最初并未想过献身文学，但因为陷入了不能自拔的情感旋涡，用别的方式无法排遣或者无法采取别的方式排遣，于是情不自禁

---

[1] 吴欲波：《时间视域下的治疗哲学》，《江西社会科学》2006年第6期，第52页。
[2] 余秀华：《月光落在左手上》，广西师范大学出版社2015年版，第223页。

地投入文学创作，借文学来缓解激情的重压，文学创作让他们实现了自我平衡。余秀华说，一切关于诗歌的表白都是多余的，诗歌是她最深切的需要。只有在写诗歌的时候，她才是完整的、快乐的。

寇子原名寇秀春，1976年出生在河北省一个普通的农民家庭，8岁时，因双腿患病再也不能行走，也是在那一年，她随父母来到太原定居。寇子尽管残疾，但她从小到大学习都非常勤奋、努力，并以优异的成绩被太原师范专科学校录取。从太原师范专科学校毕业后，因为身体的原因，她一直没能找到适合自己的工作。那时，她唯一能做的，就是整天坐在石头上思索。她内心有许多的话要诉说，有许多的情感在翻滚，却又无法表达。这时，她想到了用文字来表达自己内心的感情。回到家后，她埋头写下了处女作《坐在石头上的女孩儿》。这篇充满真情实感的小说很快在《黄河》上发表，那一年，寇子刚满18岁。从这以后，寇子与文学结下不解之缘。

江苏作家孙卫不到一岁时就因患小儿麻痹症而双腿残疾，只能靠轮椅和拐杖代步，但孙卫凭着顽强毅力坚持自学，最终获得汉语言文学专业大学学历。孙卫之所以走上文学之路，就是因为当年自己孤单而且伤感，没有朋友，没有爱情，经常摇着手摇车，在道路上四处转悠，无处可去。一次偶然的机会，他突然想到，文学能记录那些倏忽来去的思想和闪耀灵魂的光芒。于是，他想到借文学发泄自己内心的孤独，将自己的心事倾诉其中。

沙爽的情绪堆积太多，乃至于想和空气说话："这些镂刻在我生命里的空格子太多了，我用这么多书籍仍然无法填满它们。我开始不停地对空气说话，我相信这才是我爱上写作的真实原因。"[①] 沙爽相信，通过写作，自己的情绪可以通过文字得以表现，而且读者有可能对自己的作品做出种种应答。沙爽想象着某个读者懂得了她说出的每一个字，每一句话里的柳暗花明和山穷水尽，想象着某个读者认出了沙爽命里注定带来却无法带走的每一样东西。就这样，沙爽整日整夜沉浸在这只无边无际的对话框里[②]，爱上了写作。

马良海回忆说："父亲去世后，我失去了精神支柱，没了工作，这对我是又一次的打击，我需要一个释放心灵的空间，需要一个新的支柱，所以我选择把我的苦闷都写下来，以缓解心中的压力与痛苦，久而久之，

[①] 沙爽：《逆时光》，辽宁人民出版社2012年版，第83页。
[②] 沙爽：《逆时光》，辽宁人民出版社2012年版，第83页。

写作成为了我新的精神支柱，支撑着我前行。"① 对于马良海来说，他的精神世界是无比脆弱的，他在心灵疲倦的时候需要一个休息地。他说文学就像是一个QQ空间，他可以把思想都投到这个空间里，在这里得到释放休息。这就是马良海每天都连续写作8个小时，感觉不到疲劳，反而觉得无比的放松与享受的原因所在。

马平川18岁之后身体逐渐残疾，在走向残疾的过程中，她对生活有了更多的感受，文学创作对她来说就是对这种情绪的宣泄。

残疾人在经受身体残疾的挫折之后，内心痛苦不安、烦恼焦虑，这些消极情绪，如果不发泄出来，轻则伤害身体，重则引起精神疾病，更严重者导致自杀。残疾人作家选择文学创作，在写作过程中进行倾诉，通过创作减轻自己的内心重压，通过文学活动排解疏导自己的心理情绪。他们的各种情绪宣泄于作品，由此，他们的痛苦一半由读者分担，读者与他们的痛苦产生共鸣。

重庆作家李万碧由于残疾在身，生活不能自理，基本上足不出户，很少与人交流，她就依靠诗歌让自己获得精神上的解脱，让悲伤和痛苦的情绪在诗歌中得到宣泄，从而找回一种宁静。8岁多的时候，李万碧左脚脚踝突然肿胀起来，被诊断为类风湿性关节炎。从那时起，李万碧的肌肉和骨节开始慢慢萎缩，最终行走失衡。最初李万碧由母亲背着去上学，后来为了养家糊口，她的母亲必须去上班挣钱，李万碧只好自己跌跌撞撞地往返于学校。李万碧记得，自己在上学路上常常摔倒，摔倒之后是无法依靠自己的力量站起来的，只能求助于路人。常人走十几分钟的路程，她要走一个小时才能到达。初中毕业后，李万碧已经处于半瘫痪状态，再也无法上学读书，每天只能以看书打发时间。毫无希望的生活，愈发严重的病情，以及家庭的贫困，让李万碧的生活布满阴影。李万碧认为自己来到这个世界就是个错误，只会拖累家人，她想到了自杀。就在她对生活完全失去信心的时候，她看到了《星星》诗刊。《星星》诗刊将她带入一个全新的世界。她知道了文学，知道了世界上还有诗歌。她开始用两根关节突出的食指敲打坚硬的键盘，用诗歌支撑自己的人生。在枯燥、孤寂的日子里，李万碧学会了用诗歌来表达自己的心情。她知道磨难是她生活的一部分，她无法逃避，于是她在诗歌里寻找心灵的寄托，借助诗歌抒发自己的情绪。诗歌就是她的人生，看完她的

---

① 高华庚：《文学帮他医治疲倦心灵》，网址：http://blog.sina.com.cn/s/blog_5d98a5780100j582.html。

诗，也就读完了她的人生。

黑龙江作家陈力娇谈到自己如何走上文学之路时说，她写小说起源于一种内心的委屈，一种生命不该承受也承受不起的委屈。她总想把这种委屈向一个可亲可近可信赖的人诉说，向一个可以对她忠诚到底的人说。为了找到可以诉说的对象，她张目四望，急切切的，却总是怅怅然徒劳而归。最终她明白了，这个世界还没有这样一个十分完美的人先于她出生。有一天，她一人坐在静静的白桦林中，她突然发现，自己的委屈可以通过小说的形式向这个世界倾吐，就在那一刻，陈力娇知道自己找到知心的"恋人"了；就在那一刻，她知道世界以它优美的一面与自己对接了，"小说是我一生中最好的朋友与最深情的恋人"，"我通过它发泄我的喜怒哀乐，通过它总结我的过去发现我的未来，通过它抚平我往日的创伤与隐隐的失意，通过它寻找着和坚定着我的不归之路"[①]。

纯懿是新疆本土著名作家，也是新疆女性作家中登上核心文学刊物的第一人。纯懿3岁时得了一场怪病，这场怪病导致她下肢瘫痪，一切行动不得不借助轮椅与他人的力量来完成。父母的朋友断言她活不过六岁，但她至今活着，而且活得很自信。纯懿13岁开始用诗的形式记日记，16岁发表作品，公开发表小说前已经发表六百多首诗歌，并自制成诗集《蓝蜻蜓》《海的花儿》《蝉的爱情》和《三叶草》。2002年纯懿在《大家》期刊上发表长篇小说《零度寻找》并获得"红河文学奖"。2002年，纯懿应邀参加在北京人民大会堂召开的颁奖大会。从此，纯懿的创作开始引起国内文坛与媒体的关注。2003年《零度寻找》获新疆政府首届"天山文艺奖"作品奖。2012年纯懿与"柯尔克孜族文化大使"贺继宏合著《玛纳斯故事》，并以多种文字向全世界发行。2013年长篇小说《玻璃囚室》（2014年再版时改名为《西域之恋》）出版。在创作自己的第一部长篇小说《零度寻找》时，纯懿隔绝了与外界的一切联系，甚至切断了电话，"整个夏天，那种隔世的静让我窒息，却也伴随着某种渴望，渴望将一种隐匿心底最美丽的情感诉诸稿纸，我将青春期最闪亮最光鲜的那部分都浓缩到了小说里面"[②]。纯懿的小说都是情绪的体操。

创作者借文学抒发情感由此获得快乐的心理现象，中外文艺理论家早已对此进行过论述，比如李贽在《杂说》中就讲得很具体："且夫世之

[①] 陈力娇：《生命深处的极致》，王新宪主编：《放飞希望》，华夏出版社2009年版，第201页。

[②] 纯懿：《西域之恋》，北京时代华文书局2014年版，第1页。

真能文者，比其初皆非有意于为文也。其胸中有如许无状可怪之事，其喉间有如许欲吐而不敢吐之物，其口头又时时有许多欲语而莫可所以告语之处，蓄极积久，势不能遏。一旦见景生情，触目兴叹；夺他人之酒杯，浇自己之块垒；诉心中之不平，感数奇于千载。"① 文学创作是升华和宣泄情感的途径之一，"在艺术情感的反应中，人的心灵获得了充分的自由。人的感知、情感、想象、理解、意志等都处于协调的状态，人的整个的心灵都颤动起来了"②。也就是说，在艺术情感的反应中，主体的心理器官是无障碍的，在此状态下，艺术家"交出了自己整个的、充沛的伦理生命"③，因而童庆炳说"大悲哀的宣泄，是大欢乐的一种条件"④，痛苦的情绪只要能够得到自由的表现，就能最终成为快乐。从表达情感的方式看，可以直抒胸臆，可以借景抒情，可以转向想象和幻想。从文学体裁看，可以采用抒情文体的散文、诗歌，也可以采用叙事文体的小说、戏剧。

残疾人作家在自己的作品中始终保持着浓烈的倾吐积愫，他们借助文学创作进行情绪的自由挥洒。无论表达快乐还是痛苦，无论呈现坚持还是软弱，无论倾诉愉悦还是悲哀，他们几乎没有什么顾忌。对于中国作家来说，这一点是很不容易做到的。中华民族是一个内敛的民族，讲求含蓄。民族的集体无意识中包含着许多从祖先那里继承下来的清规戒律，无论作者还是读者都习惯于不由自主地隐藏自己的情感，并且希望作品中的情感内涵在道德上无可指摘。有的作家最初的宣泄得以完成，在内心冷静下来后，还是依照道德标准来改造自己的情感。甚至有的作家一开始就掩饰和压缩那些礼俗上认为羞于示人的内容。作家的内心很难持续地释放那种冲破一切障碍的真实情感和那种不顾一切坦露心胸的充沛激情。文学创作都是作家根据自己的体验来建构自己的文学世界。在这个意义上，作家能否充分揭示自己想要表现的对象，在很大程度上取决于能否正视自己的情感，敢不敢、愿不愿将其充分地表现出来。与此不同的是，残疾人作家反而因为残疾无所顾忌，他们敢于正视自己的情感，敢于也愿意表达自己的情感，情感的宣泄直白有力，从这个意义

---

① 李贽：《杂说》，《中国历代文论选》第3册，郭绍虞主编，上海古籍出版社2012年版，第121页。
② 童庆炳：《童庆炳文集》第5卷，北京师范大学出版社2016年版，第377页。
③ ［俄］别林斯基：《别林斯基论文学》，别列金娜选辑，梁真译，新文艺出版社1958年版，第53页。
④ 童庆炳：《童庆炳文集》第5卷，北京师范大学出版社2016年版，第271页。

来讲，他们的创作是对中国既往的文学的一种反叛。

二、通过文学创作释放情绪的效果

残疾人作家通过文学创作排解了郁积于心的烦恼，忘却了现实的苦难与痛楚，获得了身心的愉悦。文学创作之于残疾人作家，就像生活/生存本身一样，成为一种自成目的性的行为，成为一种反抗"绝望"与"虚无"的途径。文学创作是神与物游的运思过程，其间创作主体将心灵遭遇的快乐与悲伤置放其中，使骚动趋于平静，使创伤慢慢愈合，从而获得心灵的沉静。对于文学创作的这种功效，残疾人作家往往比身体健全的作家体验更为深刻。

代英夫说，在他最艰难的时候，文学始终是他最强大的精神支柱，而且不断给他带来好运。夜深人静，稿纸洁白，他在台灯下笔走龙蛇，与他小说中的人物同喜同忧，在自己精心塑造的艺术天地里尽情欢歌，心中的烦恼和不快很快便消失了。[①] 40岁生日时，代英夫写了一首诗《感怀》[②]：

> 未及回首已半生，踏碎蒺藜胆气增。
> 吃亏在前总有得，充实过后不虚空。
> 一心从文抒豪志，廿载挥笔写真诚。
> 世间如无风和雨，天际何能披彩虹。

从这首诗歌可以看到，代英夫借助文学抒豪志、写真诚，也正是因为有文学相伴，代英夫面对残疾毫无怨言，对生活充满自信。

王志宏脚刚刚残疾时，顾影自怜，泪水涟涟，甚至不愿意别人看到她残疾的脚，整日穿着长裙掩饰。她努力控制自己的情绪，极力让自己快乐起来，然而，所有的努力都无效。最后，她通过诗歌创作抒发情绪。诗歌创作让她忘却烦恼，身心愉悦。[③]

文学创作让显眸看到希望，由此内心淡定而喜悦。显眸专门写过一首诗《文学向我走来》，发表在《民族文学》2013年第9期，诗歌表达了文学创作给他带来的喜悦：

---

① 代英夫：《感谢文学》，王新宪主编：《放飞希望》，华夏出版社2009年版，第57页。
② 代英夫：《感谢文学》，王新宪主编：《放飞希望》，华夏出版社2009年版，第57页。
③ 王志宏：《红尘中行走与呼吸》，王新宪主编：《为了生命的美丽》，华夏出版社2009年版，第50—51页。

> 我在肌体的疼痛中生活
> 文学向我走来
> 于是我感到你就是我的止痛良药
>
> 我在人生的挫折中生存
> 文学向我走来
> 于是我看到你就是我的指路明灯
>
> 我在梦想的城堡里遨游
> 文学向我走来
> 于是我拥有丰富的灵感和坚实的创作

显眸在诗歌中指出，文学创作是止痛药，能止住身体的疼痛；文学创作是指路明灯，能助人战胜挫折。

在漫漫人生旅途中，因为被病魔扭曲的身体，扬州作家残月体味着人间的友情与无情。只有在文学创作的时刻，在空寂的屋宇中，对自己忠实地倾诉自我的无助与孤独，对镜自赏残存的美丽，残月的心中才惨淡而又坚定异常。[1]

由于创作，沙爽的"灵魂一点点止住了下滑和沉降。而在此之前，我已经确信我是一只经过粘合的碎罐子，我从未想过它也可以盈满水色，盈满春天的香味和明亮"[2]。创作能让沙爽"平稳、安静，内心的狂野借助文字筑起堤坝和栅栏"[3]，"如果一连几天没能敲打下什么字，让自己可以回过头来看看，我就会整个地焦躁不安，记忆也因此变得很坏"[4]。

创作文学，阅读文学，使残疾人作家忘记了自己残疾的身份，"我的眼界真的开了！这些快乐，使我忘记了我是一个耳聋的孩子。我觉得，我非常地正常啊！"[5] 在文学创作中，残疾人作家获得一种身心自由，正如史铁生在《记忆与印象》中所说，在创作中，他的心魂能脱离白昼的魔法，脱离实际，去探望被白昼忽略了的心情。张海迪的心中，文学就是女神，她神秘，你永远无法看清她的模样，但她很美，很迷人，人们

---

[1] 残月：《我的残缺，我的痛》，王新宪主编：《为了生命的美丽》，华夏出版社 2009 年版，第291页。
[2] 沙爽：《春天的自行车》，知识出版社 2011 年版，第71页。
[3] 沙爽：《春天的自行车》，知识出版社 2011 年版，第171页。
[4] 沙爽：《逆时光》，辽宁人民出版社 2012 年版，第82页。
[5] 张悉妮：《假如我是海伦》，人民文学出版社 2007 年版，第252页。

只能跪在她脚下，崇拜她，赞美她。为了这个女神，她愿意耗尽所有的力气。①张海迪感受到，当病痛袭来时，写作是一种好的止痛剂。她握住手中的笔，一页页坚持写下去，在写作中精神超越了痛苦。渐渐地写作成为她生命不可分割的一部分。②

上述作家的创作感悟指明一点，即文学创作具有治疗功用，能排除自我的心理创伤，对抗精神疾患。阿恩海姆认为，"愉悦本身并不提供任何说明，因为愉悦不是别的，只是有机生命物的某些需要得到了满足的信号"③，由此获得生命的快感。文学创作让残疾人作家宣泄的需求得到满足，因而感觉愉悦。弗洛伊德和荣格都通过大量实例证明了文学治疗的可能性。克尔凯戈尔1894年出版《致死的痼疾》，意在用基督教的教义学说来拯救信仰失落后的人心世态。写作该书时，克尔凯戈尔已经患有严重的忧郁症，但是他发现：

> 我只有在写作的时候感觉良好。我忘却所有生活的烦恼、所有生活的痛苦，我为思想层层包围，幸福无比。假如我停笔几天，我立刻就会得病，手足无措，烦恼顿生，头重脚轻，不堪负担。④

文学具有强大的抚慰作用。残疾人作家通过文学创作宣泄残疾带来的痛苦，通过倾诉使自己的心灵得到抚慰，从而在一定程度上提高克服疾病带来的恐惧的能力。文学创作调适了残疾人作家的精神，释放了残疾人作家因残疾产生的焦虑。在从事文学活动时，残疾人作家遁形于自由空灵的无功利世界，被苦役囚禁的心灵得以舒展和坦然，被压抑的生命感受和体验得以释放和表达，从而收获了空前的生命愉悦。

第四节　救赎（三）：提升精神

对残疾人作家而言，生命的磨难反而震撼了他们的灵魂。他们在文

---

① 张海迪：《文学女神》，《张海迪作品精选》，华夏出版社2008年版，第187页。
② 张海迪：《当星光闪烁时》，《张海迪作品精选》，华夏出版社2008年版，第191页。
③ [美]鲁·阿恩海姆：《作为治疗手段的艺术》，《艺术心理学新论》，郭小平、翟灿译，商务印书馆1996年版，第346页。
④ [丹]索伦·克尔凯戈尔：《克尔凯戈尔日记选》，[丹]彼德·P·罗德编，晏可佳、姚蓓琴译，上海社会科学院出版社2002年版，第70页。

学创作中认真思考生命的底蕴，并由个人的生命体验上升到对人类命运的思考，文学创作让残疾人作家提高了对人生的认识。从人的主体意识确立的角度来看，残疾人作家的文学创作过程就是他们认知自我、主体意识不断觉醒、主体性不断建构的过程。他们通过文学创作进行自由的人生畅想，让精神获得解放，实现自我心灵的净化与提升。

一、通过文学创作提升精神的体现

上海作家阮海彪从童年开始就承受病痛，"八岁那年，我已经想到过死"①。死期如影随形，活着异常艰难，乃至于他对死异乎寻常地敏感，也异乎寻常地麻木，长此循环往复，生死问题深藏在他心里，让他纠结，又不忍放弃。郭在精在《秋水与火焰——作家访谈录》中有一篇采访阮海彪的文章，题目叫《生命的感召——介绍上海作家阮海彪和他的作品》。文章中阮海彪对博士说，自己从死神那里懂得了生命，懂得了生命属于每个人但只有一次。自己活得确实很苦，时刻都感受着痛苦，痛苦给了他这么丰富、独特的感受，他不把它们写出来，岂不是太亏了。从阮海彪和博士的对话可以看到：其一，阮海彪时常思考生命的问题；其二，对生命的思考是源于病痛带来的死亡的威胁；其三，阮海彪就是想通过文学表现他对生命的体认。文学创作不仅仅是残疾人作家宣泄情绪的出口，也是现实引导作家认识世界、世界反作用于作家的重要途径。文学创作不但能缓解他们的痛苦，还能帮助他们在宣泄痛苦的过程中，逐步获得对这种痛苦的理解。阮海彪在文学创作中加深了对生命痛苦的理解。

兰泊宁两岁患小儿麻痹症，之后，她一直没能站立。七岁的时候，兰泊宁的爸爸背着她几乎走遍了全市所有的小学，没有一家学校愿意接收她。兰泊宁开始了漫漫自学路。十八岁时，她以坚韧的毅力自学了从小学到高中的全部课程，但她多方写信求助，都没有大学同意接收她。19岁时兰泊宁接受了六次痛苦至极的骨科大手术，炼狱般的折磨使她对生死有了顿悟，感受到人生19年如同活了几百岁，也由此开始了她对人生的思考。兰泊宁在接受记者采访时说过一段话：

  文学之于我从来就不是谋取名利的手段，我以此来探寻生命的终极意义。文学让我从混沌中走出，踏上一条七彩辉煌绚丽多姿的自由王国的道路。无论是难熬的剧痛中一声不吭，还是烈日下长久

---

① 阮海彪：《死是容易的》，东方出版中心2008年版，第1页。

的坚持,我的无畏我的从容都是源于心中这份终极追求释放的力量。是书籍使我渐渐成熟起来,我开始对创作心态的深深思索:于世间风风雨雨岁月来来复复之中,把持大智若愚大音希声之人生高度,不浮不躁,超然视之,淡然处之,坦然待之,随遇而安随缘而化。尔后以冲淡平和的心境情绪倾听自我。超然度外,静默于生活这唯一的源泉中,得失安然,宠辱不惊,是非成败爱憎情仇早逝如烟云。就在这永恒的寂静和孤独里,平静地坦露了整个灵魂面对自我面对世界,这时我不能不写,写我所体验到的生命的悲痛和愉悦,写在我心灵最深处听到的声音,浓郁又淡远,苍凉又快乐,孤寂又充实……①

兰泊宁的这段话呈现出这样四层意思:其一,她借创作探寻生命的终极意义;其二,她写的是自我体验到的生命;其三,借助创作探寻生命的终极意义给予她极大的力量,这份终极追求使她面对剧痛无所畏惧,面对困难从容淡定,得失安然,宠辱不惊;其四,创作给她带来宁静,宁静又促使她更加深入地反思自我,从自我生命的思考上升到对人类生命的思考。

纯懿自小残疾,因为身体的缘故,无法到达更远的地方,大多数时候,只能对着窗外的景致发呆,也正是这种发呆让她有机会慢慢思考生命,进而产生了想在写作中完成爱、完成生与死的交替的念头。她谈论《玻璃囚室》的创作感受时说:

十年前,我那时单薄而瘦弱。在别人眼里还是稚嫩小女孩时,我发表并出版了我的第一部长篇小说《零度寻找》。那时,我选择了一个独处的夏天开始写作。我父母在另一个地方,一周回来看我一次。我隔绝了与外界的一切联系,甚至切断了电话。整个夏天,那种隔世的静让我窒息,却也伴随着某种渴望,渴望将一种隐匿心底最美丽的情感诉诸稿纸,我将青春期最闪亮最光鲜的那部分都浓缩到了小说里面。现在,我已不想赘述《零度寻找》当年发表、出版单行本的过程。尽管它曾一度肯定了我的创作,给我带来了自信,

---

① 吕铭康:《逆境中的灿烂人生——记残疾女作家兰泊宁》,《青岛财经日报》2007年6月9号。

以及虚浮的所谓荣耀,但我更在意的是自己曾经拥有过的美好体验。①

渴望将一种隐匿心底最美丽的情感诉诸书稿,这就是纯懿创作的初衷。如果进一步追问,隐匿在纯懿心底最美丽的情感是什么,那就是她对生命的思考。纯懿说,一个孜孜不倦的理想主义者势必对精神有着过"高"的要求。生死、爱恋的一瞬令纯懿着迷,纯懿从不放过一瞬的时间对它们进行要求和思索,而且这种思考可能会比较尖锐,但那种尖锐绝对是温情。当陈漠问纯懿,为什么要写作,试图在写作中完成什么时,纯懿回答:"因为爱。在写作中完成爱,完成生与死的交替。这是我毕生的愿望。"② "在我的作品中,思考和落笔处都与爱恋、生死有关。"③ 纯懿还将创作看成是自己的使命,"人人都是有使命的,广义上讲,人的使命就是单纯为了活下去,这是人类最基本的使命,而作家的使命就是为了完成他想完成的那些作品"④。在谈到如何创作《玻璃囚室》时,她说开始时写完初稿就扔到一边了,进入"创作休眠期",直到2010年年底,参与《玛纳斯故事》的撰写后,有一种力量在推动她,觉得自己必须做完写作这件事才对得起自己的生命,才会问心无愧,她像一个修道士那般找到了藏经密室的钥匙,一道光芒瞬间照亮了她的全部思路,她又重拾《玻璃囚室》。

史铁生的一段话告诉我们:残疾让他提早思考生命;他由思考身体的残疾进而发展到思考人生的残缺。

你一旦到了残疾的地步,惊涛骇浪也好,崎岖坎坷也好,你就深刻地感觉到,至少你得给自己找一条路。找一条路,如果不仅仅是谋生的路的话,那你不可能不涉及到譬如说终极的问题,你一定势必要往那儿走、往那儿想了,你到底活着。所以人到了重病的时候,譬如到了中年重病了,到了老年将死了,你可能想的就跟平时不一样了。就是那个终极的点,你不理它,它先要找你。你必须得

---

① 纯懿:《玻璃囚室·自序》,安徽人民出版社2012年版,第2页。
② 《美则生,失美则死——纯懿与著名作家陈漠对话》,网址:http://nelson2091.blog.sohu.com/。
③ 纯懿:《玻璃囚室》,安徽人民出版社2012年版,第102页。
④ 纯懿:《感谢写作,它证明我在活着》,《新华书目报》访谈,网址:http://blog.sohu.com/people/!Y2h1bnlpMzM0NDUyMUBzb2hlLmNvbQ==/249159669.html。

看着那个，如果你不想仅仅就是谋生的话。所以我很重视荒诞这件事。人有没有荒诞感？你想绣花，绣花绣了多半生，所谓"几十年如一日"的时候，你有没有一点荒诞的感觉？你有了，你肯定是在问生命到底是什么意思了，这就是终极。我想，我呢这个提问开始得比较早，一般二十岁的人还没有涉及到，这是秋天的事。春风尚未减弱的时候，不问这事儿，来不及问这事儿。那我就是春天里的秋天了，就得问这事儿了，所以我不过是开始得早一点儿。①

就我，从根本上说，残疾是写作的原因。残疾一般是指身体器官上，残缺，那是指人，按着基督的说法人有罪行，罪行，其实我觉得就是残缺。不光是那个不满意的残缺，我没有腿我很不满意，不单是这种残缺。②

四川藏族作家桑丹的创作始于20世纪80年代初，当时和她一同作战的文友几乎都先后放弃文学之路，唯有她不离不弃坚持下来。桑丹认为，她能坚持写作就是因为能在文学中坚守自己对生命的思考，"一个人孤独的写作，其实就是在光阴的流逝中找寻一处憩息地，为自己，为自己曾经用灵魂写下的文字"，"至今，我都把三十年前读安徒生童话当作自己人生观和心灵史重要嬗变的时期"③。"不管她认为写作是快乐也好，慰藉也罢，她更看重精神领域自我人格力量完善的过程。这种感受，同样存在于我们共同的灵魂深处。"④

由上面的作家自述可以总结出这样几点：

第一，身体的残疾迫使残疾人作家思考生命的问题。身体的残疾往往使残疾人作家经历了身体和心理的双重考验。残疾让人产生痛苦，而痛苦能促使人对人生进行长久的思考，能让人感悟人生的真谛，探视人性的深度，见真而知深。阮海彪、兰泊宁、史铁生、纯懿等人看到自己不能按照正常人的方式生活，有的还随时面临死亡的威胁，他们便以其高度紧张的身心活动踏上自我认识的思想之旅，以此思考生命的问题。从残疾人作家所描绘的人和事可以感受到他们内心敏感而丰富的对人生

---

① 史铁生、王尧：《有了一种精神应对苦难时，你就复活了》，《当代作家评论》2003年第1期，第52页。
② 史铁生、王尧：《有了一种精神应对苦难时，你就复活了》，《当代作家评论》2003年第1期，第58—59页。
③ 桑丹：《幻美之旅》，大众文艺出版社2006年版，第53页。
④ 桑丹：《幻美之旅》，大众文艺出版社2006年版，第72页。

的思考。"由于身患残疾,我常常在思考'活着'这个问题。人生在世,究竟应该怎样活着?如果说上面那位先生活得潇洒活得满足,那么种猪种牛种马不比他活得更潇洒更满足么?人之所以比其它动物高级,是因为人有思想,有精神,有追求。"①人在极度痛苦的状态下更易产生思考的取向,对于如何生存、怎样生存以及生存的价值何在的思考将更加透彻。残疾人作家往往都经历了生活的苦痛和心理的炼狱,心理创伤迫使他们对生命存在的本质及其意义进行深入思考,在克服身心痛苦的道路上,他们更有可能获得深刻的人生体悟。残疾人作家在文学创作中思考生命问题时,往往拉开自我的心理距离,重新审视自己的残疾经验,特别是审视残疾带来的苦难与不幸。在这种状况下,残疾人作家不是功利性地回首往事,而是把往事作为一种对象来回味,因而可以把最平凡的生活情景,最不幸的生活际遇,变成深沉的思考。

第二,对人生问题的思考成为这部分作家创作的起点,而且让他们的创作之路越走越远,越走越厚实。比如史铁生就是从探讨人身体的残疾发展为探讨人性的残疾,从而使史铁生的创作具有了超越自我的意义。史铁生的自述《我二十一岁那年》,是解读史铁生思想的一篇重要文章,"多年以后才听一位无名的哲人说过:危卧病榻,难有无神论者。如今来想,有神无神并不值得争论,但在命运的混沌之点,人自然会忽略着科学,向虚暝之中寄托一份虔敬的祈盼。正如迄今人类最美好的向往也都没有实际的验证,但那向往并不因此消灭"②。由于残疾,史铁生寄希望于神,而对于神他自己都不知道是否存在,表示怀疑。由于残疾,史铁生开始探索生命、死亡等哲学命题,而对这些问题的思考成为史铁生创作的核心,"想一想死倒也不是坏事,想明白了倒活得更自由"③。史铁生在双腿残疾的最初几年,有时一连几小时专心致志想关于死的事,想了好几年,终于弄明白了,"一个人,出生了,这就不再是一个可以辩论的问题,而只是上帝交给他的一个事实;上帝在交给我们这件事实的时候,已经顺便保证了它的结果,所以死是一件不必急于求成的事,死是一个必然会降临的节日。这样想过之后我安心多了,眼前的一切不再那

---

① 贺绪林新浪博客,2014年2月21日。
② 史铁生:《我二十一岁那年》,《史铁生作品全编》第6卷,人民文学出版社2017年版,第76页。
③ 史铁生:《我二十一岁那年》,《史铁生作品全编》第6卷,人民文学出版社2017年版,第79页。

么可怕"①。对于残疾人作家而言，写作是"灵魂的漫游"，创作成为他们的精神自赎。这类创作不是观察，也不是单纯地描写，重要的是发现，发现自己的内心世界，利用文学进行自我诊断，然后将自己的残疾体验升华为人类共同的经验。艺术与人生密不可分。对人生的体认不能完全诉诸理性，还包括体验，体验能将活生生的生命意义和本质穷尽，并与他人的生命融合在一起。

以生命思考为起点的创作，往往能使作品具有一种生命的厚重感以及振聋发聩的现实力量。经历过生命痛苦的人更能体验到人生的冷暖与生的价值。身体残疾的作家在与疾病长久的斗争之中，真切体验到了生命面对威胁时的恐惧感与独自一人被疾病包围的心灵孤独感，他们在独自长久的静思默想中开始了对生存与死亡的思考，从而在创作中加深对"生之为生"的追问与表现。这种独特的人生体验给了残疾人作家独特的视角来观察人生，也使他们的体悟具有更深刻的一面，从而使残疾人作家的作品具有震撼人心的力量，并且无可替代。

对生命的思考，还涉及另一个命题，这就是用自己的作品医治其他残疾人朋友的心理创伤。黄立温被称为"牛背上的大学生"，少年时意外被炸药炸伤，失去了双手，属于二级肢残。《超越逆境》是他的第一部作品，他希望能通过这本书，与不屈服命运、与命运抗争的残疾人朋友共勉。他想借这本书传达热爱生命、超越极限的理想信念，呼吁大家焕发生活的热情，创造美好的人生。"残疾人是一个弱势群体，身为残联成员，我应该帮助残疾人士克服困难，激发他们的精神动力，感受生命的力量。"② 黄立温的创作目的非常明确，这就是借助自己对生命的思考鼓励其他残疾人朋友。

第三，这类作品是残疾人作家精神生命的内心独白。残疾人作家的创作过程也是作家充分体味残疾经验的意义的过程。大多数残疾人作家的长处不在于理解，而在于感觉，在于从深切的情感感受中爆发出来的深邃思考力，在于依靠丰富的形象直接去领悟人生的审美穿透力。残疾人作家对生命的大彻大悟，是发自内心的，而不是体验，他们将自己的人生感觉深深融入作品中，通过作品读者能看到作家本人。下面这段文字是阮海彪记录病人对生命的感受：

---

① 史铁生：《我与地坛》，《史铁生作品全编》第 6 卷，人民文学出版社 2017 年版，第 36—37 页。

② 黄立温：《超越逆境》，黄河出版社 2014 年版，第 5 页。

平安,多好啊。平平静静、安安宁宁,没有痛苦、没有烦恼、没有情绪波动,多好。每次大疼痛、大痛苦、大动荡以后,我的身心总会沉浸在劫后余生的平静中。这时,我总觉得平静才是人世间最珍贵的。与之相比,世界上需要用平静换取的财产、名誉、地位、享受,就显得微不足道。有了平静这个可贵的极致,即使再贫穷、再低贱,也可以处之若泰。细细品味来之不易的平静,我的情志就会淡泊、安宁、祥和,同时也能很公允、很豁达和宽容地看待自己、看待他人、对待人世间的万事万物。这时,我的思想、情感、谈吐举止,甚至相貌都会透出随和、大度、谦逊和与世无争的超脱。这时,我会觉得天是高远的,地是广博的,我是轻盈渺小的。然而,当这种感觉逐渐消失,也就是说,较长时间没有经受疼痛、痛苦或动荡,于是,这股祥和之气就会渐渐消失。这时,我就会把平静视为平庸,从而对此厌倦和不满。于是,我又恢复到原先那个充满七情六欲的我,一切又开始故态复萌:浮躁骚动、跃跃欲试。不久,我会再度循入大疼痛、大痛苦、大动荡的轮回;而深重的灾难会再次带来平静。由此可见,人生就是一个充彻着"动"和"静"的矛盾体;每个生命都无法逃脱这个由"动和静""乱和治"组成的万劫不复的循环。每一"平静"包孕更大的不平静;每一"不平静"又孕育更深沉的平静。动的极至是静,静的极至是动。不管有意还是无意,不管自愿还是被迫,人类将永远无法逃脱出这个宿命的派定。[1]

这段话的独特意义在于,它写出了一个长期卧病在床的人对生命的"动"和"静"的辨证思考。阮海彪从孩提时代起,就一次次地受到死亡的召唤。在生命的终极问题面前,他多次自觉或不自觉、清晰或朦胧地思索:怎样才算活着?怎样才证明活着?怎样才能证明曾经活着?这段文字是他多年思考生命的结果,不是纯理性的思辨式的思考,而是凭借感觉进行的思考。毫不讳言,阮海彪形而上的分析能力有局限,他能清楚地感觉到,未必能明白地分析。但是,当理智分析能力踟蹰不前的时候,他的形象感受能力却能毫不犹豫地伸展出去,弥补其不足。

段崇轩将史铁生的创作分为两大类:经验性的书写和形而上的阐

---

[1] 阮海彪:《欲是不灭的》,人民文学出版社1992年版,第56页。

释。[①] 绝大多数残疾人作家的创作不具备史铁生那种形而上阐释的能力，一般都属于经验性的书写。但读者同样能从作品中看到一个残疾人在远离尘嚣的静寂中，从生命本身出发，反省体验自我心灵的搏动。同样能从作品中看到充满了主体的人的情感、想象、意志，以及人类活动的观念、价值和目的，还能从作品中看到他们努力地解释着生命活动和社会文化的发展。他们将更多层次的思考转换成凝视自己、反思自身，他们以创作的形式实践着亚里士多德的名言"认识你自己"。如今，人心日益浮躁，经济利益成为撬动人的行为方式的杠杆，思考生命价值、人生的超越性意义等问题已成为生活的奢侈品，残疾人作家承担了被哲学遗忘的使命，以自身的经验为基础反思人生和生命，在此意义上，残疾人作家创作的意义得以显现。

二、通过文学创作提升精神的效果

在文学创作中，残疾人作家不受现实生活中肢体的束缚，可谓天高任鸟飞，海阔凭鱼跃，获得一次新的生命展示。文学创作过程也提升了残疾人作家对生命的认识，达到自我心灵的净化与提升，完成了生命的升华，实现身心健康、灵肉和谐。

广西的作家王丹自幼患脑瘫，在自传体小说《爸爸陪我一起长大》中讲述了创作给她带来的精神的升华。残疾使她自卑、恐惧、孤独，文学使她自信、无畏、温暖。文学创作让王丹对残疾有了正确的理解，使她知道了每一个残疾孩子，都是璞玉，都要经过雕琢和风雨历练，才会闪现原有的光芒。创作的成功让她明白了，命运纵然有逃不出的旋涡，可是希望却一直在心里，这就是残疾人在困境中活下去的所有理由。

史铁生曾说，他从双腿残疾的那天，开始想到写作。孰料这残疾死心塌地一辈子都不想离开他，这样，残疾便每时每刻都向史铁生提出一个问题：你为什么要活着？史铁生说，这可能就是他的写作动机。就是说，要为活着找到充分的理由。[②] 对于史铁生来说，文学创作既是情绪宣泄的一种渠道，是必要的精神补偿，也是他与厄运抗争的武器。史铁生认定自己全部的生命价值和意义就在于创作，写作是他活下去的理由，写作给予他活下去的勇气。史铁生在双腿残疾之后，一度认为生活没有

[①] 段崇轩：《论史铁生的小说创作》，《小说评论》2009 年第 6 期。

[②] 史铁生：《我与地坛》，《史铁生作品全编》第 6 卷，人民文学出版社 2017 年版，第 42 页。

了光彩，最后是写作拯救了他的身体和灵魂，给了他活下去的最好理由。史铁生的获奖作品《病隙碎笔》写于1998年至2002年，其间史铁生都在透析。作品中有对透析过程的形象描述："躺在'透析室'的病床上，看鲜红的血在'透析器'里汩汩地走——从我的身体里出来，再回到我的身体去，那时，我常仿佛听见飞机在天上挣扎的声音，猜想上帝的剧本里这一幕是如何编排。"[①] 这部作品虽然是"碎笔"，但饱含史铁生对生命的思考。在写作的间隙生病，在生病的间隙写作，这就是史铁生的基本生活状态。文学创作给了史铁生新的人生高度和宽度。

在创作的过程中不仅可以缓解残疾人作家生活的世俗之苦，还可以升华他们对人生的认识，赋予生活以诗意。史铁生刚开始文学创作的时候带着一种迷茫的惆怅和矛盾，写作只是为了不至于自杀，正如他借莫非之口说的"同是天涯沦落人，浪迹江湖之上，小说与我相互救助度日"[②]。后来，在写作过程中，史铁生慢慢悟出"过程哲学"，领悟到生命的"意义在于过程，他看到，过程对于生命的意义就在于你能创造这过程的美好与精彩，生命的价值就在于你能够镇静而又激动地欣赏这过程的美丽与悲壮。但是，除非你看到了目的的虚无你才能够进入这审美的境地，除非你看到了目的的绝望你才能找到这审美的救助。但这虚无与绝望难道不会使你痛苦吗？是的，除非你为此痛苦，除非这痛苦足够大，大得不可消灭，大得不可动摇，除非这样你才能甘心从目的转向过程，从对目的的焦虑转向对过程的关注，除非这样的痛苦与你同在，永远与你同在，你才能够永远欣赏到人类的步伐和舞姿，赞美着生命的呼喊与歌唱，从不屈获得骄傲，从苦难提取幸福，从虚无中创造意义，直到死神和天使一起来接你回去，你依然没有玩够，但你却不惊慌，你知道过程怎么能有个完呢？过程在到处继续，在人间、在天堂、在地狱，过程都是上帝的巧妙设计"。[③] 史铁生在笔耕不辍的写作过程中，领悟到生命价值和意义的真谛，获得了生命的解救和升华，这是文学对史铁生的回馈。余秀华最初写诗歌时，完全出于个人情绪，诗歌于她不过是在摇摇晃晃的人间走动时的一根拐杖。但余秀华社会底层的身份，使她在创作时无意中把"底层"纳入创作视野，思考底层，这种思考提升了她

[①] 史铁生：《病隙碎笔》，《史铁生作品全编》第8卷，人民文学出版社2017年版，第4页。

[②] 史铁生：《宿命》，《史铁生作品全编》第4卷，人民文学出版社2017年版，第231页。

[③] 史铁生：《好运设计》，《史铁生作品全编》第6卷，人民文学出版社2017年版，第71页。

的思想。余秀华说，她本不是一个安静的人，但她在写诗歌的时候，是安静的、快乐的，诗歌让她干净，诗歌在清洁她、悲悯她。①

小　结

1. 有文学安放的灵魂是不死的

残疾人作家切身感受到文学创作给自己的生命活动带来的改变，因而他们视文学创作为自己生命的一部分，将其作为自己的生存方式，为了活下去，只能创作。残疾人作家共同表达着这样的观点："写作是我活下去的唯一动力！"②"那时候我完全是为了写作活着。""我为写作而活下来。""只是因为我活着，我才不得不写作。或者说只是因为你还想活下去，你才不得不写作。"③ "创作在我内心中永远占据了一块高贵和干净的地方。十年来，写作对我来说是一种信仰，一种精神梦游。"④ 纯懿认为，写作是一件美丽无比的事情，没有什么比写作更能吸引她了。

张悉妮由于失聪，所以完全依靠文字，将文字视为自己的拐杖，"因为要写'话'，我过多过早地锻炼了自己的阅读和写作能力。我看啊，阅读啊！我阅读啊，我体验啊，我参与啊！我写作啊！"⑤ "我悠闲地坐在我家阳台上，不停地读书。只要眼睛里的目光透过柔滑的文字，里面有的是汁液。眼睛插进文字，我就可以饮个饱了。"⑥ 由于身体残疾，残疾人作家不得不选择写作，但他们也因写作获得新生。

残疾人作家因残疾而创作，由残疾而结缘创作。真切的残疾体验激发着残疾人文学创作的热情，而文学创作的过程又真实地帮助残疾人突破身体的局限，在不自由（身体）中自由（思想）地飞翔，从而使残疾人作家真正实现了自我的重新构建，激扬了生命，实现了精神的救赎。残疾将生命推到了悬崖的边缘，写作却让他们重新获取了生命的动力。正如张海迪所说："残疾人的思想解放在某些方面比肢体的解放更重要，

---

① 余秀华：《月光落在左手上》，广西师范大学出版社2015年版，第222页。
② 《贵州农村残疾青年：轮椅上的"作家"梦》，中国新闻网2013年12月18日。
③ 史铁生：《我与地坛》，《史铁生作品全编》第6卷，人民文学出版社2017年版，第50页。
④ 纯懿：《玻璃囚室·自序》，安徽人民出版社2012年版，第1页。
⑤ 张悉妮：《假如我是海伦》，人民文学出版社2005年版，第138页。
⑥ 张悉妮：《假如我是海伦》，人民文学出版社2005年版，第164页。

思想的解放能使人更大限度地超越痛苦。一个人无论是躺在病床上，还是坐在轮椅里，思想仍能负载残疾的躯体到你所向往的地方去。重要的是怎样从自我萎缩的状态中觉醒，把希望和热情注入生命，使自己成为具有创造精神的人。"① 阿恩海姆认为："艺术活动能通过从前认为只有艺术家才具备的方式使那些需要精神帮助的平常人得到灵感并充满活力。"② 文学创作成为残疾人作家生命的极大诱惑者和高效兴奋剂，满足了残疾人作家对自由的渴望，他们由此获得生命的快感。对于残疾人作家，文学创作不仅是一种生存的抗争手段，也不仅是人生的表达和吁求，更重要的是使生存成为可能。文学创作直接成为残疾人作家生存的一种方式，甚至成为生存本身，他们在创作中生活。通过文学创作，他们在痛苦中发现了主动，在毁灭中发现了肯定。因为有了文学创作，生命在痛苦经验中获得自身的创造性命运。

残疾人作家在痛苦孤寂中偶遇文学，于是畅游文学。从此，他们的灵魂、他们的人生和文学结缘。或许在别人看来他们的身体是残缺的，但文学让他们的灵魂得以完整；或许在别人看来他们无法远行，但文学带他们的思想去了远方，扩展了他们的生命。他们的创作完全是内在需要，是一种与责任完全不同的自我沉迷，保持着自己的相对独立性与自主性，即保持着自己的心理－精神自由，用心理－精神的自由替代身体的不自由，在心理－精神自由的境界中，从容地创造，自然地倾诉，自由地坦露，表现自己没有被歪曲与压抑的纯真人性。"坐在一个不起眼的角落（我们都是一样），猜想着别人，猜想着外界，猜想着遥远，为一些相识和不相识的别人而忧哀，而庆幸，而欢喜，然后平静地把他们写下来，写成独自的祈祷，写成了自己的生命。心路漫漫，湘月的生命因此得以扩展。这是写作对她的报答。"③ 史铁生在评价残疾人作家李淑萍（即湘月）时说的这段话，很好地阐释了文学创作对残疾人作家的重要意义。

对于创作，多数中国现代作家仍然抱着经世致用的创作目的，文学参与社会人生的改造仍然是当时多数作家的创作出发点。鲁迅的创作目的是"揭出病苦，引起疗救的注意"，文学研究会作家的创作宗旨就是

---

① 张海迪：《独自飞行》，《张海迪作品精选》，华夏出版社2008年版，第172页。
② [美]鲁·阿恩海姆：《作为治疗手段的艺术》，《艺术心理学新论》，郭小平、翟灿译，商务印书馆1996年版，第346页。
③ 李淑萍：《微笑》，王新宪主编：《放飞希望》，华夏出版社2009年版，第159页。

"为人生"，茅盾创作《子夜》是为了用小说的形式参与当时中国社会性质的问题论争。而当下的残疾人作家选择文学创作，几乎没有谁是出于改造社会人生的目的，他们以身体残疾为契机而开始创作，文学创作的最初动机基本都是舔舐伤口，挣脱残疾带来的束缚，放飞心灵。文学创作也确实消除了残疾人作家的心理障碍，唤醒了他们的生命，激扬了他们的生命，指导了他们的生命，建构了他们的生命，这样的创作是最高形态的生命创作和最有生命活力的创作。

2. 文学的反哺效应给残疾人作家的创作带来平和冲淡的审美风格

前面讲到，残疾人作家在创作前都经历过情绪的剧烈震动，但他们的作品中很少有躁动不安的情绪，没有抱怨，没有指责，没有怨言，更没有仇恨，更多呈现出平和、安宁的审美风格。对此现象可做如下解释：借文学创作，残疾人作家抒发了郁积的情绪。同时，在文学创作中，残疾人作家极大地提高了对人生的认识，丰富了哲学意义上的生命意义，实现了自我心灵的净化与提升。文学创作不仅缓解了残疾人作家生活的世俗之苦，还赐予了残疾人作家诗意的生活。通过文学创作，残疾人作家实现身心和谐，获得了内心的宁静。反映到创作中便相应地呈现平和冲淡的审美风格。

残疾人作家最初进行文学创作的时候，与其说是想叙述什么，不如说只是通过叙述手段完成对自己的超越。在经历了困惑、痛苦、绝望之后，面对苦难命运的安排，残疾人作家通过文学创作，让自己的自我价值得到自由展现，通过文学创作让情感得到自由宣泄，通过文学创作让思想自由飞翔。文学创作成为他们精神的栖息地。通过文学创作，残疾人作家消除自己的心理障碍，接受生命赋予他们的责任，现实给予他们的幸福和苦难、无聊与平庸。刚刚得知自己残疾时的极端心理，在他们的创作中转换为平和、安宁、自然的淡然心境。

残疾人作家的作品让人感动的，往往是字里行间透出的那一分平实和自然，那一分坦然和淡定。王小泗得知自己终生残疾之后，几次想吃安眠药结束生命，是文学创作让他豁然开朗。他说，当一个人迷失了方向，徘徊在十字路口，在滚滚红尘中不知所措，为某件事情愤愤不平的时候，不妨走进大自然，你就会发现"我们都是宿命里的匆匆过客，都曾轻轻地来又轻轻地去，来自远方又回到远方。宠辱不惊，闲看庭前花开花落；去留无意，漫随天外云卷云舒！弃一切世俗之物于红尘之外，

第四章　文学创作：生命的自救

海纳百川，容一切能容之事，悠然于天地草木山川"①。容一切能容之事，悠然于天地草木山川，让生命在自然中舒展，在大自然中感受生命的宁静淡泊包容。他们知道人生的路很漫长，生活很复杂，于是不奢望永远，不会轻信诺言，"只希望　和你手牵手/躲进那片叶子/共享宁静"，"只希望　与你肩并肩/溶进那片月光/皎洁的温柔的月光/同浴安详"。②这些诗句看似沉静简约，实则活力四射，开阔、简远的情怀浸透出惬意的情调、开阔的空间、达观的意境。这种开阔简远的美，是生命常态的美，与残疾人作家本身的品格和修为相吻合。

平和的心境让残疾人作家遗忘苦难，珍惜美好。《在青山绿水间》中，赖雨将自己想象成一只轻盈的鸟，"唱着明天的歌/把昨夜黑色的音符/都丢在山的后面"③。而在《初识》中，赖雨把所有的相思都种在梦境，让所有的叹息都飘入风中，让所有的愁苦都埋进雪地，让每一次对视都充满欢欣，每一次微笑都带着羞怯，每一滴眼泪都含着理解，每一句低语都饱含祝福，所有的希望都刻在天空。赖雨知道理想和现实之间存在一定的距离，但她同时说"但让我们相互祝福吧/因为我们都不会放弃/对春天的梦想/对生命的渴望"④，"美好的一切/一切的美好/都要我们共同去创造"⑤。从残疾中走来，残疾人作家更加懂得生命的可贵和可爱，他们感觉到"时间在分分秒秒中收藏/页页灿烂得姹紫嫣红"⑥，虽然生命有残缺，但他们感受到的生活依然美好。古人云，一切景语皆情语，也可以说一切对生活的感受皆情语。残疾人作家能感受到生活的美好，其实是他们平淡心境的折射。当一个人把生死看透，把生命置之度外，以一种向死而生的心境去生活的时候，便能豁然开朗，从容淡定。

在作品中，残疾人作家对残疾的态度是积极、轻松和乐观的，由于残疾，爱情给赖雨留下太多的遗憾，但赖雨是这样认识失去的爱情的，红豆鲜红依然，热烈依然，纯情依然，"爱是无法忘记的/能忘记的　只有/爱的创伤"⑦，能忘记的只有爱的创伤，这一诗句体现出赖雨的大气、睿智和乐观。周洪明临近周岁时，患小儿麻痹症，很多年在父母的背上

---

① 王小泗：《零度生活》，现代出版社 2013 年版，第138 页。
② 赖雨：《群山之上》，四川大学出版社 1998 年版，第49 页。
③ 赖雨：《群山之上》，四川大学出版社 1998 年版，第114 页。
④ 赖雨：《群山之上》，四川大学出版社 1998 年版，第 39—40 页。
⑤ 赖雨：《群山之上》，四川大学出版社 1998 年版，第46 页。
⑥ 周洪明：《情感高原》，中国文联出版社 2007 年版，第26 页。
⑦ 赖雨：《群山之上》，四川大学出版社 1998 年版，第122 页。

走进一家又一家医院，童年和少年时代没有笑声，没有欢乐，但他依然看到的是生活的希望，他在秋日断想着"我要读无言的小溪/读满悠长的祈祷/我要数憨厚的山峦/数尽墨色的希望"①，即使是在假日的雨天，只要拭去书桌上的灰尘，"看看书　写写诗/久违的意境/明亮了思想"，也会"飞出一个飞吻"，心也会开始兴奋，也会真切感受到：雨天，不错。②尽管"想起夏风/想起夏雨/想起吹折的桥梁/想起难渡的浅溪/我消沉得不愿想起"，仍"毅然不顾一切走着/望望前面的日子/雨霏自然在散失"。③当生活遭遇坎坷，想想蓝天白云，想想希望，于是一切释然，"有过收获亦有过失意/唯有的线路是希冀"④，"但我们早已学会不哭，/侧身躲避在地阔天蓝"⑤，不要在意别人的流言蜚语，"旋转你的身影吧/走出一路潇洒/只要沿途的风景/为你富饶　为你成熟/为你风情万种　为你/远离荒凉　永别忧伤"⑥，而且你留下的伤痕和斑斑血迹，"至少可以召唤后来的脚步/和坚定犹疑的心"⑦。

　　残疾人作家的叙事类作品比如小说中同样表现出平和的心态。周洪明的长篇小说《坠落与升腾》写的是小乡镇上的爱情故事，题材很老套，但在老套题材中透露出的那种从容于心、淡定于行的心境在同类题材的小说中是难得一见的，"生活不仅仅只是浪漫温暖的爱情、海枯石烂的誓言，生活是现实的、残酷的。人们都为了自己的名、利、享乐寻找着合理的理由。处于困厄中的人们要坚强、勇敢面对，谁能够说得清前面就没有属于自己的天空呢？"⑧小说主人公相信总有属于自己的天空，内心淡然。

　　我们也要看到，残疾人作家的创作属于"疼痛创作"，他们的"疼痛"不仅仅是来自生理的疼痛，还来自心理的疼痛。残疾人中可能有一些人很幸运，他们可能受到外界各种关怀和帮助，情绪平和，心态积极。但大多数残疾人没有这么幸运，生活并没有赐予他们玫瑰，而是荆棘。不论爱情、婚姻生活，还是事业都遭遇到波折和失败，内心遗留下难以愈合的创伤。他们有一种仿佛挣不破藩篱的愤激，一种自己永远也找不

---

① 周洪明：《情感高原》，中国文联出版社2007年版，第133页。
② 周洪明：《情感高原》，中国文联出版社2007年版，第137页。
③ 周洪明：《情感高原》，中国文联出版社2007年版，第147—148页。
④ 周洪明：《情感高原》，中国文联出版社2007年版，第158页。
⑤ 周洪明：《情感高原》，中国文联出版社2007年版，第170页。
⑥ 赖雨：《群山之上》，四川大学出版社1998年版，第89页。
⑦ 赖雨：《群山之上》，四川大学出版社1998年版，第90页。
⑧ 周洪明：《坠落与升腾》，内蒙古人民出版社2010年版，第14页。

到幸福的预感，一种带着绝望的孤独，一种很容易陷入软弱的心境。虽然他们在作品中没有靠咀嚼痛苦来维持心理的平衡，他们甚至极力去回忆和捕捉一切温暖人心的印象，哪怕它同时会带来浓郁的伤感和惆怅，他们尽可能摆出满不在乎大大咧咧的姿态，但在内心深处，却还是存在无法摆脱的痛苦，他们几乎本能地就能记起生活中的不如意，比如赖雨的诗作中，她总是不断诉说着对失去的爱情的不在意，但在这种不在意当中总是有十分在意的影子。她越是说她不在意，读者感受到的越是她的在意。然而，无法摆脱的软弱、失意只能是一股小小的潜流，影响不了平和冲淡的主流。

3. 残疾人作家的创作目的具有复杂性

人们常说文学是神圣的，作家这个称号也是神圣的，实际上，不论是否从事文学活动，人们都对文学抱有这份神圣的忠诚。残疾人作家创作之初，并非因为文学是崇高神圣的才投身其中。他们更多是以自身的突围为目的。然而，虽然他们的创作起步于一己之利，但是一旦与文学结缘，他们便献身于文学。文学创作对于残疾人作家来说，既是对现实（残疾）的超越，也是对命运的超越。文学创作成为当代残疾人作家灵魂苦闷和追求超越的突破口。因而残疾人作家是用生命在写作。对于残疾人作家，文学创作是捍卫生命本身存在的标识，它既是生命内在的觉醒/觉悟、自在/自为的结果，是展现、激发生命的一种方式，也是对文学艺术本质的认知和认可的必然结果。他们的创作固守对生命本体与灵魂的守护、追问，又护卫着文学"根性"的存在。通过文学创作，残疾人作家获得真实的存在、广泛的话语和超越时空的自在与快乐，文学也因此扩展了表达方式和深厚内涵。残疾人作家的存在，使文学变得更加丰富多彩。

然而，既然是自救的本能把他们推上创作之路的，他们的创作就可能会受到情绪化的制约。需要注意的是，并非一切的情感发泄都是艺术创造。在严格的意义上，作家有充盈的情感，又要超越情感，又要忘记自己的现实存在，要透彻地深究这种情感，唯有如此，情感的发泄才可能导致真正艺术的发生，才可能产生出浑然一体的艺术精品。所以残疾人作家在创作时，也不能放任那种原始的情感宣泄，而应在宣泄中提升自己的认识。文学创作既是一种抒发，也是一种反思，作家往往正是在表现的过程中，逐步获得对被表现物的认识。"而诗歌是什么呢，我不知道，也说不出来，不过是情绪在跳跃，或沉潜。不过是当心灵发出呼唤的时候，它以赤子的姿势到来。不过是一个人摇摇晃晃地在摇摇晃晃的人间走动的时候,它充当了一根拐杖。"① 这是余秀华对于自己写作体验的真实表达,是完全近乎自然话语式的表达。但个人的情感还必须加入自历史和民族渊源深处而来的一些东西,只有将个体的缺失与时代的、人类的更为普遍的缺失相交融,个体的缺失注入社会的、时代的、人类的内容;只有将个人的独特性与普遍性合二为一,这种创作才会显得大气,更有价值。

对于残疾人作家创作目的的研究,有两点应该特别注意:

其一,每个人都处在一个历史已被决定然而又将继续变动的语境中,受其影响,人的心理结构是不断调节和建构的,处于动态的发展过程中。随着创作主体心理结构的变化,作家势必要根据新的经验不断调整自己的认识角度。如果后来的生活境遇与创作之初的情况不一致,他有可能逐渐改变自己的创作目的。如果创作之后的经历几乎时时都在印证他创作之初的心理感受,就会形成一种心理循环,创作之初的记忆加深现实的感受,现实的情景强化过去的印象,他依然保持创作的初衷。此外,作家有意识地完善、丰富、发展自己的审美心理结构,也可能造成创作目的的改变。所以,作家的创作动机也是处于动态的发展过程中,是不断丰富与变化的,残疾人作家的创作动机也不例外。残疾人作家的创作目的后来都发生了或多或少的变化。本章所论及的创作目的仅就创作之初而论,与他们早期的生活感受密切相关。发生转变后的创作动机不在本章讨论的范围之内。如四川的女作家李仁芹,刚开始诗歌创作时,是因为有一种情绪郁积于心,不得不发,正如她本人所说,当初开始写小说,实在是不堪忍受那一份悲哀和苦闷的重压。但随着长时间的创作,诗歌成为她生命的组成部分,诗歌创作就成为一种"诗意栖居"了,后来她把诗歌奉为生命存在之根、之源,她以诗歌为"光纤",连通着他人和世界。这种创作目的已经超越个人的痛苦,成为诗意的追求。当然,这种改变也弥足珍贵。

其二,本章列举的救赎的三个方面不是截然分离,而是相互交织、相互推动、相互渗透、相互制约、相互作用的。只不过在不同的人那里会有不同的侧重而已,甚至同一个作家兼具这三个方面。比如记者采访马平川时有如下一段对话:

  记者:写作似乎是许多残疾人的偏好。你写作是出于兴趣?寂

---

① 余秀华:《月光落在左手上》,广西师范大学出版社2015年版,第223页。

寞？还是别的什么原因？

平川：（想了想）为了报答吧。我从小就喜欢文学，上学时作文成绩一直都不错。生病后也许加强了我对文学的偏爱，人有了感受，就需要宣泄，是吧？这些年我得到太多人无私的帮助和关爱，我的家人、技术学院、图书馆、残联、报社的领导和老师们，还有许多素不相识的人。我亏欠他们太多。面对这么多需要感谢的人，除了感激，我想还应该用一种我自己的方式去报答：对我来说，这种方式之一就是写作。

记者：你写作仅仅是为了报答？

平川：这是一个问题的两个方面。刚才只说了一面。另外一面，写作的确让我感到充实、快乐和自信，更重要的是面对自己或者别人时，写作让我觉得自己不是个多余的人。写作对我，无论是一种宣泄的载体，还是把它当成一项毕生的事业，都是我在这个世界上存在的最好的理由。①

从上面这段对话可以看出，马平川的创作既有宣泄情感的目的，又有体现自我价值的目的。史铁生的创作动机既有显现自己的价值，又有表达对生命的思考。

一个残疾人作家可能同时具有多种创作动机，但每种创作动机不一定占据同等地位，有的可能起着主导性作用，决定着创作的方向，有的可能处于从属地位，在创作中起着辅助作用。比如陈村的创作动机既有自我价值的考虑，又有经济价值的考虑，"关于写作的意义，陈村一直很低调，他说自己只想'用写作来麻痹自己，告诉自己我其实并非什么都没干'，同时也借此谋一些活命的稻粱"②。20世纪80年代初中期，陈村的创作目的偏重于价值体现，谋稻粱则占据次要地位，因此，这时陈村创作的文学形式以小说居多。20世纪80年代后期，陈村的创作从小说华丽转身，全力以赴小品文创作。个中原因或许是复杂的，比如受当时文坛格局变化的影响，但与他为谋生而写作有关，因为小品文的随意性和松弛性，可以让陈村用最少的时间、最少的体力完成更多的作品。

---

① 黄乾、申国强：《写作：一种报答的方式——对残疾人作家马平川的一次访谈》，《中国残疾人》2003年第8期，第65页。

② 宋立民：《"市井笔记"的文化学意义——读上海作家陈村的〈鲜花和〉札记》，《商丘学院学报》2004年第4期，第28页。

第五章　社会场域：机构团体和媒介

本章研究残疾人作家的文学创作与社会场域的交互关系。文学的发展过程受限于彼时彼地的时代与社会的诸多元素，文学创作必然置身或必须依托在一个多维立体的发生场域，必然承袭着时代的基因。文学创作主体在文学实践过程中必然依赖多重社会环境，无不打上社会的烙印。布迪厄指出，作品科学（艺术理论）在研究艺术的时候，"不仅应考虑作品在物质方面的直接生产者（艺术家、作家，等等），还要考虑一整套因素和制度"，这套制度包括"批评家、艺术史学家、出版商、画廊经理、商人、博物馆馆长、赞助人、收藏家、至尊地位的认可机构、学院、沙龙、评判委员会，等等"，还要考虑"所有主管艺术的政治和行政机构"等。[1] 依据这样的逻辑，我们可以看到，新时期以来，我国残疾人作家的大量出现与所处的社会场域有密切关系。中国文学史上不乏残疾人作家，但真正以一种群体性姿态集体出现在文坛却是新时期以来才有的现象。如果将这一现象放在整个新时期以来的社会语境中加以思考，就关系到当下各种组织、机构、协会和文化传播等多种因素。"随着计划经济体制向市场经济的转型，作为精神生产实践产物的文学，已不再仅仅是纯粹的意识观念和语言形式，而是受到文学生产体制、活动机构、文化环境、社会规范及社会制度等多种因素的制约。"[2]新时期以来的残疾人作家的创作中，有两个重要的社会场域参与其中，一个是机构团体场域，一个是媒介场域。两重社会场域形成合力，促使残疾人作家从边缘走向中心。这两个场域对残疾人作家创作的影响不是简单的背景因素，而是渗透到残疾人作家的创作中，成为残疾人作家创作的构成成分。这两个场域发挥的作用各有不同，但又相互纽结、互补。中国残疾人联合会等

---

[1] ［法］皮埃尔·布迪厄：《艺术的法则：文学场的生成和结构》，刘晖译，中央编译出版社2001年版，第276—277页。

[2] 张利群：《文学批评机制研究》，中国社会科学出版社2019年版，第44页。

组织机构和团体对残疾人作家群体所起的作用是"帮扶",各种媒介起的作用是"助推"。机构、团体场域的运行机制和现实诉求都表现出明显的官方化特点和主流引导性。媒介场域中,传统媒介与机构、团体或结合或独立,大都体现出正面引导性。部分新媒介对残疾人作家的传播则有以身体的特殊性博取读者眼球的成分。不论何种方式,两个场域相辅相成,互相契合,共同推动着残疾人作家的创作。

第一节　机构团体:帮扶

我国残疾人作家群体的出现与新时期以来国家制定的残疾人政策和相关的制度有着重要关系。自20世纪80年代以来,我国积极推动残疾人权益保障活动,残疾人参与社会活动的深度和广度不断增强。1984年我国成立中国残疾人福利基金会。1985年将特殊教育纳入九年制义务教育。1988年3月中国残疾人代表大会第一次全体会议召开,中国残疾人联合会成立。1988年9月,国务院批准《中国残疾人事业五年工作纲要(1988—1992)》,这是我国残疾人事业发展的第一个纲领性文件。1991年12月,国务院批转了《中国残疾人事业"八五"计划纲要》,这标志着我国残疾人事业正式纳入国家发展规划,标志着国家为残疾人事业的发展提供立法的保障、行政领导的保障和具体措施的保障。这些都是我国残疾人作家队伍不断扩大的深厚背景。

如果将残疾人作家群体的兴起放在上述背景下考察,我们就可以看到,我国残疾人作家队伍的不断壮大有自上而下国家行为的因素影响。促进残疾人进行文学创作是新时期残疾人事业的一个重要内容,是新时期加强残疾人文化建设的重要组成部分,是体现我国精神文明的一个重要窗口,是残疾人人格塑造的一个重要途径,因而受到各级政府的扶持和引导。残疾人作家是国家政策倾斜的潜在或直接受益者。而我国的残疾人政策和相关制度与残疾人作家创作的关系则是通过中国残疾人联合会等机构和团体加以实现。各级残疾人联合会扮演着穿针引线的角色,各级作家协会等团体组织协助残疾人联合会具体实施操作。各类机构团体共同为我国残疾人文学事业的发展做了卓有成效的工作,对新时期残疾人文学创作的发展产生了不可忽视的影响。

一、搭建平台

各类机构团体对残疾人作家创作的帮扶首先体现在为残疾人作家搭建平台，帮助残疾人作家对接、洽谈、联系等方方面面的工作，以此帮助残疾人作家与社会各界平等对话，推动残疾人作家创作与社会各界的互动，形成良性互动双赢机制。

第一，搭建出版、发表平台。中国残疾人联合会主要职责之一就是沟通政府、社会与残疾人之间的联系，宣传残疾人事业，动员社会理解、尊重、关心、帮助残疾人，消除歧视、偏见和障碍。这些职责在残疾人作家身上表现为，中国残疾人联合会联系出版社，筹集出版经费，将残疾人作家的作品以系列丛书的形式出版。中国残疾人联合会编选出版了"中国残疾人作家联谊会丛书"和"骆驼草"系列丛书。"中国残疾人作家联谊会丛书"包括《为了生命的美丽》《放飞希望》《让爱改变一切》和《收获感动》等书籍，这些书籍入选文化部、财政部组织的"文化下乡"工程图书。"骆驼草"系列丛书出版了《史铁生作品精选》《陈村作品精选》《阮海彪作品精选》《张海迪作品精选》等书籍。两套丛书都由华夏出版社出版。1999年中央宣传部、中国作家协会和云南教育出版社三家联合出版《铸魂·丛书》，出版了周嘉堤（《红帆》）、王占军（《苦海泛舟》）、刘琦（《起伏人生路》）、孙又忱（《擎起我的双拐》）、曾令超（《跋涉光明》）等作家的作品。地方省市的残疾人联合会也精心编辑出版残疾人作家作品，比如四川内江市残疾人联合会编辑出版残疾人作家作品集《我的梦》。

各类机构团体不仅搭建出版平台，还搭建发表平台，将名不见经传的残疾人作家推向文坛。与身体健全的作家相比，残疾人作家刚刚起步时发表作品有更大的难度，各级残疾人协会和各级作家协会向报纸杂志推荐残疾人作家的作品，缩短了残疾人作家走向文坛的时间。沈阳市残疾人作家协会主席赵凯在刚刚进行文学创作时，发表作品很困难，自身处于困惑、焦虑之中。后来经过辽宁省作家协会的指导和推荐，赵凯在辽宁省一级期刊《海燕》上发表作品，有了这个开头，赵凯陆续在期刊报纸上发表作品，逐步实现了他多年的文学梦想。

第二，搭建资金筹集平台。2011年，陕西省文学发展基金会成立，这是我国首个由省政府支持的文学公募基金会。该基金来自政府、企业、社会各界的有识之士的捐赠。陕西省文学发展基金会首次募集基金430万元，后来发展扩大到一千多万元。陕西省文学发展基金会一直重视对陕西省残疾人作家的支持,从资金方面努力解决陕西省残疾人作家创作难、出版难包括生活难的问题。陕西省召开残疾人作家创作表彰会,基金会给获奖的作家颁发奖金,还给他们的陪同人员发了陪同费。基金会资助百合出版长篇小说《在地平线上》,资助姜兰芳出版长篇小说《婚殇》,资助连忠照出版长篇传记体小说《生命的微笑》,资助樊亚惠出版长篇自传体小说《抗病人生》。此外,贺绪林、王庭德、左右等作家的创作都受到陕西省文学发展基金会的资助。陕西省文学发展基金会还为连忠照募捐了高位截肢手术费用及假肢安装费用。

除了陕西省,其他省市的一些机构团体对残疾人作家创作、出版的资助也做出了很大努力,比如贵州作家周爱红《森林里的舞会——爱红童话选集》的出版,得到了贵州民族出版社和贵州省残疾人联合会的资助,还获得了比较丰厚的稿费。2008年谢长江出版诗集《红麦穗》,这本书的出版得到四川省沐川县政府和沐川县文体局的资金帮助。四川作家陈智敏的《天亮之前》的出版,得到四川省广安市残疾人联合会和广安市几家企业的资金资助。资金资助不仅让书籍得以出版,更重要的意义在于坚定了残疾人作家创作的信心,正如听觉有障碍的作家左右在2012年12月26日陕西省文学基金募集会上发言所说,正是因为有陕西文学基金会对残疾人作家出书、生活等方面的资金资助,他才树立了坚持潜心写作的信心。

第三,搭建交流平台。一些机构团体成为残疾人作家之间、残疾人作家和其他作家之间交流、学习、切磋的纽带,为全国残疾人作家架起了一座沟通精神世界的桥梁。中国盲人文学联谊会成立的任务之一,就是广泛加强盲人作家与各有关部门、文学团体、新闻媒体以及社会各界的联络与合作,为会员从事创作、深入生活、联谊等活动创造条件,团结会员队伍,组织会员进行内部交流、学习,促进协会健康发展。2017年在陕西残疾人作家协会、沈阳残疾人作家协会和《中国残疾人》杂志社的共同努力下,全国五省市(陕西、北京、辽宁、黑龙江、湖北)的残疾人作家读书创作交流联谊会在中国残疾人杂志社举办。20多名残疾人作家聚集一堂,畅所欲言。联谊会上,残疾人作家相互交流文学创作中的心得与感悟,探讨如何进行残疾人作家队伍的建设等问题。辽宁省沈阳市残疾人作家协会主席赵凯总结我国当前残疾人作家的文学创作情况,陕西省文学基金会副理事长王芳闻介绍陕西残疾人作家的创作情况,陕西省残疾人作家协会副主席贺绪林介绍自己当前的创作情况,黑龙江省残疾人作家协会主席代英夫通过自己的亲身经历,介绍了残疾人作者创作的特殊心理，鼓励残疾人作家多与外界沟通，多融入社会，写出深度思考人生和社会的作品，向着更为广阔的层面拓展。北京市残疾人写作学会会长张骥良、副会长刘维嘉分别分享了自己所在学会如何发掘社会资源、构建文化平台、开展志愿者活动等方面的经验与心得。联谊会上，残疾人作家还与杂志社交流，了解杂志社的办刊宗旨，以便更好地规划自身创作，减少投稿的盲目性。《自强文苑》① 杂志的执行主编蒋毅华介绍了《自强文苑》杂志的办刊主旨与办刊特色。主办方还邀请文学评论家进行专题讲座，李建军主讲"汪曾祺的文学创作成就与局限"，赵兰振主讲"小说漫谈"。

2009年11月11日上午，湖北省武汉市残疾人文学创作基地成立，其目的就是一方面让著名作家了解残疾人作家的现实生活与创作状态，从而关注残疾人文学，热情扶植残疾人创作新人。另一方面，让残疾人作家向文坛前辈学习，提升水平，通过双向切磋交流，促成残疾题材创作群体的形成，促进残疾人文学的繁荣。基地建立当日，唐淑珍、曾文寂、石华林、万云涛等十余名武汉残疾人作家成为首批创作基地的入驻者，当天他们与武汉市著名作家董宏猷和张宇光一起畅谈生活感受，相互交流创作经验。

第四，搭建宣传平台。各级机构团体积极组织残疾人作家参与国际国内的多种文学活动，采用多种形式对外宣传残疾人作家的创作。比如2013年，美国菲尼克斯市举办"2013国际残疾人诗歌写作竞赛"，在四川省成都市政府外办和成都市残联协同合作下，成都32名残疾人士向美国主办方提交了36首诗歌作品。在这次活动中，施朝君的作品《我们都有梦——致残疾人朋友》获二等奖，主办方向施朝君颁发获奖证书和300美元奖金，并在颁奖大会上朗诵了这首诗歌。这种活动既提高了残疾人的文学创作积极性，又向世界展示了中国残疾人作家的创作实力。2018年陕西省残疾人联合会为了打造陕西省残疾人作家精品，扩大残疾人作家影响力，联合陕西广播电视台新闻广播，于每周四23点30分推出广播专题节目"书香润我心——陕西残疾人作家优秀作品展播"。这个活动推动了陕西省残疾人文化工作发展，也活跃了陕西省残疾人文化生活。

第五，搭建归属平台。在中国残疾人联合会的推动之下，全国成立

---

① 《自强文苑》杂志由湖北宜昌市残疾人文学艺术协会主办，是我国残疾人联合会最早的纯文学刊物。

了残疾人作家创作的各种协会，使残疾人作家有了家的归属感和安全感，增强了残疾人作家的凝聚力。这类协会既有综合性的，也有门类性的。综合性的比如各级各类残疾人作家协会、各级各类残疾人文化艺术联合会。门类性的比如中国盲人文学联谊会。

各级残疾人作家协会的成立：2004年中国残疾人作家联谊会成立。中国残疾人作家联谊会成立的宗旨是，团结广大残疾人作家，增进理解和交流，发挥团队优势，用优秀的作品鼓舞人，为残疾人文化事业和社会主义精神文明建设做出更大的贡献。继中国残疾人作家联谊会成立之后，一些省市残疾人作家协会也先后成立，比如2005年4月23日，黑龙江省成立我国第一家省级残疾人作家协会。之后，牡丹江和双鸭山成立市级残疾人作家协会。2006年广东省残疾人作家联谊会成立。2008年大庆市残疾人作家协会成立。2011年抚顺市残疾人作家协会成立。2012年陕西省残疾人作家协会成立，2012年朝阳市残疾人作家协会成立。2013年沈阳市残疾人作家协会成立。2015年马鞍山市残疾人作家协会成立。2015年山东淄博残疾人作家协会成立。

各级残疾人文学艺术界联合会的成立：比如，2006年大连市残疾人文学艺术界联合会成立。2008年宜昌市残疾人文学艺术协会成立。2010年广东汕头市残疾人文学艺术联合会成立。2015年吉林省残疾人文学艺术界联合会成立。2016年济南市残疾人文学艺术界联合会成立。2017年江苏省残疾人文学艺术界联合会成立。2017年成都市残疾人文学艺术联合会成立。一些区县也成立了残疾人文学艺术界联合会，如2014年河北省张家口宣化区残疾人文学艺术协会成立。2017年江西宜昌市西陵区残疾人文学艺术协会成立。2015年，北京西城区残疾人文学艺术界联合会成立，这是北京成立的第一家区县级残疾人文学艺术联合会。2018年北京市房山区残疾人文学艺术界联合会成立。

中国盲人文学联谊会的成立：中国盲人文学联谊会2013年在北京成立，2019年更名为中国盲协文学委员会。张海迪在大会的发言中强调了该联谊会成立的背景。张海迪指出，中国盲人文学联谊会是在党和政府高度重视残疾人文化建设背景下成立的，2012年，中国残联和中宣部等11个部委联合下发了《关于加强残疾人文化建设的意见》，中国残联将努力为残疾人文化的大繁荣、大发展创造条件，为残疾人文化人才的成长搭建平台。联谊会聘请中国残联主席张海迪、中国作协党组成员白庚胜为名誉会长，显示出中国残联和中国作协对其的领导地位。此外，聘请陈建功、高洪波、周国平、张胜友、林非、王宗仁、雷达做顾问委员，显示出对盲人作家创作的艺术指导功能。联谊会还聘请当时《诗刊》杂志社编委、中国盲文出版社社长、中国残疾人联合会机关刊物《中国残疾人》杂志社社长和《十月》杂志副主编为顾问委员。将盲人作家和出版机构联系在一起，其用意十分明显，就是让刊物担当发表的重任，让盲人作家更好地发表作品。中国盲人文学联谊会提出联谊会的宗旨：团结广大盲人文学爱好者，增进相互间的了解和交流，推介和培养盲人文学新人，积极开展具有创新性和影响力的文学活动，活跃和丰富盲人精神文化生活，繁荣残疾人文学领域的创作，推动和促进残疾人文化事业的发展。中国盲人文学联谊会明确了联谊会的任务：组织会员通过各种形式学习文学写作专业知识，努力提高小说、散文、诗歌、戏剧等文学作品及通讯报道的写作能力，不断提高盲人的文学艺术素养。这些宗旨和任务在日后的活动中都得到体现。联谊会成立后，立即举行了专家讲座和以"中国盲人文学联谊会的作用及发展"为主题的论坛。论坛中，参会人员就"如何开展文学爱好者的活动""如何打造精品"等问题进行了讨论。为了提高盲人作家对文学的认识，成立会上，还请张胜友作了题为《中国报告文学现状与前景》、王宗仁作了题为《散文的美在于思想》的讲座。中国盲人文学联谊会理事、重庆作家王大文参加此次会议之后写了一篇《出席中国盲人协会中国盲人作家联谊会成立大会随想》，从他的随想可以看到协会成立给他带来的影响：（1）实现了他走出家乡，游历北京，体验生活的愿望，他们乘车参观了天安门广场，登上了天安门城楼，游览了故宫博物院，饱览了北京的名胜古迹和壮丽风景，体验了广阔的生活，开阔了视野；（2）增强了自强、自信、自尊、自立的精神；（3）更加坚定了文学创作之路。2018年中国盲协文学委员会在张家口举办中国盲人作家高级研修班，有40余人参加了此次活动。2019年第二届中国盲协文学委员会代表会议召开时，邀请了汪兆骞和韩小蕙。他们两人分别以"新时期文学和当代作家""好散文的因素"为主题作了讲座。会议还安排了盲人数字阅读推广培训，举行了盲人工作座谈会。

二、培训与提高

各类机构、团体对残疾人作家创作的培训主要有三种渠道：举办作家培训班；组织笔会、采风；举行创作研讨会。这三种方式都能提高残疾人作家的写作能力，开阔残疾人作家的视野，丰富他们对生活的体验，从而提升他们的写作信心，充分调动他们的创作热情和激情。

(一) 作家培训班

2019年4月，中国残疾人联合会与中国作家协会、鲁迅文学院协商，共同举办了"鲁迅文学院残疾人作家研修班"。这是我国首届全国残疾人作家研修班。鲁迅文学院是新中国成立之初创办的迄今为止唯一一所国家培养作家的学院，为新中国培养了一代又一代文学新人。由这样一所学院举办专门的残疾人作家研修班，其意义不言自明。这一期的研修班共有37位残疾人作家参加，这些学员来自28个省（区市），由各省残联和有关文化机构共同推荐，共培训了三周。培训形式多样，既有国内专家学者授课，又有分组研讨；既有讲座，又有文学对话；还组织学员赴中国盲文图书馆参观，与盲文出版社、华夏出版社座谈交流。这一系列的活动为学员相互交流思想、分享经验、开拓视野搭建了平台。

2016年，中国盲人协会及中国盲文出版社在北京举办"盲人作家高级研修班"。来自全国各地的17位省级盲人作协会员参加了培训。主办单位邀请评论界的专家进行了"红楼梦的意象美学""生命与写作""多重视野下的文学创作——文学是幸福的事业"等专题讲座。为了加强作家们的版权意识，主办方还请专家专题讲解"数字网络环境下的著作保护"。参加培训的作家就版权的自我保护、作家的使命与价值、小说的写作空间等问题，与专家们进行深入沟通。参加培训的学员还参观了中国现代文学馆。

鲁迅文学院除了举办专门的残疾人作家研修班，平常还邀请残疾人作家到学院进修。2001年6月，夏天敏在鲁迅文学院参加进修。2010年鲁迅文学院邀请李子燕参加第二届网络作家培训班。在这届网络作家培训班的学习过程中，鲁迅文学院邀请了《当代》《十月》《中国作家》等全国著名刊物的主编和林非、胡平、白描等文学评论家，为优秀学员召开作品讨论会。李子燕在学习期间，听了李敬泽的"想象的传统"，知道了小说的精彩在于"莫测"，人物性格的鲜明要依靠情节的推动。蒋子龙讲的"文学无门"，蒋子龙提出的"灵魂写作"让李子燕获益良多。白描主讲的"优秀作家素质解析"，第一次将"作家"这个称呼加在网络作者身上，让李子燕难以抑制地产生一种神圣感和使命感。李子燕学习之后，吉林省作家协会和长春市作家协会吸纳她为会员，长春文学社团聘请她为副秘书长。通过这次学习，李子燕认识了许多师友，使她有机会与师友们一起探讨文学，视野变得无比开阔，精神世界也更加丰盈饱满。这次学习之后，李子燕多部作品在报刊发表，并多次获奖。

各省市也举办多种形式的残疾人作家培训班。四川的一些市县邀请爱好文学的残疾人参加各种文学创作培训班，而且确实收到了较好的效果。贾承汉早在1974年就参加过县文化馆举办的业余文学创作培训班，1981年参加四川省作协举办的"文学创作讲习班"，2011年6月参加成都市文化馆举办的"成都市文艺宣传骨干培训班"。贾承汉说，培训班开阔了自己的视野，解答了许多疑问，更加坚定了他走文学创作的决心。2015年，陕西文学基金会在泾阳举行残疾人作家培训班，贺绪林、王庭德、刘爱玲、杨柳岸等几十位残疾人作家参加培训。培训期间，会务组请雷涛等作家、评论家分别讲授长篇小说、中篇小说、短篇小说、散文、报告文学、诗歌的创作原理和技巧。广东省残联、广东省作家协会残联分会于2020年9月18日至21日在韶关举办广东省残疾人作家创作培训班，30多名从广东各地来的残疾人作家及文学爱好者参加培训。在这次培训会上还建立了"广东省残疾人作家创作创意基地"。2021年7月由湖南省残联和湖南省作协共同举办，湖南文学创作示范基地承办的湖南省首届残疾人作家培训班在新化县省文学创作示范基地开班，湖南省30多位残疾人作家参加培训。

各省市除了举办专门的残疾人作家培训班，其他作家培训也邀请残疾人作家参加。2019年12月13日至15日，山西忻州市文联等单位联合举办的2019忻州作家培训班特别邀请曹利军参加，而且，山西省作家协会2020年重点作品扶持项目共10部，曹利军的《西域传经记》是其中一部。

（二）笔会、采风

制约残疾人作家文学创作的一个瓶颈是生活空间狭窄，由于身体的不便，也因为经济的困难，绝大多数残疾人作家以个体的身份深入生活几乎不可能实现。一些机构团体组织笔会、采风，以此弥补残疾人作家这方面的遗憾。

1990年8月，武汉市残疾人联合会举办首届全国残疾人长江笔会，史光柱、刘琦、谢涵等20多位残疾人作家从武汉乘船前往重庆，在万里长江抒发豪情。这次笔会邀请了徐迟、曾卓、方方、肖复兴等作家出席开幕式，让残疾人作家与自己仰慕的作家近距离接触。这次笔会不仅是武汉残疾人事业的一次创举，也是中国残疾人事业的一次创举。后来，中国残疾人联合会和中国残疾人事业新闻宣传促进会与地方残联不定期组织残疾人作家创作笔会。第一次残疾人作家笔会在四川绵阳举办，第二次在江西宜春举办。在第二次笔会上,全国残疾人作家笔会改名为全国残疾人文化艺术笔会,参会者不仅有残疾人作家,还包括残疾人艺术家。著名文学评论家李敬泽专程到会和残疾人作家、艺术家进行文学交流,还就新时期文学的发展做了专题讲座。

2007年8月26日至30日,中国盲人协会和《盲人月刊》共同举办首届中国盲人文学爱好者笔会,会议的主题是"讴歌生命,追求光明"。大家实地游览了井冈山革命根据地,通过大量的历史文物和翔实的历史资料了解这一段中国革命斗争史。星竹就文学创作做了专题讲座,盲人作家郑荣臣与参会的朋友交流了自己的心得,并和大家分享了向杂志社、报刊投稿的经验。

武汉市残疾人文学创作基地在2009年刚刚成立的时候,就举办了第三届长江笔会。为了丰富残疾人作家的创作素材,挖掘残疾人作家的创作潜能,笔会主办方带领残疾人作家采访了一些优秀残疾人典型,并请武汉市的一些作家给残疾人作家分享自己的创作经验。

2017年8月24日至26日,湖北宜昌市举办第十三届残疾人文学创作笔会,会上余娅琴(网名:东海龙女)主讲散文写作,《自强文苑》杂志执行主编讲解纪实特稿的写作,还给参加笔会的作家讲解杂志各专栏的投稿要求。

2020年,由陕西省残疾人联合会主办,陕西省残疾人作家协会协办,延安市残疾人联合会承办的陕西省残疾人作家采风活动在延安革命纪念馆举行。参加活动的残疾人作家先后深入延安革命纪念馆、宝塔山、路遥纪念馆、梁家河、鲁迅艺术学院旧址等地感受生活。这次采风活动让残疾人作家更好地融入社会、认识现实,极大地丰富了他们的创作素材。

(三)举办创作研讨会

机构团体为残疾人作家举办文学创作研讨会的时间可以追溯到20世纪80年代,比如1987年由辽宁省作家协会等单位联合举办王占君作品研讨会,但当时这种研讨会很少。进入90年代,这种研讨会逐渐增多。1994年,湖南省邵阳市新宁县为曾令超的第一部长篇小说《一个女人的调动》举行座谈会,曾令超第一次全面、系统地聆听评论家对其创作的评判,这次的研讨会给予了刚刚步入文坛的曾令超很大的鼓舞与鞭策。1994年,中国作家协会召开史光柱作品研讨会,1995年由中国文联等单位主办王占君作品研讨会。1996年由辽宁省社会科学院、辽宁省文学学会等单位联合主办王占君作品研讨会。进入21世纪，残疾人作家研讨会的面更广，数量更多，并且开始举办残疾人作家群的创作研讨会，比如陕西省2015年新春召开的第一场文学研讨会便是残疾人作家研讨会。这次会议由陕西省作家协会组织，对陕西省十位残疾人作家（贺绪林、刘爱玲、昱晔、薛云平、连忠照、王国栋、百合、杨柳岸、王廷德、左右）的创作进行研讨。2014年10月四川广安市作家协会主办陈智敏、陈德富作品研讨会。

残疾人作家创作研讨会有两个特点：

一是持续性，即持续关注某一位作家，多次召开这个作家的创作研讨会。比如多次召开史光柱创作研讨会。1994年，中国作协召开史光柱作品研讨会，首次提出"史光柱诗歌现象"。2009年8月，史光柱的诗集《寸爱》出版发行（这本书被中国作家协会列入全国重点作品之一），又召开史光柱作品研讨会，会上再次提出"史光柱诗歌现象"。2010年1月26日，由中国作家协会创研部主办、尚地华彩（北京）文化发展有限公司协办的"史光柱诗集《寸爱》研讨会"再次在北京召开。再比如两次为浙江作家欧阳胜召开作品研讨会，一次是2011年在浙江农林大学举行，另一次是2020年由杭州市黄亚洲诗歌发展基金会、杭州市西湖区残联联合主办。第二次的研讨会是专门就欧阳胜诗集《风雨踏歌行》进行研讨。吴可彦是目前福建省最年轻的中国作协会员，2017年6月，福建省作家协会在福州召开"吴可彦小说《茶生》、《八度空间》作品创作研讨会"。2020年吴可彦发表《地球少年》《盲校》之后，当年，福建省作家协会、广东《作品》杂志社主办，闽南师范大学文学院承办，漳州市作家协会、漳浦县文学艺术联合会、漳浦县作家协会协办，在福建省漳州市再次为吴可彦举行作品研讨会。

二是传递信号，即研讨会向社会传递政府对待残疾人作家的态度，表达国家对残疾人作家身份的认同。一般来讲，作家研讨会有自我总结功能和别人评价功能。残疾人作家研讨会同样如此。残疾人作家也在研讨会上总结自己的创作历程。2021年的残疾人文学（"仁美文学专刊"）研讨会上，贺绪林、代英夫、刘厦、欧阳胜、赵凯、吴可彦、张占清等11位残疾人作家分别结合自身创作经历，回顾了各自在文学创作过程中的经验积累与艺术追求。2020年吴可彦作品研讨会上，吴可彦回顾自己的创作经历。他说，自己也有过失望、情绪低落的时候，文学让他找到了生活的意义，文学有如一道光照亮了黑暗的世界。他虽然眼睛失明了，但自己的文学触角却更加敏感，他相信自己会努力突破自身，不断尝试新的创作。

作家研讨会更多是文学界专业人士就作家的创作进行学术评价。这也是残疾人作家研讨会的重要内容，文学研究者们总结残疾人作家创作的特征，并对他们的创作提出更高的要求。2021年的残疾人文学（"仁美文学专刊"）研讨会上，到会的十多位评论界人士从创作的特征、题材的选择、语言的表现、审美的价值等方面对残疾人作家的创作做了剖析解读。2012年史铁生文学创作研讨会上，张海迪、何怀宏、梁鸿鹰、刘庆邦、周国平等就史铁生文学创作的特色进行分析。陕西省2015年新春召开的残疾人作家研讨会，提出一个核心词"上升空间"，参加会议的评论家指出，大浪淘沙，最后留下的经典不会太多，希望残疾人作家努力提高上升空间，创作出更好的精品。2020年吴可彦作品研讨会上，参会代表从特色的角度探讨吴可彦的文学创作，研讨会讨论了这样一些问题："吴可彦作品如何描写人类的生存处境""《盲校》的现实主义特色""《地球少年》的内容与形式""吴可彦作品所流露出来的理性思考""个人经历与创作的关系"等。参加会议的评论者分析吴可彦文学创作的意义在于，吴可彦以自己的亲身经历为基础创作的《盲校》，填补有关盲人的现实主义文学这块空白。在陕西省2015年召开的残疾人作家研讨会上，文学评论家畅广元、李星、邢小利、仵埂、杨乐生、段建军等分别与贺绪林、刘爱玲、显晔、薛云平、连忠照、王国栋、百合、杨柳岸、王廷德、左右十位作家一对一"结对研讨"，这种帮助更具精准性。研讨会上的发言，一方面为残疾人作家提供了作品的市场行情、读者的"期待视野"，进行作品的市场预测，使残疾人作家更了解读者，从而开展更自觉、更有意识、更有目的的创作。另一方面也为读者提供解读残疾人作家作品的角度和阐释方法，指出了残疾人作家的文本意义，使残疾人作家更好地与读者交流、沟通和对话，使读者在更了解残疾人作家和作品的基础上充分发挥欣赏的主体性、积极性和主动性，从而对残疾人作家作品的理解更为全面、深入。

此外，残疾人作家研讨会还有一个很特殊的功能，就是通过研讨会向社会场域发出政府对待残疾人作家的态度信号，让残疾人作家的身份得到社会认可。如果说举办"笔会、采风"活动的关键词是"提升"，那么，举办"研讨会"的一个关键词是"认同"，即残疾人作家身份得到认同。残疾人作家创作研讨会的主办方主要是各级残疾人联合会和各级作家协会、文学艺术联合会。比如：2004年邵阳市文联、邵阳市残联联合为曾令超举办作品研讨会。2006年由成都市文艺界联合会、成都市作家协会、崇州市文化局等联合主办"残疾农民作家贾承汉小说戏剧作品研讨会"。2007年7月12日，中国作家协会主办，中国作家协会创作研究部和人民文学出版社共同承办"张海迪长篇小说《绝顶》研讨会"。2010年6月3日中国作家协会与中国残疾人联合会联合在北京主办"王占君文学创作50周年暨作品研讨会"。2019年广东省作协、中共韶关市委宣传部主办王心钢长篇历史小说《大唐名相》研讨会。

残疾人联合会和中国作家协会、中国文学艺术联合会在一定程度上体现着政府的意图。中国作家协会、中国文学艺术联合会本身就是权力场对文学场发生作用的一个媒介，是国家意识形态调整文学规范性和导向性的中间中介。他们代表的是权威的国家意识形态的强制力量。由中国残疾人联合会和中国作家协会、中国文学艺术联合会主办残疾人作家研讨会，是政府向社会发出的一个强烈信号，表明政府对残疾人作家创作的态度，也是对残疾人从事文学创作的肯定，是对残疾人作家身份的认同，能给予残疾人作家一定的社会声誉和地位。2021年4月23日残疾人文学（"仁美文学专刊"）研讨会在北京举行，由《中国作家》杂志社、中国残联宣文部、浙江省残联、中国残疾人事业新闻宣传促进会共同主办。在会上，中国残联党组成员、副主席程凯的发言传递出政府对残疾人作家创作的重视，他表示，中国残疾人联合会把鼓励残疾人参与文学艺术创作列入《"十四五"残疾人保障和发展规划》并作出安排。中国残疾人事业新闻宣传促进会计划在"十四五"期间，每年举办一期残疾人作家培训（研修）班。中国作协党组成员、书记处书记胡邦胜将残疾人作家的创作提高到社会主义文学组成部分的高度。胡邦胜指出，残疾人作家是中国作家重要的组成部分，关注残疾人文学是中国作协义不容辞的责任。中国作协将以各种形式支持残疾人事业、残疾人文学、残疾人作家。2012年中国作家协会举行的第一次文学研讨会便是史铁生文学创作研讨会。中国作协主席铁凝在研讨会的致辞中说，史铁生"以他的良知、情怀、担当和创造，为我们在前行的路上标记出一个仰望与学习的高度"①。这是对史铁生文学贡献的肯定，更是对史铁生的文坛定位。铁凝作为中国作协主席对史铁生的这个评价，也代表官方对残疾人作家的态度。2019年9月由辽宁省作家协会、延边人民出版社、葫芦岛市文学艺术界联合会共同举办李伶伶作品研讨会，其背景是2019年6月李伶伶

---

① 中国作家网，网址：http://www.chinawriter.com.cn/2012/2012-01-05/111738.html.

获中国残疾人联合会、中华人民共和国人力社会资源和社会保障部颁发的"全国自强模范"称号。中国残疾人联合会和中国作家协会、中国文学艺术联合会都是官方组织的代表，他们主办残疾人作家研讨会，相关领导在研讨会上发言，这产生一种有形和无形的强制力量。有形的力量，比如引领社会其他场域尊重残疾人作家；无形的力量，比如对残疾人作家思想的引导。

三、鼓励、激励

残疾人作家获得鼓励、奖励的方式是多元的，甚至读者给予他们的一句简单、朴实的话语都能激发他们创作的冲动。这里我们主要从文学奖项与残疾人作家创作的关系来看残疾人作家的激励机制。目前我国残疾人作家参与文学评奖有两条途径，一条途径是参加各类综合评奖，这里的综合是指身份的综合，即不考虑作家身份因素，进行文学创作的各种身份的人都在评奖范围内。另一条途径是专门为残疾人作家设置的文学奖项。文学评奖无疑是联系文学场和社会场的一个重要中介，不论哪一条途径，文学评奖都能够充分地表达相关方面对残疾人作家创作的价值认可，都能够将残疾人作家推向社会。

第一，综合文学奖。所谓综合文学奖是指，评奖对象不考虑作者的身份因素，残疾人作家和身体健全的作家都在评奖范围内。

张海迪的《绝顶》获得政府主导的文学奖项——中央宣传部"五个一工程"奖。有的作品获得文联作协主导的具有最高荣誉的文学大奖，如1998年史铁生的《老屋小记》获首届鲁迅文学奖短篇小说奖，2002年《病隙碎笔》获第三届鲁迅文学奖散文奖。2004年夏天敏的《好大一对羊》获鲁迅文学奖中篇小说奖，这是云南省中篇小说首次荣获该奖项。史铁生的《我的遥远的清平湾》获1983年全国优秀短篇小说奖，《奶奶的星星》获1984年全国优秀短篇小说奖。

有的作品获得各省、自治区、直辖市以及各行业协会等主办的重要奖项，如1993年刘水荣获"甘肃省首届敦煌文艺奖"。1997年史铁生的《务虚笔记》获上海市长篇小说奖，1998年《老屋小记》获北京市文学艺术奖。2001年桑丹的《边缘积雪》获四川省第二届少数民族文学创作优秀作品奖。2003年纯懿的《零度寻找》获新疆维吾尔自治区首届天山文艺奖作品奖。马才锐的《生命的约定》《时光剪影》分别获2007年、2008年黑龙江省作协征文三等奖、优秀奖。2011年刘爱玲的中篇小说《上王村的马六》获得天津"文化杯"暨全国梁斌小说奖一等奖，2020

年中篇小说《母爱消防车》荣获首届"铜川文学奖"优秀中篇小说奖，短篇小说《俊样的保卫战》在第二届西北文学评选活动中荣获"小说佳作奖"。2016 年李子燕的《左手爱》获第四届长春文学奖铜奖。车前子的《云头花朵》获第二届江苏省紫金山散文奖，《像界河之水》2011 年获江苏省第四届紫金山文学奖。王庭德获陕西 2016 年年度文学奖。王占君的《白衣侠女》荣获辽宁省政府颁发的"优秀文艺作品年奖"，《契丹萧太后》荣获"首届东北文学奖"。吴可彦的《星期八》获漳州市第八届百花文艺奖一等奖，《梅花谱》获福建省 2017 年优秀文学作品奖，《白云女孩》获福建省第三届启蒙儿童文学奖。李伶伶获第二十六届"东丽杯"梁斌小说奖一等奖。1994 年杨嘉利获得成都市政府设立的"金芙蓉文学奖"，长篇通讯《总得给下一代留下点什么》荣获 1997 年度"四川新闻奖"。罗家成的《下士》获得四川省文联首届"天赋文学奖单篇作品奖"和四川广元市作家协会首届"永隆文学奖"。1996 年黄方能的《白鼠》获中共铜仁地委、铜仁地区行署颁发的首届民族文学创作奖。

有的作品获得中国作家协会直属单位主办或代为管理的文学奖，如 1994 年史铁生获庄重文学奖，2011 年春曼、心曼的《如果我能站起来吻你》荣获周大观文教基金会第 14 届全球热爱生命奖章。

有的作品获中国作家协会主管社团主办的文学奖，如刘水的《秘密》获 1990 年全国传奇文学大奖赛一等奖，《彩彩》获 1986 年至 1990 年全国通俗文学作品一等奖。车前子获 2018 年第五届"朱自清散文奖"。王占君的《白衣侠女》荣获"全国首届通俗文艺优秀作品奖"。李伶伶获第十届全国微型小说（小小说）年度评选一等奖。

有的作品获各类杂志社、报社和出版社主办的各类文学奖项，如史铁生获《南方都市报》联合《新京报》《南都周刊》等主办的"华语文学传媒大奖"2002 年年度杰出成就奖。2008 年马才锐的《写满露珠的鲜花》获得《人民文学》"我与新时期文学"征文优秀作品奖。阿门获得 2008 年度"茅台杯"《人民文学》诗歌大奖。2015 年李伶伶获第六届"茅台杯"《小说选刊》提名奖。

在上述各类评奖中，读者最为关心的是评委是否向残疾人作家倾斜的问题。答案是否定的。我们以阿门参评 2008 年度"茅台杯"《人民文学》诗歌大奖为例看这类评奖。当时的《人民文学》杂志主编李敬泽就阿门的残疾人身份在评选时会不会引起评委的特殊照顾有一段专门的说明。李敬泽在接受媒体记者的采访时说，"人民文学奖"的评选是由三位作家、三位评论家、三位读者组成，评委们根本不知道阿门是谁。阿门生活在宁海县，李敬泽之前也不了解阿门的具体情况，评奖结束之后，通知阿门领奖，阿门提出需要多带一个人一起来，这时李敬泽才知道阿门的身体情况。阿门能获得大奖，是阿门的诗的价值所在，"阿门克服了听觉上的障碍，用一颗纯粹的诗心接通世界，凭借作品中优秀的语言感觉和艺术质地，以及对生活深刻的理解，在自由来稿中征服了杂志编辑，在此次评奖中也赢得了评委们的一致赞誉"[①]。残疾人作家的获奖作品基本上实现了官方的意识形态话语、作家的创作追求和读者的认同较为和谐地融合在一起的效果。

第二，残疾人作家创作奖。各级政府、团体专门就残疾人作家的创作设置了一些文学奖项。这类奖项最高级别的是"奋发文明进步奖"。该奖项是由中宣部批准设立的国家级奖项，由原中国文化部、原国家广电总局、原新闻出版总署和中国残联共同主办，显然这个奖项得到了政府的高度重视。这个奖项旨在奖励为中国残疾人事业作出重要贡献的文化艺术界人士，因此参评的成果包括反映残疾人生活的成果和残疾人反映生活（含残疾人生活）的成果。王占君的《契丹萧太后》获首届奋发文明进步图书奖。张海迪的《绝顶》获第三届奋发文明进步图书奖，刘爱玲的《把天堂带回家》荣获第三届"奋发文明进步图书奖"。

与"奋发文明进步奖"不同的是，由绽放基金组织主办的"绽放文学艺术成就奖"专门奖励残疾人文学艺术家，2009年史铁生、夏天敏获首届残疾人"绽放文学艺术成就奖"。

与此同时，各省市的残联、作协、杂志社等举办了多种形式的残疾人作家创作大赛。2014年陕西文学基金会、陕西省残联联合设立"陕西残疾人作家奋进奖"，这是陕西省残疾人文学创作最高奖项。奋进文学奖评选体裁和门类很宽泛，包括长篇小说、中篇小说、短篇小说（含小小说）、报告文学（含纪实文学、传记文学）、诗歌、散文、文学理论评论、文学翻译。参评人士必须是残疾人士。2014年首次获得该奖项的有《西去玉门镇》（刘爱玲）、《爱情并不如烟》（贺绪林）、《沙滩浴场》（张玉虎）、《我和水美妹有个约会》（陈禹朋）等作品。为了鼓励更多的残疾人从事文学创作，陕西文学基金会对获得"2014残疾人作家奋进奖"的作家进行奖励，奖励分为文集奖和单篇奖，获文集奖的4位作者各获1万元奖金，获单篇奖的5位作者各获3000元奖金。

---

① 赵鸿伟：《关上声音之门 打开诗歌之窗——浙江诗人阿门获得〈人民文学〉诗歌大奖》，《中国残疾人》2009年第3期，第68页。

从征文情况来看，残疾人作家创作大赛的宣传动员性强，残疾人参与度较高。2004年陕西省作协、陕西省残联举办陕西省首届残疾人诗歌散文大赛。大赛共收到陕西残疾人作家创作的诗歌157首，散文140篇。经过陈忠实、晓雷等数十名国内著名作家、评论家组成的评审委员会评选，韩文惠的《我是自由人》、陈禹朋的《荆棘鸟》获诗歌类一等奖。贺绪林的《遥寄天国的家书》、铜川市雨雁的《映像》获散文类一等奖。2014年至2015年举办的"自强杯"全国残疾人诗歌大奖赛①共收到800多位残疾人作者的2300多首诗歌作品。2020年举办了"五月花"杯全国残疾人诗歌大赛，这次诗歌大赛由中国残联宣文部和辽宁省残联、辽宁阜新市残联共同主办，《五月花》杂志社承办，是我国首届全国残疾人诗歌大赛。大赛共收到作品近3000篇，最终评出一等奖1名、二等奖3名、三等奖7名、优秀奖12名。

任何文学评奖在其评价标准的设立和阐释上，都能明显体现出评奖者的价值倾向性。针对残疾人作家的专项奖项，依然凸显出了国家意识形态话语与文学自主性、精英写作与大众市场、资本话语与文学独立性等评价元素的融合互渗。2014年，沈阳市举办的"自强杯"全国残疾人诗歌大奖赛面向全国爱好诗歌艺术的残疾人作者。从活动的目的来看，此次大奖赛旨在发挥残疾人的创造力，弘扬真善美，展现正能量。这显然带着主流意识形态话语。但文学评奖毕竟不同于其他社会科学的评奖，其评选的策略必然是权力场与文学场的合谋。"自强杯"全国残疾人诗歌大奖赛也很注重这种评奖策略，在征稿要求中明确提出，参赛作品的题材不限，内容不限，强调评选标准以艺术标准为第一准则，这体现出文学自主性、独立性特征。大赛除了向获奖的作者颁发奖金（一等奖5000元，二等奖2000元，三等奖500元），还将通过《诗潮》集中发表获奖作品。这次大赛的一个附加收获是，从中国当代残疾人作家群体中评选出"荣誉自强·中国十大残疾诗人"，分别是：车前子（北京）、殷龙龙（北京）、阿翔（安徽）、阿门（浙江）、周云蓬（北京）、姜庆乙（辽宁）、左右（陕西）、余秀华（湖北）、董玉明（辽宁）、陈万青（辽宁），这些举措又将市场资本、读者大众连接在一起。2020年举办的"五月花"杯全国残疾人诗歌大赛，明确提出大赛宗旨是贯彻落实习近平总书记关于

---

① 这次诗歌大赛是在沈阳市残联和沈阳市文联的领导下，由《诗潮》杂志社与沈阳市残疾人作家协会共同举办的，交通银行沈阳金厦广场支行给予资金赞助。2014年征集作品，2015年颁奖。

残疾人事业的重要论述,弘扬人道主义和中华传统仁爱精神,践行社会主义核心价值观。这种文学评奖无疑是将残疾人作家的创作纳入社会主义思想建设的范畴。社会主义的思想文化政策对残疾人作家创作的文学场域具有重要的决定意义,这也使残疾人作家的文学创作具有了合法身份。未经政治话语认可的文学话语都将缺乏传播的合法性身份,在得到国家层面的肯定后,残疾人作家的创作积极性得到保护。参赛的作品与之保持高度的一致性,获奖的作品都展现了残疾人自强不息的精神风貌,展现了新中国残疾人生活的巨大变化,并表达出对美好生活的期待。

评奖是引导,是提倡,是认同。这些文学评奖在符合国家政治意志和文化建构的需要的同时,其最终目的还是在于鼓励、激励和奖励残疾人作家的文学创作,提高残疾人作家的创作积极性,调动残疾人参与文学创作的热情,依靠肯定、尊重和鼓励的方式实现残疾人作家创作的健康发展。文学评奖对残疾人作家的身份认同与残疾人作家的自我认同之间具有一种坚实的同一性,史铁生在《获"华语文学传媒大奖"答谢词》中说:"我把这份奖赏更多地看作是大家对我的鼓励和支持。精神上的鼓励和物质上的支持,对一个写作者这都很需要。这样的鼓励和支持,从我双腿瘫痪后就一直伴随着我。"[1] 在《北京文学"杰出贡献奖"获奖感言》中,史铁生再次表示,获奖是他的光荣,更是大家对他的关怀、鼓励和鞭策。不能简单地将这些话看作获奖者的客套话,尤其对残疾人作家而言,获奖意味着肯定,意味着获得承认,这种鼓励是巨大的,他们的获奖感言是真诚的。刘爱玲的《把天堂带回家》荣获第三届"奋发文明进步图书奖"之后,她更加坚定了文学创作的信心,决心继续努力深造,继续拓宽创作视野。

对残疾人作家而言,入选各省市的人才培养计划和成为签约作家也可以看成是另一种形式的奖励。评选签约作家有一套严格的程序。比如成都市审评 2019 年度成都文学院(第十届)签约作家时,从成都市文联文学作品专家评委库中随机抽取出 5 位专家组成评审组,成都市文联全程监督,专家认真审议申报作者及其作品创作计划书,以"背靠背独立评审+综合评议"的形式进行审议,最后综合考虑体裁因素而评审出 19 位签约作家。在这种严格程序评审下,能够进入人才培养计划、能够成为签约作家足以证明这个作家的实力和业界的认可,这本身就相当于一

---

[1] 史铁生:《获"华语文学传媒大奖"答谢词》,《史铁生作品全编》第 7 卷,人民文学出版社 2017 年版,第 85 页。

次奖励。2007年贺绪林成为陕西文学院首批签约作家，据当时陕西各媒体的报道，首批签约14位中青年作家都为实力派作家。以此推断，贺绪林已经成为大家公认的实力派作家。获此殊荣，对贺绪林的鼓励是非常大的。2016年，贺绪林、薛云平、刘爱玲、惠世强、贺中学、王庭德、连忠照等7名残疾人作家入选"陕西文学艺术创作人才百人计划"。无论是物质上还是精神上，入选"陕西文学艺术创作人才百人计划"对残疾人作家的创作都是一种强有力的推动。

第二节　媒介场域：助推

残疾人作家群的出现，除了机构、团体的力量，另一个强大的参与者是媒介场域。媒介场域包括纸质媒介场域和网络新媒介场域。纸质媒介场域包括传统的各类出版社、各级文学期刊、各种报纸。在助力残疾人作家创作方面，两种媒介表现出不同特点。纸质媒介场域在助推残疾人作家创作方面更多体现出国家意志、主流意识的特征。网络新媒介场域在助推残疾人作家的创作时则呈现出较为复杂的特点，有时从弘扬主流意识的角度出发，体现出正能量效应，有时则是消费残疾人。但不论何种出发点，两种媒介场域都或主观或客观地奖掖、传播、发现、激励了一批残疾人作家。媒介是发酵素，是加速器，对于残疾人作家群的逐渐壮大，媒介场域功不可没。

一、纸质媒介场域

传统的出版社、期刊社、报社担负着重要的意识形态建设任务，注重主流意识（正能量、核心价值观）的传播。这促成了残疾人作家作品在纸质媒介领域传播的两个特点：第一，从机制来看，残疾人作家的作品出版一般是在各级残疾人联合会等机构团体的联合下进行的。第二，从意图来看，在出版、传播残疾人作家的创作时，侧重于宣传个体生命自强不息、与宿命抗争的精神，体现出关注边缘人群、扶助弱势群体的人道主义精神和社会责任感，体现了对韧性精神和积极的生命态度的价值立场的坚持与弘扬。

从出版机制看，出版社出版残疾人作家的作品，往往由各级残疾人联合会、各级作家协会等机构、团体牵头组织。比如"中国残疾人作家联谊会丛书"的出版是中国残疾人联合会编选，华夏出版社出版。《铸魂·丛书》是中央宣传部、中国作家协会、云南教育出版社三家联合出版。周爱红的《森林里的舞会——爱红童话选集》是由贵州省残疾人联合会联合贵州民族出版社共同出资出版。中国残疾人联合会、中国作家协会都是党和政府联系残疾人、联系作家的纽带，代表着党和政府的声音，具有强大的话语权。中国作协性质特殊，"既是由中宣部直接领导的'官方机构'，代表政府对文学进行管理和协调，同时，又是中国最高级别作家的协会组织"[①]。而中国残疾人联合会更是一个官方化的机构。中国残疾人联合会和中国作家协会体现着国家主流话语意识和主流文化导向，出版社是权力场对文学场发生作用的中介。因此，会同中国残疾人联合会和中国作家协会出版的残疾人作家的作品必然会在较大程度上体现出国家主流话语对文学的导向性和倾向性规定，三方结合在一起策划、组织出版的作品具有权力性、权威性，能为残疾人作家的创作创造跨时空传播的途径。

从出版书籍的意图来看，出版单位的现实诉求是强调引导示范和激励作用，目的在于引导、强化、鼓励残疾人自强不息的精神。云南教育出版社出版的《铸魂·丛书》的命名就具有特殊的含义，"铸魂"顾名思义铸造人的灵魂，以作品的内容铸造人类的灵魂，出版意图很明显。正如编者所说，丛书的作者用常人难以想象的惊人的毅力，书写了自己可歌可泣的壮丽人生，以此铸造人类永恒的道德灵魂，其行为伟大而崇高。吴然认为，在21世纪到来之际，云南教育出版社推出这套残疾人作家撰写的自传体文学丛书高瞻远瞩，看到了这套书"是一份不可替代的特殊的精神食粮，是进入新世纪的青少年的人生教科书"[②]。

华夏出版社1990年出版《不残辑——中国古今残疾文艺家评传》（作者是张正治、邹豪生、李大耀）。这本书记载了刘琦、贺绪林、史铁生、周嘉堤、王占君、方纪（延安时期残疾，"文化大革命"期间致残，残疾之后并未有多少创作）、张天翼（1975年瘫痪，瘫痪之后并未有多少创作）、高士其、吴运铎9位残疾人作家。作者在后记中对自己的写作思想做了一个总结：之所以为残疾文艺家写评传，是因为他们由衷敬佩残疾文艺家的进取精神，敬佩他们的顽强拼搏、勇于开掘，敬佩他们勇于排除万难、自强不息的坚韧毅力，敬佩他们艰难创业、卓有成效的重

---

① 邵燕君：《倾斜的文学场——当代文学生产机制的市场化转型》，江苏人民出版社2003年版，第202页。

② 吴然：《幻想之美》，云南人民出版社2005年版，第132页。

大贡献。正是在这一点上，他们将残疾人作家艺术家看作和其他身体健全的杰出人物一样，都是民族的精英，优秀的炎黄子孙，闪烁着时代的光辉。他们所创造的奇迹、思想、意志、品德、精神光彩照人。从后记可以看出，这部书的作者想用残疾人作家文艺家评传让社会上更多的人从中受到启示和鼓舞，他们看重的是残疾人作家艺术家的示范激励功用。尽管这些话是作者所说，但也足以代表出版者的意图。

《中国作家》2020 年下半年出版残疾人作家的专刊"仁美文学专刊"，其中有一段编辑者的话：

> 仁者有爱，成善成美。习近平总书记指出，2020 年全面建成小康社会，残疾人一个也不能少。文学在为全面建成小康社会的服务过程中，残疾人的文学创作与精神追求应该得到格外关心、格外关注。每一位残疾人在追求梦想的过程中，都要付出比健全人更多的心血和汗水。他们的创作活动已经逐渐形成了特色鲜明、个性突出的整体性艺术特征，形成一道中国当代文学的独特景观。
>
> 在这个不平凡的 2020 年，我们特意推出这期"仁美文学专刊"，以期展示当代残疾人作家的文学创作实绩。收入这期"仁美文学专刊"的作品，文学样式丰富，有小说、诗歌、散文和纪实文学等。这些作品围绕残障与存在、疾病与人生、内在体验与外在制约等方面进行深刻的文学呈现与哲学思考。通过阅读这些文字，读者能够感受到文字间跳动的真挚情感，以及其中涌动的渴望——全社会应该毫无功利地关注每一个生命个体的生存状态、精神命运和心灵世界。读者从这些文字中能够读到的不仅有残疾人与命运斗争的坚毅，更能感知到他们对社会对人生健全的思考和认知。这一期专刊不仅显示了当代残疾人的创造力和影响力，也彰显了他们自强不息的奋斗精神。
>
> 通过阅读这期专刊的作品，健全人更容易了解残疾人的精神文化追求，从而更好地为残疾人创作提供各种便利。而在创作过程和作品主题上，残疾人作家也从行动和精神两个层面为整个社会树立了自强不息、拼搏进取、无私奉献、感恩生命、追求理想的示范作用。
>
> 习近平总书记对残疾人这个特殊群体始终关爱有加，勉励他们："健全人可以活出精彩的人生，残疾人也可以活出精彩的人生。"这一期"仁美文学专刊"就是残疾人作家用文字向社会证明，通过自

己的追求和努力，就可以活出自己的精彩人生，实现自己的人生价值。

本期专刊得到了中国残疾人联合会宣文部、中国残疾人事业新闻宣传促进会、浙江省残疾人联合会的大力支持，本刊谨向他们表示衷心感谢！

上述引文指出残疾人作家的创作已经形成特色鲜明、个性突出的整体特征，同时更强调"精神"。指出出版"仁美文学专刊"的背景是，习近平总书记指出，2020年全面建成小康社会，残疾人一个也不能少。这些作品就是向社会证明残疾人活出了精彩人生，也通过这些作品关注残疾人的精神状态、心灵世界。

纸质媒体从弘扬主流意识的角度传播残疾人作家的创作成果，构筑平常生活世界里的思想文化格局，对世俗人生的生存理念与日常人伦规范产生重要的影响。出版、发表残疾人作家的作品，是纸质媒体担当高度的社会责任的体现，是人类文明的吁求，也是社会良知的呼唤。残疾人作家的创作所倡导的价值观念与国家层面的主流意识形态保持着高度一致，从而得到主流意识形态的推行，反过来，主流意识形态的推行又强化了残疾人作家的这种意识，二者的契合使残疾人作家的作品得到大众的认可，同时也培养了受众群的阅读期待。这是一把双刃剑，这可以成为残疾人作家创作的一道独特风景，也可能遮蔽残疾人作家创作的丰富性。如何发挥这种特点和规避其带来的风险，是残疾人作家在创作中需要思考的问题，也是文学评论界需要思考的问题。

二、网络新媒体

关于网络新媒体对残疾人作家创作的影响，我们可以从两个方面来看：一个方面是载体意义，即作为文学发表的场所，形成网络文学；另一个方面是评价功能，即通过新媒介对残疾人文学创作进行评价，促进残疾人文学创作的发展与传播。

（一）载体功能

新媒体提供了比传统媒体更为便利便捷的承载、传播文学的渠道和平台。在网络新媒体上发表的文学被称为网络文学。网络文学的概念在学界常有争议，但有一点较为一致，即网络文学具有首发性，它必须是首发于网络。因此，首发在微博、微信公众号、文学网刊上的文学作品也应该归入网络文学的范畴，它们是网络文学的有机组成部分。从实际效果看，首发于微博、微信公众号上的文学类作品也是作者创作才华和情致的展示和抒发，这些作品同样拥有大量的读者。这些作品虽然没有发表于文学网站，但首发于网络，读者也是通过网络进行阅读。在此意义上，微博、微信公众号、文学网刊与发表原创的文学网络平台具有同等的功能，微博、微信公众号、文学网刊就是将私密叙事引入公共空间，将自己的作品提供给公众消费。网络文学是一个非常多元的文学范畴，它由各种类型的作家作品共同建构，包含了丰富的文学实践与文学成果。如果只重视某一类或某几类网络文学，势必一叶障目，以管窥天。如将首发于微博、微信公众号、文学网刊上的文学作品共同纳入网络文学研究，在此基础上建构和开展网络文学批评和文学研讨，网络文学将会释放出更大的能量。

人是一个独立的个体，有强烈的自我意识。但人不是一种孤立的存在物，而是在社会之中存在，是一定会与他人发生关系的群体性个体，因而人又具有社会性。然而，残疾使遭受残疾的个体与社会之间产生某种裂痕，主要体现在残疾人交往感和参与感的双重匮乏，并由此产生孤寂、自卑等心理障碍。而网络文学能帮助残疾人作家修复自我与社会的这种裂痕，进而获得健全的人格心理。

第一，网络文学的及时交往效应能快捷、迅速地帮助残疾人作家与他人沟通、交流，消除残疾人作家的孤独感。

网络的开放性给人们提供了发表个人意见的自由平台，网络传播具有双向特性。在纸质媒介上发表文学作品，作者不能快速、直接、充分地与读者进行交流，网络文学弥补了这种不足。网络文学拉近了创作与接受的时空距离，实现了纸质媒介无法实现的作者和读者的快捷互动。由于交流和对话的便捷，残疾人作家在网络上发表作品后，能及时看到读者对作品的反馈，还能与读者进行交流互动。在与读者的互动中，残疾人作家消除了枯燥、孤寂难耐的内心痛苦，实现身心愉悦，网络文学成为残疾人作家与外界联系的快速黏合剂。

很多残疾人作家都开设了自己的微博、微信和公众号，并将自己的作品发布在微博和公众号上，作品一经发表，很快就会收到关注者的回应。林柏松是黑龙江省海伦市人，1968年2月应征入伍，珍宝岛事件期间，因在边境执行潜伏、巡逻任务冻伤而致一等重残。随着时间的推移，两腿的僵直度在不断加重，乃至上厕所都只能直立。林柏松时常感觉自己与世界已经分离。2008年林柏松在新浪开设微博账号之后，不间断地发布自己的作品，并因此建立了与外界的联系。从2008年开设微博至2016年去世，林柏松在微博上共发表散文97篇，诗歌1142首，评论文章145篇。博客访问量527419，关注人气5450。林柏松微博的人气指数并不算高，但每次林柏松在微博上发表作品之后都有粉丝的评论，也有他对这些评论的回复，比如他在去世前夕即2016年7月30日11：47分发表散文《无法腐烂的黑暗》，名叫天涯雨飘的网友在15：36留言："嗯，有人在操纵我们的身体，是时间老人……"，林柏松在17：37回复："多说几句！愿意听你说……保重！！！"网名叫木子诗歌博客的在16：51留言："问好林老师！祝福夏安！"林柏松在17：40回复："谢谢你的真诚祝福！让平安陪伴着你！！！"网名叫春风杨柳的在20：12分留言："优雅的语言诉说着凄凉，换一种心情，燃一缕阳光，前程就是另一番模样。"林柏松在20：34回复："要文章也不能要人！为了自己心情好还不如不活着……谢谢你的真诚留言！！！"名叫天涯雨飘的网友在20：23又留言："上学时读到有批判现实主义的作者或文字，老崇拜了，黑暗社会有人敢写敢说；现在到处可见，可见社会成什么样子了，就如生病了的躯体，对一个精神康健的灵魂的无情腐蚀——嘿嘿，晚上好，老人家。"林柏松在20：29回复："随便说，越多越好！生死爱永远是文学艺术的主题！！！"7月31日网名叫天下诗网络的在20：27留言："您好！您这篇诗作被推荐到天下诗网络《散文诗周刊》（第83期）。散文诗周刊，是诗歌爱好者的交流平台，是品读欣赏散文诗的一方绿地。祝您创作丰收，炎夏清凉！"林柏松当晚21：18分回复："天下诗网络：送去深深的谢意！祝你开心愉快！！！夏安！！！"

从这些只言片语的交流中我们可以看到这样几点：（1）这些留言，算不上深刻，更说不上专业，有的甚至肤浅通俗，还是门外汉，有的还缺乏逻辑性，但交流的内容十分丰富，感情也很真挚。既涉及文学艺术的创作，也涉及人生哲理；既有一般性的老友之间的问候，也有专业杂志的刊用通知；既有对当下社会的点评，也有对林柏松生活态度的肯定。（2）交流的时效性较强，互动基本都是在作品发表的前后两天。（3）林柏松每次在回复网友的评论时都用三个"！"，足见林柏松见到这些评论、回复这些评论时心情的激动程度。很多网友看了林柏松微博上的作品之后，纷纷给他捐款，网友们的评论和捐款给林柏松带来的内心震撼是非常强烈的，林柏松在自己微博账号的首页专门发了一则消息："敬告博友：朋友们的关心和深情厚意令我感动不已！我以病残之躯，无以为报，一句感谢，何其苍白！一切只能铭刻于心，日日感念！"残疾使林柏松困居一方陋室，而自己微博账号上的文章将他与陋室之外的世界相连接，孤独的个体与喧嚣的群体就此发生关系，正是微博、微信公众号上的文学作品将残疾人作家与社会纽结在一起，相互确认、相互生成，让孤独的个体成为群体中的一分子。以文学作品为纽带，迅速及时地连接起残疾人作家与社会的关系，这是纸质媒介无法实现的功能。

第二，网络文学的低门槛发表方式为残疾人作家成为社会财富的生产者提供了一个较大的空间。

传统的发表文学作品的途径受制于各种因素，因而也限制了残疾人发表文学作品的机会。不可否认，随着社会文明程度的提高，国家也很重视残疾人生理、心理的健康工作，有专门的刊发残疾人作家作品的杂志《三月风》《残疾人文学》，华夏出版社还先后出版了《为了生命的美丽》《放飞希望》和《收获感动》等残疾人作品集，2020年，《中国作家》还出版了残疾人作家的专刊"仁美文学专刊"。但是和中国8500万残疾人相比，这些刊物还是显得杯水车薪。网络文学巨大的、无门槛的发表空间能帮助残疾人作家更为便捷地发表、承载和传播他们的作品，能使残疾人作家依靠网络文学成为社会精神财富的创造者，而且有可能成为大众瞩目的创造者。残疾人作家通过网络媒介进行创作有四种情况。

第一种情况：从微博转向文学网站型，即首先在微博上发表作品，迅速被读者接受，随即与文学网站签约，成为网络作家。李子燕是这种类型的代表。2021年3月30日，吉林省网络作家协会成立，李子燕当选为第一届理事成员。李子燕18岁时因一场意外导致腰椎神经受损，手术后，脊椎由两根一尺长的钢板支撑着，高位截瘫，一级肢残。她曾经想努力在轮椅上做一些家务事情，表面上看是为了帮助丈夫，本质却是展现自我价值，尽管这种价值很微小。但就是这种很卑微的价值都无法实现，米撒一地，水湿一身，菜掉一地。在丈夫的帮助下，她开始创作，但投稿信石沉大海。几年过去，李子燕只在《城市晚报》登载了一篇短小的散文《秋日私语》。后来，她将自己数年的作品整理成诗歌散文集《向往天空》和《红尘最深处的相遇》，以李子燕的笔名发到微博，出乎她的预料，作品立刻赢得读者好评。上面两部作品在网络上受到好评，让李子燕信心倍增，文思泉涌，她开始以自己为原型进行长篇小说《左手爱》的创作。她将《左手爱》发在她的微博上，读者关注她的微博后，还自发成立了读者群。读者被作品中的故事感动，催促李子燕尽快更新作品。在《左手爱》的发表过程中，读者在读者群里一起讨论小说的情节，关注人物的命运，参与李子燕的创作。网络小说往往是以连载的形式发表，而且读者能及时、直接对小说发表评论，进行干预，因而读者的阅读期待影响着作品的情节安排、人物设置，甚至影响作品的情感内涵和伦理思想的形成等。发表《左手爱》之后，李子燕与文学网站签约，成为一名网络作家。2010年1月，李子燕成功入围鲁迅文学院第二届网络作家培训班，她是坐轮椅进鲁迅文学院的第一人，也是带着爱人和儿子进鲁迅文学院的第一人。2011年，《左手爱》获"首届海峡两岸网络文学大赛"长篇奖。李子燕后来在一些文学网站发表《凌寒独自开》《春心如水》《莲花劫》《曾记雪海花隐处》《断点幸福》《倒数爱情》等近20部长篇小说，字数达600多万字。因为这些作品的发表，李子燕收获了平等和尊重，重拾青春的美好和自信，视界变得无比开阔，精神世界也更加丰盈饱满。

第二种情况：微博成名型，即因微博上的作品走红文坛。余秀华是这种类型的代表。余秀华在网络文学中有近5年的沉默期。余秀华2010年开始在微博上发表作品，用以发泄自己对生活、婚姻的感受，截至2014年走进公众视野之前，余秀华共发表了2000多首诗歌。如果余秀华没有在微博上发表诗歌，《诗刊》编辑刘年就不会看到余秀华的诗歌，《诗刊》也就不会以《在打谷场上赶鸡》为总主题，发表她的九首诗歌；《诗刊》编辑彭敏也就不会在《诗刊》微博和微信平台推出余秀华的这九首诗歌，也就没有沈睿和后来媒体的助推。所以，余秀华走入公众视野的前提是她已经在微博上发布了很多诗歌作品。从这个意义上称余秀华为网络诗人毫不为过。评论界对余秀华的诗歌褒贬不一，但不争的事实是：余秀华红了；余秀华的人生就此发生了改变；余秀华由此对自己充满了信心。而这些事实都源于余秀华在微博上发表的诗歌。

第三种情况：签约文学网站型，即从一开始在网络上发表作品就与文学网站签约，成为网络签约作家，比如广东河源的谢雅娜（网络名字为楼星吟）。谢雅娜因遭遇车祸，一条腿高位截肢，并因此婚姻破裂，那时的生活十分昏暗。谢雅娜从2010年开始从事网络小说创作就与文学网站签约，并成为云起书院古言"大神"级作家。谢雅娜的代表作《神医贵女》收获千万读者，网络点击过亿，总订阅近四千万，拥有较高人气。谢雅娜感觉网络文学挽回了自己的人生。

第四种情况：文学网刊型，即在文学网刊上发表作品。2010年4月8日，由广东省作家协会、广东省残疾人联合会联合主办的《自强涛声》启动，这是全国第一个由省作协与省残联专门为残疾人作家及残疾人文学爱好者打造的文学网刊。2010年4月22日出版第一期。自出版以来，王心钢、谢经营、鲁飞、苏音、刘光先等残疾人作家经常在刊物上发表作品，刊物开设有"散文草地""小说原野""人物风采""诗词楼阁""话语平台"等栏目。作品形式丰富，既有长篇小说，如《不灭的亮光》《大丈夫小老婆》，也有短篇小说，如《鼠迹无踪》《菜心情缘》。既有现代题材的小说，也有历史小说如《血战小商河》，还有长篇纪实小说。除了小说，还有散文（如《老屋时光》《划过夜空的流星》）、诗歌（如《广州亚运会有感》《中秋月咏》《伤别离》）。从 2010 年第 1 期至 2016 年 7 月 6 日第 24 期，2017 年 4 月 13 日第 27 期，2019 年的第 4 期，共发表各类文学作品 330 篇[①]，其中第 20 期、21 期、22 期、24 期是同一部长篇纪实小说的连载，第 15 期是王心钢《水滴》专集，有对《水滴》的介绍和专家对《水滴》的评论，也有残疾人的读后感。2016 年 4 月 8 日，为了充分展示残疾人的文学创作成果，激发广大残疾人参与文化建设的热情和潜能，由广东省残联、广东省作协、广东省级媒体组成评审组对刊物的作品进行评选，共评选出 18 篇文学作品，分为一、二、三等奖，其中小说 3 篇、散文 12 篇、诗歌 3 首。王心钢的小说《水滴》、苏音的散文《生命不仅仅是活着》、谢经营的小说《不灭的亮光》获一等奖。评选结果在广东省残联网公示。刊物第 23 期刊载 13 篇读书征文获奖作品。《自强涛声》为残疾人作家打造了一个全新的展示空间，为残疾人作家提供了一个融入社会、展现自身价值的平台。

残疾人作家通过网络新媒介发表的网络文学的文本比较复杂。有些作品首发在网络上，属于网络文学，但后来又出版发行了，或者被杂志刊用了。有的作品创作之初完全没有考虑过在网络上发表，后来又首发于网络。比如李子燕的《左手爱》最初发表在网络上，后来又由延边大学出版社出版。李子燕与文学网站签约，在文学网站发表小说的同时，又在自己的微博上发表了许多诗歌和散文，其中一些诗歌和散文又被报刊编辑选中发表，如 2010 年 12 月 28 日《城市晚报》的重点推荐栏目发表李子燕的两篇随笔《我有一双翅膀》和《守望》，这两篇随笔都是李子燕首发于微博。李子燕创作《向往天空》和《红尘最深处》这两部散文集时，既不是在电脑上创作的，也没想过要在网络上发表。2008 年，朋友送她一台旧电脑，她将这些作品发在网络上，受到网友好评，后来她又选了一部分作品以《向往天空》作为书名，在中央广播电视大学出版社出版。余秀华出版有诗集《摇摇晃晃的人间》《月光落在左手上》，这

---

① 2017 年之后的刊物网站上不完善，因而此处只是就能看到的刊物做的数据统计。

些诗集中的诗歌都曾在微博上发表。抚顺作家董玉明在双眼失明前已经开始文学创作，但主要的文学成果是双眼失明之后创作的。2014年出版的《盲——董玉明诗全编》，收录了董玉明30年间创作的各类诗歌，长诗、短诗、组诗，一共300多首，其中很多诗歌都是首发于微博。这些文学文本游走在网络新媒介和传统媒介之间，我们对残疾人作家网络文学的关注应该更多落脚于文学的意义，应该更多关注文本本身。对残疾人作家网络文学的研究应该回到"文学"的层面。

回到文学层面的一个重要内容就是注重版本研究。他们的一些网络作品首发于网络，后来又以传统的出版渠道出版发行。在出版发行时，作者做了修改，就会形成版本上的差异。研究这一类残疾人作家的创作，应该关注这种版本的变化。以李子燕的《左手爱》为例，其网络版和纸质版有下面几个方面的改动。

（1）章节的改动：增加、删掉、合并拆分章节，某些章节的位置发生调换。增加：纸质版中第3部分的第8章，第7部分的第6、7章是增加的。删减：纸质版删掉了网络版的第29章、第30章、第65章、第77章、第84章、第89章、第90章和第49章的后半部分。合并拆分：网络版的第22章在纸质版中拆分为5章（第3部分第1章至第5章）；网络版的第67章在纸质版中拆分为3章（第7部分的第8章至第10章）；网络版的第74章在纸质版拆分为2章（第8部分的第2章和第3章）。调换：网络版的第32章，纸质版放在第三部分的第15章。

（2）内容的改动：纸质版中第3部分第7章的内容较之网络版有较大改动。

（3）姓名的改动：佟小白和陈钊是一对恋人，佟小白是佟雪艳的闺蜜，这两个人物在作品中的重要性仅次于佟雪艳夫妇。在纸质版中，佟小白改名为叶小白，陈钊改名为陈昕。

（4）语言的改动：语言的改动包括叙述语言和人物语言的改动。

从改动的趋势看，①纸质版的情节更为集中，主线（佟雪艳的爱情婚姻）更为突出，比如佟小白的情感纠葛、佟雪梅夫妇的家庭生活内容删减较多，体现佟雪艳与公婆之间矛盾的内容有所增加。②修改之后，纸质版更注重彰显残疾人对生活的信心以及表现残疾人婚姻的艰难。网络版的第49章后半部分的内容，是写佟雪燕和好朋友佟小白互诉衷肠，感慨生活的另一个名字叫痛苦，这一内容在纸质版中完全取消。纸质版增加了佟雪艳与公婆之间的矛盾，增加这个内容主要体现残疾人婚姻的艰难，这种艰难不是来自婚姻双方，而是来自外界。③语言更加精炼、规范、书面化。比如第 3 部分第 10 章的开头：

网络版本：

  晚上，佟雪燕和林枫睡在婆家里屋的小炕上。其实这一宿，佟雪燕几乎没睡。思前想后的，她知道婆婆根本无法接受自己，自己在婆婆的眼里就是眼中钉。眼泪总是偷偷地流下来，佟雪燕又怕外屋的婆婆听见，那事情就更麻烦了，所以只好强忍着不让自己哭出声来。

  自从生病后，为了防止佟雪燕的身体硌伤，她一直睡的是海绵床垫。现在忽然睡这硬板炕，佟雪燕感觉胯骨硌得好疼。有心想让林枫再帮着铺厚点儿，可是又怕婆婆说她娇气，就没敢吱声。"坚持一晚上吧，明天回家就好了。"佟雪燕暗暗这么想着。

  天终于亮了，佟雪燕听见婆婆起来了，开门关门的响动很大，一听就知道婆婆的气还没顺；佟雪燕一颗心又悬了起来。她赶紧叫醒了林枫，"咱们也起来吧，帮妈包饺子。"

  "嗯。你咋醒这么早？"看到佟雪燕已经穿好了衣服，林枫很奇怪，因为佟雪燕一直喜欢睡懒觉的。

  "妈已经开始干活儿了，你快起来帮忙和面去。"佟雪燕催促着。自己不能伸手帮忙，如果林枫再这样躺着，有点儿不像话了。林枫当然明白，迅速穿好衣服，为佟雪燕端来洗脸水，然后动手帮妈妈和面。

  "妈，你先回屋歇着吧，和完面我弄饺馅子，等包的时候你再伸手。"林枫对正在切肉的邢巧云说。得想个办法让妈妈高兴起来。他暗自琢磨着。

  "哪能什么都让你干？妈又不是不能动弹？"看到儿子忙里忙外的，当妈妈的好心疼。如果媳妇好腿好脚的，此时在厨房干活儿的怎么会是儿子？

  "我浑身是劲儿，干点儿活怕啥？"林枫知道妈妈对佟雪燕的身体还在耿耿于怀。

  唉！怎样才能换来婆婆的心呢？

第五章　社会场域：机构团体和媒介

纸质版本：

晚上，佟雪燕和林枫睡在婆家里屋的小炕上。"糊涂的爱"四个字，还清晰地贴在墙上，一切跟结婚那天一模一样。

其实这一宿，佟雪燕几乎没睡。思前想后的，总觉得自己在婆婆的心里就是眼中钉，肉中刺，她不知道怎么做才能让婆婆接受自己。眼泪不听话地流了下来，又担心外屋的公公婆婆听见，再无端惹出新麻烦，因此只好强忍着不让自己哭出声来。

自从生病后，为了防止身体硌伤后得褥疮，佟雪燕一直睡的是海绵床垫。晚上睡觉的时候，她原想让林枫帮着铺厚点儿，可是又怕婆婆说她娇气，想了想最后忍住了。她鼓励自己坚持一晚上，明天回家就好了。

天终于放亮了，佟雪燕听见婆婆起床的声音，开门关门的响动也很大。不用问也知道，婆婆的心气还没理顺，佟雪燕一颗心又悬到了嗓子眼。她赶紧叫醒了林枫，如果大家一起动手包饺子，可能婆婆心情会好些。

看到佟雪燕已经穿好了衣服，林枫责怪自己睡得太沉，竟然不知道她起床。佟雪燕让林枫不用担心自己，赶紧帮婆婆和面才好。林枫迅速穿好衣服，给佟雪燕端来洗脸水，自己去厨房帮忙。

"妈，你先回屋歇着吧，和完面我弄饺子馅，等包的时候你再伸手。"林枫边说边琢磨着，怎么想个办法让妈妈高兴起来，不然自己回城之后，也放心不下。

"哪能什么都让你干，妈又不是不能动弹？"看到儿子忙里忙外的，当妈妈的很心疼。如果媳妇好腿好脚的，此时在厨房干活儿的，怎么会是傻瓜儿子？

"我浑身是劲儿，干点儿活怕啥？"林枫毫不在意的样子，心里却明镜似的，做饭的活累不坏自己，妈妈只是对佟雪燕的身体耿耿于怀。

唉！究竟要如何做，才能换来婆婆的认可呢？

很显然，与网络版本相比，纸质版本的语言更具书面化特点。

此外，纸质版中加入一些语句，使文本前后连接更自然、完整，也使人物形象更立体。比如纸质版中第5部分第4章的结尾加入一段"佟雪燕其实非常理解母亲的心情，但婚姻让她变得成熟了，再大的委屈，能不告诉母亲，就不告诉了。所谓'报喜不报忧'，也是一种孝心"①。这几句话站在第三者的立场对佟雪燕进行评价，使人物更有质感。

其实，版本的改动潜藏着作者创作思想的变化，对版本的研究能加深对创作主体的认识。比如，从网络版到纸质版，李子燕的创作活动中发生了一件很重要的事情，这就是2010年参加中国作家协会鲁迅文学院第二届网络作家培训班，通过培训，李子燕原本具有的良好的文学潜质，转变为文学的自觉与伦理的自觉。在希望获得商业成功的同时，李子燕更重视文学艺术上的完美，更重视作品对读者的伦理影响，更重视作品与人的合一，知性创作主体的特征更为明显。

（二）评价、传播功能

新媒体对残疾人作家的评价传播较为复杂。如果将文学价值分成文学价值、社会价值和消费价值，那么，有的网络新媒体对残疾人作家的评价、传播和纸质媒体的评价、传播一致，以弘扬正能量、注重文学性为宣传的宗旨，看重残疾人作家创作的社会价值和文学价值。有的网络新媒体对残疾人作家创作的评价、传播则是取其消费价值，以蛊惑和挑逗的言语满足读者猎奇心理，以媚俗的方式将残疾人作家的创作变成商业化、娱乐化话题。后者确实不足以称道，更不能提倡。但不同方面的媒体报道，共同组成了一个丰富而多面的残疾人作家形象，使读者能更为全面地认识残疾人作家及其作品。这可谓意外收获，不幸之中的万幸。这个方面最有代表性的是对余秀华的宣传。

1985年，余秀华19岁，这一年，她遵照父母之命结婚。也是在这一年，她写下人生中的第一首诗。2009年8月3日，余秀华开通微博。2010年余秀华在微博上发表第一篇博文。从2010年到2015年伊始在网络上走红之前，余秀华在微博上发表诗歌2000多首，说余秀华是网络新媒体联袂推出的作家一点都不为过。在新媒体介入之前，余秀华有发表诗歌的经历，也有被评价的经历。2009年《荆门晚报》刊登余秀华的诗歌，这是余秀华的诗歌最早变成铅字的地方。2012年《长江文学》第1期"女诗人方阵"栏目，余秀华的名字赫然在列。2012年《绿风》诗刊第十二期同题诗赛，余秀华获三等奖。2014年9月，《诗刊》编辑刘年在《诗刊》上以《在打谷场上赶鸡》为总主题，发表了余秀华九首诗歌：《我爱你》《我养的狗，叫小巫》《一包麦子》《可疑的身份》《你没有看见

---

① 李子燕：《左手爱》，延边大学出版社2013年版，第150页。

我被遮蔽的部分》《匪》《溺水的狼》《下午，摔了一跤》《在打谷场上赶鸡》，同月，张执浩主编的《汉诗》杂志也选登了余秀华的诗作。上述发表作品的经历都没能让余秀华产生多大反响。再看对余秀华创作的评价。最早在刊物上公开发表评论余秀华诗歌的文章出现在2009年5月22日，文章叫《它的孤独和优美让我不能入睡》，文章载于《荆门晚报》。2014年6月刘云峰发表《余秀华诗歌细读》(《延安职业技术学院学报》2014年第3期)。如果说发现余秀华的伯乐，刘云峰应该是第一个。尽管刘云峰称余秀华是20世纪70年代出生的荆门最优秀的诗人，是在民间有着广泛影响并逐步走向全国的诗人，但他的评论并没能使更多的人认识余秀华，余秀华依然处于匿名、隐秘状态。

真正让余秀华走进公众视野的是网络新媒体的介入。梳理网络新媒体介入余秀华诗歌传播的整个过程，我们可以看到，大致分为四阶段。第一阶段，《诗刊》编辑彭敏以"摇摇晃晃的人间——一个脑瘫患者的诗"为题在微信公众号上转载了《诗刊》上刊发的余秀华的九首诗，其阅读转发量很快就超过五万。极力推荐余秀华诗歌的旅美作家沈睿就是通过微信公众号了解到余秀华诗歌的。据沈睿自述，2015年1月12日，她在微信朋友圈看到一个朋友转的《诗刊》推荐的一个诗人的作品，题目是《摇摇晃晃的人间——一位脑瘫患者的诗》，极为震撼，遂立刻在朋友圈转发，并且评价说，这才是真正的诗歌！后来她在余秀华的微博上阅读了余秀华的大量诗歌，真正走进了余秀华的创作世界。第二阶段，2014年11月23日的微信公众号"读首诗再睡觉"重点推介余秀华的诗作《你没有看见我被遮蔽的部分》，点击率很快超过七万。第三阶段，沈睿于2015年1月13日在自己的博客上发表文章力挺余秀华，博文的名字叫《什么是诗歌：余秀华——这让我彻夜不眠的诗人》，而沈睿的博客拥有四十万访问量。最后将余秀华"一脚踢进球门"的王小欢就是看到沈睿的诗评博文之后，将余秀华发到微信公众号的。第四阶段，王小欢是点金之人，在看到沈睿的诗评博文之后，他立刻将标题改为《余秀华——穿过大半个中国去睡你》，并转发到微信公众号"民谣与诗"上。不久阅读量就显示为100000余次，突破了该社交平台所能统计的最大显示量。2015年1月15日，公众号"民谣与诗"被刷屏，海量转发，传播速度之快、阅读量之多，令人惊叹。1月16日早上开始，微信朋友圈里"睡你"成为热搜词，"睡你"的呼声此起彼伏。据陈立峰《论自媒体时代的诗歌传播》的统计，其中"穿过大半个中国去睡你"的百度指数搜索最高峰值是在1月19日，高达309278次；其次是1月30日的162726

次、1月21日的112753次。1月19日到25日的周平均值也最高，达到88435次。以"余秀华"为关键词的百度指数搜索最高峰值是在2015年1月24日，搜索量达69387次，其次是1月19日的54097次、1月30日的51953次。1月19日到25日的周平均值也最高，达到32537次。①

余秀华就是这样"火"了。从过程来看，确实是网络新媒体捧红了余秀华。在帮助读者认识余秀华的文学创作方面，网络新媒体有积极作用，但也产生了一些负面影响，呈现出网络新媒体的双刃剑效应。积极作用毋庸置疑，它发掘了一个诗人，改变了余秀华的人生（包括婚姻）。但有的新媒体在传播过程中以身体的缺陷吸引读者眼球，夸大残疾人身份，将严肃的学术话题娱乐化。我们将余秀华走红之前和2015年1月走红时的纸质媒体和电视节目与网络新媒体上发表的部分文章的标题做一个对比：

纸质媒介和电视节目	网络新媒体
《它的孤独和优美让我不能入睡》（《荆门晚报》）	《摇摇晃晃的人间——一个脑瘫患者的诗》（微信）
《余秀华诗歌细读》（《延安职业技术学院学报》）	《你没有看见我被遮蔽的部分》（微信）
《在打谷场上赶鸡》（《诗刊》）	《余秀华——穿过大半个中国去睡你》（微信）
《诗里诗外余秀华》（《人民日报》）	《余秀华的诗写得并不好》（微博）
"'脑瘫'女诗人余秀华"（凤凰卫视《锵锵三人行》栏目）	《沈浩波走在去经典的路上与男性文人的酸脸》（微博）
"有稗子 春天才完整：诗人余秀华" CCTV13《24小时》栏目	《既别滥情，也别女权——回答深圳〈晶报〉记者叶长文》

从上面简单的列表可以看出，纸质媒体、电视节目的报道标题只有凤凰卫视的涉及身体，其余都是中规中矩的，避免以身体作秀。网络新媒体的标题有的涉及身体，有的涉及性，有的涉及对对方的攻击，有的犹抱琵琶半遮面，给读者无限的遐想。在"余秀华现象"中，最充满吊诡的是，部分网络新媒体确实在消费"残疾"，但也正是这种消极消费，实现了消解的目的，打破了"文学场域"中固有的秩序，让余秀华浮出

---

① 参见陈立峰：《论自媒体时代的诗歌传播》，《南昌航空大学学报》（社会科学版）2017年第1期。

地表。包括沈睿也是受了标题的吸引,"睡前看了一眼微信,一个朋友转了《诗刊》推荐的一个诗人,题目是《摇摇晃晃的人间——一位脑瘫患者的诗》,题目刺眼,让人不舒服,不知道写诗与脑瘫有什么关系,我一边想一边看照片,照片中这位女性站在田野上……看起来相当年轻好看的诗人与背景连成一体,暗示着她的日常生活背景。"[1] 如果没有娱乐化的"标题党",余秀华们是否能出现在我们面前,或者说是否能在彼时出现在我们面前,或许要打上一个问号。将身体的缺陷作为招徕读者的靶心,这是对残疾人作家的不尊重,是人类不文明的体现,这势必让残疾人作家对媒体传播产生抗拒心理。但值得我们深思的是,为什么余秀华们的出现要依靠消费残疾的身体才能获得在场的身份?消费残疾身体的根本原因何在?从表象看,这是一个文学问题。从深层次看,这是涉及人性、文化、民族素养的原则性问题,它的改变有待更持久的努力。

小　结

在科学技术快速发展的时代,残疾人作家不能养在深闺待人识,他们的创作要穿行于世,也需要借助媒介的扩展性力量,必须与媒介融合共生。没有媒介的运作、爆炸性的传播,无法吸引大量读者的注意力。媒体尤其是网络新媒体能尽其所能地在短暂的时间,迅速扩大文学的传播和影响,激起大众的好奇心和集体狂欢。文学与媒介的联合,使残疾人作家在再生产中有了更大的影响力和更好的传播力,从而提高了残疾人作家文学创作的价值和意义。文学与媒介的关系,一方面让残疾人作家的创作寻找到发展机遇,另一方面也为媒介在文学与艺术之间寻找到更大的发展空间。

但媒介场域对残疾人作家的传播也呈现复杂性,媒介传播也有可能误导读者对残疾人作家的接受,因为其中不乏以残疾人作家身体进行炒作的文章。以身体的缺陷作为吸引大众眼球的炒作点,这不可避免会给残疾人作家带来伤害,这是残疾人作家的不幸,也是文学的不幸,虽然客观上也给残疾人作家走向大众带来机遇。伤害和机遇并存,这或许是网络新媒体时代文学的宿命。

---

[1] 沈睿:《什么是诗歌:余秀华——这让我彻夜不眠的诗人》,沈睿的新浪博客。

结语　浪漫主义精神特质

对生命伦理问题的思考是残疾人作家创作的生命，内倾化的创作视角是残疾人作家创作的躯体，补偿性的叙事手段是残疾人作家创作的衣衫，多重社会场域是残疾人作家赖以生存的土壤，而统摄残疾人作家创作的核心则是浪漫主义精神。浪漫主义的精神特质是残疾人作家创作的灵魂。

"浪漫主义"是一个内涵模糊、歧义重重的文学术语，"对这一术语的定义，直到20世纪仍是思想史和文学史界争论的议题"[1]。作为一种观念，浪漫主义经历了一个动态的发展过程，从发生期零散无序的界定到逐渐进入浪漫主义与古典主义"二元"对立的视域，再到新历史主义的浪漫主义、女性主义视角的浪漫主义等多元化特征的阐释，尽管浪漫主义缺乏一个确切的定义，但浪漫主义的一些核心原则是明确的。浪漫主义作为新古典主义的策反而出现，重视写伟大的人物和英雄以及由此产生的崇高感；浪漫主义重视天才、直觉和想象力，强调自由和个性，注重主体情感的抒发。费伯在2019年出版的新书《浪漫主义》中认为，"浪漫主义是一场欧洲文化运动或是一组相似运动的集合体。它在象征性和内在化的浪漫情境中发现了一种探索自我、自我与他人及自我与自然之间关系的工具；认为想象作为一种能力比理性更为高级且更具包容性。浪漫主义主张在自然世界中寻求慰藉或与之建立和谐的关系；认为上帝或神明内在于自然或灵魂之中，否定了宗教的超自然性，并用隐喻和情感取代了神学教义。它将诗歌和一切艺术视为人类至高无上的创造；反对新古典主义美学的成规，反对贵族和资产阶级的社会及政治规范，更强调个人、内心和情感的价值"[2]。费伯对"浪漫主义"的界定，是对韦勒克观点的进一步延伸与补充。综合学术史上人们对浪漫主义的界定，

---

[1] 尚晓进：《什么是浪漫主义文学》，上海外语教育出版社2014年版，第1页。
[2] ［美］迈克尔·费伯：《浪漫主义》，翟红梅译，译林出版社2019年版，第12页。

结合新时期以来残疾人作家的创作实际，可以看到，残疾人作家的创作具有浪漫主义的精神气质，具体体现在：自由性、崇高性、理想性和主观性。

1. 自由性

现代浪漫主义是自由精神贯彻到情感领域的产物。席勒、史雷格尔等人都认为，浪漫主义文学就是追求无限、追求自由的文学。雨果在《〈欧那尼〉·序》中说："浪漫主义，其真正的定义不过是文学上的自由主义而已。……在不久的将来，文学的自由主义一定和政治的自由主义能够同样地普遍伸张。艺术创作上的自由和社会领域里的自由，是所有一切富有理性、合乎逻辑的精神都应该亦步亦趋的双重目的。"[1] 残疾人作家的创作精神和创作方式都具有浪漫主义的自由特征。残疾人作家所追求的自由既非社会专制造成的不自由，也非文化专制形成的不自由，而是自身的身体限制产生的不自由。他们想通过文学创作追求不自由的身体限制不了的自由，即思想的自由和情感的自由。他们通过文学创作不仅仅是实现自由，而且是自由地实现自由。他们在非自由中实现自由，即自由的悖论。残疾人作家追求的自由主义精神，也是追求人的自由解放的一个重要组成部分。

通过文学创作达到对身体的超越，以精神的自由超越身体的不自由，让自我的心灵实现自由的飞翔，这是残疾人作家的文学创作心态。对于从事文学创作的残疾人而言，文学创作成为超越身体残疾的自由之路，文学创作是他们获得自由的象征，是他们追求超越的突破口。或许在他人看来他们的身体是残缺的，但文学创作让他们的灵魂得以完整；或许在他人看来他们无法远行，但文学创作带他们的思想去了远方，扩展了他们的生命。"浪漫型艺术的真正内容是绝对的内心生活，相应的形式是精神的主体性，亦即主体对自己的独立自由的认识。"[2]通过文学创作，残疾人作家真正实现了对自我独立自由的认识。由于身体的残疾，他们的现实生活存在不同程度的障碍，但他们借助文学创作，寻求自我存在价值，寻找情感的宣泄口，探寻人生的终极价值。文学创作唤醒他们的生命，激扬他们的生命，指导他们的生命，让他们畅游在自由的生命之中。他们的创作完全是内在需要，是一种与责任完全不同的自我沉迷，

---

[1] 外国文学研究资料丛刊编辑委员会编：《欧美古典作家论现实主义和浪漫主义》（二），中国社会科学出版社1981年版，第134页。

[2] ［德］黑格尔：《美学》第2卷，朱光潜译，商务印书馆1997年版，第276页。

保持着自己的相对独立性与自主性。进行文学创作时，残疾人作家处于心理自由的状态，从容地创造，自然地坦露。文学创作让残疾人作家超越身体的残疾，获得心灵的自由，创造的快感，做人的尊严。对于残疾人作家，文学创作不仅成为一种生存的抗争方式，也不仅是人生的表达和呼求，而是直接成为生存的一种方式，甚至成为生存本身。文学创作带给他们的既是对残疾现实的超越，也是对命运的超越。他们在文学创作中获得真实的存在、广泛的话语权和超越时空的自在与快乐。从这个角度来说，残疾人作家的文学创作是当代最高形态的文学创作和最能体现生命力的文学创作。

发挥不同的感官功能，以此弥补残疾的身体器官的缺陷，这是残疾人作家创作自由的另一种体现。从表面上看，残疾人作家受身体的制约，在体验生活、观察生活甚至阅读、学习等方面都不自由，但残疾人作家充分发挥自己正常的身体器官的优势，弥补残疾带来的某些不自由，从而达到对身体限制的反叛。肢体残疾的作家充分发挥自己的想象力和感受力，有视力障碍的作家创作时充分发挥自己听觉、嗅觉灵敏的优势，有听力障碍的人进行文学创作时充分发挥自己视觉、触觉灵异的特长。此外，从事文学创作的残疾人中，绝大多数都未受过精英教育，没有进行过系统的语言学习，但他们凭借对生活的感知、记忆和想象，使用日常经验中接触到的生活化语言，同样实现了不自由中的自由，并且使语言风格呈现出直白野趣的"原生美"。残疾人作家这种补偿性创作也是解放感知的创作，多种器官互补模式的创作样态展示出文学创作无限的可能性。在这个意义上，创作不再指向一个已知的单一未来，而是指向多元的开放，无穷的超越。

残疾人作家不受既成观念的束缚，随心所欲地进行文学创作，自由地建构着自己的话语体系，将文学创作的自由状态引向极致，这是残疾人作家创作自由的又一种体现。身体残疾给残疾人作家带来许多限制，他们少了一些选择，但也正因为此，他们创作时不受既成规律约束，奔放不羁，他们按照自己熟悉和适合自己的文学表达技巧进行创作，呈现出障碍中的"无障碍"。有研究者试图将史铁生整合进主流文学，比如陈顺馨使用"寻根""先锋"等概念对史铁生的创作进行概括，希冀将史铁生放进某一个流派中，但总显得不太贴切，有一点简单化。其实，这正是史铁生自由创作的成功，是他自由创作的必然结果。纯懿追求书写方式的陌生化，努力用自己特有的方式追求永恒。她说，她虽然读过很多作家的作品，比如卡夫卡、博尔赫斯、尼采、维特根斯坦等，但她只是在用心领悟这些大师们表现生活的某种独特方式。"他们让我明白：我如何去找到属于自己的独特的表达方式，属于中国人的思维方式，而不是模仿或者借鉴。当一部作品完成之后，如果读者能够看出来还残留着其他作家的风格，甚至能够用国外的某个主义把你的作品归类，那说明你的书写还不到位，甚至可以说你的这部作品是失败的。我迷恋荒凉和陌生，我的书写方式也是陌生的，或者带有宿命的色彩，我注定要用自己特有的方式去写小说。"[①] 阮海彪说，他在写《遗产》时，尽量不用现成的词语，因为这些词与他在小说中想表达的情景不太贴切。他在《遗产》中时常提到"想词"这个词，所谓"想词"就是想一个恰当的词，一个比较准确的词，因为已有的词不足以表达他的想法。他写父亲去世，家里失去父亲的庇护，此时"我"的感觉是"我，整个的我裸露在外；整个的我一丝不挂，一块嫩红的肉，一个赤裸裸的生命；一块扑扑跳动的渗着血的肉，我的心，整个的我"[②]。阮海彪用写身体来表达失去父亲保护的心情，回避传统的直接的心理描述。朗松在《法国文学史》中说"浪漫主义首先是文学领域的一个扩张或一种变更；其次，是文学形式的一次改造"，"艺术家的天才和时代的精神可以自由地追求类别、规律、语言、诗句的再建法则"[③]。浪漫主义公开维护不受任何规律和标准束缚的创作自由，强调自发性和自主性，残疾人作家在文学创作中的自由发挥与此精神内涵保持一致。自由包含着一种能动创造性，残疾人作家在艺术的选择和使用上能够摆脱必然，能够进行自我选择和自我决定，创作出属于自己风格的作品，这就是浪漫主义自由的体现。

2. 崇高性

"崇高"最早是一个修辞学概念，由朗吉弩斯在《论崇高》一文中提出，之后逐渐成为一个重要的批评和美学范畴。"崇高"常常用来描述伟大的思想、庄严的情感、修辞上崇高的意象和象征。18世纪后半叶，崇高成为一种审美体验，受这种风尚的影响，威廉·华兹华斯、柯勒律治、布莱克、拜伦和雪莱等浪漫主义作家都在创作中表现大自然的神秘和伟力所激发出的崇高感，由此，崇高感成为浪漫主义的一个表征。崇高召

---

① 《纯懿：感谢写作，它证明我在活着》：《新华书目报》访谈，网址：http://blog.sohu.com/people/!Y2h1bnlpMzM0NDUyMUBzb2h1LmNvbQ==/249159669.html.
② 阮海彪：《遗产》，华夏出版社2010年版，第15页。
③ 外国文学研究资料丛刊编辑委员会编：《欧美古典作家论现实主义和浪漫主义》（二），中国社会科学出版社1981年版，第241页。

唤起崇敬、敬畏、敬意和惊奇的感觉。崇高是人的本质力量与客体之间处于尖锐对立与严峻冲突时，主体呈现出来的一种高贵品质。高贵性在于弱小的主体不畏惧强大的客体，依然有征服和控制强大的客体的行为。华兹华斯认为，崇高感的心理体验是通向更高精神和情感世界的路径，因为崇高所激发的强烈情感力量可以"'激起我们的同情能量，并感召心灵使它能够把握自身能接近却无法抵达的东西'，这东西或许是'精神性的，如最高存在'，或许是人性的"①。残疾人作家的创作中呈现出崇高的精神气质，但不同于19世纪西方浪漫主义作家的"富于才情的个体与崇高大自然之间的对峙"② 所产生的崇高，残疾人作家创作中的崇高精神气质是弱小的主体与强大的命运搏击，是身陷困境中的主体自强不息、征服命运的不屈不挠的精神气质。这种精神气质一方面通过他们的文学作品展现出来，另一方面通过他们本人的生存方式体现出来。

残疾人作家在创作中没有止于痛苦的哀号，而是表现出"听天命"更要"尽人事"的思想。他们赋予宿命和疼痛以神圣的意义，透过命运的不公和残疾之痛反证生命的不易，对生命给予强烈肯定。他们通过文学创作反复论证生存的意义和价值。他们认为，人生的缺憾不在于身体的残疾，而在于活着的时候没有创造出大于自己生存需要的价值。因而，人一定要有价值地活着。身体有缺憾，但生命要完美，超越残疾的肉体，追求精神的健全、崇高与不朽，这是残疾人作家对生命的体认。在逆境中傲视一切艰难险阻，忍受难言的疼痛，以生命为赌注，超越生命极限，向自我的勇气和精神挑战以及对主体价值的追求，是他们作品最震撼人心的所在。"冲突中弱小的实践主体战胜了强大的实践对象，观赏主体透过客体巨大的物质形象看到了主体伟大的精神力量，从而感到它的崇高。这是动态崇高。"③ 残疾人作家一方面探索残疾个体命运的痛苦、孤独和荒谬以及荒谬命运导致的疼痛和悲哀，另一面不断赋予这种荒谬以轻松、幽默、乐观、坚毅的品质。

残疾人作家在创作中体现出的超越命运的崇高精神是他们主体精神的映射。残疾人作家和自己笔下的人物一起不断地超越自我，走向精神的圣洁和完善。在遭遇残疾的折磨和不幸，经历了对自我无用的深刻怀疑和生命将止乎此的巨大恐惧之后，不屈的抗争精神成为残疾人作家抵

---

① 尚晓进：《什么是浪漫主义文学》，上海外语教育出版社2014年版，第98页。
② 尚晓进：《什么是浪漫主义文学》，上海外语教育出版社2014年版，第59页。
③ 刘法民：《怪诞——美的现代扩张》，中国社会出版社2000年版，第115页。

抗存在荒谬的希望所在。现实生活中，命运捉弄了他们，他们则学会了坚忍，懂得如何在逆境中求得生存和发展。残疾人作家的文学创作过程就是他们认知自我，主体意识不断觉醒，主体性不断建构的过程。文学创作成为残疾人作家主体特性和力量的一种确证。文学创作中，他们挣脱束缚，突破消沉，颠覆命运，扬起生命的风帆，超越有限，超越不可能，披荆斩棘，建构自我。他们接受命运的不公正，但追求超越命运。残疾人作家的生命行为本身就足以让人产生敬畏，富有一种崇高性。

残疾人作家创作中体现出的崇高精神是唤醒现代人精神的一种有效方式。残疾人作家写的是残疾人的生命感知，但他们对生命的感悟同样适合身处现代生存困境的人类群体。"地球就在我的脚下，世界的目光正转向东方。天降大任于吾辈，我等责无旁贷，苦其心志，劳其筋骨。一万年太久，只争朝夕！"[①] 尽管"往事东流无限恨"，但不止于惆怅，而要"他年求索走天涯"[②]，"你脚踏风轮/手舞绿旗/跨过一座座山脉/丢下一句惊世骇俗：/我来了 请让开/这是我的世界！"[③]，这些诗文自由洒脱，胸怀开阔，姿态昂扬，唤醒的不仅仅是残疾人的灵魂，而是整个人类的精神。"崇高感是主体内在的创造性活动，它一方面显示了人类的有限性和缺憾，但在与'无限'和'不可抗拒'的自然对峙时，人又彰显出自身异于自然的优越性。"[④] 残疾人作家与命运博弈，显现出人类异于自然的优越性，阅读残疾人作家的作品，热血在涌动，人的精神在升华。

3. 理想性

"现代英语中的 romance 一词，就是从法语的 romans 派生出来的，其意既指中世纪的叙事作品，也指现实生活中的风流韵事以及充满理想与诗意的爱情故事。"[⑤] 浪漫主义流派提出浪漫主义的一个目的就是要消除日常生活的无聊与平庸，希冀激情的自我表现和充满诗意的理想生活。理想是个体根据自身情感的倾向性而进行的一种想象，理想主义是残疾人作家创作中的一种精神立场，残疾人作家创作的过程本身就是追逐理想的过程，理想主义始终贯穿在他们的创作中。

人性中的美与善是残疾人作家创作表现的一个重要命题，对人与人

---

① 王小泗：《零度生活》，现代出版社 2013 年版，第141页。
② 王小泗：《零度生活》，现代出版社 2013 年版，第118页。
③ 周洪明：《情感高原》，中国文联出版社 2007 年版，第21页。
④ 尚晓进：《什么是浪漫主义文学》，上海外语教育出版社 2014 年版，第31页。
⑤ 孙宜学：《中外浪漫主义文学导引》，同济大学出版社 2002 年版，第1页。

之间关系的至善表现和对婚姻的至美追求构成了残疾人作家创作中的理想。在对人与人之间的伦理关系的叙写中,他们没有非常丰富、深刻的刻画,没有尖锐、深刻的伦理关系描绘,缺乏伦理层面的反思和文化层面的隐喻,但他们真诚地发掘、放大和想象着人类的善良,"我用我手写我心,用我心去体验和感悟生命过程中的每一份真情,每一点感动。用我笔去感谢和感念生命旅程中的每一次伸手,每一句鼓励"[①]。"太多的感激已成我心口永远的疼痛,无法用语言表达。那么,还是把它小心地藏到心海里吧,让人性的美丽化为一缕清香,时时陪伴着我!"[②] 显然,尽管现实生活中的"人性"有善恶之分,但残疾人作家在处理这一问题时有其特殊的考量和选择。他们的作品旨在表达、赞颂人性中的善。与此同时,他们对于人性中的恶并不回避,却是以一种温情的姿态去尝试宽容和理解,并试图通过人性中的善去感化人性中的肮脏与卑劣。在人伦关系方面,他们表现人间的温情,这种温情是经历种种苦难之后积攒下来的欢乐生活的痕迹,庄严而坚韧,它构成了残疾人作家叙事中的信心——稀薄,却真实地存在,就像生活本身,希望总是残存在它的缝隙之中。他们以其独特的伦理书写方式,拓宽了以文学形式呈现伦理现象与问题、分享伦理道德经验和表达伦理意识的途径,同时也为解决现实的伦理矛盾、建立和谐的伦理秩序、弘扬至善至美的伦理追求提供了重要的参考。

　　残疾人作家在创作中虽然不回避残疾人婚姻面临的许多现实问题,但更多的是展现婚姻的美好和自身对美好婚姻的执着追求,体现出浓厚的理想色彩。纯懿在创作中追求高贵而致命的爱,这也成为她活下去的一个理由。她笔下的简伦、米诺、言子等无数次与世俗博弈和抗争,追求不带任何杂质的身与心契合、肉体与灵魂统一的理想爱情,即使伤痕累累,一切归零,依然期待着高贵爱情。残疾人作家写出了理想婚姻的模式:男女双方各有风采,相互体恤,相互爱恋,即使漫漫长路,相互也会沿着花朵的芳香,找到彼此爱的小屋。

　　残疾人作家创作中的唯美色彩,还体现在对死亡的理想化描绘中。冥思死亡是浪漫主义美学竭力表现的重要命题。残疾人作家在创作中也直视死亡,但他们很少对死亡进行社会化描写,而是礼赞死亡,将死亡的过程写得很优美,将人类的终极家园想象得很美丽。

[①] 杨姣娥:《时光碎片》,中国财富出版社 2014 年版,第 98—99 页。
[②] 杨姣娥:《时光碎片》,中国财富出版社 2014 年版,第 123 页。

人类社会的复杂性决定了理想的内涵具有无限的多样性。残疾人作家创作中的理想化色彩侧重于普通的亲情关系和婚姻、死亡，是属于平民化的人文理想。虽然是平民化的理想，但它证明了人的高贵、生命的伟大。这种平民化的理想主义是残疾人作家对平庸生活与平庸人生的超越，他们将生命的诗意赋予普通人的日常生活。残疾人作家对善和美的憧憬，不是乌托邦的幻想，而是对现实的勇敢正视和真实回应。所谓理想"是非实有，而信其当有，或希望其如何如何者谓之理想。与空想不同：理想是已有经验为材质，据事理以推测，有客观的妥当性，故可以努力使之实现"①。残疾人作家的理想具有现实性与可达成性。

4. 主观性

浪漫主义认为，古典主义所宣扬的理性对文艺是一种束缚，因此强调情感、想象、抒情、天才和灵感等主观性因素，主观性成为浪漫主义最突出的特征。对残疾人作家而言，文学创作并不或者主要不是一种特殊的把握世界的方式，而是一种生存方式，并不或者主要不是一种"对象化"的活动，而是一种自我确证、自我超越、自我发现、自我塑造的"非对象化"活动。对于残疾人作家来说，生存问题始终是一个根源性问题，自由的超越性则是他们所关注的唯一焦点。以文学创作作为自我拯救的方式，通过审美活动去创造生活的意义，以个体的感性、生命、生存建构文学创作的审美活动，成为残疾人作家的必然选择。正因如此，他们的创作带着强烈的主体性、情绪化倾向，他们的创作本质上是主观化的伦理叙事。残疾人作家创作的主观化体现在四个方面：经验化的叙事技巧；文体的选择；激情的抒发；丰富的想象。

经验化的叙事技巧是残疾人作家文学创作的艺术表征。残疾人作家创作的经验是一种内心体验，不完全等同于我们通常所说的经验。比如史铁生躺在病床上回忆"脚踩在软软的草地上是什么感觉？想走到哪儿就走到哪儿是什么感觉？踢一颗路边的石子，踢着它走是什么感觉？没这样回忆过的人不会相信，那竟是回忆不出来的"②。史铁生在作品中描绘脚踩在软软的草地上的感觉，写得特别诱人，这种感觉既是史铁生经历过的实际的生活经验，又包含史铁生失去这种体验后的心理想象，因而这种内心体验具有强烈的主观性。残疾给残疾人创造出新的生存环境，

---

① 《辞海》，中华书局1981年版，第1935页。
② 史铁生：《我二十一岁那年》，《史铁生作品全编》第6卷，人民文学出版社2017年版，第77页。

如何认识和表现这个新的现实，既是残疾人作家面临的挑战，也是上苍赐予残疾人作家的恩惠。残疾人作家以残疾人的视角写残疾人，以残疾人独有的体验描写灵魂与肉体、情欲与理性、本能与道德的冲突，以残疾人独有的体验写残疾的身体与他人，残疾的身体与群体，残疾的身体与自然的复杂、微妙的关系。将残疾体验带入文学创作，使残疾人作家的创作带着主观性。受自身经历的影响，残疾人作家塑造了一批残疾人形象（包含叙事类作品中的人物形象和抒情类作品中的抒情形象）。在建构残疾人形象时，残疾人作家将一种强烈的主体精神灌注其中，同样体现出强烈的主观化色彩。

残疾人作家创作的主观性也体现在文体的选择方面。身体的残疾对残疾人参与生活的广度和深度都有一定制约，因而残疾人作家在文体的选择上偏重于自传体文学、散文和诗歌三类体裁。这三类体裁本身就是主观性较强的文体。而且，在这三类文体中，他们也很注重自我内心的挖掘，侧重的是抒情主体自我的确立，强化向内心回归的力量，向内里挖掘，从心底寻找世界的真相。他们的很多散文、诗歌是心灵的独语。即便在历史题材的小说中，残疾人作家写历史也是"我"的历史而不是"他"的历史。

浓郁的情感是残疾人作家创作主观性的第三个体现。在所有的浪漫主义理论中，自由和情感是首位的。他们认为，文艺创作就是艺术家把自己的激情投射出去，是情感的自然喷发。因此，他们特别反对古典主义的理性和规则，认为理性和规则约束个性，妨碍创造力的发挥。他们认为，艺术创造就是艺术家把自己的激情投射出去，世界不是外在于艺术家的，而是艺术家的生命与灵魂的组成部分。艺术家所描绘和反映的就是这样一个被激情点燃和照亮的世界。与浪漫主义重视情感相同的是，向公众诉说个人郁积情感的强烈冲动，部分构成了残疾人作家创作勃然兴起的心理基础。残疾人作家把创作视为抒发情绪的大舞台，单纯的诉说的愿望，早已支起了他们的全部思路，因此，残疾人作家的创作并不讲究精致的审美感受，而是在乎情绪的倾诉。他们在创作中多是从主观出发，淡化主观视角和客观视角的界限，采用抒情、内心独白或抒情加议论等方式表达情感或塑造人物，毫不掩饰的独白性，构成残疾人作家的抒情和叙事特点。他们作品中所展现的生活比较单纯，包含的感情却非常充沛，涂上了强烈的感情色彩。在某些作品中，抒情或者抒情加议论的部分差不多和叙述一样多，有时甚至明显超过叙述。在叙事类作品中，抒情或者抒情加议论把整部作品变成了"我"的思维记录，读者甚至不能体会到别样的叙事立场。即使是叙事类作品，多数作品的结构也呈现散文化或者诗化的特点。散文化或者诗化的文体常常忽略对逻辑的恪守，常常突破某种写作规则的约束，所以他们的作品有时看起来杂乱无章，实际是听命于内心的真实倾诉。

残疾人作家创作的主观性还体现在创作中丰富的想象。心理学研究成果表明，残疾人的想象力很丰富，残疾人作家在创作中的想象也高于身体健全的作家。他们在创作中将人物想象成超人，体格健壮，能力超凡脱俗，能征服自然，生命力旺盛，充满感官享受。他们想象自己的童年生活在一个童话世界，想象自己生活在空气洁净、环境优雅的梦幻般的空间，想象在自己乘坐的电动轮椅安装上保护自己的武器。他们淋漓尽致、自由忘情地构筑着远离残疾、疼痛和灾难的天国世界，那份虔诚、通透、纯净和美丽令人感动。他们的想象不是想落天外、飘逸不群、才情不拘的天马行空式的想象，而是绵绵细腻的有生活质感的想象。

残疾人作家的创作总体上是对现实生活的现实主义表达，但其创作中所具有的自由精神、崇高气质、诗意化的理想生活和主观化的表达方式，也绝非用现实主义能加以概括的，他们的创作中显然具有浪漫主义的精神特质。残疾人作家创作中的浪漫主义精神特质与西方传统意义上的浪漫主义有相同性，也有差异性。西方浪漫主义文学具有贵族气，"浪漫派作家追求个性解放，致力于描写与社会和统治集团格格不入的天才人物和叛逆性格，夸大自我与个人才能的作用"[1]，多写贵族个体的冥思和哲理思辨，内容是侧重表现王公贵族和教会僧侣等上流阶层的人和事，即使写到乡村田园，也是上流社会眼中的乡村和田园。残疾人作家多写社会底层的民众，写底层民众单纯的理想，写底层民众的喜怒哀乐，写底层民众对生死命运的直观思考。残疾人作家的浪漫主义精神体现出平民化色彩。这种特点的形成，与其说与他们的社会身份有关，毋宁说与他们特殊的身体有关，是他们残疾经历的必然结果。

---

[1] 孙宜学：《中外浪漫主义文学导引》，同济大学出版社2002年版，第13页。

参考文献

阿德勒 A. 自卑与超越［M］. 黄光国，译. 北京：作家出版社，1986.
阿恩海姆 R. 艺术心理学新论［M］. 郭小平，等译. 北京：商务印书馆，1996.
白锡嘉. 精神疾患与创造才能［J］. 大众心理学，1985（1）.
别尔嘉耶夫. 人的奴役与自由［M］. 徐黎明，译. 贵阳：贵州人民出版社，1994.
波兰特 W. 文学与疾病——比较文学研究的一个方面［J］. 方维贵，译. 文艺研究，1986（1）.
车红梅. 中国现代文学中的"疾病情结"［J］. 文艺争鸣，2005（1）.
陈骏涛. 精神之旅：当代作家访谈录［M］. 桂林：广西师范大学出版社，2004.
陈庆艳. 论中国当代残疾人文学的发展与特点［J］. 文教资料，2012（10）.
陈彦旭. 隐喻、性别与种族——残疾文学研究的最新动向［J］. 外国文学动态，2010（12）.
程光炜. 关于疾病的时代隐喻：重识史铁生［J］. 学术月刊，2013（7）.
厨川白村. 苦闷的象征［M］. 鲁迅，译. 北京：人民文学出版社，2007.
邓晓芒. 灵魂之旅：90年代以来中国文学的生存意境［M］. 上海：上海文艺出版社，2009.
段崇轩. 论史铁生的小说创作［J］. 小说评论，2009（6）.
冯泸祥. 中西生死哲学［M］. 北京：北京大学出版社，2002.
弗兰克尔 V E. 活出生命的意义［M］. 吕娜，译. 北京：华夏出版社，2010.
弗罗姆 E. 逃避自由［M］. 刘林海，译. 北京：国际文化出版公司，2007.
弗洛伊德 S. 弗洛伊德文集：第五卷［M］. 车文博，主编. 长春：长春出版社，1998.

高宏生. 生命视角：文学研究的范式转换 [J]. 社会科学家，2004（4）.

高宣扬. 福柯的生存美学 [M]. 北京：中国人民大学出版社，2005.

管恩森，仵从巨. 简析中国残疾人文学的价值与意义 [J]. 残疾人研究，2013（3）.

郭爱川. 坐轮椅能走多远：史铁生作品研究 [M]. 太原：山西人民出版社，2007.

郭湛. 主体性哲学：人的存在及其意义 [M]. 北京：中国人民大学出版社，2011.

哈贝马斯 J. 交往与社会进化 [M]. 张博树，译. 重庆：重庆出版社，1989.

韩博. 艺术与疾病总论 [J]. 艺术世界，2003（6）.

韩望喜. 善与美的人性 [M]. 北京：人民出版社，2001.

豪克 G R. 绝望与信心：论 20 世纪末的文学和艺术 [M]. 李永平，译. 北京：中国社会科学出版社，1992.

霍妮 K N. 神经症与人性的成长：为自我实现而奋斗 [M]. 徐光兴主编，陈超然，卢光莉，译. 上海：上海锦绣文章出版社，2008.

胡山林. 对人本困境的思考——史铁生创作的中心主题 [J]. 当代作家评论，1999（4）.

黄桂元. 放飞独语的灵魂——读史铁生和陈村 [J]. 全国新书目，1996（3）.

加缪 A. 西西弗神话 [M]. 杜小真，译. 北京：人民文学出版社，2012.

靳凤林. 死，而后生：死亡现象学视阈中的生存伦理 [M]. 北京：人民出版社，2005.

卡特赖特 F F，比迪斯 M. 疾病改变历史 [M]. 陈仲丹，周晓敏，译. 济南：山东画报出版社，2004.

克尔凯郭尔 S A. 致死的疾病 [M]. 张祥，王建军，译. 北京：中国工人出版社，1997.

兰继军，胡文婷，赵辉，等. 残疾人心理发展问题及影响因素的质性研究 [J]. 现代特殊教育：高教. 2015（12）.

李欧. 审美与艺术的心理治疗功能 [J]. 文艺研究，1992（2）.

刘士林. 苦难美学 [M]. 武汉：湖北人民出版社，2004.

刘小枫. 沉重的肉身：现代性伦理的叙事纬语 [M]. 北京：华夏出版

社，2004.

刘小枫．人类困境中的审美精神：哲人、诗人论美文选［M］．上海：东方出版中心，1994.

马场谦一，等．创造性与潜意识［M］．李容纳，译．延吉：延边教育出版社，1987.

马斯洛ＡＨ．动机与人格［M］．许金声，译．北京：中国人民大学出版社，2007.

尼采ＦＷ．权力意志［M］．张念东，凌素心，译．北京：商务印书馆，1991.

尼采ＦＷ．尼采文集·悲剧的诞生［M］．王岳川，编．周国平，等译．西宁：青海人民出版社，1995.

齐宏伟．文学·苦难·精神资源［M］．南昌：江西人民出版社，2008.

钱谷融，鲁枢元．文学心理学［M］．上海：华东师范大学出版社，2003.

荣格ＣＧ．心理学与文学［M］．冯川，苏克，译．北京：生活·读书·新知三联书店，1987.

桑塔格Ｓ．疾病的隐喻［M］．程巍，译．上海：上海译文出版社，2003.

史铁生，王尧．"有一种精神应对苦难时，你就复活了"［J］．当代作家评论，2003（1）．

舒晋瑜．史铁生：要为活着找到充分的理由［N］．光明日报，2001－03－28.

朔方．艰难的超越：残疾人文学创作透析［J］．三月风，1988（1）．

苏喜庆．自卑与超越——中国当代残疾作家创作心理初探［J］．西北大学学报：哲学社会科学版，2010（6）．

孙雯波，胡凯．论政治伦理与疾病［J］．医学与哲学：人文社会医学版，2009（3）．

泰勒ＣＭ．自我的根源：现代认同的形式［M］．韩震，译．南京：译林出版社，2008.

童庆炳．童庆炳文集：第五卷［M］．北京：北京师范大学出版社，2016.

图姆斯ＳＫ．病患的意义：医生和病人不同观点的现象学讨论［M］．邱鸿钟，陈蓉霞，李剑，译．青岛：青岛出版社，2000.

万俊人．现代性的伦理话语［M］．哈尔滨：黑龙江人民出版社，2002.

汪民安. 身体、空间与后现代性 [M]. 南京：江苏人民出版社，2015.

王晓华. 身体诗学 [M]. 北京：人民出版社，2018.

王一方. 敬畏生命：生命、医学与人文关怀的对话 [M]. 南京：江苏人民出版社，2000.

吴灿新. 中国伦理精神 [M]. 广州：广东人民出版社，2007.

吴厚德. 残疾人心理分析 [M]. 北京：华夏出版社，1987.

夏普. 国际残疾人文学研究的起步 [J]. 外国文学研究，1991（7）.

许世杰. 呈现生机的沃土：编后絮语 [J]. 三月风，1987（12）.

颜翔林. 死亡美学 [M]. 上海：学林出版社，1998.

杨金海. 人的存在论 [M]. 北京：中华书局，2009.

杨立元. 创作动机论 [M]. 长春：吉林大学出版社，2007.

杨守森. 生命意识与文艺创作 [J]. 文史哲，2014（6）.

杨正润. 现代传记学 [M]. 南京：南京大学出版社，2009.

叶舒宪. 文学与治疗 [M]. 北京：社会科学文献出版社，1999.

伊格尔顿 T. 审美意识形态 [M]. 王杰，傅德根，麦永雄，译. 桂林：广西师范大学出版社，2001.

尤娜，杨广学. 象征与叙事：现象学心理治疗 [M]. 济南：山东人民出版社，2006.

余凤高. 病魔退却的历程：寻求治疗的背景文化 [M]. 济南：山东画报出版社，2001.

余凤高. 呻吟声中的思索：人类疾病的背景文化 [M]. 济南：山东画报出版社，1999.

张海迪. 他活在喧嚣之外——在"史铁生文学创作研讨会"上的发言 [J]. 中国残疾人，2012（2）.

张家强，万小南. 残疾人心理 [M]. 北京：华夏出版社，1990.

张曙光. 生存哲学：走向本真的存在 [M]. 昆明：云南人民出版社，2001.

赵凌河. 生命意识：新文学现代主义理论话语 [J]. 文艺理论研究，2006（6）.

钟敬文. 民俗学概论 [M]. 上海：上海文艺出版社，2005.

周宪. 超越文学：文学的文化哲学思考 [M]. 上海：上海三联书店，1997.

朱光潜. 文艺心理学 [M]. 上海：复旦大学出版社，2005.

后　记

　　提笔写这篇后记时，脑海里总浮现出母亲的身影。此时，母亲离世已47天。尽管大家都说母亲属于高龄去世，且走得毫无痛苦，我们应该感到庆幸，但我依然不能释怀。母亲在世时，我每次去看母亲，她总会说：我没事，你不用来看我，我每天打麻将、画画、写字、做手工，生活很充实，你不用惦记我，你忙你自己的工作就好了。我总想着，等我退休之后一定好好地陪陪母亲，但上天终于没有给我这个机会，这种遗憾可能会伴随我一生。课题终于结项了，书也快出版了，帮我带儿子、总想着我工作的母亲却走了。如果人的灵魂真的不死，相信天堂的母亲一定会看到我的这本书，她一定会感到高兴和欣慰。

　　关注残疾人作家的创作始于一次上课。给我们专业第一个博士（曹万生老师带的一个博士）上课的时候，我们聊到了史铁生，我们都感觉史铁生的创作很独特。后来发现，新时期以来，除史铁生外，还有一些残疾人在努力地进行文学创作。于是我对这个群体产生了比较浓厚的兴趣，开始关注他们的创作和生活。这个课题的申报、完成，得到很多老师的帮助、指点，乔以钢老师、朱寿桐老师、李怡老师等，都给出了很宝贵的建设性的意见，在此向帮助过我的各位老师表示真诚的谢意。

　　在这个课题立项之前，我曾做过"四川残疾人作家现状调查及其问题、对策和文学创作研究"，这个课题是四川省哲学社会科学研究"十二五"规划重点项目。当时在校的研究生彭婧、李娇娆、张璐、余晶参与了此项目的工作。四川残疾人作家现状调查及其研究的这个课题，为现在这个课题奠定了基础。为此，对上述4位研究生的辛苦付出表示感谢。

　　这个课题的完成离不开家人的支持。申报这个课题的时候，申报书的排版、格式的调整都是我儿子帮助我完成的。丈夫为了支持我的工作，买菜弄饭的家务活也做了很多。借此机会，也向我家里的这两位先生道一声：谢谢。

本书能顺利出版，与责任编辑陈蓉的辛勤工作密不可分。陈老师审稿认真、细致，在此向她表示感谢。

本书的出版得到国家哲社办的资助，也得到四川师范大学文学院科研专项经费的资助，在此表示诚挚的感谢。

2024 年 4 月 20 日